KB044573

벙어리 삼룡이

한국문학대표작선집 23

벙어리 삼룡이 외

나도향

종합
출판 **문학사상**

나도향 문학, 그 미완성의 의미

권영민(문학평론가 · 서울대 국문과 교수)

시대의 흐름 속에 요절한 천재

나도향羅稻香의 문학은 미완성이다. 그러나 미완성임에도 불구하고 나도향의 문학은 여전히 살아 있다. 그 이유는 아마도 나도향이 보여준 문학을 향한 작가의식의 치열성과 관련되는 듯싶다. 나도향의 문학적 활동은 그 자체가 참혹한 요절의 한 장면으로 남아 있다.

나도향의 본명은 경손慶孫이다. 간혹 필명인 빈彬으로 작품을 발표하기도 하였으나, 문단에서는 나도향이라는 이름이 널리 통한다. 배재고보를 졸업(1919)한 후 경성의전에 입학했으나 중퇴한 것으로 알려져 있다. 한때 문학 수업을 위하여 일본 동경으로 건너갔으나 조부가 학비를 보내지 않자, 학업을 포기하고 되돌아와 안동에서 1년간 보통학교 교사 생활을 한 적도 있다.

나도향의 소설 창작은 1921년 《배재학보》에 〈출향〉을 발표하고, 뒤이어 《신민공론》에 단편 〈추억〉을 발표하면서 시작된다. 1922년 박종화, 홍사용, 이상화 그리고 현진건 등과 함께 문예동인지 《백조白潮》 동인으로 참가하면서 문단적 지위를 얻게 되며, 창간호에 〈젊은이의 시절〉을,

제2호에 〈별을 안거든 울지나 말걸〉을 발표한다. 또한 《동아일보》에 장편소설 〈환희幻戲〉를 연재하면서 청년 문사로 주목을 받기도 한다. 1923년 단편 〈17원 50전〉〈은화〉〈춘성春星〉 등 감상적인 작품이 연이어 발표된다. 나도향의 소설이 분명한 경향을 드러내게 된 것은 〈여女 이발사〉〈행랑자식〉 등을 발표하면서부터이다. 작품의 내용 자체가 주관적 감상의 세계에서 벗어나 점차 사실적 경향으로 전환한 것이다. 이러한 경향은 1924년에 발표한 〈자기를 찾기 전에〉〈전차 차장의 일기 몇 절〉에서 더 분명하게 드러난다. 그 뒤 1925년에 들어서면서 〈물레방아〉〈뽕〉〈벙어리 삼룡이〉 등 그의 대표작으로 알려진 완숙한 작품을 발표하여 각광을 받는다.

나도향은 1926년 다시 수학修學의 뜻을 품고 일본에 건너간다. 그러나 경제적인 난관으로 인하여 뜻을 이루지 못한다. 그는 귀국한 후 폐결핵으로 고생하면서 단편 〈피 묻은 편지 몇 장〉〈지형근〉〈화염에 싸인 원한〉 등을 발표한다. 그는 1926년, 나이 스물다섯으로 생을 마감한다.

미완의 꿈, 미완의 문학

나도향이 작가로서 활동했던 1920년대는 한국 민족이 일본의 식민지 지배에 대항하여 국내외에서 반식민운동을 전개하기 시작한 시대이다. 나도향은 배재학교를 졸업한 후 조부의 강권에 의해 경성의전에 입학한다. 그리고 경성의전에 재학 중이던 1919년 3·1운동을 맞게 된다. 나도향에게 있어서 3·1운동은 삶의 한 전환기에 해당한다. 나도향은 3·1운동 직후 그가 몸담고 있던 경성의전을 그만두고 일본 동경으로 향한다. 그의 일본행은 그가 꿈꾸고 있었던 문학에 대한 열정에서 비롯된 것이다. 그러나 새로운 꿈을 향한 도전이라기보다는 답답하고 침울한 경성의 일상으로부터 탈출한다는 현실적인 동기가 더 컸으리라는 점을 쉽게 짐작할 수 있다. 그러나 그의 동경 유학은 조부의 반대로 중단된다. 그는 귀국 후 의학 수업을 완전히 포기하였으며, 그 결과로 가족들과 거리를 둔 채 조부가 반대했던 문학의 세계로 뛰쳐나올 수밖에 없게 된다.

나도향의 문단 진출은 동인지 《백조》(1922)를 통해 가능해진다. 《백조》란 무엇인가? 나도향의 문단 진출을 가능하게 만든 이 동인지는 불과 세 차례의 잡지 간행으로 그 활동을 마감했지만, 여기에 가담했던 문학인들은 초창기 한국 근대문학의 전개 과정에서 **빼놓을** 수 없는 지위를 차지한다. 《백조》의 발간은 1919년 3·1운동 이후 한국사회의 변화 속에서 그 의미를 확인할 수 있다. 3·1운동을 통해 한국 민족은 민족적 자기 인식을 확립하고 민족자존의 의지를 세우고자 일본에 대항한다. 민족의 현실 문제에 대한 인식을 바탕으로 민족 문화의 확립을 위해 노력하면서 일본의 식민지 지배 논리를 거부하였던 것이다. 그 결과 일제 총독부가 민간 신문과 잡지의 간행을 허가하자, 1920년 《조선일보》와 《동아일보》가 창간되었으며, 《개벽開闢》(1920)과 같은 대중적인 종합잡지도 출간된다. 그리고 새로이 등장한 이들 민간 언론이 중심이 되어 일본의 식민지 정책을 비판하고, 민족의식을 각성시키기 위한 각종 계몽운동을 전개하기 시작한다.

이러한 계몽운동은 폭넓은 민족문화운동으로 확대된 바 있다. 조선의 민족문화에 대한 새로운 인식이 가능해지면서 일본에서 본격적으로 문학을 수학한 문인들이 새로운 문학 활동의 무대에 등장한다. 순수 문학 동인지 《창조創造》(1919)는 일본 유학생이었던 김동인·주요한·전영택·김환·최승만 등이 동인으로 참가하여 동경에서 발간된다. 국내에서도 문학동인지 《폐허廢墟》(1920)가 창간된다. 이 동인지에는 김억·황석우·민태원·남궁벽·염상섭·오상순과 함께 여성 문학인으로 나혜석 · 김일엽 등이 참여한다. 《백조》의 발간(1922)은 이들의 뒤를 이어 이루어진다. 여기에는 홍사용 · 박종화 · 현진건 · 이상화 · 나도향 · 노자영 · 박영희 · 안석영 등이 동인으로 참가하고 있는데, 이들 동인들은 대체로 시 창작에 관심을 집중하고 있었다는 점이 중요한 특징이다. 그리고 《백조》는 이른바 한국적 낭만주의의 산실로 자리 잡는다. 현실에 대한 도피적인 성향과 함께 새로운 이상의 세계를 문학 속에서 찾아보고자 했던 《백조》의 동인들은 초창기 한국 문단에 가장 개성적인 문학 세계를 구축하게 된다. 그것은 《백조》의 단명에도 불구하고 여기에 가담했던 동인들의 문학 활동이 현실과 사회의 문제, 계급과 이념의 추구 등으로 확장되면서 일본 식민지시대 가장 중요한 문학적 성과로 기록되고 있다는 점을 통해 확인된다.

나도향은 이와 같은 사회 문화적 배경 속에서 근대문학의 주도적인 양식으로 등장한 소설의 창작에 집중한다. 그는 소설을 통해 주체적인 자아의 인식 문제에서 출발하여 객관적인 현실을 전체적으로 파악하고자 하는 실천적인 노력으로 확대된다. 나도향이 《백조》에 발표한 〈젊은이의 시절〉이나 〈별을 안거든 울지나 말걸〉 등을 보면 그가 꿈꾸었던 문학이라는 것이 무엇인가를 쉽게 확인할 수 있다. 특히 그가 관심을 두었던 자기 정체성에 대한 인식의 문제는 식민지 조선의 현실에서 가장 핵심적인 과제로 부각되었던 과제였다고 할 수 있다. 그는 자기 체험에 근거하여 지식인 청년이 겪는 갈등과 방황을 통해 이 시대적 과제에 접근하고자 한다.

예술의 진실성에 대한 물음, 〈젊은이의 시절〉

단편소설 〈젊은이의 시절〉은 나도향의 문학적 세계를 이해하기 위해 가장 먼저 검토해야 할 작품이다. 자전적 요소를 강하게 드러내고 있는 이 작품에는 음악가 지망생이 주인공으로 등장한다. 그의 부친은 주인공의 예술에 대한 동경을 전혀 이해하지 못한다. 주인공은 부친의 강요에 의해 결국은 자신의 꿈을 포기한다. 이러한 소설적 구상은 나도향 자신의 처지와 그대로 일치한다. 문학의 꿈을 키우던 그가 가업으로 이어지는 의학 수업을 조부로부터 강요받으면서 결국 문학 공부를 포기하게 되었기 때문이다. 여기서 예술이라는 것은 현실적 조건과는 거리를 두고 있는 이상의 세계 또는 꿈의 세계가 된다. 그리고 예술을 향한 이상 또는 예술을 지향하는 개인적 욕망은 현실 속에서 결코 실현되지 못하는 것이다.

이 소설에서는 현실적 좌절을 겪고 있는 주인공에게 하나의 작은 출구가 주어진다. 그것은 실의에 빠져 있는 주인공에게 위안의 대상으로 다가온 그의 누이다. 그녀는 주인공의 처지를 이해하고 그에게 희망을 잃지 말도록 위로한다. 누이는 그에게 마지막 희망이고 안식이며 꿈의 표상이 되기도 한다. 그러나 이러한 상황이 오래 지속되지 못한다. 누이가 예술가를 자처하며 접근하는 한 사내의 유혹에 빠져, 결국은 정조를 유린당한 채 버림받게 되었기 때문이다. 누이는 사내에 대한 배신감에 떨면서 주인공에게도 예술을 그만두라고 소리친다. 삶의 부정적 현실 속에서 예술의 순수성에 대한 믿음마저 모두 붕괴되었기 때문이다. 주인공은 누이를 배신하고 떠난 사내에게 복수할 것을 결심하지만, 누이가 이를 극구 만류한다. 주인공은 꿈속에서 마왕이 주는 환락의 술에 취해 자신의 울분과 좌절을 달랠 뿐이다.

소설 〈젊은이의 시절〉의 서사 구조는 하강적인 두 가지 이야기의 병치로 이루어지고 있다는 점에서 의미심장하다. 서사의 주축을 이루고 있는 주인공의 예술에 대한 동경과 그 욕망이 좌절되는 과정을 보자. 주인공의 좌절은 조부의 몰이해와 반대로 인한 것이므로, 세대론의 관

점에서 구세대와 신세대의 대립으로 설명할 수 있다. 그러나 이것은 단순한 세대의 대립만을 뜻하는 것은 아니다. 구세대인 조부의 완고성과 신세대인 주인공의 예술욕이 충돌하고 있긴 하지만, 그 근저에는 물질적인 것을 우선시하는 가치관의 선택이 가로놓여 있다. 주인공은 조부의 권위를 거역하지 못할 뿐만 아니라 조부가 강요하고 있는 물질적 가치관도 거역하지 못하고 있는 셈이다. 이러한 상황 속에서 자기 정체성을 확립한다는 것은 가능하지 않다. 특히 누이가 당하게 되는 배신을 놓고 주인공은 과연 예술의 진실성이란 것이 무엇인지를 다시 묻게 된다. 그가 꿈꾸었던 예술에 대한 이상이 누이를 유린한 예술가의 부도덕한 태도에 의해 붕괴되었기 때문이다. 결국 이 소설에서 주인공은 자신이 지향하고자 하는 예술 그 자체의 본질과 가치에 대해서도 부정하는 단계에까지 이르고 있는 것이다. 이것은 주인공의 좌절이 주체의 존립 근거마저 흔들어 놓을 정도로 심각하다는 것을 말한다. 식민지 근대가 몰고 온 몰가치의 시대상이 바로 여기서 강하게 암시되고 있다.

개인의 욕망과 현실의 대립,《환희》

나도향이 초기작 가운데 장편소설《환희》도 우리가 주목해야 할 여러 가지 문제성을 내포한다. 이 작품은 1922년 11월 21일부터 이듬해 3월 21일까지 《동아일보》에 연재되었는데, 근대적 연애를 서사의 축으로 하여 애정에 얽힌 인간의 욕망과 좌절을 낭만적인 삶의 비극으로 형상화하고 있다. 물질적인 욕망과 애정의 문제에 얽혀 고뇌 속에서 파멸하게 되는 한 여인의 삶을 그려낸다. 이 작품의 여주인공은 가난한 동경 유학생과 사랑을 나누다가 돈 많은 사내와 결혼한다. 그러나 잘못된 결혼 생활에 점차 흥미를 잃고 병까지 얻게 된 뒤, 부여로 요양을 갔다가 백마강에 몸을 던져 자살한다.

이 소설에서 이야기의 중심을 이루는 모티프는 연애의 실패이다. 한국 근대소설이 근대적 주체의 확립을 목표로 하여 가장 즐겨 다루었던 것이 연애의 서사가 아닌가? 연애는 상대가 되는 남녀 주인공들의 정서를 기반으로 그 행동 양식이 결정된다. 그러므로 연애는 인간의 행동 가운데 그 주체의 정립을 가능하게 하는 가장 특이한 개별적 행동이라고 할 수 있다. 근대가 내세우는 중요한 미덕이 개별적 주체로서의 개인이라고 할 때, 이 개인의 삶에서 그가 추구하는 욕망의 실체를 가장 적나라하게 보여주는 것이 바로 연애다. 연애는 갈등을 통해 발전하고 성숙한다. 하지만 갈등은 언제나 파국을 예비한다. 실패한 연애가 흘러간 옛 추억이 되기보다 뼈아픈 상처로 남는 것은 바로 그 처절한 고통 때문이다.

《환희》의 여주인공이 파멸에 이르는 과정은 그의 잘못된 선택에서 비롯된다. 가난한 유학생을 사랑하던 여주인공이 물질적 욕망에 빠져들면서 자기 사랑을 버리는 것은 이미 《장한몽》과 같은 일본 신파소설의 번안물을 통해 독자들에게 익히 알려진 서사의 틀이다. 이 소설에서 문제가 되는 것은 여주인공의 개인적인 욕망의 실체라고 할 수 있다. 여주인공은 한 남성을 사랑하면서도 그녀 앞에 등장한 '돈이 많고 잘생긴 남성'에 대한 호감을 부정하지 못한다. 이러한 반응은 오히려 자연스런 측면이 없지 않다. 그러나 우리가 주목해야 할 대목은 이 여주인공이 돈 많은 남성의 초대에 응했다가 그의 유혹을 벗어나지 못하고 자기 몸을 더럽히게 된다는 부분이다. 그리고 처녀성을 빼앗은 그 남성의 아내가 되기에 이른다는 이야기의 전개 과정이다. 이러한 여주인공의 행동에서 볼 수 있는 피동성은 그녀의 결혼이 자기 선택도 아니며 운명에 대한 순응도 아니라는 것을 말해준다. 그러므로 이 결혼은 실패할 수밖에 없다.

장편소설 《환희》에서 유별나게 드러나 보이는 부분은 여주인공의 사랑의 배반을 놓고 비탄에 빠졌던 남자 주인공 동경 유학생의 선택이다. 그는 고국으로 돌아온다. 그리고 실패한 결혼에 괴로워하며 결핵까지 앓고 있는 여주인공을 만난다. 그러나 그는 여주인공에 대한 연민을 떨치고, 자신의 길을 찾아 동경으로 돌아간다. 남자 주인공이 보여주는 이 이 새로운 행로는 《장한몽》이나 《무정》에서는 결코 볼 수 없었던 장면이다. 자신을 배반한 사랑을 놓고 그 사랑에 다시 매달리는 것이 아니라, 자기 자신도 그 사랑의 허울에서 벗어난다는 것은 작가 나도향이 만들어낸 새로운 사랑법에 해당한다고 할 것이다. 나도향은 연애의 실패와 거기서 비롯되는 애정 갈등의 문제 자체를 낭만적 허위에서 벗어나 실제적인 삶의 길로 형상화하고자 하는 의욕을 보임으로써 《장한몽》이나 《무정》과 같은 연애담의 허위성을 어느 정도 벗어나고 있다.

낭만적 미의식과 치열한 현실인식

나도향이 낭만적인 경향을 벗어나 농촌의 현실을 사실적으로 그려낸 〈벙어리 삼룡이〉〈물레방아〉〈뽕〉(이상 1925) 등은 그 소설적 주제와 구성의 완결성이 돋보이는 작품들이다. 이러한 경향의 소설을 발표하게 된 것은 작가 자신이 시대적 상황의 변화에 대응하고 있는 것으로 볼 수 있다. 특히 1920년대 중반의 문학이 전반적으로 궁핍한 삶과 모순된 현실 상황의 문제성을 그려내는 이른바 '신경향'에 기울고 있었던 점과 관련된다. 나도향은 이 무렵 도시적 소재를 다룬 것과 농촌의 현실을 그린 것으로 크게 구별되는 두 가지 부류의 작품을 발표하고 있는데, 농촌을 배경으로 하는 작품들에서 더욱 중요한 소설적 성취를 이루어내고 있다.

〈벙어리 삼룡이〉는 하인이라는 신분적인 차별성과 벙어리라는 육체적 불구성 때문에 자기 뜻을 제대로 표현하지 못하던 주인공이 죽음의 순간에 자신을 발견하게 되는 비극적인 내용을 다루고 있다. 이 작품의 주인공인 삼룡이는 머슴으로 충직하게 일하면서 주인으로부터 신임을 얻는다. 주인집 아들이 보여주는 온갖 행패도 모두 참고 견딘다. 그런데 주인집 아들이 장가를 든 후에 그 아내를 구박하자 삼룡이는 새아씨의 처지를 안쓰럽게 여긴다. 이처럼 소설의 전반부에서 삼룡이는 주인집에 철저하게 예속된 하인이며, 주인의 명령에 절대적으로 복종을 하는 인물로 그려진다. 그러나 소설의 후반부에서는 상황이 달라진다. 새아씨가 삼룡이를 인간적으로 따뜻하게 대해 주자, 주인집 아들이 삼룡이와 자기 아내의 관계를 의심하며 호되게 닦달한다. 그리고 삼룡이를 두들겨 패고는 집에서 내쫓는다. 삼룡은 집에서 쫓겨나자 주인집에 불을 지르고, 불 속에서 새아씨를 찾아낸다. 그러나 그는 불 속을 벗어나지 못하고 새아씨를 껴안은 채 지붕 위에서 타오르는 불길에 휩싸인다. 그는 이 순간 인간으로서의 자기를 회복하고 평소에는 느끼지 못했던 사랑의 성취감을 맛보게 되는 것이다. 이 작품은 이야기의 극적인 결말을 통해 소설적인 주제를 더욱 고양시키고 있다. 소설의 주인공 삼룡이가 주인집에 불을 지른 행위는 주인에게 굴종적이었던 태도에서 벗어나 오히려 그에 저항하는 최후의 수단에 해당한다. 그러므로 불은 굴종으로부터의 저항과 구속으로부터의 해방을 상징한다. 그리고 이것은 뜨거운 사랑의 열정과 그 승화를 뜻하기도 한다. 삼룡이는 불 속에서 죽음의 순간을 눈앞에 두고 비로소 노예적인 삶에서 벗어나 자신의 존재를 인식하고 자기 사랑을 확인하게 되는 것이다.

　나도향이 〈벙어리 삼룡이〉에서 거두고 있는 소설적 성과는 벙어리 '삼룡'이라는 인간형의 완성에 있다고 할 수 있다. 이 새로운 성격의 창조는 인간의 육체와 그 가능성에 대한 새로운 해석에 기인한다. 나도향 이전의 소설에서 이 같은 불구의 인간이 문제적 인물로 등장한 경우를 찾아보기 어렵다. 인간의 능력 가운데 말하는 것과 말할 수 없는 것, 소리를 듣는 것과 알아듣지 못하는 것 사이의 차이를 놓고 본다면, 주인공 삼룡이는 정상인/ 불구자의 구획에서 불구자의 위치에 선다. 삼룡이는 말을 알아듣지도 못하고 입으로 말을 하지도 못하는 불구자이다. 그러나 이 육체적 기능의 불구성을 그는 몸 자체로 극복한다. 그는 충직한 하인으로 부지런히 일하며, 마음으로 깊이 주인에게 복종한다. 이러한 인간적 성실성을 통해 그는 육체의 불구성을 이겨나간다. 그가 소설에서 보여주는 것은 육체의 불구성에 대한 정신적 극복만이 아니다. 인간의 심성 자체가 육체의 불구와는 아무 관계없이 간직되는 것임을 육체의 희생을 통해 극적으로 제시하고 있는 것이다. 이 소설에서 볼 수 있는 삼룡이와 같은 인물형은 1930년대 계용묵의 〈백치 아다다〉에서 재현된다. 그리고 다양한 변형을 거치면서 소설사의 전통 속에 자리하게 된다.

소설 〈물레방아〉의 경우에도 농촌을 배경으로 이야기가 전개되며, 결말의 처리 방식도 복수극으로 이루어진다. 소작농으로 살아가는 주인공 이방원은 그의 아내가 지주의 유혹에 쉽게 빠져들어 자신에게 잔혹할 만큼 냉담하게 대하는 데에 굴욕을 느낀다. 그는 아내의 부도덕한 행동과 지주의 횡포에 적극적인 대항을 꾀하다가 오히려 투옥된다. 감옥에서 풀려나온 그는 복수의 기회를 노리면서 아내에게 마지막으로 자기에게 돌아올 것을 애원한다. 그러나 아내가 이를 거절하자 그는 아내를 찌르고 자살한다. 이 소설은 지주와 소작인이라는 계급적인 대립과 갈등을 보여주면서도 본능적인 육욕의 문제와 물질에 대한 탐욕이 빚어내는 인간성의 타락을 그려내고 있다. 〈물레방아〉에서 제시하고 있는 현실적인 문제는 가난이다. 그러나 이러한 상황적 조건을 인간의 본능적인 욕망과 연결시켜 새롭게 해석을 시도하고 있는 것이다. 특히

'물레방아'라는 것이 삶의 과정을 암시하면서도 성적 본능을 상징하는 소설적 장치로 활용되고 있는 점도 주목된다.

소설 〈뽕〉에서도 경제적인 궁핍이 현실적인 삶의 가장 중요한 문제로 제기된다. 아편쟁이이며 노름꾼인 김삼보는 집안은 돌보지 않고 떠돌아다니며 인생을 탕진한다. 그의 아내인 안협집은 남편의 무관심과 경제적 무능력 속에서 생애를 꾸려 나가기 위해 자신의 몸을 판다. 그녀는 자기네 누에에게 먹이려고 뽕을 훔치러 갔다가 뽕밭 주인에게 붙잡히자 자신의 몸을 허락하고 풀려난다. 그 후 그녀는 '돈만 있으면 서방도 있고 먹을 것 입을 것이 다 있지'라고 생각하게 된다. 이 같은 인간형은 이미 김동인의 〈감자〉에 등장하는 복녀를 통해 구체적으로 형상화된 적이 있다. 두 작품에는 비정상적인 부부 관계와 비윤리적인 매춘 행위가 유사한 패턴으로 등장할 뿐만 아니라, 자신들의 행위에 대해 전혀 아무런 내적 갈등을 겪지 않는 인물들을 내세우고 있는 점도 흡사하다. 이처럼 물질적 욕구와 육체적인 욕망에 의해 행동하는 인물들이 작품의 전편을 채우고 있는 것은 작가 나도향이 인간의 본성과 현실적인 삶의 조건을 동시에 문제 삼고 있음을 의미하는 것이라고 할 수 있다.

한국 근대소설의 성장사를 보여주는 나도향의 문학 여정

나도향이 서울에서의 문단 생활을 정리하고 다시 동경으로 떠난 것은 1925년 겨울의 일이다. 그의 동경행은 자기 자신이 추구해 온 문학 세계를 새롭게 전환시켜 보고자 하는 의욕과 연관시켜 볼 수 있다. 이것은 문단적 상황 자체의 변화에 대한 작가적 대응 방법에 해당한다. 1925년의 한국 문단은 계급문학운동이 조직화되면서 경향성이 강화된다. 나도향의 문학이 개인의 욕망에 기대어 있었던 점이라든지 현실과는 거리를 두고 있는 낭만적 열정을 과도하게 드러내었던 점을 생각해

본다면, 자기 문학에 대한 하나의 새로운 탈출구를 동경으로 생각하였을 가능성이 크다. 특히 자신의 문학에 대한 자기비판과 회의가 이 무렵의 글에서 강하게 드러나고 있다.

> 글이라고 쓰기를 시작한 지는 이럭저럭 한 6~7년이 되었으나 글다운 글을 써본 일이 한 번도 없고, 남 앞에 그 글을 내놓을 때마다 양심에 부끄러움을 느끼지 않은 적이 한 번도 없다. 첫째 마음에 느끼는 바나 충동 받은 바를 그럴 때마다 써본 일이 없고, 다만 남의 청에 못 이겨 책임을 면하기 위하여 쓴 글이 많으니 글로써 글을 썼다고 할 수는 없을 것이다. (중략) 아직 수양기에 있어야 할 나에게 무슨 요구를 하는 이가 있다 하면 그런 무리가 없을 것이요, 또는 나 자신이 창작가나 또는 문인으로 자처를 한다 하면 그런 건방진 소리가 없을 것이다. 어떻든 무엇을 쓴다는 것은 죄악 같을 뿐이다.
> ―〈쓴다는 것이 죄악이다〉(1925. 5)

이러한 회의적 태도에서 볼 수 있듯이 나도향에게는 자기 문학세계의 새로운 전환이 필요했었는지 모른다. 이미 나도향은 〈벙어리 삼룡이〉를 발표하면서 도시적 감성에서 벗어나 농촌의 현실 속으로 눈을 돌렸고, 저항적 의지를 형상화하고자 하는 의욕을 보여준 바 있다. 그가 지니고 있던 문학에 대한 본격적인 학문적 관심은 유별난 점이 있다. 1920년대 문학인들이 갖는 공통적인 특징으로 동경 유학 체험을 들 수 있음에도 불구하고, 나도향은 경성의전 중퇴의 경력을 지니고 있을 뿐이다. 그는 자신이 거두고 있는 문학적 성과나 문단적 지위보다 자신이 꿈꾸었던 동경 유학을 통해 문학적 변화를 실현하고자 하였던 것이다.

그러나 이러한 나도향의 동경행은 가업을 이어가기를 원했던 가족에 대한 배신에 지나지 않았다. 그는 동경에 머무르는 동안 가족으로부터 아무런 경제적인 도움을 받을 수가 없었다. 경제적 궁핍을 감당하기 어려워지자, 그에게는 병마가 몰아닥쳤다. 그의 고통스런 삶은 동경에서 발표한 〈피 묻은 편지 몇 장〉에도 솔직하게 그려지고 있다. 그는 모든 것을 포기하고 다시 귀국하지만, 병마는 그를 놓아주지 않았다.

천재의 단명을 말하는 사람도 있지만, 나도향은 문학적 출발 단계에서 자기 작업을 중단한 비운의 소설가이다. 그에게 문학은 가장 소중한 꿈이었지만, 엄연한 현실의 요구를 벗어날 수 없었다. 그가 스스로도 만족스럽지 못하게 생각했던 그의 소설들은 하나의 문학적 시도이며 미완성의 서사에 지나지 않는다. 그러나 그것들이 지향했던 소설적 구도를 우리는 1920년대 초창기 한국 근대소설의 성장과정 속에서 하나의 서사적 좌표로 읽어볼 수 있다. 그것은 개인의 욕망과 현실의 대립을 구조화하는 한국소설의 한 가능성이었다.

차 례

젊은이의 시절

젊은이의 시절

 아침 이슬이 겨우 풀 끝에서 사라지려 하는 봄날 아침이다. 부드러운 공기는 온 우주의 향기를 다 모아다가 은하銀河 같은 맑은 물에 씻어 그윽하고도 달콤한 냄새를 가는 바람에 실어다 주는 듯하였다. 꽃다운 풀 내음새는 사면에서 난다.

 작은 여신의 젖가슴 같은 부드러운 풀포기 위에 다리를 뻗고 사람의 혼을 최면제催眠劑의 마약으로 마비시키는 듯한 봄날의 보이지 않는 기운에 취하여 멀거니 앉아 있는 조철하趙哲夏는 그의 핏기 있고 타는 듯한 청년다운 얼굴을 보이지 않고 어디인지 찾아낼 수 없는 우수의 빛이 보인다.

 그는 때때로 가슴이 꺼지는 듯한 한숨을 쉬었다. 그는 몸을 일으켜 천천한 걸음으로 시내가 흐르는 구부러진 나무 밑으로 갔다. 흐르는 맑은 물이 재미있게 속살대며 흘러간다. 푸른 하늘에 높다랗게 떠가는 흰 구름이 맑은 시내 속에 비치어 어룽어룽한다.

 꾀꼬리 한 마리는 그 나무 위에서 울었다. 흰 나비 한 마리가 그 옆 할미꽃 위에 앉아 그의 날개를 한가이 좁혔다 폈다 한다. 철하는 속으로 무슨 비애가 뭉친 감상感傷의 노래를 불렀다.

 사면의 모든 것은 기꺼움과 즐거움이었다. 교묘하게 조성된 미술이었다. 음악이었다.

그러나 그의 입 속으로 부르는 노랫소리나 그의 눈초리에 나타나는 표정은 이 모든 기꺼움과 아름다운 포위包圍 속에서 다만 눈물이 날 듯한 우수와 전신이 사라지는 듯한 감상뿐이었다.

그는 속마음으로 부르짖었다.

하느님이여! 하느님은 나에게 가슴을 뭉클하게 하고 말할 수 없이 갑갑하게 하며 아침날에 광채 나는 처녀의 살빛 같은 햇볕을 대할 때나, 종알거리며 경쾌하고 활발하게 흐르는 시내를 만날 때나, 너울너울 춤추는 나비를 볼 때나, 웃는 꽃이나 깜박이는 별이나 하늘을 흐르는 은하를 볼 때, 아아 나의 사지를 흐르는 끓는 피 속에 오뇌의 요정을 던지셨나이까? 감상의 마액魔液을 흘리셨나이까?

아아 악마여, 너는 나의 심장의 붉고 또 타는 것을 보았는가? 나의 심장은 밤중에 요정과 꿀 같은 사랑의 뜨거운 입을 맞추고, 피는 아침의 붉은 월계月桂보다 붉고, 나의 온몸을 돌아가는 피는 마왕의 제단에 올리려고 잡는 어린 양의 애처로운 피보다도 정精하였다. 또 정하다. 아아 너는 그것을 뺏어 가려느냐? 너는 그것을 너의 끊이지 않는 불꽃 속에 던지려느냐?

이 젊은 청년은 어렸을 때부터 저녁 해가 뉘엿뉘엿 서산으로 넘으려 할 때 붉은 석양에 연기 끼인 공기를 올리우며 그의 대문 앞을 지나 멀리 가는 저녁 두부장수의 슬피 부르짖는 "두부 사려!" 하는 소리나 집터를 다지는 노동자들의 "얼럴러 상사디야" 소리를 들을 때나 한적한 여름날에 처녀 혼자 지키는 집에 꽹과리 두드리며 동냥하는 중의 소리를 들을 때나, 더구나 아자我子의 영원히 떠남을 탄식하며 눈물 지어 우는 어머니의 울음을 조각달이 서산으로 시름없이 넘어가는 새벽 아침에 들을 때나, 아아 하늘 위에 한없이 떠가는 흰 구름이여, 나의 가슴속에 감춘 영혼과 그의 지배를 받는 이 나의 육체를 끝없는 저 천애天涯로 둥실둥실 실어다 주어지라! 나는 형적形迹도 없고 보이지도 않는 그 소리 속에 섞이고 또 섞이어 내가 나도 아니요, 소리가 소리도 아니요, 내가 소리도 아니요, 소리가 나도 아니게 화하고 녹아서 괴로움 많고, 거짓 많고, 부질없는 것이 많은 이 세상을 꿈꾸는 듯 취한 듯한 가운데 영원히 흐르기를 바란다 하였다.

그는 어렸을 때부터 자연의 미묘한 소리에 한없는 감화를 받았다. 그는 홀로 저녁 종소리를 듣고 눈물을 씻었으며 동요를 부르며 지나가는 어린 계집아이를 안아주었다.

그는 가끔 음악회에도 가고 음악에 대한 서적도 많이 보았다. 더구나 예술의 뭉치인 가극歌劇이나 악극樂劇을 구경할 때에 그 무대에 나타나는 여우女優의 리듬 맞춘 경쾌하고 사랑스럽고 또 말할 수 없는 정욕을 주는 거동을 볼 때나 여신같이 차린 처녀의 애연한 소리나 황자皇子 같은 배우의 추력醜力을 가진 목소리가 모든 것과 잘 조화되어 다만 그에게 주는 것은 말하기 어려운 환상뿐이었다. 넘칠 듯한 이상理想뿐이었다. 인생의 비애뿐이었다.

그는 지금 나무 밑에 서서 주먹을 단단히 쥐고 공중을 치며,

"음악가가 되었으면! 세상에 가장 크고 극치의 예술은 음악이다. 나는 음악가가 될 터이다." 그는 한참 있다가 다시 "아니, 아니 '음악가가 될 터이야'가 아니다. 내가 나를 음악가라 이름 짓는 것은 못난이 짓이다. 아직 세상을 초탈하지 못한 까닭이다. 그렇다. 다만 내 속에 음악을 놓고 내가 음악 속에 들 뿐이다."

그의 표정에는 이 세상 모든 것을 조소하는 웃음이 넘치는 듯하였다. 그는 한참 가만히 있었다. 그러다가 그는 갑자기 눈에 희미한 눈물방울을 괴었다. 그리고 다시 주먹을 쥐고,

"아, 가정이란 다 무엇이냐? 깨뜨려버려야지. 가정이란 사랑의 형식이다. 사랑 없는 가정은 생명 없는 시체다. 아아, 이 세상에는 목숨 없는 송장 같은 가정이 얼마나 될까? 불쌍한 아버지와 애처로운 어머니는 왜 나를 나으셨소? 참 진리와 인생의 극치를 바라보고 가려는 나를 왜 못 나가게 하세요? 어머니 아버지가 나를 낳아 기를 때에 얼마나 애끓이는 생각을 하셨어요? 어머니는 나를 업고 어떠한 날 새벽에 우리 집에 도적이 들어오니까 담을 넘어 도망을 하시려다 맨 발바닥에 긴 못을 밟으시어…… 아아 어머니, 나는 지금 그것을 생각만 하여도 가슴을 찌르는 듯합니다. 그러하나 어머니, 어머니의 그와 같은 자비와 애정은 헛된 것이 되었습니다. 나는 차마 못 하는 눈물을 흘리고서라도 가정을 뒤로 두고 나갈 곳으로 갈까 합니다."

이렇게 흥분하여 있을 때에 누구인지 뒤에서, "그러면 같이 갑시다……" 하는 고운 여성의 목소리가 들린다. 그는 돌아다보고 눈물 괸 두 눈에 웃음을 띠었다. 두 눈에 괸 눈물은 더 또렷하게 광채가 났다. 눈물은 그의 뺨으로 흘러 떨어졌다.

"아아 누님, 아아 영빈 씨英彬氏" 하고 그는 손을 내밀었다. 누님은 그의 동생의 눈물을 보고 아주 조소하듯, "시인은 눈물이 많도다……" 하고 "하하" 웃는다. 누님하고 같이 온 영빈이란 청년은 껄껄하고 어디인지 아주 불유쾌한 표정을 나타내며, "눈물은 위안의 할아버지이지요, 허허허" 철하는 눈물을 씻고 아주 어린아이같이 한 번 빙긋 웃고, "왜 인제 오세요, 네? 나는 한참 기다렸어요. 그러나 그것은 어찌나 되었어요?"

이 말대답을 영빈이가 가로맡아서 대답하였다.

"다…… 틀렸어요. 실업가의 아드님은 부모에게 정신 유전을 받는 것 같이 직업이나 학업도 유전적으로 해야 한다고 당당한 다윈의 학설을 주장하시니까요. 저는 더 말할 것 없습니다마는…… 제삼자가 되어서…… 매씨妹氏께서도 퍽 말씀을 하셨으나 무엇무엇 당초에…….”

철하는 이 소리를 듣고 과도의 실망으로부터 나오는 침착으로 도리어 기막힌 웃음을 띠고,

“아아 제2세 진화론자의 학설은 꽤 범위가 넓구나…….”

그러하나 그의 누이 경애瓊愛는 상냥하고도 부드러운 표정을 하고 그에게로 가까이 가서,

“무엇 그렇게까지 슬퍼할 것은 없을 듯하다. 아주머니도 네가 날마다 울고 지내는 것을 보시고 아버지께 자주자주 여쭙기는 하나 본래 분주하시니까 여태껏 자세히는 못 여쭈어보신 모양인데 무엇 아무렇기로 너 하나 음악 공부 못 시키겠니? 아버지가 안 시키면 아주머니라도 시키겠다고 하셨는데…… 아무 염려 마라 응! 너의 뒤에는 부드러운 햇솜 같은 여성의 후원자가 둘이나 있으니까, 무얼. 아버지도 한때 망녕으로 그러시는 것이지, 사회에 예술이 얼마나 유익한 것인지 아주 모르시지도 않은 것이고…… 자, 너무 그러지 말고 천천히 집으로 들어가자. 그러고 오늘 저녁에는 중앙극장에 오페라 구경이나 가자. 이것은 무엇이냐? 사내가 눈물을 자꾸 흘리며…… 실연했니? 하하하 자, 어서 가자, 어서.”

아지랑이 같은 부드러운 경애의 마음이여, 천사의 날개에서 일어나는 바람결같이 가벼운 그의 음조. 공중으로 떠오르는 듯한 철하의 가슴 속에 있는 모든 열정의 뭉친 의식을 그의 누님의 그 마음과 음조는 모두 다 녹여버렸다. 그 녹은 것은 눈물이 되어 쏟아져 나왔다.

“누님, 저의 마음은 자꾸만 외로워져요. 아버지, 어머니 다 믿을 수 없어요. 나는 누구를 믿을까요? 나는 누님밖에 믿을 사람이 없습니다. 나의 가슴에 보이지 않게 뭉친 것은 누님만 알아주십니다.”

그의 애원하는 정은 그의 가슴에 북받쳐 올라와 눈물 지으면서 그의 누이의 손을 쥐었다. 그러나 여성의 손을 잡는 감정적感情的에 그는 아무리 자기의 누님이라 할지라도 알지 못하게 가슴을 지나가는 발랄한 맛을 보았다. 그는 얼른 손을 놓았다.

저녁 해가 질 만하여 그들은 넓고 넓은 들 언덕을 걸어간다. 경애는 파라솔을 접어 풀밭을 짚으면서 구두 끝으로 앞치맛자락을 톡톡 차면서 걸어가고, 영빈은 무슨 책인지 금자金字로 쓴 커다란 책을 들고 그 옆을 따라가며, 철하는 두 사람보다 조금 앞서서 두 사람을 가지 못하게 막는 듯이 걸어간다. 동리에 저녁 안개는 공중에 퍼지어 그 맑던 공기를 희미하게 하고 땅에 난 선명하게 푸른 줄은 횟빛으로 물들인다. 경애는 다시 말을 내어 영빈에게, "저는 예술이란 것을 알지 못합니다마는 예술가들은 다 저 모양입니까?" 하며 자기 오라비동생을 가리킨다. 영빈은 기침을 두어 번 하고, "그렇지요, 예술을 맛보려 하려는 사람은, 더구나 예술의 맛을 본 사람은 처녀가 사랑을 맛보려는 것이나 맛을 안 것과 같습니다" 하고 무심히 경애의 얼굴을 들여다본다.

그 들여다보는 것에는 무슨 의미가 있는 듯하였다. 경애는 그 뚫어지게 들여다보는 영빈의 눈을 피하여 다시 철하를 바라보며, "참으로 그러한가?" 하는 듯하였다. 그리고 "나는 너를 다시 동정하겠다. 지금까지는 다만 자매의 정으로 동정하여 왔지마는 지금부터는 참으로 너의 괴로운 가슴을 동정하리라" 하였다. 왜 그런고 하니 그는 사랑으로 인하여 마음의 견디기 어려운 괴로움을 당하여 본 까닭이었다.

사랑은 이 세상 모든 것에서 떠나고 뛰어넘은 것이고, 벗어난 것이다. 문학가가 신의 부르는 영靈의 곡을 받아서 써 놓은 것이나, 음악가, 미술가, 배우 들이 그 예술 속에 화化하여 이 세상 모든 것으로부터 떠나는 것과 같은 경우를 생각하고 시기를 생각하는 것은 참 사랑이 아니다.

경애는 영빈을 사랑한다. 영빈도 경애를 사랑한다고 한다. 경애는 사랑이요, 사랑은 경애요, 영빈은 사랑이요, 사랑은 영빈이라. 사랑과 영빈과 경애는 한 몸이다. 세 사람은 어떠한 요릿집에서 저녁을 먹고, 철하는 두 사람에게 작별을 하고 어디로인지 혼자 가버렸다.

두 주일이 지났다. 철하는 날마다 자기 방에 앉아 울었다. 그는 다만 나의 희망의 머리카락만한 것은 자기의 누님으로 생각하였다. 자기의 누님은 예술이란 것을 이해하고, 자기의 마음을 알아주고, 자기를 위하여 준다 하였다. 아아, 하늘의 선녀여, 바닷가의 정精이여, 그대는 나를 위하여 나를 쌀 것이다. 숭엄하고 순결한 것이라야 숭엄하고도 순결한 것을 싸나니 그대는 나를 싸줄 것이다. 예술이란 숭엄하고도 순결하니까.

그는 저녁마다 꿈을 꾸었다. 꿈마다 천사와 만난 그는 천사에게 아름다운 음악을 들려 받았다. 그 음악소리는 그의 모든 것을 여름날 지평선 위로 떠오르는 흰 구름같이 희고, 그 뒤에는 봄날의 아지랑이같이 희고, 그 뒤에는 한 줄기의 외로운 바이올린 같은 선으로 떨려 오르는 세장細長하고 유료-한 음악소리로 화하였다. 그는 그 음악소리를 타고 한없는 곳으로 영원히 흐르는 듯하였다. 조그마한 근심도 없고 다만 아름다움과 말하기 어려운 즐거움뿐으로…… 그가 음악소리를 타고 흐를 때 우리가 땅 위에서 무엇을 타며 다니는 것과 같이 규칙 없는 박절拍節로서 흐르는 것이 아니라 간단없고 한결같아 그의 기꺼움은 있다 없다 하는 웃음으로 나타나지 않고 그의 자는 얼굴에는 빛나는 미소로 찼으며 빛나는 달빛이 창으로 새어들어 그의 얼굴을 한층 더 빛나게 하였다.

그가 한참 흘러가다가 멈칫 하고 쉴 때에는 잠을 깨었다. 괴로움과 원망함이 다시 생기었다. 그가 창을 열고 달빛이 가득 찬 마당을 볼 때 차디찬 무엇이 그의 피를 식혀버리는 듯하였다. 그는 또다시 울었다. 그의 울음은 결코 황혼에 쇠북 소리를 듣는 듯한 얼없이 가슴 서늘한 서러움으로 나오는 것이 아니라 파란 물 위에서 은빛 물결이 뛸 때 강 언덕 마을 집에서 일어나는 젊은 과부의 창자를 끊는 듯한 울음소리 같은 슬픔으로 나오는 울음소리였다. 그는 머리를 팔에 대고 느껴 가며 울었다.

그는 속마음으로, 천사요, 하고 불렀다. 또 마녀여, 하고, 불렀다.

너희들은 무엇들을 하는가? 달이 은빛을 내리쏘는 것이나, 별들이 속살대이는 것이나, 모래가 반짝거리는 것이나, 나뭇잎에 이슬이 달빛을 반사하여 번쩍거리는 것이나, 나의 전신의 피를 식히는 듯이 선뜩하게 하는 것이나, 나의 가슴속을 괴롭게 하는 것이 천사여, 너나, 마녀여, 너나 누구의 술법으로써 나를 괴롭게 하는 것이라 하면 혹은 지나간 세상에서 나에게 실연을 당한 자기 천사가 되고 마녀가 되어 나를 괴롭게 하는 것이면 누구든지 그중에 힘센 자는 나를 가져가리라. 천사나 마녀나 그리고 너의 가장 지독한 복수의 방법을 취하라. 그러나 데려다가 못 견딜 빨간 키스는 하지 말 것이다.

그렇지 않고 둘이 다 세력이 같거든 나는 둘에 쪼개 가라. 아니 아니 잠깐 가만히 있거라, 나는 조그마한 희망이 있다. 나의 누님이시다.

그는 다시 잤다.

그 이튿날, 경애는 일어나 세수를 하고 근심이 있는 듯이 자기 오라비아우에게로 왔다. 그가 드러누워 있는 아우의 자리로 가까이 와,

"어서 일어나거라. 무슨 잠을 여태 자니?"

"가만히 계세요. 남은 지금 재미있는 꿈을 꾸는데."

"무슨 꿈을?" 하고 경애는 조금 말을 그쳤다가, "그런데 영빈 씨는 웬일이냐. 그 후 한 번도 만나보지 못하고 또 편지 한 장 없으니…… 어디가 편치 않은지도 몰라. 벌써 두 주일이나 되었지? 그러나 무엇 다른 일 없겠지, 너 오늘 좀 가보렴, 아침 먹고……."

철하는 빙그레 웃으며 고개를 돌리어 벽을 향하여 드러누우며,

"싫어요. 나는 그런 심부름만 한답디까? 영빈 씨인지 무엇인지 무엇을 아는 체 그까짓 게 예술가가 무엇이야. 어떻게 열이 나는지, 지금 생각하여도 분하거든. 남은 한참 누님 오기만 기다리고 있는데…… 무슨 좋은 소식이 나올까 하고…… 묻지 않는 말을 꺼내어, '다 틀렸어요, 실업가의 아드님은……' 어찌하고 알지도 못하고 떠드는 것은 참 불티를 저지르고 싶거든. 망할 자식."

감상적인 철하는 생각나는 대로 말을 하고 다시 돌아누웠다. 그의 누님은 얼굴이 빨갰다 파랬다 한다. 아무리 자기의 동생일지라도 자기 정인情人에게 치욕을 주는 것은 그대로 견뎌내기 어려웠다. 그러하나 무엇이라 말을 할 수도 없고 억지로 분함을 참으면서, "어디 너 얼마나 그러나 보자. 내 말은 듣지 않고 무엇이 될 줄 아니? 고만두어라" 하곤 일어서 나간다.

철하는 돌아누운 채 속으로 혼자 웃으면서 일부러 부르지도 아니하였다. 그러나 경애는 철하가 다시 부르려니 하였다. 그것이 여성의 약하고도 아름다운 점이었다.

철하는 아침을 먹고 대문을 나섰다. 정한 곳 없이 걸어갔다. 그는 어떠한 네거리에 왔다. 거기에는 전차를 기다리는 사람이 많이 서 있었다. 그 어떠한 여자 하나가 거기 서서 전차를 기다리고 있는 것을 보았다. 그 여자는 자기 누이보다 더 예쁘지는 못하나 어디인지 자기 누이가 갖지 못한 미점美點 있는 여자라 하겠다. 그는 한참 보다가 다시 두어 걸음 나아가 또다시 돌아보았다. 그는 그 옆에 영빈이가 서 있는 것을 보았다. 영빈은 그 여자와 무슨 이야기를 하고 서 있었다.

철하는 다만 반가움을 못 이기어,

"야! 영빈 씨 오래간만이십니다그려. 왜 그렇게 한 번도 아니 오세

요? 저의 누님은 매우……"

"네…… 네…… 어디로 가십니까?"

영빈은 아주 냉담하였다. 철하를 아주 싫어하는 듯하였다. 그리고 전차가 얼른 왔으면 하는 듯이 저편 전차가 오는 곳을 바라본다. 철하는 그래도 여전하게 반가이,

"네, 아무래도 좋지요. 참 오래간만입니다. 마침 좀 만나뵈오려 하였더니 잘 되었습니다. 바쁘지 않으시거든 우리 집까지 좀 가시지요."

그전 같으면 가자기 전에 먼저 나설 영빈이가 오늘은 아주 냉정하게,

"아녜요, 오늘은 좀 일이 있어요. 일간 한 번 들르지요."

그때 전차가 달려온다. 영빈은 그 여자와 함께 전차를 타며 모자를 벗는 둥 마는 둥 하더니, "또 뵙겠습니다" 한다. 철하는 기막힌 듯이 가만히 서 있었다. 전차는 떠났다. 멀리 달아나는 전차만 멀거니 바라보는 철하는 분한 생각이 갑자기 나서,

"에! 분해……."

사람의 본능이여, 아침에 방에 드러누워서는 일부러 장난으로 자기 누이에게 영빈과의 사랑을 냉소하였으나, 지금은 다만 자기 누이의 불행을 위하여 눈물을 흘리고 가슴을 쓰리게 하지 아니치 못하였다. 나의 가장 사랑하는 누이가 영빈이란 가예술가假藝術家, 부랑자, 악마 같은 놈에게 애인이란 소리를 들었던가 하는 생각을 할 때 그는 기어코 원수를 갚아야 하겠다 하였다. 그는 부리나케 전차가 간 곳으로 향하여 갔다.

그는 주먹을 쥐고 무엇이라 중얼중얼 하였다. 또다시 정처 없이 갔다. 그는 하루 종일 집에 돌아가지 않고 돌아다녔다. 만난 사람도 별로 없다. 저녁이 거의 되었다. 전등은 켜졌다. 철하는 영빈에게 꼭 원수를 갚으리라 하고 그의 집 대문으로 들어섰다.

"이리 오너라……" 하고 불렀다. 하인이 나와보다가 아무 말도 아니

하고 들어가더니 영빈이 나오며, "아! 아까는 대단히 실례했습니다. 이리로 들어오시지요" 하고 그 전과 같이 반갑게 맞아준다. 철하는 그리하면 내가 공연히 영빈을 의심하였다 하는 생각이 들며 하루종일 벼르던 분한 생각이 반이나 사라졌다.

철하는 방문을 버티고 방 안을 들여다보며,

"아녜요. 잠깐 다녀오라고 해서서 왔어요."

"아까 매씨도 다녀가셨습니다."

영빈은 무슨 하지 못할 말을 억지로 하는 듯하였다. 그의 얼굴에는 무슨 죄악의 그림자가 보이는 듯하였다. 철하의 분한 마음은 자기 누이가 다녀갔다는 말에 다 날아가 버렸다. 그러나 그의 머리 속에는 아무도 없는 영빈의 방에 자기 누이인 여성이 다녀갔다는 말을 들을 때에 여자를 입 맞추는 것, 음란한 행동의 환영이 보이고, 또 사랑의 귀여움도 생각하였다. 그는 미소를 띠며,

"네 그래요. 그러면 제가 오히려 늦었습니다그려. 그러면 가보겠습니다."

"왜 그렇게 들어오지도 않으시고 가세요?"

"아녜요. 관계치 않습니다. 얼핏 가보아야지요."

철하는 대문에까지 나와 다시 무엇을 생각한 듯이 영빈에게,

"아까 그 여자가 누구입니까?"

하였다. 영빈은 주저주저하다가,

"네…… 네…… 저의 사촌누이예요."

"네…… 그러세요, 그러면 내일 한 번 우리 집에 놀러 오시지요. 안녕히 주무십쇼."

철하는 휘적휘적 자기 집으로 돌아갔다. 철하가 안마당 끝에 구두끈을 끄를 때에 경애가 자기 아우가 돌아옴을 보고 반기어 나오면서도 어

쩐 까닭인지 그 전에 없던 부끄러움을 띠고,

"어디 갔다 인제야 오니?"

"공연히 돌아다녔죠."

철하는 자기 누이의 부끄러움을 알지 못하였다. 철하는 도리어 자기 누이에게,

"누님은 오늘 어디 갔다 오셨어요?"

하고 물었다. 경애는 주저주저하며 황망히,

"응, 우리 동무의 집에 잠깐……"

"또요?"

"없어."

이 말을 듣는 철하의 가슴은 선뜩하였다. 그리고 자기 누이를 한 번 쳐다보며,

"정말 없어요?"

"왜 그러니……."

"왜든지요."

철하의 눈에서는 눈물이 날 듯 날 듯하다. 알지 못하는 원망의 마음과 가슴을 버티는 듯한 슬픔은 철하를 못 견디게 하였다. 아…… 왜 나의 또다시 없는 사랑하는 누이가 나를 속이나? 사랑이라는 것이 형제의 의리까지 없이 한다 하면? 아…… 나는 사랑을 하지 않을 터이야. 우리 누이는 평생에 처음으로 나를 속이었다. 나는 이제 믿을 사람이 하나도 없다. 영빈에게 갔다 왔다고 하면 어째서 나를 속일까? 거기에 무슨 죄악이 숨어 있나? 비밀이 감추어 있나?

경애는 가까스로 참지 못하는 듯이, "그이 집에" 하고 얼굴이 발개진다.

"그의 집이 누구의 집예요? 그이가 누구예요?"

"영빈 씨 말이야."

"네…… 영빈이요, 그러면 왜 아까는 속이셨어요. 에…… 나는 인제는 믿을 사람이 하나도 없어요."

그는 갑자기 눈물이 솟구쳤다. 그는 아무 소리 없이 자기 방으로 뛰어들었다.

"이 세상에는 한 사람도 믿을 사람이 없어……."

그는 엎드려서 느껴 가며 울었다. 전깃불은 고요히 온 방 안을 비추었다.

경애는 자기의 잘못으로 인하여 가뜩이나 울기 잘하는 철하가 우는 것을 보고 얼마큼 불쌍하고 또 사랑의 참 정이 북받쳐 올랐다. 그는 철하의 방문을 열었다. 철하는 눈물을 흘리고 이불도 덮지 않고 드러누워 있었다. 만일 영빈이가 이렇게 하고 있는 것을 보았다면? 경애의 마음은? 끼어안고 입이라도 맞추었을 것이지만 그렇게 할 수 없는 철하에게는 가만히 전깃불을 반사하는 철하의 아래 눈썹에 괸 눈물을 그의 수건으로 씻어주었다. 철하는 잠이 들었다. 가끔가끔 긴 한숨을 쉬며 부드러운 입김을 토하였다.

'왜? 내가 한 번도 거짓말을 하여 보지 못한 나의 오라비에게 거짓말을 하였을까? 아…… 육체의 쾌락은 모든 것의 죄악이다. 아무리 사랑하는 자에게 안김을 받은 것일지라도 죄악이다. 그 죄는 나로 하여금 가장 사랑하는 나의 아우를 속이게 하였다.'

그는 자기 아우의 파리하여 가는 얼굴을 들여다보며 자꾸자꾸 울었다. 그러하나 그는 감히 그날 지낸 것을 자기 아우에게 이야기할 용기는 없었다. 그는 붓과 종이를 들어 그날 하루의 지낸 쾌업快業을 쓰려 하였다. 그는 썼다.

철하는 자다가 일어났다. 희망 없는 사람이다. 도와주는 사람은 없다.

하느님을 믿을까? 의지할까? 도와주심을 빌까? 그러나 만일 신이 실재實在가 아니라 하면? 그렇다, 하느님도 믿을 수 없고 의지할 수 없었다. 그의 가슴속에는 신앙이 없었다. 그의 가슴에는 하느님의 위안이 없었다. 하느님의 위안은 있는 사람에게 있고, 없는 사람에게는 없다. 또 있는 것을 없이할 필요도 없는 것을 일부러 있게 할 것도 없다 하였다.

그는 밤새도록 울었다. 오늘 저녁에는 엊저녁같이 아름다운 꿈을 꾸지 못하였다. 그는 새벽에 그의 누이가 써 놓은 글을 읽었다. 그러나 그는 그리 괴이하게 읽지 않았다.

영빈은 경애를 그의 침상에서 맞은 것이었다. 뭉친 사랑은 파열을 당하였다. 익고 또 익어 농익은 앵두같이 얇아지고, 또 얇아진 사랑의 참지 못하는 껍질은 터지었다. 그러나 터진 그때부터 그 사랑은 귀여운 사랑이 아니었다. 사랑이 터진 후로부터 경애는 알 수 없는 무슨 괴로움을 깨달았다. 순간적의 쾌락이 언제까지든지 계속하겠지, 하고 영원한 희망을 갖고 있는 그는 그 순간이 지난 후부터 무슨 비애와 부끄러움이 그의 가슴에 닥쳐왔다. 그리하고 가장 사랑하는 자기 오라비를 속이게 되었다. 그리고 그 이튿날도 종일 눈물을 흘리게 되었다. 그는,

"하느님이여, 어찌하여 나를 약한 자로 세상에 오게 하셨나이까? 운명의 신이여, 어찌하여 나를 이브의 후예로 나게 하였나이까? 부드럽고 연한 살과 욕정을 품은 붉은 입술과 처음催涩의 정情을 감춘 두 눈과 끓는 피가 모두 부끄러움과 강한 자의 미끼를 위하여 만들어지지 않지는 못할 것입니까" 하고 혼자 가슴이 답답하였다.

철하는 경애의 고백문 같은 것을 보고 아무 말도 없이, 다만 사랑의 결과는 찢어졌구나, 그러하나 아무것도 부끄러울 것이 없지 아니한가, 부정不貞이란 치욕만 없으면 그만이지, 영구永久한 사랑만 있으면 그만이지, 영빈과 누님이 영원한 한 사람이면 그만이지. 그러나 여자는 약

하다. 그 순간의 쾌락을 부끄러워서 나를 속이었고나.

아침은 되었다. 해는 아침 안개 속으로 온통 붉은 빛을 내려 쏟는다. 하인들은 들락날락, 부엌에서는 도마에 칼 맞는 소리가 난다. 아름다운 아침이었다. 분주한 아침이었다.

경애는 일어나며 철하의 방으로 갔다. 창틈으로 자고 있는 철하를 들여다보았다. 철하는 곤하게 자고 있었다. 경애는 멀거니 공중만 바라보며 아무 소리 없이 서 있었다.

철하는 겨우 눈을 뜨고 하품을 하였다. 창 밖에 섰던 경애는 깜짝 놀라서 저리로 뛰어갔다. 철하는 창을 열고 경애를 바라보며,

"왜 거기 가 계세요? 들어오시지 않고."

그는 조금도 다른 기색이 없이 평상시와 같았다. 경애는 오히려 부끄러워 바로 철하를 보지 못하였다.

"무얼 그러세요, 거기 앉으시지."

"뭐 어떠니?"

하며 어색한 말씨로,

"나는 네가 너무 울기만 하니까 대단히 염려가 되더라."

"염려되신다는 것은 고맙지만, 어쩔 수 없는 일이지요. 그러나 아버지는 또 무엇이라세요?"

"무얼 무어라서, 언제든지 그렇지."

"그러세요."

하고 그는 한참 생각하듯 고개를 숙이고 있다가 갑자기 고개를 들고,

"누님, 나는 그러면 맨 나중 수단을 쓰는 수밖에 없습니다. 내가 부모를 버리는 것이 잘못이지요. 나는 나의 하고 싶은 것을 하지 못하고 이렇게 쓸데없는 시일을 보낼 수가 없지요. 집에 있어야 울음뿐입니다."

"그러면 어떻게 한단 말이냐?"

"저는 갈 터입니다. 정처 없이 가요."

"애가, 또 미친 소리를 하는고나. 가면 어디로 가니?"

"날더러 미쳤다고요! 흥!"

"그런 소리 말고 조금만 더 참아보아라. 나하고 아주머니하고 어떻게 든지 하여 볼 터이니 마음을 안정하고 조금만 더 참으렴. 또 네가 정처 없이 간다니 가면 어디로 가니? 가다가 거지밖에 더 되니? 너만 어렵 다. 니가 무엇이 있니? 돈이 있니? 학식이 있니?"

"네, 저는 거지가 되렵니다. 거지가 더 자유스러워요, 더 행복스러워 요. 지금 저는 거지 아닌 듯싶으십니까? 아버지의 밥 얻어먹고 있는 거 지입니다. 그러나 마음은 항상 괴로워요. 차라리 찬밥 한 덩이를 빌어 먹더라도 마음 편하고 자유로운 거지가 더 좋습니다."

그의 가슴에서는 한때 북받치는 결심의 피가 끓었다. 나는 가정을 떠 날 터이다, 차디찬 가정을. 그리하고 또 되는 대로 가는 대로 흐를 터이 다. 적적하게 빈 외로운 절 기둥 밑에 이슬을 맞으며 자고, 한 뭉치 밥 을 빌어 찬물에 말아먹고, 아아 그리운 방랑의 생활, 길가에 핀 한 송이 백합꽃이 아무러하지 않고도 그같이 고우며, 열 섬의 쌀을 참새 하나가 한꺼번에 다 못 먹는다. 불쌍한 자들아! 어리석은 자들아! 오늘 근심은 오늘에 하고, 내일 근심은 내일에 하라. 아아, 어두운 동굴 속에도 나의 자리가 있고 해골이 쌓인 곳에도 나의 동무가 있다. 오막살이 초가집에 서도 하늘의 천사에게 향연을 베풀며 망망한 대양에 반짝거리는 어선 의 등불 밑에도 달콤한 정화情話가 있지 아니한가. 한 방울의 물로 그 대 양됨을 알지 못하나니, 사람이 무엇으로 크다고 하며 무엇으로 자기인 체하느뇨?

재산은 들고 가려느냐, 땅은 사서 메고 가려느냐, 죽어지면 개미가 엉기는 몸뚱이에 기름을 바르는 여자들아, 분 바르고 기름칠 하면 땅

속에서 썩지 않고 다시 산다더냐? 떠나라! 거짓에서 떠나고 사랑 없는 곳에서 떠나라! 너의 갈 곳은 이 세상 어디든지 있고, 너의 몸을 묻는 한 뼘의 작은 터가 어느 산모퉁이든지 있느니라. 아! 갈 것이다. 심령의 오로라여, 나를 이끌라. 진리의 밝은 별이여, 그대는 어디든지 있도다. 아! 갈지라, 나는 갈지로다.

그는 이렇게 결심하였다. 그러나 그는 눈물을 아니 흘리지 못하였다. 육체인 그는, 감정의 그는 울지 아니하지 못하였다.

"누님, 저는 갈 터입니다. 삼각산 높은 봉에 쉬어 넘는 구름과 같이 가요. 붉은 해가 서산을 넘어가기만 하고 오지 않는 것 같이 가요. 산 넘고 물 건너 걷기도 하고 배도 타고, 얼음 나라도 가고, 수풀 사이로 흐르는 시냇가에도 가고, 인도에도 가고, 애급에도 가고, 예루살렘에도 가고, 이태리에도 가고, 어디든지 갈 터입니다."

이때 하인이 편지 한 장을 갖다가 경애 앞에 놓았다. 그는 반가워 뜯어 보았다.

경애여, 그대의 오라비는 나를 욕보였다. 진실한 사랑을 의심하여 나에게 치욕을 주었다. 나는 다시 그대의 남매를 보지 않을 터이다. 그대의 오라비는 나를 의심하여, "그 여자가 누구입니까?" 하던 그 여자는 참으로 나의 정인情人이다. 너의 연한 살과 부드러운 입술과, 너의 육체의 아무것으로라도 흉내내기 어려운 사랑의 애정哀情인 그의 두 눈의 광채를 보라. 타는 가슴에 불이 붙는 것의 상징은 그의 뺨을 보라. 그는 참으로 산 자이다. 그러나 너는 죽은 자이다. 죽은 자는 죽은 자라야 사랑한다. 그만.   영빈.

경애는 땅에 엎디어 울었다. 그는 편지를 북북 찢으며,

"예술가? 예술이 다 무엇이냐, 죽음을 저주하는 주문이냐, 마녀의 독창이냐, 보기에도 부끄러운 음화냐, 다 무엇이냐. 사랑 같은 예술이 어찌 그 모양이냐? 아 분해, 너도 예술 다 고만두어라. 예술가는 다 악마이다. 다 고만두어라."

그는 자꾸자꾸 느껴 운다. 그는 자꾸자꾸 분한 마음이 나며 또한 옆으로 자기 누이가 그리하는 것을 보매 실망되는 생각이 나서 마음은 자꾸 괴로워진다.

"누님, 무엇을 그러세요?"

"무엇이 무엇이냐. 나는 예술가에게 더러움을 당하였다. 속았다. 다 고만두어라, 예술가는 다 독사다, 악마이다. 여호와를 속인 뱀과 같다. 다 고만두어라."

철하의 마음은 갑갑할 뿐이었다. 쉴새없이 흐르는 그의 더운 피가 갑자기 꽉 막히는 듯하였다. 자기의 누님이, 가장 미덥고 가장 사랑하는 누님이 가짜 예술가에게, 독사에게, 악마에게 아! 그 곱고 정한 몸은 그 순간에 더럽히었다. 아니 아니, 그 순간이 아니다. 더럽힌 것이 그 순간이 아니다. 형식을 벗어난 사랑의 결과를 나는 책망하지 않는다. 그러나 영빈의 머리 속에서 벌써부터 나의 누이를 더럽히고 있었다. 보이지 않는 그의 머리 속에서는 몇만 번 나의 누님을 침상에서 맞았다. 그 머리 속에 있던 음욕의 환영은 몇천 번인지 모른다. 아아, 악마, 독사, 너는 옛적에 에덴에서 이브를 꼬이던 뱀이다. 거침없는 흠 없던 이브는 그 뱀으로 인하여 모든 세상의 괴로움을 깨달은 것과 같이, 너는 나의 누님에게 고통을 주었다. 거리낌 없는 나에게 거짓말을 하게 되었다. 인생의 모든 것을 저주하게 되었다.

철하의 가슴은 갑자기 무엇이 터지는 듯하였다. 모였던 물이 터지는 듯하였다. 막혔던 피는 다시 높은 속도로 돌았다. 그의 천칭天秤의 중심

같은 신경은 그의 뜨거운 피의 몰려가는 자극을 받아 한없이 흥분하였다. 그는 갑자기, "누님!" 하고 부르짖으며,

"누님은 예술을 욕보였습니다. 예술이란 것이 어떠한 뭉치로나 부분의 한 개로 있는 것이 아니에요. 생이 있을 때까지는 예술이 없어지지 않아요. 아아, 누님은 생의 모든 것을 욕보였습니다. 누님은 누님 자기를 욕하고, 가장 사랑하는 아우를 욕하고…… 아아, 나는 참으로 그 말을 그대로 듣고 있을 수 없어요. 나의 목을 누르는 듯한 누님의 말을 그대로 듣고 있을 수는 없어요. 아아, 내가 독사 악마라면 누님은 나보다 더 무엇이라 할 수 있는 요녀입니다. 사람의 육체를 앙상한 이빨로 뜯어먹는 요녀예요. 무덤 위로 방황하는 야차野次입니다. 아아, 나의 가슴은 터지는 듯해요. 가슴에 뛰는 심장은 악마의 칼로 찌르는 듯해요. 아아, 어찌하면 좋을까요, 누님…… 네……?"

경애는 자기 오라비의 갑갑하여 어찌할 줄 모르는 것을 보고, 그가 엎드려져 가슴을 문지르며 우는 것을 보고, 또 자기에게 원망하는 듯하는 소리에 말하기 어려운 비애가 뭉친 것을 보고, 어디까지 여성인 그는 인자가 가득 찬 무엇이라 말할 수 없는 원망과 슬픔과 사랑과 어짊이 뒤섞인 마음이 생기어 그의 오라비를 눈물 괸 눈으로 바라보았다. 물끄러미 아무 말 없이 쳐다보는 그의 눈에는 사랑의 빛이 찼다. 그의 눈물이 하얀 뺨을 흘러 떨어질 때마다 그는 침을 삼키며 한숨이 가슴에 북받친다. 그는 메어가는 목소리로,

"철하야, 다 고만두자, 지나간 일은 잊어버리자, 나는 전과 같이 너를 사랑할 터이다. 나는 또다시 너를 속이지 않을 터이다. 아아, 그러나 나는 분해. 참으로 분해……."

"모두 다 한때의 감정이지요. 그러나 누님, 분해하는 누님을 보는 나는 더 분해요. 저는 누님보다 더 분해요…… 에…… 나는 그대로 참지

는 못하겠어요. 참지 못해요. 내가 죽어 없어지기 전에는 참지 못해요. 그놈이 나의 누님의 원수라 함보다도 나의 원수입니다. 그놈은 예술을 욕보였습니다."

철하는 자기 누이의 사랑스러운 항복을 받고 갑자기 더욱 흥분되었다. 그리고 벌떡 일어났다.

"아녜요. 가만히 있을 수 없어요."

그의 누이는 그의 옷자락을 잡으며,

"어디를 가니?"

"놓으세요. 그놈을 그대로 두지 못해요. 독사 같고, 악마 같은 놈을 그대로 둘 수는 없어요. 나의 손에 주정酒精이라는 듯한 날카로운 칼은 없지마는 그놈의 가슴을 이 손으로라도 깨뜨려버릴 터입니다. 놓으세요, 자…… 놓으세요."

경애의 손은 떨리며 나지막한 소리로 애원하는 정이 뭉친 듯하게 그를 쳐다보며,

"이애, 왜 이러니? 그렇게 감정적으로 하면 안 된다. 자 참아라, 참아……."

"그러면 누님은 나보다도 나의 생명보다도 영빈의 그 악마의 생명을 더 아끼십니까, 안 됩니다. 안 돼요."

경애의 마음은 어디까지 자랑스러웠다. 그의 마음에는 오히려 지나간 흔적이 남아 있었다. 부질없는 지나간 때의 단꿈의 기억은 오히려 영빈을 호의로 의심하게 되었다. 자기의 불행을 조금 더 무슨 희망과 서광이 보이는 듯이 인정하게 되었다. 아무렇기로 영빈 씨가 그리하였으랴. 그것은 무슨 잘못된 일이 아닌가? 하였다. 그리고 어떠한 때에는 자기 오라비에게 대한 사랑이 영빈의 그것과 대조하여 미치지 못하는 점이 있었다. 철하는 아주 냉담하게,

"저는 일어섰습니다. 누님을 위하여 일어섰으며 예술을 위하여 일어섰습니다. 저는 다시 앉을 수는 없어요."

"이애, 너는 나를 위하여 한다 하면서 그러면 어째 나의 애원을 들어주지는 않니! 자아…… 앉아라, 앉아. 너무 그리 급히 무슨 일을 하다가는 모슨 오해가 생기기 쉬우니라. 응!"

"앉을 수 없어요. 만일 누님이 영빈이를 위하여 나에게 한 번 일어선 마음을 꺾으라 하면, 아…… 네 알았습니다. 영빈에게는 가지 않겠습니다. 영빈을 위하여 가지 않는 것이 아니라 나의 누님을 위하여……."

"아아, 정말 고맙다. 그러면 여기 앉아라."

"그렇다고 앉지는 못해요, 나는 일어선 사람입니다. 혈기 있는 청년이에요. 나는 누님을 위하여 나의 몸을 바칠 터입니다. 자…… 놓으세요, 저는 저 가고 싶은 곳으로 갈 터입니다. 자,…… 놓으세요."

경애는 어찌할 줄 몰랐다. 그는 철하의 옷자락을 어리광도 같고 원망하는 것도 같이 잡아당기며 거기 매달려 한참 엎디어 소리를 내어 울었다. 그 꼴을 보는 철하의 마음은 괴로웠다. 눈물은 한없이 흘렀다.

"누님, 그러면 어떻게 해요, 갈 수도 없고, 있을 수도 없고, 어떻게 하란 말씀이오!"

"나는 어떻게 해야 좋을지 모르겠다. 그러나 너를 놓아줄 수는 없어. 놓을 수는 없어."

철하는 그대로 사라져버렸으면 하였다. 그러나 자기 누님의 눈물과 한숨을 보면 볼수록 자기의 마음은 약하여졌다. 철하의 결심은 식어버리기 시작하였다. 그는 아주 단념한 듯이,

"그러면 놓으세요, 저는 다…… 고만두겠습니다. 안 갈 터입니다……."

그가 다시 자기 책상 앞에 가서 "아하" 하고 한숨을 쉬고 팔을 모으고

고개를 대고 엎드리려 할 때 하인이 창을 열고, "아가씨, 마님이 좀 들어오시라고요" 하고 의심스럽고, 호기의 웃음을 띠고 쳐다본다. 경애는 눈물을 씻고 아무 소리 없이 나간다. 그의 몸을 슬쩍 돌릴 때에 그의 희고 고운 옷자락이 바람에 슬쩍 날리어 그의 부드러운 육체의 윤곽이 선명하게 철하 눈에 보였다. 아아, 욕정! 그는 고개를 다시 내려 엎드려 책상 위에 엎드렸다. 그는 자꾸 울었다. 방 안은 고요하다. 그때는 철하의 머리 속에는 아무 의식도 없었다. 그는 깜박 잠이 들었다.

그는 고개를 땅에 대고 엎드려 있었다. 사면은 다만 지평선밖에 보이지 않는 넓고 넓은 사막이었다. 아무것도 보이지 않았다. 저쪽 우묵히 들어간 곳에는 도적에게 해를 당한 행려行旅의 주검이 놓여 있다. 어디서인지도 모르게 괴수의 울음소리가 들린다. 멀리 두어 개 종려나무가 부채 같은 잎사귀를 흔들었다. 적적하고 두려운 생각을 내는 정막한 것이었다.

그의 눈물은 엎디어 있는 팔 밑으로 새어 시내같이 흘렀다. 그는 목이 마르고 가슴이 답답하였다. 두려움이 생겼다. 조금도 눈을 떠 다른 곳을 못 보았다. 지나가는 바람 소리가 날 때 그의 머리끝은 으쓱으쓱 하여지고 귀신의 날개 치는 소리가 아닌가 하였다. 그러나 그의 울음은 그치지 않았다. 그의 울음은 극도의 무서움까지라도 그치게 하지 못하였다. 그는 자꾸 울었다.

그때 하늘 구름 사이로 황금빛이 나타났다. 온 사막은 기꺼움의 광채로 가득 찼다. 도적에게 맞아 죽은 주검까지 전신에 환희의 광채가 났다. 그 구름 위에는 2천 년 전에 갈보리 산 위에서 십자가에 돌아간 예수의 인자한 얼굴이 나타났다. 웃지도 않는 얼굴에는 측은하여 하는 빛과 사랑의 빛이 찼다. 그는 곧바로 철하의 엎디어 있는 공중 위에 가까이 왔다. 그는 한참 철하를 바라보더니 그의 바른손을 들었다. 그의 못 박힌 자국으로부터는 붉은 피가 하얀 구름을 빨갛게 적시며 철하의 머리털 위에서 떨어졌다. 그리고 다시 하얀 모래 위에 발갛게 물들인다. 그때 모든 천사는 예수를 찬송하는 노래를 불렀다. 구름과 예수와 천사들은 다 사라졌다.

철하는 고개를 들어 쳐다보았다. 그러나 아무 위안을 주지 못하였다. 모래 위에 피는 다 사라졌다. 마음은 여전히 괴롭고 두려웠다. 그는 다시 엎드렸다. 어느덧 공중에 달이 솟았다. 온 사막은 차고 푸른빛으로 덮이었다. 지평선 위 공중에서는 별들이 깜빡거리었다. 아주 신비의 밤이었다.

어디서인지 장구와 피리 소리가 들리었다. 그 소리는 아주 향락적 음악을 아뢰었다. 그때 저쪽 어둠 속에서 아주 사람이 좋은 듯이 싱글싱글 웃는 마왕 하나가 피리와 장구의 곡조에 맞추어 덩실덩실 춤을 추며 이리로 가까이 왔다. 그의 몸에는 혈색의 옷을 입었다. 그가 밟는 발자국 밑 모래 위에는 파란 액체가 괴었다. 그는 달님과 별님에게 고개를 끄덕 인사를 하고 철하 앞에 와서 넘실넘실 춤을 추었다. 그는 유창하게 크게 웃었다. 아주 낙환樂歡의 마왕이었다.

"하—하."

빙글빙글 웃는 달
나의 얼굴 밝히소서

첫날 저녁 촛불 밑에
다홍치마 입고서
비스듬히 기대앉아
아무 소리 아니 하고

신랑의 얼굴만
곁눈으로 흘겨보는
새색시의 얼굴 같은
달님의 얼굴빛을
나는 보기 원합니다.

쌍긋쌍긋 웃는 별님
홍등촌紅燈村 사창紗窓 열고
바깥 보고 혼자 서서
지나가는 손님 보고
치마꼬리 입에 물고
가는 허리 배배 꼬며
푸른 웃음 던지면서
부끄러워 창 톡 닫고
살짝 돌아 들어가는
빨간 사랑 감춘
웃는 아씨 그것같이
나에게도 그 웃음을
던져주기 비옵니다.
하하하 하하하하

하늘 위에 흐르는 물
은하수가 되었어라
인간에는 물이지만
하늘에는 술뿐이라

쉬지 않고 흐르는 술

인간에도 들이부어

눈물 없는 이 마왕과

한숨 없는 이 마왕과

원망 없는 이 마왕과

거짓 없는 이 마왕과

웃음뿐인 이 마왕과

즐거움만 아는 나와

사랑만 아는 나와

꿈속에서 아찔하게

영원토록 살려 하는

이 마왕의 모든 친구

모다 모시게 하옵소서.

하하하하 하하하하하

마왕은 철하 귀에 입을 대고, "철하" 하고 아주 유혹하듯이 나지막한 목소리로 불렀다.

"철하, 일어나게. 근심은 무엇이고 눈물은 왜 흘리나. 나는 여태껏 그 것을 몰라. 자— 일어나게. 내 그 눈물과 근심을 다 없이 할 것을 줄 터 이니."

철하는 가만히 눈을 들어 보았다. 그는 조금 주저주저하였다.

"하하, 철하 그대는 나를 알 터이지, 어여쁜 처녀의 붉은 입술같이 언 제든지 짜르르하게 타는 달콤한 '술의 마왕'을! 자— 나의 동무가 되 라. 나와 사귀면 근심을 모르는. 눈물을 모르는 어느 때든지 저 달님과 별님과 같이 될 것이라. 자, 나와 같이 '술의 노래'를 부르며 춤추고 놀아 보자. 하하하하하 하하하하하."

철하는 그의 손을 잡고 일어섰다. 마왕은 자기 발자국에 고이는 파란 빛의 액체를 철하에게 먹였다. 철하는 모든 근심, 모든 괴로움을 잊어 버리게 되었다. 그리하고 마왕과 함께 덩실 추었다. 그리고 그의 가슴 에서는 뜨거운 정욕만 자꾸자꾸 일어났다. 그의 입술은 점점 붉어지고 온 전신은 열정으로 타는 듯하였다. 그는 부끄러움도 잊어버리고 옷을 벗었다.

그때에 누구인지 보드랍고 따뜻한 손으로 그의 손을 잡는 자가 있었 다. 그의 가슴에 정욕은 더 높아졌다. 그는 돌아다보았다. 철하 뒤에는 눈썹을 푸르게 단장하고 가슴의 유방을 내어 보이며 입에는 말하기 어 려운 정욕의 웃음을 띠고 푸른 달빛을 통하여 아지랑이 같은 홑옷 속으 로 타는 듯한 육체의 말할 수 없는 부드러운 대리석 같은 살의 윤곽을 비추었다. 그의 벗은 발 밑에서는 금강석 같은 모래가 반짝였다.

철하의 가슴속에 붉은 심장은 가장 높은 속도로 뛰었다. 그가 마왕에 게 취한 게슴츠레한 눈으로 사랑의 이슬이 스미는 듯한 그의 입술을 바 라볼 때 그는 알지 못하게 그 여자의 뭉클하고 부드러운 유방을 끼어 안았다. 그는 타는 듯한 입을 맞추었다. 초자연의 순간이었다. 그때 또 다시 유창한 마왕의 웃는 소리가 들리었다.

"하하하하 하하하하하."

철하는 꿈같이 몇 시간을 보내었다. 이때 멀리 새벽을 고하는 종소리 가 들리었다. 마왕과 그 여자는 깜짝 놀라서 손을 마주잡고 여명 속에 숨어버리었다. 달은 서쪽 지평선 저쪽으로 넘어가며 얼굴이 노한 듯 불 쾌하여 철하를 흘겨보는 듯하였다. 별들은 눈을 부비는 듯하였다. 철하 는 혼자 남아 있다가 다시 엎디었다. 마음은 시끄러웠다.

아아, 사랑스러운 새벽빛이 동편 지평선의 저쪽으로 새어 들어왔다.

하늘은 파르스름하게 개었다. 그는 어디서 오는 것인지 길고도 그윽한 정신을 취하게 하는 바이올린 소리를 들었다. 천애天涯 저쪽으로부터 들려오는 음악소리에 화和하여 처녀의 조금도 상치 않은 목소리가 들렸다. 그러나 그 소리가 어디서 오며, 어디로 가는지 몰랐다. 그때 철하는 눈물을 흘리며 멀리 저쪽 하늘 끝을 바라보았다.

그 음악소리는 산을 넘고 물을 건너 한없이 왔다. 그 보이지 않는 소리는 처음에는 아지랑이 같이 희미하게 보이게 변하고, 또 그 다음에는 여름에 지평선 위로 떠오르는 흰 구름 같은 것으로 변하고, 나중에는 육체를 가진 여신으로 변하였다. 그는 사막 위로 걸어 철하에게로 가까이 왔다. 철하가 그 여신의 빛나는 눈을 볼 때 아아, 모든 근심으로 눈물은 사라졌다. 자기가 그 여신 같기도 하고, 여신이 자기 같기도 하였다. 그러나 그 여신의 눈에는 눈물이 있었다. 새로운 아침빛이 그것을 비추었다. 음악의 여신은 아무 말도 없었다. 그는 다만 철하의 손을 잡고 물끄러미 쳐다볼 뿐이었다. 그 여신은 감정적인 여신이었다. 그의 눈에서는 눈물이 자꾸자꾸 흘렀다. 그 눈물은 철하의 손등에 떨어졌다. 그 여신은 철하를 끼어안고 어머니가 어린 자식을 어루만지듯 하였다. 철하는 그 여신을 단단히 쥐었다. 그러나 그 여신은 돌아가려 하였다. 철하는 놓치지 않았다. 그때 여신의 몸은 몸은 구름같이 변하고, 아지랑이같이 변하고 보이지 않는 소리로 변하였다. 그리고 서쪽 지평선으로 넘어갔다. 철하는 여신의 사라진 손만 쥐고 있었다. 그는 다시 엎드려 울었다.

철하가 눈을 떴을 때에는 그 여신을 잡았던 손에 자기 누이의 고운 손이 잡혀 있었다. 자기 누이는 자기 손을 잡고 그 위에 눈물을 뿌리고 있었다.

옛날 꿈은 창백하더이다

옛날 꿈은 창백하더이다

    내가 열두 살 되던 어떠한 가을이었다. 근 오 리나 되는 학교를 다녀온 나는 책보를 내던지고 두루마기를 벗고 뒷동산 감나무 밑으로 달음질하여 올라갔다.

    쓸쓸스러운 붉은 감잎이 죽어가는 생물처럼 여기저기 휘둘러서 휘날릴 때 말없이 오는 가을바람이 따뜻한 나의 가슴을 간지르고 지나가매, 나도 모르는 쓸쓸한 비애가 나의 두 눈을 공연히 울먹이고 싶게 하였다. 이웃집 감나무에서 감을 따는 늙은이가 나뭇가지를 흔들 때마다 떼지어 구경하는 떠꺼머리 아이들과 나어린 처녀들의 침 삼키는 고개들이 일제히 위로 향하여지며 붉고 연한 커다란 연감이 힘없이 떨어진다.

    음습한 땅냄새가 저녁 연기와 함께 물들이고 구슬픈 갈까마귀 소리 서편 숲 속에서 났다. 울타리 바깥 콩나물 우물에서는 저녁 콩나물에 물 주는 소리가 척척하게 들릴 적에 촌녀의 행주치마 두른 짚세기 걸음이 물동이와 달음박질한다.

    나는 날마다 학교에서 돌아오는 길로 하는 것이라고는 이것이 첫째 번 과목이다. 공연히 뒷동산으로 왔다갔다 한다. 그날도 감나무 동산에서 반숙한 연감 하나를 따먹고서 배추밭 무밭으로 돌아다녔다. 지렁이 똥이 몽글몽글하게 올라온 습기 있는 밭이랑과 고양이밥이 나 있는 빈

터전을 쓸데없이 돌아다닐 적에 건너편 철도 연변에 서 있는 전깃불이 어느 틈에 반짝반짝한다.

그때에 짚신 신은 나의 아우가 뒷문에 나서면서 부엌에서 밥투정을 하다 나왔는지 열 손가락과 입 가장자리에는 밥알 투성이를 하여 가지고 딴 사람은 건드리지도 못하는 저의 백동 숟가락을 거꾸로 들고 서서, "언니 밥 먹으래" 하고 내가 바라보고 서 있는 곳을 덩달아 쳐다본다. "그래" 하고 대답을 한 나는 아무 소리도 없이 마루 끝에 가서 앉으며 차려 놓은 밥상을 한 귀퉁이 점령하였다. 밥 먹는 이라고는 우리 어머니와 일해 주는 마누라와 나와 나의 다섯 살 먹은 아우뿐이다.

소학교 사학년을 다니는 내가 무엇을 알며, 무엇을 감득感得할 능력을 가졌으며, 안다 하면 얼마나 알고 감득하면 몇 푼어치나 감득하리오. 그러나 웬일인지 그때부터 나의 어린 마음은 공연히 우울하여졌다. 나뭇가지 하나가 바람에 흔들리는 것이나, 저녁 참새가 처마 끝에서 옹송그리며 재재거리는 것이나, 한가한 오계午鷄가 길게 목 늘여 우는 것이나, 하늘 위에 솟는 별이 종알거리는 것이나, 저녁 달이 눈雪 위에 차디차게 비치인 것이나, 차르륵거리며 흐르는 냇물이나, 더구나 나무 잎사귀와 채소 잎사귀에 얼킨 백로白露의 뻔지르하게 흐르는 것이, 왜 그리 그 어린 나의 감정을 창백한 감상의 와중으로 쳐틀어박는지 약한 심정과 연한 감정은 공연한 비애 중에서 때 없는 눈물을 흘리었었다.

그것을 시상詩想의 발아發芽라 할는지 현묘유원玄妙幽遠한 그 무슨 경역境域을 동경하는 첫 번째 동구洞口일는지는 알 수 없으나 어쨌든 나는 다른 이의 어린 때와 다른 생애의 일절을 밟아왔다. 그러나 그것은 몽롱한 과거이며 흐릿한 과거이다.

그날 저녁에도 어둠침침한 마루 끝에서 갓 지은 밥을 한 숟가락 두 숟가락 퍼먹을 때에 공연히 쓸쓸하고 적적하다. 어렴풋한 연기 냄새가 더구나 마음을 괴롭게 한다. 침묵이 침묵을 낳고 침묵이 침묵을 이어 침침한 저녁을 더 어둡게 할 때 나는 웬일인지 간지럽게 그 침묵이 싫었다. 더구나 초가집 처마 끝에서 이리 얽고 저리 얽어 놓는 왕거미 한 마리가 어느덧 나의 눈에 띌 때에 나는 공연히 으쓱하여 무엇을 생각하시는지 입에 든 밥만 씹고 계신 우리 어머니의 얼굴만 쳐다보았다. 그리고 코를 손등으로 씻어가며 손가락으로 반찬을 집어 먹는 나의 아우의 얼굴을 바라보았다.

"할멈 물 좀 떠오게" 하는 소리가 우리 어머니 입에서 떨어지며 그 흉한 침묵이 깨지었다. 할멈은 행주치마자락에 손을 씻으며 대접을 들고 부엌으로 내려가더니 솥뚜껑 소리가 한 번 덜컹하고 숭늉 한 그릇을 들고 나온다. 어머니는 아무 소리 없이 그 물을 나에게 내미시면서, "물 말어 먹으련?" 하시니까 물어 보신 나의 대답은 나오기도 전에 나의 동생이 어리광 부리는 소리로, "물" 하고 물 그릇을 가로챈다.

"엎질러진다. 언니 먹거든 먹어라" 하시는 어머니의 권고는 아무 효력이 없이 왈칵 잡아다니는 물 그릇은 출렁하더니 내 동생 바지 위에 들어부었다. 그 일 찰나간—刹那間에 우리네 사람은 일제히 물러 앉으며, "에그" 하였다. 어머니는 "걸레, 걸레" 하며 할멈에게 손을 내민다. "글쎄 천천히 먹으면 어때서 그렇게 발광이냐" 하시며 상을 찌푸리시고 할멈이 집어주는 걸레를 집어 나의 아우의 바지 앞을 털어주신다. 때가 묻은 바지 앞을 엉거주춤하고 내밀고 있는 나의 아우는 다만 두 팔만 벌리고 서서 아무 말이 없다.

나는 미안하였든지 동생의 철없이 날뛰는 것이 우스워 그리 하였든지 밥은 먹지 못하고 다만 상에서 저만큼 떨어져 앉았다가 석유 등잔에 불을 켜 놓고 다시 밥상으로 가까이 올 때, "에그, 다리 아퍼. 저녁을 인제야 먹니?" 하며 마당으로 들어오는 이는 우리 동생 할머니시다. 손에는 남으로 만든 책보를 들고 발에는 구두를 신고 머리를 쪽진 데는 은 비녀를 꽂았다. 키가 작달막한 데다가 머리가 희끗희끗한데, 검정치마 가 땅에 거의거의 끌리게 된 것을 보니까 아마 오늘도 꽤 많이 돌아다 니신 모양이다.

"어서 오십시오" 하며 들던 숟가락을 놓고 일어나시는 이는 우리 어 머니시다.

"마님 오십니까" 하고 짚세기 신는 이는 할멈이다. 마루창이 뚫어져 라 깡충깡충 뛰며, "할머니 할머니"를 부르는 것은 나의 아우다. 나는 숟가락을 입에 문 채로 다만 빙그레 웃으면서 반가워하였다.

마루 끝에 할머니는 걸터앉으셨다. 할멈은 걸레로 마루바닥을 훔치 는 사이에 어머니는 부엌으로 내려가셨다. 그릇 소리가 덜거덕덜거덕 난다. 피곤한 가슴을 힘없이 내려앉히시며 한숨을 휘ㅡ 하고 내쉬신 할 머니는 무슨 걱정이나 있는 듯이 부엌을 향하여, "고만두어라, 내 밥은. 아직 먹고 싶지 않다" 하신다. 어머니는 부엌에서 상을 차리시더니,

"왜 그러세요. 조금 잡숫지요."

"아니다. 거기서 먹었다. 오늘 교인 심방을 하느라고 명철이 집에 갔 더니 국수장국을 끓여내서 한 그릇 먹었더니 아직까지도 배가 부르다."

어머니는 차리던 상을 그대로 놓고 부엌문에서 나오며,

"명철이 집이요? 그래 그 어머니가 편찮다더니 괜찮아요?"

"응 인제는 다ㅡ낫더라. 그것도 하나님 은혜로 나은 것이지."

우리 할머니는 그 동네 교회 전도부인이시다. 우리 집안은 본래 우리 할아버지와 아버지 사이가 좋지 못하여 따로따로 떨어져 산다. 그리고 우리 할머니는 열심 있는 교인이요, 진실한 신자이지마는 우리 아버지 는 종교(현대 사회에서 명칭하는)에 대하여 냉혹한 비평을 하는 사람이 었다.

우리 할머니는 본래 교육이 있지 못하다. 있다 하면 구식 가정에서 유교의 전통을 받아 오는 교육이었을 것이며, 안다 하면 한문이나 국문 몇 자를 짐작할 뿐이요, 새로운 사조와 근대 사상이라는 옮기기도 어려운 문자가 있는지도 알지 못할 것이다. 그러나 나는 그 열두 살 되던 그 해에는 다만 우리 할머니를 한 개 예수 믿는 여성으로 알았었으며 하느님이 부리는 따님으로만 알았었다. 종교에 대한 견해라든지 신앙이란 여하한 것인지를 알지 못하였다.

　나도 예수교 학교를 다니므로 자기의 선생을 절대로 신임하고 자기의 학교의 교풍을 절대로 존중하였었다. 그리고 예수의 십자가에 흘렸던 붉은 피가 참으로 우리 인생의 더러운 피를 씻었으며 수염 많은 할아버지 같은 하느님이 참으로 우리를 내려다보시고 계신 줄 알았었다.

　날마다 아침 성경시간과 주일학교에서 선생에게 들은 바가 참으로 나의 눈앞에 환상으로 나타났었으며 유대 풍속을 그린 성화가 과연 천당, 지옥, 성지, 낙토의 전형으로 보이었다. 그것이 나에게 어떻든 무슨 인상을 준 것은 사실이니 천사를 생각할 때에는 반드시 서양 여자를 그린 그 채색 칠한 그림이 나의 눈앞에 나타나 보이며 예수가 십자가에 못 박혀 돌아간 것을 생각할 때에는 시뻘건 육괴肉塊가 시안屍眼을 부릅뜨고 초민焦悶과 고통의 극도를 상징하는 그의 표정과, 비린내 나고 차디찬 피가 흐르는 예수의 죽음이 만인의 입과 천 년의 세월을 두고 성찬성찬하며 추앙경모의 그 부르짖음의 소리가 그 어린 나의 귀와 나의 심안心眼에 닿을 때에도 비린내 나는 나는 붉은 피 보혈로 보이었으니 무서운 시체를 그린 그 그림이 도리어 나의 어린 핏결 속에 무슨 신앙을 불어 넣어주었었다. 그때의 나의 기도는 하느님이 주었으며 그때의 나의 죄는 예수가 씻었었다. 그것이 결코 지금의 나를 만족시키며 지금 나에게 과연 신앙을 부어주지는 않는다 하더라도 내가 한두 살 되는 그때의 나의 영혼은 있는지 없는지도 판단치 못하던 하느님이 지배하였으며 이천 년 옛날에 송장이 되어 썩어진 예수가 차지하였었다. 그때의 나의 영혼은 영혼이 아니고 공명의 하느님의 것이었으며, 그때의 나의 생은 나의 생이 아니며 촉루髑髏까지 없어진 예수의 생이었다. 그때의 나는 약자이었으며 그때의 나는 피정복자이었다. 무궁한 우주와 조화를 잃은 자이었으며 명명 무한대冥冥無限大한 대세계에 나의 생을 실현할 능력을 빼앗긴 자이었다.

명명한 대공을 바라볼 때에 유대식 건물의 천당을 존경하였을지라도 자아심상의 낙토는 몰랐으며 사후의 영생을 구하였을지라도 생生하여서 영생을 알지 못하였다. 사死는 생의 척도尺度를 알지 못하고 생이 도리어 사후의 희생으로 알았었다.

산상의 교훈과 포도 동산의 교훈을 듣기는 들었으나 열두 살 먹은 나의 호기심을 끌기에 너무 현묘하였으며, 애愛의 복음과 자아의 희생을 역설함을 듣기는 들었으나 나에게 과연 심각한 감화를 주지는 못하였었다. 성경의 해석은 일종의 신화로 나의 귀에 들렸으나 그 무슨 신앙을 주었으며 성화를 그린 종이 조각은 한 개 완구가 되었으나 빼기 어려운 우상을 나의 심장에 그리어주었다.

아아, 나는 물으려 한다. 하느님의 사자로 자처하고 교회의 일꾼으로 자인하는 우리 할머니의 그때의 내면적이나 외면적을 불문하고 열두 살밖에 되지 않은 나의 그것과 얼마나 틀린 점이 있었으며 얼마나 혼점이 있었을는지? 그는 과연 예수의 성훈을 날 것대로 삼키는 자가 되지 않고 조리하고 익히며 그의 완전한 미각으로 그것을 저작詛嚼할 줄을 알았을까? 그는 참으로 예수의 정신을, 그의 내적 생활을 체득한 자이었을까?

그는 과연 여하한 신앙으로써 생生으로 생生까지를 살아갔었으며 그는 참으로 어떠한 영감을 예수교에서 감득하였을까? 나는 다만 커다란 의문표를 안 그릴 수가 없다.

그날도 우리 할머니는 여자의 몸의 피곤함을 깨달으면서도 무슨 만족함이 그의 얼굴을 싸고도는 듯하였다. 그러나 한편으로는 자아 이외의 우리 어머니나 내나 나의 동생을 일개의 죄인시하는 것에 가련함을 견디지 못하는 듯한 표정이 그의 시들어가는 입 가장자리와 가느다란 눈초리에 희미하게 얽히어 있었다. 할머니는 조금 있다가 눈살을 잠깐 찌푸리시더니, "큰일났어! 예배당에 돈을 좀 가져가야 할 텐데 돈이 있어야지. 다른 사람과 달라서 아니 낼 수도 없고, 또 조금 내자니 우리 집은 그래도 남들이 밥술이나 먹는 줄 아는데 그렇게 할 수도 없고 이런 말씀을 아버지께 여쭈면 공연히 역정만 내시니까!" 하며 우리 어머니에게 향하여 걱정을 꺼낸다.

"요사이 날이 점점 추워져서 시탄비柴炭費를 내야 할 터인데 김 부인은 벌써 오 원을 적었단다. 그이는 정말 말이지 살아가기가 우리 집에다 대면 말할 것도 없지 않느냐. 그런데 아버지께 그런 말씀을 하니까 역정을 내시면서 남이 죽으면 따라 죽느냐고 야단을 치시면서 돈 일 원을 주시는구나. 그러니 얘 글쎄 생각을 해 보아라. 어떻게 일 원을 내니! 내 속이 상해서 죽겠어" 하며, "그래서 하는 수가 있더냐, 명철이 집에 가서 돈 오 원을 지금 꾸어가지고 오는 길이란다" 하며 차곡차곡 접어 쥔 일 원 지폐 다섯 장을 펴 보인다. 우리 어머니는 이렇다 저렇다 말이 없이 가만히 듣고만 있다가, "그러면 그것은 어떻게 갚으실 것입니까?" 하며 빈곤한 생활에 젖은 우리 어머니는 그 갚는 것이 첫째 문제로 그의 가슴을 거북하게 하였다.

"글쎄, 그거야 어떻게든지 갚게 되겠지? 하다못해 전당을 잡혀서라도" 하더니, "에그, 인제 고만 가보아야지" 하며 벌떡 일어서서 나가려

하다가, "애 아범은 여태까지 안 들어왔니?" 한마디를 남겨 놓고 바깥으로 나간다. 우리 어머니는 다만, "네, 언제든지 그렇게 늦는답니다" 하며 걱정스러운 듯이 문 밖으로 할머니를 쫓아나간다.

우리 어머니는 아슬랑아슬랑 어둠 속으로 사라져가는 우리 할머니의 뒤 그림자가 사라져 없어져가는 것을 바라보고 있었다. 그리고 그 할머니의 검은 그림자가 다— 사라진 뒤에도 여전히 그 할머니의 그림자가 사라져 없어진 곳에서 무엇을 찾는 듯이 바라보고 서 있다. 모든 것이 검기만 한 어두운 밤이다. 나도 나의 동생을 등에 업고 어머니를 쫓아 문밖에 서 있었다. 어머니는 소매 걷은 두 팔을 가슴에 팔짱을 끼고 허리를 구부정하고 서서 근심스러운 듯이 저쪽 길만 바라보고 서 계신다.

고생살이에 다— 썩은 얼굴은 웬일인지 나도 쳐다보기가 싫게 화기가 적다. 머리카락이 이마를 덮은 그의 두 눈은 공연히 쳐다보는 나를 울고 싶게 하였다. 때묻은 행주치마와 다— 떨어진 짚세기가 더욱 나를 부끄럽게 하였다.

하얀 두루마기가 바라보는 어둠 속에서 희미하게 휘날릴 때마다 우리 어머니는 옆에 서 있는 나에게 나지막한 목소리로, "아버진가 보다" 하며 나에게 무슨 동의를 청하시는 것처럼 바라보신다. 그러나 그 흰 두루마기가 우리 집으로 향하지 않고 다른 곳으로 지나쳐버릴 때는 우리 어머니와 나는 섭섭한 웃음을 웃었다.

문간에 서서 아무 말 없이 늦게 돌아오는 우리 아버지를 기다리는 우리는 한 시간이 넘도록 서 있었다. 나의 어린 아우는 등에다 고개를 대고 코를 골며 잔다. 이마를 나의 등에다 대고 허리를 새우등같이 꾸부리고 자다가는 옆으로 떨어질 듯하면 반드시 한 번씩 놀란다. 놀랄 그때 나는 깍지 낀 손을 다시 단단히 쥐고 주춤하고 한 번씩 다시 추키었다. 한 시간을 기다려도 아버지는 돌아오시지 않으셨다. 어머니는 힘없고 낙망한 소리로, "문 닫고 들어가자!" 하시면서, "에그, 어린애가 자는구나. 갖다 뉘어라" 하시며 대문을 덜컥 닫고 들어오신다. 문 닫는 소리가 어쩐지 쓸쓸하고 적적하다. 우리 집 공중을 싸고 도는 공기의 파동은 회색의 파문을 그리는 듯이 동적이 아니며 정적이었으며 양기가 없고 음기뿐이었다. 회색 칠한 침묵과 갈색의 암흑이 이 귀퉁이 저 귀퉁이에서 요사한 선무를 추고 있었다.

나는 그때에 무엇을 감각하였으며 무엇을 감득하였을까? 회색 침묵과 아득한 암흑이 조화를 잃고 선율이 없이 티 없는 쓸쓸한 바람과 섞이어 시름없이 우리 집 전체의 으스스한 공기를 휩싸고 돌아나갈 때 나의 감정은 푸른 감상과 서늘한 감정으로 물들여주었었다. 마루 끝까지 올라선 나의 눈에 비추인 찬장이나 뒤주나 그 외의 모든 기구가 여러 가지 요괴의 화물같이 보일 때에 나의 가슴은 더욱 서늘하여졌었다. 다만 나무잎사귀가 나무 끝에서 바스락하는 것일지라도 나를 방 안으로 뛰어들어가도록 무서웁게 하였다. 어머니가 등잔불을 떼어 들고 나의 뒤를 쫓아 들어오실 때에 그 불에 비추인 나의 어두운 그림자가 저쪽 담벼락에서 어른어른하는 것까지 나의 머리 끝을 으쓱하게 하였다.

그러나 그 정적과 공포가 엉키인 나의 심정을 풀어주고 녹여주는 것은 나의 뒤에 서 있는 애愛의 신 같은 우리 어머니의 부드러운 사랑의 힘이었다. 그것은 나의 신앙의 전부였으며 나의 앞길을 무한한 저 앞길로 인도하는 구리 기둥이었다. 베드로가 예수를 보고 갈릴리 바다로 걸어감과 같이 이 세상 모든 것을 초월케 하는 최대의 노력이었다. 등잔불의 기름이었으며, 쇠북을 두드리는 방망이었다.

방으로 들어온 나는 아랫목 자리를 펴고 누워서 복습을 하였었다. 본래 공부를 하지 않는 나는 내일 선생에게 꾸지람이나 듣지 않으려고 산술 문제 두어 문제를 하는 척하여 다른 종이에 옮기어 베끼고 쓰기 싫은 습자는 내일 아침 일찍 일어나 쓰기로 하였다. 나의 동생은 발길로 나의 허리를 지르면서 이리 뒤척 저리 뒤척, 이리 뛰굴 저리 뛰굴, 남이 덮은 이불을 함부로 끌어다가 저도 덮지 않고서 발치에다 밀어 던진다. 그리고는 힘 있는 콧김을 길게 내쉬며 곤하게 잔다. 우리 어머니는 등잔 밑에서 바느질을 하시며 눈만 깜박깜박하신다. 할멈은 발치에서 고단한 눈을 잠깐 붙이었다.

　나는 방 안이라는 조그마한 세계에서 네 개의 동물이 제 각각 다른 상태로 생을 계속하는 가운데 남의 걱정과 남의 근심을 알 줄을 몰랐었다. 우리 어머니의 머리 속에는 과연 심리상태의 활동사진이 그의 뇌막에 비치었으며 늙은 할멈은 어떠한 몽중세계에서 고생살이 잠꼬대를 하는지 몰랐다. 어린 아우의 단순한 머리 속에도 무서운 호랑이와 동리 집 아이의 부러운 장난감을 꿈꾸는 줄은 알지 못하였다. 따뜻한 이불 속에서 두 발을 문지르며 편안히 누웠으니 몇십 분 전 가득하던 감정이 이제는 어디로인지 다— 달아나고, 모든 것이 한가롭고, 모든 것이 평화롭고, 모든 것이 노곤한 감동을 유인하는 것뿐이었다. 인제는 어느 틈에 올는지 모르는 노곤한 잠을 기다릴 뿐이었다. 불그레한 등불 밑에 앉아서 바느질하시는 어머니의 머리 속에 늦게 돌아오시는 아버지를 기다리시는 초민焦悶과 지나간 일을 시간의 얽히었다 풀리었다 하는 기억과 연상과, 기대와 동경의 엉크러진 심리는 알지 못하고 다만 재미있는지 기쁜지 으레 할 것인지 알지 못하는 무의식의 연장선이 나의 전신을 거미줄 얽듯 얽기를 시작하더니 나는 아무것도 몰랐다. 잠이 들었다.

　어느 때나 되었는지 알지 못하게 든 잠이 마려운 오줌으로 인하여 어렴풋하게 깨었을 때이었다. 이불을 들치고 엉거주춤 일어선 나의 귀에는 지껄지껄하는 사람의 목소리가 들리더니 등잔불에 부신 두 눈 사이로 우리 아버지의 희미한 윤곽이 보였다. 나는 반가운 마음에, "아버지!" 하였다. 그러나 우리 아버지는 젓가락으로 앞에 놓인 반찬을 뒤적 뒤적 하시면서 나를 냉담한 눈으로 멀거니 쳐다보기만 하시더니 무슨 불만한 점이 계신지 노여운 어조로, "아버진 뭐든지 다 귀찮다. 어서 잠이나 자거라" 하시고는 다시 본 척 만 척하시고 반찬 한 젓가락을 입에 넣으신다. 나는 얼굴이 홧홧하도록 무참하였다. 나는 죄 지은 사람같이 양심에 무슨 부끄러움이 나의 아버지를 쳐다보지 못하게 하였다. 숙몽 熟夢에 취하였던 나의 혼몽한 정신은 한꺼번에 깨어지고 뻣뻣하던 두 눈은 기름을 부은 듯이 또렷또렷하여졌다. 그때야 나는 우리 아버지의 붉은 얼굴을 보고 술 취하신 줄을 알았다.

어머니는 무참해하고 무서워하는 나의 꼴을 보시고 아버지를 흘겨 쳐다보시며, "어린 자식이 반가워하는 것을 그렇게 말하니 좀 무참하겠소. 어린애들이라 하더라도 좋은 말할 적은 한번도 없지" 하시다가 다시 나를 향하시어 혼잣말 비슷하고 또는 누구더러 들어보란 듯이, "너희들만 불쌍하니라. 아버지라고 믿었다가는 좋지 못한 꼴을 볼 터니까" 하시며 두 눈을 아래로 깔고 방바닥을 걸레로 훔치시는 체하신다.

나는 드러눕지도 못하고 일어나지도 못하였다. 드러눕자니 아버지 진지 잡숫는 데 불경이 될 터이요, 그대로 앉았자니 자다가 일어난 몸이 추운 가운데 공연히 무서워서 몸이 떨린다. 이런 때는 나의 어머니가 변호인이요, 비호자임을 다소간의 지낸 경험으로 알고 또는 사람의 본능으로 모성의 자애를 신임하는 나는 우리 어머니의 얼굴만 쳐다보았다. 그때 마침 어머니는, "어서 누워 자거라. 아버지 진지도 거의 다 잡수셨으니" 하셨다. 나의 마음은 얼었던 것이 녹는 듯이 아주 좋았다. 나는 못 이기는 체하고 곁눈으로 아버지의 눈치만 보며 이불자락을 들었다. 그리고는 눈 딱 감고 이불을 귀까지 푹 덮고 그대로 드러누웠다. 그러나 잠은 달아나버렸는지 오지 않는 잠을 억지로 자는 척하지마는 마음은 조마조마하여 못 견딜 지경이었다.

아버지는 숟가락을 탁 집어 상 위에 내던지시더니, "엥, 내가 없어야 해 없어야 해"를 두서너 번 중얼거리시더니, "그래 자기 자식은 굶든지 죽든지 상관하지를 않고 예배당인지 무엇인지 거기에다간 빚을 얻어다가 주어야 해?" 하시며 옆으로 물러앉으시니까 어머니는,

"누가 알우. 왜 그런 화풀이를 내게다가 하우" 하시는 소리가 떨어지기도 전에, "무엇, 흥, 기가 막혀. 그래 예수가 무엇이고 십자가가 무엇이야? 예배당에 다닌다 하고 구두만 신고 다니면 제일인가? 왜 구두를 신어! 그 머리가 허연 이가 구두짝을 신고 다니는 꼴이라니. 활동사진 박을 만하지. 예수가 무슨 말을 하였는지 알기들이나 한다나? 그 사생아를 하느님의 아들이라고. 그러나 예수가 나쁜 사람은 아니지. 좋은 사람이지. 참 성인이야! 그렇지만 소위 예수를 믿는 사람들이 예수라는 그 사람을 믿었지 예수가 부르짖는 그 하느님은 믿지 못하였어! 하느님은 이 세상 아니 계신 곳이 없지! 누구에게든지 하느님은 계신 것이야! 다 각각 자기 마음속에 하느님이 계신 것이야! 여편네들이 무엇을 알아야지. 내가 이렇게 떠들면 술 먹고 술주정으로만 알렸다! 흥, 우이독경이야! 기막히지! 여보 무엇을 알우! 그런 늙은이가 무엇을 알어. 그래 신앙이 무엇인지 참 종교가 무엇인지를 알어? 예수, 예수 하고 아주 기도를 하고! 그것은 모두 약자의 짓이야. 사람은 강자가 되어야 해!"

우리 어머니는 듣고만 계시다가, "듣기 싫소, 웬 잔말이오! 그런 말을 하려거든 어머나 아버지한테 가서 하구려" 하시며 상을 들고 나가려고 하시니까 아버지는, "뭐야, 듣기 싫다구?" 하시더니 어머니의 치마를 왝 잡아당기시는 김에 치마가 북 하고 찢어졌다. 어머니는 상을 할멈에게 주고 찢어진 치마를 들여다보시며 얼굴이 빨개지신다. 여자인 어머니는 의복의 파손이 얼마큼 아까운지 모르시는 모양이다. 치마폭

이 찢어지는 그 예리한 소리와 함께 우리 어머니의 신경을 뾰족한 바늘 끝으로 쭉 내리 베는 것 같이 날카로운 자극을 받으신 모양이다.

"이게 무슨 짓이오? 여편네 옷을 찢지 못하면 말을 못하오? 그래 무슨 말이오? 어디 말을 좀 해보우. 어쩌자고 이러시우. 날마다 늦게 술이나 취하여 가지고 만만한 여편네만 못살게 구니 참으로 죽겠구려! 무슨 말이요. 할 말 있거든 어서 하시오!"

흥분된 어조를 조금 높이신 까닭에 높은 음성은 또 우리 아버지를 흥분시키는 동시에 노여웁게 하였다.

"말을 하라구? 흥 남편된 사람이 옷을 좀 찢었기로 무엇이 어쩌구 어째?"

"글쎄 내가 무엇이라고 했소. 내가 무슨 죄요? 참으로 허구한 날 살수가 없구려."

"듣기 싫어. 여편네들이 무엇을 알아야지. 남편의 심리를 몰라주는 여편네가 무슨 일이 있어서. 다— 고만두어. 나는 우리 아버지에게 내버림을 당한 사람이고 세상에서 구박을 당한 사람이니까…… 에…… 후……."

우리 아버지는 이렇게 떠드시다가 다시 한참 가만히 앉아 계시더니 빌떡 일어나시며, "엥! 가만 있거라. 참말 그대로 있을 수는 없어. 내가 가서 좀 설교를 해야지, 내가 목사 노릇을 좀 해야 해" 하고 모자를 쓰고 벌떡 일어나시며 문 밖으로 나가시려고 하니까 어머니는 또다시 목소리를 고치시어 부드럽고 애원하는 중에는 조금 노염을 띠신 어조로,

"여보 제발 좀 고만두. 글쎄 이게 무슨 짓이오. 이 밤중에 가기는 어디로 가며 가서서 어떻게 하실 모양이요. 자! 고만 옷 좀 벗고 눕구려."

아버지는 듣지도 않고 방문을 홱 열어 젖뜨린다. 고요한 저녁 공기가 훈훈한 방 안으로 훅 불어 들어오며 나의 온몸을 선뜻하게 하더니 석유

등잔의 불이 두어 번 뻔득뻔득한다.

어머니는 아버지의 팔을 붙잡으시었다. 웅크리고 마루에 앉아 있던 할멈은 황망하여하지도 않고 여러 번 경험한 그의 침착한 태도로 두 팔을 벌리고 다만 이리 왔다 저리 왔다 하면서 동정만 살피고 있다.

어머니는 떨리는 목소리로, "글쎄 남 부끄럽지는 않소? 어서 들어갑시다. 가기는 어데로 가우. 남이 알면 글쎄 무슨 꼴이우" 하는 말을 듣지도 않으시고 우리 아버지는 어머니의 팔을 홱 뿌리치신다. 어머니는 애크 소리를 지르시며 방문 밖에서 방 안으로 넘어지시며 한참이나 아무 말 없이 엎드려 계신다.

"남 부끄럽다? 남 부끄럼을 당하는 것보다도 자기 양심에 부끄러운 짓을 하는 것이 더욱 부끄러운 것이다" 하시고 술 취하신 얼굴에 분기를 띠시고 또 한옆으로는 엎어져 일어나시지도 못하는 어머니를 다소간 가엾음과 미안한 마음이 생기시나 위신상 어찌하지 못하는 어색한 얼굴을 돌이켜보지도 않으시고 문 바깥으로 나가신다. 나가시는 규칙 없는 발걸음 소리가 대문이 닫히는 소리와 함께 사라졌다.

할멈은 어머니를 붙잡아 일으키시며, "다치지 않으셨어요?" 하며 어머니가 애처로워 보이기도 하고 또는 아버지의 술주정이 귀찮기도 하여서 상을 찌푸려 어머니를 들여다보시며 물어본다.

나도 그때야 이불을 벗고 일어나서 어머니를 보았다. 어머니는 일어나 앉으시기는 앉았으나 아무 말이 없으셨다.

철모르는 나의 아우는 말라붙은 코딱지를 떼며 주먹으로 비비면서 힘없는 손가락을 꼼질꼼질하며 자고 있다. 나는 다만 어머니의 동정을 살피고 있었을 뿐이었다. 몇 분간 동안은 아주 고요 정숙하여졌다. 폭풍우가 지나간 바다의 물결 같은 공기가 온 방 안을 채우고 자는 듯이 고요하다.

그때에 나는 어머니의 머리카락이 덮인 두 눈을 바라보았다. 두 눈에는 불에 비쳐 반짝거리는 눈물 방울이 방울방울 떨어지고 있었다. 이것을 본 나의 전신의 뜨거운 피는 바늘 끝으로 찌르는 듯이 파랗게 식는 듯하였다. 나의 마음은 어머니의 눈물에서 그 무슨 비애의 전염을 받은 듯이 극도로 쓰렸었다. 나는 그대로 어머니의 얼굴을 쳐다볼 수가 없어 이불을 뒤집어 쓰고 어머니와 함께 눈물 흘려 울었다. 할멈은 화젓가락만 만지고 있는지 달가닥달가닥 하는 소리가 들릴 뿐이다. 그리고 어머니의 떨리는 숨소리와 코 마시는 소리가 이불을 뒤집어 쓴 나의 귀 위에서 연민과 비애의 정을 속삭여 주었다.

어머니는 한참이나 우시더니 코를 요강에 푸시고 이불을 다시 붙잡아 나와 나의 동생을 다시 덮어 주시었다. 그리고 한 손으로 나의 발치와 나의 가장자리를 어루만져 주실 때 간지러운 자애의 정이 부드러운 명주옷같이 나의 어린 가슴을 따뜻하게 하시었다.

이튿날 아침, 우리 어머니는 나의 동생의 손을 잡고 나와 함께 우리 외가로 향하여 떠나갔다. 물론 아침도 먹지도 않고 늦도록 주무시는 아버지의 아침 밥은 할멈에게 부탁이나 하셨는지 으레 알아 할멈에게 집안일을 맡기시고 오 리 남짓한 외가로 갔다.

가는 길에 나는 매우 기뻤었다. 무엇하러 가시는지도 모른다. 어머니의 심정은 알지도 못하고 귀여워하시는 할머니를 만나러 간다는 것만 좋아서 앞장을 섰다.

그때의 어머니는 하소연할 곳을 찾아가시는 것이었을 것이다. 팔자의 애소哀訴를 자기의 친부모에게 하러 가시는 것이었을 것이다. 일생을 의탁할 우리 아버지를 사랑하지 않는 것이 아니며 못 믿는 것이 아니지마는 발아래 엎드려 몸부림할 만치 자기의 울분과 자기의 비애를 호소할 곳을 찾아 지금 우리 어머니는 우리 외가로 가시는 것이다.

그때 그에게는 자기의 부모가 유일한 하느님이며 위안자이었다. 약한 심정을 붙일 만한 신앙을 갖지 못한 우리 어머니는 자애의 나라로 달음박질하면 거기에 자기를 위로하여 주고 자기의 애소의 기도를 들어줄 아버지 어머니가 계실 것을 믿음이었었다. 명명한 대공과 막막한 척애隻愛 저편에 위안慰安 나라를 건설치 못하고 작은 가슴속과 보이지 않는 심상 위에 천당과 낙원을 얻지 못한 우리 어머니는 다만 자애의 동산을 찾아가시었다.

걸어가시는 어머니의 얼굴에는 어제 저녁의 울분을 참지 못하시는 푸른 표정과 어머니나 아버지에게 팔자 한탄을 푸념하리라는 굳은 결심의 빛이 보였었다.

가게 앞을 지나고 개천을 건너고 사람과 길을 피하고 돌멩이가 발끝에 채일 때에도 우리 어머니의 머리 속에는 그것뿐이었을 것이다.

그러나 우리 어머니의 머리는 그렇게 단순한 것이 아니었었다. 나어린 어린아이의 그 마음을 갖지는 않았었다. 우리를 볼 때 우리 아버지를 생각하며 부모의 자애를 생각할 때에도 자기의 충심에서 발동하는 애모의 정을 깨달았다.

그는 자기의 남편을 사랑하는 동시에 자기의 부모를 사랑하였다. 그는 자기 남편의 불명예를 자기 부모에게 하소연하는 것을 아까 집 대문을 나설 때까지는 결심하였는지 알지 못하겠으나, 반이나 넘어 가까이 자기 부모 집을 왔을 때에 그것을 부끄리는 정이 나오는 동시에 또한 그 불명예로운 소리를 발發하는 아내된 자기의 불명예로움을 알았다. 그리고 자기 남편의 불명예를 은폐하려는 동시에 자기 부모의 심로心勞를 생각하였다. 자애를 부어주는 자기 부모에게 자기의 울분을 애소하는 것이 자기에게는 좋은 것이나 자기 부모의 마음을 조심되게 함을 깨달았다.

나의 동생은 아슬렁아슬렁 걸어가면서 무어라고 감흥에 띤 이야기를 중얼거리면서 지나간다.

어머니는 외가에 거의 다 왔었을 때에 나에게 은근한 목소리로, "너, 할머니나 할아버지께 어제 저녁에 아버지가 술 먹고 야단했다는 말을 하지 말어라" 하시며 무슨 응답이나 들으려는 듯이 나를 들여다보신다. 나는, "예" 하였다. 그 "예" 소리가 나의 입에서 떨어지면서 무슨 해결치 못할 문제가 다 풀린 듯한 감이 생기며 집에서 나올 때부터 무슨 불행스럽고 불안하던 마음이 다시 화평하여졌다.

행랑 자식

행랑 자식

1

어떤 날 춥고 바람 많이 불던 겨울밤이었다. 박 교장의 집 행랑에서 글 읽는 소리가 나더니 꺼져 가는 촛불처럼 차츰차츰 소리가 가늘어간다. 그러다가는 다시 옆에서 어린애 입에 젖꼭지를 물리고서 졸음 섞여 꽥 지르는 목소리로 "어서 읽어!" 하는 어머니 소리에 다시 글 소리는 굵어진다.

나이는 열두 살 보통학교 사 년 급에 다니는 진태鎭泰라는 아이이니, 그 박 교장의 집 행랑아범의 아들이다. 웽웽 외던 글소리는 단 이 분이 못 되어 다시 사라졌다. 그리고는 동네 집 시계가 열한 시를 치는 소리가 들리더니 사면은 고요하였다.

2

이튿날 날이 밝은 뒤에 보니까 온 마당, 지붕, 나뭇가지에 눈이 함박같이 쏟아졌다. 그런데 아직까지도 눈이 다 끝나지 않고 보슬보슬 싸라기눈이 내려온다.

진태는 문 뒤에 세워 놓았던 모지랑비를 들고 나섰다. 처음에는 새로 빨아 펼쳐 놓은 하얀 요 위에 뒹구는 것처럼 몸이 가볍고 마음 상쾌한 기분으로 빗자루를 들었으며, 모지랑비와 약한 자기 팔로써 능히 그 많은 눈을 치워버릴 줄 알았으나 두어 삼태기를 가까스로 퍼버리고 나니까 팔이 떨어지는 것 같고 허리가 부러지는 듯하였다. 그러나 아니 칠 수는 없었다. 날마다 아침에 일어나서 마당을 쓰는 것이 자기의 직분이다.

어머니는 안으로 밥을 지으러 들어가고 아버지는 병문으로 인력거를 끌러 나간다.

한 두 삼태기를 개천에 부은 후에 다시 세 삼태기를 들고서 낑낑하면서 개천으로 간다. 두 손끝은 눈에 녹아서 닭 튀해 뜯을 때 발 허물 벗겨내듯 빠지는 듯하고 발끝은 저려서 토막을 내는 듯하다. 그는 발을 억지로 옮겨 놓았다. 눈이 든 삼태기가 자기를 끌고 가는 듯하였다. 그렇게 그가 길 중턱까지 갔을 때 그의 팔의 힘은 차차 없어지고 다리에 맥이 확 풀리었다. 그래서 그는 손에 들었던 눈 삼태기를 탁 놓치었다. 그러자 누구인지, "이걸 좀 봐라" 하는 어른의 호령 소리가 바로 자기 머리 위에서 들리자 고개를 쳐들고 보니까 교장어른이 아침 일찍이 어디를 다녀오시다가 발등에다가 눈을 하나 잔뜩 덮어쓰시고 역정 나신 얼굴로 자기를 내려다보고 계시다. 진태는 그만 얼굴이 홧홧하여졌다. 그리고 아무 말도 못 하고 그대로 멀거니 서 있었다. 그는 무엇으로 그 미안한 것을 풀어야 좋을지 알지 못하였다. 그러다가 하얀 새 버선에 검은 흙이 섞인 눈이 묻어 있는 것을 보고서 자기의 손으로 그것을 털어드리면 얼마간 자기의 죄가 용서되리라 하고서 허리를 구부려 두 손으로 그 버선등을 털어드리려 하였다. 그러나 교장은 한 발을 탁 구르시더니, "고만두어라. 더 더럽힌다" 하시고서, "엥!" 하시며 안으로 들어가시었다. 진태는 무참하였다. 손에는 어제 저녁에 습자 쓰다가 묻은 먹이 꺼멓게 묻어 있다. 털어드리면 잘못을 용서하실 줄 알았더니 더 더러워진다고 핀잔을 주시고 역정을 더 내시는 것 같다. 그래서 그는 어떻게 해야 좋을지 알지 못하여 그대로 멀거니 서 있었다. 무참을 당하여 얼굴도 홧홧하고 두 손에서는 불이 난다.

그래서 그는 안으로 들어가지 못하고 행랑 자기 방으로 들어가는데 안마루 끝에서 주인마님이, "아 그 애녀석도, 눈이 없던가? 왜 앞을 보지 못해?" 하는 소리를 듣고서는 쥐구멍으로라도 들어가버리고 싶도록 온몸이 옴츠러졌다. 그리고 또 자기 뒤로 따라나오며 주먹을 들고서 때리려 덤비는 자기 어머니가, "이 망할 녀석, 눈깔을 어따 팔아먹고 다니느냐?" 하고 덤비는 듯하므로 질겁을 하여 방 안으로 들어갔다.

아니나 다를까, 조금 있더니 보기 싫은 젖퉁이를 털럭털럭하면서 어머니가 쫓아나왔다.

"이 망할 녀석, 눈깔이 없니? 나리마님 새 버선에다가 그것이 무엇이냐? 왜 그렇게 질뚱바리냐, 사람의 자식이."

어머니는 그래도 말이 적었다. 그리고는 곧 다시 안으로 들어갔다.

진태는 간이 콩알만하게 무서운 것은 둘째 쳐 놓고, 웬일인지 분한 생각이 난다. 아무리 생각을 해도 자기 잘못 같지는 않다. 자기가 눈 삼태기를 들고 가는데 교장어른이 딴 생각을 하면서 오시다가 닥달린 것이지 자기가 한눈을 팔다가 그리한 것은 아니다.

그래서 웬일인지 호소할 곳이 없어 그는 그대로 땅바닥에 엎드러졌다. 그리고는, 고개를 두 팔로 얼싸안고 자꾸자꾸 울었다. 그는 눈물이 땅바닥에 떨어지는 것을 알았다. 삿자리 깐 밑으로 흙내가 올라오는 것을 맡았다. 그리고는 어머니도 걱정을 하고 아버지도 걱정을 할 터요, 더구나 아버지가 이것을 알면은 돌짝 같은 손으로 얻어맞을 것을 생각하매, 몸서리가 난다. 그는 신세 한탄할 문자도 모르고 말도 모른다. 어떻든 억울하고 분하였다. 그렇다고 어디 가서 호소할 데도 없었고 분풀이할 곳도 없었다.

그는 방바닥에 한참 엎드려서 느껴 가면서 울고 있을 때 방문이 펄쩍 열리었다. 그는 깜짝 놀랐으나 돌아다 보지도 않았다. 그의 생각에는 그 문 여는 사람이 어머니려니 하였다. 그래서 약한 마음에 이렇게 우는 것을 보며는 어머니는 나를 위로하여 주려니 하였다. 그래서 어머니가 일어나라고 하기만 기다렸다.

그러나 한참 아무 소리가 없더니, "애!" 하고 험상스럽게 부르는 사람은 자기 아버지다. 그는 위로를 받기는커녕 벼락이 내릴 것을 그 찰나에 예감하였다. 그는 눈물이 쏙 들어가고 온몸이 섬뜩하였다.

이번에는 꽥 지르는 소리로, "애, 일어나거라, 이것아" 하는 아버지의 성난 얼굴이 엎드린 속으로 보인다. 그는 그러나 벌떡 일어나지는 못하였다. 자기 눈 가장자리에는 눈물이 묻었다. 그 눈물을 보면은 반드시 그 우는 곡절을 물을 터이다. 그 대답을 하며는 결국은 벼락이 내릴 터이다. 그래서 일어나지도 못하고 그대로 있지도 못하고 그의 가슴은 초조하였다.

두 발이 성큼 방 안으로 들어오는 듯하더니 무쇠 갈구리 같은 손이 자기 저고리 동정을 꿰뚫어 번쩍 쳐들었다. 그는 쇠관에 매달린 쇠고기 모양으로 반짝 들리었다.

"울기는 왜 우니?" 하는 그의 아버지도 자식 우는 것을 볼 때, 어떻든 그 눈물을 동정하는 자정慈情이 일어나는지 목소리가 조금 낮아지며 또는 웃음이 섞이었으니, 그것은 그 눈물나는 마음을 위로하려는 본능이다.

"왜 울어?"

대답이 없다.

"글쎄, 왜 우니?

가슴은 타나 대답할 수는 없었다.

"엄마가 때려주든?"

진태는 고개를 흔들며 느껴 울었다.

"그러면 왜 우니? 꾸지람을 들었니?"

"아……뇨."

진태는 다시 고개도 흔들지 않았다.

"그럼 왜 울어. 말을 해!"

아버지는 화가 나는 것을 참았다. "이 자식아! 말을 해라. 왜 벙어리가 되었니? 말이 없게!" 하고서는 무슨 생각을 하였는지 여러 번 타일러보다가, "웬일야!" 하고 혼잣말을 하더니 바깥으로 나아간다. 그것은 근자에 볼 수 없는 늘어진 성미였다. 아마 어멈에게 물어볼 작정이었던 것이다.

아범은 문밖으로 나갔다. 그러더니 다시 들어오며, "삼태기 어쨌니? 응, 삼태기?" 하며 안팎으로 들락날락하는 서슬에 안부엌에서 어멈이 설거지를 하면서, "왜 아까 진태가 마당을 쓴다고 가지고 나갔는데……" 하고, "개더러 물어보구료" 한다. 아범은 화가 나는 듯이, "그런데 쭉쭉 울고 있으니 무엇이라고 그랬나?" 하며 어멈을 본다.

그러자 안마루에서 마님이 무엇을 보다가 운다는 소리를 듣더니 미안한 생각이 났던지,

"아까 눈인가 무엇인가 친다고 나리마님 발등에다가 눈을 쏟아뜨렸다네. 그래서 어멈이 말마디나 한게지."

아범의 눈은 실룩해졌다. 그리고는 잡아먹을 짐승에게 덤비려는 호랑이 모양으로 고개가 쓱 내밀리더니 어깨가 으쓱 올라간다. 그리고는

아무 말 없이 바깥 행랑으로 나간다.

　바깥으로 나온 아범은 다짜고짜로 방문을 열어뜨렸다. 그의 생각에는 주인의 발등에 눈 엎는 것은 오히려 둘째이다. 삼태기 하나 잃어버린 것이 자기 자식을 쳐 죽이고 싶도록 아깝고 분하고, 망할 자식이다.

　"이 녀석."

　자기 아들을 움켜잡았다.

　"이리 나오너라."

　진태는 두 손 두 다리를 가슴에다 모으고서 발발 떨면서 자기 아버지만 쳐다본다.

　"이 망할 자식, 울기는 애비를 잡아먹었니, 애미를 잡아먹었니? 식전 아침부터 훌쩍훌쩍 울게."

　하더니 돌덩이 같은 주먹이 그의 등줄기를 보기 좋게 울리었다.

　"에그 아버지, 에그 아버지" 하며 볶아치는 소리가 줄을 대어 나왔으나 그 뒷말은 없다. 매를 맞는 진태도 잘못했습니다를 조건 없이 할 수는 없었다.

　"뭐야 아버지! 이 녀석! 이 망할 자식" 하고서는 사정없이 들이친다.

　울고, 호령하는 소리가 야단스럽게 나니까 어멈이 안에서 뛰어나오며, "인제 고만두, 고만둬요. 요란스럽소" 하고 만류를 하나, "이게 왜 이래. 가만 있어. 저리 가요" 하고 팔꿈치로 뿌리치고는, "이놈아! 그래 눈깔이 없어서 나리마님 버선에다가 눈을 들이부어 놓고 또 무엇이 마음이 팔려서 삼태기는 밖에다가 놓아 두어 잃어버리게 했니? 응, 이 집안 망할 자식!" 아범의 손이 자기 아들의 볼기짝, 등어리, 넙적다리 할 것 없이 사정없이 때릴 때마다 어린 살에는 푸르게 멍이 들고 피가 맺힌다.

　그러할 때마다 아범의 목소리는 더한층 높아지고 떨리고 슬픔과 호소가 엉키었다. 그는 자기 아들을 때릴 때마다 눈앞에서 자기 손에 매달려 애걸하는 자기 아들이 보이지 않고 안방 아랫목에 앉아 있는 주인 나리가 보인다. 그리고는 자기 아들을 때리는 것 같지 않고 자기 주인 나리를 욕하고 원망하고 주먹질하고 싶었다.

"인제 고만 좀 두" 하는 어멈은 자식을 가로챘다. 그래 가지고는 다시 자기 아들을 끼어안았다.

3

그날 해가 세 시나 넘어 네 시가 되었다. 진태는 학교에 다녀왔다. 앞 대문을 들어오려다가 보니까 새로이 삼태기 하나를 사다 놓은 것이 눈에 띄었다. 싸리나무로 얽은 누렇고 붉은 삼태기를 볼 때, 그의 매 맞은 자리가 다시 아프고 얼얼하다.

툇마루에 걸터앉으니까 어머니는 상에다 밥을 차려 가지고 방으로 들어오라고 부른다. 방 안에는 모닥불이 재만 남았는데, 인두 하나 꽂혀 있고, 또 다 삭은 화젓가락과 부삽 하나가 꽂혀 있다.

어머니는 누더기 천에다가 작년에 낳은 어린아이를 안고서 젖을 먹인다. 어린애는 젖꼭지를 물고서 입을 오물오물하면서 한 손으로 다른 쪽 젖꼭지를 만진다. 진태는 그 동생을 볼 때 말없이 귀여웠다. 그래서 손가락으로 볼따구니도 건드려 보고 어꾸어꾸 혓바닥 소리를 내어서 얼러보기도 하였다. 어린애는 방싯 웃었다. 그리고는 젖꼭지를 쑥 빼고서 진태를 돌아다봤다.

어머니는 침착한 얼굴로 어린애 손가락만 만지고 있더니, "옛다" 하고 어린애를 내밀면서, "좀 업어주어라" 하고서 어린애를 곤두세운다. 그러자 진태는, "밥도 안 먹고?" 하고 밥을 얼른 먹고서 어린애를 업었다. 그러나 진태의 집에는 아직 밥을 짓지 않았다. 어머니는 안에 들어가 밥을 지으려 하기는 해도 우리 먹을 밥은 지으려 하지 않는다.

진태는 어머니가 안으로 들어간 후 어린애를 업고서 방 안으로 왔다 갔다 하면서, 밥을 짓지 않으니 아마 쌀이 없나 보다 하였다. 그리고는 아버지가 얼른 돌아와야 할 것이라 하였다.

진태는 뚫어진 창 틈으로 바깥을 내다보면서 아버지가 혼자 인력거를 끌어서 쌀 팔 돈을 가지고 오지나 않나 하고서 고대하였다.

그래도 미심하여서 그는 쌀 넣어 두는 항아리를 들여다보았다. 들여다보니까 겨 묻은 쌀바가지가 콩 빈 시꺼먼 항아리 속에 들어 있을 뿐이다. 진태는 힘없이 뚜껑을 덮고서 섭섭한 마음으로 방 안을 왔다 갔다 하였다. 어린애는 등에서 꼼지락꼼지락하고서 두 발을 비빈다.

"오늘도 또 밥을 하지 못하는구나" 하고서 펄떡펄떡하는 문을 열고 쪽마루로 내려왔다.

내려와서는 냄비가 걸려 있는 아궁이 밑을 보았다. 거기에는 타다 남은 푼거리 장작이 두어 개 잿속에 남아 있다.

그는 다시 장작 갖다 놓아 두는 부엌 구석을 보았다. 거기에는 부스러기 나무도 없다.

바람은 쓸쓸스러운 행랑의 씻은 듯한 살림살이를 핥고 지나가고, 으슴츠름하게 어두워가는 저녁날은 저녁 못 지을 것을 생각하고 섭섭한 감정을 머금은 진태의 어린 마음을 눈물나게 한다.

조금 있다가 어머니는 허둥지둥 나왔다. 아마 부엌에 불을 지피고 나온 모양이다. 진태의 눈에는 아궁이에서 타 나오는 장작불을 한 발로 툭툭 차 넣던 어머니의 짚신발이 보인다.

어머니는 나오면서 등에 업힌 어린애를 보더니, "에그 추워! 저런, 무엇을 좀 씌어주려므나!" 하고서, "남바위 어쨌니? 손이 다 나왔구나"

하더니 방으로 들어가, 진태가 돌에 쓰던 것이니까 십 년이나 되는 남바위를 들고 나온다. 털은 다 빠지고 비단은 다 삭았다.

어머니는 그것을 어린애를 씌워주고 다시 문 밖을 내다보고 오 분이나 서 있었다. 진태도 그 서 있는 의미를 짐작하였다. 아버지 돌아오기를 기다리는 것이다.

그러다가 어머니는 갑자기 덜미에서 누가 딱 하고 놀라는 것처럼 깜짝 놀라며 다시 안으로 들어가려고 돌아섰다. 그때 진태는, "저녁 하지 않우?" 하고서 어머니 뒤를 따라 들어갔다. 어머니는 화가 나고 초조하던 판에, "밥도 쌀이 있고 나무가 있어야지" 하고 소리를 꽥 지른다. 진태 잔등에 업혀 있던 어린애가 깜짝 놀라며 와아 운다. 진태는 어린애를 주춤주춤 추슬러 달래면서 아무 말 못하고 섰다. 어머니는 다시 안으로 들어갔다. 진태도 따라 들어갔다. 그리고는 부엌 앞에 앉아서 불을 넣고 앉았다.

4

날이 어둡고 전깃불이 켜졌으나 밥은 짓지 못하였다. 그리고 아버지도 아직 돌아오지를 않는다. 진태 어머니가 상을 차려드리고 바깥으로 나오려고 하니까 마님이, "어멈!" 하고 부르신다.

"예" 하고서 어멈은 문을 열려다가 다시 돌아다보았다.

"오늘 저녁을 하였나?"

어멈은 조금 주저하다가,

"먹을 것 있어요."

하고서 부끄러운 웃음을 웃었다.

"아범 들어왔나?"

"아직 안 들어왔어요."

"그럼 저녁도 짓지 못하였겠네그려."

어멈은 아무 말도 없었다. 마님은 벌써 알아채고서,

"그래서 되겠나? 어린것들이 견디겠나."

하고서,

"자, 이것이나……."

하고서 상 끝에 먹다 남은 밥을 이 그릇에서 저 그릇으로 모아 놓으면서,

"그놈도 들어오라구 그래. 불도 안 땐 모양이지? 추워서들 견디겠나. 어른은 괜찮겠지마는 어린애들이……."

하고서,

"어서 그놈도 들어오라고 해!"

하며 어멈을 쳐다본다. 어멈은 다행히 여겨 바깥으로 나오며,

"얘, 진태야!"

하며 진태를 부른다.

"왜 그러세요."

진태는 문 밖에 섰다가 문 안으로 들어오며 묻는다.

"들어가자."

"어디로?"

"안으로 말야. 마님이 밥 먹으러 들어오라신다."

진태의 얼굴은 당장에 새빨개지더니,

"왜 아버지 들어오시거든 밥을 지어 먹지."

"언제 들어오시니."

"언제든지 들어오시겠지."

82

"들어가— 부르시니."

진태는,

"싫어요."

하고서 돌아섰다. 진태의 마음에는 아까 아침에 나리의 버선등을 더럽힌 것을 생각하며 다시 마님의 낯을 뵈옵기도 부끄럽거니와, 아무 것도 잘못한 것이 없는데 아버지에게 매를 맞게 한 것이 분하기도 하였다. 그런데다가 안방에는 자기와 동갑되는 교장의 딸이 자기와 같은 학교 여자부에 다니는데, 그 계집애 보기에 매 맞은 것이 부끄럽다.

"얘! 나중에는 별소리를 다 듣겠네, 어서 들어가자."

어머니는 재촉을 한다.

"어서 들어가."

진태는 심술궂게,

"싫어요. 나는 밥 얻어 먹으러 들어가기는 싫어요."

하고 소리를 질렀다.

"빌어먹을 녀석. 기다리셔! 안에서……."

"기다리시거나 말거나 나는 안 들어가요."

어멈 마음에도 자기 아들의 말하는 것이 잘못이 아니었다. 그리고 꾸짖기는 고사하고 동정할 만한 일이었으나, 그래도 당장에 배고파 할 것과 또는 자기도 밥을 먹어야만 어린애 젖을 먹일 것이다. 그래서 자기 아들의 굳은 의지를 어머니 된 위력으로 꺾지 않을 수 없었다.

"안 들어갈 터이냐?"

그 말을 하고 부지깽이를 찾는 척할 때, 그는 웬일인지 하지 못할 짓을 하는 비애를 깨달았다.

"싫어요."

진태는 우는 소리로 거절하였다.

"싫으면 밥을 굶을 터이냐?"

"굶어도 좋아요."

"어디 보자, 어린애나 이리 내라."

어린애를 안고서 어머니는 안으로 밥을 얻어 먹으러 들어갔다. 그러나 진태는 방에 들어가 깜깜한 속에 드러누워 있었다.

그날 어째 그렇게도 섭고 분하고 쓸쓸한지 모르겠다. 어째 이런가 하는 생각이 난다. 그리고 아버지나 얼핏 들어왔으면 좋겠다 하였다.

십 분이 못 되어 어머니는 다시 나왔다.

"얘!"

하고 문을 열고 고개를 들여밀며,

"마님이 들어오라신다. 어서, 어서."

진태는 그대로 누운 채 다시 돌아누우며,

"싫어요, 안 들어가요."

"나리가 걱정하셔."

"싫어요, 글쎄."

어멈은 다시 들어갔다. 그리고 오 분이 못 되어 또 나오는 소리가 들렸다. 그러더니 이번에는 문을 열고서,

"그럼, 옛다!"

하고 무엇을 내민다.

진태는 땅바닥이 차디차고 찬바람이 문틈으로 스며들어오는 것을 막기 위하여 이불을 내리덮고 새우잠을 자다가 어머니 소리를 듣고서,

"무엇예요?"

하다가 얼른 목소리를 잡아당겼다.

"자! 밥이다. 먹고 드러누워라. 이 추운데 저것이 무슨 청승이냐"

진태는 온 몸을 사를 듯이 부끄러운 감정이 확 흐르며,

"글쎄 싫다니까, 안 먹어요. 먹기 싫어요!"

어머니는 들어왔다. 진태를 밀국수 방망이 밀 듯이 흔들흔들 흔들면서 타이르고 간청하듯이,

"일어나거라, 응! 일어나."

진태는 더욱 담벼락으로 가까이 가며,

"싫어요. 나는 배고프지 않아요."

하고서 고개를 이불로 뒤집어쓰고 아무 말이 없다.

"고만두어라. 너 배고프지 나 배고프겠니?"

하고서 그대로 안으로 들어가려 할 때,

"에 추워."

하고서 들어오는 사람은 자기 아버지다. 어멈과 아범은 맞닥뜨렸다.

"이건 눈깔이 빠졌나. 엑구 시—"

하며 아범이 소리를 질렀다.

"어두워서 보이지를 않는구려."

하고서 여성답게 미안한 어조로 어멈은 말은 한다. 이 한 번 맞닥뜨린 것은 빈손으로 들어오는 자기 남편을 몰아세울 만한 용기를 꺾어버리었고, 주머니 속이 비어 있는 아범은 또한 큰소리를 할 만한 용기를 줄게 하였다.

"어떻게 되었소?"

"무엇이 어떻게 돼! 큰일났어, 큰일. 벌이가 있어야지. 저녁은 어떻게 했나?"

"여보! 그 정신 나간 소리는 좀 두었다 하우. 무엇으로 저녁을 해요."

아범은 아무 소리 못 하고 방 안으로 들어갔다. 진태는 일어나 앉았다. 그리고는 속으로 반갑기는 고사하고 한 가닥의 희망까지 끊어져버리었다.

"그럼 어떻게 하나?"

아범은 불 켤 것도 생각지 않고서 한탄을 한다.

"그래 한 푼도 없소?"

"아따, 이 사람, 돈 있으면 막걸리 먹었게."

막걸리라는 소리가 어멈의 성미를 겨웠다.

"막걸리가 무어요? 어린 자식들은 추운 방에서 배들이 고파서 덜덜 떠는데 그래도 막걸리요? 그렇게 막걸리가 좋거든 막걸리 장수 마누라 하나 데리고 살거나 막걸리 독에 가서 거꾸로 박히구료. 그저 막걸리, 막걸리 하니 언제든지 막걸리 신세를 갚고야 말 터이야, 저러다가는……"

"글쎄 그만 둬요. 또 여우 모양으로 톡톡거려. 엥, 집에 들어오면 여편네 꼴 보기 싫어서" 하고 입맛을 쩍쩍 다신다.

진태는 옆에서 그 꼴만 보다가 불을 켜고 있었다.

"그럼 저녁을 먹어야지."

하고서 아범은 꽤 시장한 모양으로 없는 궁리를 하려 하나 아무 궁리도 없다.

"이것이나 먹구려."

하고 어멈은 진태를 주려고 국에다 만 밥을 내놓으니까,

"그게 무어야?"

하고 손가락으로 두어 번 떠먹어보더니,

"너 저녁 먹었니?"

하고서 진태를 돌아다본다. 진태는 말을 하려야 할 수도 없거니와, 말하기도 전에 어멈이,

"안 먹었다우."

하고 진태를 책망도 하고 원망도 하는 듯이 흘겨보았다.

"왜?"

하고 아범은 숟가락을 든 채로 그대로 있다.

"누가 알우, 먹기 싫다는 것을."

"그럼 배고프겠구나."

하고서 밥그릇을 내놓으면서,

"좀 먹으련?"

하니까 진태는,

"싫어요."

하고서 멀리 피해 앉는다.

"왜 그러니?"

"먹을 마음이 없어요."

30분쯤 지났다. 문 밖에서 어멈이,

"진태야, 진태야……."

하고 부른다. 진태는 그 부르는 어조가 너무 은밀한 듯하므로,

"네."

대답 한 번에 바깥으로 나갔다. 어머니는 대문간에서 손에다가 무엇인지 가느다란 것을 쥐고 서 있다.

"저……"

하고 어머니는 헝겊에 싼 그것을 풀더니,

"이것 가지고 전당국에 가서 칠십 전이나 팔십 전만 달래 가지고 싸전에 가 쌀 다섯 홉만 팔고, 나무 열 냥어치만 사가지고 오너라."

한다. 진태는 얼른 알아채었다. 옳지! 은비녀로구나. 자기 집안에 값진 것이라고는 어머니 시집올 때 가지고 온 그 비녀 하나 하고, 굵다란 은가락지뿐이다.

진태는 그것을 받아들었다. 그리고는 전당국을 향하여 간다. 전당국

이 잡화상 옆에 있는 것이 제일 가깝고 조금 내려가면 이발소 윗집이 전당국이다. 그러나 첫째 집은 가지를 못한다. 그것은 그 전당국 주인의 아들이 자기하고 같은 학교를 다니니까 만일 들키면 창피할 것이요, 부끄러울 것이다. 그래서 그 집을 남겨 놓고 먼 저 아래 전당국으로 가리라 하였다. 그는 팔짱을 끼고 웅숭그리고서 전당국으로 들어가려 하니까 어째 누가 손가락질을 하는 것 같고 구차함을 비웃는 듯하다. 그리고 그 전당국 주인까지도 자기의 구차한 것을 호령이나 할 듯이 싫을 것 같다.

그러나 눈 딱 감고 들어가려 하는데, 문간에다가 '기중忌中'이라 써 붙이고 문을 닫아버렸다.

'기중忌中'

사람이 죽었구나 하고서 생각하니, 그 몇 분 동안에 자기 마음이 긴장되었던 것은 풀려진다. 그러면 이번에는 하는 수 없이 그 동무 아버지의 전당국으로 가야 하겠다.

한 발자국이라도 더디게 떼어 놓아 그 전당국으로 들어설 때, 가슴은 거북하고 머리에는 열이 올라와서 흐리멍텅하다.

기웃이 들여다보니까 아무도 없다. 혹시 동무 학동이나 만나지 않을까 하였더니 사무 보는 어른이 한 분 앉아 있고 아무도 없어 다행이다.

그는 정거장 표 파는 데처럼 철망으로 얽고 또 비둘기장 구멍처럼 뚫어 놓은 곳으로 은비녀를 디밀었다. 신문을 보던 사무 보는 어른이 한 번 흘겨보더니, "무엇이냐?" 하고서 소리를 꽥 지른다.

"이것 잡으세요?" 하는 소리는 떨리고 가늘었다. 사무 보는 이는 아무 말 없이 그것을 받아들더니 저울에다가 달아본다.

진태는 속마음으로 만일 저것을 잡지 않으면 어떻게 하나? 나쁜 것이라고 퇴짜를 하며는 어떻게 하나 하고 있을 때, "얼마나 쓰런?" 하고 돈을 묻는다. 그는 겨우 안심을 하고서 돈 말하려다가 자기가 부르는 돈보다 적게 주면 어떻게 하나 하고서 도리어 그이더러, "얼마나 나가요?" 하고 물었다. 그는 한참 있더니, "일 원이다" 한다. 그러면 자기 어머니가 언어 오라는 것보다는 삼사십 전이 더하다. 그는 겨우 안심을 하고서, "칠십 전 주세요" 하였다.

"네 이름이 무엇이냐?"

전당표에 이름이 씌어지는 것은 좋지 못하나 하는 수 없이 이름을 대었다. 사무 보는 이가 전당표를 쓰는 동안에 진태는 왔다갔다 하였다. 그리고서 남에게는 전당잡으러 온 체하지 않으려고 사면을 둘러보고 군소리를 하였다.

진태가 바깥을 내다볼 때 누구인지 덜미에서, "진태냐?" 하고 어린애 소리가 들렸다. 그가 얼른 돌아다보니 거기에는 그 집 주인의 아들이 반가이 맞으며, "어째 왔니?" 하며 나온다. 진태는 달아나고 싶었다. 그리고는 될 수만 있으면 돈도 그만두고 피해 가고 싶었다.

"내일 산술 숙제 했니?" 어쩌면 그렇게 다정하게 물으랴? 그러나 진태는, "아니!" 하고서 고개를 내저었다. 그의 얼굴은 진홍빛같이 붉어졌다.

"애 큰일났다. 나는 조금도 할 수가 없어!"

그의 말소리는 진태의 귀에 조금도 안 들린다. 내일 숙제는 그만두고 내일 학교에 가면 반드시 여러 동무들이 흉들을 볼 터이요, 또는 놀려댐을 당할 것이다. 그리고 그의 앞에는 커다란 수남壽男이가 보이며, 장난에 괴수요, 핀잔 잘 주고 못살게 굴기 잘 하는 그 불량한 학생이 보인다.

전당표와 돈을 받아들었다. 이제는 싸전으로 갈 차례다. 석 되나 닷 되나 한 말 쌀을 파는 것은 오히려 자랑거리지마는 다섯 홉은 팔기가 참으로 부끄럽다. 그는 싸전에 가서 종이봉지에 쌀 다섯 홉을 싸 들었다. 첫째 싸전장이가, "왜 전대를 가지고 오지 않았어?" 꽥 소리를 한 번 지르더니 딴 사람의 쌀을 다 퍼주고야 종이봉지 하나가 아까운 듯이 가까스로 다섯 홉 한 되를 퍼주었다. 돈을 주고 나왔다. 쌀 든 손은 얼어서 떨어지는 듯하다. 한 손으로 귀를 녹이고 또 한 손으로 번갈아 가며 쌀봉지를 들었다.

이번에는 나무가게로 갈 차례다. 나무가게로 갔다. 이십 전어치를 묶었다. 그것을 새끼에다 질빵 지어서 둘러메고 쌀은 여전히 옆에다 끼었다. 한길로 고개를 숙이고 가다가는 어깨가 아프고 손 발 귀가 시려서 잠깐 쉬다가 저쪽을 보니까 자기 집 들어가는 골목 조금 못 미쳐서 학교 선생님 한 분이 오신다.

진태는 얼핏 일어났다. 그리고 선생님이 골목까지 오시기 전에 먼저 그 골목으로 들어가야 하겠다 하였다. 그리고는 줄달음질하였다. 선생님은 아무것도 둘러메시었을 리가 없으므로 걸음이 속速하시다. 자기는 힘에 겨운 것을 둘러메었으니 또한 걸음이 더디다. 거의 선생님과 맞닥뜨리게 되었다. 그래서 앞도 보지 않고 골목으로 뛰어 들어가다가 거기서 나오는 사람과 마주쳤다.

"에쿠!" 하면서 손에 들었던 쌀이 모두 흩어지고 나무는 어깨에 멘 채 나가 자빠졌다. "이 망할 집 자식! 눈깔이 없니?" 하고 들여다보는 그이는 자기 아버지다. 진태는 그래도 뒤돌아보았다. 벌써 선생님은 본체만체 지나가 버리시었다. "이 망할 자식아, 쌀을 이렇게 흐트려서 어떻게 해?" 하며 아버지는 두 손으로 껌껌한 데서 그것을 쓸어서 바지 앞에다 담는다. 진태는 멍멍히 서 있다가 아버지에게 끌려 집으로 들어갔다.

집에 들어가니까 어머니가, 얼마나 받았으며 얼마나 썼으며 얼마나 남았느냐고 묻는다. 진태는 그 소리를 듣고서 전당표를 주었다. 그리고는 자세한 이야기를 하였다. 그러나 어머니는 진태의 잘잘못을 따지지 않았다. 유일한 보물을 전당을 잡혀서 팔아 온 쌀까지 땅에다 모두 엎질러버린 것을 생각하매 그대로 있을 수 없을 만큼 아깝고 분하다. 그래, "이 망할 녀석 먹으라는 밥은 먹지 않아서 밥이나 먹고 자라고 하랬더니……" 하고서 주먹을 들고 덤벼들며, "어디 좀 맞아보아라!" 하고서 또다시 덤벼든다. 진태는 아무것도 변명하지 않았다. 그러나 하루에 두 번씩 매를 맞게 되니까 무엇이 원망스럽고 또 무엇을 저주하고 싶었으나 그것이 무엇인지 알지 못하였다. 그래서 그는 한참 얻어맞고 혼자 울었다. 그는 위로해 주는 사람 하나 없고 쓰다듬어 주는 사람 하나 없었다.

그는 방구석에 틀어박혀서 한참 울다가 그대로 잠이 들었다. 억울한 꿈을 꾸면서…….

벙어리 삼룡이

벙어리 삼룡이

1

　내가 열 살이 될락말락할 때이니까 지금으로부터 십사오 년 전 일이다. 지금은 그곳을 청엽정青葉町이라 부르지마는, 그때는 연화봉蓮花峰이라고 이름하였다. 즉 남대문南大門에서 바로 내려다보면은 오정포午正砲가 놓여 있는 산등성이가 있으니, 그 산등성이 이쪽이 연화봉이요, 그 새에 있는 동네가 역시 연화봉이다. 지금은 그곳에 빈민굴이라고 할 수밖에 없는 지저분한 촌락이 생기고 노동자들밖에 살지 않는 곳이 되어버렸으나, 그때에는 자기네 딴은 행세한다는 사람들이 있었다.

　집이라고는 십여 호밖에 있지 않았고, 그곳에 사는 사람들은 대개 과목밭을 하고, 또는 채소를 심거나 그렇지 아니하면, 콩나물을 길러서 생활을 하여 나갔다.

　여기에 그중 큰 과목밭을 갖고 그중 여유 있는 생활을 하여가는 사람이 하나 있었는데, 그의 이름은 잊어버렸으나 동네 사람들이 부르기를 오 생원吳生員이라고 불렀다. 얼굴이 동탕動蕩하고 목소리가 마치 여름에 버드나무에 앉아서 길게 목늘여 우는 매미 소리같이 저르렁저르렁하였다.

그는 몹시 부지런한 중년 늙은이로 아침이면 새벽 일찍이 일어나서 앞뒤로 뒷짐을 지고 돌아다니며 집안일을 보살피는데, 그동안에는 그가 마치 시계와 같아서 그가 일어나는 때가 동네 사람이 일어나는 때였다. 만일 그가 아침에 돌아다니며 잔소리를 하지 않으면 동네 사람들이 이상하여 그의 집으로 가본다. 그는 반드시 몸이 불편하여 누워 있었다. 그러나 그와 같은 때는 일 년 삼백육십 일에 한 번 있기가 어려운 일이요, 이태나 삼 년에 한 번 있거나 말거나 하였다.

그가 이곳으로 이사를 온 지는 얼마 되지 아니하나 그가 언제든지 감투를 쓰고 다니므로 동네 사람들은 양반이라고 불렀고, 또 그 사람도 동네 사람에게 그리 인심을 잃지 않으려고 섣달이면 북어쾌, 김톳을 동네 사람에게 나눠주며 농사 때에 쓰는 연장도 넉넉히 장만한 후 아무 때나 동네 사람들이 쓰게 하므로 그 동네에서는 가장 인심 후하고 존경을 받는 집인 동시에 세력 있는 집이다.

그 집에는 삼룡三龍이라는 벙어리 하인 하나가 있으니, 키가 본시 크지 못하여 땅딸보로 되었고, 고개가 달라 붙어 몸뚱이에 대강이를 갖다가 붙인 것 같다. 거기다가 얼굴이 몹시 얽고 입이 크다. 머리는 전에 새 꼬랑지 같은 것을 주인의 명령으로 깎기는 깎았으나 불밤송이 모양으로 언제든지 푸하게 일어섰다. 그래 걸어 다니는 것을 보면, 마치 옴두꺼비가 서서 다니는 것같이 숨차 보이고 더디어 보인다. 동네 사람들이 부르기를 삼룡이라고 부르는 법이 없고 언제든지 '벙어리' '벙어리' 하고 하든지 그렇지 않으면 '앵모' '앵모' 한다. 그렇지만 삼룡이는 그 소리를 알지 못한다.

그도 이 집주인이 이리로 이사를 올 때에 데리고 왔으니 진실하고, 충성스러우며, 부지런하고 세차다. 눈치로만 지내가는 벙어리이지만은 말하고 듣는 사람보다 슬기로울 적이 있고 평생 조심성이 있어서 결코 실수한 적이 없다. 아침에 일어나면 마당을 쓸고 소와 돼지의 여물을 먹이며, 여름이면 밭에 풀을 뽑고 나무를 실어들이고 장작을 패며, 겨울이면 눈을 쓸고 장 심부름이며 진일 마른일 할 것 없이 못하는 일이 없다.

그럴수록 이 집주인은 벙어리를 위해 주며 사랑한다. 혹시 몸이 불편한 기색이 있으면 쉬게 하고, 먹고 싶어 하는 듯한 것은 먹이고, 입을 때 입히고, 잘 때 재운다.

그런데 이 집에는 삼대독자로 내려오는 그 집 아들이 있다. 나이는 열일곱 살이나 아직 열네 살도 되어보이지 않고 너무 귀엽게 기르기 때문에 누구에게든지 버릇이 없고 어리광을 부리며 사람에게나 짐승에게 잔인 포악한 짓을 많이 한다.

동네 사람들은, "후레자식! 아비 속상하게 할 자식! 저런 자식은 없는 것만 못해" 하고 욕들을 한다. 그래서 그의 어머니는 아들이 잘못할 때마다 그의 영감을 보고, "그 자식을 좀 때려주구려. 왜 그런 것을 보고 가만두?" 하고 자기가 대신 때려주려고 나서면, "아뇨. 아직 철이 없어 그렇지. 저도 지각이 나면 그렇지 않을 것이 아뇨" 하고 너그러이 타이른다. 그러면 마누라는 왜가리처럼 소리를 지르며, "철이 없긴 지금 나이가 몇이요? 낼 모레면 스무 살이 되는데, 또 며칠 아니면 장가를 들어서 자식까지 날 것이 그래 가지고 무엇을 한단 말이요?" 하고 들이대며,

"자식은 꼭 아버지가 버려 놓았습니다. 자식 귀여운 것만 알았지 버릇 가르칠 줄은 모르니까―."

이렇게 싸움이 시작만 하면 영감은 아무 말도 하지 않고 바깥으로 나가버린다.

그 아들은 더구나 벙어리를 사람으로 알지도 않는다. 말 못하는 벙어

리라고 오고 가며 주먹으로 허구리를 지르기도 하고 발길로 엉덩이도 찬다. 그러면 그 벙어리는 어린것이 철없이 그러는 것이 도리어 귀엽기도 하고 또는 그 힘없는 팔과 다리로 자기의 무쇠 같은 몸을 건드리는 것이 우습기도 하고 앙징맞기도 하여 돌아서서 빙그레 웃으면서 툭툭 털고 다른 곳으로 몸을 피해 버린다.

어떤 때는 낮잠 자는 벙어리 입에다가 똥을 먹인 때도 있었다. 또 어떤 때는 자는 벙어리 두 팔 두 다리를 살며시 동여매고 손가락과 발가락 사이에 화승불을 붙여 놓아 질겁을 하고 일어나다가 발버둥질을 하고 죽으려는 사람처럼 괴로워하는 것을 보고 기뻐하였다.

이러할 때마다 벙어리 가슴에는 비분한 마음이 꽉 들어찼다. 그러나 그는 주인의 아들을 원망하는 것보다도 자기가 병신인 것을 원망하였으며, 주인의 아들을 저주한다는 것보다 이 세상을 저주하였다.

그러나 그는 결코 눈물을 흘리지 않았다. 그의 눈물은 나오려 할 때 아주 말라 붙어버린 샘물과 같이 나오려하나 나오지를 아니하였다. 그는 주인의 집을 버릴 줄 모르는 개 모양으로 자기가 있어야 할 곳은 여기밖에 없고 자기가 믿을 것도 여기 있는 사람밖에 없는 줄 알았다. 여기에 살다 여기서 죽는 것이 자기의 운명인 줄밖에 알지 못하였다. 자기의 주인 아들이 때리고 찌르고 꼬집어 뜯고 모든 방법으로 학대할지라도 그것이 자기에게 으레 있을 줄밖에 알지 못하였다. 아픈 것도 그 아픈 것이 으레 자기에게 돌아올 것이요, 쓰린 것도 자기가 받지 않아서는 안 될 것으로 알았다. 그는 마땅히 자기가 받아야 할 것을 어떻게 해야 면할까 하는 생각은 한 번도 하여본 일이 없었다.

그가 이 집에서 떠나가려거나 또는 그의 생활환경에서 벗어나려는 생각을 한 번도 해보지 않았다 할지라도 그는 언제든지 그 주인 아들이 자기를 학대하고 또는 자기를 못살게 굴 때 그는 자기의 주먹과 또는 자기의 힘을 생각하여 보았다.

주인 아들이 자기를 때릴 때 그는 주인 아들 하나쯤은 넉넉히 제지할 힘이 있는 것을 알았다. 어떠한 때는 아픔과 쓰라림이 자기의 몸으로 스미어들 때면 그의 주먹은 떨리면서 어린 주인의 몸을 치려다가는 그는 그것을 무서운 고통과 함께 꾹 참았다. 그는 속으로, '아니다. 그는 나의 주인의 아들이다. 그는 나의 어린 주인이다' 하고 꾹 참았다.

그리고는 그것을 얼핏 잊어버리었다. 그러다가도 동넷집 아이들과 혹시 장난을 하다가 주인 아들이 울고 들어올 때에는 그는 황소같이 날뛰면서 주인을 위하여 싸웠다. 그래서 동네에서도 어린애들이나 장난꾼들이 벙어리를 무서워하여 감히 덤비지 못하였다. 그리고 주인 아들도 위급한 경우에는 언제든지 벙어리를 찾았다. 벙어리는 얻어맞으면서도 기어드는 충견 모양으로 주인의 아들을 위하여 싫어하지 않고 힘을 다 하였다.

2

벙어리가 스물세 살이 될 때까지 그는 물론 이성과 접촉할 기회가 없었다. 동네의 처녀들이 저를 '벙어리' '벙어리' 하며 괴상한 손짓과 몸짓으로 놀려먹음을 받을 적에 분하고 골 나는 중에도 느긋한 즐거움을 느끼어 본 일은 있었으나 그가 결코 사랑으로써 어떠한 여자를 대해 본 일은 없었다. 그러나 정욕을 가진 사람인 벙어리도 그의 피가 차디찰 리는 없었다. 혹 그의 피는 더욱 뜨거웠을지도 알 수 없었다. 뜨겁다 뜨겁다 못하여 엉키어버린 엿과 같을지도 알 수 없었다. 만일 그에게 벌을 주거나 뜨거운 열을 준다면 그의 피는 다시 녹을는지도 알 수 없었다.

그가 깜박깜박하는 기름 등잔 아래에서 밤이 깊도록 짚세기를 삼을 때이면 남모르는 한숨을 쉬는 것도 아니지마는, 그는 그것을 곧 억제할 수 있을 만치 정욕에 대하여 벌써부터 단념을 하고 있었다. 마치 언제 폭발이 될지 알지도 못하는 휴화산休火山 모양으로 그의 가슴속에 충분한 정열을 깊이 감추어 놓았으나, 그것이 아직 폭발될 시기가 이르지 못한 것이었다. 비록 폭발이 되려고 무섭게 격동함을 벙어리 자신도 느끼지 않는 바는 아니지마는 그는 그것을 폭발시킬 조건을 얻기 어려웠으며, 또는 자기가 여태까지 능동적으로 그것을 나타낼 수가 없을 만치 외계의 압축을 받았으며, 그것으로 인한 이지理智가 너무 그에게 자제력을 강대하게 하여주는 동시에 또한 너무 그것을 단념만 하게 하여주었다.

속으로 '나는 벙어리다' 자기가 생각할 때 그는 몹시 원통함을 느끼는 동시에, 나는 말하는 사람들과 똑같은 자유와 똑같은 권리가 없는 줄 알았다. 그는 이와 같은 생각에서 언제든지 단념 않으려야 단념하지 않을 수 없는 그 단념이 쌓이고 쌓이어 지금에는 다만 한 개의 기계와 같이 이 집의 노예가 되어 있으면서도 그것을 자기의 천직으로 알고 있을 뿐이요, 다시는 자기가 살아갈 세상이 없는 것밖에 알지 못하게 된 것이다.

3

그해 가을이다. 주인의 아들이 장가를 들었다. 색시는 신랑보다 두 살 위인 열아홉 살이다. 주인이 본시 자기가 언제든지 문벌이 얕은 것을 한탄하여 신부를 구할 때에 첫째 조건이 문벌이 높아야 할 것이었다. 그러나 문벌 있는 집에서는 그리 쉽게 색시를 내놓을 리가 없었다. 그러므로 하는 수 없이 그 어떠한 영락한 양반의 딸을 돈을 주고 사오다시피 하였으니, 무남독녀의 외딸을 둔 남촌 어떤 과부를 꿀을 발라서 약혼을 하고 혹시 무슨 딴소리가 있을까 하여 부랴부랴 성례식을 시켜 버렸다.

혼인할 때의 비용도 그때 돈으로 삼만 냥을 썼다. 그리고 아들이 처갓집에 며느리 뒤보아주는 바느질삯, 빨래삯이라는 명목으로 한 달에 이천오백 냥씩 대주었다.

신부는 자기 아버지가 돌아가기 전까지 상당히 견디기도 하고 또는 금지옥엽같이 기른 터이라 구식 가정에서 배울 것, 읽힐 것은 못 하는 것이 없고 또는 본래 인물이라든지 행동거지에 조금도 구김이 있지 아니한다.

신부가 오자 신랑의 흠절欠節이 생기기 시작하였다.

"신부에다가 대면 두루미와 까마귀지."

"아직도 철딱서니가 없어."

"색시에게 쥐어 지내겠지."

"신랑에겐 과하지."

동넷집 말 좋아하는 여편네들이 모여 앉으면 이렇게 비평들을 한다. 어떠한 남의 걱정 잘하는 마누라님들은 간혹 신랑을 보고는 그대로 세워놓고, "글쎄, 인제는 어른이 되었으니 셈이 좀 나요. 저러구 어떻게 색시를 거느려가누. 색시 방에 들어가기가 부끄럽지 않남" 하고 들이대다시피 하는 일이 있다.

이럴 적마다 신랑의 마음은 그 말하는 이들이 미웠다. 일부러 자기를 부끄럽게 하려고 하는 것 같아서 그 후에 그를 만나면 말도 안 하고 인사도 하지 아니한다.

또 그의 고모 되는 이가 와서 자기 조카를 보고, "인제는 어른이야. 너도 그만하면 지각이 날 때가 되지 않았니? 네 처가 부끄럽지 아니하냐?" 하고 타이를 적마다 그의 마음은 그 말하는 사람이 부끄럽다는 것보다도 자기를 이렇게 하게 한 자기 아내가 더욱 밉살머리스러웠다.

"여편네가 다 무엇이냐? 저 빌어먹을 년이 들어오더니 나를 이렇게 못살게 굴지."

혼인한 지 며칠이 못 되어 그는 색시 방을 들어가지 않았다. 집안에서는 야단이 났다. 마치 돼지나 말 새끼를 혼례시키려는 것같이 신랑을 색시 방으로 집어넣으려 하나 막무가내였다. 그럴 때마다 신랑은 손에 닥치는 대로 집어던져서 자기의 외사촌 누이의 이마를 뚫어서 피까지 나게 한 일이 있었다. 집안 식구들은 하는 수가 없어 맨 나중으로 아버지에게 밀었다. 그러나 그것도 소용이 없을 뿐더러 풍파를 더 일으키게 하였다. 아버지에게 꾸중을 듣고 들어와서는 다짜고짜로 신부의 머리채를 쥐어잡아 마루 한복판에 태질을 쳤다.

그러고는, "이년 네 집으로 가거라. 보기 싫다. 내 눈앞에는 보이지도 마라" 하였다. 밥상을 가져오면 그 밥상이 마당 한복판에서 재주를 넘고, 옷을 가져오면 그 옷이 쓰레기통으로 나간다.

이리하려 색시는 시집오던 날로부터 팔자 한탄을 하고서 날마다 우는 사람이 되었다. 울면은 요사스럽다고 때린다. 또 말이 없으면 빙충맞다고 친다. 이리하여 그 집에는 평화로운 날이 없었다.

이것을 날마다 보는 사람 가운데 알 수 없는 의혹을 품게 된 사람이 하나 있으니 그는 곧 벙어리 삼룡이었다.

그렇게 예쁘고 유순하고 그렇게 얌전한, 벙어리의 눈으로 보아서는 감히 손도 대지 못할 만치 선녀 같은 색시를 때리는 것은 자기의 생각으로는 도저히 풀 수 없는 의심이다. 보기에는 황홀하고 건드리기도 황홀할 만치 숭고한 여자를 그렇게 학대한다는 것은 너무나 세상에 있지 못할 일이다. 자기는 주인 새서방에게 개나 돼지같이 얻어맞는 것이 마땅한 이상으로 마땅하지마는 선녀와 짐승의 차가 있는 색시가 자기와 똑같이 얻어맞는 것은 너무 무서운 일이다. 어린 주인이 천벌이나 받지 않을까 두렵기까지 하였다.

어떠한 달밤, 사면은 고요적막하고 별들은 드문드문 눈들만 깜박이며 반달이 공중에 뚜렷이 달려 있어 수은으로 세상을 깨끗하게 닦아낸 듯이 청명한데 삼룡이는 검둥개 등을 쓰다듬으며 바깥 마당 멍석 위에 비슷이 드러누워 하늘을 쳐다보며 생각하여 보았다.

주인 색시를 생각하면 공중에 있는 달보다도 더 곱고 별보다도 더 깨끗하였다. 주인 색시를 생각하면 달이 보이고 별이 보이었다. 삼라만상을 씻어내는 은빛보다 더 흰 달이나 별의 광채보다도, 그의 마음이 아름답고 부드러운 듯하였다. 마치 달이나 별이 땅에 떨어져 주인 새아씨가 된 것도 같고, 주인 새아가씨가 하늘에 올라가면 달이 되고 별이 될 것 같았다.

더구나 자기를 어린 주인이 때리고 꼬집을 때 감히 입 벌려 말은 하지 못하나 측은하고 불쌍히 여기는 정이 그의 두 눈에 나타나는 것을 다시 생각할 때, 그는 부들부들한 개 등을 어루만지면서 감격을 느끼었다. 개는 꼬리를 치며 자기를 귀여워하는 줄 알고 벙어리의 손을 핥았다. 삼룡이의 마음은 주인아씨를 동정하는 마음으로 가득 찼다. 또는 그를 위하여는 자기의 목숨이라도 아끼지 않겠다는 의분에 넘치었다. 그것이 마치 살구를 보면 입 속에서 침이 도는 것같이 본능적으로 느끼어지는 감정이었다.

4

새댁이 온 뒤에 다른 사람들은 자유로운 안 출입을 금하였으나, 벙어리는 마치 개가 맘대로 안에 출입할 수 있는 것같이 아무 의심 없이 출입할 수가 있었다.

하루는 어린 주인이 먹지 않던 술이 잔뜩 취하여 무지한 놈에게 맞아서 길에 자빠진 것을 업어다가 안으로 들여다 누인 일이 있었다. 그때에 아무도 안에 있지 않고 다만 새색시 혼자 방에서 바느질을 하고 있다가 이 꼴을 보고 벙어리의 충성된 마음이 고마워서 그 후에 쓰던 비단 헝겊조각으로 부시 쌈지 하나를 만들어준 일이 있었다. 이것이 새서방님의 눈에 띄었다. 그래서 색시는 어떤 날 밤 자던 몸으로 마당 복판에 머리를 푼 채 내동댕이가 쳐졌다. 그리고 온몸에 피가 맺히도록 얻어맞았다.

이것을 본 벙어리는 또다시 의분이 마음에 뻗쳐 올라왔다. 그래서 미친 사자와 같이 뛰어 들어가 새서방님을 내어던지고 새색시를 둘러메었다. 그리고 나는 수리와 같이 바깥사랑 주인 영감 있는 곳으로 뛰어가 그 앞에 내려놓고 손짓과 몸짓을 열 번 스무 번 거푸하며 하소연하였다.

그 이튿날 아침에 그는 주인 새서방님에게 물푸레로 얼굴을 몹시 얻어맞아서 한쪽 뺨이 눈을 얼러서 피가 나고 주먹같이 부었다. 그 때릴 적에 새서방의 입에서 나오는 말은, "이 흉측한 벙어리 같으니, 내 여편네를 건드려!" 하고 부시 쌈지를 빼앗아 갈갈이 찢어서 뒷간에 던졌다.

"그리고 이놈아! 인제는 주인도 몰라보고 막 친다. 이런 것은 죽어야 해!" 하고 채찍으로 그의 뒷면을 갈겨서 그 자리에 쓰러지게 하였다.

벙어리는 다만 두 손으로 빌 뿐이었다. 말도 못 하고 고개를 몇백 번 코가 땅에 닿도록 그저 용서해 달라고 빌기만 하였다. 그러나 그의 가슴에는 비로소 숨겨 있던 정의감이 머리를 들기 시작하였다. 그는 그 아픈 것을 참아가면서도 북받치는 분노(심술)를 억제하였다.

그때부터 벙어리는 안방에 들어가지 못하였다. 이 들어가지 못하는 것이 더욱 벙어리로 하여금 궁금증이 나게 하였다. 그 궁금증이라는 것이 묘하게 빛이 변하여 주인 아씨를 뵈옵고 싶은 감정으로 변하였다. 뵈옵지 못하므로 가슴이 타올랐다. 몹시 애상哀傷의 정서가 그의 가슴을 저리게 하였다. 한 번이라도 아씨를 뵈올 수가 있으면 하는 마음이 나더니, 그의 마음의 넋을 느끼기를 시작하였다. '센티멘털'한 가운데에서 느끼는 그 무슨 정서는 그에게 생명 같은 희열을 주었다. 그것과 자기의 목숨이라도 바꿀 수 있을 것 같았다. 어떤 때는 그대로 대강이로 담을 뚫고 들어가고 싶도록 주인 아씨를 뵈옵고 싶은 것을 꾹 참을 때도 있었다.

그 후부터는 밥을 잘 먹을 수가 없었다. 일도 손에 잡히지 않았다. 틈만 있으면 안으로만 들어가고 싶었다. 주인이 전보다 많이 밥과 음식을 주고 더 편하게 하여주었으나 그것이 싫었다. 그는 밤에 잠을 자지 않고 집 가장자리를 돌아다녔다.

5

하루는 주인 새서방님이 술이 취하여 들어오더니 집안이 수선수선하여지며 계집 하인이 약을 사러 갔다. 들어오는 것을 보고 그 계집 하인을 붙잡았다. 그리고 무엇이냐고 물었다.

계집하인은 주먹을 뒤통수에 대이고 얼굴을 젊다고 하는 뜻으로 쓰다듬으며 둘째손가락을 내밀었다. 그것은 그 집주인은 엄지손가락이

요, 둘째손가락은 새서방님이라는 뜻이요, 주먹을 뒤통수에 대는 것은 여편네라는 뜻이요, 얼굴을 문지르는 것은 예쁘다는 뜻으로 벙어리에게 쓰는 암호다. 그런 뒤에 다시 혀를 내밀고 눈을 뒤집어쓰는 형상을 하고 두 팔을 싹 벌리고 뒤로 자빠지는 꼴을 보이니 그것은 사람이 죽게 되었거나 앓을 적에 하는 말 대신의 손짓이다.

벙어리는 눈을 크게 뜨고 계집 하인에게 한 발자국 가까이 들어서며 놀래는 듯이 멀거니 한참이나 있었다. 그의 가슴은 무겁게 격동하였다. 자기의 그리운 주인 아씨가 죽었다는 말이 아닌가. 그는 두 주먹을 마주치며 한숨을 쉬었다. 그리고는 자기 방에 무엇을 생각하는 것처럼 두어 시간이나 두 눈만 껌벅껌벅하고 앉아 있었다.

그는 밤이 깊어갈수록 궁금증 나는 사람처럼 일어섰다 앉았다 하더니 두 시나 되어 바깥으로 나가서 뒤로 돌아갔다. 그는 도둑놈처럼 조심스럽게 바로 건넌 방 뒤 미닫이 앞 담에 서서 주저주저하더니 담을 넘었다. 가까이 창 앞에 서서 문틈으로 안을 살피다가 그는 진저리를 치며 물러섰다.

어두운 밤에 그의 손과 발이 마치 그 뒤에 서 있는 감나무 잎같이 떨리더니 그대로 문을 박차고 뛰어들어 갔을 때, 그의 팔에는 주인 아씨가 한 손에 길다란 명주수건을 들고서 한 팔로 벙어리의 가슴을 밀치며 뻗디었다. 벙어리는 다만 눈이 둥그래서 '에헤' 소리만 지르고 그 수건을 뺏으려 애쓸 뿐이다.

집안이 야단났다.

"집안이 망했군!"

"어디 사내가 없어서 벙어리를!"

"어떻든 알 수 없는 일이야!"

하는 소리가 이 구석 저 구석에서 수군댄다.

그 이튿날 아침에 벙어리는 온몸이 짓이긴 것이 되어 마당에 거꾸러져서 입에서 피를 토하며 신음하고 있었다. 그 곁에서는 새서방이 쇠줄 몽둥이를 들고서 문초를 한다.

"이놈!" 하고는, 음란한 흉내는 모조리 하여가며 건넌방을 가리킨다. 그러나 벙어리는 손을 내저을 뿐이다. 또 몽둥이에는 살점이 묻어 나왔다. 그리고 피가 흘렀다.

벙어리는 타들어가는 목으로 소리도 못 내며 고개만 내젓는다. 그는 피를 토하며 거꾸러지며 이마를 땅에 비비며 고개를 내흔든다. 땅에는 피가 스며든다. 새서방은 채찍 끝에 납 뭉치를 달아서 가슴을 훔쳐 갈겼다가 힘껏 잡아 뽑았다. 벙어리는 그대로 거꾸러지며 말이 없었다.

새서방은 그래도 시원치 못하였다. 그는 어제 벙어리가 새로 갈아 놓은 낫을 들고 달려들었다. 그는 그 시퍼렇게 날선 낫을 번쩍 들었다. 그래서 벙어리를 찌르려 할 제 벙어리는 한 팔로 그것을 받았고 집안 사람은 달려들었다. 벙어리는 낫을 뿌리쳐 저리로 내던졌다.

주인은 집안이 망하였다고 사랑에 누워서 모든 일은 들은 체 만 체 문을 닫고 나오지를 아니하며 색시를 쫓는다고 야단이다. 그날 저녁에 벙어리는 다시 끌려 나왔다. 그때에는 주인 새서방이 그의 입던 옷과 신짝을 주며 눈을 부릅뜨고 손을 멀리 가리키며, "가! 인제는 우리 집에 있지 못한다" 하였다. 이 소리를 듣는 벙어리는 기가 막혔다. 그에게는 이 집 외에 다른 집이 없다. 살 곳이 없었다. 자기는 언제든지 이 집에서 살고 이 집에서 죽을 줄밖에 몰랐다. 그 새서방님의 다리를 끼어안고 애걸하였다. 말도 못 하는 것을 몸짓과 표정으로 간곡한 뜻을 표하였다. 그러나 새서방님은 발길로 지르고 사람을 불렀다.

"이놈을 좀 내쫓아라."

벙어리는 죽은 개 모양으로 끌려 나갔다. 그리고 대갈빼기를 개천 구석에 들이박히면서 나가 곤드라졌다가 일어서서 다시 들어오려 할 때에는 벌써 문이 닫혀 있었다. 그는 문을 두드렸다. 그의 마음으로 주인 영감을 찾았으나 부를 수가 없었다. 그가 날마다 열고 날마다 닫던 문이 자기가 지금은 열려 하나 자기를 내어쫓고 열리지를 않는다. 자기가 건사하고 자기가 거두던 모든 것이 오늘에는 자기의 말을 듣지 않는다. 어려서부터 지금까지 모든 정성과 힘과 뜻을 다하여 충성스럽게 일한 값이 오늘에는 이것이다. 그는 비로소 믿고 바라던 모든 것이 자기의 원수란 것을 알았다. 그는 그 모든 것을 없애버리고 자기도 또한 없어지는 것이 나은 것을 알았다.

그날 저녁, 밤은 깊었는데 멀리서 닭이 우는 소리와 함께 개 짖는 소리만이 들린다. 난데없이 화염이 벙어리 있던 오 생원 집을 에워싼다. 그 불을 미리 놓으려고 준비하여 놓았는지 집 가장자리로 쭉 돌아가며 흩어 놓은 풀에 모조리 달라붙어 공중에서 내려다보며는 집의 윤곽이 선명하게 보인 듯이 타오른다.

불은 마치 피 묻은 살을 맛있게 잘라먹는 요마妖魔의 혓바닥처럼 날름 날름 집 한 채를 삽시간에 먹어버렸다. 이와 같은 화염 속으로 뛰어 들어가는 사람이 하나 있으니 그는 다른 사람이 아니라 낮에 집을 쫓겨난 삼룡이다. 그는 먼저 사랑에 가서 문을 깨뜨리고 주인을 업어다가 밭 가운데에 놓고 다시 들어가려 할 제 얼굴과 등과 다리가 불에 데이어 쭈그려져 드는 것을 알지 못하였다.

그는 건넌방으로 뛰어들었다. 그러나 색시는 없었다. 다시 안방으로 뛰어들었다. 그러나 또 없고 새서방이 그의 팔에 매달리어 구원하기를 애원하였다. 그러나 그는 그것을 뿌리쳤다. 다시 서까래가 불에 시꺼멓게 타면서 그의 머리에 떨어졌다. 그러나 그는 그것을 몰랐다. 부엌으로 가보았다. 거기서 나오다가 문설주가 떨어지며 왼팔이 부러졌다. 그러나 그것도 몰랐다. 그는 다시 광으로 가보았다. 거기도 없었다. 그는 다시 건넌방으로 들어갔다. 그때야 그는 색시가 타 죽으려고 이불을 쓰고 누워 있는 것을 보았다. 그는 색시를 안았다. 그리고는 길을 찾았다. 그러나 나갈 곳이 없었다.

그는 하는 수 없이 지붕으로 올라갔다. 그는 비로소 자기의 몸이 자유롭지 못한 것을 알았다. 그러나 그는 자기가 여태까지 맛보지 못한 즐거운 쾌감을 자기의 가슴에 느끼는 것을 알았다. 색시를 자기 가슴에 안았을 때 그는 이제 처음으로 살아난 듯하였다. 그는 자기의 목숨이 다한 줄 알았을 때 그 색시를 내려 놓을 때는 그는 벌써 목숨이 끊어진 뒤였다. 집은 모조리 타고 벙어리는 색시를 무릎에 뉘고 있었다. 그의 울분은 그 불과 함께 사라졌을는지! 평화롭고 행복스러운 웃음이 그의 입 가장자리에 엷게 나타났을 뿐이다.

물레방아

물레방아

1

 덜컹덜컹 홈통에 들었다가 다시 쏟아져 흐르는 물이 육중한 물레방아를 번쩍 쳐들었다가 쿵 하고 확 속으로 내던질 제 머슴들의 콧소리는 허연 겻가루가 켜켜 앉은 방앗간 속에서 청승스럽게 들려온다.

 쏼쏼쏼 구슬이 되었다가 은가루가 되고 댓줄기같이 뻗치었다가 다시 쾅쾅 쏟아져 청룡이 되고 백룡이 되어 용솟음쳐 흐르는 물이 저쪽 산모퉁이를 십 리나 두고 돌고 다시 이쪽 들 복판을 오 리쯤 꿰뚫은 뒤에 이방원李芳源이가 사는 동네 앞 기슭을 스쳐 지나가는데 그 위에 물레방아 하나가 놓여 있다.

 물레방아에서 들여다보면 동북간으로 큼직한 마을이 있으니 이 마을에 가장 부자요, 가장 세력이 있는 사람은 이름을 신치규申治圭라고 부른다. 이방원이라는 사람은 그 집의 막실幕室살이를 하여가며 그의 땅을 경작하여 자기 아내와 두 사람이 그날그날을 지나간다.

 어떠한 가을밤 유난히 밝은 달이 고요한 이 촌을 한적하게 비칠 때 그 물레방앗간 옆에 어떠한 여자 하나와 남자 하나가 서서 이야기를 하는 소리가 들리었다. 그 여자는 방원의 아내로 지금 나이가 스물두 살,

한창 정열에 타는 가슴으로 가장 행복스러운 나이의 젊은 여자요, 그 남자는 오십이 반이 넘어 인생으로서 살아올 길을 다 살고서 거의거의 쇠멸衰滅의 구렁이를 향하여 가는 늙은이다.

그의 말소리는 마치 그 여자를 달래는 것같이, "애, 내 말이 조금도 그를 것이 없지? 쉰네 할멈에게도 자세한 말을 들었을 터이지마는, 너 생각해 보아라. 네가 허락만 하면 무엇이든지 네가 하고 싶다는 것을 내가 전부 해줄 터이란 말야. 그까짓 방원이 녀석하고 네가 몇백 년 살아야 언제든지 막실 구석을 면하지 못할 터이니…… 허허, 사람이란 젊어서 호강해 보지 못하면 평생 한 번 하여보지 못하고 죽을 것이 아니냐. 내가 말하는 것이 조금도 잘못한 것이 없느니라! 대강 너의 말을 쉰네 할멈에게 듣기는 하였으나 그래도 너에게 한 번 바로 대고 듣는 것만 못해서 이리로 만나자고 한 것이다. 너의 마음은 어떠냐? 허허, 내 앞이라고 조금도 어떻게 알지 말고 이야기해 봐, 응?"

이 늙은이는 두말할 것 없이 신치규다. 그는 탐욕스러운 눈으로 방원의 계집을 들여보며 한 손으로 등을 두드린다.

새침한 얼굴이 파르족족하고 기다란 눈썹과 검푸른 두 눈 가장자리에 예쁜 입, 뾰로통한 뺨이며, 콧날이 오똑한 데다가 후리후리한 키에 떡 벌어진 엉덩이가 아무리 보더라도 무섭게 이지적理智的인 동시에 또는 창부형娼婦型으로 생긴 것이다.

계집은 아무 말이 없이 서서 짐짓 부끄러운 태를 지으며 매혹적인 웃음을 생긋 웃고는 고개를 돌린다. 그 웃음이 얼마나 짐승 같은 신치규의 만족을 사게 되었으며 또한 마음을 충동시켰는지 희끗희끗한 수염이 거의 계집의 뺨에 닿도록 더 가까이 와서, "응? 왜 대답이 없니? 부끄러워서 그러니? 그렇게 부끄러워 할 일은 아닌데" 하고 계집의 손을 잡으며, "손도 이렇게 예쁜 줄은 이제까지 몰랐구나. 참 분결같다. 이렇게 얌전히 생긴 애가 방원 같은 천한 놈의 계집이 되어 일평생을 그대로 썩는다는 것은 너무 가엾고 아깝지 않느냐? 얘?"

계집은 몸을 돌리려고 하지도 않고 영감이 하는 대로 내버려두며 눈으로 땅만 내려다보고 섰다가 가까스로 입을 떼는 듯하더니, "제 말야 모두 쉰네 할멈이 여쭈었지요. 저에게는 너무 분수에 과한 말씀이니까요."

"온, 천만에 소리를 다 하는구나, 그게 무슨 소리냐. 너도 알다시피 내가 너를 장난삼아 그러는 것도 아니겠고 후사後嗣가 없어 그러는 것이니까 네가 내 아들이나 하나 낳아주렴. 그러면 내 것이 모두 네 것이 되지 않겠니? 자아 그러지 말고 오늘 허락을 하렴. 그러면 내일이라도 방원이란 놈을 내쫓고 너를 불러들일 터이니."

"어떻게 내쫓을 수가 있어요?"

"허어, 그것이 그리 어려울 것이 무엇 있니? 내가 나가라는데 제가 나가지 않고 배길 줄 아니?"

"그렇지만 너무 과하지 않을까요?"

"무엇, 저런 생각을 하니까 네가 이 모양으로 이때까지 있었지. 어떻단 말이냐? 그런 것은 조금도 염려하지 말구. 자아, 또 네 서방에게 들킬라, 어서 들어가자."

"먼저 들어가세요."

"왜?"

"남이 보면 수상히 알게요."

"무얼 나하고 가는데 수상히 알게 무어야…… 어서 가자."

계집은 천천히 두어 걸음 따라가다가, "영감!" 하고 멈칫하고 서 있다. "왜 그러니?" 계집은 다시 말이 없이 서 있다가, "아니에요" 하고, "먼저 들어가세요" 하며 돌아선다. 영감이 간이 달아서 계집의 손을 잡

으며,

"가자, 집으로 들어가자."

그의 가슴은 두근거리는지 숨소리가 잦아진다. 계집은 손을 빼려 하며, "점잖은 어른이 이게 무슨 짓이에요" 하면서도 그의 몸짓에는 모든 것을 허락한다는 뜻이 보였다. 영감은 계집의 몸을 끌어안더니 방앗간 뒤로 돌아섰다. 계집은 영감 가슴에 안겨서 정욕의 가득 찬 눈으로 그를 보면서, "영감" 말 한마디 하고 침 한 번 삼키었다.

"영감이 거짓말은 안 하지요?"

"아니."

그의 말은 떨리었다. 계집은 영감의 팔을 한 손으로 잡고 또 한 손으로는 방앗간 속을 가리켰다.

"저리로 들어가세요."

영감과 계집은 방앗간에서 이삼십 분 후에 다시 나왔다.

2

사흘이 지난 뒤에 신치규는 방원이를 자기 집 사랑 마당 앞으로 불렀다.

"얘!"

방원은 상전이라고 고개를 숙이고,

"예."

공손하게 대답을 하였다.

"네가 그간 내 집에서 정성스럽게 일한 것은 고마운 일이지마는……."

점잖과 주짜를 빼면서 신치규는 말을 꺼내었다. 방원의 가슴은 이 '마는'이라는 말 뒤에 이어질 말을 미리 깨달은 듯이 온 전신의 피가 가슴으로 모여드는 듯하더니 다시 터럭이라는 터럭은 전부 거꾸로 일어서는 듯하였다.

"오늘부터는 우리 집에 사정이 있어 그러니 내 집에 있지 말고 다른 곳에 좋은 곳을 찾아보아라."

아무 조건이 없다. 또한 이곳에서도 할 말이 없다. 죽으라고 하면 죽는 시늉이라도 해야 하는 것이다. 주인은 돈 가지고 사람을 사고 팔 수도 있는 것이다.

방원은 가슴이 답답하였다. 자기 혼자 몸 같으면 어디 가서 어떻게 빌어먹더라도 살 수 있지마는 사랑하는 아내를 구해 갈 길이 막연하다. 그는 고개를 굽히고, 허리를 굽히고, 나중에는 마음을 굽히고, 사정도 하여보고, 애걸도 하여보았다. 그러나 그것은 헛된 일이었다. 주인의 마음은 쇠나 돌보다도 더 굳었다.

그는 하는 수 없이 자기 아내에게 그 이야기를 하였다. 그리고 아내더러 안주인 마님께 사정을 좀 하여 얼마간이라도 더 있게 하여달라고 하여보라고 하였다. 그러나 아내는 방원의 말을 들을 리가 없었다. 도리어,

"그러면 어떻게 한단 말이오? 이제부터는 나를 어떻게 먹여 살릴 터요?"

"너는 그렇게도 먹고 살 수 없을까 봐 겁이 나니?"

"겁이 나지 않고. 생각을 해보구려. 인제는 꼼짝할 수 없이 죽지 않겠소?"

"죽어?"

"그럼 임자가 나를 데리고 이곳까지 올 때에 무어라고 하였소. 어떻

게 해서든지 너 하나야 먹여 살리지 못하겠느냐고 하였지요?"

"그래."

"그래, 얼마나 나를 잘 먹여 살리고 나를 호강시켰소. 이때까지 이태가 되도록 끌고 돌아다닌다는 것이 남의 집 행랑이었지요."

"애, 그것을 내가 모르고 하는 말이냐? 내가 하려고 하지 않아서 그렇게 된 것이냐? 차차 살아가는 동안에 무슨 일이 생기겠지. 설마 요대로 늙어 죽기야 하겠니?"

"듣기 싫소! 뿔 떨어지면 구워 먹지 어느 천년에."

방원이는 가뜩이나 내어쫓기고 화가 나는데 계집까지 그러니까 속에서 열화가 치밀어 올라왔다.

"이 육시를 하고도 남을 년! 왜 남의 마음을 글컹거리니?"

"왜 사람에게 욕을 해!"

"이년아 욕 좀 하면 어떠냐?"

"왜 욕을 해!"

계집의 얼굴이 노래지며 대든다.

"이년이 발악인가?"

"누가 발악이야. 계집년 하나 건사 못 하는 위인이 계집 보고 욕만 하고 한 게 무어야? 그래 은가락지, 은비녀, 한 벌 사주어 보았어? 내가 임자 하자고 하는 대로 하지 않은 것은 없지?"

"이년아! 은가락지, 은비녀가 그렇게 갖고 싶으냐? 이 더러운 년아."

"무엇이 더러워? 너는 얼마나 정한 놈이냐!"

계집의 입속에서는 놈 소리가 나오기 시작한다.

"이년 보게! 누구더러 놈이래" 하고 손길이 계집의 낭자를 후려잡더니 그대로 집어 들고 두어 번 주먹으로 등줄기를 우리었다.

"이 주릿대를 안길 년!"

발길이 엉덩이를 두어 번 지르니까 계집은 그대로 거꾸러졌다가 다시 일어났다. 풀어 헤뜨린 머리가 치렁치렁 끌리고 실룩한 눈에는 독기가 섞이었다.

"왜 사람을 치니? 이놈! 죽여라 죽여, 어디 죽여보아라, 이놈 나 죽고 너 죽자!"

하고 달려드는 계집을 후려쳐서 거꾸러트리고서,

"이년이 죽으려고 기를 쓰나!"

방원이가 계집을 치는 것은 그것이 주먹을 가지고 하는 일종의 농담이다. 그는 주먹이나 발길이 계집에 몸에 닿을 때 거기에 얻어맞는 계집의 살이 아픈 것보다 더 찌르르하게 가슴 한복판을 찌르는 아픔을 방원은 깨닫는 것이다. 홧김에 계집을 치는 것이 실상은 자기의 마음을 이빨로 물어뜯는 것이나 다름이 없는 것이다. 때리는 그에게는 몹시 애처로움이 있고 불쌍함이 있는 것이다. 그러나 자기의 화풀이를 받아주는 사람은 아직까지도 계집밖에는 없었다. 제일 만만하다는 것보다도 가장 마음 놓고 화풀이를 할 수 있음이다. 싸움 한 뒤 하루가 못 되어 두 사람이 베개를 나란히 하고 서로 꼭 끼고 잘 때에는 그렇게 고맙게 그렇게 감격이 일어나는 위안이 또다시 없음이다. 계집을 치고 화풀이를 하고 난 뒤에 다시 가슴을 에는 듯한 후회가 뜨거운 포옹으로 위로를 받을 그때에는 두 사람 아니라 방원에게는 그만큼 힘 있고 뜨거운 믿음이 또다시 없는 까닭이다.

계집은 일부러 소리를 높여 꺼이꺼이 운다.

온 마을 사람이 거의 귀를 기울였으나, "응, 또 사랑싸움을 하는군!" 하고 도리어 그 싸움을 부러워하였다. 옆집 젊은것이 와서 싱글싱글 웃으면서 들여다보며, "인제 고만두라고" 하며, 말리는 시늉을 한다. 동네 아이들만 마당 앞에 죽 늘어서서 눈들이 둥그래서 구경을 한다.

3

그날 저녁에 방원이는 술이 얼큰하여 돌아왔다. 아까 계집을 차던 마음은 어느덧 풀어지고 술로 흥분된 마음에 그의 계집의 품이 몹시 그리워져서 자기 아내에게 사과를 할 마음까지 생기었다. 본시 사람이 좋고, 마음이 약하고, 다정한 그는 무식하게 자라난 까닭에 무지한 짓을 하기는 하나 그것은 결코 그의 성격을 말하는 무지함이 아니다.

그는 비척거리며 집으로 향하는 길에 거슴치레하게 풀린 눈을 스스로 내리감고 혼잣소리로 "빌어먹을 놈! 나가라면 나가지 무서운가? 제 집 아니면 살 곳이 없는 줄 아는 게로군. 흥, 되지 않게 다 무엇이냐? 돈만 있으면 제일이냐? 이놈, 네가 그러다가는 이 주먹맛을 언제든지 볼라. 그대로 곱게 돼질 줄 아니?" 하고, 개천 하나를 건너뛴 후에, "돈! 돈이 무엇이냐?" 한참 생각하다가, "에후" 한숨을 쉬고 나서, "돈이 사람을 죽이는구나! 돈! 돈! 흥, 사람 나고 돈 났지 돈 나고 사람 났니?" 또 징검다리를 비척비척하고 건넌 뒤에, "고 배라먹을 년이 왜 그렇게 포달을 부려서 장부의 마음을 긁어놓아!"

그의 목소리에는 말할 수 없이 다정한 맛이 있었다. 그는 자기 계집을 생각하면 모든 불평이 스러지는 듯이 숙였던 고개를 쳐들어 하늘을 보면서, "허어, 저도 고생은 고생이지" 하고 다시 고개를 숙인 후, "내가 너무해. 너무 그럴 게 아닌데." 그는 자기 집에 와서 문고리를 붙잡고 흔들면서, "애! 자니! 자?" 그러나 대답이 없고 캄캄하다.

"이년이 어디를 갔어!"

그는 문짝을 깨어져라 하고 닫친 후에 다시 길거리로 나와 그 옆집으로 가서, "여보 아주머니! 우리 집 색시 어디 갔는지 보았소?"

밥들을 먹는 옆엣집 내외는, "어디서 또 취했소그려! 애 어머니가 아까 머리단장을 하더니 저 방아께로 갑디다."

"방아께로?"

"네!"

"빌어먹을 년! 방아께로 무얼 먹으러 갔누!"

다시 혼자 방아를 향하여 가면서 혼자 중얼거렸다.

그는 방앗간을 막 뒤로 돌아서자 신치규와 자기 아내가 방앗간에서 나오는 것을 보았다.

"아!"

그는 너무 뜻밖의 일이므로 아무 말도 하지 못하고 그대로 한참이나 멀거니 서서 보기만 하였다. 그의 눈에서는 쌍심지가 거꾸로 섰다. 열이 올라와서 마치 주홍을 칠한 듯이 그의 눈은 붉어지고 번개 같은 광채가 번뜩거리었다. 그는 한참이나 사지를 떨었다. 두 이가 서로 부딪쳐서 달그락달그락 하였다. 그의 주먹은 부서질 것 같이 단단히 쥐어졌다.

계집과 신치규는 방원이 와 선 것을 보고서 처음에는 조금 간담이 서늘하였으나 다시 태연하게 내려앉았다. 일이 이렇게 되었으매 할 대로 하라는 뜻이다.

방원은 달려들어 계집의 팔목을 잡았다. 그리고 이를 악물고 부르르 떨었다.

"나는 네가 이럴 줄은 몰랐다."

계집은,

"무얼 이럴 줄을 몰라?"

하며 파란 눈을 흘겨보더니,

"나중에는 별꼴을 다 보겠네, 으레 그럴 줄을 인제 알았나? 뇨요! 왜 남의 팔을 잡고 요 모양야. 오늘부터는 나를 당신이 그리 함부로 하지는 못해요! 더러운 녀석 같으니! 계집이 싫다고 그러면 국으로 물러갈 일이지 이게 무슨 사내답지 못한 일야! 놔요!"

팔을 뿌리쳤으나, 분노가 전신에 가득 찬 그는 그렇게 쉽게 손을 놓지 않았다.

"얘! 네가 이것이 정말이냐?"

"정말이 아니면 비싼 밥 먹고 거짓말 할까?"

"네가 참으로 환장을 하였구나!"

"아니 누구더러 환장을 했대. 원 기가 막혀 죽겠네! 놔요! 놔! 왜 추근추근하게 이 모양야? 놔!"

하고서 힘껏 뿌리치는 바람에 계집의 손이 쑥 빠지었다. 계집은 손목을 주무르면서 얌상맞게 돌아섰다.

이때까지 이 꼴을 멀찍이 서서 보고 있던 신치규는 두어 발자국 나서더니 기침 한 번을 서투르게 하고서,

"얘! 네가 술이 취하였으면 일찍 들어가 자든지 할 것이지 웬 짓이냐? 네 눈깔에는 아무것도 보이는 것이 없단 말이냐? 너희 년놈이 싸우는 것은 너희 년놈이 어디든지 가서 할 일이지 여기 누가 있는지 없는지 눈깔에 보이는 것이 없어?……"

"엣, 괘씸한 놈!"

눈깔을 부라리었다. 방원은 한참이나 쳐다보고서 말이 없었다. 생각대로 하면 한 주먹에 때려누일 것이지마는 그래도 그의 머리 속에는 아까까지의 상전이라는 관념이 남아 있었다. 번갯불같이 그 관념이 그의 입과 팔을 얽어 놓았다. 어려서부터 오늘날까지 남을 섬겨보기만 한 그의 마음은 상전이라면 모두 두려워하는 성질을 깊이깊이 뿌리박아 놓았다. 그러나 오늘부터는 신치규가 자기의 상전이 아니요, 자기가 신치규의 종도 아니다. 다만 똑같은 사람으로 마주섰을 뿐이다. 아니다, 지

122

금부터는 신치규도 방원의 원수였다. 그의 간을 씹어 먹어도 오히려 나머지 한이 있는 원수다.

신 치규는 똑바로 쳐다보는 방원을 마주 쳐다보며,

"똑바로 보면 어쩔 터이냐? 온 세상이 망하니까 별 해괴한 일이 다 많거든, 어째 이놈아!"

"이놈아?"

방원은 한 걸음 들어섰다. 나무같이 힘센 다리가 성큼하고 나설 때 신치규는 머리끝이 으쓱하였다. 쇠몽둥이 같은 두 주먹이 쑥 앞으로 닥칠 때 그의 가슴은 덜컥 내려앉았다.

"네 입에서 이놈이라는 소리가 나오지? 이 사지를 찢어발겨도 오히려 시원치 못할 놈아! 네가 내 계집을 뺏으려고 오늘 날더러 나가라고 그랬지?"

"어허, 이거 그놈이 눈깔이 삐었군. 얘, 나는 먼저 들어가겠다. 너는 네 서방하고 나중 들어오너라!"

신치규는 형세가 위험하니까 슬금슬금 꽁무니를 빼려고 돌아서서 들어가려 하니까 방원은 돌아서는 신치규의 멱살을 잔뜩 쥐어 한 팔로 바싹 치켜들고, "이놈 어디를 가? 네가 이때까지 맛을 몰랐구나?" 하며 한 번 집어쳐 땅바닥에다가 태질을 한 뒤에 그대로 타고 앞에서 목줄기를 누르니까 마치, 뱀이 개구리 잡아먹을 적 모양으로 깩깩 소리가 나며 말 한마디도 못 한다.

"이놈 너 죽고 나 죽으면 고만 아니냐?" 하고 방원은 주먹으로 사정없이 닥치는 대로 들이댄다. 나중에는 주먹이 부족하여 옆에 있는 모루 돌멩이를 집어서 죽어라 하고 내리친다. 그의 팔, 그의 몸에 끓어오르는 분노가 극도에 달하자 사람의 가슴속에 본능적으로 숨어 있는 잔인성殘忍性이 조금도 남지 않고 그대로 나타났다. 그의 눈은 마치 펄떡펄떡 뛰는 미끼를 가로차고 앉은 승냥이나 이리와 같이 뜨거운 피를 보고야 만족하다는 듯이 무섭게 번쩍거렸다. 그에게는 초자연超自然의 무서운 힘이 그의 팔과 다리에 올라왔다.

이 꼴을 보는 계집은 무서웠다. 끔찍끔찍한 일이 목전에 생길 것이다. 그의 맥이 풀린 다리는 마음대로 놓여지지 아니하였다.

"아! 사람 살류! 사람 살류!"

적적한 밤중에 쓸쓸한 마을에는 처참한 여자 목소리가 으스스하게 울리었다. 이 소리를 들은 방원은 더욱 힘을 주어서 눈을 딱 감고 죽어라 내리 짓찧었다. 뼈가 돌에 맞는 소리가 살이 으크러지는 소리와 함께 퍽퍽 하였다. 피 묻은 돌이 여기저기 흩어지고 갈갈이 찢긴 옷에는 살점이 묻었다.

동네편 쪽에서는 수군수군하더니 구둣소리가 나며 칼 소리가 덜거덕거리었다. 방원의 머리에는 번갯불같이 무엇이 보이었다. 그는 손에 주먹을 쥔 채 잠깐 정신을 차려 그쪽으로 귀를 기울였다.

"순검……"

그는 신치규의 배를 타고 앉아서 순검의 구둣소리를 듣자 비로소 자기가 무슨 짓을 하였는지 깨달았다.

그는 미친 사람처럼 일어났다. 그리고는 옆에 서서 벌벌 떠는 계집에게로 갔다.

"얘! 가자! 도망가자! 너하고 나하고 같이 가자! 자! 어서, 어서!"

계집은 자기에게 또 무슨 일이 있을까 하여 겁을 내어 도망을 하려 한다. 방원은 계집을 따라가며,

"얘! 얘! 네가 이렇게도 나를 몰라주니? 내가 너를 어떻게 생각하는지 알지를 못하니? 자 어서, 도망가자, 어서 어서, 뒤에서 순검이 쫓아온다."

계집은 그대로 서서 종종걸음을 치며,

"싫소! 임자나 가구려. 나는 싫어요, 싫어."

"가자! 응! 가!"

그는 미친 사람처럼 계집의 팔을 붙잡고 끌었다. 그때 누구인지 그의 두 팔을 마치 형틀에 매다는 것같이 꽉 뒤로 끼어안는 사람이 있었다.

"이놈아! 어디를 가?"

그는 뒤를 돌아보지 않고 그가 누구인지 알았다. 그는 온 전신에 맥이 풀리어 그대로 뒤로 자빠지려 할 때 어느덧 널판 같은 주먹이 그의 뺨을 사정없이 갈겼다.

"정신 차려."

"네."

그는 무의식하게 고개가 숙여지고 말소리가 공손하여졌다.

땅바닥에서는 신치규가 꿈지럭거리며 이리저리 뒹군다. 청승스러운 비명悲鳴이 들린다.

방원은 포승 지인 채, 계집은 그대로, 주재소로 끌려가고 신치규는 머슴들이 업어 들었다.

4

석 달이 지났다. 상해죄傷害罪로 감옥에서 복역을 하던 방원은 만기가 되어 출옥을 하였다. 그러나 신치규는 아무 일 없이 자기 집에서 치료하고 방원의 계집을 데려다 산다. 신치규는 온몸이 나은 뒤에 홀로 생각하였다.

"죽는 줄만 알았더니 그래도 이렇게 살아 있으니!" 하고 얼굴에 흠이

진 곳을 만져보며, "오히려 그놈이 그렇게 한 것이 나에게는 다행이지, 얼굴이 아프기는 좀하였으나!, 허어. 어떻게 그놈을 떼어버릴까 하고 그렇지 않아도 걱정을 하던 차에 잘되었지. 그놈 한 십 년 감옥에서 콩밥을 먹었으면 좋겠다."

방원은 감옥에서 생각하기를 나가기만 하면 년놈을 죽여 버리고 제가 죽든지 요절을 내리라 하였다. 집에서 내어쫓기고 계집까지 빼앗기고, 그것을 생각하면 이가 갈리고 치가 떨리었다. 그것이 모두 자기가 돈 없는 탓인 것을 생각하며 더욱 분한 생각이 났다.

"에 더러운 년." 그는 홑바지에 쇠사슬을 차고서 일을 할 때에도 가끔 침을 땅에다 뱉으면서 혼자 중얼거리었다. "사람이 이러고서야 살아서 무엇하나. 멀쩡한 놈이 계집 빼앗기고 생으로 콩밥까지 먹으니……." 그가 감옥에서 나올 때에는 감옥소를 다시 한 번 돌아보고 내가 여기서 마지막으로 목숨을 잃어버리든지, 그렇지 않으면 내가 내 손으로 내 목을 찔러 죽든지, 무슨 요절이 날 것을 생각하고 다시 온몸에 힘을 주고 쓸쓸한 웃음을 웃었다.

그는 이백 리나 되는 길을 걸어서 계집이 사는 촌에를 왔다. 그러나 아무도, 그를 아는 체하는 사람이 없었다. 전에 친하게 지내던 사람들도 그를 보고 피해 갔다. 마치 문둥병자나 마찬가지 대우를 하였다. 감옥에서 나온 뒤로부터는 더욱이 세상이 차디 차졌다. 자기가 상상하던 것보다도 더 무정하여졌다. 그는 하는 수 없이 밤이 될 때까지 그 근처 산 속으로 돌아다녔다. 그래서 깊은 밤에 촌으로 내려왔다. 그는 그 방앗간을 다시 지나갔다. 석 달 전 생각이 났다. 자기가 여기서 잡혀갔다는 것을 생각할 때 더욱 억울하고 분한 생각이 치밀어 올라왔다. 그는 한참이나 거기 서서 그때 일을 생각하고 몸서리를 친 후에 다시 그전 집을 찾아갔다.

날이 몹시 추워지고 눈이 쌓였다. 옷은 입은 것이 가을에 입고 감옥에 들어갔던 그것이므로 살을 에이는 듯한 것이로되 그는 분한 생각과 흥분된 마음에 그것도 몰랐다.

"년놈을 모두 처치를 해버려?" 혼자 속으로 궁리를 하다가, "그렇지, 그까짓 것들은 살려두어 쓸데없는 인생들이야" 하면서 옆구리에 지른 기름한 단도를 다시 만져보았다. 그는 감격스런 마음으로 그것을 쓰다듬었다. 그는 신치규의 집 울을 넘어 들어갔다. 그의 발은 전에 다닐 적 같이 익숙하였다. 그는 사랑을 엿보고 다시 뒤로 돌아서 건넌방 창 밑에 와 섰었다. 그는 귀를 기울였으나 아무 말도 들리지 않았다. 그는 손에 칼을 빼들었다. 그리고는 일부러 뒤 창문을 달각달각 흔들었다.

"그 뉘?" 하고 계집의 머리가 쑥 나오며 문이 열리었다. 그는 얼른 비켜섰다. 문은 다시 닫혀지고 계집은 들어갔다.

방원의 마음은 이상하게 동요가 되었다. 예쁜 계집의 목소리가 오래간만에 귀에 들릴 때 마치 자기가 감옥에서 꿈을 꿀 적 모양으로 요염하고도 황홀하게 그의 마음을 꾀는 것 같았다. 그는 꿈속에서 다시 만난 것 같고 오래간만에 그를 만나보매 모든 결심은 얼음같이 녹는 듯하였다. 그래도 계집이 설마 나를 영영 잊어버리랴 하고 옛날의 정리情理를 생각할 때 그것이 거짓말이 아니고 무엇이라는 생각이 났다.

아무리 자기를 감옥에까지 가게 하였다 하더라도 그는 감히 칼을 들어 죽이려는 용기가 단번에 나지 않아서 주저하기 시작했다.

"아니다, 다시 한 번만 물어보자!"

그는 들었던 칼을 다시 짚고 생각하였다.

"거짓말이다. 거짓말이다. 그럴 리가 없다."

그는 반신반의半信半疑하였다.

"그렇다. 한 번만 다시 물어보고 죽이든 살리든 하자!"

그는 다시 문을 달각달각 하였다. 계집은 이번에 다시 문을 열고 사면을 둘러보더니 헌 짚신짝을 신고 나왔다.

"뉘요?"

그는 방원이 서 있는 집 모퉁이를 돌아서려 할 제, "내다!" 하고, 입을 틀어 막고 칼을 가슴에 대었다.

"떠들면 죽어!"

방원은 계집의 입을 수건으로 틀어막고 결박을 한 후 들쳐업고서 번개같이 달음질하였다. 그는 어느 결에 계집을 업어다가 물레방아 앞에 내려놓은 후 결박을 풀었다. 그리고 한숨을 쉬었다.

"나를 모르겠니?"

캄캄한 그믐밤에 얼굴을 바짝 계집의 코앞에 들이대었다. 계집은 얼굴을 자세히 보더니, "아!" 소리를 지르더니 뒤로 물러섰다.

"조금도 놀랄 것이 없다. 오늘 네가 내 말을 들으면 살려줄 것이요, 그렇지 않으면 이것이야!" 하고 시퍼런 칼을 들이대었다. 계집은 다시 태연하게, "말요? 임자의 말을 들었을 것 같으면 벌써 들었지요, 이때까지 있겠소? 임자도 남의 마음을 알거요. 임자와 나와 이 년 전에 이곳으로 도망해 올 적에도 전남편이 나를 죽이겠다고 허리를 찔러 그 흠이 있는 것을 날마다 밤에 당신이 어루만지었지요? 내가 그까짓 칼쯤을 무서워서 나 하고 싶은 것을 못 한단 말요? 힝, 이게 무슨 비겁한 짓이요, 사내자식이. 자! 찌르려거든 찔러보아요. 자, 자."

"정말이냐?" 하고 한 걸음 더 가까이 나섰다.

"정말이 아니고? 내가 비록 여자이지만은 당신같이 겁쟁이는 아니라오! 이것이 도무지 무엇이요?"

계집은 그래도 두려웠던지 방원의 손에 든 칼을 뿌리쳐 땅에 떨어뜨리었다. 이 칼이 땅에 떨어지자 방원은 이때까지 용사와 같이 보이던

128

계집이 몹시 비겁스럽고 더러워 보이어 다시 칼을 집어 들고 덤비었다.

"에잇! 간사한 년! 어쩔 터이냐? 나하고 당장에 멀리 가지 않을 터이냐? 자아, 가자!"

그는 눈물이 어린 눈으로 타일러보기도 하고 간청도 하여보았다.

"자아, 어서 옛날과 같이 나하고 멀리멀리 도망을 가자. 나는 참으로 나의 칼로 너를 죽일 수 없다."

계집의 눈에는 독이 올라왔다. 광채가 어두운 밤에 번개같이 번쩍거리며,

"싫어요. 나는 죽으면 죽었지 가기는 싫어요. 이제 나는 고만 그렇게 구차하고 천한 생활을 다시 하기는 싫어요. 고만 물렸어요."

"너의 입으로 정말 그런 말이 나오느냐? 너는 나를 우리 고향에 다시 돌아가지도 못하게 만들어 놓고 나의 모든 것을 다 잃어버리게 한 후에도 나중에 세상에서 지옥이라고 하는 감옥소까지 가게 하였지! 그러고도 나의 맨 마지막 원을 들어주지 않을 터이냐?"

"나는 언제든지 당신 손에 죽을 것까지도 알고 있소! 자! 오늘 죽으나 내일 죽으나 언제든지 죽기는 일반, 이렇게 된 이상 나를 죽이시오."

"정말이냐? 정말이냐?"

"정말요!"

계집은 결심한 뜻을 나타내었다. 방원의 손을 떨리었다. 그리고 그는 눈을 꼭 감고, "에, 여우 같은 년!" 하고 칼끝을 계집의 옆구리를 향하고 내밀었다. 계집은 이를 악물고, "사람 죽인다!" 소리 한 번에 그 자리에 거꾸러졌다. 칼자루를 든 손이 피가 몰리는 바람에 우루루 떨리더니 피가 새어 나왔다. 방원은 그 칼을 빼어들더니 계집 위에 거꾸러져서 가슴을 찌르고 절명絶命하여 버렸다.

꿈

꿈

1

자기 스스로도 믿지 못하는 일을 때때 당하는 일이 있다. 더구나 오늘과 같이 중독이 되리만큼 과학이 발달되어 그것이 인류의 모든 관념을 이룬 이때에 이러한 이야기를 한다 하면 혹 웃음을 받을는지는 알수 없으나 총명한 체하면서도 어리석음이 있는 사람이 아직 의심을 품고 있는 이러한 사실을 우리와 같이 사람이 쓴다 하면 헤브라이즘과 헬레니즘, 서로 반대되는 끝과 끝이 어떠한 때는 조화가 되고 어떠한 경우에는 모순이 되는 이 현실 세상에서 아직 우리가 의심을 품고 있는 문제를 여러 독자에게 제공하여 그것을 해석하고 설명해 내는 데 도움이 되거나 그렇지 않으면 아주 사실을 부인하여 버리고 되고, 또는 그렇지 않음을 결정해 낼 수 있다 하면 쓰는 사람이나 읽는 이의 해혹解惑이 될까 하는 것이다.

이러한 사실을 믿거나 믿지 않거나 그것은 해석하는 이의 마음대로 할 것이요, 쓰는 이의 관계할 바가 아니니, 쓰는 이는 문제를 제공하는 것이 그것을 해석하는 것보다 더 큰 천직인 까닭이다.

더구나 이야기는 실지로 당한 이가 있었고, 또는 쓰는 나도 믿을 수도 없고 아니 믿을 수도 없는 까닭이다.

2

  내가 열아홉 살이 되던 해다. 세상에는 숫자數字를 무서워하는 습관이
있어 우리 조선서는 석 삼三자와 아홉 구九자를 몹시 무서워한다. 석 삼
자는 귀신이 붙은 자라 해서 몹시 꺼려하며 아홉 구 자 즉 셋을 세 번
곱한 자는 그 석 삼자보다도 더 무서워한다. 더구나 연령에 들어서 그
러하니 아홉 살, 열아홉, 살 스물아홉 살, 서른아홉 살…… 이렇게 아홉
이라는 단수가 붙은 해를 몹시 경계한다. 그래서 다만, 홀어머니의 외
아들인 나는 열아홉 살이 되는 날부터 마치 죽을 날이나 당한 듯이 무
서움과 조심스러움으로 그날그날을 지내지 않으면 안 되었다.
  이곳에서 저곳을 떠날 일이 있어서도 방위를 보고 벽에 못 하나를 박
아도 손을 보며 생일 음식을 먹으려 하여도 부정을 염려하며 더구나 혼
인 참례나 조상弔喪집에는 가까이 하지도 못하였으며 일동 일정을 재래
의 미신을 따라서 하지 않은 것이 없었다.
  하다못해 감기가 들어서 누었더라도 무당과 판수가 푸닥거리와 경을
읽었다.
  나는 어릴 때이라 그렇게 구속적이요 부자유한 법칙을 지키기도 싫
었을 뿐 아니라 그때 동리에 있는 보통학교에를 다닐 때이므로 어머니
의 말씀과 또한 하시는 일을 어리석다 해서 여간한 반대를 하지 않은
것이 아니었다. 그러나 그것이 어리석은 일인 줄은 알고 자기도 그것이
옳지 않은 일인 줄은 알면서도 그것을 단단히 믿지 않을 수는 없었다.
제사 음식이 눈에 보이면 거기 귀신이 붙은 것 같기도 하여 어째 구미

가 당겨지지를 아니하고 길에서 상여를 만나면 하루 종일 자기 생명이 위태한 것 같아서 아니 본 것만 못하였다. 장님을 보면 돌아가고 예방해 내버린 것을 볼 때는 자연히 침을 뱉었다.

쉽게 말하면 이 무서운 인습적 미신을 완전히 깨뜨려버릴 수가 없다는 말이다.

3

나는 지금 그때를 돌아보면 여러가지 행복을 아니 느낄 수가 없다. 아버지가 끼쳐주고 돌아가신 넉넉한 재산과 따뜻한 어머니의 자애로 무엇 하나 불만족한 것이 없이 소년 시대를 지내오며 따라서 백여 호밖에 되지 않는 촌락에서 가장 재산 있고 문벌 있는 얌전한 도련님으로 지내던 생각을 하면 고전적 즐거움을 아니 느낄 수가 없다.

더구나 지금도 거울을 앞에 놓고 내 얼굴을 들여다보면 그때에 보르통하고 혈색 좋던 얼굴의 흔적은 숨어버리었으나 잘 정제된 모습이라든지 정기가 넘치는 눈이라든지 살적이 뚜렷한 이마라든지 웃음이 숨은 듯 나타나는 듯한 입 가장자리에 날씬날씬한 팔 다리와 가늘은 허리를 아울러 생각하면 어디를 내놓든지 귀공자의 태도가 있었다.

그래서 동리에서는 나를 사위를 삼으려는 사람이 퍽 많았다. 하루에도 중매를 들려고 오는 사람이 두셋씩 있을 때가 많아서 그 사람들은 서로 눈치들만 보고 서로 말하기를 꺼려 그대로 돌아간 일이 한두 번이 아니었다.

그래서 어머니는 어느 것을 택해야 좋을는지 몰라서 적지 아니 헤매신 모양이요, 또는 그 까닭으로 열네 살부터 말이 있던 혼인이 열아홉 살이 되도록 늦어진 것이다.

4

　동리 처녀들 중에 내 말을 듣거나 또는 담 틈으로나 울 너머로 나를 본 처녀는 모두 나를 사모하게 되었던 모양이다. 우리 집에서 셋째 집 건너편에 있는 열여덟 살 먹은 처녀 하나는 내가 학교를 갈 적이나 집으로 돌아올 적에는 반드시 문틈으로 내가 지나가기를 기다리는 것을 나는 본 일이 있었다. 어떠한 날은 대담하게도 내가 지나가기를 기다려 자기의 노랑 수건을 내 앞에 던진 일까지 있었다. 또 어떤 처녀 하나는 자기 부모에게 자기가 나를 사모한단 말을 하여 직접 통혼까지 한 일이 있었으나 그 집안 문벌이 얕다는 이유로 어머니에게 거절을 당한 후에 그 여자는 병이 들었더니 그 후에 다른 데로 시집을 갔다고 할 적에는 나는 공연히 섭섭한 일도 있었다.

　그중에 가장 내가 귀찮게 생각한 것은 우리 동리에서 조금 떨어진 곳에 주막이 하나 있었는데 그 주막에 술 파는 여자가 나에게 반하였던 일이다. 그것도 내가 학교에 가는 길가에 있는 곳인데 하루는 학교에서 운동을 하고 집에 돌아오는 길에 어떻게 목이 말랐든지 일상 어머니가 하신 "물 한 그릇이라도 남의 집에서 먹지 말라"는 경계를 어기고 그 주막에 들러서 그 술 파는 여자에게 물 한 그릇을 얻어먹은 일이 있었다. 그 여자란 것은 나이가 스물두서넛이 되어 보이는 남편이 있는 여자인데, 눈이 크고 검으며 살이 검누르고 퉁퉁한 여자로 사람을 보면 싱글싱글 웃는 버릇이 있어 얼핏 보면 사람이 좋아 보이지마는 어디인지 음침한 빛이 있다.

그 이튿날 나는 무심히 그 주막 앞을 지내려니까 그 여자는 나를 보고 싱글 웃었다. 그날 저녁에도 싱글 웃었다. 그 웃음이 어떻게 야비한지 나는 그 웃음을 잊으려 하였으나 잊으려 하면 더 생각이 나서 못 견디었다.

그렇지만 그 앞을 아니 지날 수가 없어서 그 웃음을 보지 않으려고 고개를 돌리고 지나간 지 이틀 만에 그 여자는 내가 학교에서 돌아오기를 기다렸든지 문간에 나섰다가 나를 불렀다.

나는 질겁을 하여 머리끝이 으쓱하였다.

"여보시소, 서방님네."

"왜 그러는고."

나는 돌아보며 물었다.

"사내가 와 그렇게 무정한 게요?"

나는 사면을 둘러보았다. 그 말하는 그 사람은 그만두고 그 말을 듣는 내가 몹시 더럽고 부끄러운 것 같은 까닭이었다. 나는 아무 말도 못하고 그대로 돌아서 가려 하니까, 그 여자는 나의 손목을 잡아 끌고 자기 집으로 끌고 들어가려 하였다. 그는, "술이나 한 잔 자시고 가시소" 하며 잡아다녔다. 술? 나는 말만 들어도 해괴하였다. 학교 규칙, 어머니, 학생, 계집, 주정, 음란, 이 모든 것이 번득번득 연상이 되어서 온몸이 떨렸다.

"이 손 못 놓겠는 게요?"

나는 손을 뿌리쳤다. 그리고,

"나는 학생이래서 술 못 먹는지러."

하고 뒤로 물러서며,

"나중에는 얄궂은 일을 다 당하는 게로."

하며 앞만 보고 달려왔다.

집에 와서는 얼른 손을 씻어 그 여자의 손때를 떨어 버리고 옷까지 바꾸어 입었다. 그 음탕한 눈이며 살 냄새가 눈에 보이고 코에 맡히는 것 같아서 못 견디었다.

5

그 후부터는 그 길로 학교를 갈 수가 없어서 길을 돌아가는 수밖에 없었다. 그전 길로 가면 오 리밖에 되지 않는 길을 십 리나 되는 산길로 돌아다녔다.

그런데 다행히 그 길 중턱에는 우리 집 논이 있고 그 논 옆에는 우리 마름이 살므로 적이 안심이 되었다.

첫날 그 집 앞을 지날 때 나는 주인 된 자격으로라고 하는 것보다도 반가운 마음으로 그 집에를 들어가지 않을 수가 없었다. 처음에 그 집 싸리짝 문을 들어서니 집안이 너무 적적하였다. 이십 년 동안이나 우리 집 땅을 부쳐먹는 사람 좋은 늙은 마름도 볼 수가 없고 후덕스러 보이는 그의 마누라도 볼 수가 없다. 하다 못해 늙은 개까지도 볼 수가 없었다.

나는 의아하여 고개를 기웃기웃 하려니까 그 집 봉당문이 열리며 기웃이 고개를 내미는 사람은 그 집 딸인 임실이었다. 임실이는 어렸을 때 앞치마 하나만 두르고 발바닥으로 어머니를 따라서 우리 집에 드나든 일이 있으므로 나는 그 얼굴을 잘 알 뿐더러 어려서는 같이 장난까지 한 일이 있었다. 그러나 근 삼 년이나 보지를 못하였다. 대가리가 커지니까 그렇게 함부로 다니지를 못하게 한 모양이다.

어렸을 적에 볼 때에는 머리가 쥐꼬리 같고 때가 덕지덕지하며 코를 흘리던 것이 지금 보니까 제법 머리를 치렁치렁 발 뒤꿈치까지 따 늘이고 얼굴에 분칠을 하였는데 때가 쑥 빠졌다. 그는 반가웁다는 뜻인지 생긋 웃고 나를 보며 어서 오라는 듯이 나를 쳐다보았다. 그리고는 아무도 없는데 온 것이 미안한 듯이 황망해하며 어떻게 이 갑작스러웁게 방문한 주인댁 도령님을 맞아야 좋을지 모르는 모양이다.

"죄다 어데 간는?" 나는 상전의 아들이 하인의 딸에게 향하는 태도로 물었다. 그는, "들에 나갔는 게로" 하며 다시 한 번 나를 곁눈으로 살펴보았다. 길게 있을 시간도 없거니와 이따가 하학할 때에는 또다시 들릴 터이니까 오래 있을 필요가 없어서 그대로 학교를 다녀 돌아올 적에 다시 들렀다.

그때에는 마름 내외가 나를 기다리고 있다가 점심 먹으라고 밀 국수를 해주었다. 아마 그 계집애가 저희 부모에게 말을 했던 모양이다. 그 후에는 올 적 갈 적 들렀다. 그 계집애도 상전과 부리는 사람의 관계로 숙친熟親하여졌다. 어떤 때 나의 옷고름이 떨어지면 그것을 달아주고 혹 별다른 음식을 갖다가 내 앞에 놀 때에는 이상한 미소를 띠고 나를 곁눈으로 쳐다보았다. 그 웃음이란 나의 눈에 보이기에도 몹시 유혹적이었으나 나는 실없는 계집년이란 생각밖에 나지 않았다.

6

그 후에 하루는 내가 학질 기운이 갑자기 생겨서 하학시간도 채 마치지 못하고 어떻게든지 집으로 가려고 무한한 노력으로 줄달음질 쳐 오다가 그 집 앞을 당도해 보니까 여태까지 참았던 마음이 휙 풀어지며 그대로 그 집 마루에가 털썩 주저앉아버린 일이 있었다.

그것을 본 마름들은 나를 방으로 데려다 누이고 일변 집으로 통지를 하며 또는 물을 끓인다, 미음을 쑨다 하여 야단을 하는데 그중에 가장 난처하게 여기는 것은 나를 깔고 덮어줄 이불 요가 없어서 걱정인 것이다. 자기네들이 깔고 덮는 누더기를 주인 상전의 귀여운 아들, 더구나 유달리 위하는 아들의 몸에는 덮어주기를 꺼리는 모양이다. 염려하는 것을 본 그 처녀는 얼핏 자기 방—아랫방—으로 가서 새로이 꾸며둔 이불 요 한 채를 가지고 왔다. 그것은 자기가 시집갈 때 가지고 가서 신랑과 덮고 잘 이불을 준비해 둔 것이다.

그는 그것을 깔고 덮어준 후 발 아래를 잘 여미고 두덕두덕 매만져 주었다. 촌 여자의 손이지만 어디인지 연하고 부드러운 맛이 있어서 몹시 육감적 자극을 전하는 듯하였다. 그러고는 그 처녀는 내 앞을 잘 떠나지 않고 자기의 가장 아끼는 이불 요를 꺼내 덮어준 것이 퍽 만족하다는 듯이 항상 이불과 요를 매만졌다. 어떠한 때에는 나의 이마도 눌러 주고 시키지도 아니하였는데 나의 베개를 바로 베주기도 하고 흐트러진 옷고름을 매주기까지 하였다.

그때 그 당시로 말하면 내가 그 임실이쯤은 다른 의미로 생각할 여지가 없었고 더구나 임실이를 이성으로 생각한다는 것으로는 마음이 끌리지 아니 하였으니 그와 나의 지위의 간격이 너무 멀었음이 첫째 원인이며 하고 많은 여자들 다 제쳐놓고 임실이에게 마음을 끄을린다는 것은 그때 나의 관념으로도 우스운 일일 뿐 아니라 그런 일이 있다 하면 그것은 자기의 명예라든지 여러 가지의 사정을 생각하여 으레 있지 못할 일이었으므로 더구나 임실이가 나에게 마음을 둔다 하면 그것은 마치 파수 병정이 나라의 공주에게 반하는 것이나 마찬가지인 까닭이었다. 그러나 파수 병정이 공주를 사모한 일이 만일 있었다 하면 그것이 대개는 불행으로서 끝을 마치는 것과 같이 임실이가 나를 사모한 것도 그러하였으니 그때는 그것을 깨닫지 못하였으나 그 후에 그것을 깨달

앉을 때 나는 가슴이 몹시 아픔을 깨닫지 아니치 못하였다.

7

병이 나아서 다시 학교를 다닌 지 한 달 남짓한 때 나는 그 집을 들렀다가 그 집에서 마누라쟁이가 소리를 질러 떠드는 소리를 들었다.

"이 정츨 가스내야 죽어도 대답을 못 하겠는가" 하며 임실이를 두들겨 주는 꼴을 보았다. 계집애는 죽어도 못 하겠소 하는 듯이 입을 다물고 돌아앉아서 눈물만 흘리고 느껴 가면서 울 뿐이다.

"말해라 그래도 못 하겠는 게로?" 하고 그의 손에 든 방치가 임실의 등줄대를 내려 갈겼다. 임실이는 그대로 엎드려져서 등만 비비며 말이 없다. 어미는 죽어라 하고 두어 번 짓이기더니 나를 보고 물러섰다.

그 까닭은 이러한 것이었다. 임실이를 어떠한 촌에 사는 늙수그레한 농부가 후실로 달라고 하는데 그 농부인즉 돈도 있고 땅도 많고 소도 많아 살기가 넉넉하나 상처를 하여 다시 장가를 들 터인데 만일 딸을 주면 닷말지기 땅에 소 두 마리를 주겠다는 말이 있음이다. 그러나 임실이는 죽어도 가기 싫다 하니까 그렇게 수가 나는 것을 박차버리는 것이 분하고 절통한 일이 되어서 지금 경찰이 고문이나 하는 듯이 딸에게 대답을 받으려 함이었다.

나도 그 말을 듣고는 임실이를 철없는 계집애라 하였다. 그렇게 하면은 부모에게도 좋은 일이요, 자기 신상에도 괜찮을 것이라 하였다. 나도 어미 편을 들었다. 그랬더니 어미는 더욱 펄펄 뛰면서, 자 도련님 말씀을 들어보라고 야단이다. 그러나 지금 생각하니 그 무심히 한 말이 그 계집애에게 치명상을 줄 줄을 누가 알았으랴. 지금도 생각만 하면 모골이 송연하다.

8

그 후에는 임실이가 몸이 아파서 누웠단 말을 들었다. 나는 여러 가지로 생각을 하여, 즉 말하자면 주인 된 도리로나, 날마다 지나다니며 폐를 끼치는 것으로나, 또는 내가 앓을 적에 제가 해주던 공으로나 약한 첩 아니 지어다 줄 수 없어서 그 병을 물어보았으나 다만 몸살이라고 할 뿐이므로 무슨 병인지 몰라서 그것도 하지 못하였다.

그 후 한 보름은 무심히 지나갔다. 임실이 병이 어찌 되었느냐고 물어보지도 않았다. 그렇게 무심히 지내던 어떠한 날 저녁에 나는 어머니와 단 둘이 방에서 잠을 자고 있었다. 날이 몹시 침울하고 날이 흐려서 안개가 자욱이 낀 밤이었다. 척척한 기운이 삼투를 하여 방 안으로 스며들었다.

나는 잠이 들었다가 깨었다. 깨기는 깨었으나 분명히 깨지도 못하였다. 눈에는 방 안에 있는 것이 분명히 보이나 정신은 잠 속에 잠겨 있었다. 시계 소리가 들리었으나 그것이 생시에 듣는 것 같기도 하고 꿈속에 듣는 것 같기도 하였다. 누구든지 가위를 눌릴 때 당하는 같이 몸은 깨려 하고 정신은 깨지 않는 것과 같았다. 띵한 기운이 머리 속에 가득 차고 온몸이 녹는 듯이 혼몽하였다.

그러자 누구인지 문을 열었다. 석유불을 켜 놓은 등잔불이 더욱 밝아지더니 눈이 부신 햇빛같이 환하여졌다. 나는 이상하지도 않고 무섭지도 않았다. 생시나 같이 예사로웠다.

문이 열리더니 들어오는 사람이 있었다. 그것은 분명한 임실이었다.

그는 하얗게 소복을 입었었다. 그의 손에는 이상한 꽃가지를 들었었다. 문을 닫더니 내 앞에 와서 섰다. 그는 울음을 참는 사람처럼 처참하게 입을 다물었다. 그는 누구와 이별하는 것 같이 몹시 슬픈 낯으로 나를 보았다. 그의 옷빛은 똑똑하고 선명하게 내 눈에 비치었다.

그는 한참이나 나를 보고 있더니 눈에서 구슬 같은 물을 흘리더니 나의 가슴에 엎드려 울었다. 생시나 꼭 마찬가지 목소리로 나를 향하여, "저는 지금 당신을 이별하고 영원히 갑니다. 생시에는 감히 말씀을 못하였으나 지금 마지막 당신을 떠나갈 때 제가 얼마나 당신을 사모하였는지 알 수가 없던 그 간곤한 정이나 알려드릴까 하여 가는 길에 들렀사오니 영영 가는 혼이나마 마지막으로 저를 한 번 안아주세요" 하고 가슴에 안겼다.

나는 벌떡 일어서며 임실이를 물리치며, "버릇없는 가시내년 누구에게 네가 감히 이 따위 버르장을 하니" 하고 꾸짖었다. 그랬더니 임실이는 돌아서서 원망스럽게 나를 흘겨보면서 그러면 이것이 마지막이니 안녕이나 계시라고 어디로인지 사라졌습니다.

나는 그 사라지는 것이 연기와 같이 허무한 것을 보고 공연히 섭섭한 생각이 나고 가슴속이 메어지는 듯하여 그렇게 준절히 꾸짖은 나로서 다시, "임실아! 임실아!" 하고 부르면서 따라나가려 하였다. 그러나 정녕코 생시요 모든 것이 분명하고 똑똑한데 다리를 떼어놓으려면 다리가 떼어지지 않고 무엇이 꽉 붙잡는 것 같으며 입을 벌리려면 혀가 굳어서 말이 나오지를 아니하여 무한히 고생을 하고 애를 쓰려 하였으나 마음대로 되지를 않았다.

그러자 누구인지 내 몸을 흔드는 듯해서 눈을 떠보니까 나는 자리 속에 누웠고 옆에 어머니가 일어나 앉으셔서, "왜 그러는?" 하고 물어보신다. 여러 가지를 종합해 보아서 내가 꿈을 꾸었던 것이다. 꿈은 꿈이나 그것이 너무 역력한 까닭에 어머니께 그런 말씀도 하지 못하고 이상하다 하는 생각으로 그날 밤을 지내었다.

9

그 이튿날 아침에 학교를 갈 적에는 만사를 제쳐놓고 그 집부터 들렀다. 들르기도 전에 멀리서 나는 가슴이 서운하여지지 않을 수가 없었다.

"먹을 것도 못 먹고 입을 것도 못 입고…… 임실이가 죽단 말이 웬 말이냐. 어미 애비 내버리고 네 혼자 어데메로 간단 말고, 애고 애고 임실아……" 하며 어미의 우는 소리가 적적한 마을 고요한 공기를 울리고 내 귀에 들려 왔다. 공중에서 날아왔다 날아가는 제비 새끼라든지 다 익은 낟알이 바람에 불리어 이리 물결치고 저리 물결치는 것이든지 그 울음소리에 섞이어 몹시 애처로운 정서를 멀리멀리 퍼뜨리는 것 같다.

나는 그 집에 들어가기 전에 벌써 직감적으로 무슨 일이 생긴 것을 알게 되었다. 더구나 시집도 가지 않은 처녀가 원한 품고 죽었구나! 하는 생각을 함에 무서운 생각도 나고 으스스한 느낌이 생겼다.

어미는 머리를 쥐어 뜯어가며, "임실아! 가려거든 같이 가지 너 혼자 간단 말고" 하며 통곡을 한다. 마름은 옆에 앉아 눈물을 씻고 있다. 농후한 애수가 그 집을 싸고 돈다.

마누라는 나를 보더니, "도련님 임실이가 죽었소" 하며 푸념 겸 하소연을 한다. 아랫방 임실의 누운 방문은 꼭 닫혀 있고 그 앞에는 임실이가 신던 신짝이 나란히 놓여 있다.

나는 이것이 정말이라 하면 너무 내 꿈이 지나치게 참말이요, 거짓말이라 하면 이렇게 애통한 광경을 믿지 않아야 할 것이다. 꿈이 이렇게

144

사실과 결합되는 일이 세상에 어디 있으랴?

"몇 시쯤 하여 그랬는고?"

나는 생각이 있어서 시간을 물어보았다. 마름은 눈을 끔벅끔벅하고 먼 산을 바라보고 꺼질 듯한 한숨을 내쉬더니, "오경은 되었을 게로" 하며 대답을 하였다. 나는 눈을 더 한 번 크게 뜨지 않을 수가 없었다. 그러면 분명히 임실의 혼이 임실의 몸에서 떠날 때 나에게 즉시 다녀간 것이 틀림없었다.

10

나는 그날 학교를 고만두었다. 집에 돌아와서 몸이 아프다는 핑계를 하고 종일 드러누워 생각함에 실없이 임실이 생각이 나서 못 견뎠다. 나에게 그렇게 구소舊巢에 사무친 원한을 품고 세상을 떠난 것을 생각하매 내 사지 마디가 저린 것 같았다. 불쌍함과 측은한 생각이 나고 또는 적지 않은 미신적 관념이 공연히 나를 두려웁게 하였다.

그리고 일상 나에게 하던 것이라든지 내가 아플 때 나에게 하여준 것이라든지 또는 시집가기 싫어하던 것이든지 병들었던 것을 생각하고 임실의 마음을 추측하매 임실이는 속으로 몹시 나를 사모하였던 것이 틀림없었다. 그러나 나는 상전이요, 자기는 부리는 사람의 딸이었다. 고귀한 집 도령님을 사모한다고 말로는 차마 하지 못하였으나 그는 속으로 혼자 가슴을 태웠던 것이다. 골수에 사무치도록 나를 생각하였던 것이다. 입이 있고 말을 하나 차마 가슴속에 든 것을 내놓지 못하였던 것이다.

그 모든 것을 생각할 때 나는 죽어간 임실을 몹시 동정하게 되었었다. 다시 한 번 만날 수가 있어 그의 진정을 들었으면 좋을 걸 하는 생각까지 나고 나중에는 제가 생시에 그런 말을 하였다면 들어주기라도 하였을 걸 하는 마음까지 났다. 말하자면 나는 임실이가 죽어간 뒤에 분한 마음이 변하여 사랑하는 마음이 되었다는 것이다.

그날 저녁에 나는 잠을 자려 하나 잘 수가 없었다. 어머니는 무슨 영문도 모르시고 가지각색 약을 갖다가 나를 권하셨다. 그러시면서 내가 어제 저녁에 꿈에 가위를 눌리더니 몸에 병이 생기었다 하시면서 매우 걱정을 하시었다. 그런데 나는 오늘 아침 임실이가 죽었다는 말을 하지 못하였다. 만일 그 집에를 들렀다는 말을 하면 처녀 죽은 귀신이 씌었다고 당장에 집안이 뒤집힐 터인 까닭이다.

나는 온종일 임실이 생각만 하다가 자리 속에 누웠었다. 때는 자정이 될락말락 하였었다. 어머니는 내가 잠들기를 기다리시느라고 옆에서 바느질을 하시고 계셨다. 사면은 고요하였다. 멀리서 닭 우는 소리가 들리었다. 나는 눈이 또렷또렷 잠 한잠 자지 못하고 누워 있었다. 그런데 누구인지 문간에서 문을 두드렸다. 어머님도 바느질하시던 것을 그치시고 귀를 기울이셨다. 나도 고개를 돌렸다.

"도련님!"

분명히 임실의 소리다. 어머니와 나는 서로 쳐다보았다. 서로 의아한 것을 깨치기 위함이다. 어머니 한 사람이나 나 한 사람만 듣는 것이 아니라 서로 다 듣는다는 것을 알 때 나는 온몸이 으쓱하였다.

"도련님!"

목소리가 더 똑똑하고 날카로웠다. 나는 무의식하게 벌떡 일어나며 대답을 하려 하였다. 그러자 어머니는 얼핏 나에게로 달려드시며 쉬— 입을 막으라고 손짓을 하셨다.

"도련님!"

세번째 소리가 날 때 나는 아무 말이 없었다. 그때 나는 등에서 땀이 나도록 무서운 생각이 나서 얼른 자리 속으로 들어왔다.

어머니는 그게 누구 소리냐고 날더러 물어보셨다. 나는 어제 저녁 꿈 이야기로부터 오늘 이야기를 아니 할 수가 없었다. 내일이면 온 동리가 다 알 것을 속인들 소용이 없음이었다. 나는 그 이야기를 모조리 하였다. 그랬더니 어머니는 나를 책망을 하셨다. 그렇게 생명에까지 관계되는 것을 이야기하지 않으니 어찌 자식이며 어미냐고 우시기까지 하셨다. 나는 참으로 말 안 한 것을 후회하였다. 그것은 귀신이 다녀간 것이라 하셨다. 세 번 부르기 전에 만일 대답을 하였다면 내가 죽을 것을 요행히 괜찮았다고 하셨다.

그날 저녁은 무사히 넘어갔다. 그 이튿날 어머니는 무당을 불러 오셨다. 무당이 내 말을 듣더니 처녀 죽은 귀신이 되어서 그렇다고 그 귀신을 모셔다가 아무 이러이러한 나무 위에 모셔 놓고 일 년에 한 번씩 제사를 지내주라 하였다. 어머니는 그렇게 하기로 결정을 하셨다. 그 이튿날 임실이를 공동묘지에 갖다가 묻었다. 나는 서운한 생각으로 그날을 지냈다. 더구나 이 사람으로서는 믿을 수 없는 일을 자기가 직접 당하고 보니 이상하게 마음이 편치 못하였다. 더구나 처녀 귀신이 자기를 찾아다니는 것을 생각하고 여러 가지 미신을 종합해 생각할 때 적지 않이 불안하였다.

그날 밤에도 임실이가 꿈에 보였다. 이번에는 아주 다른 세상으로 가서 모든 세상의 더러운 것을 깨끗이 씻어버리고 선녀처럼 어여쁜 얼굴과 고운 단장을 하고 찾아왔다. 나는 그의 손을 잡고 퍽 반가움을 금치 못하여 이번에는 내가 임실이를 생각하는 것이 분수에 과한 것같이 임실이는 숭고하여졌었다. 나는 꿈속에서 임실이를 사모한다 하였다.

그러나 임실이는 조금 비웃는 듯이 나를 보더니 만일 당신이 나를 사모하거든 지금이라도 같이 가자고 하였다. 그러면서 손을 잡아 끌었다. 어제 저녁 찾아갔을 때 왜 대답도 아니 하였느냐 하며, 자 어서 가자고 손을 끌었다.

그때 잠깐 나는 꿈속에서나마 생시의 먹었던 정신이 들었던 모양이다. 임실이가 참 정말 임실이가 아니요, 귀신 임실이라는 생각이 들더니 만일 임실이를 따라가면 자기도 죽는다는 생각이 나서 손을 뿌리치는 바람에 잠이 깨었다.

잠은 깨었으나 눈앞에 보던 기억이 역력하다. 가기 싫다고 손을 뿌리쳤으나 임실이 모양이 얼마나 숭고하고 어여뻤는지 옆집 계집애가 노랑 수건을 던져주던 따위로는 비길 수 없이 나의 정열을 일으켰다. 일이 허황된 일이라면서도 꿈에 보던 임실이를 잊을 수 없다. 어떠한 경우에 사람이 추상적 환상에 반하는 일이 있는 것이나 마찬가지로 나는 꿈속에 임실이 혼에게 반하였던 모양이다.

나는 잊으려 하나 잊을 수가 없었다. 속으로 자기를 비웃으면서도 가슴속은 무엇에 취한 것 같았다.

어머니는 이 말을 들으시더니 더욱 근심을 하시면서 얼핏 장가를 들여야겠다 하셨다. 그리고 유명한 무당과 판수에게는 날마다 다니시다시피 하셨다.

그 이튿날 또 그 이튿날 꿈에는 임실이가 보이지 않았다. 꿈속에서 다시 한 번이라도 만나 보았으면 할 때는 정작 오지를 않았다. 꿈을 꾸어서 만나보고 싶은 생각이 처음 날 그 이튿날까지는 그리 대단치 않더니 날이 지날수록 심해져서 어떻게 꿈속에서 한 번 만나보나 하는 생각이 간절하여졌다. 그래서 하루 종일 임실이 생각만 하면 혹시 꿈속에서 만나볼 수가 있을까 하여 일부러 그 생각만 하였었으나 허사였다.

그 후부터 날마다 학교는 가지마는 그 집에는 자주 들르지를 않았다.

첫째 나 때문에 자기 딸이 죽었다는 칭원稱寃을 할까 겁나는 까닭이요, 둘째로는 그 죽은 방이 보기 싫은 까닭이었다.

그러나 아무리 하여도 잊혀지지를 않으므로 이번에는 잊어보려고 애를 썼다. 어떤 때는 혼자 눈을 딱 감아보기도 하고 어떤 때는 혼자 고개를 흔들어 눈앞에 보이는 것을 깨뜨려보려 하였으나 더욱 분명히 보일 뿐이다. 그래서 이것도 귀신이 나의 마음을 이렇게 만들어 놓은 것이라고 해서 몹시 괴로웠다.

11

하루는 토요일이다. 임실을 잊어버리려 하나 잊어버릴 수 없는 생각이 나를 공동묘지까지 끌어갔다. 풀이 우거져서 상긋한 냄새가 온 우주의 생명의 냄새를 나의 콧구멍으로 전하여 주는 듯하였다. 익어가는 나락들은 무거운 생명의 알갱이를 안은 채 고개를 숙이고 있다. 널따란 벌판에는 생명의 기운이 넘쳐흐른다. 땅에서 솟아오르는 흙의 냄새가 새로이 나의 정신을 씻어주는 듯하였다.

먼산에서 바람에 흔들리는 소나무들은 꿈틀꿈틀한 줄기와 뻣뻣한 가지로 힘 있게 흩날린다. 맑게 개인 하늘에는 긴장한 푸른 빛이 이쪽에서 저쪽까지 한 귀퉁이 남겨 놓은 것 없이 가득히 찼다. 길가는 행인들까지 걷어올린 두 다리에 시뻘건 근육이 힘 있게 꿈틀거린다. 들로 나가는 황소 목에 달린 종소리까지 쩽쩽한 음향으로 공기를 울린다.

공동묘지는 우리 동리에서 북쪽으로 십오 리나 되는 산등성이에 있었다. 내가 묘지에를 가는 것은 임실의 실체를 만나보려 하는 것도 아니요, 꿈속같이 임실의 혼을 만나려는 것도 아니다. 임실이가 나를 그렇게까지 사모하다가 말 한마디 하지 못하고 그대로 원혼이 되어 갔으며 또는 그 원혼이 그래도 나를 못 잊고 꿈속에까지 나를 못 잊어 내 눈에 보이며 또 그 원혼이 밤중에 나를 찾아왔다 하면 그 간곡한 마음을 다만 얼마라도 위로하는 것이 나의 의리 있는 짓이라고 하는 생각까지 난 까닭이었다.

그러면 사람이라는 것은 이상한 것이 되어 어떠한 물건에 의지하지 아니하면 그 마음이라든지 그 정성을 다하지 못하는 것이므로 부처를 생각하매 흙으로 빚어 만든 불상이거나 예수를 경배하매 쇠로 만든 십자가가 아니면 그 마음을 한 곳에 붙이지 못하는 것과 같이 내가 임실이를 생각하매 그의 몸을 묻어 놓은 흙덩이 무덤이 아니면 나의 마음을 붙여 보낼 수 없음이었다.

나는 이 무덤 저 무덤 찾아서 임실의 무덤 앞에 섰다. 무덤이 무슨 말이 있으랴마는 나의 심정은 무엇으로 채우는 듯이 어색하여졌다. 죽은 사람의 무덤 위에는 새로 생명으로 솟아오르는 풀들이 파릇파릇 났다. 나는 세상에 가장 애처로운 정서로 얽어 놓은 이 무덤 속에 잠들어 있는 임실이를 위하여 무엇이라고 하여야 좋을지 알지 못하였다.

처녀로서 순결한 마음으로 일평생 한 번밖에 그의 정을 주어보지 못한 임실의 깨끗한 몸이 여기에 놓여 있고 그 순질淳質한 심정에서 곱게 피어 오른 사랑의 꽃이 저 심산 속에 피었다 사라진 이름 모를 꽃 같은 것을 생각할 때 나의 마음은 숭고하고 결백함으로 찼었다. 그러나 한 번밖에 피지 못하는 꽃이 나로 말미암아 피었고, 그것이 나로 인하여 꺼져버린 것을 생각할 때 말할 수 없이 아까웠다. 더구나 그 꽃은 꺼졌으나 그 나머지 향기가 그렇게 쉽게 사라지지 않고 피었던 자리 언저리에 남아 있어 없어지기를 아끼어 하는 것을 생각할 때 얼마나 나의 마음이 에이는 듯하였는지 몰랐다.

나는 무덤 가장자리를 돌아다녀 보았다. 그의 무덤은 보잘것이 없었다. 그의 무덤에는 찾아오는 이도 없었다. 그의 죽어간 뒤에는 그를 위하여 가슴을 태우는 이라고는 그의 어머니와 아버지가 있을 뿐이다. 그러나 죽어간 임실이가 그렇게까지 사모하던 내가 이 자리에 왔는 것을 아는지 모르는지 만일 참으로 넋이 있어 안다 하면 그가 그것을 만족히 여길는지 아닐는지? 나의 마음속에는 말할 수 없는 안타까움이 있을 뿐이었다.

나는 옆에 피어 있는 석죽石竹 꽃을 따서 그것으로 화환을 만들어 무덤 앞에 놓아주고 집으로 돌아왔다. 그 후에는 전과 다름 없는 생활을 하여왔다. 그리고 임실이도 꿈에 오지 아니하고 나도 임실의 생각을 잊어버리었다.

그러자 일 년이 지나간 어떤 날 또다시 임실이가 왔었다. 그것은 바로 임실이가 죽은 지 일 년이 되던 날이다. 그 후에는 연연히 그날이면 임실이가 보이더니 내가 서울 와서 공부하던 해부터는 그날이 되어도 오지 않았다. 지금은 아주 남의 이야기가 되어버린 것같이 잊어버리었으나 문득문득 그때 생각이 나면 그때 문간에서 나를 부르던 소리가 귀에 역력하여 온몸이 으쓱하여진다.

뽕

뽕

1

　안협집이 부엌으로 물을 길어 가지고 들어오매 쇠죽을 쑤던 삼돌이란 머슴이 부지깽이로 불을 헤치면서, "어젯밤에도 어디 갔었읍던교?" 하며, 불밤송이 같은 머리에 왜수건을 질끈 동여 뒤통수에 슬쩍 질러맨 머리를 번쩍 들어 안협집을 훑어본다.

　"남 어데 가고 안 가고 임자가 알아 무엇 할 게요?" 안협집은 별 꼴사나운 소리를 듣는다는 듯이 암상스러운 눈을 흘겨보며 톡 쏴버린다.

　조금이라도 염량炎凉이 있는 사람 같으면 얼굴빛이라도 변하였을 것 같으나 본시 계집의 궁둥이라면 염치없이 추근추근 쫓아다니며 음흉한 술책을 부리는 삼십이나 가까이 된 노총각 삼돌이는 도리어 비웃는 듯한 웃음을 웃으면서, "그러 성낼 게야 무엇 있습나? 어젯밤 안쥔 심바람으로 님자 집을 갔었으니깐두루 말이지" 하고 털 벗은 송충이 모양으로 군데군데 꺼칫꺼칫하게 난 수염을 숯검정 묻은 손가락으로 두어 번 쓰다듬었다.

　"어젯밤에도 김 참봉 아들네 사랑방에서 자고 왔습네그려."

　삼돌이는 싱긋 웃는 가운데에도 남의 약점을 쥔 비겁한 즐거움이 나타났다.

"무엇이 어쩌고 어째, 이 망나니 같은 놈……" 하는 말이 입 바깥까지 나왔던 안협집은 꿀꺽 다시 집어 삼키면서, "남 어데 가 자든 말든 상관할 것이 무엇인고!" 하며, 물동이를 이고서 다시 나가려 하니까,

"흥! 두고 보소. 가만있을 줄 알았다가는……."

"듣기 싫어! 별 꼬락서니를 다 보겠네."

2

강원도 철원 용담이라는 곳에 김삼보金三甫라는 자가 있으니, 나이는 삼십오륙 세나 되었고, 키는 작달막하여 목은 다가붙고 얼굴빛은 노르께하며 언제든지 가죽창 박은 미투리에 대갈편자를 박아신고 걸음을 걸을 때마다 엉덩이를 내저으므로 동리에서는 그를 '땅딸보 김삼보', '아편쟁이 김삼보', '오리궁둥이 김삼보'라고 부르는데, 한 달에 자기 집에 붙어 있는 날이 이틀이라면 꽤 오래 있는 셈이요, 하루라면 예사다. 그리고는 언제든지 나돌아 다니므로 몇 해 전까지도 잘 알지 못하였으나 차차 동리서 소문이 돌기를 '노름꾼 김삼보'라는 말이 퍼지자 점점 알아본즉 딴은 강원도, 황해도, 평안도 접경을 넘어 다니며 골패 투전으로 먹고 지내는 것이 알려지게 되었다.

그 노름꾼 김삼보의 여편네가 아까 말하는 안협집이니 안협安峽은 즉 강원, 평안, 황해, 삼도 품에 있는 고읍古邑의 이름이다.

그 안협집을 김삼보가 얻어오기는 지금으로부터 오 년 전, 안협집이 스물한 살 되던 해인데, 어떻게 해서 얻었는지 자세히 알지 못하나 사람들의 말을 들으면 술 파는 것을 눈을 맞추어서 얻었다고 하기도 하

고, 계집이 김삼보에게 반해서 따라왔다기도 하고, 또는 그런 것 저런 것도 아니라 계집의 전남편과 노름을 해서 빼앗았다고 하는데 위인 된 품으로 보아서 맨 나중 말이 가장 유력할 것 같다고 동리 사람들이 말을 한다.

처음에 안협집이 동리에 오자 그 동리 그 또래 계집들은 모두 석경을 들여다보게 되었다. 안협집이 비록 몸은 그리 귀하게 태어나지 못하였으나 인물이 남달리 고운 점이 있어, 동리 젊은것들이 암연暗然히 부러워도 하고 질투도 하게 되고 또는 석경 속에 비친 자기네들의 예쁘지 못한 얼굴을 쥐어뜯고 싶기도 하였으니, 지금까지 '나만한 얼굴이면' 하는 자만심이 있던 젊은 계집들에게 가엾게도 자가결함自家缺陷이 폭로되는 환멸을 느끼게 하기까지도 하였다.

그러나 촌구석에서 아무렇게나 자란 데다가 먼저 안 것이 돈이었다.

"돈만 있으면 서방도 있고 먹을 것, 입을 것도 다 있지" 하는 굳은 신조는 자기 목숨을 내어놓고는 무엇이든지 제공하여 부끄러운 것이 없었다. 십오륙 세 적, 참외 한 개에 원두막 속에서 총각 녀석들에게 정조를 빌린 것이나, 벼 몇 섬, 돈 몇 원, 저고릿감 한 벌에 그것을 빌리는 것이 분량과 방법이 조금 높아졌을 뿐이요, 그 관념은 동일하였다.

그리하여 이곳으로 온 뒤에도 동리에서 돈푼이나 있고 얌전한 젊은 사람은 거의 다 한 번씩은 후려내었으니 그것은 남자 편에서 실없는 짓 좋아하는 이에게 먼저 죄가 있다 하는 것보다도 이쪽 안협집에게 그 책임이 더 있다고 할 수 있고, 또 그것보다 더 큰 죄는 그 남편 되는 노름꾼 김삼보에게 있다고 할 수 있으니 그것은 남편 노름꾼이 한 달에 한 번을 올까 말까 하면서도 올 적에는 빈손을 들고 오는 때가 많으니 젊은 계집 혼자 지낼 수가 없으매 은연히 이 집 저 집 동리로 다니며 품방아도 찧어주고 김도 매주고 잔일도 하여주며 얻어먹다가 한 번은 어떤 집 서방님에게 실없는 짓을 당하고 나서 쌀말과 피륙 두 필을 받아보니 그처럼 좋은 벌이가 없어 차츰차츰 이번에는 자기가 스스로 벌이를 시작하여 마치 장사하는 사람이 거래 단골을 트듯이, 이 사람 저 사람을 집어 먹기 시작하더니 그것도 차차 눈이 높아지니까 웬만한 목도꾼 패장이나 장돌림, 조금 올라가서 순사 나리쯤은 눈으로 거들떠보지도 않게 되고, 적어도 그곳에서는 돈푼도 상당하고 여간해서 손아귀에 들지 않는다는 자들을 얼러보기 시작하게 되었던 것이다.

그 후부터는 일하지 않고 지내며 모양내고 거드름 부리고 다니는데 자기 남편이 오면은, "이번에는 얼마나 땄습노?" 하고 푸르께한 눈을 사르르 내려뜬다.

"딴 게 뭔가, 밑천까지 올렸네."

삼보는 목 뒤를 쓰다듬으며 입맛을 다신다. 그러면 안협집은 전에 없던 바가지를 긁으며, "불알 두 쪽을 달구서 그래 계집만두 못 하단 말이요?" 하고서 할 말 못할 말을 불어서 풀을 잔뜩 죽여 놓은 뒤에는 혹시 서방이 알면 경을 내릴까 하여 노자랑 밑천푼을 주어서 배송을 낸다. 그러면 울며 겨자 먹기로 삼보는 혼자 한숨을 쉬면서, "허허, 실상 지금 세상에는 섣부른 불알보다는 계집 편이 훨씬 나니라" 하고 봇짐을 짊어지고 가버린다.

3

이렇게 이삼 년을 지내고 난 어느 가을에 삼돌이란 놈이 그 뒷집 머슴으로 왔는데 놈이 어느 곳에서 어떻게 빌어먹던 놈인지는 모르나 논 맬 때 콧소리나마 아리랑타령 마디나 똑똑히 하고, 술잔이나 먹을 줄 알며, 동료들 가운데 나서면 제법 구변이나 있는 듯이 떠들어 제치는 것이 그럴 듯하고 게다가 힘이 세어서 송아지 한 마리 옆에 끼고 개천 뛰기는 밥 먹듯 하는 까닭에 동리에서는 호랑이 삼돌이로 이름이 높다.

놈이 음침하여 오던 때부터 동리 계집으로 반반한 것은 남모르게 모두 건드려보았으나 안협집 하나가 내내 말을 듣지 않으므로 추근추근 귀찮게 구는데, 마침 여름이 되어 자기 집 주인 마누라가 누에를 놓고 혼자는 힘이 드니까 안협집을 불러서 같이 누에를 길러 실을 낳거든 반분하자는 약속을 한 후 여름내 같이 누에를 치게 된 것을 알고 어떤 틈 기회만 기다리며, "흥, 계집년이 배때가 벗어서 말쑥한 서방님만 얼르더라. 어디 두고 보자. 너도 깩소리 못 하고 한번 당해야 할걸? 건방진 년!" 하고는 술잔이나 취하면 주먹을 들었다 놓았다 한다.

그러자 주인 마누라가 치는 누에가 거의 오르게 되자 뽕이 떨어졌다. 자기 집 울타리에 심은 뽕은 어림도 없이 다 따다 먹이었고, 그 후에는 삼돌이란 놈을 시켜서 날마다 십 리나 되는 건넛마을 일갓집 뽕을 얻어다 먹이었으나 그것도 이제는 발가숭이가 되게 되었다.

인제는 뽕을 사다 먹이는 수밖에 없게 되었다. 그러나 사다가 먹이자면 돈이 든다.

주인 노파는 담뱃대를 물고서 생각하여 보았다.

'개량 뽕이 좋기는 좋지마는 돈을 여간 받아야지. 그리고 일일이 사서 먹이려다가는 뽕 값으로 다 들어가고 남는 것이 어디 있나?'

노파 생각에는 돈 한푼 안들이고 공짜로 누에를 땄으면 좋을 것이다. 돈 한푼을 들인다면 그 한푼이 전 수확에서 나오는 이익의 전부같이 생각되어 못 견디었다. 그뿐 아니라 자기 혼자 이익을 먹는 것 같으면 모르거니와 안협집하고 동사同事로 하는 것이므로 안협집이 비록 뼈가 부서지도록 일을 한다 하더라도 그 힘이 자기 주머니에서 나가는 돈 한푼만 못해 보인다. 그래서 뽕을 어떻게 공짜로, 돈 안들이고 얻어올 궁리를 하고 있다가 안협집이 마침 마당으로 들어서매, "뽕 때문에 일 났구려" 하며 안협집에게는 무슨 도리가 없느냐고 물어보았다.

"글쎄." 안협집 생각은 주인의 마음과 또 달라서 남의 주머니 돈 백냥이 내 주머니 돈 한 냥만 못 하다. 그래서 '돈 주면 살걸' 하는 듯이 심상하게 있다.

"어떻게 해서든지 구해 와야지."

서로 얼굴만 쳐다볼 때, 들에 나갔던 삼돌이란 놈이 툭 튀어 나오다가 이 소리를 듣더니 제딴은 동정하는 표정으로,

"그것 일났쇠다. 어떻게 하나……."

한참 허리를 짚고 생각을 해보더니,

"형! 참 그 뽕은 좋더라마는 똑 되기를 미선 조각같이 된 놈이 기름은 지르르 흐르는데 그놈을 먹이기만 하면 고치가 차돌같이 여물거야!" 들으라는 말인지 혼잣말인지는 모르나 한마디를 탁 던지고 말이 없다. 귀가 반짝 튄 주인은, "어디 그런 것이 있단 말이야?" 하며 궁금증 난 사람처럼 묻는다.

"네, 저 새슬막에 있는 것 말씀이오."

혹시 좋은 수가 있을까 하다가 남의 뽕밭, 더구나 그것으로 살아가는 양잠소 뽕이라, 말씨름만 하는 것이 될 것 같으므로,

"응! 나도 보았지, 그게 그렇게 잘되었나? 잘되었겠지. 그렇지만 그런 것이야 짐으로 있으면 무엇하니?"

"언제 보셨어요?"

"보기야 여러 번 보았지. 올봄에 두릅 따러 갔다가도 보고."

삼돌이란 놈이 한참 있다가 싱긋 웃더니 은근하게,

"쥔마님! 제가 뽕을 한 짐 져다 드릴 것이니 탁주 많이 먹이시렵니

까?"

들던 중에도 그렇게 반가운 소리가 또 어디 있으랴.

"작히 좋으랴. 따오기만 하면 탁주에다 젓이라도 담그마."

귀찮으런 삼돌이도 이런 때에는 쓸 만하다는 듯이 안협집도 환심 얻으려는 듯한 웃음을 웃으며 삼돌이를 보았다. 삼돌이는 사내자식의 솜씨를 네 앞에 보여주리라 하는 듯이 기운이 나며 만족하였다.

그날 밤 저녁을 먹고 자정 때나 되더니 삼돌이는 눈을 비비며 일어나서 문 밖으로 나갔다. 나갔다가 한 두어 시간 만에 무엇인지 지고 오더니 그것을 뒷곁 건넌방 창 밑에 뭉뚱그려 놓았다.

"어디서 났을꼬?"

주인 하고 안협집은 수군수군하였다.

"그 녀석이 밤에 도둑질을 해온 게지? 뽕은 참 좋소, 그렇지?"

"참 좋쇠다. 날마다 이만큼씩만 가져오면 넉넉히 먹이겠쇠다."

두 사람은 뽕을 또 따오지 않을까 보아서 아무 말도 아니 하였다.

"참 뽕 좋더라. 오늘도 좀 따오렴" 하고 충동인다. 놈은 두 손을 내저으며,

"쉬, 떠드시지 맙쇼. 큰일나죠. 그것이 그렇게 쉬워서야 그 노릇만 하게요? 까딱하다가는 다리 마디가 두 동강이 날걸요."

도둑해 온 삼돌이나, 받아들인 두 사람이나 도둑질 왜 했소! 하는 말은 없으나 서로 알고 있다.

그러자 하루는 주인이 안협집더러,

"여보, 이번에는 임자가 하루 저녁 가보구려. 그놈이 혹시 못 가게 되더라도 임자가 대신 갈 수 있지 않수. 또 꼬리가 길면 밟힌다구 무슨 일이 있을는지 모르니 임자와 둘이 가서 한몫 많이 따오는 것이 좋지 않수?"

안협집이 삼돌이를 꺼리는 줄 알지마는 제 욕심에 입맛이 달아나서 자꾸자꾸 충동인다.

"따다가 잡히면 어찌 하구유."

"무얼 밤중에 누가 알우? 그리고 혼자 가라오? 삼돌이란 놈 하고 가랬지."

"글쎄 운이 글러서 잡히거나 하면 욕이지요."

잡히는 것보다도 안협집의 걱정은 삼돌이란 녀석 하고 밤중에 무인지경에를 같이 가라니 그것이 딱한 일이다. 안협집이 정조가 헤프기로 유명한 만큼 또 매몰스럽기도 유명하여 한번 맘에 들지 않는 것은 죽어도 막무가내다. 그것은 만 냥 금을 주어도 거들떠보지도 아니한다. 그런데 삼돌이가 그중에 하나를 참례하여 간장을 태우는 모양이다.

안협집은 생각하고 생각하여 결심해 버렸다. '빌어먹을 자식이 그따위 맘을 먹거든 저 죽이고 나 죽지. 내 기운은 없어도……' 하고 찰찰하게 눈을 가로 뜨고 맘을 다잡아 먹었다. 그리고는 뽕을 따러 가기로 하였다.

삼돌이는 어깨에서 춤이 저절로 추어진다. '애, 이것이 정말인가, 거짓말인가? 인제는 때가 왔구나, 인제는 제가 꼭 당했지.' 놈이 신이 나서 저녁 먹은 다음, 마당 쓸고, 소 여물 주고, 돼지, 병아리 새끼 다 몰아넣고, 앞뒤로 돌아다니며 씻은 듯 부신 듯 다해 놓고, 목물하고, 발 씻고, 등거리 잠방이까지 갈아입은 후 곰방대에 담배를 꾹꾹 눌러 듬뿍 한 모금 내뿜으며 시간 오기만 기다린다.

4

안협집은 보자기를 가지고 삼돌이를 따라서 뽕밭을 향하여 간다. 날이 유달리 깜깜하여 앞의 개천까지 자세히 보이지 않는다. 돌부리가 발부리를 건드리면 안협집은 에구 소리를 내며 천방지축으로 다리도 건너고 논이랑도 지나고 하여 절반쯤 왔다.

삼돌이란 놈은 속으로 궁리를 하였다. '뽕을 따기 전에 논이랑으로 끌고 가? 아니지 그러다가는 뽕두 못 따 가지고 오면 어떻게 하게. 저도 열녀가 아닌 다음에 당하고 나면 할 말 없지. 아주 그런 버릇이 없는 년 같으면 모르거니와 옳지, 수가 있어. 뽕을 잔뜩 따서 이어주면 제가 항우의 딸년이라고 한 번은 중간에서 쉬렸다. 그러거든……' 이렇게 궁리를 하다가 너무 말이 없으니까 심심파적도 될 겸, 또는 실없는 농담도 해서 마음을 떠보아 나중 성사의 전제도 만들어 놓을 겸 공연히 쓸데없는 말을 지껄인다.

"삼보는 언제나 온답디까?"

"몰라, 언제는 온다 간다 말이 있어 다니나."

"그래 영감은 밤낮 나돌아 다니니 혼자 지내기 쓸쓸치도 않소?"

놈이 모르는 것같이 새삼스럽게 시치미를 뗀다.

"별 걱정 다하네. 어서 앞서 가, 난 길이 서툴러 못 가겠으니……."

"매우 쌀쌀하구려. 나는 임자를 위해서 하는 말인데. 그렇지만 김 창봉 아들이란 쇠귀신 같은 놈이라 아무리 다녀도 잇속 없습네. 내 말이 그르지 않지."

안협집은 삼돌이가 아주 터놓고 말을 하는 것을 듣자 분해서 뺨이라도 치고 싶었으나 그대로 참으며,

"무엇이 어째? 말이라면 다 하는 줄 아는군!"

하고 뒤로 조금 떨어져 걸어갈 제 전에도 그 녀석이 미웠지마는 남의 약점을 들어 가지고 제 욕심을 채우려는 것이 더 더러웠다.

뽕밭에 왔다. 삼돌이란 놈이 철조망으로 울타리 한 것을 들어주어 안

협집이 먼저 들어가고 나중으로 삼돌이란 놈은 그 무거운 다리를 성큼하여 그 안으로 들어갔다. 들어가다가 발 아래 삭정이 가지를 밟아서 우지끈 소리가 나고 조용하였다.

삼돌이는 손에 익어서 서슴지 않고 따지마는 안협집은 익지도 못한 데다가 마음이 떨리고 손이 떨려서 마음대로 안 된다.

삼돌이는 뽕을 따면서도 이따가 안협집을 꾈 궁리를 하지마는 안협집은 이것 저것 잊어버리고 손에 닥치는 대로 뽕을 땄다.

얼마쯤 땄다. 갑자기 안협집의 뒤에서, "누구야!" 하고 범 같은 소리를 지르는 남자 소리가 안협집의 간담을 서늘하게 하였다.

삼돌이란 놈은 한길이나 되는 철망을 어느 결에 뛰어 넘었는지 십여 간통이나 달아나서 안협집을 불렀다.

"어서 와요! 어서, 어서."

그러나 안협집은 다리가 떨려서 빨리 나와지지를 않는다. 그러나 죽을 힘을 다하여 달아나려고 한 아름 잔뜩 땄던 뽕을 내던지고 철망으로 기어 왔다. 철망을 기어 나오기는 나왔으나 치맛자락이 걸려서 잡아당긴다. 거기에 더 질겁을 해서 그대로 쭉 찢고 나오려 할 때, 때는 이미 늦었다. 뽕 지키던 남자는 안협집을 잡았다.

"이 도둑년! 남의 뽕을 네 것같이 따 가? 온 참, 이년! 며칠째냐, 벌써? 이렇게 남의 것이라고 건깡깡이로 먹으면 체하지 않을 줄 알았더냐? 저리 가자."

안협집은, "살려주소. 제발 잘못했으니 살려만 주소. 나는 오늘이 처음이오. 저 삼돌이란 놈이 날마다 따 갔지. 나는 죄가 없쇠다" 하고 손이 발이 되도록 빈다.

"듣기 싫어. 이년아! 무슨 변명이냐. 육시를 하고도 남을 년 같으니. 왜 감옥소의 콩밥 맛이 고소하더냐?"

"그저 잘못했습니다."

삼돌이는 보이지 않고 뽕지기는 안협집 손목을 끌고 뽕밭으로 들어갔다.

"이리 와! 외양도 반반히 생긴 년이 무엇이 할 게 없어 뽕 서리를 다녀?" 하더니 성냥불을 그어대고 안협집을 들여다보더니, "흥!" 의미 있는 웃음을 웃어보였다.

안협집은 이 웃음에 한 가닥 희망을 얻었다. 그 웃음은 안협집의 손아귀에 자기를 갖다 쥐어준다는 웃음이다. 안협집은 따라서 방싯 웃었다. 그 웃음 한 번이 넉넉히 뽕지기의 마음을 반 이상이나 흰죽 풀어지게 하였다.

안협집은 끌려갔다. '제가 철석 같은 간장을 가진 놈이 아닌 바에…… 한 번이면 놓아줄걸.' 그는 자기의 정조를 팔아서 자기의 죄를 면할 수 있음을 알았다. 그는 마지못한 체하고 끌려갔다.

삼돌이란 놈은 멀리서 정경만 살피다가 안협집을 뽕지기가 데리고 가는 것을 보더니 두 눈에서 쌍심지가 돋았다.

"애, 이놈이 호랑이 삼돌이를 모르는 모양이다. 그러나 대관절 어떻게 할 셈이냐? 이놈 안협집만 건드려보아라. 정강마루를 두 토막이나 내놓을 터이니. 오늘밤에는 내것이던 걸 그랬지. 어디 좀 가까이 가볼까?"

이제는 단판씨름이라 주먹이 시비판단을 하는 때이다. 다시 철망을 넘어서 들어갔다. 들어가서는 이곳 저곳 귀를 기울이며 이 구석 저 구석으로 돌아다녀 보았다. 저쪽에서 인기척이 웅얼웅얼하더니 아무 말이 없다. 한 두서너 시간 그 넓은 뽕밭을 헤매고, 또 거기 닿는 과목밭, 채마전, 나중에는 그 옆 원두막까지 가보았다. 놈이 뽕나무밭 가운데 부풀덤불을 보지 못한 까닭이다. 그는 입맛만 다시면서 집으로 와서 주인에게 그 이야기를 했다.

노파의 눈은 등잔만해지더니 두 손, 두 다리가 사시나무 떨 듯했다.

"이거 일났구나. 어쩌면 좋단 말이냐?"

좌불안석을 할 제 삼돌이란 녀석은 분한 생각에 곰방대만 똑똑 떨고 앉았다.

5

그날 새벽에 안협집은 무사히 왔다. 머리에 지푸라기가 묻고 몸매무 새가 말이 아니다.

"에그, 어떻게 왔어! 응?"

주인은 눈에 눈물이 괴어서 어루만진다.

"무얼 어떻게 와요? 밤새도록 놈하고 승강이를 하다가 그대로 왔지."

"그대로 놓아주던가?"

"놓아주지 않고 붙잡아두면 어찌할 테야?"

일이 너무 싱겁다. 삼돌이 놈만 혼잣말처럼,

"내가 잡혔더면 콩밥을 먹었을걸, 여편네니까 무사했지."

주인은 그래도 미진해서,

"그래 잘 놓아주었으니 다행이지. 그러나저러나 뽕은 어떻게 되었소?"

"아! 뺏겼죠!"

"인제는 아무 일 없겠소?"

"일이 무슨 일에요?"

그날 밤에 삼돌이란 놈은 혼자 앉아서 생각하기를,

'복 없는 놈은 하는 수가 없거든. 그러나 내가 다 눈치를 채었으니까 노름꾼놈이 오거든 이르겠다고 위협을 하면 그년도 발이 저려서 그대

로는 못 있지, 내 입을 안 씻기고 될 줄 아는 게로구먼.'

그로부터는 삼돌이란 놈이 안협집을 보고는, "뽕지기놈을 보고 싶지 않습나?" 하고 오며가며 맞대놓고 빈정대기도 하고 빗대놓고도 비웃는다.

"뽕이나 또 따러 가소" 이러는 바람에 온 동리에서 다 알았다. 안협집은 분해서 죽겠는데, 하루는 삼돌이란 놈이 막 안협집이 이불을 펴고 누으려는데 찾아와서 추근추근 가지도 않고, "삼보 김 서방이 올 때도 되었습네그려" 하며 눈치를 본다. 안협집은 졸음이 와서 눈꺼풀이 뻣뻣하여 오는데 삼돌이란 놈이 가지도 않는 것이 귀찮아서, "누가 아우. 오고 싶으면 오고 가고 싶으면 가겠지" 하고 담벼락에 비스듬히 기대앉는다.

삼돌이의 눈에는 그 고단해하면서 비스듬히 누워서 눈을 감을락말락한 안협집의 목덜미 살쩍 밑이며 불그레한 두 볼이 몹시 정욕을 일으켰다.

그래서 차츰차츰 말소리가 음흉해 간다.

"임자는 사람을 너무 가려 봅디다. 그러지 마슈. 나도 지금은 남의 집 머슴이지마는 집안 지체라든지, 젊었을 적에는 그래도 행세하는 집에서 났더라우. 지금의 그놈의 원수스런 돈 때문에 이렇게 되었지마는……" 하고 말을 건네려 하는데 안협집은 별 시러베자식 다 보겠다는 듯이 대답이 없다.

"자! 그럴 것 있소. 오늘은 내 청을 한 번 들어 주소그려" 하고 바싹 달려드는 바람에 반쯤 감았던 안협집의 눈은 똥그래지며 어느 결에 삼돌이의 뺨에 손이 올라가 정월의 떡치듯 철썩한다. "이놈! 아무리 쌍녀석이기로 이게 무슨 버르장머리냐, 냉큼 나가거라" 하고 호령이 추상 같다. 삼돌이란 놈은 따귀를 비비면서 성이 꼭두까지 일어나서,

"무엇이 어쩌고 어째. 횟! 어디 또 한 번 때려봐라."

일이 이렇게 되었으니 자기가 하려던 것은 이루고 마는 것이 상책이다. 이래도 소문은 날 것이요, 저래도 소문은 날 것이니 이왕이면 만족이나 채우고 소문이 나더라도 나는 것이 자기에게는 이로울 것 같았다.

더구나 안협집으로 말을 하면, 온 동리에서 판 박아 놓은 화냥년이니 한 번 화냥이나 두 번 화냥이나 남이나 내나 무엇이 다를 것이 있으랴 하는 생각이 났다. 도리어 자기의 만족을 한 번 얻는 것이 사내자식으로서 일종의 자랑인 것같이 생각되었다.

그는 두 팔로 안협집을 힘껏 끌어안고,

"내가 호랑이 삼돌이다! 네가 만일 내 말을 들으면 무사하지만 그렇지 않으면 그대로 두지는 않을 테야! 너 네 남편이 오기만 하면 모조리 꼬아바칠테야! 뽕 따러 갔던 날 일까지 모조리!"

무식한 놈이라 야비한 곳이 있다. 안협집은 그 소리가 얼마나 사내답지 못하였는지 알 수 없었다. 쇠 같은 팔이 자기 허리를 누를 때 눈을 감고 한 번 허락할까 하려다가 그 말을 듣고서 그만 침을 얼굴에 뱉었다.

"이 더러운 녀석! 네가 그까짓 것으로 나를 위협한다고 말을 들을 줄 아니?" 하고 소리를 질렀다. 삼돌이는 손으로 안협집의 입을 막았으나 때는 늦었다. 마침 마을 다녀오던 이장의 동생이 이 소리를 듣고 문을 열었다.

삼돌이란 놈은 무안해서 얼굴이 붉어지며 안협집을 놓았다. 안협집은 분해서 색색거리며,

"저놈 보시소. 아닌 밤중에 혼자 자는 데 와서 귀찮게 굽니다. 저 죽일 놈이오. 좀 끌어내다 중치重治를 좀 해주시오."

이장의 동생은 안협집의 행실을 아는고로 삼돌이만 보내려고,

"이놈, 할 일이 없거든 자빠져 자기나 하지, 왜 아닌 밤중에 남의 계집의 방에서 지랄야? 냉큼 네 집으로 가거라!"

두 눈이 등잔만하여진다.

"네, 그런 게 아니라 실없이 기롱譏弄을 좀 했삽더니……"

"듣기 싫어! 공연히 어름어름하면서 이놈아 너는 사람을 죽여도 기롱으로 하느냐!"

삼돌이는 쫓겨났다. 이장의 동생은 포달을 부리며 푸념을 하는 안협집을 향하여,

"젊은 것이 늦도록 사내녀석들을 방에다 붙이니까 그런 꼴을 당하지."

"누가요?"

"고만둬! 어서 잠이나 자."

하며 문을 닫아 주고 나가버렸다.

6

삼돌이는 앙심을 먹었다. 안협집을 어떻게 해서든지 한 번 골리리라는 생각이 가슴속에 탱중撑中하였다. 안협집은 독이 났다. 삼돌이란 놈 분풀이를 하려는 생각이 머리끝까지 올라왔다.

이튿날 동리에 소문이 났다.

"삼돌이란 놈이 뺨을 맞았다지! 녀석이 음침하니까!"

"그렇지만 계집년이 단정하면 감히 그런 맘을 먹을라구!"

"그렇구말구! 제 행실야 판에 박은 행실이니까."

"지가 먼저 꼬리를 쳤던 게지."

이 소리가 바람에 떠돌아오자 안협집은 분했다. 요조숙녀보다도 빙설氷雪 같은 여자인데 이런 누추한 소문을 듣는 것 같았다. 맘에 드는 서방질은 부정한 일이 아니요, 죄가 아니요, 모욕이 아니나 맘에 없는 놈

에게 그런 소리를 듣고 당하는 것은 무서운 모욕 같았다.

그는 그 길로 삼돌이 주인 마누라에게로 갔다.

"삼돌이란 녀석을 내쫓으소."

주인은 벌써 알아채었으나 안협집 편을 안 들었다. 다만 어루만지는 수작으로,

"무얼 내쫓을 것까지 있소. 그만 일에…… 그저 눈 감아두지."

"왜 눈을 감는단 말이요?"

주인은 속으로 웃었다. '소 한 필을 달라면 줄지언정 삼돌이를 내놔' 하였다.

"내쫓아선 무얼 하우, 또."

'어림없는 년! 네가 떠들면 떠들수록 네 밑구멍 들춰서 남 보이는 것이다' 는 듯이 쳐다보며 맨 나중으로 아주 잘라 말을 해버렸다.

"나는 못 내보내겠소."

안협집은 분해서 집에 와서 머리를 쥐어뜯으며 울었다.

그리고 또 결심했다.

"두고 봐라. 너희들까지 삼돌이를 싸고 도니! 영감만 와봐라."

하루는, 딴은 영감이 왔다. 안협집은 곤두박질을 하면서 맞았다.

"에그, 어서 오슈."

노름꾼 김삼보는 눈이 뚱그래졌다. 무슨 큰 좋은 일이나 생긴 것 같았다. 다른 때와 유달리 반가워하는 것이 의심스럽고 이상하였다.

방에 들어앉자마자 얼마나 땄느냐는 말도 물어보지 않고 삼돌이란 놈에게 욕 당할 뻔하였다는 말을 넋두리하듯 이야기하였다.

"사람이 분해서 죽겠구료. 이것도 모두 영감 잘못 둔 탓이야. 오죽 영감이 위엄이 없어 보이면 그 따위 녀석이 그런 짓을 할라고…… 영감이라도 있으나 없으나 마찬가지지 일 년 열두 달 계집이 죽거나 살거나

내버려두고 돌아만 다니니까……."

영감은 픽 웃었다.

"왜 내 잘못인가? 오죽 행실을 잘 가지면 그따위 녀석에게 그 꼴을 당한담."

김삼보는 분이 나지 않는 것도 아니었다. 그러나 계집의 소행을 짐작도 하려니와 그놈의 주먹도 아니 생각할 수가 없었다. 계집이 먹여 살리라는 말이 없고 이혼하자는 말만 없는 것이 다행해서 서방질을 해도 눈을 감아주고 무슨 짓을 하든지 그저 코대답만 하여주는 터이라 그런 소리가 귓전으로 들릴 뿐이다.

"내가 행실 잘못 가진 게 무어요?"

안협집은 분풀이라도 하여줄 줄 알았더니 도리어 타박을 주므로 분한 데 악이 났다.

"글쎄 무어야! 무엇? 어디 대봐요? 임자가 내 행실 그른 것을 보았소? 어디 보았거든 본 대로 말을 하시우."

딴은, 김삼보는 집어서 말할 것이 없었다. 그는 그저 그런 눈치만 채었지 반박할 증거는 잡은 것이 없다.

"본 거나 다름없지!"

"무엇이 본 거나 다름없어? 일 년 열두 달 계집이 죽거나 살거나 내버려 두었다가 이제 와서 한다는 소리가 그것밖에 없어? 살기가 싫거든 그대로 살기 싫다고 그래, 사내답게 왜 고만 냄새가 나지? 또 어디다가 계집을 얻어 논 게지."

"이년이 뒈지지를 못해서 기를 쓰나?"

"그렇다. 이놈아! 네까짓 녀석 아니면 서방 없을까봐 그러니, 더러운 녀석!"

김삼보의 주먹은 안협집의 등줄기를 우렸다.

"이년, 이래도 잔소리야. 주둥이 좀 닥치지 못하겠니……"

이렇게 서로 툭탁거리며 싸우는 판에 뒷집에서 삼돌이란 놈이 이 소리를 듣고서 가장 긴한 체하고 달려왔다.

"삼보 김 서방 언제 오셨소?" 하고 마당에 들어섰다. 김삼보는 그놈의 상판을 보자 참았던 분이 꼭두까지 올라온다. 삼돌이는 제법 웃음을 띠고, "허허, 오래간만에 만났대서 내외분 싸움이 웬일이시우."

어디서 한 잔을 하였는지 얼굴이 불콰하다.

김삼보는 눈을 흘겨 뚫어지도록 삼돌이를 쳐다보았다.

"이놈아! 남이사 내외 싸움을 하든 말든 참견이 무어야!"

삼돌이란 놈은 주춤하였다. 그는 비지 같은 눈곱이 낀 눈을 꿈벅꿈벅하더니,

"그렇게 역정을 내실 것 무엇 있수. 말 좀 했기로……"

"이놈아 네가 아랑곳할 게 무어야?"

"아랑곳은 할 것 없어도 흥정은 붙이고 싸움은 말리랬으니까 말이오. 나는 싸움 좀 못 말린단 말이요?"

하고 술 냄새를 풍기며 다가앉는다.

"이놈아! 술을 먹었거든 곱게 삭여!"

이번에는 삼돌이란 놈이 빌붙는다.

"나, 술 먹고 어찌하든 김서방이 관계할 게 무어요."

"이놈아! 남의 내외 싸움에 참견을 하니까 그렇지."

주고 받다가 삼돌이의 멱살을 김 삼보가 쥐었다.

"이 녀석, 네가 무슨 뻔뻔으로 이따위 수작이냐? 내 계집 이놈 왜 건드렸니?"

삼돌이는 조금 발이 저렸으나 속으로 흥 하고 웃었다.

"요까짓게 누구 멱살을 쥐어? 앙징하게……"

하더니 김 삼보의 팔을 잡아 마당에다가 내려갈기니 개구리 터지듯 캑 한다.

"요놈의 자식아! 내 말을 좀 들어보고 말을 해! 네 계집 흠절을 모르고 덤비기만 하면 강간이냐? 이 동리 반반한 사내양반 쳐 놓고 네 계집 건드리지 않은 놈이 없다. 이놈! 꼭 집어 말을 하라면 위에서 아래로 내리 섬기마. 이놈, 너도 계집 덕분에 노잣냥, 노름 밑천푼 좋이 얻어 썼지. 그래 집이라고 오면서 볼받은 것이나마 옥양목 버선벌이나 얻어 가지고 가는 것은 모두 어디서 나온 것으로 아니? 요 땅딸보 오리궁둥아! 아무리 속이 밴댕이 같기로…… 그리고 또 들어봐라. 나중에는 주워먹다 못해서 뽕지기까지 주워먹었다."

안혁집이 파래서 달려든다.

"이놈, 네가 보았니?"

"보나 안 보나 일반이지."

"이 녀석, 네 말을 듣지 않으니까 된 말 안된 말 주둥이질을 하는구나."

동리 사람이 모여들었다. 안혁집은 삼돌이에게 발악을 하고 김 삼보는 듣고만 있다. 한참 있더니 듣다듣다 못하는 듯이 삼돌이란 놈이 안협집에게로 달려들며,

"이년이 돼지려고 기를 쓰나?"

하고 주먹을 들었다. 동리 사람들이 호령을 하고 말렸다.

"이놈! 저리 얼른 가거라!"

이놈은 변명을 하며 뻗퉁겼다. 그러나 여러 사람에게 끌려 저리로 가 버렸다.

사람들이 헤어지자 노름꾼은 계집의 머리채를 잡았다. 그는 삼돌이게 태질을 당한 것이 분하였다. 그뿐 아니라 그렇게까지 계집년의 행실을 온 동리에서 아는 것이 분하였다.

"이년! 더러운 년! 뽕밭에는 몇 번이나 나갔니?"

발길로 지르고, 주먹으로 패고, 머리채를 잡아당기고, 땅에다 질질 끌었다. 그는 이를 갈고 어쩔 줄을 몰랐다. 계집은 울고 발버둥을 쳤다.

"죽여라! 죽여!"

"그럼 살려줄 줄 아니? 이년! 들어앉아서 하는 게 그런 짓밖에는 없어?"

김삼보는 자기의 무딘 팔다리가 계집의 따뜻하고 연한 몸에 닿을 때에 적지 않은 쾌감을 느끼었다. 그는 그럴수록 더욱 힘을 주어 때리도록 속에 숨겨 있던 잔인성이 북받쳐 올라왔다.

맞은 안협집은 당장에 죽을 것 같았다. 그는 생각하기를, 이왕 이리 된 바에야 모두 말해 버리고 저 하고 갈라서면 고만이지 언제는 귀밑머리 풀고 사주단지 보내고 사당에 예배드린 내외냐. 저는 저고, 나는 난데, 왜 이렇게 때리노? 하는 맘이 나서, "이것 놔라! 내 말하마!" 하고 머리를 붙잡았다.

"뽕밭에는 한 번밖에 안 갔다. 어쩔 테냐?"

삼보는 더욱 머리채를 잡아챘다.

"이년! 한 번?"

이번에는 더 때렸다. 안협집은 말한 것이 후회가 났다. 삼보는 그래도 거짓말을 한다고 그대로 엎어 놓고 짓밟았다. 안협집은 기절을 하였다. 삼보는 귀로 안협집의 숨소리를 들어보았다. 그러나 숨소리가 없다. 그는 기겁을 하여 약국으로 갔다. 그의 팔다리는 떨렸다. 그가 의원에게서 약을 지어 가지고 왔을 때 안협집은 일어나 앉아 있었다. 삼보는 반갑기도 하고 분하기도 하여 약을 마당에 팽겨쳤다. 그리고 밤새도록 서로 말이 없었다. 이튿날은 벙어리들 모양으로 말이 없이 서로 앉아 밥을 먹고, 서로 앉아 쳐다보고, 서로 말만 없이 옷도 주고받아 갈아 입고, 하루를 더 묵어 삼보는 또 가버렸다. 안협집은 여전히 동리집 공청 사랑에서 잠을 잤다. 누에도 따서 삼십 원씩 나눠 먹었다.

지 형근 池亨根

지형근池亨根

1

지형근地亨根은 자기 집 앞에서 괴나리봇짐 질빵을 다시 졸라매고 어머니와 자기 아내를 보았다. 어머니는 마치 풀 접시에 말라붙은 풀껍질같이 쭈글쭈글한 얼굴 위에 뜨거운 눈물방울을 떨어뜨리며 아들 형근을 보고 목메이는 소리로, "몸이 성했으면 좋겠다마는 섬섬약질纖纖弱質이 객지에 나서면 오죽 고생을 하겠니. 잘 적에 더웁게 자고 음식도 가려 먹고 병날까 조심하여라! 그리고 편지해라!" 하며 느껴 운다.

형근의 젊은 아내는 돌아서서 부대로 만든 행주치마로 눈물을 씻으며 코를 마셔 가며 울면서도 자기 남편을 마지막 다시 한 번 보겠다는 듯이 훌쩍 고개를 돌리어 볼 적에 그의 눈알은 익을 둥 말 둥한 꽈리같이 붉게 피가 올라갔다.

"네, 네!" 형근은 대답만 하면서 얼굴빛에 섭섭한 정이 가득하고 가슴에서 북받치는 눈물을 참느라고 코와 입과 눈썹이 벌룩벌룩한다.

동리 사람들이 그 집 문간에 모두 모여 섰다. 어렸을 적 친구들은 평생 인사를 못 해본 사람들처럼 어색한 어조로 인사들을 한다. 어떤 사람은 체면치레로 말 한마디 던져버리고 그대로 돌아서 저쪽에 가 서는 사람들도 있지마는, 어떤 늙은이는 머리서부터 쓰다듬어 내려 마치 어린애같이 볼기짝을 두드리면서, "응, 잘 다녀오게, 돈 많이 벌어 가지고 오게. 허어 기막힌 일일세, 자네 같은 귀동이 노동을 하려고 집을 떠나간다니 자네 어른이 이 꼴을 보시면 가슴이 막히실 일이지" 하는 두 눈에서는 진주 같은 눈물이 괴어 오르다가 흰 눈썹이 섬세하고 쌍꺼풀이 진 눈을 감았다 뜰 때 희끗희끗한 눈썹 위에는 눈물이 구을러 맺힌다. 노인이 우는 바람에 어머니와 아내의 울음소리는 더 잦아지며 동릿집 노파들도 눈물을 씻고 젊은 장정들은 초상집에 가서 상제 우는 바람에 부질없이 나오는 울음을 참으려는 것같이 코들만 들이마시기도 하고 눈만 슴벅슴벅하고 있다.

형근도 눈물을 씻으며 어머니께 인사를 하고 다시 동리 사람을 향하여 작별을 하였다. 자기 아내는 도리어 보는 것이 마음을 약하게 하여 주는 것이며 장부의 할 만한 것이 아니라는 듯이 보지도 않고 돌아서서 동구로 향하였다. 동리 늙은이와 작별한 친구들은 뒤를 따라와주며, 어린아이들은 마치 출전하는 장군 앞에 선 군대들같이 앞에도 서고 뒤에도 서서 따라온다.

형근은 가다가 돌아다보고 또 가다가 돌아다보았다. 얼마큼 오니까 아이들도 다 가고 따라오던 사람들도 다 흩어지고 자기 혼잣몸이 고개 마루턱에 올라섰다. 뒤를 돌아다보니 자기가 살던 이십여 호밖에 보이지 않는 촌락이 밤나무 느티나무 사이에 섞여 있다. 자기 집 앞에는 사람들이 흩어지고 어머니와 자기 아내만 여전히 자기 뒤를 바라보고 섰다.

그는 여태까지 나지 않던 눈물이 어디서 나오는지 폭포같이 쏟아진다. 아침 해가 기쁜 듯이 잔디 위 이슬에서 오색 빛을 반사하고 송장메뚜기가 서 있는 감발 위에 반갑게 튀어오르나 그것도 보이지 않는다.

분홍 저고리에 남조각으로 소매에 볼을 받아 입고 왜반물 치마에 부대쪽 행주치마를 입고 백랍 비녀에 가짜 산호반지를 낀 자기 아내 생각을 할 제 스물두 살 먹은 이 젊은 사람의 가슴은 터질 것 같았다.

그는 한 발자국에 돌아서고 두 발자국에 돌아섰다. 멀리 보이는 자기 집은 아침 해의 그늘이 비추인 산모퉁이에 가리어 보이지 않았다.

2

그는 오 리쯤 가서 단념하였다.

'내가 계집애에게 끄을려서 이렇게 약한 마음을 먹다니!'

그는 마치 번개같이 주먹을 내흔들었다. 그리고 벌건 진흙이 묻은 발을 땅이 꺼져라 하고 더벅더벅 내놓았다. 그는 고개를 쳐들었다. 가슴을 내놓았다. 하늘은 한없이 높이 개었는데 넓은 벌판 한가운데 신작로로 나서니까 그 가슴속에는 끝없는 희망이 차는 듯하였다. 가면 된다. 이대로 가기만 하면 내 주먹에 지전 뭉텅이를 들고 온다. 그는 열흘 갈 길을 하루에 가고 싶었다.

그때 강원도 철원군에는 팔도 사람이 다 모여들었었다. 그 모여드는 종류의 사람인즉 어떠냐 하면 대개는 시골서 소작농小作農들을 하다가 동양척식회사에서 소작권을 잃어버린 사람이 아니면 일확천금의 꿈을 꾸고 허욕에 덤빈 사람들이었다. 그것은 철원에 수리조합이 생기며 그 개간공사로 노동자를 사용하는 까닭도 있지만 금강산전기철도金剛山電氣鐵道가 놓이며 철원은 무서운 속력으로 발전을 하는 데 따라서 다소간의 금융이 윤택하여지며 멀리서 듣는 불쌍한 사람들의 마음을 충동이어 '나도 철원, 나도 평강' 하고 덤비게 된 것이다.

노동자가 모이어 주막이 늘고 창기가 늘었다. 자본 있는 자들은 노동자가 많이 모여들수록 임금을 낮춰서 얼마든지 그들의 기름을 짜내었다. 그러나 그렇게 기름을 짜낸 돈은 또 주막과 창기가 짜내었다. 남은 것은 언제든지 비인 주먹이었다. 평화스런 철원읍에는 전기철도라는 괴물이 생기더니 풍기와 질서는 문란할 대로 문란하여졌다. 그래도 경상도, 경기도, 여기저기 할 것 없이 모든 것을 잃어버린 불쌍한 농민들은 그대로 요행을 바라고 철원, 평강으로 모여들었다.

지형근도 지금 그러한 괴물의 도가니, 피와 피를 빨아먹고 짓밟고 물어뜯고 끓이고 볶는 도가니를 향하여 가며 가슴에는 이상의 꽃을 피게 하고 있는 것이나 마치 절벽 위에서 신기루蜃氣樓에 홀려서 한 걸음 두 걸음 끝을 향하여 나가는 것이다. 그는 오십 리를 못 가서 발이 부르텄다. 그는 한 시간에 십 리를 걸었다 하면 지금은 그것의 절반 오 리도 못 걸었다. 그는 발 부르튼 것을 길가에 서서 지긋지긋 눌러보며 혼자 속으로, '흥, 올 적에는 기차 타고 온다. 정거장에서 집까지가 오 리밖에 안 되니 그때는 잠깐 걷지……'

그러나 그는 주머니 속을 생각하여 보았다. 발병이 나지 않고 그대로 줄창 잘 걸어간다 해도 닷새나 돼야 들어갈 것이다. 그러면 주머니에 있는 행자는 얼마나? 빠듯하게 쓰고도 남을지 말지 하다.

해는 져 간다. 가슴에서는 공연히 무서운 생각이 났다. 만일 발병이 더하여 길을 못 가게 되면 어찌하나. 그는 용기가 줄어들고 희망에 구름이 끼는 것 같았다. 그는 비척비척 맥이 없이 걸어가며 궁리해 보았다. 그는 자기가 가는 길가에 아는 사람의 집을 모조리 생각해 보았다.

말할 만한 집이 하나도 없었으나 거기서 한 십 리쯤 샛길로 휘어 들어가면 거기 큰 촌이 하나 있었다. 그 촌 이름을 여기에 쓸 필요가 없으매 그만두지마는 그 촌에는 자기 아버지가 한참 호기 있게 돈을 쓰고 그 근처 읍에 이름있는 쪽자로 있을 때 소작인으로 있던 사람이 생각난다. 그는 그를 자기 집 사랑에서 자기 아버지 앞에 황송한 태도로 앉아 있는 것을 보기는 보았을지라도 그의 집을 찾아간 일은 물론 없었다.

'옳지……' 형근은 무릎을 쳤다.

'김 서방을 찾아가면 얼마간이라도 돌릴 수가 있을 터이지, 거저 달래는 것인가? 돌아올 때 갚을걸!'

그는 김 서방의 상전이란 관념이 있다. 옛날에 자기 아버지의 은덕으로 살아간 사람이니까 은덕을 베푼 자의 아들의 편의를 보아주는 것도 떳떳한 일이라 하였다. 즉 자기 마음이 그러니까 남의 마음도 그러하리라 하였다.

그는 허위단심 김 서방 집을 찾았다. 그 집 앞에는 훤한 논과 밭이 있고 집은 대문이 컸다. 주인을 찾으매 정말 김 서방이 나왔다. 김 서방은 반가워하면서도 놀랐다. "이게 웬일야?" 김 서방은 존대도 아니요, 어리벙벙하게 말을 해버렸다. 형근은 이것이 의외였다. 아무리 세상이 망해서 내가 제 집을 찾아왔기로 어디를 보든지 말버릇이 그렇게 나오지는 못할 것이었다.

"어서 들어가세."

이번에는 허세가 나왔다. 형근의 얼굴은 노래졌다가 다시 붉어졌다.

그는 대답이 없었다. 마당에 서서 해만 바라보았다. 해는 벌써 저쪽 서산 위에 반쯤 걸리었다. 그러나 그는 단념하였다. 자기가 노동을 하러 괴나리봇짐을 나가는 이 시대에서는 무엇보다도 돈이 있어야 한다. 돈만 있으면 무엇이든지 된다. 양반도 되고 남을 부릴 수도 있으니까 자기도 돈을 벌어서 다시 옛날의 문벌을 회복하고 남도 부려보리라 하였다. 그러니까 지금은 참아야 한다. 숙명적으로 그는 자기가 이렇게 된 것이니까 단념하지 않을 수가 없었다.

옛날에는 문벌만 있으면 무슨 짓 ― 사람을 죽이고도 무사하였던 것이나 마찬가지로 지금은 돈만 있으면 무슨 짓이든지 괜찮다는 관념이 한층 깊어지며 그는 얼핏 목적지에 가서 돈을 벌어 가지고 오고 싶었다. 그는 분을 참고 그 집에서 잤다. 김 서방은 옛날의 어린 주인을 잘 대접하였다. 그는 밥상을 내놓으면서도 웃고, 정한 자리를 펴주면서도 웃었다. 또는 떠날 때도 종종 들르라고 하면서 웃었다.

김 서방은 지금처럼 만족하고 좋은 때가 없었다. 그것은 다른 것이 아니라 여태까지 자기가 깨닫지 못하였던 자랑을 깨달은 까닭이다. 즉 옛날에 자기가 고개를 숙이던 사람의 자식이 자기 집에 와서 숙식을 빌게 될 만치 자기가 잘된 것에 만족한 것이었다.

형근은 또 주저주저하였다. 어젯밤부터 궁리도 하여보고 분한 생각에 단념도 하여보고 다시 용기도 내어보던 돈 취할 일, 가장 중대한 일이 그대로 남은 까닭이었다. 그는 눈 딱 감고, "여봅쇼!" 하였다. 그는 목소리가 떨리며 자기가 얼마나 비열하여졌는지 스스로 더러운 생각이 났다.

말을 하였다. 김 서방은 벌써 알아챘다는 듯이 또 웃으며 생색 내고 소청한 돈의 삼분지 이를 주었다. 형근은 그 돈을 들고 나오며 분개도 하고 욕도 하고 또는 홀연한 생각이 나서 정신 없이 앞만 보고 갈수록 그는 돈이 얼마나 필요한가를 새삼스러이 느끼는 것 같았다.

3

형근은 다리로 자기가 걸어온 것이 아니라 팔과 머리로 다리를 끌어온 것 같았다. 그는 예정보다 사흘이 늦어서 철원에 도착하였다. 그는 한 다리를 건너면서 두 팔을 벌릴 듯이 반가워하였다. 그는 자기더러 오라고 편지를 한 동향 친구를 찾아가서 지금까지 지고 온 봇짐을 벗어 놓을 때 모든 괴로움과 압박에서 벗어나는 듯하였다. 그러나 그의 짐을 벗어 놓은 것은 어깨를 가볍게 함이 아니라 그 위에 더 무거운 짐을 지우기 위함이었다.

그는 자기 친구를 찾았을 때 여간한 환멸幻滅을 느끼지 않았다. 우선 그가 있는 집이라는 것은 마치 짐승의 우릿간과 같은데 거기서 여러 십명 사람들이 돼지들 모양으로 옹기종기 모여 있었다. 땅을 파고 서까래를 버틴 후 그 위에 흙을 덮고 약간의 지푸라기로 덮어 놓은 것이 그들의 집이다. 방 안에는 발에는 감발이며 다 떨어진 진흙 묻은 양말 조각이 흐트러 있고, 그 속은 마치 목욕탕에 들어간 것같이 숨이 막힐 듯한 냄새가 하나 가득 찼다. 물론 광선이 잘 통할 리가 없었다. 캄캄하여 눈앞을 잘 분간할 수 없는 그 속에는 사람의 눈들만 이리 구르고 저리 구르고 하였다. 그는 손으로 더듬어서 그 속을 들어갔다. 발길에는 사람의 엉덩이도 채여지고 허구리도 건드려졌다. 그럴 적마다 그들은 굶주린 맹수 모양으로 악에 받친 듯이 소리를 질렀다.

그는 친구의 권하는 대로 자리에 앉았다. 그리고 여러 사람들에게 인사를 시켰다. 새로 온 사람이라고 하여 여러 사람들은 절을 하다시피 반가워하였다. 저 구석에서 다섯 주째나 학질을 앓던 사람까지 일어나 인사를 하고 눕는다. 그들에게는 이 새로 온 친구가 반가운 친구라고 함보다도 다시 없는 먹이餌였다. 그들은 새로 온 사람의 노자냥 남은 것을 노리어서 그것으로 다만 한때라도 탁주 몇 잔, 육회 몇 접시를 토색討索하기 위하여 자기네의 갖은 아첨과 갖은 친절을 다하는 것이다. 어떠한 사람은 동향 사람이라고 가까이 하려 하였다. 또 어떤 사람은 동성동본이라고 친절히 하였다. 또 어떠한 사람은 어려서 자기 아버지와 형근의 아버지와 친하였다고 세교世交라고 늦게 만난 것을 한탄하였다.

이래서 형근은 처음 이 움 속에 들어올 적에 느끼는 환멸이 어느덧 신뢰하는 마음과 이상과 기쁨으로 가득 차버렸다. 그날 저녁에 노자푼 남은 것으로 그 근처 선술집에서 두서너 사람과 탁주를 먹으며 편지하던 친구에게 물었다.

"자네는 그 동안에 돈 좀 모았나?"

"아직 모으지는 못하였네. 그러나 인제 수 생길 일이 있지."

친구는 당장에 수만금 재산을 한 손에 움켜쥘 듯이 말을 하였다. 그것도 그럴 것이 그는 아직까지도 황금 덩어리가 머지 않은 장래에 자기 손목에 아니 들어올 리가 없으리라고 생각하는 까닭이다.

"설마 천 리 타향까지 나왔다가 맨손 들고 들어가겠나? 지금은 좀 고생이 되지마는 그래도 잘 부비대기를 치면 돈 몇백 원쯤이야 조반 전에 해장하기지."

형근은 또 가슴속이 든든하여지며 이번에는 걸쭉한 막걸리는 그만두고 입 가볍고 상긋한 약주를 청하였다.

"그러나 저러나 여러 형님네가 저를 위해서 어떻게 힘을 좀 써주셔야겠습니다. 형님들은 저보다야 경험도 많으시고 또 그런 데 길도 좋으실 테니까요."

형근은 눈이 거슴츠레해서 안주를 들며 말을 하였다.

"아따 염려 마시우. 내나 그 형이나 이런 데 와서 서로 형제나 친척같이 생각할 것이 아니오."

그중에 머리 깎고 지까다비 신고 행전 친 노동자가 대답을 하였다.

"그럼 저는 형장만 꼭 믿습니다."

"글쎄 염려 말아요."

그날 저녁 그는 여러가지 신기한 것을 보았다. 번화한 시가도 보고도 또 술파는 어여쁜 계집도 보았다. 그러고 여기서 쓰는 말이며 습속을 배웠다.

그는 어리둥절한 가운데에도 속이 느긋하고 만족하여 그대로 하루 저녁을 그 움 속에서 자고 났다. 그는 고린내 나는 발이 자기 코 위에 올려 놓이고 허구리를 장작개비 같은 발이 디리질러도 그것이 화가 나지 않고 그 여러 사람을 오히려 동정하고 불쌍타 하는 생각을 가졌었다. 이들도 지금에는 이렇게 고생을 하지마는 나중에는 모두 돈들을 벌어 가지고 고향으로 돌아가면 호강할 친구들이라고 생각하였다.

그 이튿날 새벽 다섯 시가 되더니 그같이 자던 사람 중에서 서너 사람은 눈을 부비고 어디로인지 가는 것을 보았다. 그는 어제 자기가 올 적에도 보지 못한 사람이요, 또는 어느 틈에 들어왔는지도 알지 못하는 사람들이었다. 그가 나갈 적에 누가 한 사람 인사하는 일도 없고 눈 한 번 거들떠보는 사람도 없었다.

그들이 나갈 적에 부산한 바람에 옆엣사람들이 잠을 깨었다가 그들이 다 나가는 것을 보고, "간나웨자식들, 나가면 곱상스리 나갈 것이지" 하고 투덜대는데 그의 눈은 무서웠다. 마치 됐다 만나자는 원수를 벼르는 것 같았다. 형근은 그것을 보고 그와 눈이 마주칠까 보아서 눈을 얼핏 감고서 아무리 생각하여 보아도 그러할 리가 없었다. 자기에게는 그렇게 친절히 하던 사람들로는 결단코 하지 않을 일이었다. 그는 그 노동자의 질투를 몰랐으므로 이런 의심을 품었으나 누구든지 이러한 사회에 있으면 그렇게 험상스럽게 될 수 있다는 것을 몰랐던 것이다.

그가 다시 실눈을 뜨고 방 안을 슬그머니 둘러볼 적에는 젖뜨려 놓은 싸리 거적문으로 아침 해가 붉은 빛을 띠고 들이비치는데, 그 해가 비치는 거적 위에서는 아까 그 불량한 노동자가 코를 땅에다 대고 코를 고는 바람에 땅바닥의 먼지가 펄썩펄썩 일어났다.

아침에 일어나자 어저께 그 지까다비 신고 각반脚絆을 쳤던 노동자가 형근을 깨웠다.

"세수 하시우."

그는 세수 옹배기에 물을 떠서 움 밖에 놓았었다. 형근은 황송하고 고맙다는 말을 하고 세수를 하였다. 그리고 아침 먹는 곳을 물었다.

"나만 따라오시우."

형근은 자기 친구(편지한 친구)를 찾으려 하였으나 그자의 수선 바람에 그대로 끌려갔다. 술집에 가서 해장술에 술국밥을 먹었다. 시골서는 먹어보지도 못하던 것인데 값도 꽤 싸다 하였다. 물론 돈은 형근이가 치렀다. 인제는 주머니 밑천이라고 은화 이십 전 하나 하고 동전 몇 푼이 남았을 뿐이다. 그러나 그는 내일은 일구녕이 생기겠지 하였다.

돌아오는 길에 그자는 형근의 행장에 무엇이 있는가 물어보았다. 그는 조선무명 홑옷 두 벌과 모시 두루마기 두 벌과 삼승버선이 한 벌 있다 하였다. 그것은 자기 집안이 풍족할 때 자기 아버지가 장만하여 두고 입지 않고 넣어두었던 것을 이번에 자기 아내가 행장에 넣어주었던 것이라 그것이 그에게는 다시 없는 치장이요, 또는 문벌 자랑거리였다. 그자는 그 말을 듣더니 코웃음을 웃으면서 형근을 비웃었다.

"그까짓 것은 무엇에 쓴단 말이요, 여보!"

형근이 자기 속으로는 무척 자랑삼아 말한 것이 당장에 핀잔을 받으니까 무안하기도 한 중에 또 이상스러웁고 놀라웠다. 이런 곳에서는 그런 것쯤은 반 푼어치의 값이 없나 보다 하는 생각을 하니까 자기의 말한 것이 창피하기도 하고 이제는 자기가 무슨 사치하고 영화스러운 생활을 할 수 있게 되었나 보다 할 때 즐거웠다.

그날 저녁에 형근은 지까다비 신은 사람에게 끌려 왔다. 그가 저녁을 같이 먹으러 가자 하면서 끝엣말에다가, "내가 한턱 씀세" 하였다.

형근은 막걸리 서너 잔에 얼근하였다. 두 사람이 술집에서 나와서 서너 집 지나오다가 그자는 형근을 툭 치며,

"여보, 일구녕 뚫어났쇠다."

"어디요?"

"허허 그렇게 쉽게 알으켜주겠소? 한턱 쓰소."

형근은 좋기는 좋지마는 한턱 쓰라는 데는 아무 말도 하지 못하고 다만, "허허" 하고 반벙어리처럼 한탄 비슷한 대답을 하였을 뿐이다. 그런즉 이런 어리배기쯤야 하는 듯이 두서너 번 까불려보다가 그자가 미리 묘책 하나를 알려주었다.

그들은 공연히 빙빙 장거리를 돌면서,

"그렇게 합시다. 그까짓 것 무슨 소용 있소. 땀 한 번 배면 고만일걸. 돈푼이나 수중에 들어오면 양복 한 벌을 허름한 것 사 입어요. 그러면 더럼 안 타고 오래 입고 어디 나서든지 대우 받고 좀 좋소? 여기서 조선옷 입는 사람야 할 수 없는 사람들이나 입지 노형 같은 젊은이가 뭘 못 해본단 말요. 그렇게 합시다."

형근은 그자의 말대로 곧 귀를 기울일 수는 없었다. 일이 너무 크고 자기의 이성으로는 판단하여 결단하기가 대단히 어려운 까닭이다.

그는 이럴까 저럴까 난처한 생각으로 다만,

"글쎄요, 글쎄요……."

하기만 하여 둥싯둥싯 그자의 뒤만 따라다녔다. 그러니까 그자는 화를 덜컥 내며, "여보, 이런 데 와서는 매사에 그렇게 머뭇거리다가는 안 돼요. 여기가 어떤 덴데 그렇소, 엥? 난 모르오. 엑 맘대로 하시오" 하고 홱 가버리려 하니까 형근은 약한 마음이 하는 수 없이 그자를 다시 불러,

"그렇게 역정야 낼 것 무엇 있소. 좋을 대로 하십시다그려."

"글쎄, 좋을 대로 누가 하지 않는댔소. 노형이 자꾸 느리배기를 부리니까 그렇지."

옷을 팔았다.

4

형근은 친구에게 끌려서 어떤 앉은 술집으로 들어갔다. 그 친구가 두루마기 판 것을 자기 손에 쥐어줄 줄 알았더니 그것도 그렇게 하지 않고 첫걸음에 가는 곳은 이화梨花라는 여자가 술을 파는 내외 술집이었다.

"나만 따라오시우. 내 어여쁜 색시 구경을 시켜줄 터이니!"

어깨가 으쓱하여지며 두 눈을 찡긋찡긋하는 그자의 뒤를 따라가며 어여쁜 색시라는 말을 들으니까 속으로는 당길심도 없지 않았으나 첫째 노는 계집 옆에를 가보지 못한 것은 말할 것 없고, 그런 종류의 여자라면 겁부터 집어먹을 줄밖에 모르는 그는 가슴이 두근두근하여질 뿐이다.

"이런 데를 오며는 계집 다루는 것도 배워야 합니다."

형근이 쭈뼛쭈뼛하는 것을 보고 그자는 속으로 '네가 아직 철이 안 났구나!' 하는 듯이 코웃음 섞어 말을 하였다.

형근은 그래도 속에는 빳빳한 맛이 있어서 그자에게 멸시를 당하는 것이 창피도 하고 분하기도 하나 사실 뻣댕길 자신도 없었다. 그는 그저 우물쭈물하며 그 뒤를 따라갈 뿐이다. 그렇지만 따라가기는 하면서도 몹시 조심이 되고 조마조마한 생각이 나며 자기 몸에 창피한 곳이나 없나 하는 생각이 나서 걱정이었다.

마루 앞까지 서슴지 않고 들어선 그자는, "여보, 술 파우!" 하고 소리를 높여 제법 의젓하게 주인을 부르더니 서투른 기침을 하였다.

안방에서는 여러 사람들이 술이 취하여 장거리의 장군들처럼 제각기 떠들다가 그 소리에 떠들던 것까지 뚝 그쳤다. 그 왁자지껄하던 남자들의 거친 목소리를 좌우로 물결 헤치듯이 좍 헤치고 복판을 타고 나오는 연한 목소리는 주인의 목소리였다.

"네, 나갑니다."

이 소리를 듣더니 그자의 눈은 끔뻑하여졌다. 그러더니 형근을 한 번 본 후에, "이건 손님이 왔는데도…… 아무도 없소?" 하고 짐짓 못 들은 체하고 이번에는 더 높은 소리를 질렀다.

"나갑니다" 하고 그 여자는 소리를 질렀다. 그러더니 문이 열리며 그 여자의 치맛자락이 문에 스치며 나오는 것이 보였다.

"어서 오십시오, 저 건넌방으로 들어가시지요."

형근의 눈에는 머리를 치거슬러 빗어 왜밀칠을 하여 지르르 흐르게 하고 횟박 쓰듯 분을 바르고 값 낮은 연지를 입에다 칠하고 금니 한 이 사이에서 껌을 딱딱 씹으며 나온 이화라는 여자가 몹시 아름답게 보일 뿐 아니라 지투 신은 버선까지 유탕遊蕩한 마음을 일으키게까지 하였다.

그자는 이화라는 여자를 보더니, "오래간만일세그려!" 하며 그 손을 잡았다. 그것은 나는 이렇게 이런 이화 같은 미인과 능히 수작을 하며 손목을 잡을 만한 자격과 수단이 있다는 것을 지형근에게 자랑하고 싶었던 것이다.

"글쎄요."

이화라는 여자는 아무렇지도 않은 머리를 다시 만지면서 '마뜩지 않게 네가 웬 '허게'냐 하는 듯이 시덥지 않은 어조로 대답을 하여버렸다.

"그런 게 아니라 이 친구하구 술이나 한잔 나눌까 해서 왔지."

연해 생색을 내려고 하면서 이화에게 아첨을 하려는 듯이 쳐다본다.

"어서 건넌방으로."

두 사람은 건넌방으로 들어갔다. 그자는 슬그머니 형근을 보더니,

"어떻소? 괜찮지? 소리 한 번 시킬 터이니 들어보시우."

상을 들고 이화가 들어왔다. 형근의 눈에는 내외술집에서 한 순배에 사오십 전 하는 술상이 얼마나 풍부하고 진미인지 몰랐다.

그는 어려서 자기 집이 상당한 재산을 가지고 지낼 적에도 이러한 음식을 자기 앞에 차려주는 것을 먹어본 일이 없었다.

그는 구미가 동하기보다는 덜컥 가슴이 내려앉았다. 이 비싼 술값을 어떻게 치를까? 그는 속이 초조해지면서 겁이 났으나 나중으로 그자를 믿었다는 것보다는 내가 아니, 너 알아 하겠지 하는 마음이 나기는 났으나 그래도 속이 편치는 못했다.

우선 술잔이 자기에게 돌았다. 형근은 마치 남의 집 부인을 보는 것 모양으로 그 여자를 바라보지 못하다가 술잔을 들면서 바로 보았다. 형근은 그 술 붓는 여자를 이제야 비로소 똑바로 보았다 하여도 거짓말이 아니었다.

형근은 그 여자를 보고 마치 뜻하지 아니한 곳에서 뜻한 사람을 만난 것같이 놀라지 아니치 못하였다. 반가웁다 하면 반가운 일이요, 괴변이라 하면 이런 괴변이 또 어디 있으랴. 그 여자는 형근의 고향에서 한 동리에 자라난 여자다. 그래도 행세깨나 한다고 하여 어려서부터 규중에 들어앉아 배울 것이란 남겨놓지 않고 배우고 읽힐 것이란 모조리 읽히더니 불행히 그가 열세 살 되던 해 아버지가 돌아가고 홀어미 혼자 그 딸을 길러오는데 본시 청빈한 집안이라 일가친척이 있기는 있지마는 인심이 점점 강박하여짐을 따라 돌아보는 이 없으므로 그 여자가 열네 살 되던 해 그 어머니는 딸을 데리고 자기 친정 오라버니를 따라갔다.

어려서 이웃집에 살았으므로 서로 보고 알아서 말은 서로 하지 않았

으나 낯은 서로 익었었던 것이라 지금 보니 노성은 하였으나 어렸을 때 모습이 더욱더욱 분명히 나타난다. 그러나 만일 참으로 이서방 댁 규수라 하면 나를 몰라 볼 리가 없는데 나를 보고 그래도 기척이라도 있었을 것이 아닌가. 그는 썩 감개가 무량하여지면서 또는 기가 막힌다는 듯이 술상 귀퉁이에 고개만 숙이고 무슨 생각인지 정신없이 앉아 있었다.

같이 간 그자는,

"여보, 노형은 무슨 생각을 그리 하슈?"

하며 형근을 본즉 형근은 고개를 들다가 다시 이화를 한 번 보더니 그자를 보고,

"뭐 별로이 생각이라고는 하지 않소이다."

"허허 그럼 왜 고개를 숙이고 계시단 말이요? 대관절 주인하고 인사나 하시우."

형근은 이런 인사를 해 본 일이 없으므로 속으로 몹시 조심을 하고 창피한 꼴을 당하지 아니하리라 하였다. 그래서 우선 속을 가다듬느라고 서투른 기침 한 번을 하였다.

솜씨 있는 이화의 통성명하는 것을 받아 어색한 형근의 인사가 있은 후 형근은 이화에게 고향을 물었다.

"고향이 어디슈?"

"…… 예요."

"그럼 XX동리 살지 않으셨소?"

"네."

"그럼 지…… 댁을 아시겠소?"

"아다뿐예요. 바로 이웃에 살았는데요. 떠나온 지가 하도 오래니까, 지금도 여태 거기 사시는지요?"

"살지요. 그런데 당신 아버지가 당신 어려서 작고하셨지요?"

"네, 그런 것까지 어떻게 아세요?"

"알죠. 그럼 혹시 나를 못 알아보시겠소?"

이화는 한참이나 다시 자세히 들여다보더니 그래도 알아보지 못한 듯이 고개만 갸웃하고 있다.

"글쎄요. 퍽 많이 뵌 듯하지마는 생각이 잘 나지 않는데요. XX동리 사셨어요?"

"허허, 너무 오래 되어서 잊은 것도 용혹무괴容或無怪한 일이지마는 이웃에 살던 사람을 몰라본단 말이요? 내가 지…… 의 아들이요."

이화의 눈은 동그래질 대로 동그래지며,

"네?"

하고 말이 안 나오는 모양이다.

형근도 자기 신세가 이렇게 된 것을 알리기가 부끄럽다는 듯이 말이 없이 앉았고, 그자는 둘이 안다는 것이 신기하다는 듯이 손뼉을 치며, "아, 그래 서로 알았던가? 그것 참 신소설 같군" 하는 두 눈에는 질투가 숨은 웃음이 어리었다.

"그런데 여기는 어째 오셨어요? 그렇지 않아도 처음부터 낯은 익어 보이었으나 지 주사실 줄야 꿈엔들 알았을 리가 있어요?"

"나 역시 그럴싸하기는 하지만 어디 분명치가 못하니까 속으로는 반가우나 말을 못 한 거 아니오?"

형근은 세상을 몰랐다. 그가 고향에서 옛날에 알던 규수(지금의 창녀)를 만나 반가웁기가 한량이 없었지마는 다시 생각하니 아니꼽고 고개를 내두를 만치 더러웠다.

그는 옛날 일로부터 오늘 이 자리까지 이 이화라는 창녀의 신변을 두르고 싼 환경의 물질이 어떻게 어떠한 자극과 영향을 주고 또는 질질 끌어다가 여기까지 왔는지를 해부하고 관찰하고 판단할 능력이 없었다. 그는 다만 단순한 직관直觀과 박약한 추측으로 경솔한 독단獨斷을 내리어 인간을 평정評定하여 버릴 뿐이다.

이화가 오늘 이 자리에 앉았는 것도 그것이 다른 사회적으로 더 큰 원인이 있는 것은 생각할 여지도 없이 이화 자신의 말할 수 없는 잘못 죄악을 범행한 까닭으로 오늘 이렇게 된 것이라고밖에 생각지 못하였던 것이다. 그러한 관념으로 이화를 볼 때 형근의 눈에는 이화라는 창기가 옛날이야기에 나오는 음부 독부로밖에 보이지 않았던 것이다.

그것을 생각하면 반가웁던 생각도 어디로 가고 다만 추악한 생각뿐이 나서 그 자리에서 피해 가고 싶을 뿐만 아니라 여태까지 주저하던 맘, 차리려는 생각, 쭈뼛쭈뼛하던 생각은 어디로 가고 마치 죄인을 꿇어앉힌 것같이 우월감과 호기가 두 어깨와 가슴 속에 가득할 뿐이었다. 그리고 창기인 이화를 꾸짖어 마음을 고쳐주고 싶은 부질없는 친절한 마음까지 났다.

자기의 영락, 얼핏 말하면 타락은 어느 정도까지 당연한 일일는지 알지 못하나 첫째 돈 많고 땅 많고 입을 것 먹을 것이 많던 지○○의 외아들이 철원 바닥에까지 굴러 와서 노동자 중에도 그중 엉터리하고 얼리어 한 순배에 사오십 전짜리 술을 사 먹으러 왔다는 것은 이화라는 여자가 얼핏 생각하기에는 그렇게 의외의 일이 없는 것이다.

자기가 이렇게 된 것을 그 사람에게 보이는 것도 부끄러운 게 아닌 게 아니지마는 그 부끄러움까지 지나쳐서 지○○의 아들의 일이 알고 싶지 않은 것도 아니었다.

술잔을 들고 의기 있게 자기가 계집을 기롱하는 솜씨를 보이어 상대자를 위압하려던 그자는 두 사람이 서로 동향 친구라는 이유로 자기 같은 것과는 서로 말할 여지가 없이 이상한 감격과 비극적 분위기에 싸여 있는 것을 보고 자기도 그 분위기 속에 참가를 하든지 그렇지 않으면 그 분위기를 헤쳐버리고 다른 기분을 만들어야 할 것을 깨닫고 말을 꺼내었다.

"아니 고향 친구를 만났으면 고향 친구끼리나 반가웠지 딴 사람을 술도 못 먹는담?" 재담 섞어 솜씨 있게 말을 한다는 것이다.

이화는 손님의 마음을 거슬리지 않으려고 억지로 웃음을 웃어 마음을 가라앉혀 놓은 후,

"천리타향에 봉고인이라는 말이 있지 않아요? 조 주사 나리는 공연히 그러셔. 그만한 것은 아실 만하시면서. 약주를 처음 잡숫는 것도 아니요, 세상 물정도 짐작하실 듯한데 이런 때는 왜 그리 벽창호야."

이화는 생긋 웃었다. 그 웃음 하나가 조화 부른 웃음이든지 소위 조 주사의 마음도 흰죽 풀어지듯 하였다.

"히히, 내가 벽창혼가, 이화하고 말이 하고 싶어 그랬지."

"말은 넌지시 하는 말이 비싼 말이라나? 손님도 계시고 한데 무슨 말을 한단 말이요."

"그럼 언제?"

"글쎄 물어봐서는 무엇을 하우, 뻔히 알면서……."

하고 웃음 섞인 눈으로 쨍그리고 본다.

"옳지, 옳지."

"글쎄 좀 가만히 있어요. 옳지는 무슨 옳지야. 부중난 데 먹는 가물치는 아니고, 이 손님하고 이야기 좀 하게 가만있어요."

하고 고개를 형근에게 돌리려다가 잔이 비인 것을 보더니 조 주사란 자에게 술을 권하였다.

"자, 약주나 드시우."

하고 잔이 나니까 다시 형근을 주면서,

"그런데 여기는 어째 오셨어요. 참 반갑습니다. 벌써 우리가 거기서

떠나서 외가로 간 지가 칠팔 년 됩니다."

"그렇게 되나 보."

형근은 자기도 모를 한숨을 쉬더니,

"나 여기 온 거야 말할 것까지 있겠소? 그런데 당신은 어째 이렇게 되었소?"

하며 동정한다는 듯이 눈을 아래로 깔았다. 이 소리를 듣던 조 주사라는 자가,

"왜 어때서 그러쇼. 인제 얼마만 있으면 내 마마가 된다우."

하더니 혼자 신에 겨워서 허리를 안고 웃어댄다.

두 사람은 그 소리는 들었는지 말았는지,

"그동안에 제가 지내온 이야기는 다해 무엇 하겠습니까? 안 들으시는 것이 상책이지요."

그의 얼굴에는 수심이 가득하여지면서 목소리가 비통하여진다.

"차차 두고 들으시면 아시지요."

하고 다시 고개를 숙일 뿐이다.

"그래도 어디 이런 기회가 자주 있겠소? 만난 김이니 이야기 겸 말해보구려. 대관절 언제 이곳으로 왔소?"

하니가 조 주사라는 자가 가로맡아 나오면서,

"온 지 벌써 반 년이 되나? 그렇지, 아마?"

하고 말고기 설익은 것 같은 얼굴을 이화에게 가까이 갖다대며 들여다본다.

"네, 한 반 년 돼요."

이화는 고개를 그자 얼굴에서 비키면서 말을 하였다. 대여섯 잔이 넘어 들어간 술이 얼근하게 돌은 조 주사라는 자는 자기 얼굴을 피하는 이화를 뚫어지게 보더니 다시 제 손으로 자기 뺨을 한 번 탁 치며,

"왜 그래, 어째 그래? 사내 같지 않아? 얼굴에 뭐 묻었어? 왜 피해."

하고 왜가리같이 소리를 지르더니 다시 슬쩍 농을 쳐서,

"하하, 그럴 것 뭐 있나? 이런 놈도 있고 저런 놈도 있지. 잘못했네, 응, 그만두세."

"무얼 잘못했어요. 글쎄 아까 말한 것 있지, 우리는 너무 말을 하면 안 된다니까 그래요, 가만히 있어요."

"어떻게?"

"색시처럼."

형근은 우습기도 하고 또 심심치도 않아서 싱긋 웃다가 다시 이화를 보고,

"그 후에 외삼촌 댁에서 언제까지 지냈단 말이요?"

"한 이태 지냈죠."

"그 후에는."

할 때 조 주사라는 자가 잔을 들더니 소리를 지른다.

"술 좀 따라! 술 먹으러 왔지 이야기 하러 왔나, 퉤퉤."

하고 침을 타구에 뱉더니 지형근을 보고,

"노형, 실례가 많소. 그렇지만 대관절 말씀요, 술이나 자셔가면서 이야기를 해야 할 것이 아니오. 이야기 안 하는 나는 어떻게 하란 말씀요, 그렇지 않소?"

"그럴 듯한 말씀요. 그럼 우리 약주를 자십시다. 오히려 내가 실례가 많습니다."

"아따 천만에 그럴 리가 있나요? 두 분 이야기에 내가 방해가 된다면 먼첨 가죠."

이번에는 이화가 두 눈이 상큼하여지며, "온 조 주사도 미치셨소? 그게 무슨 말씀이오, 사내답지 못하게. 두 분이 오셨다가 혼자 가신다니

어디 가보시우, 가봐요. 가지 못해도 바보"하고 입을 삐쭉하였다. 조 주사라는 자는 바로 일어서더니 모자도 들지 않고 문 밖으로 나가려 하니까 이화가 본체만체하더니 슬쩍 뒷손으로 그자의 옷자락을 잡으며, "정말요? 이거 너무 과하구려. 내가 미안하구려, 어서 들어오시우"하며 일어서서 잡으니까 형근은 숫배기 마음에 가슴이 덜렁하다.

"이거 정말 노하셨소? 가시려거든 같이 갑시다."

하고 따라 나서려고까지 할 때,

"아니 봐요, 봐, 그런 법이 어디 있담?"

"잠깐만 참으시우, 자 들어와요."

조 주사라는 자는 못 이기는 체하고 들어오더니 자리에 앉아 깔깔 웃으며, "가기는 어디를 가, 모자도 안 쓰고……"하며 술잔을 든다. 형근은 속은 것이 분하고 속힌 것이 밉살스러우나 어떻든 홀연해졌다. 이화는,

"정말 붙잡은 줄 아남? 한 번 해본 것이지."

이러는 서슬에 술이 얼마간 더 들어갔다. 조 주사는 이화에게 술을 서너 잔 권하였다. 이화는 별로 사양도 하지 아니하고 그 술을 받아먹었다.

형근의 머리 속에서는 이화라는 창녀가 마치 하늘에서 죄 짓고 땅에서 먹구렁이 노릇을 하는, 옛날의 삼신선 중의 하나이나 마찬가지로 자기의 지은 허물로 말미암아 이렇게 하게 되었다고 해석할 수밖에 없었다. 옛날에 귀한 것, 깨끗한 것, 아름다운 것은 이화 자신의 잘못으로 다 썩어지고 오늘에 남은 것은 간악한 것, 음탕한 것밖에는 없으리라는 생각밖에 없었다. 즉 이화는 옛날의 ○○의 딸의 죄악의 탈을 쓴 화신化身이다.

착한 자는 언제든지 착하고, 악한 자는 언제든지 악하다. 그것은 날적에 타고 난 숙명宿命 즉 팔자다. 이것이 그의 인생관이다. 그러므로 이

화는 팔자를 창기로 타고 났으므로 그는 언제든지 창기밖에 못 된다. 그의 가슴속에나 핏속에는 다른 것은 조금이라도 섞이었을 리가 없었던 것이다.

형근도 술기운이 돌면서 얼기설기하게 척척 쌓였던 감정이 흥분됨을 따라서 마치 초가집 장마 버섯 모양으로 떠올라 오기를 시작하였다. 그는 자기가 아버지에게 듣던 것이나 마찬가지 교훈을 이화에게 하여주고 어른이 아이에게, 친구가 친구에게, 형이 아우에게 하여주는 것 같은 책망과 충고를 하여주고 싶었다. 말하자면 이웃집 부정한 처녀를 종아리 치는 듯한 심리로 이화를 보고 앉았다.

"왜 당신이 이런 짓을 하고 앉았단 말이요?"

형근은 젓가락짝으로 상머리를 두들기며 엄연하고 간절한 말로 말을 하였다.

"당신도 당신 아버지와 당신 집을 생각해야죠."

형근의 말은 틀은 잡히지 않았으나 꾸밈이 없고 진실하고 힘이 있었다.

"나는 이런 데서 당신을 보는 것이 우리 누이를 보는 것보다 부끄러워요."

이화의 가슴속에는 대답할 말이 많았을 것이다. 그러나 그는 말이 없었다. 그는 다만 그 말을 듣고 있었다. 방 안은 갑자기 엄숙하여졌다. 조 주사라는 자는 처음에는 눈이 둥그래지더니 나중에는, "힝" 하고 코웃음을 쳤다.

"언제든지 이 모양으로 있을 터이요? 그래도 어째서 마음을 고칠 수 없겠소?"

이화는 그 '마음을 고칠 수 없겠소?' 하는 소리를 듣고 형근을 기가 막히다는 듯이 쳐다보았다. 그러더니 안타까움에서 나오는 눈물이 그의 두 눈에 진주같이 고였다.

조 주사는 이화가 우는 것을 보더니 제법 점잖은 듯이, "손님이 무슨 말씀을 하시면 잘 명심해 들을 것이지 울기는 무얼 울어!" 하고 덩달아 책망이다. "돌아가신 아버님의 이름을 더럽히는 것도 더럽히는 것이어니와—" 하다가 형근은 이화의 눈에서 눈물이 흐르는 것을 보고는 말을 그쳤다. 그는 너무 큰 감격으로 인하여 자기의 감정이 찬지 더운지 알 수 없게 된 것 같았다. 그러나 그는 하던 말을 다시 이어, "살아 계신 어머니 생각은 하지 않소?" 할 때 이화는, "어머니는 돌아가셨어요" 하고 그대로 거꾸러져 운다.

형근은 이화가 우는 것을 볼 때 그는 놀랐다는 것보다도 기적奇蹟을 보는 것 같았다. 그에게 눈물이 있었을 리가 있으랴. 자기도 자기 아버지가 돌아갔을 때 자기가 억제할 수 없는 눈물이 난 일을 당하여 본 일 밖에 참으로 가슴속에서 펑펑 넘쳐흐르는 눈물을 흘려본 일이 없었다. 자기 아버지가 돌아간 것이 자기로 보아서 세상에서는 가장 엄숙하고 비통하고 또는 위대한 사실인 동시에, 자기가 그렇게 울어보기도 아마 전에 없던 일이요. 또다시 없을 것이다. 그것은 지금이나 언제든지 그의 가슴에 속 깊이 깊은 인상으로 남아 있는 것이다. 그 인상은 때때로 자기에게 힘 있는 정열과 감격을 주어서 이상한 감정의 세례를 받는 때가 있다.

이화가 운다. 샘물을 손으로 막는 것처럼 막을수록 북받쳐 올라오는 울음은 형근의 가슴속으로 푹푹 사무쳐 드는 것 같았다.

울음은 모든 비극을 알리는 음악이니 형근은 이 비극적 장면을 볼 때 말할 수 없이 위대한 사실을 목전에 당한 것 같았다. 꼭 자기 아버지가 돌아갔을 적에 자기가 받은 인상이나 별다름없이 비통하고 엄숙하였다. 그는 까딱하면 따라 울 뻔하였다. 코도 벌룽거리는 것을 참고 눈에 눈물이 핑그르르 도는 것을 슴벅슴벅하여 참았다.

그러나 형근은 이화가 어째 우는지를 알지 못하였다. 옆에 있는 조 주사라는 자는 이화의 어깨를 흔들면서 혀꼬부라진 소리로,

"글쎄, 울지 말어, 내가 다 알어, 이화의 맘을 나는 다 안단 말야. 자 고만두고 일어나요. 공연히 그러면 무얼 해?"

형근은 속으로 알기는 무엇을 안다누? 무슨 깊은 의미가 있나 하는 궁금한 생각이 나나 속으로 참고 여태까지 아무 말도 못 하고 앉아 있다가 이화의 어깨를 조 주사란 자 모양으로 흔들어보며, "글쎄, 울지 마쇼. 그만 그치쇼. 울지 말아요" 하였으나 들은 체 만 체하고 엎드려 울 뿐이다.

형근은 나중에는 민망한 생각이 나서 말이 없이 앉았으려니까 조 주사라는 자는 일껏 흥취 있게 놀 것이 깨어져서 분한 생각이 나서 혼잣말처럼, "울기는 왜 쭉쭉 울어 재수 없게 응? 쩍쩍" 혼잣말같이 중얼거리며 화증을 내고 앉아 있다. 얼마 있다가 이화는 일어서서 아무 말도 없이 얼굴을 외면하고 바깥으로 나갔다.

조 주사란 자는 형근을 보더니 눈짓을 하며, "고만 갑시다" 하고 입맛을 다셨다. 생각하니 더 앉았어야 재미도 없을 것이요, 또 재미있게 하자면 주머니 속 관계도 있음이다. 형근은 이마를 기둥에 받은 듯이 웬일인지 알 수가 없어서 멀거니 앉았다가 그대로 고개만 *끄덕끄덕*하고 "네" 하였을 뿐이다.

그렇지만 형근은 알 수가 없다. 어째서 창기인 이화의 눈에서 눈물이 났으랴?

얼마 있다가 이화는 손을 씻고 들어오며 머리 단장을 다시 하였다. 조 주사라는 자는 일어서며 셈을 하였다. "왜 그렇게 가세요? 제가 너무 실례를 해서 그러세요?" 하며 미안해한다. 조 주사라는 자는 입에

달린 치사로, "아니 그럴 리가 있나, 다음에 또 오지" 하며 마루에서 내려섰다. 형근은 여전히 큰 수수께끼를 품고 조 주사에 뒤를 따라 내려갔다.

조 주사는 문밖에 나섰다. 형근이 마당에서 중문으로 나갈 때 이화는 넌지시, "쉬 한 번 조용히 놀러 오세요" 하였다. 형근은 대답을 한 둥 만둥 바깥으로 나왔다. 조 주사는 형근을 보더니, "아주 재미없었소" 하며 입을 찡그린다. 형근은 재미가 있고 없는 것을 그만두고라도 이화의 눈물을 해석할 수가 없어서,

"대관절 이화가 왜 그렇게 울우?"

하고 물으니까 조 주사라는 자는 손가락질을 하며 혀끝을 채고,

"허는 수 없어. 으레 그런 계집들이란 그런 것이 아뇨? 아마 노형이 전에 잘살았다니까 지금도 전 같은 줄 알고 그러는 게지."

"돈 먹으려고?"

"암, 어떻게 그런 데서 구해나 줄까 하구 그러는 게 아뇨."

"구허다니요?"

"지금은 팔려 와 있지 않소."

5

형근은 조 주사라는 자가, "어디 잠깐 다녀가리다" 하고 샛길로 슬쩍 빠져버리는 것을, "꼭 다녀오시우. 기다릴 터이니" 하고 어슬렁어슬렁 술에 풀린 다리를 좌우로 내놓으며 큰길거리를 지나갔다.

길가에는 전기등으로 휘황히 차린 드팀전, 잡화성, 더구나 자기의 평생 한 번 가져보고 싶은 자전거가 수십 대 느런히 놓은 것이 눈에 어른

어른하여 불같은 호기심이 일어나서 그 앞에 서서 그것을 구경도 하다가 다시 돌아서며, '내 돈만 모으면 꼭 한 개 사서 두고 말 터이야' 하며 그는 주먹을 쥐며 결심을 하고 머리 속으로는 자기 시골에서 때때로 자전거 타고 다니는 면서기를 보고 부러워하던 생각을 하였다.

그는 혼자 자전거 공상을 하다가 그것이 어느덧 변하였는지 양복 입은 면서기가 되었다가, 다시 돈을 많이 가진 촌부자가 되었다가, 그러다가 발부리가 돌을 차는 바람에 다시 지금 철원 와서 노동하려는 지형근이가 되었다. 그는 훗훗한 남풍이 빙그르 자기를 싸고 도는 큰길을 지내 놓고 골목길로 들어서다가 어떤 촌색시가 지나가는 것을 보고, 깜빡 잊어버렸던 이화가 다시 눈앞에 보였다.

그는 술기운이 젊은 피를 태우는 번뇌煩惱스러운 감정 속에 그 이화를 다시 생각하였다.

"조 주사 말이 참말이라 하면 이화에게도 어딘지 사람다운 데가 남아 있었던 것이지. 그러나 만리타향에서 옛사람을 만났지만 시운이 글렀으니 낸들 어찌하나?"

하며 개탄하는 맘으로 얼마를 걸어가다가,

"그러나 누가 창기 여자의 울음을 곧이 생각한담. 모두 못 믿을 것이지."

바로 세상 경험이 풍부한 사람처럼 점잖게 결정을 하고 앞에 누가 있는 사람처럼 고개와 손을 내흔들었다.

그는 움에 왔다. 옆에 무성한 풀 냄새가 움을 덮는 진흙 냄새와 함께 답답하게 가슴을 누른다. 노동자들은 웃통 아랫도리를 벗은 채 거적대기들을 깔고 즐비하게 드러누워서 혹은 코를 골기도 하고 혹은 돈 타령도 하고 혹은 두 다리를 모으고 앉아 단소도 분다. 한 모퉁이에는 고춧가루를 태우는 것같이 눈을 뜰 수 없는 풀로 모깃불을 놓았다.

그는 여러 사람 있는 틈을 지나갔으나 자기를 보고 아는 체하는 사람이 드물었다. 그 중에 키 크고 수염 많이 나고 얼굴 검고 눈이 부리부리한 사람이,

"허허 대단히 좋으시구려. 연일 약주만 잡수시니. 조 주사만 친구고 우리 같은 사람은 친구가 못 된단 말요? 그런 데는 따돌리고 다니니. 허, 젊은 친구가 그런 데 맛을 붙여서는……."

빈정대는 어조로 말을 하니 형근은 갑자기 할 말이 없어서 주저주저 어색하다가, "잘못 됐소이다" 하였으나 맨 나중에 '젊은 친구가' 하고 누구를 타이르는 것 같은 것이 주제넘은 것 같아서 혼자 속으로 알아두었다.

그는 바깥에 좀 앉아서 여러 사람들과 이야기나 할까 하는 생각이 있었으나 그자의 말이 비위를 거슬리므로 그대로 움 속으로 들어가기로 하였다. 움 속은 흙내에 사람의 땀내, 감발에서 나는 악취가 더운 기운에 섞여서 일종의 말할 수 없는 냄새를 낸다. 즉 여우의 굴에서 노린내가 나는 것같이 사람 중에서도 노동자 굴에서 노동자내가 나는 것이다.

그는 불과 몇 마장 떨어져 있지 않는 이화 집과 지금 자기가 들어온 이 움 속과의 차이가 너무 현저한 데 아니 놀랄 수가 없었다. 이화는 일개 창부다. 자기는 그래도 그렇지 않은 집 자손으로 힘들여 돈을 벌려는 사람이다. 그 차이가 너무 과한데 그는 의혹이 없지 않았다.

그가 더듬거려 움 안으로 들어갈 때, "어디 갔다 오나, 여태 찾았지" 하고 나서는 사람은 자기 동향 친구였다.

"난 길이나 잊어먹지 않았나 하고 한참 걱정을 하였네그려. 그래서 각처로 찾아다녔지. 대관절 저녁이나 먹었나?"

형근은 웬일인지 이화의 집에 갔었단 말 하기가 부끄러웠다. 그는 그 말을 하면 그 동향 친구가 반드시 자기를 꾸짖을 것 같고 또 이화의 집

갔던 것이 더구나 옷을 팔아서까지 갔었다는 것은 말할 수 없이 분수에 넘치는 경솔한 짓 같았다.

그래서 그는,

"나는 또 자네를 찾았다네."

처음으로 속에 없는 거짓말을 하였다.

"조 주사가 한잔 낸다고 해서……."

잠깐 말을 입 속에다 넣고 우물우물하다가,

"그래서 또 한잔 먹지 않았나. 자네하고 같이 가지 못한 것이 대단히 미안한데마는 어디 있어야지……."

동향 친구는 형근의 말에 거짓이야 있을 리 없으리라 믿는 듯이,

"인제는 고만 다니게. 여기가 어떤 덴 줄 아나? 조 주산지 그자하고 다니지 말게. 사람 사귀기도 몹시 어려우이."

형근은 실쭉하여지며 말이 없었다. 속으로 생각해 대체로는 그 친구 말이 옳은 말이지마는 조 주사 같은 친구와 사귀지 말라는 데는 도리어 동향 친구에게 질투가 있는가 하여 적지 않이 불목이 있었으나 말로는 나타내지 않았다.

그는 말이 없이 한 귀퉁이를 부비고 드러누웠다. 일부러 눈을 감아 오지 않는 잠을 청하나 찌는 듯이 무더운 기운이 코 속에 꽉 차서 잠은 오지 아니하고 답답한 생각에 마음이 바깥으로 나간다.

그는 지금 돈 아는 동물들이 늘비하게 드러누워 있는 곳에서 생각은 이화에게서 멀리 하여지지 아니한다. 그는 어둠 속에서 끊이는 듯 이으는 듯 애소하는 듯 우는 듯한 단소 소리가 움 밖에서부터 청아하게 이움 속으로 흘러 들어와 자기의 몸과 혼을 스치고 지나갈 때 그의 피는 공연히 타는 것 같아서 마음을 어찌할 수 없었다. 그는 고요한 꿈에서 소요하는 것같이 흐르는 듯하고 녹은 듯한 정조에 잠길 때도 있다가,

또는 미쳐 날뛰는 파도 위에 한 조각 배를 띄우듯이 무섭게 흔들리는 정열에 마음을 어떻게 진정해야 좋을지 알지 못하기도 하였다.

그는 하는 수 없이 일어섰다. 몸을 털고 나왔다. 그는 움을 뒤에 두고 들로 나왔다가 뒷산으로 올라갔다가 다시 내려왔다가 앉았다가 섰다가 하였다. 하늘에는 별이 총총하고 풀에는 이슬이 다락다락하였다.

6

이튿날 아침에 해가 등산에 솟았다. 생명 있는 태양이다. 언제든지 절대의 뜨거움과 광명으로 싼 생명을 가진 태양이다. 태양이 없는 곳에서 생명이 없다. 구릿빛 햇발이 온돌방을 비치이고 그것이 또한 거짓이 없고 편협함이 없이 이 구더기 같은 노동자들이 모인 곳에 그의 생명의 빛을 비치어주었다.

형근은 일어나던 맡에 세수를 하였다. 그는 세수를 하고 아침 안개가 낀 너른 벌판을 내다보고 호호탕탕한 기운을 모조리 들이마실 듯이 가슴을 벌리고 숨을 들이마셨다. 그는 또 한 번 너른 들에서 이삭이 패어가는 벼 위에 가득히 내려 쪼인 햇볕이 눈부시게 반사하는 것을 보고 알 수 없는 기운이 자기 몸에 가득 차는 것 같아서 두 팔을 들었다 놓았다 하였다.

형근은 여러 사람들과 모여 앉아서 밥 되기만 기다리고 있었다. 노란 조밥을 사기 사발에 눌러 담고 그 위에 외지 한 쪽씩 놓거나 그렇지 않으면 무쪽 두 개씩 놓는 것이 그들의 양식이니 그나마 잘못하면 차례가 못 가거나 양에 차지 않아서 투덜대게 되는 것이니, 형근의 신조는 어떻든 이런 곳이나 이런 밥을 달게 여기고 부지런히 일만 하고 얼마만 신고辛苦하면 그만이라고 스스로 위로하였다.

형근도 남과 같이 밥을 기다렸다. 어저께와 그저께 같이 술을 먹고 지내던 두서너 사람도 옆에 있었다. 그러나 그들은 수상스러웁게 자기를 두서너 번 쳐다보더니,

"여보슈!"

하고 말이 공손하여졌다. 형근은 따라서,

"왜 그러시우."

하였다. 세상 사람도 모두 자기같이 은근하고 친절하였다.

"미안한 말씀이지마는 돈 가지신 것 있거든 이십 전만 취하실 수 없겠소?"

형근은 그 말하는 사람보다 자기가 더욱 미안하고 얼굴이 붉어지는 것 같았다. 자기가 남더러 돈 취해 달랠 적 모양으로 그도 무안하리라 하였다.

그래서 그는 주머니를 뒤졌다. 형근은 어저께 술집에서 남은 돈 이십 전이 있는 것을 생각하고 서슴지 않고 내주었다.

"예, 여기 이십 전이 남았구려, 자 옛소이다."

하고 신기하고 즐거운 마음으로 꾸어주었다. 속으로는 이따가 주겠지 하였다. 그 사람은 그것을 받더니,

"고맙소이다. 이따 저녁에 갚으리다."

하고는 옆엣사람과 수군거리며 저리로 가버린다.

형근은 한참이나 앉아서 기다리려니까 배가 고파왔다. 그리고 여러 사람들을 보니까 그들도 일하러 가는 사람 같지는 않게 배포 유하게 앉아서 이야기들을 한다. 한옆에 서는 어떤 자가 다른 어떤 사람더러 오 전짜리 단풍표 담배 한 개를 달래거니 안 주겠거니 하고 싸움이 일어나서 부산하다.

조금 있더니 동향 친구가 왔다.

"여보게 밥이 다 되었네. 밥 먹으러 가세."

하며,

"밥값이나 있나?"

하였다.

"밥값이라니?"

형근은 눈이 둥그레졌다.

"밥값이라니 무어야? 누가 거저 밥 준다든가? 십오 전씩이야."

형근은 기가 막혔다. 오던 날부터 그저 모든 것을 다른 사람들에게 밀어 맡기면 될 줄 알았고, 또 그자들도 염려 말아, 염려 말아 하는 바람에 정신없이 지내다가 이십 전까지 아침에 뺏긴 것을 생각하니 허무하다.

"밥은 일일이 사서 먹나?"

"그럼. 누가 밥값까지 낸다던가? 어림없네."

동향 친구는 그래도 주머니에 돈이 얼마나 남았을 줄 알고서,

"어기 왜 이러나, 어서 내게."

형근은 덜렁 가슴이 내려앉아서 동향 친구를 붙잡고 돈이 한 푼도 없는 이야기를 하였다.

동향 친구라는 사람은 친구라고 하느니보다 형근 집에 은혜를 입은 사람이니, 같은 양반으로 형근네는 돈푼이나 있고 할 때 그 친구의 아버지가 빚진 것이 있었으나 그것을 갚지 못하여 심뇌心惱하는 것을 형근의 아버지가 알고 호협한 생각에 그대로 탕감을 해준 일이 있다.

지금은 그 아들들이 서로 만났지만 선대의 일들을 서로 가슴속에는 넣어둔 터이라 그 친구는 형근을 그리 괄시를 하지 않는다.

"그럼 가세."

그 친구는 밥을 먹었다. 그나마 형근은 신셋밥 같아서 먹고 나서도 몹시 미안하였다.

아침을 먹더니 그 친구가 형근을 보고 이르는 말이,

"누가 어디를 가자거나, 일구녕이 있다거나 도무지 듣지 말게."

하고 점심값을 주고 가버렸다.

그는 공연히 왔다갔다 하며 혼자 심심히 지낼 뿐이다. 조 주사가 오늘은 꼭 올 터인데 어제 어디서 자고 아니 오노 하며 오정이 넘어 해가 두 시나 되도록 기다렸으나 오지 않았다.

그는 한옆으로 밥 먹을 구멍이 얼핏 생겼으면 좋을 텐데 하는 걱정과 또 조 주사나 왔으면 모든 것을 의논하여 보겠다 하고 기다리는 마음도 마음이려니와, 또 한 가지는 이화의 울던 꼴이 생각나고 또는 은근히 한번 오라고 하던 말이 어떻게 박여 들렸는지 잊을 수가 없다. 그나마 하룻밤 하루낮이 지나고 나니까 부썩 마음이 그리고 키어서 못 견디겠다.

그는 앞산에 올라가서 이화의 집이라도 가리켜 보려는 듯이 부리나케 올라갔다. 그러나 서투른 눈에 복잡해 보이는 시가가 방위도 잘 알 수 없고 어디쯤인지도 몰라서 동에서 떴다가 서에서 지는 해만 공연히 쳐다보며, '동서남북'만 욀 뿐, 나중에는 고향이나 바라본다고 남쪽만 내다보다가 그대로 풀밭에서 멀거니 있다가 잠이 들어버렸다.

잠을 깨고 나니 벌써 해가 서쪽에 기울려 하였다. 그는 무엇에 놀란 사람처럼 벌떡 일어나서 허둥지둥 움을 향하여 왔다. 그는 밥 먹을 시간이 늦은 것도 늦은 것이려니와 조 주사가 일할 자리를 얻어 가지고 와서 자기를 찾다가 그대로 가지 아니하였나 하는 걱정이 있음이었다. 그는 때늦은 찬밥을 사 먹고 옆엣사람들에게 물어보았으나 조 주사는 다녀가지 않았다 하였다.

그렇게 지내기를 닷새가 넘고 열흘이 되었다.

조 주사라는 자는 장거리에서 한두 번 만났으나 코웃음을 치고 우물쭈물 얼렁얼렁하고 홱 피해 버릴 뿐이요 전과는 딴판이요, 동향 친구는 사람이 입이 무거워서 말은 아니 하지마는 그래도 기색이 좋은 기색은 아니었다. 그뿐 아니라 그 더운 염천에 그 지저분한 곳에서 여벌옷 한 벌을 입고 지내려니까 온몸에서 땀내가 터지게 나고 옷이 척척 달라붙어서 거북하고 끈적끈적하기 짝이 없다.

그는 비로소 사람 많이 사는 데 인심 강박한 것을 알았다. 아무도 자기를 위하여 힘써 주는 이 없고 더구나 서로 으르렁대고 뺏어 먹으려고 하는 것뿐인 것을 알았다. 그뿐 아니라 그는 지금까지 시골서는 양반이었고 행세하는 사람이요, 먹을 것은 없으나 그래도 일군에서 누구라면 알아주기는 하였으나 지금 여기 와서는 지형근의 존재가 없다. 그뿐이면 오히려 예사이지마는 입을 것도 없고 먹을 것도 없어 남의 것을 빌어먹다시피 하는 사람이 된 것을 생각할 때 그는 자기가 불쌍하니보다도 웬일인지 가슴에서 무서운 생각이 날 뿐이다.

자기가 이화를 보고 그 계집이 창기가 된 것을 비웃었으나 그는 오늘에 거의 비렁뱅이가 된 것을 생각하고 눈이 아플 만치 부끄럽지 않을 수가 없었다. 그러나 이곳에 온 지 열흘이 넘도록 그는 일이라고는 붙들어보지를 못하였다. 자기뿐만 아니라 자기와 같이 잠을 자는 축에도 십여 명이나 그런 사람들이 있다. 그는 이상해서 하루는 물었다.

"당신들도 일자리가 없어서 노시우?"

그들은 서로 얼굴들을 보더니 그 중 한 사람이,

"그렇소. 요새는 여름이 되어서 전황錢荒한 까닭에 일본 사람들이 일을 하지 않는다우. 그래 일자리가 퍽 드물죠. 그렇지만 가을만 되면 좀 괜찮죠."

"가을에는 일본 사람들이 돈을 풀어 놓나요?"

"풀다 뿐요. 작년 가을에도 여기 수만금 떨어졌소. 오죽해야 돈 소내기가 온다 했소."

형근은 다만,

"네에, 그래요?"

하고 말을 못 했다.

"가을까지만 기다리시우. 그때는 괜찮으시리라. 저것 좀."

하고 전찻길 깔아 놓은 걸 가리키며,

"저것 놓는 데도 돈이 산더미 같이 들었소. 지긋지긋합니다."

형근은 그 말에 배가 불러서 공연히 좋았다. 속으로 가을만 되면 태산만큼은 그만두고라도 그 한 모퉁이쯤은 생기려니 하고 혼자 좋았다.

돈 생기는 생각만 하면 이화 생각이 난다. 이화 생각이 나면 이화 집에 가고 싶다. 젊은 가슴은 그림자를 붙잡으려는 듯한 부질없는 정열로 해서 애를 쓴다.

그는 밤중만 되면 이화 집 앞을 돌아온다. 갈 적에는 혹시 이화의 그림자라도 보았으면 하고 가기는 가지마는 어찌 그런 일에 그러한 공교로움이 있을 리가 있으랴. 갔다가는 헛되이 돌아오고 돌아올 때에는 스스로 다시 안 가기를 맹세한다. 맹세만 할 뿐이 아니라 이화를 멸시하고 욕하고 침 뱉었다. 그러나 그 이튿날이 되면은 아니 가려 하다가도 자연히 발길이 그쪽으로 향하여져서 으레 허행일 것을 알면서도 다녀오지 않을 수가 없었다.

하루는 전처럼 그 집 앞을 지나다가 그 집을 기웃이 들여다보았다. 여간한 대담한 짓이 아니었다. 그는 발길을 돌이켜 누가 쫓아서 나오는 것처럼 머리끝이 으쓱하여 나와서 집 모퉁이를 돌아서며 다시 한 번 홀쩍 돌아볼 제 마침 그 집에서 나오는 사람이 있는 것을 보았다.

그 사람은 다시 말할 것 없는 조 주사였다. 형근의 얼굴에는 갑자기

212

질투의 뜨거운 피가 올라오더니 두 눈에서 번개 같은 불이 솟는 것 같았다. 만일 자기 손에 날카로운 칼이 있다 하면 당장에 조 주사를 죽여버리거나 그렇지 않으면 자기가 죽어버릴 것 같았다.

그는 그날 종일 잠을 자지 못하였다. 그는 부질없이 몸에 힘이 오르고 엉터리없는 결심과 용기가 생기기 시작하였다. 그는 내일은 내 모가지가 달아나더라도 이화를 만나보리라 하였다.

그러나 만나볼 도리는 없었다. 자기의 주제를 둘러보며 부끄러운 생각이 날 뿐이요, 주머니에는 가을에나 들어올 돈이 아직 한 푼도 없다.

그는 눈을 감고 생각하였다.

'내 맘이 떴다.'

그러나 비행기를 탄 사람이 바깥을 보지 않고는 떴는지 안 떴는지를 모르는 것처럼 형근은 뜬 것 같기는 하나 또 그렇지 않은 것 같기도 하다.

혹간 냉정히 자기가 자기를 보려다가도 조 주사가 생각날 적에는 그는 조 주사는 볼지라도 자기는 볼 수가 없었다.

그는 돈을 얻을 도리를 생각하였다. 그러나 바위 위에서 물을 구하는 것이나 마찬가지였다. 빈궁은 죄악을 만든다는 말이 진리가 아니라고 할 사람은 없을 것이다. 형근은 무슨 분수 이외의 도리가 있다 하면 해보지 않고는 못 배길 만치 되었다.

그는 동향 친구를 또 생각하였다. 동향 친구는 그동안 근근이 저축한 돈이 얼마인지는 모르나 쇠사슬로 얽어 놓은 가죽지갑 속에 있는 것을 일전에 무엇을 찾느라고 꺼내는 것을 보았다.

그는 처음에는,

'그렇지만 염치가 어떻게 돈까지 꾸어달라노?'

하다가는,

'돈은 또 무엇에 쓰느냐고 하면 대답할 말도 없지.'

하고 눈을 끔벅끔벅하다가,

'그렇지만 내 말이면 제가 돈 몇 전쯤 안 취해 주지는 못 하렷다.'

이렇게 혼자 궁리는 하나 맘뿐이요, 몸으로 할 것 같지는 않다.

그는 또 당장에 단념을 하여 버리는 것이 옳은 듯이,

'에 고만두어라, 내 마음이 비뚤어가기 시작을 하는 것이야.'

하고 툭툭 털고 일어나서 빙빙 돌아다녔다. 그날 저녁 동향 친구는 형근을 찾았다.

"여보게, 일자리가 생겼네."

하고 형근에게 달려들 듯하였다. 형근은 너무 의외에 일이라 가슴이 공연히 설렁 내려앉더니 두근두근하여 손끝이 떨린다.

"어디?"

"글쎄 이리 오게. 떠들면 여러 사람 와 덤비네."

"모레는 금화金化로 가세. 내가 오늘 거기 십장에게 자네 일까지 부탁을 하여 놓았으니까 염려 없네. 금전도 퍽 후하고 일도 그리 되지 않는 것이야."

형근은 좋은 소식은 좋은 소식이나 도는 마음 한 귀퉁이가 서운하다.

"금화?"

하고 형근은 눈을 크게 뜨며,

"여기서 꽤 멀지?"

하고 초연한 생각이 나타난다.

"무얼, 얼마 된다고. 한나절이면 갈걸."

두 사람은 모레 같이 떠나기로 약조를 하였다. 형근은 감사스러운 중에도 무정스러운 감정으로 공연히 마음이 가라앉지 않아서 허둥지둥 엉덩이를 땅에 대이지 아니하고 저녁을 먹었다.

저녁을 먹은 뒤에 그는 움 앞에 다시 앉았었다. 이화는 다시 한 번 보지도 못하는구나, 하며 한숨을 쉬었다. 그러나 꼭 한 번 오라고 하였으니 의리상으로라도 한 번은 가보아야 할 터인데— 하다가 그대로 생각나는 것은 동향 친구 주머니 속에 있는 지전 조각이었다.

내가 입으로 말을 할 수야 있나? 죽어도 그것은 할 수가 없지.

말을 하는 입내만 내어보아도 쭈뼛쭈뼛하여지는 것 같다.

인제야 일할 구녕이 생겼으니까 나중에 갚는 것도 걱정이 없어졌으니까. 으쓱한 생각에 마음이 느긋하여졌다. 이화를 찾아가는 것도 그다지 부끄러울 것 없을 것 같았다. 세상에 사람이 살아가려면 권도라는 것도 있는 법이지마는 나 같아서야 어디 살아갈 수가 있어야지…….

해가 넘어가고 날이 어둑어둑하여지니까 공연히 마음이 처량하여지면서 쓸쓸하다. 오늘 저녁이 아니면 내일 저녁밖에 없는데 하며 담배를 붙여 물고 한 바퀴 휘돌아왔다.

와서 보니까 본시 술을 많이 먹지 못하는 동향 친구가 어디선지 술이 잔뜩 취하여 저쪽에다가 거적을 깔고 외따로이 누워 있다.

'이것이 웬일인가?' 하고 곁으로 가보니까 그는 세상을 모르고 잔다. 그의 가슴은 웬일인지 무슨 예감豫感을 받은 사람처럼 떨리더니 그의 머리 속에 번개같이 일어나는 충동이 있다.

마치 어여쁜 여자가 외로이 누운 그 곁에 선 젊은 남자가 받는 충동이나 마찬가지로, 주머니에 돈을 지닌 사람이 아무도 보지 않는 곳에 의식을 잃어버리고 누운 것을 본 형근은, 더구나 돈에 대하여 목전에 절실한 필요를 느끼는 그는 무서운 죄악의 충동을 느끼었다.

그러나 그는 그 찰나에 자기가 의식치 못하던 죄악의 충동을 일으킨 것을 깨달았을 때 그는 이를 깨물며 주먹을 쥐고 울듯이 고개를 내젓고 마음속 깊이깊이 뜨거운 후회로 자기를 깨달았다.

그는 그러한 마음을 한때라도 다정한 친구에게 일으킨 것이 그에 대하여 무엇이라고 말할 수 없이 미안하였다.

그는 그를 잡아 흔들었다.

"여보게, 이슬 맞으면 해로우이, 들어가세."

목소리는 다정함으로 떨렸다.

"응, 응, 가만있어" 하며 다시 얼굴을 하늘로 두고 뒤쳐 드러누우며 그는 풀무같이 숨을 쉬면서 드르렁드르렁 코청이 떨어지듯이 숨을 쉬었다.

'이거 큰일났군.'

형근은 그래도 다시 가까이 가서 몸을 추스르려 할 때에 그 동향 친구의 지갑이 어디 들어 있는지 그것부터 먼저 보지 아니치 못하였다.

그는 동향 친구를 일으켜 겨드랑이를 부축하였다. 동향 친구는 세상을 몰랐었다. 그러나 눈을 한 번 떠서 형근을 보더니 안심하는 듯이 다시 까부라졌다. 형근의 손은 그 동향 친구의 지갑에 닿았다. 그는 맥이 풀려서 지갑을 꺼내기는 고사하고 친구까지 땅에 떨어뜨릴 뻔하였다. 그는 다시 팔에 힘을 주어 움 속까지 그를 끌고 들어갔다.

바깥에서는 여러 사람들이 이 꼴을 보며 저희들끼리 떠들었으나 거들어주는 자는 없었다. 그러나 움 속에 들어오니 아무도 없으므로 별로이 보는 이가 없었다.

형근은 그 컴컴한 움 속에서 그 친구를 든 채 얼마간 섰었다. 내려놓지도 않고 눕히지도 않고 그는 무서운 시련試鍊의 기로岐路에서 방황하였다.

그는 눈을 한 번 감았다 뜨며 친구를 눕히는 서슬에 지갑을 뺐다. 그의 손은 이상한 쾌감과 함께 손아귀가 뿌듯한 것을 깨달았다.

그는 친구를 뉘고 달음박질해 나왔다. 그는 사람 적은 곳에 가서 그것을 열지도 못하고 한숨을 길게 내쉬었다. 그는 다시 시원한 가운데에서도 무서움을 품고 그것을 펴지도 못하고 열지도 못하다가 다시 저쪽으로 갔다.

그는 그대로 그것을 손에 움켜쥔 채 공연히 망설이다가 이화 집을 향하여 갔다. 그는 가는 길 으슥한 곳에서 그것을 펴보았다. 그는 그것을 펴보다가 마치 무슨 기운에 눌리는 사람같이 가슴이 설렁하여지며 눈이 등잔만하여지더니 뒤로 물러서, "에구" 하였다. 그의 손에는 시퍼런 십 원짜리 석 장이 묻어 나왔다.

'이건 잘못했구나.'

그는 그대로 서서 오도가도 못 하였다.

자기가 요구하던 것은 그것의 몇 분의 일에 지나지 않는다. 이것은 보기만 해도 무서울 만치 많은 돈이다. 그러나 이것을 지금에 도로 갖다 줄 수도 없고 또 그대로 있을 수도 없다. 그는 한참이나 떨리는 손을 진정치 못하다가 그대로 눌러 생각해 버렸다. 술 깨기 전에 갖다 주지, 그리고 쓴 것은 말을 하면 되겠지.

그는 마음을 억지로 가라앉히고 이화 집 문간에 왔다.

그는 전번에 왔을 적이나 별로이 틀림없는 수줍음과 두근거리는 마음으로 발을 들여놓았다.

그는 술을 청했다. 술을 청하는 것보다도 이화를 부르는 것이었다. 그러나 아래채 조용한 방에서 분명히 이화의 목소리로 소리를 하는 모양인데 나오지를 않고 다른 여자가 나와 맞았다.

방은 전에 그 방이다. 발을 늘여서 안에 있는 것이 바깥에서 보인다.

그는 기대가 틀어진 것에 낙심을 하고 어떻든 술을 청하였다.

그새 여자가 들고 들어오며 형근을 아래위로 훑어보더니,

"혼자 오셨어요?"

하였다.

"그럼 여러 사람이 다닙니까?"

그 계집은 손으로 입을 막고 웃었다.

"자, 드시죠."

"술도 급하지만 나는 이화를 좀 보러 왔소."

그 계집은?

"네?"

하더니 또 웃는다.

"저는 인물이 못생겼죠? 언젯적부터 이화와 가까우시던가요?"

형근은 자기는 좀 점잖이 말을 하는데 그 계집이 실없이 하니까 속으로 화는 나지만 위엄을 보일 수가 없다.

"이화가 어디 갔소? 잠깐 보자는 이가 있다고 하구려."

그 계집은 문을 열고 나가더니 왼 집안이 다 들리게,

"이화 언니! 이화 언니! 당신 나지미 왔소. 어서 나오."

하며 땍대굴거리며 웃는다.

이화는 무슨 영문을 모르는 듯이 어떤 손님과 자별하게 이야기를 하다가 문을 열고 고개를 내밀면서,

"무어야? 애가 왜 이래, 실성을 했나?"

하고 형근의 앉아 있는 방을 올려다보고는,

"응 저이가 왔군."

싱겁게 혼잣말을 하고 다시 돌아앉으니까 함께 한방에 있던 젊은 사람(면서기 같은)이 마주 기웃하고 내다보더니,

"저것이 나지미야?"

하고 비웃는다.

"온 이 주사도, 아무렇기로 내가……"

할 때,

"글쎄, 꼭 봐야 하겠다니 좀 가봐요."

하며 그 계집이 지근거린다.

"나를 그렇게 봐서 무엇을 한다더냐?"

하고 이 주사라는 자의 눈치를 보는 것이 그의 눈앞을 졸이는 모양이다.

"가봐 주지. 그것도 적선인데. 내 앞이 되어서 몹시 어려워하는 모양이로군. 그럴 것 무엇 있나?"

"온 말씀을 해도 왜 그렇게 하시우. 누구는 끈에 매 놓았습디까? 나하고 싶은 대로 하고 지내지, 몇십 년 사는 인생이라구."

"그러나 대관절 어떤 자야."

"고향서 이웃집 사는 사람야."

이러는 동안에 형근은 아무도 없는 빈 방에 혼자 앉아 술상만 대하고 있으려니까 싱거웁고 갑갑하고 역심이 나서 올 수도 없고 갈 수도 없다. 그뿐이면 고만이지, 이화라는 년은 다른 놈하고 앉아서 자기 방을 쳐다보는 것이 마치 창살 속에 넣어 놓은 청국 사람의 원숭이같이 대접을 하는 것 같아서 속으로 분하고 아니꼬운 정이 나며,

'천생 타고난 기질을 어떻게 하니? 창기는 판에 박은 창기년이다.'

속으로 이렇게 중얼거리는데 자기 방 계집이 쭈르르 다녀오더니,

"심심하셨죠? 이화는 인제 옵니다."

하고 술을 따라 놓더니,

"과일 잡숫고 싶지 않으세요? 과일 좀 들여오죠. 이화도 오거든 같이 먹게요."

하더니 제멋대로 이것저것 들여다 놓고 먹어댄다.

아무리 기다려도 이화는 오지 아니한다. 여전히 아랫방에서 그자와 이야기를 하는 모양이다. 형근은 혼자서 술을 먹을 수가 없어서 그 계

집과 서로 대작을 하였다. 그 계집은 어수룩하고 아직 경험 없는 것을 알아채고 어떻게 해서든지 형근의 주머니를 알겨 낼 생각이다. 주제를 보아서 아직 극단의 수단을 내어놓지 않는다.

한 시간이나 지나갔다. 형근은 다시 그 계집에게 이화를 불러달라고 청을 하였다. 그 계집이 술잔이나 들어가더니 형근의 말을 안 듣고 요리 핑계 조리 핑계 한다. 형근도 술잔이나 들어가니까 객기가 나지 않는 것도 아니다.

"가 불러 와."

그는 소리를 질렀다.

"싫소."

"왜 싫어."

윗방에서 왁자하는 것이 자기 때문인 것을 알아챈 이화는 문을 열고 나왔다.

"어딜 가?"

면서기는 어느덧 술이 곤죽이 되어 드러누웠다가 이화의 치마를 잡았다.

"잠깐만 다녀올 테니 놓으세요."

"안 돼."

이화는 팩한 성미에 흠허물 없는 것만 믿고 치마를 뿌리쳤다.

"안 되기는 왜 안 돼요. 잠깐 다녀온다는데. 누가 삼십육계를 하나?"

면서기는 노했다. 그대로 일어섰다. 이화는 형근의 방으로 안 들어가고 안으로 들어가 버렸다.

술 취한 면서기는 다짜고짜로 형근의 방 발을 집어 던졌다.

"이놈아! 이런 건방진 자식이, 술잔이나 먹으려거든 국이나 먹으러 다녀. 너 이화는 봐서 무엇 할 모양이냐? 상판 생긴 것하고 그래도 무엇을 달았다고 계집 맛은 알아서. 놈 계집 궁둥이 따라다닐 만하다."

형근은 기가 막혀 쳐다볼 뿐이다.

"이놈아, 왜 눈깔을 오랑캐 뜨고 보니? 내 얼굴에 무엇이 묻었니? 에 튀튀."

면서기는 기침을 방에다 막 뱉는다.

"대관절 이화 어디 갔니? 응, 이화 어디 갔어?"

하고 호통이다. 온 집안사람이며 술 먹으러 온 사람이 모여들었다.

이화는 이 소리를 듣더니 뛰어나오며 면서기를 달래고 형근에게 연 해 눈짓을 하였다.

"글쎄, 이 주사 나리, 이게 무슨 짓요. 약주 취했소. 어서 저 방으로 가시우."

하고 이 주사에게 매달리다가,

"대단 미안합니다. 점잖으신 이가 약주가 취해서 그러신 것을 서로 참으시지. 그렇죠? 어서 약주나 자시지요."

면서기는 그래도 여전히 형근을 보고 놀려댄다.

"이놈아, 네가 이놈 노동자가 감히 누구 앞에서 이 따위 짓을 해? 홍."

형근의 인습 관념에 젖어 있는 젊은 피는 끓었다. 그는 결코 자기가 노동자는 아니다. 양반의 자식이요, 행세하는 사람이다. 몸은 비록 흙 속에 파묻혔지만 마음과 기운은 살았다.

"무엇, 노동자!"

형근에게는 그 외에 더 큰 모욕이 없었다. 그는 면서기를 향하여 기 운에 타는 두 눈을 부릅떴다.

"그래 이놈아, 네가 노동자가 아니고 무엇야?"

"글쎄, 그만들 두세요. 제발 저 방으로 가세요."

하는 이화는 가운데 들어섰다. 형근은 이화를 뿌리쳤다.

그는 이화를 뿌리칠 때, '더러운 년! 갈보년' 하는 소리가 입으로 나오지는 아니하였으나 그의 온 전신을 귀퉁이 귀퉁이 속속들이 울리는 것 같았다.

형근은 이화를 뿌리치던 손으로 이 주사라는 자의 따귀를 보기 좋게 붙이니까 그대로 땅에 나가 뒹굴었다.

"이놈 봐라, 사람 친다."

하더니 면서기는 웃옷을 벗고 덤비었다.

"어디 또 한 번 때려봐라."

하고 주먹을 들고 덤비려고 사릴 제 옆엣방에서도 툭 튀어 나오고 대문에서도 쑥 들어서는 사람들의 눈은 횃불같이 타면서 형근을 훑어보더니 다시 이 주사를 보고,

"다치지나 않았소? 대관절 어찌된 일요? 말을 좀 하시구려."

옆에 섰던 이화도 말을 아니 하고 그 계집도 말이 없다.

"대관절 손을 먼저 댄 게 누구야?" 하며 형근을 보더니 그중에 구척같이 키가 크고 수염이 더부룩한 자가 들어서더니, "여보 이 친구. 젊은 친구가 술잔이나 먹었으면 곱게 삭일 일이지 누구에다가 손찌검하고…… 흥, 맛 좀 보련" 하더니 넉가래 같은 손이 보기 좋게 따귀를 붙이는데 눈에서 불이 나며 입에서는 에구구 소리가 저절로 난다. 그는 아무 말 없이 볼따구니만 쥐고 있다.

그러려니까 연신 번갈아 가며 주먹과 발길이 들어오는데 정신이 아뜩아뜩하고 앞이 보이지를 않는다. 그는 에구구 소리만 지르면서, "글쎄, 나는 잘못한 게 없습니다" 하고 빌어 대면, "이놈아, 잔말 말어. 너도 세상맛을 좀 알아야 하겠다" 하고 한 개 더 붙인다. 옷은 갈가리 찢어지고 얼굴에서는 피가 흐른다.

이화는 후닥닥거리는 서슬에 마루 끝에 서서, "여보, 박 서방, 가서

순사를 불러오. 야단났소. 그저 그만두라니까 그러는구려" 할 때 형근은 순사라는 소리가 귀에 들릴 제 그는 꿈에서 깬 것같이 정신이 났다.

'이화가 나를 순사에게!'

하고 얻어맞는 중에서도 온 기운을 다 내었다. 초자연의 기운은 그를 거기서 뛰어 여러 사람을 헤치고 문밖으로 뛰어 나갈 수 있게 하였다.

그는 눈 딱 감고 뛰었다. 그러나 때는 늦었다. 문간에 나가자 그 집으로 들어오는 사람이 있었다. 그러나 형근은 그것도 못 보았다. 들어오던 사람은 형근을 보더니 재빠르게 뒤를 따랐다.

형근의 다리는 마치 언덕비탈을 몰려 내려가다 다리의 풀이 빠진 사람처럼 곤두박질을 하였다. 그의 눈에서 아무것도 보이지 않고 집이나 사람이나 전기불이 별똥 떨어지듯이 휙휙 지나갈 뿐이다.

뒤에서는 여전히 따라왔다.

"도적야!"

달아나며 이 소리를 귓결에 들은 그는,

'응, 도적?'

'그러면 나를 쫓아오는 것이 아닌 게지.'

그의 머리 속에서는 자기가 지금 어째 도망을 하는지 그 본능은 있었을지언정 의식은 없었던 모양이다.

그러나 그는 다만,

'나는 도적이 아니다.'

하면서도 달음질을 여전히 하였다.

그는 어느덧 움 앞에 왔다. 그는 친구의 이름을 부르고 그 자리에 기진해 자빠져서 기운을 잃었다.

경관과 형사는 그놈을 뒤져 동향 친구에게 지갑을 보이고,

"당신이 찾던 것이 이것이요? 꼭 틀림없소?"

동향 친구는 눈이 뚱그래서,

"형근이가 그랬을 리가 없는데요" 하니까,

"듣기 싫어. 물건을 찾으면 그만이지. 맞느냐 말야" 하며 경관은 흩뿌린다.

"네." 친구는 가까스로 대답을 하더니, "그런 줄 알았더면 경찰서에도 알리지 않을걸" 하며, "여보게, 형근이, 정신차려. 일어나서 말이나 좀 하세, 속 시원하게. 도무지 이게 웬일이란 말인가?" 하며 비쭉비쭉 운다.

형근은 아직까지도 깨지 못하고 그대로 누워 있다.

7

형근은 그날로 경찰서 구류간에서 잤다. 어려운 취조가 끝난 뒤에 형근은 검사국으로 넘어갔다. 그 이튿날 신문에는 아래와 같은 신문 기사가 났다.

○○○ 출생으로 철원군 ○○○리에서 노동을 하는 지형근地亨根 (○○) 지난 ○월 ○일 자기 동향 친구의 주머니에 있는 삼십 원을 그 친구가 술에 취하여 자는 틈을 타서 절취하여다가 ○○ 이화라는 술집에서 호유豪遊하다가 철원 경찰서 형사에게 체포되어 취조를 마치고 검사국으로 압송하였다더라.

환희 幻戲

환희幻戲

쓴 지가 일 년이나 된 것을 지금 다시 펴놓고 읽어보니 참괴慙愧한 곳이 적지 않고 많습니다. 터 잡히지 못한 어린 도향稻香의 내면적 변화는 시시각각으로 달라집니다. 미숙한 실과實果와 같이 나날이 다릅니다.

그러므로 남에게 내놓기가 부끄러울 만큼 푸른 기운이 돌고 풋냄새가 납니다. 그러나 나는 그것을 완숙한 것으로 만족한 웃음을 웃는 것이 아니라 미숙한 작품인 것을 안다는 것으로 나의 마음을 위로하려 합니다. 푸른 기운이 돌고 상긋한 풋냄새가 도는 것으로 도리어 성과의 예감을 깨달을 뿐입니다. 장래에 닥쳐올 희망의 유열愉悅로 나의 심정을 독려시키려 하나이다.

이 글을 쓸 때 전적 자애를 부어주시던 우리 외조부님의, 세상에 계시지 않는 그리운 면영面影을 외로운 도향의 심상心床 위에 그리면서 안타까운 옛 추억으로 떨어져 식어버리는 추억의 눈물을 흘리나이다.

— 작자作者

"어머니" 하고 금방울을 울리는 듯한 혜숙惠淑의 귀여운 목소리가 저녁 연기 자욱하게 오르는 동대문 밖 창신동 어떠한 조그맣게 지은 초가집에서 난다.

"왜!" 하고 대답하는 그의 어머니는 매운 연기로 인하여 눈을 반쯤 감으며 부지깽이로 부엌 바닥을 짚고, 고개를 기웃하여 바깥문을 향하여 내다보면서, "오늘은 다른 날보다 어째 좀 이르구나" 한다.

"네, 오늘은 선생님 한 분이 오시지를 않아서 한 시간 일찍 하학하였지요" 하고 혜숙은 방으로 들어가 치마를 벗어 횃대에 걸고 때가 묻은 다른 치마를 갈아입고 부엌 앞으로 나오며 다시 자기 어머니에게 향하여, "오라버니는 어데 가셨어요?" 하고 묻는다. 그의 어머니는 다시, "글쎄 알 수 없다. 어데를 갔는지, 날마다 나갔다가는 늦게야 돌아오니까" 하며 무슨 미안하고도 걱정되는 생각이 나는지 타는 아궁이의 불만 물끄러미 바라보고 있다.

그의 어머니라는 분은 사십오륙 세가 될락말락한 여자로 아직까지도 그의 반지르하게 가꿔 온 머리털이라든지, 그의 두 뺨이 문지르고 또 문지른 연감이 조금 시들은 것과 같이 윤이 나고도 잠시 혈색이 퇴한 것을 보아서든지, 또 그 두 눈 가장자리로 도는 아지랑이와 같이 미소하는 듯하고도 사람의 마음을 잡아당기는 또는 사람을 못 견디게 하는 무엇이 남아 있는 것을 보아서든지, 그리 탐스럽게 잘생기었거나 그리 아기자기하게 어여쁘다고는 할 수 없으나 어떻든 젊어서는 말할 수 없는 무슨 매력을 가지고 젊은이의 따뜻한 사랑을 다투었을 만한 무엇을 가지고 있었던 흔적이 여태껏 남아 있다.

혜숙은 어린 얼굴에도 근심하는 빛을 띠고, "어데를 가셨을까요!" 하고 혼잣말을 하고 아무도 들어오지 않는 문간을 바라보며 쫑그리고 섰다.

"글쎄, 낸들 알 수 있니, 어데를 갔는지……" 하고, 그의 어머니가 대답을 한다. 그의 어머니는 아직까지 젊었을 때의 습관이 남아 있는지 뽀얗게 분세수를 한 얼굴을 잠깐 찌푸리고 한편 입술을 반쯤 열며 말을 할 때마다 번쩍하고 번쩍거리는 금니가 나타나 보인다. 그의 얇은, 쇠퇴하기는 쇠퇴하였으나 아직까지 연붉은 빛이 남아 있는 입술을 애교있게 벌릴 때마다 어린 혜숙의 가슴에도 알지 못하게 무슨 성욕에 대한 감정이 그의 혈관 속으로 흘렀다.

"오늘은 또 큰집 가서 무슨 짓을 하셨을까요? 참 생각하면 미안하기도 하고 죄송하여서 못 견디겠어요. 아버지께서 그러시는 것을 그대로 듣고만 있으면 그만일 걸 그렇게 날마다 약주만 잡숫고 야단을 치시면 도리어 아버지의 성품만 거슬리는 것이 되지요. 암만 그러지 말래도 자꾸 그러시는 것을 어찌 할 수도 없고, 참 딱해……" 하고 채 뒷말을 마치지 못하고 다시 바깥문에서 무슨 소리가 나는 듯하니까 그곳을 바라보았다. 그러나 거기는 아무도 있지 않았다. 그의 어머니는 솥뚜껑을 열어 거품이 푸―하게 일어나는 짓던 밥을 들여다보고 다시 뚜껑을 덮으며, "글쎄 말이다. 하루 이틀도 아니고 날마다 날마다 허구한 날 술만 먹고 저러니 아버지의 역정도 더하실 뿐 아니라 우리가 송구해서 있을 수가 있어야지……" 하고, 부엌 바닥을 쓸고 행주치마를 툭툭 털며 일어난다.

어느덧 해는 넘어가고 황혼의 누른 장막에 비치었던 저쪽 산의 회색 윤곽도 다 사라지고 다만 남은 것은 캄캄한 어둠뿐이다. 바람은 쓸쓸스럽게 분다. 초가을에 떨어져 나부끼는 누런 갈잎들은 뒷동산 숲 사이에서 부스스. 때때로 청량리로 나가고 들어오는 전차 바퀴의 바탕에 스르릉하고 갈리는 소리가 처량하게도 동대문 밖 고요한 공기를 울린다. 저녁에 남대문을 떠나오는 원산차의 철로 다리를 건너는 소리가 바람을 타고 멀리 멀리 넓은 벌판을 건너온다.

혜숙의 집 안방과 건넌방에는 전깃불이 켜졌다. 안방에서는 혜숙이와 그의 어머니가 겸상하여 마주앉아 밥 먹는 숟가락이 밥그릇과 반찬

그릇에 닿는 소리가 달그락 달그락 난다.

혜숙의 어머니는 물에다 밥을 말며 무엇을 생각하였는지 한참 혜숙의 눈썹 까맣고, 눈의 광채가 반짝반짝하며, 밥을 씹을 때마다 불그레한 두 뺨이 우물같이 쏙쏙 들어가는 것을 바라보고, 또 하얀 목이 우유의 시내같이 꽃다운 향내를 내며 흐르는 듯한 것이나, 그의 등과 고개와 어깨와 젖가슴이 점점 부끄럽고도 눈물나는 즐거움을 타는 가슴에 맛볼 수 있는 유년기를 벗어나 새로이 벌어지는 아침 월계꽃같이 단 이슬에 취하여 정신없이 해롱대일 처녀기에 이르는 자기 딸을 바라보며 속마음으로 신기하기도 하고, 귀여웁기도 하고, 또 걱정하는 생각도 났다. 그리고 얌전한 사위를 얻어 재미있게 사는 것을 보겠다는 욕망과 한옆으로 자기가 젊었을 때에 맛보던 타는 듯하고 정신이 공중으로 뛰는 듯한 정욕의, 타는 술에 취한 듯한 과거의 기억이 온몸으로 바짝 흐르기까지 하였다.

시집갈 시기에 달한 처녀를 가진 어머니가 누구든지 생각하는 것과 같이 모든 즐거웁고 재미있는 욕망, 모든 걱정되고 염려되는 불안, 자기의 딸을 여태껏 정들여 길러 같은 집 같은 방에서 같이 살다가 섭섭히 알지 못하는 남의 집에 보낼 섭섭한 생각, 으레 하는 일이니까 하는 수 없이 보내기는 하나 다행히 시집을 가서 일평생 재미있게 딸 낳고 아들 낳고 잘 지내었으면 좋겠지만 알지도 못하는 팔자에 만일 소박데기나 되어 도로 쫓겨 오지나 않을까, 그래서 날마다 밤마다 먼 산만 바라보고 잠도 자지 않고 한숨이나 쉬고 눈물이나 쪽쪽 짜내면 그 원수스러운 꼴을 어떻게 보나 하는 불안과 같은 생각을 혜숙의 어머니도 생각하였다.

그러다가는 다시 자기 딸이 혼인하면 어떻게 되리라는 것을 속으로 혼자 생각하여 보았다.

230

자기의 딸은 지금 학교에를 다니니까 학교만 졸업하면 어떠한 양복 입고 모자 쓰고 외국에 가서 공부하고 온 얌전하고 재주 있고 돈 많고 명망 있는 젊은 사람 하고 혼인을 하게 될 터이지, 혜숙은 그렇게 되면 혼인하기 전에 그 젊은 사람과 한 번 만나보아 마음에 드는지 안 드는지 서로 선을 볼 터이지, 그리고 마차나 자동차를 타고 예배당에 가서 목사님 앞에 나란히 서서 반지를 끼워주고 신식으로 혼인을 할 터이지, 그리고 어떠한 요릿집에 가서 잔치를 할 터이지, 그런 뒤에는 내외가 손목을 마주잡고 신혼여행인지를 갈 터이지, 그리고 딸 낳고 아들 나서 잘살게 되면 그 자식들이 나더러 '할머니' 하고 따라다니겠지, 그렇다! 저희들끼리 좋아서 혼인을 한 것이니까 일평생 무엇이라 말을 하지 못할 터이다. 부모 원망도 못 할 것이다. 혜숙의 어머니는 혜숙이와 그의 오라버니가 서로 이야기하는 소리를 듣고 또 들어 신식 혼인이란 으레 마차나 자동차를 타고 예배당에 가서 목사 앞에 나란히 서서 반지를 끼워주고 요릿집에서 잔치를 하고 또 혼인한 뒤에는 신혼여행 가는 것인 줄로만 안다.

그는 또 생각하였다. 그렇게 하면 집에서는 아무것도 할 것이 없지, 구식 같으면 집에서 음식도 차리고, 손님 대접도 하고, 신랑도 맞고, 색시도 보내고, 야단법석을 하여 집 안으로 아주머니, 할머니, 형님, 조카, 조카며느리, 사돈마누라, 친한 사람, 친하지 않은 사람, 청한 사람, 청하지 않은 사람이 가득 들어서서 신랑이 온다 하면 야단법석을 하고 구경을 나올 터이지, 늙은이는 안마당에, 젊은이는 안방 미닫이 틈으로 신랑 구경을 하느라고 야단들일 터이지, 그리고 코가 뾰족하니, 눈이 작으니, 잘생기었느니 못생기었느니, 키가 작으니 크니 하고 수군수군 할 터이지, 그러다가 만일 칭찬이나 들으면 나의 마음이 좋겠지만 조금이라도 못생기었다 하는 소리가 들리면 나의 얼굴이 홧홧하고 가슴이 두근두근할 터이지, 당장에 물리지도 못하는 혼인을 어찌하지 못하고 나는 그만 사지의 맥이 홱 풀어질 터이지.

그렇다! 신식으로 한다. 그러면 아무 걱정도 없이 잘하게 될 터이다. 손님 대접을 요릿집에서 한다니 집에서 음식도 만들지 않게 될 터이지, 집에서 음식도 만들지 않게 되면 며칠씩 단잠을 자지 못하고 사람을 얻어 가지고 야단을 하여도 그날 무슨 말이 많은데, 그리고 아까운 국수가 한옆에서 썩지를 않을 터이니까 좋다.

혜숙의 어머니의 머리 속에는 여러 가지 생각이 순서 없이 왔다 갔다 한다. 그리고 때때로 혜숙을 바라보았다.

그는 또다시 생각하기를 혜숙이 시집갈 때에는 옷이나 많이 하여주어야겠다 하였다. 그리고 세간도 잘해 주고 금으로 밥그릇까지 하여주고 싶은 생각이 났다. 그래 시집가서라도 업수히 여김을 받지 않게 하여야겠다 하였다. 그리고 신식으로 혼인을 하면 눈감고 낭자하고 장님같이 가만히 앉아 있지는 않겠다 하였다.

그리고 첫날 저녁에는 어찌하나? 아마 신식 혼인이니까 신랑이 옷을 벗기지는 않을 터이지, 저희들이 옷을 훌훌 벗고 이불 속으로 쑥 들어가나? 하였다.

혜숙의 어머니는 신식 혼인이란 아주 이상하고도 진기한 사람들이 하지 않는 무슨 신선이나 선녀의 놀음같이 생각하였다. 그러하다가도 신방에서 새색시가 어떻게 옷을 제 손으로 훌훌 벗고 신랑이 누워 있는 이불 속으로 들어가노? 하는 것이 의문이었다.

그리고 그렇게 하면 아무 맛대가리가 없고 신랑일지라도 무슨 타는 듯하고 가슴이 두근두근하고 손끝이 발발 떨리는 그러한 사랑의 묘한 맛을 모르렷다 하였다.

그리고 은은하게 타는 촛불 앞에 눈을 감고 가만히 신랑에게, '나는 당신이 하시는 대로 맡깁니다' 하는 것과 같이 침을 삼키면서 신랑의 손이 자기 몸에 닿기만 기다리다가 신랑의 손이 그의 젖가슴 밑 겨드랑에 닿을 때 얼굴이 확확 달으면서 가슴이 두근두근하고 알지 못하는 꿈 같은 맛을 보는 것이 신랑 신부의 정말 초례같이 생각되었다.

그리고 다시 밥숟가락을 떼는 혜숙을 바라보았다. 그때 혜숙의 어머니의 눈에는 혜숙이가 눈 감고 머리에 낭자를 하고 기다란 비녀를 꽂고 눈을 감고 돌아앉은 신랑의 하는 것만 객귀로 듣는 듯하였다. 그러다가 다시 그의 틀어 얹은 머리를 볼 때에는 어쩐지 심심하고도 양녀 같은 생각이 났다. 그리고는 그는 자기도 모르게, "너 길에 다닐 때라도 조심하여 다녀라. 그리고 하학하거든 즉시즉시 집으로 오너라" 하며 유심한 눈으로 혜숙을 바라보았다. 이 소리를 듣는 혜숙의 가슴은 알지 못하게 선뜻하였다. 그리고 부끄러운 생각이 전신으로 흘렀다. 자기의 어머니가 여태껏 이러한 소리를 하는 일이 없더니 오늘 처음으로 이러한 말을 하며 또 이상한 눈으로 자기를 들여다보는 것을 보고 이상하게 부끄러운 생각도 나고 또한 성욕의 타는 듯한 불길이 알지 못하게 자기 눈 앞 공중에서 번쩍번쩍 한다.

그는 부끄러워 자기 어머니를 바로 쳐다보지 못하고 젓가락으로 장아찌 하나를 집으며, "네……" 하고, 대답을 하였다. 그의 대답하는 소리는 떨리는 듯하고 그의 얼굴은 빨개졌다. 그리고 자기 어머니 입에서 그와 같이 부끄럽고도 가슴이 달랑달랑 하여 대답하기에 얼굴이 확확 하여지는 말이 또다시 나오면 어찌하나 하는 생각이 나서 장아찌를 씹으며, "어머니, 이 장아찌는 아주 짜요" 하였다. 그리고 곁눈으로 자기 어머니를 바라보고 다시 눈을 내려깔고 밥 한 숟가락을 떴다.

'길에 다닐 때라도 조심하여라' 하는 자기 어머니의 말을 듣는 혜숙은 참으로 부끄러웠다. 이러한 부끄러움이 그의 처음 맛보는 부끄러움이었다. 이 세상에 난 지 열일곱 살에 비로소, '길에 다닐 때 조심하여라' 하는 말 속에 있는 무슨 의미를 깨달아 알았다. 그리고 처음으로 자기 어머니에게 부끄러움을 당하였다.

과연 그는 길을 다닐 때 조심하지 아니하면 안 되었었다. 그 전에 소학교에서 다닐 때에는 길가에 다니는 사람들이, 더구나 젊은 학생들이 활동사진 속의 사람들과 같이 볼 때뿐이요, 지나가면 그만이었으나 지금 와서는 자기와 날마다 만나는 젊은 청년들이 모두 자기와 밀접한 관계가 있는 것 같이 보였다. 그리고 자기를 곁눈으로 한 번 다시 쳐다보는 사람은 자기에게서 무엇을 구하는 것과 같고, 날마다 아침이면 학교 들어가는 어귀에서 만나보는 같은 젊은 학생을 하루 아침만 만나지 못하면 어째 자기에게서 무엇을 잃어버린 듯하였다. 그편 남학생이 잘생겼든 못생겼든 날마다 만났다가 하루만 만나지 못하면 자기에게 무슨 결점이 있어 그 학생이 자기를 피해 간 듯하였다. 그래 그날 하루종일은 어째 울고도 싶고 온 세상이 쓸쓸하고 재미없는 듯하였다. 그러다가 그 이튿날 다시 만나면 그는 잃었던 무엇을 다시 찾은 듯하였고, 또 다른 여학생보다 더 아름답고 귀여워 보이는 듯하여 마음이 아주 즐거웠었다. 그래 그는 그때부터 구두도 반지르하게 닦아 신고 다니고 둥그스름하게 아무렇게나 틀어 얹었던 서양머리를 지금은 한옆으로 가리마를 타고 기름을 발라 한편 눈썹 위로 비스듬하게 어려덮이게 하였다. 그리고 걸음거리도 좀 경쾌하게 하고 치마도 짤뚝하게 하여 입었다.

고운 양복이나 입고 모자 쓴 청년이나 조선 옷이라도 해정楷正하게 입고 깃도 구두나 잘 닦아 신고 대모玳瑁테 안경이나 보기 좋게 쓴 청년은 모두 자기에게서 무엇을 구하는 듯하였다. 그리고 그러한 사람들은 학식도 많고 재주도 있고 돈들도 많은 귀여운 집 서방님이나 도련님들이 어니 하였다. 그리하여 일본 다녀온 청년이라면 다시 한 번 쳐다보았다. 그 사람은 공부도 많이 하고 학식도 많이 있으려니 하였다. 그러다가 그 사람이 자기를 혹 쳐다보면 어째 마음이 퍽 기뻤다.

세상 물결에 시달림을 받지 못한 단순하고 정한 혜숙의 마음은 겉모양을 보아 그 속을 판단하였다. 대모테 안경과 흔한 양복과 은 장식한 단장이 군인의 링크 모양으로 그의 머릿속에 있는 학식과 재주의 표현물로만 알았다. 그리고 그와 같은 사람들은 자기같이 여학교 이 년쯤 다니는 여학생으로 아주 까맣게 쳐다보는 사람이어니 하였다.

그러나 그의 머리 속에는 한 가지 의문이 있었다. 그것은 자기 오라버니였다.

그의 오라버니는 다 해진 양복을 입고 다 낡은 모자를 쓰고 다 떨어진 구두를 신고 다닌다. 그러나 자기 오라버니는 어떤 중학을 졸업하고 여태껏 사오년 동안을 아무것도 아니하고 집에서 소설책이나 보고 잡지나 보고 지내는 것을 볼 뿐인데, 어떤 때는 영어로 쓴 무슨 책도 읽고 또 자기는 당초에 무엇이 무엇인지 알지도 못하는 언문 글자 많이 섞인 책을 보다가도 이것을 글이라고 지었나 하고 휙 내던지는 것을 보았다. 그것을 보는 혜숙은 자기 오라버니도 상당한 학식이란 것이 있기는 있으나 아직 대모테 안경 쓰고 양복 입은 사람만은 못한가 보다 하였다. 그러나 자기보다는 아주 말할 수 없이 아는 것도 많고 경험도 많다 하였다. 그래서 자기 오라버니의 말이라면 으레 옳으려니 하고 자기 오라버니가 하여도 좋다고만 하면 꼭 믿고 행하였다.

그와 같은 혜숙은 대모테 안경을 쓰고 양복을 입은, 은 장식한 단장을 짚은 청년을 바라볼 때 그 청년에게서 보는 빛과 자기 오라버니에게서 보는 빛을 분별할 수 있었다.

그 수염이 꺼뭇꺼뭇하게 나고 이마의 주름살이 펴지지 못한 자기 오라버니 얼굴에서는 이러한 빛을 보았다. 그는 자기 오라버니의 무릎 위

에 손을 얹고 어리광부려 말을 하면서도 그를 바로 쳐다보지는 못하였
다. 그 얼굴에서―더구나 두 눈에서―번득거리는 빛은 아침의 햇빛 같
은 붉고도 금빛 나는 따뜻한 빛이었으나 바로 쳐다볼 수 없는 엄연한
빛이 있었다. 그러나 그 대모테 안경 쓰고 양복 입고 은 장식한 단장을
짚은 청년들의 얼굴을 바라볼 때에는 부끄러운 듯도 하고 한편 눈을 찡
긋하는 듯하여 차디찬 날에 눈 쌓인 광야에서 쌀쌀스러운 바람을 쏘이
면서 쳐다보는 듯한, 얼마든지 바라볼 수 있는 차디찬 초승달 빛과 같
았다. 그러나 그 빛은 자기 가슴속에 알 수 없게 짤끔 눈물을 나게 하고
또 기꺼움을 주는 빛이었다.

혜숙과 그의 어머니는 숟가락을 놓았다. 그리고 물을 마셨다.

"여태껏 안 오시네……" 하고 혜숙은 상 옆에서 물러나며 매우 기다
리는 것 같이 말을 하였다. "글쎄 말이다" 하고 그의 어머니는 걸레로
밥상 앞을 훔치며, "오늘도 또 아버지께 가서 무슨 짓을 하고 있는 게
지" 하였다.

시계는 열 시를 쳤다. 쓸쓸스러운 바람은 앞 창을 스치고 지나간다.
누가 대문을 여는 소리가 요란히 난다. 혜숙과 그의 어머니는 문을 열
고 달려나갔다.

"혜숙이가 있나?" 하고 다 낡은 양복에 모자를 비스듬하게 쓰고 고개
를 반쯤 숙이고 문을 닫거는 스물너덧이 되어보이는 청년은 술에 취
하여 술내를 확확 끼치면서 안을 향하여 혜숙을 부른다.

"혜숙아, 혜숙이 있니? 응응" 하고 감흥적으로 말을 한다.

"네, 여기 있어요."

하고 문간까지 나아가 자기 오라버니의 손을 쥐며,

"왜 인제 오세요? 네? 에구 술내! 또 약주 잡수셨습니다그려!"

"왜 술 냄새가 나빠? 흥, 물론 싫을 터이지, 하…… 나는 술 안 먹고

는 못 사는 사람이란다. 너는 모른다. 너는 몰라. 우리 혜숙이는 모르지. 어서 들어가자."

하고 허허 웃으면서 혜숙의 손을 잡은 채 마루 앞까지 왔다. 그리고는,

"어머니, 오늘 또 술 먹었어요. 하…… 어머니도 걱정을 하실 줄 알지만 어떻게 합니까. 먹어야 하는 걸요" 하고, 히히히히 웃으면서 마루 끝에서 구두끈을 푼다.

혜숙은 옹송그리고 마루 툇돌 앞에 가 섰고 그의 어머니는 마루 끝에 가 서서 혜숙의 오라버니를 내려다보며,

"어데서 또 저렇게 먹었노? 어서 방에 좀 들어가서, 눕지……" 한다.

그의 어머니의 말하는 것은 자기 친아들에게 하는 소리 같지는 않다.

혜숙의 오라버니는 건넌방으로 들어갔다. 그리고 혜숙이와 그의 어머니도 따라 들어갔다. 혜숙은 요를 내깔며, "여기 좀 드러누셔요. 그리고 좀 주무셔요" 한다.

"아니 아니, 자기는 잠이 와야 자지. 잠이 오지도 않는데 자?" 하고 한 손을 내흔들며 고개를 숙이고 후—하고 한숨을 한 번 쉰다. 혜숙은 조금 있다가 다시 자기 오라버니를 바라보며, "그런데 어데서 그렇게 약주를 잡수셨어요? 네네, 오늘 또 아버지께 갔다 오셨어요?" 하고, 혜숙은 무죄한 죄수가 재판장의 선고를 기다리듯이 그의 오라버니의 말소리만 기다린다.

"아버지 댁에? 아니 오늘은 안 갔어. 오늘 같은 날 아버지 집에 가서 술주정을 할 수가 있나!"

혜숙은 날마다 가는 자기 아버지 집에 가지 않았다는 것과 오늘 같은 날에 주정을 할 수가 있나? 하는 말이 괴상하기도 하고 무슨 뜻 있는 일이나 있나하여, "왜 오늘은 무슨 별다른 날인가요?" 하고 문 앞에서 자기 오라버니만 바라보고 섰는 자기 어머니를 한 번 쳐다보며 물었다.

"응, 별다른 날이지, 별다른 날이야, 나에게는 아주 별다른 날이지."

"무엇이 그리 별다른고?" 하고 이번에는 그의 어머니가 미소를 띠고 묻는다. 혜숙의 오라버니는 주머니에서 담배를 꺼내며, "네, 오래간만에 정다운 친구 하나를 만났어요" 하고 나지막한 목소리로 담배에 불을 붙이면서 대답을 한다.

혜숙과 그의 어머니는 무슨 굉장한 일이나 난 줄 알았더니 정다운 친구 하나 만났다는 말을 듣고 시물스러운 듯이 아무 소리 없이 멍하고 있다. 혜숙의 오라버니는 자리에 벌떡 드러누우며, "참 좋은 사람이지요. 재주있고 근실하고 마음 곱고 참 좋은 사람이에요" 한다.

혜숙의 어머니 머리 속에는 언제든지 이렇게 칭찬하는 청년의 말을 들을 때마다 반드시 혜숙의 생각이 나며 혜숙의 결혼이라는 것을 생각하게 된다. 그래서 그대로 지나가지를 못하고 더 한 번 자세히 물어본다.

"어데 사는 사람인데?"

"네, 서울 사람이에요. 에―후― 술이 취한다. 얼마 전에 일본 유학을 갔다가 어제 왔다고 오늘 종로 네거리에서 만났어요."

혜숙의 가슴속에는 알지 못하게 무엇이 부딪치는 듯하였다. 그리고 한 번 보지도 못한 그 사람을 자기 마음속으로 그려보았다. 그리고 그와 자기와 무슨 관계가 있는 것 같이 생각하였다. 그리고 자기의 오라버니가 그렇게 칭찬을 하니까 으레 퍽 좋은 사람이려니 하고 또 일본까지 다녀왔으니 공부도 많이 하였으려니 하였다. 그리고 자기 어머니가 다시 재쳐 묻는 것이 무슨 부끄럽고 얼굴이 빨개질 의미가 있는 듯이 들리었다. 그리고 또다시 어서 자기 오라버니의 입에서 그 청년의 말이 나오기를 기다렸다.

혜숙의 어머니는 또,

"나이는 얼마나 되는 사람인데 벌써 일본까지 다녀왔어……."

혜숙의 오라버니는,

"하하하하"

하고 한 번 웃더니,

"일본 갔다온 것이 그리 굉장한가요. 지금 스물둘이랍니다."

혜숙의 어머니는 또다시 하나 물어보고 싶은 생각이 있다. 그러나 조금 주저하다가, "장가는 갔을 터이지?" 하였다. 혜숙의 목은 으쓱하였다. 그리고 얼굴로 뜨거운 피가 몰려 올려왔다. 이 소리를 듣는 혜숙의 오라버니는 무슨 의미가 있는 듯이 "허허허" 웃으며 다시 혜숙의 불그스름한 얼굴을 바라보며, "안 갔에요. 왜요?" 하였다. 혜숙의 어머니는 다만 미소를 띠며, "글쎄 말이야" 하였다. 그러나 장가는 안 갔나? 하고 물으려다가 혹 혜숙이나 그의 오라비가 자기 마음을 알아챌까 하여 '장가는 갔을 터이지' 한 것이 벌써 혜숙의 오라비가 알아채리고 허허 웃는 것을 보고 속으로 얼마간 미안하고도 싱거웠으나 어떻든 장가를 가지 않았다는 것이 무슨 희망을 일으켜주는 듯하였다. 또 혜숙도 공연히 마음속으로 다행하였다.

혜숙의 오라버니는 두 팔을 베고 두 다리를 쭉 뻗었다. 그리고 한숨을 후— 쉬었다. 혜숙은 자기 오라버니의 옷자락을 붙잡아 흔들며 어리광처럼, "인제는 약수 잡숫지 마세요. 그리고 아버지 댁에 가서서 너무 야단도 좀 치시지 마시고요" 하였다. 그의 오라버니는 천장을 바라보며 고개를 홰홰 두르면서,

"괜찮어 괜찮어. 술 안 먹으면 살지를 못해. 응, 너는 모른다. 너는 몰라. 술 먹는 사람이 공연히 술을 먹는다더냐. 너는 모른다. 또 아버지 집에 가서 야단 좀 치기로 어때, 아버지 집이니까 야단을 치지. 그렇지 않으면 야단칠 수 있더드냐 응. 하…… 너의 말도 옳은 말이지. 그렇지 술 먹는 놈들은 다 미친놈이야. 그러나 먹지 않고는 살 수가 없는 것을

어찌하나."

혜숙의 오라버니는 과연 술에 맛을 취하여 먹거나 거기서 무슨 취미를 얻기 위하여 먹는 것이 아니었다. 다만 술이 들어가면 자연 모든 비관되는 생각이 사라지고 또는 가슴속에 울적하게 쌓인 모든 불평을 술을 마시고는 조금 분풀이를 할 수 있음이었다. 그렇다고 술을 마실 때에 이 세상 모든 불평과 걱정을 잊어버릴 수는 없었다.

친구와 자리를 같이하여 정답게 이야기를 하며 또는 아름다운 여자와 같이 앉아 흥취있게 술을 마실 때라도 그의 가슴속으로 선듯선듯 지나가는 불평과 비관의 번갯불은 아주 사라지지를 않았다. 그리하여 그는 떠들고 즐겁게 노는 사이에 조그마한 침묵이라도 있을 때에는 그는 눈물 날 듯한 쓰라린 감정을 맛보았다.

혜숙은 다시 생긋생긋 웃으면서, "술 먹지 않는 사람들도 잘만 살든데요. 먹지 않고는 못 살 것이 무엇이에요? 네?" 하였다.

그의 오라버니는 다만 "허허" 하고 웃을 뿐이었다. 그의 어머니는 안방으로 건너갔다. 그리고 혜숙은 웅크리고 또렷한 눈으로 전깃불만 바라보았다. 오라버니는 드러누워 천장만 바라보고 담배 연기만 푸—하고 내뿜는다.

이 혜숙의 오라버니라는 사람은 누구인가? 이영철李永哲이라는 청년으로, 유명한 재산가 이상국李相國의 둘도 없는 외아들이다. 그리고 혜숙이라는 처녀는 그의 어머니가 이상국이 젊었을 때에 그의 첩이 되어 낳은 처녀이니 이영철이와 남매는 남매이나 배다른 남매이요, 또 이영철은 이상국의 정실의 몸에서 난 정통의 귀하고 고귀한 아들이요, 혜숙이란, 첩의 몸에서 난 천하고 천하게 생각하는 사생자이다. 그러면 어찌하여 이영철이라는 청년이 자기 아버지의 첩의 집에 와서 어머니 어머니 하며 또는 그의 누이동생과 그렇게 자별自別하게 지내는가?

그의 아버지 이상국이라는 이는 지금 나이 예순여섯의 다 늙은 노인이다. 젊어서는 자기 아버지의 덕택으로 돈 잘 쓰고 술 잘 먹고 계집 잘 다루고 기운 좋고 말 잘하고 무엇 하나 내버려 둘 수 없는 호협객이요, 팔난봉이었다. 그렇다고 그의 젊었을 때의 생활은 결코 푸른 치맛자락에 매달려 무정한 세월이 흐르는 것을 탄식하거나 애석한 님 이별을 참지 못하여 뜨거운 눈물을 흘리는 다정하고 다한한 어여쁜 유야랑遊冶郞의 생활이 아니라 세월이란 흐르는 것이요, 여자란 어디든지 있는 것이요, 사람이란 죽어지면 적막한 청산에 한 덩이 흙이 될 뿐이라 생각하는 눈물 없고 한숨 없는 흘러가는 듯한 향락의 생활이었다. 물론 그는 인생의 참 비애라는 것은 맛보지 못하였다. 자기 아버지가 돈이나 주지 않으면 나는 죽어죽어 하고 사랑문을 굳게 닫고 꽝꽝 부딪쳐가며 방성대곡을 하였을는지는 알 수 없으나 진정으로 눈물도 나지 않는 가슴을 쥐어짜는 듯한 쓰린 슬픔과 한숨은 알지 못하였다.

　그러나 자기 아버지가 돌아가고 형도 없고 동생도 없고 일가도 없고 아무것도 없는 자기 혼잣몸이 젊어서는 으레 가졌으려니 하던 처자를 다스려 가게 된 그때부터 비로소 인생?이라 함보다 처세 하는 것이 어려운 것을 깨달았다.

　부모의 재산을 물려 가진 때부터 의식의 걱정커녕 부유로움을 깨닫는 그는 가슴속에 언제든지 지나간 추억이 그의 가슴을 찔렀다. 젊었을 때에는 인생이란 으레 이러하려니 하던 것도 지금 와서 돌아보면 다만 의미없고 가치없는 무엇보다도 큰 죄악과 같이 생각을 하였다. 다만 자기의 쾌락을 위하여 희생을 당한, 수를 헤아릴 수 없는 부녀의 정조, 그때에는 그 여자들도 호의로써 자기의 희생물이 된 줄 알았더니 지금 와서 생각하면 그들은 모두 이를 악물고 덤빈 것 같이 생각되었다. 자기의 딸의 정결하고 성聖된 정조의 미美를 아끼는 그는 지난 일을 생각할 때마다 사지가 떨리었다. 그리고 다만 자기 머리 속으로 지나가는 과거의 환영이 다만 음란하고 간특하고 더럽고 말할 수도 없는 모든 죄악 메모리의 메모리뿐이었다. 그리고 지나가는 바람에 들어서라도 그의 머리 속에 굳고 단단하게 박힌 것은 동양 윤리의 사상이었다. 자기가 또한 자기의 젊었을 적 쾌락으로 인하여 자기 아버지에게 불효하였다는 것이 자기 양심에 또 한 가지 죄악의 기억이었다. 육체의 안락한 생활을 하는 그는 정신적으로 한없는 고통과 번뇌를 당하게 되었다. 지금 육십 세를 넘은 그는 베개를 베고 천장을 쳐다보고 누웠을 때마다 그의 머리 속으로 스쳐가는 두려운 생각은 '죽음'이라는 가장 무서운 생각이었다.

젊었을 때 보통 사람의 걱정은 어떻게 일평생을 살아갈까 하는 것이요, 나이 많아 늙은이의 생각은 어떻게 죽고, 죽어서는 어떻게 되는 것인가 하는 것이었다. 육십여 년을 돌아보아 조금도 신앙 있는 일을 하여 오지 못한 그의 가슴속에도 또한 어떻게 죽고, 죽으면 어떻게 되나 하는 어렵고도 어려운 큰 문제가 일어났다. 그리고 그것을 생각할 때마다 마음이 편치 못하였다. 죽으면 어떻게 되나? 죽어서 영혼이 으레 어디론지 갈 줄만 아는 그는 자기의 영혼이 죽어서 좋은 곳으로 갈 것 같지는 아니하였다.

그는 죽은 뒤에 자기의 혼이 돌아갈 곳에 대한 안심은 그만두고 두려움을 참지 못하였다. 그는 그것을 생각할 때마다 가슴이 답답하고 온몸이 떨리는 듯하였다. 자기는 죽어서 지옥에 가서 끝없는 형벌을 받을 것인가? 자기가 일평생 동안 자기의 쾌락의 희생이 된 여자들이 앙상한 이빨로 머리를 풀어헤치고 뜯어먹으려 덤빌 것 같았다. 그리고 눈을 감고 누웠을 때마다 눈앞에 보이는 것은 활활 붙는 지옥불 위에 새빨갛게 단 쇠로 만든 창을 든 푸른 옷을 입은 요마뿐이었다.

삼 년 전 어떤 봄날이었다. 봄비는 부슬부슬 온다. 계동 이상국의 집 사랑방까지 어두컴컴하게 되었다. 쉬지 않고 떨어지는 처마 끝의 낙수 소리는 음울한 음악의 박자를 맞추는 듯이 살살스럽게 들려온다. 습기 찬 공기는 바람이 불 때마다 방 안으로 스쳐 들어온다. 이상국은 아랫 목 보료 위에 담뱃대를 물고 앉아 멀뚱멀뚱 눈만 껌벅거리고 앉았다. 그의 마음은 여전히 편치 못하였다. 벽에 걸린 시계가 때깍때깍 하나씩 둘씩 자기의 죽음으로 향하여 가는 경로의 한 마디씩을 셀 때마다 그의 가슴은 말할 수 없이 좁아지는 듯하고 답답하고 캄캄하였다.

그는 담뱃대를 재떨이에 털고 다시 드러누웠다. 그리고 눈을 감았다. 그의 눈 앞에는 모든 과거가 번개와 같이 지나간다. 그리고 지금 자기 집 뒷방에서 바느질을 하고 있는 자기 첩의 모양이 분명히 나타나 보인 다. 그 아지랑이가 팔팔 날리는 듯한 눈초리와 불그레하던 혈색 좋던 두 뺨이 조금 여위어가는 것이나, 얇고도 어여쁜 입술을 애교있게 한옆 으로 살짝 벌리며 말하는 것이나, 나중에는 그의 전신이 아찔할 만한 아름다운 윤곽이 그의 눈앞에 비치일때는 그는 얼핏 눈을 떴다.

"아! 내가 잘못이다. 내가 잘못이다" 하고 혼자 부르짖었다. 그러나 혼자 부르짖는 자기도 어찌하여 잘못이며 어떻게 하여야 좋을지 알지 를 못하였다. 그의 전신의 피가 오싹하고 식는 듯하였다. 그러나 또다 시 마음을 굳게 하여 냉소하듯이 자기의 잘못이라고 생각하는 것을 그 렇지 않다 부인하려 하였으나, 그에게는 그렇게 생각할 만한 힘을 주는 것을 갖지 못하였다. 조금도 인생 문제에 관한 어떻다 하는 굳센 관념 을 갖지 못한 그는 다만 두려운 것은 죽은 뒤에 자기의 안락과 고통의 기분뿐이었다.

'아, 이 괴로움을 어찌할까? 나는 죽어서 어찌나 될까? 죽어서 저승 에 가서 끊이지 않는 형벌을 면치 못할 것인가? 다만 눈물과 괴로움으로 한없이 지낼 것인가?

그의 마음을 위로하여 주는 것은 하나도 없었다.

이때에 자기의 딸 혜숙이가 학교에서 왔다.

"아버지 학교에 다녀왔어요" 하고 안으로부터 사랑 중문을 향하여 나오는 혜숙의 너무나 똑똑한 목소리는 드러누워 마음의 괴로움을 당하는 그의 아버지의 마음을 선뜻하게 하였다. 죄악의 종자처럼 생각하는 자기 딸의 목소리는 염라대왕의 차사의 허리에 찬 푸른 방울 소리같이 들리었다. 그러나 겨우, "오— 잘 다녀왔니?" 하고 창문을 여는 머리가 하얗게 세인 그의 얼굴에는 창백한 가운데에도 반갑고 사랑스러운 빛이 섞이어 있었다. 그러나 어디인지 마주 보기를 싫어하는 듯한 빛이 보였다.

혜숙은 자기 사랑문을 열고 방으로 들어갔다. 그리고 자기 아버지 앞에 앉았다. 이 이야기 저 이야기 학교에서 지내던 이야기를 하던 그는 아주 상냥한 태도로 무슨 이상한 것이나 생각한 듯이 두 손을 마주치며, "아버지……" 하였다.

"왜 그러니?"

"저—요."

그리고 '저' 자를 길게 뺐다.

"그래."

"저는 오늘 이러한 이야기를 선생님께 들었어요."

"무슨 소리를?"

"사람은 날 때부터 죄를 지고 나온대요."

"무슨 죄가 나서부터 있어?" 하고 그의 아버지는 알지 못하는 호기심이 나며 한옆으로는 죄라고 하는 소리가 듣기 싫었다.

"우리의 몇만만……대 (고개를 숙이고 눈을 감고 고개를 내흔든다)

할아버지와 할머니는 아담과 이브라는 사람으로 에덴이라는, 언제든지 봄이고 먹을 것 마실 것을 조금도 걱정하지 않는 그러한 동산에서 벌거벗고 뛰어다녔대요."

"그래" 하고 대답은 하면서도 그의 마음은 이상하고도 우스운 생각이 아니 나지 못하였다. '아담', '이브', '에덴' 이 모든 말은 양국 사람의 말이라 천황씨, 지황씨 알던 그는 짐승이 지껄이는 소리처럼 들리었다. 혜숙은 다시 말을 이어,

"그래서 하나님이, 무소부지하신 하나님이 그 동산에 있는 것을 먹고 마시되 다만 선악과—지식의 열매—라는 것은 따먹지 못한다고 명령하신 것을 뱀이 꼬여 이브에게 따먹으라 하여 이브가 먼저 따먹고 또 아담을 주어 먹게 한 까닭에 하나님이 노하시어 그 낙원에서 그 두 사람을 쫓아내시었다나요. 그래서 우리가 그 아담 이브 때문에 이렇게 괴로운 세상에서 살게 되었대요. 그것이 우리의 원죄라는 것으로 우리가 날 때부터 타고 나오는 죄래요."

그의 아버지는 다만 빙그레 웃으셨다. 그 웃는 것은 결코 그 말 가운데서 무슨 의미있고 진리있는 것을 찾아내어 웃는 것이 아니라 자기 딸의 이야기하는 것이 귀엽기도 하고 한옆으로는 너무 허황되어 웃는 것이었다. 그동안에 잠깐 그의 가슴의 괴로움은 사라졌다.

"그래서 우리의 그와 같은 죄를 사하기 위하여 천구백이십이 년 전에 하나님의 아들이 이 세상에 와서 십자가에 피를 흘리고 돌아가셨대요. 그래 누구든지 그를 믿으면 모든 죄를 사하고 천당에 가 영원토록 우리의 시조가 누리던 에덴 동산 같은 곳에서 영광을 누린대요."

이와 같이 순서 없고 애매한 혜숙의 이야기가 지나가고 날은 저물어 전깃불이 켜졌다. 혜숙의 아버지는 별로이 뜻을 품고 생각지를 아니하지마는 그의 머리 속에는 아까 들은 혜숙의 이야기한 것이 머리 속으로

왔다 갔다 한다. 천당과 낙원이 그의 머리 속에는 어떠한 세상에 임금 님이 계신 대궐보다 더 크고 우리가 알 수 없이 좋은 것이나 선녀와 신 선이 놀이하고 노는 이상낙토같이 생각되었다. 그러다가는 다시 불이 활활 붙는 지옥이 그의 눈앞에 나타나 보인다.

그는 성화를 보지 못하였다. 그래 그는 유명한 환쟁이가 자기가 생각 하는 대로 그려 놓은 천당이나 에덴을 보지 못하였다. 그는 다만 천당 이라 하면 하늘 위에 있는 물이 맑게 흐르고 나무가 성하고 햇볕이 따 뜻하고 선녀가 구름옷을 입고 시냇가에서 노래하고 다니며 두루미가 춤을 추고, 옥황상제가 계신 무슨 전설적 이상경인가 보다 할 뿐이었 다. 그러나 있기는 있는 것인데 어떻게 생겼는지 가보아야 아는 것이라 생각하였다.

그러나 자기는 갈 수 없는 곳같이 생각되었다. 지나支那의 전설로 내 려오는 사람들의 일화와 같이 이태백이나 태상노군太上老君이나 삼천갑 자 동방삭이 같은 신선들이나 요 임금이나 순 임금이나 또는 아황 여영 이나 공자나 맹자는 그러한 곳으로 갔을는지는 알 수 없으나 자기와 같 은 범용된 사람은 가지 못할 터이라 하였다. 그러나 자기도 죽은 후에 그러한 곳으로 갔으면 하는 간절한 마음은 있었다.

'예수만 믿으면 누구든지 죄를 사하고 천당에 갈 수 있다.'

그의 마음에는 한편으로 눈이 떠지는 듯하고도 의심을 품지 않을 수 없었다.

'총리대신이나 양반이나 상놈이나 누구든지 예수만 믿으면 천당에 가서 영원히 살 수가 있다?'

그러나 계급적 사상이 굳게 박힌 그는 천당에 가서라도 옥황상제 이 하로 차례차례 계급이 있으렷다 하였다. 무슨 나라의 관제처럼 생각하 였다.

그는 그러면 예수를 믿으면 자기도 천당에 갈 수 있을까 하였다. 그리고 자기도 예수를 믿어 생전의 모든 죄를 회개하고 천당에나 가볼까 하던 것이 다음 번에는 예수를 믿으면 천당에 간다 하였다. 그리고 맨 나중에는 가야 하겠다 하였다. 자기의 몸이 공중으로 구름을 타고 둥실둥실 올라가는 듯하였다. 그리고 마음은 아주 안락하였다. 그러다가는 다시 정신을 차려 생각을 할 때에는 다시 자기는 괴로운 보료 위에 누워 있었다. 그리고 예수를 믿어 천당에를 가려면, 여태껏 몇십 년을 데리고 살고 딸까지 낳은 자기의 첩을 내버려야지 하였다. 그리고는 다시 가슴이 답답하였다. 그리고 그것은 죄가 아닌가? 하였다.

그는 자기 혼자로는 모든 것을 깨닫지 못할 줄 알았다. 그리고 예수 교당의 목사나 전도사는 잘 알렷다 하였다. 그는 일어나서 모자를 썼다. 그리고 바깥으로 나가려다가 다시 멈칫하고 섰다. 그리고 얼굴이 알지 못하게 화끈화끈하여지고 부끄러운 생각이 났다. '그만두어라. 내가 미쳤지. 천당은 무엇이고 지옥은 무엇이야. 죽어지면 누가 알드냐?' 하고 다시 모자를 걸고 앉았다. 한참은 조용하였다. 무엇을 생각하였는지 창문을 열고 아래 사랑을 향하여, "애 영철아" 하고 불렀다.

"네—" 하고 영철은 자기 아버지 사랑으로 올라왔다. 그의 아버지는 아주 나지막한 소리로,

"너 조금만 있다가 열 시쯤 되어서 김 선생님 좀 청해 오너라."

"왜 그렇게 늦게요?"

"글쎄, 왜든지, 가서 청해 와, 그때쯤이면 아마 자기 집에 들어올 듯하니."

"네—" 하고 영철은 자기 사랑으로 다시 나갔다.

열 시가 넘어 영철이가 청하여 온 김 선생이 사랑 마루 앞을 들어서며, "주인장 계시오니까?" 하였다. 주인은 문을 열고,

"어서 오시오. 이렇게 어둡게 오시라고 여쭈어서 대단히 미안하외다."

"천만에 말씀, 그래 댁내가 다 무고하십니까?"

"네. 아무 탈 없이 잘들 있습니다."

"매우 감사합니다."

이상국의 귀에는, '매우 감사합니다' 하는 소리가 아주 이상하게 들린다. 그것은 예수쟁이의 사투리같이 들린다.

김 선생은 나이가 오십이 넘을락말락하고 눈은 조금 들어간 데다가 검정 흑각테 안경을 쓰고 격에 맞지 않는 양복을 입고 말총으로 엮은 모자를 썼다. 그러나 그의 두 눈에는 무엇을 동경하는 빛이 또릿또릿하고 입 가장자리는 언제든지 미소가 띠어 있다.

그는 방 안으로 들어섰다. 주인은 방석을 권하며, "이리로 내려앉으시오" 하였다. 김 선생은 허리를 잠깐 굽히더니 손을 내밀어 사양하는 빛을 보이며, "네 감사합니다" 하고 거기 앉았다. 그리고 팽팽하게 캥긴 양복바지를 손바닥으로 조금 문지르는 듯하더니 다시 두 손을 싹싹 비비었다. 그리고는, "참 여러 날 주인장을 찾아뵈옵지 못하여서 매우 죄송합니다" 하고 다시 노인을 한 번 바라보고 미소를 띠며, "자연히 바빠서 그렇게 되었습니다" 하고 허리를 잠깐 굽히고 방 안을 한 번 둘러보았다. 노인은,

"천만에 말씀을 다 하시는구려. 그러실 터이지요. 자연 교무에 다사하실 터이니까. 그러나 이렇게까지 오시라고 한 것은……"

하고 주저주저하다가,

"하도 심심하기에 이야기나 좀 할까 하고 청한 것입니다."

담뱃대를 탁탁 털어 재떨이 위에 엎어놓고,

"그런데 요사이 말을 들으니까 새로이 교인이 많이 생긴다지요?"

"네, 날마다 날마다 늘어갑니다. 제가 맡아 보는 교회에도 벌써 두어

달 지간에 오륙십 명이나 늘었습니다"

"네(아주 감탄한 듯이), 매우 감사합니다."

목사의 흉내를 한 번 내어 부지중에 매우 감사합니다 소리를 한 번 하고는 속마음으로는 우습고도 서툴러서 억지로 웃음을 참느라고 코가 벌룩벌룩하였다. 그리고는 얼굴이 붉어지며 김 선생을 잠깐 쳐다보고 는 다시,

"그런데 아담인지 이브인지 그게 무슨 소리인가요? 오늘 내 딸자식 이 저희 선생님께 들었다고 하는데 어린것이 무엇이라 떠드는지 알 수 가 있어야죠."

"네, 참 따님 학교에 잘 다닙니까? 허허허, 처음 들으시면 이상도 하 시겠지요."

"그러면 대관절 그게 무슨 소린가요? 우리의 시조가 무엇무엇이라니 그것 참 처음 듣는 사람은 이상하게 생각되지 않습니까?"

"네. 옛적에……"

하고 예수교의 성경 〈창세기〉에 씌어 있는 것을 모조리 자세히 이야 기하였다.

이상국은 '딴은' 하면서도 의심하는 듯이 멀거니 그의 소리만 듣고 있었다.

"그러면 우리나라 사람이나 양국 사람이나 다 아담, 이브의 자손예 요?"

김 선생은 또다시 허허 웃으면서,

"그렇지요. 서양 사람의 시조도 아담 이브이고, 그리고 일본 사람이 나 청국 사람이나 다 누구든지 하나님의 아들이지요."

이상국은 의심을 하면서도 그런가 보다 하였다.

"그렇다고 우리 시조의 지은 죄를 우리가 벌 받을 것이 무엇인가요?

그러면 그 죄를 어떻게 해야 사할 수가 있을까요?"

"네, 그러한 까닭에" 하고 허리를 조금 뒤로 젖히는 듯하더니 양복 주머니에서 조그마한 가죽 껍질의 한 책을 꺼내면서, "보십시오" 하고 펴 읽기를 시작한다. 이상국은 예수쟁이의 축문이나 주문을 쓴 책을 읽는 것 같이 생각되었다.

"바리새 교인 중에서 이고대모라 하는 사람이 있으니 유대 관원이라, 이 사람이 밤에 와서 예수를 보고 가라대 랍비여… 예수 가라사대 진실로 진실로 너에게 이르노니 거듭나지 아니하면 하나님 나라를 보지 못하느니라……" 하고 요한복음 삼 장을 읽었다. 김 선생이 이 요한복음 삼 장을 택한 것은 언뜻 자기 머리 속에 이상국이가 자기를 청해 온 것이 밤이요, 또 이 사람이 돈있고 문벌 좋은 사람이라 바리새 교인 중에 이고대모라 하는 사람이 예수를 찾아온 것과 같이 자기를 밤에 청한 것이 옛적의 이고대모와 예수와의 관계와 무슨 인연 있는 것 같이 생각됨이었다.

그는 다시 읽기 시작하였다. 이상국은 문 열어 바깥을 내다보고 다시 바로 앉았다.

"하나님이 세상을 이처럼 사랑하사 독생자를 주셨으니 누구든지 저를 믿으면 멸망하지 않고 영생을 얻으리라."

읽기를 다 하고 그는 아주 신의 묵시나 받은 것 같이 점잖게 앉아 노인을 향하고, "그렇습니다. 누구든지 예수만 믿으면 멸망하지 않고 영생을 얻을 것이외다. 그리고 쉬지 않고 기도하라 하셨으니 우리 모든 죄를 회개하고 기도만 하면 천당에 들어갈 것이외다. 보십시오. 우리 교회에 다니던 젊은 청년 하나가 참으로 진실히 예수를 믿었습니다. 그는 날마다 새벽이면 교당에 가서 기도하기를 언제든지 미국 가서 공부하게 하여 주십시오 하고 간절히 기도한 결과, 그 말을 하나님이 들으시고 교회의 감독이 이 말을 들어 지금 그는 미국 가서 공부를 잘하고 있습니다. 그와 같이 누구든지 기도만 하면 못될 것이 없습니다. 그리고 죄를 회개하기만 하면 곧 천당에 갈 것입니다" 하고 손을 들었다 놓았다 하며 열심 있게 말을 한다.

이상국은 다만 가만히 있었다. 그리고 한참 생각하였다.

김 선생이 가고 밤이 새도록 그는 한잠도 자지 못하였다. 그의 마음은 아주 헤매었다. 천당과 지옥과 죽음과 아담, 이브 기도…… 이러한 모든 것이 선뜻 그의 눈앞으로 지나간다.

이튿날 아침이다. 어제 저녁까지 부시시 오던 봄비가 개이고 아침 안개를 조금도 볼 수 없는 씻은 듯한 아침이었다. 금빛 같은 아침 해가 동쪽 하늘에 솟으며 천지만물을 밝게 비춘다. 하늘은 금강석빛같이 푸르고 맑다. 나무와 나무 끝에는 따뜻한 봄빛이 가득 찼다. 지붕이나 처마 끝이나 풀 끝이나 구슬 같은 방울이 반짝반짝 해롱댄다. 참새들은 기와집 울 위에서 재미있게 재적거린다.

혜숙의 아버지는 지팡이를 짚고 뒷동산으로 왔다 갔다 한다. 멀리 남산 밑에 우뚝 서 있는 천주교당이 그의 눈에는 아주 신성한 땅 위에 천당이나 같이 보인다. 그리고 새파란 공중으로 둥실둥실 떠나가는 흰 구름장이 저 천애 저쪽 하늘나라로 흘러가는 듯하였다. 그가 하늘을 쳐다볼 때에는 모든 어지러운 생각이 다 사라지고 다만 정하고 상쾌하고 무슨, 신 하고 서로 바라보는 듯하였다. 그리고는 자기도 그와 같이 빛나고 흰 구름을 타고 보이지 않는 하늘나라로 흘러갔으면 하였다. 그리고 외롭고 가슴이 답답하던 그는 무엇에 의지한 듯하였다.

그는 뒷동산 나무 사이 좁은 길로 천천히 걸어갔다. 맑고 시원한 봄바람은 천당의 처녀의 날개를 스쳐오는 듯 멀고 먼 어디인지 모르는 곳에서 물을 넘고 산을 넘어 이상국의 이마를 스치고 지나간다. 사면에

둘린 산들의 흐르는 듯한 산골짜기는 시인의 써 놓은 목가牧歌 그것과 같이 부드럽고 연하고 그윽한 무엇이 숨기어 있는 듯하였다.

그의 가슴은 알 수 없게 무슨 기꺼움을 깨달은 듯하였다. 나무 끝이나 푸른 풀이나 푸른 하늘 위로 가만히 떠나가는 흰 구름장 속에는 무슨 신령이나 정기가 숨어 있는 듯하였다.

또다시 고요한 봄바람은 분다. 붉게 금빛 나는 해는 더욱 붉게 온 천지를 비추인다. 예수 교당의 아침 종소리는 바람을 타고 멀리멀리 들려와 천애 저쪽 보이지 않는 나라로 스며들어가는 듯하였다. 이상국은 자기도 모르게, '아, 아 하나님' 하였다. 그러나 그 하나님을 한 번 부른 뒤로 어린아이가 자기의 잘못을 자기 부모에게 고한 것 같이 눈물이 날 듯이 마음이 즐겁고 편하였다. 그 후부터 이상국은 열심있는 신자가 되었다. 세례를 받았다. 그리고 그의 믿음은 아주 단단하였다.

그러나 그에게는 한 가지 어려운 문제가 있었다. 자기 첩을 어찌하나 하였다. 딸까지 낳은 자기의 첩을 내버리자니 인정에 그리할 수 없고 또 그러나 날마다 날마다 그를 대할 때마다 자기의 마음은 편치 못하였다. 그래 나중에는 그와 같이 있는 것이 아주 부끄러운 생각이 나서 동대문 밖에 집을 하나 사고 자기 첩과 혜숙은 거기 나가 있으라 하였다. 그리고 자기가 고생하여 벌지 않은 재산이라 그리 귀여운 것을 알지 못하는 그는 또한 물질로써 자선한 일을 많이 하면 천당에 가서 상 받을 것이 올 줄 아는 그는 자기 첩의 모녀가 먹고 살고도 남을 만큼 뒤를 보아주었다. 그러나 아주 잊지는 못하였다. 어떤 때는 무엇인지 모르게 섭섭도 하고 섧기도 하고 괴롭기도 하고 불쌍하기도 하여 혼자 어두운 방에서 눈물까지 흘리었다. 그렇다고 다시 불러 올 용기는 또 없었다.

그러나 그의 아들 영철은 그렇게 자기 아버지와 같이 단순한 사람은 아니었다. 그는 가슴속에 인생에 대한 크고도 큰 의혹을 가진 사람이었다. 자기 아버지는 죽어 천당 갈 것을 다만 단순한 동기로 믿게 되었지만, 그는 그렇게 쉽게 천당과 지옥을 믿지는 못하였다. 그의 아버지는 아담 이브를 자기의 또한 온 인류의 시조로 믿었지만, 우리의 몇만 년 전에는 사람이 모두 원숭이와 같았다는 다윈의 진화론을 배운 그는 그렇게 모순되는 전설을 믿지 못하였다. 천문학에서 성무설을 배운 그는 하나님의 말씀 한마디로 이 세상이 되었다는 것을 부인 아니치 못하였다. 그리고 어떻게 나서 죽어지면 어떻게 되나하는 자기 아버지와 똑같은 의심을 품기는 품었으나 영혼이란 참으로 사람이 죽어서 단독으로 어디로 가버리는가? 의심하는 그는 그렇게 쉽게 천당과 지옥을 믿지 못하였다. 그리고 하나님이란 무엇인가를 참으로 철저하게 알고 싶었다.

이러한 줄을 알지 못하는 자기 아버지는 그에게까지 예수를 믿으라 권하였다. 그리고 자기의 젊었을 때를 생각하는 그는 자기 아들이 젊었을 때에 자기와 같이 죄악이나 짓지 아니할까, 그리고 자기와 같이 늙어져서 괴로움을 당하지 아니할까, 그리고 죽어서 지옥에나 가지 아니할까 가슴이 타도록 걱정하였다. 그리하여 자기가 참으로 인정하는 종교 속에 자기 아들의 마음과 몸을 집어넣으려 하였다. 그러나 멀고 그윽하고 허황하고도 깊은 의심을 품는 그의 아들은 그의 말을 듣지 않았다. 않기는커녕 어떤 때는 반대까지 하였다.

자기 아들은 자기 이상의 공부를 시켜 놓고도 그의 사상과 모든 것이 자기보다는 못하다는 그는, 더구나 친권親權을 절대로 내세울 줄만 아는 그는 언제든지 자기 아들을 어린아이라 하여 자기 명령 아래 절대로 복종하기를 원하였다. 그리하여 나라의 법률로까지 인정하는 종교의 자유까지 자기 아들에게는 강제하려 하였다. 강제하여 자기 아들이 자기가 믿는 종교를 믿는 시늉만 보이더라도 마음이 편할 것 같았다.

어떤 날 또 그의 아버지에게 종교에 대한 질책을 받은 영철은 답답하고 속에서 너무나 흥분된 감정으로 인하여 그의 아버지에게 대하여, "저는 죽어 간 예수에게 고개를 숙일 수가 없어요. 그의 말한 바 진리는 얼마간 옳다고 인정하지만……" 하였다. 이 소리를 들은 자기 아버지는 아주 노하였다.

"그리고 네가 무엇을 안다고 예수에게 고개를 숙일 수 없다고 그러느냐?" 하였다. 영철은 다시 조금 흥분된 어조로, "사랑하는 여자와 사랑하는 딸을 희생하여, 죽어 천당으로 가려 하는 아버지의 말씀은 저는 못 듣겠습니다" 하였다. 그의 아버지는 펄쩍 뛰었다.

'사랑' '여자' 이와 같은 말만 하여도 창피하고 해괴망측하게 생각하는 그는 자기 아들의 입에서 그 말이 나온 것을 듣고는 견디지 못하였다. 무슨 음담을 듣는 듯하였다. 그리고는, "무엇?" 하고 아무 말도 못하다가, "이 망할 자식. 아비의 말을 듣지 않고 무엇이 어쩌고 어째? 네 당초 이제부터는 내 눈 앞에서 보이지 말아라. 에, 세상이 망하려니까 별꼴을 다 보겠군" 하고 마루에 섰다 방으로 들어가 재떨이에다가 담뱃대만 탁탁 턴다.

영철은 그리 고분고분한 겁쟁이 청년이 아니었다. 그리고 고집 있고 심술 궂은 편이 많이 있었다. 그는 그 당장에 자기 집에서 뛰어나왔다. 그리하여 일평생을 독립으로 지내가려 하였다. 그는 우선 하는 수 없이 동대문 밖 자기 누이동생의 집에 와 있었다.

영철은 눈물 있고 한 있는 청년이었다. 알지 못하는 운명의 희롱을 받아 자기의 아버지에게 정조를 빼앗기고 일평생 동안을 다만 천하고 천한 생활을 하는 중에도 또 한 사람의 만족을 얻지 못하는 그를 바라볼 때마다 그는 알 수 없게 가련하고 애처로움을 이기지 못하였다. 그리고 사랑스럽고 상냥하고 천진난만한 자기 누이동생을 볼 때마다 그는 귀여운 생각이 나는 중에도 너의 운명은 어떻게 기구하게 되겠니? 하고 누이동생을 위하여 걱정을 마지아니하였다.

자기 아들이 집에서 나간 후 이상국은 그리하여도 아주 귀하고 귀한 아들을 내버릴 수는 없었다. 한때 감정으로 이외에도 그리 된 것을 잘못으로 생각하나 또다시 자기의 머리를 굽히어 자기 아들을 불러들일 수는 없었다. 다만 자기 아들이 동대문 밖에 있다는 말을 듣고 그전보다 더 금전과 모든 것을 많이 보내어줄 뿐이었다. 영철은 이러한 사람이다.

혜숙은 전깃불만 바라보며 자기 오라버니가 이야기하던 그 일본 갔다 왔다 하는 말 잘하고 글 잘하고 사람 좋다는 청년을 머리 속에 그려 보았다. 자기가 항상 보는 대모테 안경 쓰고 양복 입고 은 장식한 단장을 짚은 사람과 같으려니 하였다. 그리고 인물도 잘났으려니 하였다. 어떻게 생긴 사람인가 한 번 보고 싶은 생각이 났다. 사면은 아주 조용하다. 혜숙은 무엇을 생각하였는지 갑자기 오라버니를 불렀다. 영철은 아무 소리도 없었다. "오라버니 주무세요? 이렇게 좀 일어나세요" 하고 영철의 고개 밑에 두 손을 넣어 번쩍 쳐든다.

"왜 이러니 남 잠도 못자게."

혜숙은 생글생글 웃으며,

"잠은 무슨 잠을 주무세요. 이불도 안 덮고……그런데요, 내일 저녁에 청년회 음악회 구경 안 가세요? 저 입장권 두 장 사가지고 왔어요, 오라버니 한 장 드리려고……."

"음악회? 가지."

"가세요 네? 꼭요. 무얼 지난번처럼 가신다 하고 안 가시게."

"꼭 갈 터이야, 그리고 선용善鎔이도 같이 가지."

이 소리 한마디가 혜숙의 마음을 한없이 기쁘게 하였다. 그 말 잘하고 글 잘한다는, 자기 오라버니가 그렇게 칭찬하는 청년과 만나리라고 생각을 하니 참으로 좋았다.

"그 어른도 오세요?" 하고 가슴이 두근두근하여 물어보았다.

"그래 같이 가자고 할 터이야. 너 내일 그와 만나거든 인사나 하여라. 내 소개하여 줄게. 아주 좋은 사람이다. 영원히 사귀일 만한 사람이란다" 하고 영철은 술내나는 한숨을 휘 내쉰다.

영원히 사귈 만하다는 소리가 이상하게 혜숙을 즐겁게 하였다. 다른 때에는 자기의 친구일지라도 혜숙에게 인사를 시켜주지 않는 자기 오라버니가 그를 자기에게 소개까지 하여주마 하고 또 영원히 사귈 만한 청년이라는 말이 무슨 의미가 있게 들리었다. 그리고 부끄러운 듯한 기꺼움을 맛보았다. 그의 귀에는 자기 오라버니의 한마디 말일지라도 의미 없이 들리는 것은 없었다.

그리고 어떻게 인사를 하노, 하였다. 생각하면 얼굴이 홧홧하여졌다. 그는 자기 오라버니가 다른 남자들 하는 것같이 할까 하였다. 그러다가는, "어떻게 인사를 해요?" 하고 자기 오라버니에게 물었다. 그리고 얼굴이 빨개졌다. 그리고 고개를 자기 오라버니의 가슴에 대고 허리를 틀었다.

"무얼 어떻게 해? 못난이, 하하, 다른 사람과 같이 하지."

"그럼 사내들처럼, 처음 뵙습니다, 해요?"

"그래."

혜숙은 조금 안심하였다. 그리고 무엇을 깨달은 것같이,

"네" 하고 고개를 까붓까붓하였다. 그리고 한참 있다가,

"에그, 부끄러워 어떻게 해요. 저는 아직 그렇게 해보지를 못하였는데."

영철은 아직 어린 아이로구나, 하였다. 그리고 너도 부끄러움을 알게

되었구나, 하였다. 그리고는 혜숙의 머리 속에 있는 생각을 알아채린 그는 자기가 선용과 자기 누이동생을 가까이 하게 하여주려 한 것이 얼마간 성공한 듯하였다.

그 이튿날 해는 넘어가고 서쪽 하늘에는 파라다이스를 그리어 놓은 듯한 붉고 누른 저녁놀이 가득하게 퍼지었다. 저녁에 집을 찾는 까마귀 새끼들은 저쪽 나무 수풀 사이에서 떼를 지어 오락가락한다. 동대문 밖 넓은 길에는 마차의 달아나는 소리와 저녁 소몰이꾼의 누르스름한 소리가 섞여 들린다. 바로 동대문 옆 넓은 길에는 여러 아이들이 떼를 지어 놀고 있다.

코를 꾀죄죄 흘리고 나막신을 신은 구차한 집 자식, 다 찢어진 모자를 쓰고 두루마기 고름을 풀어 흐트린 보통학교 생도, 통감 초권을 옆에 끼고 입과 얼굴에 먹칠을 하고 새까맣게 더러운 바지를 엉덩이에다 걸은 글방 도령, 흰 바지 붉은 저고리에 태사신을 신은 완고한 집 작은 서방님.

"애들아, 고양이 새끼 보아라!" 하고 코를 흘리고 나막신짝을 쩍쩍 끄는 구차한 집 자식이 새끼로 어린 고양이 새끼 하나를 목을 매어 끌고 부르짖는다. 빼빼 마르고 까만 털이 으스스하게 일어선 고양이 새끼는 앞발로 땅을 버티면서 앙상한 이빨을 내보이는 작은 입으로 아주 시진澌盡한 듯이 야옹야옹 하며 가지를 않으려 한다. 그러나 사정없이 끄는 새끼에 끌려 질질 끌려간다. 땅에 먼지는 푸—하게 일어나며 그의 전신을 덮는다.

바지춤을 엉덩이에 걸은 글방 도령이 이것을 보더니 다짜고짜로, "이놈 자식 웬 것이냐?" 하고 달려든다. 구차한 집 자식은 다 죽어가는 목소리로, "왜 이래!" 하고 당장에 울 듯하다. 글방 도령은 주먹으로 한 번 보기 좋게 구차한 집 자식을 질러 넘어뜨리고, "이놈 자식, 이리 내놔! 안 낼 테냐? 죽는다. 죽어" 하고 자빠져서 울고 있는 구차한 집 자식을 바라보며 단단히 벼른다. 구차한 집 자식은 엉엉 울며 일어선다.

이 꼴을 보고 섰던 보통학교 학생이 구차한 집 자식을 보고, "못난이, 울기는 왜 울어" 하고 또 주먹으로 등을 한 번 보기 좋게 울린다. 그리고, "에그, 그저 그것을 한 번만 더 치면 그대로 당장에 뒤어질 테니까……" 하고 벼른다. 구차한 집 자식은 땅바닥에 주저앉아 운다.

"복남아, 이것 보아라" 하고 글방 도령은 그 학생을 부른다.

"요놈의 고양이 새끼가 자꾸 야옹야옹한다."

복남이란 생도는 아주 무슨 좋은 것이나 만난 것같이,

"가만 있거라. 우리 그놈의 것을 어떻게 해야 할까?"

하고 고양이를 못 견디게 하여 자기 장난을 더 재미있게 할 무슨 방침을 생각한다. 그리고 고양이를 발로 툭 찼다. 고양이는 발길에 맞아 '야옹' 하고 네 발을 반짝 들고 먼지 틈에 가 나뒹군다. 그리고 글방 도령이 새끼를 툭 잡아당기니까 대롱대롱 매달려 발버둥질을 친다. 그것을 글방 도령이 홱 추켜 그 옆에 서서 구경하는 완고한 집 작은 서방님 얼굴에다 홱 던지며, "어비" 하고 깔깔 웃는다. "에그머니" 하고 대경실색을 하여 그 작은 서방님이 도망을 하며, "저런 망할 놈의 집 자식 같으니라고, 네 우리 집에 와보아라" 하고 저리로 가버린다.

삶을 구한다 함보다도 죽음을 벗어나려 하는 고양이는 지나가는 장난꾼의 손끝에 매달리어 자기에게 가장 크고 가장 어려운 죽음의 고개를 넘지 않으려고 애를 쓴다.

보통학교 생도가,

"요놈의 것을 우리 저기다가 매달아 놓고 죽으랴고 애쓰는 꼴을 보자응?"

"그래 그래."

258

동대문 성 틈에다 나무때기를 박고 고양이를 거기에 대롱대롱 매달아 놓았다. 고양이 새끼가 '야옹야옹' 하며 발로 성을 버티고 애를 쓸 때마다 아이들은 회초리로 때려 넘어뜨린다. 고양이는 죽었는지 살았는지 혹독한 매를 여러번 맞더니 아무 소리 없이 매달리었다.

"요놈의 것이 죽었다."

"아니다, 아냐, 고놈의 것이 어떻게 약은데, 그러니 고양이 꾀라니, 요런 것은 한 번만 때리면 정신이 나서 꼼직거리지."

하고 한 번 쫙 하고 갈기니 고양이는 '야옹' 하고 다시 꿈질하다가 아무 소리가 없다.

"하하하, 보아라. 요놈이 요렇게 약단 말이야."

이것을 지나가던 영철이 보았다. 아! 불쌍하고 가련하고 잔인하게 생각되는 마음이 그의 가슴을 찔렀다. 저것도 생명을 가진 생물이 아닌가. 우리가 생을 구하는 것과 같이 그것도 생을 구할 것이 아닌가. 우리가 죽음을 싫어하는 것과 같이 저것도 죽음을 싫어할 것이 아닌가. 혈관 속으로 흐르는 새빨간 생명은 사람이나 짐승이나 일반이 아닌가. 사람을 달고 치면 그것을 죄악이라 하면서, 고양이를 달고 치는 것은 죄악이 어째 아닐까. 생명을 가진 짐승을 살해할 권리가 있을까. 사람이 사람을 죽이는 것을 보고 모르는 체하는 것을 죄악이라 하면 짐승을 죽이는 것을 보고 가만히 있는 것은 죄악이 아닌가 하였다.

영철은 그대로 뛰어갔다.

"이놈들!"

하고 호령을 한 번 하였다. 아이들은 깜짝 놀래어 뒤로 물러서며,

"왜 이러세요?"

"이게 무슨 짓들이야. 고양이 풀어주어라. 응 놓아주어."

"싫어요, 싫어요, 공연히 그러시네."

영철은 달려들어 고양이를 끌러 놓았다. 고양이는 그대로 느른히 자빠져 있다. 아이들은 고양이를 끌고 달아나려 한다.

"요놈 이리 와" 하고 영철이는 소리를 지르고 붙잡으니 달아나던 아이는 움찔하고 섰다. "그러면 내 돈 줄게 그 고양이를 나를 다오, 자……" 하고 주머니에서 이십 전 은화를 한 푼 꺼내어 그 아이에게 주었다.

그 아이들은 의외의 돈이라 정말같지가 않아서 이상하게 그를 바라보며, "정말요?" 한다. "그럼 정말이지 거짓말 할까" 하고 돈을 툭 땅 위에 던졌다. 다른 아이가 그 돈을 집었다. 그러니까 그 돈을 받으려 하던 아이가,

"이놈 자식 내 돈이다, 인내라. 공연히 죽기 전에 어서 내."

"너 그러면 무엇 사서 나 좀 주어야 한다."

"그래, 어서 내기만 해."

저희들끼리 저리로 가며 떠든다. 영철은 고요히 두 눈을 감고 다리를 편안히 뻗고 옆으로 누워 있는 고양이를 내려다보았다. 생명이 붙어 있을 때까지는 괴로움을 깨닫던 그는 지금 생명이 끊어진 뒤에는 조금도 괴로움을 알지 못하고 영원히 잔다. 영철의 가슴속에는 모든 비애가 저녁 그늘같이 그의 가슴을 덮었다. 주검을 장사하는 묘지와 같이 고요하고 쓸쓸하고 영원히 흐르는 비애가 그를 못견디게 하였다. 그는 눈물이 새어나옴을 금치 못하였다. 고요하고 쓸쓸한 저녁날에 한가하고 외로이 산고개를 넘어가는 상여를 바라봄같이 생生의 모든 비애를 그는 맛보았다. 그는 다만 한참 서 있을 뿐이었다.

그는 고양이의 털을 가만히 쓰다듬어주었다. 고양이의 차디찬 몸의 부드러운 털이 더욱 그에게 측은한 생각을 주었다. 애자愛者의 주검을 어루만지는 것같이 그는 어루만지었다. 그는 고양이를 두 손으로 들어

260

다가 개천가 물렁물렁한 땅을 파고 묻어 주었다. 그리고 하늘을 바라보며, '하나님은 어찌하여 모세에게 십계명을 줄 때 살생하지 말라 하지 않고 살인하지 말라 하셨다 하노?' 하였다.

그는 자기 집으로 돌아오며 여러가지로 생각을 하였다. 그의 머리 속을 괴롭게 하는 것은 사람이 죽어지면 어떻게 되는 것인가, 하는 것이었다. 우리가 짐승의 죽은 것을 보고는 별로이 다른 생각을 하지 않지마는 사람이 죽은 송장을 보면 허무하고 맹랑한 어리석은 생각을 하지 않으리라 하여도 저절로 나는 것이 아닌가? 사람이 생명 있는 짐승의 고기를 맛있게 먹으면서도 사람의 피흘린 육체를 먹는다 하면 다시 없는 죄악이라 하지 않는가?

짐승도 생물이요, 사람도 생물이라, 짐승의 육체가 우리의 뱃속을 지나 우리의 육체를 기르고 나머지는 똥이 되어 사라지는 것과 같이 사람의 몸도 죽어지면 청산에 파릇하게 나는 푸른 풀을 기르고 다른 것의 성분이 되어버리는 것이 아닌가? 그와 같이 육체의 원소는 다른 원소와 합하여 아주 다른 것이 되어 없어져버리면 영혼이란 것도 육체가 없어지는 동시에 한꺼번에 사라지는 것이 아닌가? 코 있고 눈 있고 다리 있고 팔 있고 모든 것을 구비한 사람의 육체의 윤곽이 사라져 없어져 아주 다른 것이 되어버리는 것과 같이 영혼이란 그것도 아주 그 육체를 떠나는 동시에 사라져 없어지는 것이 아닌가? 육체가 영혼과 떠나면 모든 관능을 잃어버리는 것과 같이 또한 영혼도 독립하는 능력을 잃어버리는 것이 아닌가? 하였다.

그리고 사람이란 시계와 같지나 않은가? 하였다. 시계는 쇠로 만든 것이다. 그 시계가 아무리 잘 만든 것이라도 그대로 두었을 때에는 그 시계된 본분을 지키지 못하나, 그 시계의 태엽을 틀어 놓고 시간을 맞춘 뒤에야 비로소 그 시계의 효능이란 것을 발휘하나니 태엽을 틀어 놓은 때부터 누가 건드리지 않아도 스스로 간단없이 돌아가 '때' 라는 오묘한 것을 세우는 것과 같이 사람의 육체가 어머니 뱃속에 있을 때에 어머니의 육체를 돌아가는 피의 고동이 뱃속에 있는 어린아이의 심장을 간단없이 움직이게 하여 비로소 생이란 것이 생기어 영혼의 활력이 생기는 것이 아닌가? 그리고 사람이 살다 죽어지면 육체는 썩어서 다른 원소와 합하여 흙도 되고 나무도 되고 풀도 되고—여러 가지로 화하여 버리는 동시에 영혼이라는 것은 사라질 것이 아닌가? 시계가 그의 운동을 정지하면 그의 능력을 붙잡을 수 없고 찾아낼 수 없이 사라지는 것같이, 그리하여 '나' 라 하는 일 개인은 사라질 것이 아닌가? 그리하여 인생이라는 것은 사라지지 않을 것이 아닌가? 하였다.

우리의 몇만 대 전前 무궁한 과거 때의 우리 할아버지 때부터 지금 우리까지 이어오고 또 이어온 것은 생이라는 그것이 아닌가? 우리 아버지와 우리 어머니가 나와 나의 동생들에게 그의 생이라는 것을 나누어 주고 사라져 없어지는 것과 같이 우리 시조 때부터 지금까지 우리에게 생이란 것을 부어준 것이라 하면 또한 우리는 죽어 사라지나 우리의 생은 또 그들의 자손으로 인하여 계승될 것이요, 우리의 자손의 생은 또 그들의 자손으로 인하여 영원히 계승될 것이라, 우리는 죽으나 우리의 생은 천추 만만대 영겁으로 살아 있을 것이 아닌가? 그러면 인생이란 전기선줄 같고 대양의 물과 같아 전기선줄의 한 분자로는 그것이 전기선줄인지를 모를 것이요, 대양의 물 한 방울로는 그것이 대양됨을 알지 못하는 것과 같이 영원부터 영원까지 흐르는 우리 인생도 자아自我 하나로는 그것이 무엇인지를 알지 못할 것이 아닌가? 그러나 자아가 없이도 인생이라는 것이 있을 수 없는 것이 아닌가? 하였다. 이렇게 생각을 하며 그는 휘적휘적 걸어간다. 해는 아주 넘어가고 전깃불은 켜졌다. 바람은 우수수하게 분다. 그리고 또다시 생각하였다.

우리 아버지는 죽으면 천당으로 갈 줄로 꼭 믿는다. 대리석과 금강석으로 지은 궁궐에 가서 살 줄 안다. 그는 죽는 날 육체로부터 영혼이 떠나 파란 무슨 정기처럼 하늘로 올라갈 줄 믿는다. 그렇지만 우리 아버지의 장님처럼 믿는 천당은 그의 마음을 한없이 기껍게 하여주었다. 그는 합리合理이든지 불합리不合理이든지 자기가 그것을 믿음으로써 죽지 않은 그는 벌써부터 안락을 깨달았다.

그러면 한 번 사라지면 없어질 사람들이 무엇이 무엇이니 공연한 것을 알려하며 쓸데없는 근심을 하여 공연히 가슴을 답답하게 하여서는 무엇할까? 자기가 죄라고 생각하는 것을 회개하였다고 눈물을 흘리며 바로 천당 갈 줄 알게 마음이 편하여지는 것이 아닌가? 그러면 천당이란 안락의 이상향이라 목숨이 끊어지기 전에 가슴이 편안하고 즐거운 것이 천당이 아닌가?

그러나 인생이란 영원부터 영원까지 새것을 구하고 참된 것을 구하고 아름다운 것을 구하고 선한 것을 구하여 마지아니하였나니 우리가 지금 이상낙토理想樂土를 구하여 마지않는 것과 같이 우리 몇만 대 전 사람들도 그것을 동경하였으며 또한 우리 자손들도 그리할지라. 그러나 그것은 우리가 지금 얻지 못하고 또한 우리 선조가 얻지 못하였으니 우리 자손이 또한 얻을는지 의문이라. 그러나 오늘의 문명이 예전 사람의 한 공상에 지나지 못하였으며 오늘의 우리는 예전 사람에 비하여 정신으로나 물질로나 그 사람들이 공상도 못하던 처지에 있는지라 지금 우리가 공상도 못하고 동경도 못하는 것이 몇만만 대 우리 자손대에 이 지구 위에 이루어질지 알 수 없나니 어떠한 조건은 사람마다 다를지라도 우리의 공상하고 동경하는 이상낙토가 또한 이 우리가 선 이 지구 위에 몇만만 년 후에 이루어질는지 알 수 없는 것이 아닌가? 그러하면 지금 같은 문명이 일조일석에 된 것이 아니요, 몇만만 대 우리 할아버지 때부터의 공로가 쌓이고 쌓여서 된 것이라. 또한 우리의 공로가 한 층을 쌓으므로 인하여 얼마간의 우리 자손의 행복이 가까워질 것이 아닌가? 그러면 인생이란 자손을 위하여 즉 무한한 인생의 생명을 위하여 존재한 것이 아닌가? 그리고는 또다시 나 한 사람은 전선줄의 한 분자보다도 작고 대양의 한 방울 물보다도 작다 하였다. 그러나 무지개의 한 방울의 물방울만 없어도 그렇게 아름다운 빛을 내지 못하는 것과 같이 이 시간에 살아 있는 이 인생이 없을 수가 없지 아니한가? 영철은 그와 같은 의혹에 싸여 자기 집으로 들어갔다.

종현 뾰족집 일곱 점 반 종이 울고 거의 여덟 시나 되었다. 청년회관 대강당은 거의 다 차도록 사람이 많다. 웃는 소리, 이야기 소리, 사람의 발자취 소리. 이 모든 소리가 한꺼번에 뭉키어 응얼응얼하는 소리만 온 방 안에 가득 찼다. 새로 들어온 손님 하나가 교의를 덜컥 내려놓고 앉는다. 트레머리한 어떤 학교 여학생들이 한떼 몰려들어와 여자석 맨 앞 교의에 가 앉는다.

전깃불은 때때 밝았다 컴컴하였다 한다. 양복 입고 안경 쓴 젊은 청년 하나가 문 앞에 섰다가 저쪽 강단으로 깝죽깝죽하고 간다. 어떤 청년은 빙그레 웃으면서 여자석을 바라보고 있다. 어서 시작하라는 박수 소리가 요란히 난다.

이혜숙도 입장권을 내고 프로그램을 받아들고 여자석 한 귀퉁이에 가서 앉았다. 그리고 프로그램을 보는 듯하다가 다시 사면을 둘러보는 체하고 남자석을 보았다. 저쪽에 자기 오라버니와 앉은 청년을 보고 '저 청년이 김선용이라는 청년인가' 하였다. 그는 그 청년의 전신을 다 보지 못하고 자기를 한 번 보지 않나, 하는 기대하는 마음을 가지고도 자기를 볼까 겁하여 얼른 고개를 돌리었다. 앞 강단을 바라보는 혜숙의 눈 앞에는 김선용이가 아닌가 하는 청년의 얼굴의 윤곽만이 희미하게 보일 뿐이다. 청년은 대모테 안경과 고운 양복을 입지 않았다. 그리고 얼굴은 검고 잘생기지 못하였으며 그의 머리털은 그의 귀를 거의 덮었다. 그리고 거치러운 수염이 그의 윗입술 위에 조금 까뭇까뭇하게 났다.

자기가 어제 저녁에 자기 오라버니의 말을 듣고 그려오던 청년과는 아주 같지 않았다. 그의 마음은 어쩐지 실망하는 생각이 났다. 학식 많고 재주 있고 일본까지 다녀온 사람과 같이는 보이지 않았다. 그러다가는 자기가 얼른 보느라고 잘못 보지나 아니하였나 하고 다시 한 번 곁눈으로 자세히 보았다. 그러나 어쩐지 자기 마음은 만족지 못하였다. 그리고는 다시 그 청년의 얼굴을 아름답게 보려고 애를 썼다. 그의 검은 얼굴은 사나이의 표상이요, 그의 덥수룩하고 귀밑까지 덮은 새까만 머리는 문학자의 태도요, 그의 얇은 입술은 말 잘하는 표징이요, 그의 또렷한 눈은 총명한 두뇌의 상징이라 하였다. 그리하나 그의 가슴을 못 견디게 하는 말할 수도 없고 보이지도 않고 들리지도 않으면서 그의 마음을 끄는 무엇을 그에게서 찾아올 수가 없었다.

그는 공연히 음악회에서 그를 만났다 하였다. 도리어 서로 보지 않고 오랫동안 만날 기회를 고대하면서 마음을 태웠더라면 좋을 뻔하였다 하였다. 그러나 자기 오라버니는 무엇을 보고 그 사람과 영원히 교제할 만한 사람이라고 하였는가? 어제 내가 너무, 무슨 의미있게 들은 것이 너무 지나쳐 생각함이 아닌가? 하였다.

혜숙은 그를 그렇게 그리워하는 생각이 나거나 사랑하였으면 하는 생각이 나지는 않으면서도 그와 말이나 한 번 하여보았으면 하였다. 그리고 자기 오라버니가 좋은 사람이라 한 사람이니까 어디든지 좋은 점이 있으려니 하였다. 그리고 거죽을 보아서 아무것도 만족한 것을 찾아내지 못한 그는 어떻든 무슨 만족한 것을 그에게서 찾아내어 그를 그리워하여 보기도 하고 사랑도 하여보았으면 하기까지 하였다. 그와 아주

안면도 없지마는 인연있게 생각하는 것은 그때 혜숙의 가슴속에 조수가 치밀리는 청춘의 끊이지 않고 타는 열정의 불길이었다.

그는 음악회가 어서어서 끝이 났으면 하였다. 그의 가슴은 졸이는 듯하였다. 음악회의 순서가 하나씩 하나씩 끝날 때마다 그는 그 김선용을 바라보며 자기 애인될 만한 자격이 있게 억지로 만들어 생각을 하여보았다.

제일부가 끝이 나고, 제이부가 거의 시작하려 할 때에 어떤 고운 양복 입고 하얀 칼라에 자주 넥타이를 한 얼굴도 어여쁘게 생긴 청년 하나가 자기 오라버니에게 와서 아주 반가이 인사를 한다. 자기 오라버니도 반갑게 악수를 하고 그 청년을 자기 옆에 앉히고 무엇이라 재미있게 이야기하는 것을 보았다.

혜숙은 가슴속으로 '옳지' 하였다. '내가 여태껏 잘못 알았구나' 하였다. '아까 그 사람은 김선용이란 사람이 아니라 지금 온 이 청년이 김선용인가 보다' 하였다. 그리고 자기 오라버니가 아까 그 청년과 이야기를 하지 않고 지금 이 청년과 이야기를 재미있게 하는 것을 보고 '참으로 이 사람이지' 하였다. 그 청년의 하얀 얼굴에 까만 눈썹이라든지 모양 있게 깎은 머리라든지 전깃불에 반짝반짝하는 하얀 안경이라든지 그의 흐르는 듯한 두 어깨라든지 때때로 경쾌하게 웃을 때마다 나타나는 상아 같은 이라든지 이 모든 것은 혜숙의 가슴을 두근두근하게 할 무슨 세력을 가지고 있었다.

혜숙의 낙망되었던 것은 다시 소생하여지는 듯하였다. 그리고 어서 음악회가 끝이 나서 자기 오라버니의 소개로써 그이와 인사를 하였으면 하였다. 그리고는 으레 아무 조건도 없고 이의도 없이 그가 나를 사모하렷다 하였다. 어린 혜숙은 자기의 용모에 거만스러운 자신을 갖고 있었다.

266

음악회는 파하였다. 세 청년은 일어섰다. 혜숙도 자기 오라버니를 쫓아 나갔다. 그는 다시 가슴이 덜렁하고 내려앉았다. 이제는 그와 인사를 할 때가 왔구나 할 때에는 그리 속하게 나갈 용기가 나지 않았다. 일 분 동안이라도 천천히 나가려 하였다. 그리고는 입 속으로 '처음 뵙습니다. 저는 이혜숙입니다. 네, 안녕하십니까' 하다가는 누가 듣지 않았나 하고 옆의 사람의 얼굴을 쳐다보았다. 그 옆의 사람은 자기의 얼굴을 혜숙이가 너무 유심히 보니까 빙그레 웃었다. 혜숙은 자기가 중얼거리는 소리를 듣지나 않았나 하고 얼굴이 빨개지며 홧홧하였다.

정문을 나왔다. 거기에는 자기 오라버니와 머리털이 귀밑까지 덮인 청년이 서 있었다. 그러나 그 어여쁜 청년은 있지 않았다. 그는 사면을 둘러보았다. 그러나 그 청년은 있지 않았다.

'그러면 이 청년이 김선용인가?' 하고 부끄럽기도 하고 수줍기도 하여 아무 소리도 없이 대여섯 걸음 저쪽으로 뛰어갔다. 그러다가는 다시 서서 자기 오라버니를 바라보았다.

혜숙은 길 한옆으로, 영철과 그 청년은 길 가운데로 걸어간다. 혜숙의 귀에는 자기 오라버니와 그 청년의 이야기하는 소리가 들린다. 전차는 듣기 싫은 소리를 내고 달린다.

"저것이 나의 누이동생일세" 하는 소리를 듣고 혜숙은 아주 달아나고 싶도록 부끄러웠다. 그 청년의 대답하는 소리는 잘 들리지 않았다. 전차 정류장을 채 가지 못하여 그의 오라버니는 그에게 가까이 왔다. "너 저이와 인사하련?" 하였다.

혜숙은 지나친 흥분으로 인하여 아무 말도 없이 서 있다가 무엇을 생각하였는지,

"사람들이 보는데 어떻게 행길에서 인사를 해요? 남부끄럽게."

이 소리를 들은 영철은 무엇을 깨달은 듯이,

"그래라, 요 다음에 해라."

하고 저쪽으로 혼자 가 버리었다. 그리고 무엇이라 무엇이라 하더니,

"하……"

"하……"

하고 크게 웃는 소리가 났다. 혜숙은 무슨 무거운 짐이나 풀어 놓은 것 같이 후―하고 한숨을 쉬었다.

영철과 혜숙은 전차를 탔다. 선용은 두 사람만 바라보고 서 있다. 영철은 모자를 벗어들며, "내일 꼭 우리집에 오게, 동대문 밖, 알았지, 아까 번지를 적어주었으니까" 하였다. 선용은, "응 알어, 꼭 기다리게" 하고 대답을 한다.

차는 떠났다. 선용은 저편 쪽으로 휘적휘적 걸어간다. 선용은 자기 집에 돌아왔다. 납작한 초가집에 쓸쓸스럽게 닫혀 있는 대문을 들어설 때 집 안에서는 답답하고도 음습한 냄새가 코를 스친다. 여태껏 길거리로 오며 머리 속에 그리던 기껍고 희망 있던 모든 공상의 즐거움은 당장에 사라졌다. 그리고 자기 방에 들어가 램프를 켜놓고 파리똥이 까맣게 묻은 천장을 쳐다보고 드러누웠을 때에는 알지 못하게 그의 눈에서 눈물이 날듯날듯 하였다.

나 같은 놈이 사랑이 다 무엇이냐? 하고 혼자 손을 단단히 쥐고 중얼거렸다. 그리고는 억울한 감정이 자꾸자꾸 가슴을 메이는 듯이 올라왔다. 그리고 한참 엉엉 울고 싶었다. 그는 오늘 혜숙과 만나던 것을 생각하여 보았다. 혜숙이가 어찌하여 자기 오라버니가 인사하라고 하니까 사람들이 보는데 어떻게 해요, 하더란 것이 선용은 아주 반가운 무슨 의미있는 것 같이 들리었다. 사람과 사람이 만나서 초인사를 하는데 여러 다른 사람이 있다고 못할 것이 무엇인가 하였다. 그리고는 그 속에는 알지 못할 의미가 감추어 있는 것이라 하였다. 그리고 얼마쯤 마음

이 기뻤었다.

 그러나 다시 자기의 처지를 생각할 때에는 그만 낙망을 하게 되었다. 자기는 남과 같이 넉넉한 재산도 없다. 시체 여학생의 머리 속에 그리는 모든 허영의 만족을 줄 만한 보배를 갖지 못하였다. 만일 어떠한 여자가 지금 그리는 자기가 드러누운 방에 들어와 보았다가는 고개를 돌이키고 달아날 만큼 지저분하고 습기찬 방에 누워 있다. 그는 어찌하여 돈 많고 권세 있는 집에 태어나지 못한 것이 어떠한 때는 원망스럽기도 하고 분하기도 하였다. 그래 돈 없는 그는, 따라서 구하고 싶은 학식도 구할 수가 없다. 남이 우러러볼 만한 학식을 구하기에도 남과 같은 자유를 갖지 못한 그는 또한 여자의 따뜻한 사랑을 잡아당길 만한 학식을 갖지 못하게 되었다.

 그는 그와 같은 할 수 있고, 가질 수 있는 것을 할 수 없고 더 갖지 못하는 동시에, 또 한 가지 절대로 알 수도 없고 가지지도 못할 것이 하나 있으니 그에게는 여자의 마음을 취케 할 만한 아름다운 용모를 갖지 못하였다.

 그는 자기를 아주 박명한 사람이라 하였다. 그리고 자기의 박명을 하소연할 곳은 한 곳도 없다 하였다. 부모나 친척이나 형제나 친구나 누구에게든지 자기의 불행을 하소연하는 것은 어리석은 일이라 하였다. 그리고 남이 보는 데서 눈물을 흘리는 것은 소용없는 것이라 하였다. 다만 남에게 동정하여 주시오, 하고 눈물을 흘리나 아무도 거기에 참으로 동정하기는 고사하고 비웃음을 받는 것이라 하였다. 그는 이 세상의 운명을 자기의 두 손으로 개척하는 것밖에 없다 하였다. 그리고 섧고 야속하고 무정스러운 생각이 나거든 혼자 이불을 뒤집어쓰고 맘껏 울 것이라 하였다.

 그러나 청춘의 타오르는 열정의 불길은 그도 어찌할 수가 없었다. 다른 사람들은 기꺼웁고 즐거웁게 청춘 시대를 꿈속같이 지내나 자기는 그것을 얻기가 어려울 것 같이 생각되었다. 돈 없고 학식 없고 인물 곱지 못한 자기에게 어떠한 어리석은 여자가 참 사랑을 구하여 따라오리오, 하였다. 그리고 옛적 소설이나 또는 전설에 불행하고 또 불행하던 청년이 어떠한 왕녀나 또는 천사같이 어여쁘고 어진 여자의 사랑을 받았다는 것을 생각하고는 자기도 그러한 몸이 되었으면 하면서도 그것은 이 시대에서는 될 수 없는 한 공상이라고 단념하였다.

그는 자기 집이 구차한 것을 생각하고 또는 한옆으로는 자기의 병든 어머니가 단잠을 자지 못하고 고생에 얽히어 지내가며 온 집안 살림살이를 하여가는 것을 볼 때에는 가엾기도 하고 또는 불쌍한 생각도 났다.

그리고 때로는, '우리 선용이나 장가를 갔으면 내가 얼마간 이 고생을 하지 않을걸' 하는 소리를 생각할 때마다, '에라, 이상적 아내라는 것은 다 무엇이며 신성한 연애라는 것은 다 무엇이냐?' 하였다. 그리고 어떠한 시골 처녀라도, 데려다가 아내를 삼으리라 하였다. 그리고, '어떠한 여자의 사랑이 참 사랑인가' 하였다. 세상의 학문을 많이 배우고 세상의 경험을 많이 한 여자와 사랑을 구하는 것이 이상적 사랑인가 하였다. 경박하고 뜬세상의 처세술을 잘 배운 여자가 이상적 애인이 될 자격이 있는 여자인가? 하였다. 산 곱고 물 맑은 자연 세계에서 힘 없고 순결하고 단조하게 자라난 처녀의 사랑이 참 사랑이 아닌가? 하였다. 그리하고 우리의 아버지나 어머니나 아우나 형이나 누이가 내가 선택하여 아버지나 어머니나 아무나 형이나 누이를 만들지 않았을지라도 끊기 어려운 정이 있는 것과 같이 아내라도 보지 못하고 택하지도 않고라도 정이 있으려면 끊지 못할 정이 생기는 것이 아닌가? 사랑이란 결코 저 사람의 인물과 학식과 성질을 다 알아가지고 반드시 생긴다는 것은 거짓말이다. 저 사람의 소문만 듣고도 끊기 어려운 사랑의 불길이 그의 가슴을 태우며, 그 사람의 글 한 줄기를 보고도 그를 사모하는 정이 생기는 것이라, 어찌 반드시 저 사람의 모든 것을 다 알아가지고 애인을 만들리오, 하였다. 한순간의 사랑이 참 진정한 사랑이라도 순간을 지나면 세상의 사념이 그 사랑을 침노하는 것이 아닌가? 하였다.

선용은 다시 영철이라는 자기의 친하고 친한 동지의 누이동생도 또한 자기의 오라버니 영철과 같이 이 세상의 모든 허위와 떠나, 다만 참된 것만 구하는 여자이겠지? 하였다. 그리고 자기가 그에게 사랑을 구하면 그것을 허락하여 주겠지? 하여보았다. 그리고는 자기가 어떻게 하든지 공부를 하고 책도 많이 읽어 훌륭한 책을 지어 놓으면 책장사하는 사람들이 허리를 굽실굽실하고 와서 몇만 원의 원고료를 주고 사갈 터이지? 그리하면 나는 그 돈을 가지고 나의 애인 혜숙을 데리고 세계 일주의 대여행을 떠날 터이다. 세계 각처에서 대환영을 받아가며 우리 두 사람은 또 다시없는 행복을 맛볼 터이지? 하였다.

그리하다가 다시 정신을 차려 파리가 가만히 한가하게 붙어 있는 천장을 바라볼 때에는 모든 것이 다 공상이었다. 자기 손은 빈털터리였다. 그리고 아무리 자기가 글을 잘 짓더라도 지금 조선 사회의 정도로서 어떠한 책장사가 선뜻선뜻 몇만 원의 원고료를 주리오, 하였다.

그리하다가는 또다시 낙망하는 생각이 났다. 혜숙도 시체 여학생이다. 아니 시체時體 여학생이 아닐지라도 여자는 여자이다. 자기의 그만큼 아름다움을 갖고서 나와 같이 인물이 아름답지 못하고 학식 없고 돈 없는 한개 무명 소년에게 자기의 모든 것을 희생하여 사랑을 줄 리가 없다. 비록 그와 같은 반응이 있다 하더라도 마음이 약한 여자인 그는 세상의 모든 것과 싸워 이길 수가 없다. 그의 사랑은 연하고 박약한 것일 것이라 하였다.

구차한 곳에서 자라나고 부자유한 곳에서 자라난 선용의 가슴은 언제든지 지나쳐 가는 염려와 불안으로 가득 찼었다. 어려서부터 지금까지 자기의 목숨을 위하고 자기의 가정을 위하여서는 자가의 두 팔과 두 다리가 아니면 아무도 도와줄 자가 없는 줄 아는 그는, 그리고 또 이 세상이 다만 무정한 줄만 알고 자기에게 일평생 행복을 줄 때가 없으리라고까지 낙망을 한 선용은 아무리 청춘시대의 타오르는 열정의 불길로 때 없는 가슴을 태웠지만 자기가 선뜻 나아가 여성의 사랑을 구할 용기는 없었다. 그는 감정의 지배를 받는 것보다 이지의 힘이 더하였다. 본래 총명하고 재주 있는 그는 모든 세상의 냉정함과 쓸쓸스러움을 맛보면서도, 하면 되리라 하는 희망을 가슴에 품었을 뿐이었다. 그리고 젊었을 때에 눈물 짓고 한숨 쉬고 가슴 쓰린 듯한 비애를 맛보아, 다른 철모르고 날뛰는 사람보다 이 세상이 어떠한 것이라는 것을 더 많이 알수 있게 된 것을, 한옆으로 행복으로 생각하고 또한 자랑으로 생각하였다. 때 없이 공상에 취하였다가는 눈물을 흘리고 눈물을 흘리었다가는 공상을 하고 하였다.

그는 내일 영철의 집에를 가면 혜숙을 보렷다 하였다. 그리고는 다시, 만나서는 어떻게 할 것을 생각하여 보았다. 그러다가는 다시, 물론 아무데도 가지 않고 나를 기다리고 있겠지 하였다. 내가 자기 집에 갈줄 아는 그는 가슴을 졸이면서 고대고대하다가 나의 목소리를 듣고서는 가슴이 덜렁 내려앉으렷다 하였다.

그 이튿날이었다. 영철의 집에 어떤 새로운 손이 하나 찾아왔다.

"이리오너라" 하는 목소리는 얄상궂고도 어여뻤었다. 영철은 대문을 열며, "야……이게 누구인가? 웬일인가? 이리 들어오게" 하고, 그 양복 입고 얌전하게 생긴 청년의 손을 잡고 자기 방으로 들어간다.

"이것은 참 뜻밖인걸" 하고, 영철이가 방석을 내어놓는다.

"그런 게 아니라 우리가 어데 이렇게 만나서 재미있게 놀아보았나?

요 몇 달 동안은 아주 서운하게 지내었으니까."

"그것이야 무엇. 자연 바쁘니까 어데 한가하게 만날 수들은 없었지. 자— 담배나 태게."

하고 영철은 담뱃갑을 내어놓는다. 그 청년은 담배 하나를 피워 물고,

"그런데, 요사이는 너무 심심하겠네. 언제든지 집에만 들어앉았나?"

영철은 한 손을 고개 위에다 얹고,

"하지만 어떻게 하나. 무엇 할 게 있어야지. 내 언제든 하는 말이지만 중학교 졸업을 하고는 할 것이 있어야지. 그 머리 아픈 소학교 교원 노릇이나 할까? 그렇지 않으면 돈이나 많았으면 외국 유학이나 가야 할 터인데 나 같은 사람이야 무엇?"

"왜? 자네쯤야 넉넉하지? 너무 그 우는 소리 좀 말게."

"그야 그렇지, 우리 집에 우리 아버지 돈은 넉넉하지. 그러나 그것이 내 돈인가? 나는 지금 우리 아버지의 밥 얻어먹는 거지 비렁뱅이야."

하고 상을 찌푸리고 고개를 내흔든다. 그 청년은 아주 미안한 듯이,

"그러면 어떻게 하나, 놀아서는 안 될걸?"

"어떡허나 할 수 없지."

그 청년은 무엇을 생각하듯이,

"그래서는 안 되네. 가만히 있게. 내 어떻게 해봄세. 우리 아버지께 여쭈어서라도 어떻게 은행에 한 자리 구해 보지."

"그렇게 여쭈어보게" 하였다.

이 청년은 백우영白友英이라 하는 중앙은행 사장의 아들이다. 본래 귀엽게 길리운 사람이라 조금도 구차한 것과 부자유한 것을 알지 못하고 자라났다. 그에게는 자기의 행복을 얻기 위하여 적절히 깨닫는 요구를 알지 못했다. 학교에 가서 공부하는 것은 으레 젊어서 하는 것으로만 알고 또 사회의 중요하고 제일가는 인물은 그 나라의 총리대신을 빼어

놓고는 경제계의 권세를 잡은 자기 아버지 같은 은행가밖에는 없는 줄 알았다. 나라의 흥하고 망하는 것이 정치, 경제, 교육, 산업, 또한 예술이 여러가지가 다 발달되는 동시에 그 나라 민족이 문명하고 발달되는 것이 아니라 다만 경제 하나만 잘 발달이 되면 또한 다른 것은 자연히 거기에 좇아오는 것이라 하였다. 그러나 본래 방종放縱한 생활을 좋아하는 그는 경제에 대한 방면에만 전력하는 것이 아니라, 한때의 호기심에 띄어 음악도 하여 보고 테니스도 쳐봤다. 바이올린을 손에 잡을 때에는 예술 중의 극치極致라 하는 참 음악을 알아보려 하는 것이 아니라, 춘풍추월을 쫓아 아름다운 여자의 사랑을 맛보면서 재미있고 꿀 같은 활동사진에서 보는 듯한 생활을 하여 갈 때 여자는 피아노를 하고 자기는 바이올린을 하며 몽롱한 세상을 지내리라는 호기의 생각이 그의 가슴을 찌르는 까닭이었다. 그리고 녹음이 우거진 곳에서 여러 청춘 남녀의 친구를 모아놓고 뛰어다니며 테니스 장난할 것만 꿈꾸었다.

그는 며칠 전에 영철의 누이동생 혜숙을 학교에서 나오는 길에 보았다. 그리고 어제 저녁 음악회에서 영철을 만났을 때에도 또 혜숙을 본 일이 있었다. 아름답고 얌전하다는 여자란 여자는 빼어놓지 않고 쫓아다니는 백우영은 또 한 번 혜숙을 보고도 그대로 지나쳐버리지는 못하였다. 자기는 인물 잘나고 돈 많고 학교도 상당히 다닌 또한 풍류 남아로 어디를 내세우든지 빠질 것이 없겠다 생각하는 그는 또한 어떤 여자든지 자기 수중에 넣을 수가 있다고 생각을 하였다. 그래 오늘도 자기가 영철과 같은 학교에서 같이 공부하고 같은 동창생인 것을 좋은 기회로 삼아 어떻게 해서든지 영철의 환심을 사서 혜숙을 좀 가까이 해보려고 당초에 찾아오지도 않던 더구나 자기보다는 아주 저— 아래로 인정하던 영철을 찾아왔다. 그는 조금 가만히 있다가 조롱 같기도 하고 웃음의 말과 같이, "요사이 자네 매씨도 안녕하신가?" 하고 이상하게 웃음을 웃으면서 영철을 바라본다. 영철도 조금 미소를 띠면서, "잘 있지"
하였다.

"오늘은 집에 계시겠군?"

"그렇지 일요일이니까!"

백우영은 한참있다가,

"자네 누이 좀 소개하게그려."

영철은 잠깐 가만히 있었다. 그리고 조금 주저하였다. 속마음으로 백
우영의 좋지 못한 평판 있는 것을 꺼리면서도 그러나 어떠하랴 하고,

"그럴까?"

하고 시원치 못하게 대답을 하였다. 그러다가는,

"그러나 우리 어머니가…… 좀…… 어떻게……"

"응, 알았네, 알았어. 그러실 터이지"

하고 담뱃재를 털더니 시계를 꺼내 보고,

"아 벌써 열 시일세, 우리 어디로 산보나 가세그려."

"어디로? 갈 곳이 있어야지."

"나는 영도사永道寺나 가볼까 하는데."

"영도사, 지금 아주 쓸쓸할걸. 볼 것이 있어야지."

"그러나 갈 곳이 또 어디 있나? 일어나게. 그리고 자네 매씨妹氏께
도……"

"지금은 갈 수가 없는걸, 누구하고 만나자고 약조한 일이 있어서."

"약조는 또 무슨 약조인가? 공연히 핑계를 대느라고."

"아니야, 정말이야."

"정말이면 누구란 말인가? 이름이 무엇이란 사람이?"

"왜 자네도 알겠네, 김선용이라고……."

"응, 김선용이, 어저께 음악회에서 보든 그 사람 말일세그려, 그 문학

가라는 사람 말이야."

하고 아주 냉소하는 듯 말을 한다.

"그래, 오늘 꼭 만나기로 하였는데 조금만 더 — 기다려보세그려."

"언제 그 사람이 올 줄 알고 기다리나? 그 사람은 내일 만나보게그려. 무슨 급하게 할 말 있나……"

"별로이 급하게 할 말은 없어도……"

"그러면 고만이지, 내일이라도 만나서 그런 말만 하면 고만이지 무얼."

"그래도 왔다가 헛발을 치고 가면 되었나?"

영철은 아주 난처하였다. 백우영이는 자꾸자꾸 그렇게까지 재촉을 하는데 아무리 약조를 하였다 하더라도 그렇게 공연히 멀거니 기다리는 것도 무엇하고 또 백우영이는 김선용이만큼 친한 사람이 아니라 너무 그의 말을 들어주지 않는 것은 백우영이가 자기를 조금 덜 친절하게 생각을 하는가 할 것 같기도 하였다. 그리고 만나자고 신신당부를 하여 놓고 어디를 놀러 갔다는 것은 친구를 너무 경시하는 것이 아닌가? 하였다.

그러나 김선용이는 자기를 믿고 이해해 주는 사람이요, 백우영이는 그렇지 못한 사람이라 김선용에게 잠시 신용을 잃는 것은 다시 회복할 수 있으나 백우영이에게는 그럴 수가 없다 하였다. 그리고 모처럼 찾아온 백우영이의 청하는 것을 들어 주지 않는 것도 안된 일이라 생각하고,

"그러면 그러세, 그러나 좀 안됐는걸."

"에, 사람도 어째 고집불통이야, 사람이 조금 그런 수도 있지, 없나?"

영철은 안방으로 건너갔다. 혜숙은 무엇인지 책을 읽고 앉았다.

"어디 가세요?"

하고 혜숙이가 영철을 바라보며 묻는다.

영도사에 놀러 가자고 하니까 혜숙은 얼굴이 조금 불그레하여지며,

"어저께 그 어른이 오신다고 하였는데요?"

"그러게 말이야, 그러나 자꾸 가자니까 어떻게 할 수가 있어야지, 자꾸 재촉을 하는걸."

혜숙은 다시,

"저도 갈까요?"

하고 부끄러운 듯이 고개를 숙인다.

"가보련?"

"글쎄요."

그 옆에서 바느질하던 그의 어머니가,

"가긴 어디를 가, 계집애가 미친애."

하며 책망을 하니까 혜숙은 어리광처럼 또는 비웃는 듯이,

"어머니는 괜히 그러시네."

한다. 영철은 재촉하듯이,

"어서 옷 입고 나오너라, 가려거든."

열두 시나 거의 되어 선용은 동대문 안에서 전차에 내렸다. 그리하고 여러 가지 호기심을 가지고 영철의 집을 향하여 온다. 그는 다른 것보다 자기의 의복이 너무 더러워 보이지 않나 하고 아래위를 훑어보았다. 그리고 구두에 먼지와 흙이 너무 많이 붙은 것을 답보로 하듯이 탁탁 털었다. 옷고름을 다시 고쳐 매었다. 그리고 오늘은 꼭 혜숙이도 자기 집에서 나를 기다리고 있으리라 하였다. 그리고 혜숙이가 나를 보면 반가워 맞으려다가 주춤하고 물러서 부끄러운 마음에 자기 집 안으로 뛰어들어가리라 하였다. 그리고는 선뜻 나와 맞아주는 것보다 부끄러워 숨는 것이 더 귀엽고 말할 수 없는 그리웁고 사랑스러운 것이라 하였다. 그러다가는 다시 자기 얼굴과 체격을 생각하여 보았다. 그리고는

환희 .. 277

사람이 어여쁘고 남의 사랑을 받는다는 것은 그의 얼굴과 체격이 잘생긴 데도 있지마는 그중에 어떠한 아름다운 점이 있어서 남의 사랑을 끄는 것이라 하였다. 온 세상 사람이 다 어여쁘고 다 잘생긴 것이 아니지만 서로 애정이라는 것을 깨닫고 살아가는 것이다. 그뿐 아니라 아무리 미인일지라도 파경의 눈물을 자아내는 사람이 얼마든지 있고 얼굴도 그리 잘 못생기고 학식도 그리 없는 우스운 남자일지라도 그를 위하여 자살까지 하는 여자가 있는 것이 아닌가! 하였다. 그리하고 그 미점美點이라는 것은 자기도 알지 못하는 것이요, 다만 어떠한 사람이라야 그 미점을 찾아내는 것이다. 자기의 얼굴이 비록 자기가 석경石鏡을 놓고 들여다보아도 자기에게는 불만을 줄지라도 남을 못견디게 할 만한 무슨 매력을 가진 사람도 있고 또 아무리 치장을 하고 모양을 낼지라도 남을 잡아다니는 그러한 힘이 없는 사람도 있는 것이라. 나도 또한 혜숙의 마음을 잡아당길 무슨 매력을 가졌는지도 알 수 없다고 생각하였다. 그리고는 다시 자기의 얼굴의 모든 미점을 찾아보았다. 그리하나 그리 신통할 것은 없었다. 다만 머리가 까맣고 입술이 얇고 눈썹이 수타할 뿐이었다.

그는 주머니에서 명함에 쓴 이영철의 집 번지를 꺼내 들었다. 그리하고 차례차례 번지수를 찾아보았다. 이 골목 저 골목으로 돌아다니다가 다시 큰 행길로 나왔다. 똑 영철의 집 번지만 없다. 그는 아마 집도 못 찾나보다 하였다. 그러다가는 '될 말이냐, 찾아야지' 하였다. 그는 다시 행길 모퉁이에 있는 반찬가게에 와서 물었다.

"말씀 좀 여쭈어보겠습니다."

가게 주인은 쇠고리를 달다가 자기는 보지도 않고,

"네, 무슨 말씀이요?"

하고는 다시 하나 둘 하고 저울을 센다. 선용은,

"여기 이영철이라는 사람의 집이 어데인지 아십니까? 이 근처라는데 암만 찾아보아도 알 수가 없어요."

가게 주인은 자기 할 것을 다 하고 나서,

"이영철이, 이영철이, 많이 들은 듯한데 알 수 없는 걸요."

한다. 선용은 속에서 화가 나며 속마음으로,

'제기 얼핏 대답이나 하지, 남이 답답이나 아니하게.'

하고는 그래도 무슨 희망이 있을까 하고,

"조금도 모르시겠어요?"

"네. 알 수 없는걸요. 무엇을 하는 사람인가요?"

"지금 하는 것 없지요. 제 집에서 그냥 놀지요."

"네―."

한참 생각하다가,

"젊은 사람이지요?"

한다. 선용은 얼른 반가운 듯이,

"네, 네, 지금 스물서넛밖에 안 된……"

"네. 그리고 누이동생이 있고요. 학교에 다니는."

"네. 바로 맞혔습니다."

그 옆에 있던 어떤 노인 하나가 한참 두 사람의 수작하는 것을 듣더니 가게 주인을 향하여, "누구 집? 계동집 말인가?" 한다. 주인은 조금 멸시하는 듯한 웃음을 띠고, "네― 저기 저 집요" 하고 바로 바라보이는 초가집을 가리킨다. 선용은, "네. 고맙습니다" 하고 모자를 벗어 인사를 하고 그 집으로 향하여 갔다.

선용은 무엇이라 불러야 할까? 하였다. 이리 오너라 하자니 친한 친구의 집에 너무 저어한 듯하고 영철이라고 부르자니 한 번 와보지도 못한 집에 서투른 듯하기도 하다. 그러나 어떻든 대문간에 가 서서 한참 주저주저하다가, "이리 오너라" 하였다. 안에서는 아무 대답이 없다. 선용은 얼핏 뛰어나왔다. 그리고 잘못 들어오지 않았나 하고 문패를 쳐다보았다. 거기에는 영철이라는 이름이 붙어 있다. 그는 다시 안심을 하고 문으로 들어서서, "이리 오너라" 하였다. 또 아무 소리도 없다. 그래 그는 자기 목소리가 너무 작아서 그러한가 하고 기침을 한 번 하고 목소리를 가다듬어, "이리 오너라" 하였다.

그때야 문 여는 소리가 나더니 혜숙의 어머니가 나오며,

"누구를 찾으세요?"

한다. 선용은 모자를 벗어 들고,

"네, 여기가 영철의 집인가요?"

"그렇소, 그러나 지금은 없는 걸요."

선용은 깜짝 놀란 듯이,

"네? 없어요? 오늘 꼭 만나자고 하였는데……"

하였다. 혜숙의 어머니는,

"당신이 김선용이라는……"

하고 묻는다.

"네, 제가 김선용이올시다."

"그런데 영철이가 나갈 때에 이것을 오시거든 드려달라고 합디다."

하고 종이에 무엇 쓴 것을 내어준다. 선용은 무엇인가 하고 얼른 받아 보았다. 그리고는,

"네. 알았습니다. ……그러면 안녕히 계십시오."

하고 그 집을 나섰다. 그는 히적히적 걸어오며 낙망하고 실망하는 생각이 그의 가슴에 꽉 들어찼다.

'이런 제기.'

하며 혼자 기가 막혔다. 그러다가는,

'나 같은 놈이 바라고 믿은 것이 잘못이지.'

하였다.

여태껏 애를 쓰고 애를 써 찾아오니까 헛탕이라. 그리고 혜숙이가 정말 나를 보고 사랑할 마음이 났더라면 오늘 자기 오라버니를 쫓아 영도사에를 가지 않고 나를 기다렸을 것이지만 그렇지 않으니까 자기는 내가 이렇게 생각하는지도 모르고 재미있게 놀고 있는 것이지 하였다. 그리고는 또다시 억울하고 분한 정이 가슴을 메어 마음껏 시원하게 울고 싶었다. 그가 아까 그 집 가리켜 주던 가게 앞을 지날 때에는 그 가게 주인이 유심히 자기를 보는 듯하였다. 그리고 '너는 쓸데없다. 벌써 백우영이라는 청년에게 빼앗겼다' 하는 듯하였다.

그는, '다 고만두어라, 우리 집에 가서 책이나 보겠다' 하였다. 그리고 달음박질하여 다시 동대문 전차 정류장에 와 서서 전차를 기다렸다. 그리고는 청량리 편을 바라보았다. 그리고 '어디 그래도 영도사까지 가 볼까?' 하였다. 가면은 꼭 만나렷다 하였다. 그러다가는 고만두어라, 만나면 무엇 하나 하였다. 그래도 어쩐지 그리로 가보았으면 하는 정은 그치지 않았다. 가보리라 하였다. 그러다가는 가서 만일 혜숙에게 부끄러움을 당하면 어찌 하나 하였다. 고만두어라. 내가 잘못 생각한 것이라. 내가 스스로 여자의 사랑을 구하는 것이 잘못이라 하였다.

그리고는 전차 오는 것을 바라보았다. 전차 하나는 가득 차도록 만원이다. 그는 그 자리를 떠날 수가 없었다. 그리고 요 다음 차를 타리라 하였다. 그러다가는 다시 영도사 편을 바라볼 때에는 말할 수 없이 그곳으로 가고 싶었다. 에라 어떻든지 가보리라. 혜숙은 어찌 되었든 영철이를 붙잡고 사람을 그렇게 대접하느냐고 싸움이라도 한 번 하리라 하였다. 그리고 청량리 차가 오나 안 오나 보았다. 오 분 안에 전차가 오면 그 전차를 타고 영도사로 가고 그렇지 않고 오 분이 넘어도 전차가 오지 않거든 바로 집으로 가리라 하였다. 그러나 어서어서 전차가 왔으면 하는 생각뿐이었다.

'에라, 전차도 오지 않는구나' 하고 종로로 향하는 전차를 타려 할 때에 땡땡땡땡 하고 아주 기껍게 땡땡대는 조그마한 전차가 저쪽 청량리 편에서 온다. 선용은 어찌나 기쁜지 몰랐다. 다만 그 전차가 정거하기를 기다려 타면서, '아마 나에게 이제부터는 분명히 개척되나 보다' 하였다.

선용은 영도사 들어가는 어귀에서 내렸다. 쓸쓸스러운 이 가을에 영도사들은 무엇하러 왔소? 하였다. 그리고는 백우영이라는 청년은 은행가의 아들이니까 나와 만나자고 그렇게까지 신신당부를 하더니 그것도 불구하고 돈 많은 놈을 쫓아서 더구나 자기의 누이동생까지 데리고 쫓아 나왔구나? 하였다. 그러다가는, '에—영철이까지 그럴 줄은 몰랐는데……' 하였다. 그리고 내가 구차하게 비렁뱅이처럼 그놈하고 재미있게 노는데 갈 것이 무엇인가, 도리어 냉담하고 경멸히 여김이나 당치 아니할까? 하였다. 그러다가는, '에라, 도로 돌아가겠다' 하기까지 하였다. 그러다가도, '아니 아니, 내가 오해인지 모른다. 영철은 그와 같은 사람이 아니다. 영철의 말을 듣지 않고는 이번 일의 시비를 알 수 없다' 하였다. 그러나 그의 마음 한 귀퉁이에서는 시기와 불안이 자꾸자꾸 일어났다.

남녀 대장군이 눈깔을 부릅뜨고 섰는 곳을 지나 정전 앞다리를 건너섰다. 그리고 사면을 한 번 둘러보았다. 그러나 어느 곳에 영철의 일행이 있는지를 알지 못하였다. 그는 이곳 저곳으로 돌아다니었다. 그러다가 아마 다녀갔나 보다 하고 이왕 왔으니 오래간만에 절 구경이나 하고 가리라 하였다. 그리고는 혼자 대웅보전 앞에 가서 모자를 벗고 서서 들여다보았다. 그 모자를 벗는 것은 결코 선용이가 불전에 와서만 그리하는 것이 아니라 어떠한 회당 사당 신사 같은 옛적의 위대한 공로를 이 세상에 끼친 사람의 기억을 일으키는 곳에 가서는 반드시 모자를 벗어 들었다. 그것은 다만 썩어 벗어져 몇천 년 몇백 년의 길고 긴 세월을 지내었을지라도 변치 않고 이어오는 그의 정신을 존경히 여김이었다. 그가 높다란 돌층계를 내려오다가 선뜻 저쪽을 바라보니까 거기 영철이가 백우영이와 자기 누이동생과 서 있었다. 선용의 가슴은 부질없이 뛰며 그쪽으로 달음질하였다.

"이영철 군" 하고 반가이 손을 내밀었다. 영철은 어찌나 의외요, 또 반가운지 한참 멀거니 바라보다가, "아니 이게 누구인가. 하하하, 어떻든 잘 왔네" 하며 유쾌하게 웃는다. 그 옆에 섰던 혜숙은 '악' 하고 반가운 듯이 한 걸음 뒤로 물러서다가 다시 멈칫하고 섰다. 두 눈동자가 반갑게 반짝거리며 선용을 바라본다. '그러나 저러나 사람이 그렇단 말인가?' 하고 원망하듯이 영철을 바라보는 선용은 지금까지 영철을 만나기만 하면 주먹이라도 들고 한 번 실컷 때려서 속이나 시원하게 하리라 하던 감정은 사라지고, 몇 해 동안 이어오던 그리운 우정이 갑자기 치밀어 올라오며 또한 영철의 유쾌하고 반갑게 웃는 것과 영철의 누이동생 혜숙이 또렷하고 영롱한 두 눈으로 즐겁게 자기를 쳐다보는 것을 보고는 모든 불평이 일시에 사라졌다.

"용서하게, 하하하. 어찌하나 사정이 그렇게 된 것을" 하고 항복하는 듯하고도 우정이 뚝뚝 떨어지게 자기에게 청하는 그것을 본 선용은 더 무엇이라 말할 수가 없었다. 그리고는, "그런데 갑자기 영도사에는 웬일이야?" 하고 아주 침착한 듯이 말을 한 선용은 곁눈으로 혜숙의 서 있는 아름다운 몸맵시를 바라보았다. 혜숙은 이 소리를 듣고 그 옆에 서 있는 백우영을 한 번 쳐다보고 '이 사람이 오자고 하여서 하는 수 없이 왔다'는 듯이 변명을 하려는 눈치를 보이며 한옆으로는 약속까지 한 당신을 기다리지도 않고 온 것은 다 이 사람의 탓이라는 듯이 미안해하는 점이 그의 또렷한 두 눈을 싸고 돈다. 그리고는 다시 '어서 대답을 하여주시오' 하는 듯이 영철을 바라본다. 영철은, "그런 게 아니라……" 하고 쓸데없는 변명이라고 생각하면서도 그래도 아니할 수 없다는 듯이 웃음을 웃으면서 백우영을 탁 치며, "이이는 나하고 친한 친구인데 오래간만에 만나서 바람을 쏘일 겸 안 될 줄 알면서 먼저 오게 되었네" 하다가 깜짝 놀란 듯이, "아! 참, 두 사람이 인사나 하고 지내지" 하고 선용을 백우영에게 소개를 하며, "이 사람은 나의 친구인데 일전에 일본에서 돌아와서……" 채 영철의 말이 끝나기도 전에 선용은 모자를 벗으며, "참 뵈옵기는 일전에 한 번 뵈었어도 인사는 못 여쭈어서……저는 김선용이올시다" 하고 사람 좋게 웃었다.

백우영의 눈에는 말할 수 없이 오만한 빛이 보였다. 그는 김선용이 자기보다 학식이 많은 사람으로 보기는 하면서도 그것을 시기하는 마음이 생기었다. 그리고 자기가 학식상으로 김선용이만 못한 것을 깨달을 때에 자기의 품위를 높이기 위하여 자기의 어깨와 고개를 높이 들고 자기 집 재산 많은 것을 빙자하여 사정없이 김선용이를 깔볼 수밖에 없었다. 그는, "네, 나는 백우영이요. 안녕하시오?" 하고 허리를 구부리는 체 만 체하였다. 그리고는 혜숙을 향하여, "시장하시지요?" 하였다. 혜숙은, "관계치 않아요" 하고 고개를 숙였다.

혜숙의 숙인 머리는 귀밑 하얀 살이 불그레하게 타오른다. 선용은 그 타는 듯한 살빛을 바라보며 말할 수 없는 부드러운 정을 깨달으면서도 백우영의 거만한 행동과 또한 자기와 같이 혜숙과 수작할 수 있는 행복자이다 하는 것을 보이려고 하는 것이 한편으로 되지 않고도 질투스러웠다.

선용은 혜숙이라는 여성 앞에 서 있는 공연한 불안으로 인하여 나는 부질없이 수줍어 생각을 억지로 참으면서 영철을 향하여, "영철 군, 나는 다시 일본으로 가려 하네" 하며 감개무량한 두 눈으로 땅바닥을 내려다본다. 영철은 고개를 번쩍 들어 선용의 신산에 젖은 얼굴을 바라보며, "언제" 하였다.

"모레쯤 갈 테야."

"왜 그렇게 속히 가나?"

"그런 사정이 있어서" 하고 선용은 발 끝으로 땅을 판다.

그리고는 다시,

"암만 하여도 가보아야 하겠어, 여기 와보니까 조금도 있을 재미가 없을 뿐 아니라 이번에는 잠깐 다녀가려 한 것이니까."

선용의 말소리에는 모든 실망과 비애의 그늘이 엉키어 있었다.

"그러면 며칠날쯤 떠나나?"

"내일은 조금 준비할 것도 있고 하니까 모레 아침쯤 떠나게 되겠지."

"무엇야? 왜 그렇게 속하게 떠나. 더 좀 놀다 가지. 나하고도 오래간만에 만나서 재미있는 이야기도 해보지 못하고…… 그것 안 되었네……며칠 더 있다 가게그려."

"아냐, 조금 더 있으려 하여도 있어서 쓸데가 없어, 얼핏 가서 아침마다 뛰어다니는 것이 상책이야."

하고 뛰어다닌다는 말이 혜숙에게 좋지 못하게 들리지나 아니하였나 하고 혜숙을 곁눈으로 쳐다보았다.

학자가 없어 일본서 아침이면 신문을 돌려 몇 푼 되지 않는 삯전을 받아 공부를 하는 그는 그와 같은 말을 남에게 하는 것이 그리 부끄러운 일은 아니나 혜숙이 앞에서 그런 말을 하기는 웬일인지 부끄러웠다.

한옆에 서서 두 사람의 말을 듣고 있던 백우영은 아주 심심하고 무취미하여 두 사람의 말을 가로막으며, "여보게, 시장하지 않은가? 밥 먹으러 가세그려" 하며 혁대를 졸라맨다. 선용의 말만 유의하여 듣던 영철은, "그렇지만 간들 고생밖에 더 되나?" 하고 무엇을 생각하였는지 고개를 숙이고 한참이나 있다가, "어떻든 내일이라도 또 만나서 이야기하세" 하고 백우영의 말에는 대답도 없이 선용이와 이야기만 한다.

백우영은 자기의 말을 영철이가 시원하게 듣지도 않고 선용이하고만 이야기하는 것이 한옆으로 화가 나지만 억지로 치밀어 오는 감정을 참고 혼잣말같이,

"아이구 나는 퍽 시장한데" 하고 좌우를 둘러본다. 영철은 이 소리를 듣고야 겨우, "시장해? 그러면 무엇을 좀 먹어야지" 하였다.

"그러면 내려가 보세."

"글쎄, 가볼까?"

이 소리를 들은 선용은 영철의 손을 잡으며, "인제 나는 그만 가겠네" 하였다.

선용의 마음에는 어쩐지 여기 있는 것이 마음에 좋지 못하였다.

세 사람이 재미있게 노는 것을 훼방하러 온 것 같기도 하고 무엇을 먹겠다는데 주저주저하고 섰는 것은 무엇을 얻어먹으려 하는 것 같기도 하여 있기가 싫었다. 그리고 또 자기가 이 자리를 떠나야 할 것이라 하였다. 자기가 없어야 백우영의 마음도 편하고 좋겠지마는 자기의 마음이 더 편하겠다 하였다. 여기 있어 마음을 태우는 것보다 집에 가서 드러누워서 혜숙이나 백우영을 눈 딱 감고 보지 않는 것이 제일이라 하였다.

그러나 그의 발길이 그렇게 속하게 돌아섰을까? 그는 다만 자기의 간다는 말을 듣고 섭섭해하는 듯이 바라보고 서 있는 혜숙만 쳐다 보았다. 영철은, "무엇이야? 가다니 이게 말인가 무엇인가? 여기까지 왔다가 그대로 가?" 하며 조롱하듯이 싱그레 웃으며 선용을 바라본다. 선용

은 아주 침착하고 냉정하게, "아냐, 가보아야 하겠어, 무슨 준비할 것도 좀 있고" 하며 붙잡으려는 손을 뿌리치려 한다. 영철은, "무슨 준비가 그리 많아서, 자! 오늘 이렇게 만나 놀면 또 언제 만나 놀 기회가 있을는지 알 수 없으니 놀다가 같이 들어가세그려" 하고 붙잡고 놓지를 않는다. 옆에 섰던 백우영도 선용이가 갔으면 좋겠다 하면서도, "왜 가세요? 같이 놀다 가시지요" 하였다. 선용은 다만, "네……" 하였다. 영철은 선용이가 으레 가지 않을 것으로 인정한 듯이 백우영을 향하여, "어서 가세" 하며 밥 시켜놓은 중의 집으로 향하여 내려가려다가 자기 곁으로 가까이 오는 자기 누이 혜숙을 보고야, "아차 내가 잊어버렸구나!" 하며 멈칫하고 선다. 세 사람도 따라서 멈칫하고 서며 일제히 시선을 영철이에게 향한다.

"무얼 인사할 것까지도 없지, 그만하면 알 터이니까" 하고, "자— 내 누이동생하고 알어나 두게" 하고 선용에게 혜숙을 가리켜 소개하며 또다시 혜숙에게 향하여, "이이가 선용 씨란다. 요다음부터라도 인사하고 지내어라" 하였다. 이 소리를 듣는 혜숙의 얼굴은 연지빛같이 붉어졌다. 그리고 고개를 숙이고 부끄러워 어디로든지 뛰어갈 듯이 몸을 오므라뜨리고 섰다. 선용은 다만 의미있는 웃음을 웃으면서 주저주저하고 바른손으로 머리뒤를 쓰다듬으며 영철과 혜숙을 번갈아가며 쳐다볼 뿐이었다.

백우영은 아름다운 혜숙, 구슬 같은 혜숙을 선용에게 소개를 하는 것이 질투스럽기도 하고 또한 약한 군사가 강한 대적을 만난 것 같이 자기의 영유물을 빼앗기지나 아니할까 하는 불안한 생각이 나서 좋지 못한 얼굴로 바람에 흔들리는 소나무 끝만 바라보고 섰었다. 선용과 혜숙은 감히 서로 바라보지를 못하다가 영철이가, "어서 가자" 하며 가기를 재촉할 때에 선용에게 길을 사양하느라고 고개를 들어 선용의 얼굴을 바라보았다. 혜숙은 다만 그 가을물 같은 두 눈으로 선용의 영롱하게 광채나는 눈을 바라보고서, 그 눈에서 번득거리는 광채가 자기의 얼굴 위에 말할 수 없이 부드러운 그림자를 던져줄 때 그는 얼핏 두 눈을 깔고 땅을 내려다보았다.

혜숙은 영철의 앞을 서서 내려간다. 으스스한 초가을에 떨어져 나부끼는 누른 갈잎이 시들어져 가는 풀잎 위에서 부스럭거리며 춤을 추고 있는 산길을 내려갈 때 혜숙의 마음은 웬일인지 그리 기쁘지도 못하고 그리 처량한 기분도 아니고 다만 무엇이라 말하기 어려운 감정이 그의 온 마음을 물들이고 있었다.

혜숙은 어제 저녁에 선용을 청년회 음악회에서 만나본 후로부터 공연히 마음 한 귀퉁이가 빈 듯하여 부질없이 가슴속이 미안하여 못견디었다. 자기가 자기 오라버니에게 이야기를 들으면서, 자기 머리 속에 그리어 본 청년과는 아주 다른 선용을 보았을 때에 어린 혜숙의 마음도 낙망이 된다 함보다도, 무슨 요술을 보는 것같이 이상하였었다. 그러나 김선용은 김선용이다. 자기 오라버니가 칭찬하는 김선용은 얼굴 검고 머리 길고 아무렇게나 지은 조선옷을 입고 시골 냄새가 도는, 보기에 아름답다 할 수 없는 청년이다. 혜숙은 백우영과 김선용을 많이 대조하여 보았다. 백우영이 인물 곱고 맵시 있는 것을 바라볼 때 도리어 백우영이 김선용이었으면 좋을 걸 하는 생각이 자꾸자꾸 났다.

어제 저녁에 백우영이를 김선용으로 보았다가 실망한 혜숙은 다만 두 사람을 대조해 볼 때마다, 마음 가운데 무슨 만족을 얻지 못하고 공연히 안타까울 뿐이었다. 그러나 혜숙은 아직까지 세상의 쓰린 맛을 많이 못본 갓 피려는 백합꽃 같은 처녀이다. 길거리에 오고가는 행인을 누구든지 보고 웃는 순결한 꽃이다. 아름다운 꽃 향내를 누구에게든지 가림없이 전파하여 주는 어여쁜 꽃이다. 그의 작은 가슴을 태우고 넘쳐 흐르는 붉은 정열은 어떠한 젊은 청년이든지 보기 싫게 보지는 않게 하였다.

그의 마음은 바람 부는 대로, 해롱거리는 것같이 핀 꽃과 같이 백우영의 어여쁜 목소리와 어여쁜 표정이 그의 마음을 도둑질하려 할 때 그의 끓는 피는 그를 위하여 흘렀으며 그의 정서는 거미줄같이 백우영의 정신에 얼키었었다. 그러다가 다시 김선용을 바라볼 때에는 백우영이의 그것과 같이 아름답고 얇고 가늘고 부드럽고 반쯤 사람의 정신을 녹이는 그것과 같지는 않다 할지라도, 자기의 기억 속에서 노래 부르고 있는 자기 오라버니의 창찬하는 소리가 선용의 얼굴에 장래의 행복을 그리어 놓았으며, 미래의 영화를 그리어 놓았으며 또는 모든 결점을 흐르는 구름같이 차차 차차 미화美化하고 말 적도 없지 않고 있었다.

영철은 앞장을 서서 내려가며, "혜숙아, 너 이런 곳에 처음 왔지?" 하고 반쯤 멸시하는 듯한 웃음을 웃으매, 혜숙은, "왜요? 올봄에 학교에서 화계사도 갔다왔는데요" 하고 자기의 승리를 자랑하듯이 비웃는 웃음으로 자기 오라버니를 바라볼 때 연분홍빛이 엷게 도는 두 뺨 위에 어여쁜 우물이 쏙 들어간다.

선용은 이것을 보고 무엇이라 말할 수 없는 어여쁨을 깨달았다. 그 회오리 바람 같은 혜숙의 뺨 위에 쏙쏙 들어가는 우물 속으로 자기의 모든 전신을 녹이어 들이는 듯이 그의 마음을 간질일 때 그는 다만 짜릿한 혈조血潮가 그의 심장 속에서 가늘게 울 뿐이다.

네 사람은 방에 들어앉았다. 삼물장삼의 어두운 냄새가 도는 승려의 방에서 세속 사람의 발그림자가 쉴새없이 스쳐나갈 때마다, 신화神化한 종교는 점점 인간화가 되어간다 함보다도 사람의 추태를 여지없이 실현하는 악마의 천당으로 변하여 버리었다. 뜬세상 티끌, 인간을 멀리한 옛적 사찰에는 사람의 손때가 묻은 돈 조각 소리가 부처님의 귀를 듣기 싫게 하며, 난행과 금욕으로 청정을 일삼는 한문閑門 옆 갈대밭 속에서는 인간의 성욕의 충동을 속임없이 노래하는 청춘 남녀의 바스락거리며 속살대는 음탕한 정화가 사람인 승려의 굳세지 못한 마음을 꾀어 박약한 신앙을 얼크러뜨려 버린다.

밥상을 갖다 놓았다. 영철은 먼저 숟가락을 들었다. 그리고 두 청년에게 밥을 권하고 자기는 먼저 술병을 들었다. 술을 좋아하는 영철은 자기가 먼저 한잔을 따라 백우영에게 권하며, "자— 한잔 들지!" 하였다.

혜숙의 어여쁜 눈살은 술 권하는 자기 오라버니를 바라보며 얄상궂게 찡그려졌다. 그리고 대리석의 조각 같은 가늘고 흐르는 듯한 손으로 밥공기를 들고 젓가락을 집어 한 젓가락 떠서 터질 듯한 연지 입술을 벌리고 가만히 백설 같은 밥을 넣었다. 그리고는 아주 가만히 오물오물 씹었다. 그 밥을 씹을 때마다 아까 그 웃을 때 들어가던 두 뺨의 우물이 선용의 마음을 스미어들도록 잡아당긴다.

"어서 먼첨 하게" 하고 영철의 권하는 술을 사양하다가 다시 선용을 가리키며, "선용 씨, 먼저 드시지요" 한다. 영철은, "선용이는 먹을 줄을 몰라" 하며 우영에게 권하니 선용은, "저는 먹을 줄을 모릅니다" 하고 밥 한 젓가락을 뜨다가 백우영을 바라보며 사양을 한다. 우영은 하는 수 없는 듯이 술 한잔을 받아 들며 혜숙을 사랑에 취한 듯한 얼굴로 바라보며, "실례합니다" 하고 술을 마시려 하니까, 혜숙은 입에 넣으려하던 젓가락을 다시 꺼내며, "관계치 않습니다" 하고 다시 입을 벌리고 뜨거운 밥을 혀 위에다 올려놓고 바람을 들이 불면서 뱅뱅 돌린다.

혜숙은 자기 오라버니의 술 먹는 것이 언제든지 좋지 못한 줄 알았건만 그것을 말리지 못하다가 선용의 술 안 먹는다는 것이 말할 수 없이 순결하고 얌전해 보였다.

선용은 밥 한 공기를 다 먹었다. 그러나 그것을 다른 사람에게 떠달라지를 못하고 자기가 밥 담은 양푼을 잡아당기었다. 그러할 즈음에 영리한 혜숙은 얼른 선용의 손에 쥐어 있는 밥공기를 잡으며, "인 주세요" 하며 부끄러운 듯이 웃었다. 선용은 미안한 듯하고도 또는 혜숙의 행동이 무슨 의미있는 듯하기도 하여, "아녜요, 제가 떠먹지요" 하였다. 그러나 혜숙은, "이리 주세요" 하고 공기를 뺏어다가 주걱을 들어 밥을 푼다. 고개를 숙이고 눈을 가늘게 떠서 손에 든 그릇을 볼 때 한 가닥 두 가닥 앞머리가 깜박깜박하는 속눈썹 위에서 흩날릴 때 선용은 사랑의 이슬이 그 눈썹 위에서 굴러다니는 듯하였다. 그리고 그의 머리에 꽂은 핀이나 그의 가슴을 가볍게 매어논 저고리 끈이나 그 허리를 두른 치마의 주름살이나, 그의 어여쁜 치맛자락을 볼 때 혜숙의 사랑 묻은 손이 그의 까만 머리털을 얽었을 것이며, 그의 가슴에 사랑의 매듭을 매었을 것이며, 치마의 주름살의 사이사이마다 사랑의 냄새가 흐를 것이며, 치맛자락이 그의 종아리를 싸고 돌 때 말할 수 없는 사랑의 냄새가 청춘의 가슴을 얼마나 취하게 하였으리요 하는 생각이 났다. 혜숙은 밥을 떠서 선용을 주었다. 선용은 그것을 받을 때 사랑을 담은 무슨 선물을 자기에게 바치어주는 듯이 즐거웠다.

영철과 백우영은 술이 취하였다. 때 없이 농담 섞은 담화가 두 사람 사이에 일어났다. 우영은 가끔, "나는 어떠한 여자든지 나의 이상적 아내가 아니면 사랑하지 않는다"고 떠들어댄다. 그리고는 게슴츠레한 눈은 뚫어질 듯이 혜숙을 바라본다. 선용은 밥을 다 먹고 물을 마시었다. 그리고 떠들며 이야기하는 영철과 백우영을 바라보았다.

혜숙은 무엇을 생각하였는지 벌떡 일어서서 바깥으로 나간다. 영철은 다만 무심히 쳐다보며, "어데 가니?" 하였다. "저 손 좀 씻고 올게요" 하며 허리를 잠깐 숙이고 선용의 앞을 지나간다. 혜숙의 부드러운 치맛자락이 가벼운 공기에 흩날릴 때 향긋한 냄새가 선용의 감정을 녹이는 듯하였다.

혜숙이 나간 뒤에는 웬일인지 선용의 마음이 쓸쓸하였다. 적적한 산속에 홀로 앉은 것 같이 적적하였다. 자기 가슴 한 귀퉁이가 빈 것 같이 공연히 처량하였다. 선용은 혼자 먼 산만 바라보며 멀거니 앉았었다. 그리고 혜숙의 모든 행동이 자기에게 무슨 뜻깊은 정을 던져주는 것 같아서 한옆으로 마음이 좋기는 하다가도, 또다시 그렇지 않다 하는 회색의 실망이 그의 따뜻한 정열을 꺼버리려 할 때 그는 주먹을 단단히 쥐며 속마음으로 혼자 부르짖었다.

'아! 나는 어찌하여 열정의 핏결이 타오르는 청춘이 못 되는가' 하였다.

'나의 가슴은 어찌하여 대담히 그 앞에서 자백하지를 못하는가?' 하였다.

'아, 나는 어찌하여 청춘을 청춘답게 지내지를 못하나' 하였다.

'청춘이 되어라. 새빨간 피 있는 열정의 사람이 되어라' 하고 혼자 자기의 마음을 독려시키었다. 어려서부터 빈곤에 쪼들리고 실망에 헤매던 선용의 가슴속에도 어찌 뜨거운 사랑이 없었을 것이며 어찌 정의의 눈물이 있지 않았으리요마는, 너무 맵고 쓰린 빈곤과 낙망은 그의 모든 감정을 소금으로 절이는 것처럼 절이어버리었다.

그는 혜숙이 들어오기를 기다렸으나 혜숙은 들어오지를 않았다. 선용은 문밖에 나간 혜숙의 환영이 자기를 잡아당기는 듯이 벌떡 일어섰다. 그리고 문밖으로 나왔다. 그러나 혜숙은 보이지 않았다.

"혜숙은 어데로 갔을까?"

그는 이리저리 찾았으나 만나지를 못하였다. 그러나 혜숙을 찾아보리라 하였다. 찾아가는 선용의 온몸으로는 무슨 강대한 세력이 그의 피를 식혀버리도록 쫙 흘렀다.

그가 시냇물을 맑게 흐르는 곳까지 왔을 때였다. 바로 자기 앞에는 혜숙이 손을 씻고 있었다. 그의 모든 결심은 한꺼번에 풀어지며 공연히 가슴이 떨린다. 혜숙은 자기를 보았는지 못 보았는지 보고도 못 보는 체하는지 다만 손만 씻고 있었다. 선용은 그 손 씻는 것을 보고서는 다만 멀거니 서 있다가 기침을 한 번 하고, "무엇을 하세요?" 하였다. "네, 손 좀 씻어요." 깜짝 놀란 혜숙은 선용을 한 번 쳐다보고는 고개를 숙이고 아무 소리가 없다.

사면은 고요하다. 한적하고 따뜻한 침묵 속을 꿰뚫고 지나가는 시냇물의 종알대는 소리가 두 사람의 붉게 타는 감정을 구슬같이 꾸미고 지나갈 뿐이요, 아무 소리가 없다. 두 사람의 피부 밑으로 스며 흐르는 정의 핏결이 두 사람의 귀밑에서 속살거리는 듯하였다. 혜숙은 아무 말 없이 서 있는 선용을 볼 때 웬일인지 미안한 듯하여 그 미안한 침묵을 깨뜨리고, "일본을 가세요?" 하였다. 선용은 이 말을 듣고서 자기의 충정이 혜숙의 마음에 울림같이 기뻤었다.

"네."

"그러면 언제쯤 떠나세요?"

"모레쯤 가게 되겠지요."

"그러면 언제쯤 오시나요?"

선용은 아주 비창한 목소리로,

"그곳을 가보아야 알겠지요. 아주 못 오게 되는지도 알 수 없지요."

이 소리를 듣는 혜숙의 마음은 무슨 처량한 음악을 듣는 듯하였다.

"그러면 또 만나 뵈옵지 못하게요?" 하며 혜숙은 섭섭한 눈으로 선용을 바라보았다. 선용의 마음은 이 말 한마디가 얼마만한 신앙을 일으켰을지 다만 눈물이 스미는 듯한 어조로,

"네, 사람이 살아 있어 만나려 하기만 하면 언제든지 만나겠지요."

이 말을 한 선용의 가슴은 시원하고도 부끄러웠다. 자기의 마음을 혜숙에게 알릴 방법을 알지 못하다가 의외에 그랬든지 충동으로 뛰어나와 그랬든지 어떻든 뜻있는 말을 전한 선용의 마음은 혜숙의 귀에까지 뜻있게 들렸을 것이며, 혜숙의 어린 마음에 그 무슨 반향을 들을 수 있을 것이라 하면서도, 그 무슨 의문이 그를 만족시키지는 못하였다. 혜숙은 다시 말을 고치어,

"그러면 또다시 이렇게 같이 노시지도 못하겠지요?"

하며 손수건만 가는 손가락에 홰홰 감는다.

"가는 사람에게 이와 같이 재미있는 기회는 또 있지를 않을 테지요."

하고 선용은 무거운 한숨을 내쉬었다.

"그러면 가시지 마시지요."

하며 혜숙은 선용의 눈물날 듯한 두 눈을 바라보았다.

"아녜요. 가야 해요. 가지 않고 있을 수가 없어요. 저는 가야 할 사람예요."

이 소리를 듣는 혜숙은 처량한 두 눈으로 구슬같이 흐르는 시냇물을 내려다보며,

"어째 가신다는 말을 들으니까 저의 마음은 눈물이 날 듯해요."

하였다. 선용은 달려들어 끼어안고 실컷 울고 싶도록 혜숙에게로 가까이 가고 싶었다.

"고맙습니다."

선용의 목소리는 떨리고 힘이 있었다.

"저와 같은 사람을 그렇게까지 혜숙 씨가 생각하여 주시니, 저는 영원토록 잊을 수가 없겠지요."

"저도 어쩐지 오늘 이 자리를 영원히 잊어버릴 수는 없을 것 같애요."

이 소리를 들은 선용은 다시 산 듯하였다. 그는 한참 있다가 주먹을

조금 힘있게 쥐고,

"저와 같이 불쌍한 사람도 혜숙 씨는 잊어버리지 않으실는지요?"

혜숙은 그 무슨 의미인지를 모르고,

"네!"

하고 고개를 들며 눈을 크게 떠서 선용을 바라본다. 선용은 다만 혼 잣말같이,

"불쌍한 사람의 두 눈이라고 차디찬 눈물이 흐르지는 않겠지요."

하였다.

혜숙은 말뜻을 몰랐다. 다만 슬픈 소린가 보다 하였다.

두 사람 사이에 간단없이 날뛰는 뜨거운 감정은 어느 사이에 조화를 얻고, 융화가 되어 그 무슨 부끄러움이나 그 무슨 수줍음은 다 없어지고, 어쩐지 그립고 다정한 공기가 그 두 사람을 따뜻하게 싸고 돈다. 선용은 다만 고개를 숙이고 생각하였다.

혜숙의 모든 행동, 모든 표정, 모든 말이 하나도 자기를 사랑한다는 의미가 포함되지 않은 것이 없다 하여보았다. 그리고 '어째 당신의 말을 들으니까 나의 마음도 눈물이 날 듯해요' 하던 것과, '저도 어쩐지 영원히 이 자리를 잊을 수 없겠지요' 하던 말을 생각하면 생각할수록 자기 심현心絃에 뜻깊은 곡조를 아뢰어주는 듯하였다.

선용은 주저주저하다가, "혜숙 씨" 하고 가만히 있었다. 혜숙의 귀에는 선용의 말소리가 너무 가늘고 부드러워서 들리는 듯 마는 듯하였다. 그래 아무 소리도 없이 눈을 반짝반짝하며 선용의 얼굴을 바라보았다. 그러나 선용은 또다시, "혜숙 씨" 하였다. 어쩐지 그 선용의 부르는 말소리는 혜숙이 귀밑에 부끄럼을 속삭이는 듯하여, "네" 하고 고개를 숙여 땅 위에 반짝거리는 모래만 하나 둘 세었다.

"혜숙 씨의 고마운 마음을 저는, 또다시 혜숙 씨를 못 뵈게 되더라도

저는 잊지 않을 터이야요."

혜숙은 다만,

"저도 선용 씨를 잊지 못하겠어요."

이러한 즈음에 마침 영철이와 백우영이 술이 반쯤 취하여 나오다가 이것을 보았다. 영철은,

"선용이 무엇을 하나, 아무리 기다려도 돌아와야지, 하하하."

이 소리를 듣는 혜숙은 자기 오라버니에게 달려들며,

"오라버니!"

소리를 지르고 반가워 그리하였는지, 부끄러 그리하였는지 어리광처럼 그의 팔을 붙잡으며 또렷한 두 눈에 눈물방울이 그렁그렁하였다. 영철은 무엇을 알아챈 듯이 다만 껄껄 웃으며 선용의 어깨를 두어 번 두드리더니, "나는 한참이나 기다렸네" 하고 혜숙과 선용의 얼굴만 번갈아 들여다보더니, "어서 가보세, 그만 가볼까" 할 뿐이다. 백우영은 술 취한 붉은 얼굴에 타는 듯한 정욕을 두 눈에 어리고, 다만 혜숙만 뚫어지도록 바라볼 뿐이다.

선용을 태운 기차의 기적 소리가 남대문 정거장을 애처롭게 울리고, 다정한 어머니, 다정한 친구, 또한 그리운 혜숙을 떠난 지도 벌써 나흘이 지났다.

선용은 일본 동경에 왔다. 본향구백산本鄕區白山에 조그마한 방 하나를 얻어 자기의 손으로 밥을 지어 먹고 있는 선용은 오늘도 저녁을 지어 먹고 외로이 다다미 위에 드러누워 무엇을 생각하고 있다. 비는 부슬부슬 창밖에 오는데 아마도 덧문 틈으로 새어 들어오는 구슬픈 빗방울 소리와 철벅거리고 달음질하는 인력거꾼의 발자취 소리가 질적질적하게 들린다.

선용의 눈 앞에는 지나간 일주일 전 반만 리 고향에서 혜숙과 이야기하던 그 모양이 다시 나타나 보인다. 혜숙과 영도사에서 헤어진 후 일시 반때라도 혜숙을 잊지 않은 선용은 오늘 이 자리에 누웠을지라도 혜숙의 그림자가 그의 모든 기억을 채우고 있을 뿐이다.

그가 흐릿한 희망과 확실치 못한 믿음으로 혜숙의 사랑을 얻으려 하였으나 지나간 그날 그 짧은 시간의 한마디를 꾸미고 사라진 두 사람의 이야기가 과연 자기와 혜숙 사이를 굳게 사랑의 가닥으로 얽어놓았을는지 의문이었다. 영도사 물 흐르는 그 자리에 서서 혜숙의 모든 아리땁고 다정한 말소리를 들었을 때는 얼마간일지라도 혜숙의 사랑을 얻은 듯하여 광명하고 힘 있는 신앙이 자기의 모든 실망 비관을 살라뜨려버리고 끝없는 앞길로 인도하는 듯하더니, 오늘에 혜숙을 고향에 남겨두고 외로이 와서 앉았으매 모든 것이 꿈 같고 거짓말 같기만 하다. 그리고 혜숙의 귀여운 소리의 여운이 자기의 귀밑에까지 남아 있는 듯할 때, 그는 또다시 생각하기를 그것은 귀여운 여성의 순결하고 힘 없는 동정의 자백이요 결코 나를 사랑한다는 사랑의 노래는 아니라 하였다.

그는 귀여운 혜숙을 다정한 여자로서 자기의 비장한 어조와 불쌍한 겉모양에 못견딜 연민의 정을 깨달았는지는 알 수 없으나 나를 사랑하려는 여자는 아니라 하였다. 그리고 이렇게 인정을 하여 공연히 속 타는 가슴을 진정하여 보리라 하였으나 그러한 생각을 하면 할수록 그의 가슴은 쓰리고 아프고, 모든 것을 잃어버린 듯하고 세상이 캄캄하게 어두워지는 듯하였다. 그러나 그는 혜숙에게 왜 그때에 달려들어, "나는 당신을 사랑합니다" 하여보지를 못하였노 하였다. 그는 당장에 또다시 고향에 돌아가 혜숙의 부드러운 손을 굳세게 붙잡고서, "나는 당신을 사랑합니다" 하고 간원하고 싶었다. 그리고 "모든 희망과 신앙의 불길을 나에게 부어주시오" 하고 싶었다.

그는 무엇을 결심하였는지 벌떡 일어났다. 그러나 너무 한적하고 고요한 침묵이 무엇으로 자기를 때리는 것같이 똑똑하게 조용함을 깨달을 때 그는 또다시 멈칫하고 앉아서, "그만두어라, 그랬다가 만일 거절을 당하면?" 하고는 멀거니 켜 있는 전등만 바라보다가 또다시, "그러나 해보기나 해야지" 하고 주먹을 단단히 쥐었다. 그는 종이와 붓을 들어 편지를 썼다. 한 붓에 이십 페이지 원고를 채웠다. 그래 피봉에 어여쁜 글씨로 '혜숙 씨'라 써서 책상머리에 놓았다가 또다시 집어들고 한참이나 들여다보았다.

그때였다. 그 집 노파가,

"선용 씨."

하며 올라온다. 선용은 고개를 돌려 노파의 주름살 잡힌 얼굴을 쳐다보며,

"네, 왜 그러세요?"

하였다.

"아까 편지가 온 것을 잊어버리고 여태까지 안 드렸어요."

선용은,

"어디 봐요."

하고 편지를 받았다. 그 편지는 영철이에게서 왔다. 천 리 타향의 외로운 손을 위로하는 것은 다만 고인의 정이 엉킨 몇 자 안 되는 글발이다. 그는 반가이 피봉을 뜯었다. 그 편지를 뜯을 때 또 다른 봉투 하나가 떨어져 나왔다. 선용은 이상하여 둥그런 눈으로 그 편지를 집다가 그의 가슴은 너무나 기꺼움으로 차디차게 식는 듯하였다. 거기에는 과히 서투르지 않는 글씨로 이혜숙이라 씌어 있다.

선용은 영철의 편지는 젖혀 놓고 혜숙의 편지를 펴들었다. 거기에는 다만,

298

떠나가신 선용 씨,

저는 선용 씨가 가신 후로 왠일인지 섭섭한 생각이 나서 울기만 하였습니다. 오라버니께서도 자꾸 섭섭하시다고만 하시지요. 저의 섭섭한 마음은 선용 씨를 또다시 만나뵈올 때에 없어지겠지요. 저는 다만 선용 씨의 성공만 빌 뿐이외다. 혜숙.

선용은 손에다 그 편지를 힘있게 쥐었다. 그러다가는 감격한 두 눈으로 그 향내나는 편지를 한참 들여다보았다. 그는 너무 반갑고 환희가 그의 가슴을 넘쳐 흘러 뜨거운 눈물이 나는 줄 모르게 그의 눈에서 쏟아져 흘렀다.

'아— 나는 참으로 산 사람이냐? 나도 다른 사람과 같이 청춘의 뜨거운 뇌를 사랑의 맑은 물로 청정케 함을 얻은 자이냐? 나에게도 빛난 장래와 굳세인 세력을 하나님이 주셨는가? 부드러운 여성의 따뜻한 사랑이 나의 시드는 심령을 다시 살게 하느냐?' 하였다. 그리하다가도, '울기는 왜 울었노?' 하였다. '설령 섭섭하여 울었다 하더라도 그와 같은 여자가 과연 담대하게 편지에 그 말을 쓸 수가 있었을까?' 하였다. '그렇다. 그의 뜨거운 피는 나를 위하여 끓었다. 사랑의 큰 힘은 어린 혜숙에게 그 말을 쓸 만한 용기를 주었다. 그러면 나도 용기를 낼 터이다. 혜숙의 사랑을 위하여 나의 일생을 아름답게 꾸밀 터이다.' 그는 또다시 영철의 편지를 보았다. 거기에는,

세상에 가장 불쌍한 친우여!

세상이 과연 그대를 동정하던가? 그대를 불쌍히 여기던가? 그대의 두 팔과 두 다리는 그대의 나아가려는 거치러운 벌판을 헤쳐야 할 것이다. 그대의 성공은 그대의 육체가 때없이 떨리는 비분과 낙망에 쌓이고

또 쌓인 곳에 있을 것이로다.

나는 그대에게 아무것도 도와줌을 주지 못한 사람이다. 그러나 나는 그대에게 최대의 세력을 소개하려 한다. 그 최대의 세력이라 하는 것은 즉 나의 편지와 함께 그대의 손에 떨어지는 다른 사람의 글발일 것이다……

선용은 그 편지를 끼어안으며, "아― 영철 군!" 하고 부르짖었다. "아― 나의 가장 굳세인 원조자여! 나는 그대의 누이를 믿음보다 그대를 믿을 것이다" 하고는 다만 기꺼움과 즐거움이 그의 가슴을 채워버리고 아무 의식과 다른 감정은 없었다. 그는 다만 방울방울 눈물 고인 눈으로 가만히 천장을 바라보고 있었을 뿐이다. 때는 언제나 되었는지 길 가운데를 달아나는 전차 소리가 멀리서 한 번 소란히 들리더니 옆의 집 시계가 하나를 센다.

선용이가 일본에 와서 영철과 혜숙의 편지를 받아본 지 일주일이 지난 토요일이었다. 백우영은 자기 집에서 저녁을 먹으려다가 무엇을 생각하였는지 그대로 문밖을 나섰다. 아직 날이 어둡지 않은 황혼에 단장을 질질 끌며 담배를 붙여 물고 청진동을 들어섰다. 그는 어떤 집 문앞에 와 섰다. 그리고 문간을 기웃하고 들여다보며 무엇인지 엿듣더니 서슴지 않고 아무 소리 없이 마당으로 들어서며 안방을 향하여, "있나?" 하고 기침을 한 번 크게 하였다. 방문 미닫이를 열고 나오는 사람은 나이가 열여덟이 될락말락한 미인이었다. 저녁 화장을 마침하였는지 꽃수놓은 수건으로 손을 씻으면서, "어서 오세요" 하며 백우영을 보며 생긋 웃을 제 희다 못하여 푸른 기운이 도는 어여쁜 이가 주순朱脣 사이에서 우영을 맞아준다.

"들어오세요."

"아냐, 괜찮아. 어제 저녁에 고단하였지?"

"아뇨. 별로이 고단하지 않아요. 그러나 잠깐 들어오시지요."

"글쎄, 잠깐 앉았다 갈까?"

하고 우영은 못이기는 체하고 방 안으로 들어섰다. 방 안에는 기름 향내가 자개의걸이 화류반닫이를 싸고 돈다. 머리맡에는 일본제의 석경이 놓여 있고, 그 아래는 얼굴 치장하는 화장품이 늘어 놓여 있다. 아랫목에는 비단 보료가 깔려 있으며, 웃목에는 오색으로 조각보를 놓은 두꺼운 방석이 두어 개 놓여 있다. 창틀 위에는 풍경화를 끼운 현액이 몇 개 걸리어 있고, 전기등은 푸른 싸개로 싸놓았다.

그 미인은 아랫목으로 내려앉으며 석경을 잠깐 들여다보는 듯하더니 고개를 돌려 백우영을 바라보고 옷고름을 다시 매는 체하며, "담배 태시지요" 하고 담배를 권하며 성냥갑을 들어 붙여주려 한다.

"아냐, 나에게도 있는데."

하더니 자기 주머니에서 담배를 꺼내 놓고는 마지 못하는 체하고 담배를 받아 물었다.

청춘 남녀가 만나기만 하면 할 말이 많으련마는 무슨 뜻을 품고서 서로 만나면, 하리라 한 말도 나오지를 않는 모양이다. 두 사람은 다만 한참이나 말없이 앉았다. 우영의 가슴은 이 미인으로 인하여 타는 터이라 공연히 수줍고 주저하는 생각이 나서 한참이나 그 미인을 바라보고 앉아 있었다. 그 미인도 우영의 시선이 자기 얼굴 위로 살금살금 지나갈 때마다 공연히 부끄러워서 얼굴을 가만두지 못하고 이것 저것 바라보고만 있다.

우영은 기침을 한 번 컥 하더니,

"설화."

하며 담뱃재를 털었다.

"네."

하는 설화는 다만 버선 뒤축만 다시 잡아다녔다.

"설화 하고 나 하고 사귄 지는 얼마 안 되지만 나의 마음을 그만하면 설화도 알아주겠지?"

"제가 어떻게 우영 씨의 마음을 알 수가 있습니까?"

"글쎄 그것도 그럴는지 모르겠지. 사람의 마음을 어떻게 사람이 보지도 못하고 듣지도 못하고 알 수가 있겠나마는……그러면 나의 청하는 것을 하나 들어줄 테야?"

"무슨 말씀인지 들을 만하면 들어드리고 못 들을 만하면 못 들어드리지요."

하고 설화는 냉정한 얼굴에 억지로 반웃음을 지었다.

"나는 설화를 사랑하는데……"

하며 우영은 빙그레 웃으면서 설화의 얼굴을 쳐다본다. 설화는 기막힌 듯이 웃으며 손가락만 쥐었다 폈다 하면서,

"고맙습니다. 저 같은 사람도 사랑을 하여주신다 하니 그러나 저는 우영 씨를 사랑해 드릴 자격이 없겠지요."

"자격이라니? 사랑만 하면 그만이지, 사랑이라는 것은 자격도 아무것도 없으니까……."

"그렇지 않아요. 결코 그렇지 않아요. 마치 말씀하면 밀가루 반죽을 하려 할 때에 적당한 밀가루에 적당한 물을 타야 그 반죽이 잘 되는 것과 같이 사랑도 적당한 자격과 적당한 자격이 서로 합해야 원만한 사랑이 되겠지요. 저는 다만 한 개의 천한 계집이니까 우영 씨 같은 어른의 사랑을 받기에는 너무 자격이 없어요."

"그것은 너무 겸사의 말이지만, 나의 충정에서 끓어나오는 열정은 모

302

든 것을 다 버리고 또한 헤아리지 않고 설화를 사랑하여 줄 테니까."

"글쎄요. 그것이 진정한 말씀일지라도 저는 제가 부끄러워서 그 대답을 하기는 어려워요."

"그러면 나를 사랑할 수가 없다는 말이지?"

"아뇨. 사랑할 수가 없다는 말씀이 아니라 사랑할 만큼 자신이 없다는 말씀예요."

"그러면 어떻든 나의 말에 대답을 못 하겠다는 말인가?"

설화의 마음에는 우영의 사랑이 없었다. 또한 우영의 가슴에도 설화를 영원히 사랑하여 주리라 하는 뜨거운 열정은 있지 않았다.

"아니 그런 말씀이 아니라요……."

하며 설화는 방그레 웃더니,

"차차 말씀하지요, 오늘만 날이 아닌데요."

"그러면 언제?"

"언제든지요."

우영은 그 말을 듣고서 무엇을 생각하였는지 빙그레 웃으며 천장을 쳐다보고 담배 연기를 후― 하고 내어뿜을 뿐이었다. 그러다가는, "글쎄, 그것도 그럴 터이지만 내일이나 모레나 요다음날 대답할 것을 오늘 못할 것은 없을 것 같은데" 하고 서투른 웃음을 또다시 웃었다. 설화는 먹을 줄을 모르는 담배를 꺼내어 손가락 사이에다 넣고서 배배 틀면서, "그렇지 않지요. 모든 것이 때가 있는 것이니까요. 오늘 대답할 것을 내일 대답 못하는 수도 있고 오늘 대답 못할 것을 내일 대답하는 수도 있으니까요" 하며 두 다리를 쭈그리고 앉는다. 우영은 바로 점잔을 빼며, "그러면, 요다음에 좋은 대답을 하여줄 터인가?" 하며 무릎 위에 팔꿈치를 대고 고개를 바짝 가까이 설화의 얼굴에다 가까이 한다. 설화는 그것을 피하려고 고개를 비키며, "글쎄요. 그것은 그때가 되어보아야 알겠지요" 하였다.

이러할 즈음에 설화 어머니가 마루에서,

"저녁 먹어라."

하는 소리가 나니까 설화는,

"천천히 먹지요."

하며 창문을 열고 바깥을 내다본다. 우영은 무엇을 생각이나 한 것처럼 벌떡 일어서더니,

"그럼 어서 저녁이나 먹지."

하며 방문을 여니까 앉았던 설화가 일어서며,

"왜, 가세요?"

하고 치마 앞을 탁탁 턴다.

"아무데도 가지 말어. 내 지금 곧 부를 터이니."

"네."

우영은 설화의 가슴츠레한 눈을 바라보고 의미있게 생긋 웃는다. 그러나 설화는 그 웃음을 본 체 못 본 체하고 다만 문을 닫고 방으로 들어가 버린다. 그날 저녁 여덟 시가 되어 이영철은 동구 안 전차 정류장에서 내렸다. 일곱시 반에 만나기로 약속한 이영철이가 십 분이나 늦어서 오게 된 것은 자기에게 큰 수치나 돌아오는 듯이 걸음을 급히 하여 명월관을 향하여 들어온다. 인력거 종소리가 이영철의 귀를 울리더니 부드러운 냄새가 나는 미인 하나가 명월관 현관에 가 내렸다.

영철도 현관 앞에 가서 구두를 벗고 보이에게,

"백우영 씨가 어느 방에 계신가?"

하였다. 보이는 아주 은근하고도 공경하는 어조로,

"네— 이리 오십시오."

하며 영철은 인도하여 회랑을 돌아간다. 동편 구석 어떤 조그마한 방

미닫이를 두 손을 벌리어 스르륵 열어젖뜨리며,

"이 방이올시다."

한다. 그 방 안에 앉아 있던 대여섯 젊은 청년들은 일제히 영철을 바라보았다. 그리고 한꺼번에 "야! 인제 오는가?" 하며 손을 내밀어 영철에게 악수를 청하는 자도 있고 영철의 팔을 잡아다녀 자기 곁으로 끄는 사람도 있다. 백우영은 물었던 담배를 재떨이에 비비고, "왜 이렇게 늦었나?" 하며 영철을 바라본다.

"어데를 잠깐 다녀오느라고 자연 늦었어. 어떻게 급하게 왔는지 땀이 다 났네. 가만히 있게, 대관절 담배나 하나 태워보세" 하며 영철은 웃옷을 벗어 걸고 담배를 붙여 물었다.

옆의 방에서 장구를 두드리고 노래를 부르는 기생의 소리가 안개처럼 그윽하게 들린다.

"여보게."

하는 사람은 백우영이다.

"왜 그러나."

영철은 대답하였다.

"요새 자네 누이 잘 있나?"

"잘 있지."

"그런데 자네, 나 매부 삼지 않으려나."

"그것을 왜 날더러 물어보나?"

"그럼 누구더러 물어보래나?"

"그애더러 물어보게그려."

"옳지, 그것도 그래. 사랑은 자유니까."

하며 백우영이가 농담을 시작하였다. 그 농담을 보통 듣는 사람은 지나가는 농담으로 알 것이나 백우영의 그 농담은 그 가운데에 깊은 의미를 품고서 말한 농담이다.

상고머리를 깎고 나이가 스물다섯이 될락말락한 청년과 금니를 해박고 옥으로 만든 물뿌리를 들은 청년은 저희들끼리 무슨 이야기인지 저쪽 귀퉁이에서 분주하게 한다. 또 한 귀퉁이에서는 바둑판을 갖다 놓고 무르느니 안 무르느니 하고 저희들끼리 떠들어댄다. 영철도 우영이 하고 이야기하는 것이 심심한 듯이, "어디 나도 한몫 끼어보세" 하고 바둑판 옆으로 달려들려 할 때 보료 위에 목침을 베고 드러누웠던 조선옷 입은 청년이 이 꼴을 보더니, "이 사람들아, 젊은 사람들이 곰상스럽게 바둑들이 무엇인가" 하며 벌떡 일어나더니 바둑판 위로 넓적한 손을 벌리어 쓱 한 번 훑으니까 바둑은 모두 허물어졌다. "에에, 심사도 고약하다" 하고 바둑 두던 청년은 눈을 흘겨 쳐다보며 들었던 바둑알을 바둑통에다 탁 던지며 옆으로 물러앉는다. 영철도 한몫 보려다가 그 꼴을 당하고 기막히는 듯이 빙그레 웃으며 물러앉았다.

이러할 때였다. 문을 열고 들어오는 사람은 어여쁜 미인 두 사람이었다. 문지방을 넘어선 두 미인은 날아갈 듯이 그 자리에 앉는 듯 마는 듯하게 방 안을 둘러보고, "안녕하십니까" 하며 인사를 한다. 그 두 미인이 들어오자 온 방 안은 무슨 빛이 나고 향내가 나는 듯하였다. 답답하던 공기는 붉고 따뜻한 정조(情調)로 물들이는 듯하고 아무 냄새도 있지 않던 그 방에서는 여성의 붉은 피 냄새가 어리는 듯하였다.

앉았던 청년이나 누웠던 청년의 크지 못한 가슴속에는 물결 같은 정조(情潮)가 밀려오고 혼몽한 감정은 그들의 눈들을 가슴츠레하게 하여 놓은 듯하였다. 그 미인들의 기름 바른 머리털은 전깃불에 비치어 무지개처럼 반사된다. 그리고 앉고 설 때마다 비단치마의 바삭거리는 소리가 사랑의 가루를 뿌리는 듯하였다.

영철은 그 두 미인을 보았다. 하나는 처음 보는 기생이요, 김설화는 꼭 한 번밖에 보지 않은 기생이었다. 그래서 그 김설화가 자기를 알아 보는지 못 알아보는지 알지 못하여 아무 소리 없이 그를 쳐다볼 때 옆에서 부르는 백우영의 말에는 대답치 않고 가을물 같은 두 눈으로 자기를 보고 아미를 푸르게 찡기고 입을 반쯤 열어 붉게 웃을 때 그때야 영철은 김설화가 자기를 아나 보다 하고, "오래간만이로군" 하였다. 다른 청년들은 들어온 기생을 향하여 여러가지 농담을 시작하였다.

그 금니 박은 청년은 다른 한 기생의 손을 다정하게 붙잡고, "요새 재미가 어때?" 하니까, 그 기생은 태연한 얼굴에 지나가는 말처럼, "그저 그렇지요" 하고 뒤를 한 번 돌아보고 아무 소리 없이 앉아 있다. 백우영은 설화를 자기 옆에다 앉히고 공연히 할 말 아니 할 말만 시키고 앉아 있다.

요릿상이 들어온 지 한 시간이 지났다. 영철의 전신을 도는 붉은 피는 파란 기운이 도는 술에 물들어서 알지 못하게 끓는다. 설화는 어느 틈엔지 영철의 무릎 위에 어여쁜 손을 놓고 앉아 있다. 영철이는 비로소 자기의 무릎 위에서 설화의 매끄러운 손가락이 무엇을 소곤대는 듯이 꼼지락거리는 것을 깨달았을 때 푸른 정기가 어리고 또 어리어 자기의 모든 관능을 마비시키는 듯한 설화의 두 눈을 바라보았다. 초승달 같은 눈썹 밑으로는 영롱하게 구르는 설화의 눈동자가 자기 가슴 위에서 대르륵대르륵 구르는 듯하며 순결함을 말하는 듯한 새빨간 연지 입술이 맞추지도 않은 자기의 입술을 근지럽게 하는 듯하였다. 또다시 그의 까만 머리를 자주댕기로 획획 감아 자그마한 금비녀로 개웃드름하게 쪽지인 머리쪽을 볼 때 정情 묻은 머리 향내가 영철의 코를 지나 모든 신경을 취하게 하는 듯하였다. 영철은 설화의 손을 가만히 쥐었다. 그 손은 따끈따끈한 피가 도는 중에도 대리석같이 찬 듯하였다. 설화는 영철의 얼굴을 한 번 쳐다보고는 또다시 고개를 숙이어 부끄러움을 지었다.

"술 먹게" 하는 소리가 영철과 설화 사이에 잡은 손을 놓게 하였다. 영철의 손은 무엇을 잃어버린 것 같이 서운하였다. 영철은, "먹지" 하고 그 술을 받아 들었다. 그리고 그 술을 마시려 하면서 술이 취하여 건들대는 상고머리 깎은 청년을 곁눈으로 바라보며 속으로, '내 이번에는 저놈을 한 잔 먹이리라' 하였다. 그리고 술을 한 모금 다 마시고 곧 그 술잔을 그 청년에게 내밀며, "이번에는 내 술 한 잔 먹어라" 하였다. 그 청년은 얼굴이 설익은 고깃빛 같이 되어서 거슴츠레한 눈으로 술잔을 바라보며, "먹지 먹어, 이영철이가 주는 술인데 안 먹을 수가 있나" 하며 술잔을 받아 든다. 설화는 영철을 대신하여 술을 부었다. 영철은 무의식중에, "설화" 하였다. "네" 하고 설화는 공연히 가슴속이 이상하여 대답을 하였다.

"설화 집이 어데야?"

"청진동요."

"한 번 놀러 갈까?"

이러할 즈음에 백우영이가 설화를 부른다. 설화는 가기가 싫어서,

"왜 그러세요?"

하며 앙탈하듯이 가지를 않고 멈칫거린다.

"글쎄 이리 오라니까. 오지 않을 테야?"

하며 얄밉게 흘겨댄다. 설화는 무슨 동정을 구하는 듯이 영철을 바라보더니 영철이 아무 기색도 보이지 않는 것을 보고 하는 수 없는 듯이,

"왜 그러세요?"

하고 그 옆에 가 앉는다.

이때였다. 보이가 들어와, "이영철 씨, 밖에서 누가 찾으십니다" 한다. 영철은, "누가?" 하고 의아하여 쳐다보았다. 보이는 다만, "성함은

알 수가 없어요. 잠깐만 만나보실 일이 있다세요" 하며 저쪽을 돌아볼 뿐이다. 영철은 벌떡 일어섰다. 영철이 문 밖을 나설 때였다. "오래간만입니다" 하며 자기를 쳐다보는 기생 하나가 있었다.

"이게 누구야. 오래간만이로구면" 하고 그대로 지나쳐 가려 하니까, "어데를 가세요?" 하며 그 기생이 손을 탁 잡는다. 영철은, "응, 누가 좀 보자고 해서" 하며 손을 뿌리치려 하니까 그 기생은, "누가요?" 하며 얄밉게 쳐다보며 생그레 웃었다.

"글쎄 누군지 나도 몰라. 가보아야지."

"이리 좀 오세요, 가 보시기는 누구를 가보세요. 영철 씨를 청한 사람은 여기 서 있는 이연옥李蓮玉이어요"

영철은 술 취한 마음속에도 가증한 생각이 나서,

"무엇야? 그럼 왜 불렀어?"

하며 무례함을 책망하듯이 흘겨보았다.

"조금 말씀할 것이 있어서요."

"무슨 말을?"

연옥은 아무 소리가 없다. 영철은 화가 나는 듯이 한참이나 있다가,

"말할 것 없어? 없으면 나는 돌아갈 테야."

하고 발길을 돌이키며 하니까 연옥은 영철의 옷자락을 붙잡으며,

"가기는 어데를 가세요. 연옥이는 사람값에 못 가나요?"

"누가 사람값에 못 간대?"

"흥, 고만두십시오. 설화가 못 잊어 그러시어요?"

영철이가 이 소리를 듣고는 그의 가슴속이 태연하지는 못하였다. 웬일인지 피 묻은 화살로 염통을 꿰뚫는 듯이 저리저리하게 아픈 듯하였다.

"무엇야? 설화라니?"

"설화를 모르세요? 영철을 떨어지지 않는 설화를요? 다 고만두세

요."

하고 얄상스럽게 영철을 바라본다.

영철의 귀에는 설화라는 이름이 새삼스럽게 따뜻하게 들린다. 얄밉고 가증한 연옥의 시들시들한 입술 사이를 통하여 새어나온 그 설화란 소리가 영철의 심장 위로 춤을 추고 지나간다.

영철은 기막힌 듯이 웃었다. 그리고 연옥의 손을 쥐려 하였다. 연옥이는 쥐려는 영철의 손을 벌레나 기어가는 것같이 홱 뿌리치며,

"누구 손을 쥐세요? 이 손은 연옥이란 천한 여자의 더러운 손예요. 설화의 손과는 아주 다릅니다."

영철이는 뿌리침을 당한 손을 다시 연옥의 등 위에 얹으려 할 때, "그러나 설화나 저나 기생은 일반이겠지요" 하고 손에 들었던 담배에 불을 붙이며 흠뻑 한 모금 빨아 후— 내뿜었다. 그리고 까만 눈썹을 아래로 깔고 입을 쫑긋쫑긋하며 다리만 달달 까불고 있었다. 영철은 연옥의 손을 다시 쥐었다. 연옥은 아무 소리가 없다. "연옥이, 왜 사람이 그렇게도 경망한가? 자! 이리와" 하고 연옥의 팔을 잡아끌어 사람 없는 조용한 방으로 들어갔다.

"왜 이러세요. 저리 가세요."

하며 나오는 웃음을 억지로 참으면서 가만히 영철을 밀치려 한다.

"내가 꼭 연옥의 집에를 가야지……"

하고 영철은 연옥의 손을 가만히 흔들었다.

"그것은 마음대로 하시지요. 그러나 웬걸요, 설화 집에 가실 사이는 있어도 저의 집에 오실 사이는 없을 터이니까요. 저의 집에는 무엇을 찾어 먹자고……."

하다가 말이 너무 함부로 나온 것이 실례스러워서 생그레 웃었다.

이때에 누구인지 영철과 연옥이가 있는 방 안으로 뛰어들어오며,

310

"이것들이 무슨 짓야, 야! 연옥이 오래간만이로구나."

하는 사람은 백우영이다.

"이 사람아, 술 먹다 말고 이게 무슨 짓인가, 가세 가."

하고 영철은 사정없이 끌고 간다. 영철도 속마음으로는 에에 시원하다 하면서도, "이 사람아, 하던 말이나 마쳐야지" 하며 두 발을 뻣대인다.

"말이 무슨 말야. 할 말은 두었다 하게, 언제든지 그 말이 그 말이지."

영철은 못 이기는 체하고 방 안으로 들어왔다. 들어오는 것을 보는 설화의 두 눈에는 반기는 광채가 꺼져 있는 영철의 가슴속에 새로운 불을 켜대이는 듯이 빨개지는 듯하였다.

영철은 또다시 설화를 보았다. 설화는 다만 두 손을 모으고서 옆엣사람의 이야기 소리만 듣고 있었다. 설화는 그리 어여쁜 기생이 아니었다. 또한 탐스럽게 생기지도 못하였다. 그러나 온몸을 두른 옷맵시라든지 그의 머리 단장이라든지 모든 것이, 단조롭고 조화가 있어 보인다.

영철은 설화의 손을 쥐어 자기 앞으로 끌어 잡아다녀 앉히고 싶었다. 그리고 녹신한 팔목을 끌 때에 연한 살과 부드러운 피부에 쌓인 가늘은 골격이 오드득하는 소리를 듣는 듯하였다. 그러나 웬일인지 연옥이란 기생이 질투 끝에 설화란 이름을 불러 자기와 설화 사이의 사랑이 있는 듯이 말한 것을 듣고 보니 설화를 보기에도 수줍은 생각이 나고 아까 없던 생각이 자꾸자꾸 난다. 그러나 설화의 눈치가 보이고 설화의 눈 한 번 굴리는 것일지라도 자기에게 그의 가슴속에 숨어 있는 사랑의 그림자를 자기 얼굴 위에 던져 주는 듯하였다.

아까까지 설화와 담화를 거침없이 하던 이영철은 웬일인지 말이 없어 멀거니 앉아 있다. 그의 머리 속으로는 무슨 생각이 달음질하는 듯이 전깃불에 비친 두 눈동자만 반짝반짝한다.

설화는 일을 보러 바깥으로 나왔다. 바깥으로 나온 설화의 가슴은 웬일인지, 가늘게 떨릴 뿐이다. 여태껏 몇 해를 두고 여러 백 명의 남자와 교제를 하여 온 설화의 가슴은 이상하게도 동요가 된다. 어떤 때는 울고도 싶고 몸부림을 하고 싶도록 마음이 처량하여지기도 하고 또 어떤 때는 전신으로 차디찬 핏결이 흐르는 듯도 하였다. 그는 무슨 소리가 자기 뒤에서 부스럭만 하여도 뒤를 돌아다보았다. 그리고 찰나刹那 사일 지라도 영철의 그림자가 자기 머리 속으로 왔다갔다 한다.

그는 요릿집 사무실로 들어갔다. 사무실에서는 사무원이 전화 앞에서 무엇을 쓰고 있다가 설화가 들어오는 것을 보더니, "얼굴이 왜 저렇게 파래? 그리고 추워서 그런가? 떨기는 왜 떨어?" 한다. 설화는 다만, "추워요" 하고 옹송그리고 그 옆에 가 앉았다. 그리고 옆에서 지껄이던 다른 기생들을 보고서는, "언제 왔니?" 한마디를 하고 가만히 앉아서 있었다.

"응, 설화 오래간만이로구나" 하는 사람은 연옥이다.

"언니요, 언제 왔소?" 하는 설화는 움츠리고 앉았던 몸을 일으키면서 연옥의 손을 붙잡으려 하니까, "너의 손이 왜 이렇게 차니?" 하며 싫은 듯이 설화의 손을 내려다볼 뿐이다.

"글쎄, 모르겠어, 나는 아마 일찍 가야 할까봐."

"왜 어데가 아프냐?"

설화는 다시 백우영이 있는 방으로 들어왔다. 그리고 백우영에게 향하여, "저는 일찌기 가야 하겠어요" 하였다. 술 취한 우영은, "왜……" 하며 설화를 놀라는 눈으로 바라본다.

"몸이 거북해서요."

"몸이 거북해?"

"네."

"어데가?"

"공연히 으슬으슬 추워요."

"추워?"

이 소리를 들은 다른 청년들은,

"무엇야? 추워?"

"그럼 가겠다는 말이지?"

"안 된다, 안 돼."

"가기는 어데를 가."

"옛기."

하며 저희들끼리 떠든다. 설화는 다만 아무 소리가 없이 앉아 있었다. 우영은, "가지 못하지, 가지 못해" 하고 고개를 좌우로 내흔들며 술잔을 마셨다 놓았다 할 뿐이었다.

같이 왔던 난향이라는 기생은, "어데가 아퍼서 그러니? 정 아프거든 나하고 같이 가자꾸나" 하며 가려는 설화를 붙잡으려 할 뿐이다. 이 꼴을 본 영철은, "어데가 아퍼서 그러나?" 하며 다정하게 설화의 손을 쥐며 물었다.

"별로이 아픈 곳은 없어도 몸이 떨리고 으슬으슬 추워요."

"추워?"

"네."

"그러면 꼭 가고 싶다는 말이지?"

"가야 할까 보아요."

영철은 동정하는 듯한 두 눈으로 설화의 두 눈을 아래로 깔고 앉아 있는 것을 보았다. 그리고 나이 젊고 어여쁜 설화의 어디인지 모르게 불쌍하여 보이는 것을 찾아냈을 때 그는 더욱 설화의 손을 단단히 쥐었다. 그리고 놓기는 섭섭하였지마는 몸 아파 괴로워하는 설화를 돌려 보내는 것이 온당한 일이라 하였다. 그러나 영철이가 만일 범연한 귀로 설화의 말을 들었던들 그 당장에서 돌려보냈을는지도 알 수 없겠지만, 알지 못하는 매력에 끌림을 당하는 영철은 설화에게 감히 돌아가라는 말을 하지 못하였다. 영철과 설화 두 사람만 있었던들 다정한 영철이가 과연 그대로 있지는 못하였겠지마는 주위의 눈이 있고 환경의 감시가 있다. 또한 떨어지기 싫은 욕망이 영철의 마음을 지배하지 않는 것도 아니었다. 영철은, "과히 아프지 않거든 우리도 곧 갈 테니 조금만 참지" 하며 부드러운 목소리로 설화에게 간원하였다. 설화의 몸은 웬일인지 아까보다 더 떨린다. 가슴이 울렁울렁하여 목구멍에 무엇을 틀어막는 듯이 답답하다. 설화는 기침을 한 번 가볍게 하고서, "글쎄요" 하였다. 그 '글쎄요' 하는 말 속에는 가고 싶은 의사와 가기 싫은 의사가 반씩 포함되어 있었다. 영철은,

"자, 몸이 그렇게 아프거든 잠깐 여기 누워 있다가 우리하고 모두 같이 가지. 이렇게 왔다가 먼저 왔다가 먼저 가면 가는 사람도 미안하지만은 보내는 사람도 섭섭하니까."

"글쎄요" 하는 설화의 마음은 칠분 이상의 승낙이 있었다. 설화는 보료 위에 쪼그리고 엎드렸었다. 영철의 부드러운 손이 때없이 그 몸 위로 지나갈 때마다 설화의 마음에는 그 무슨 위로가 있었고 그 무슨 부드러움이 있었다. 엎드린 설화의 마음속에는 영철의 다정한 목소리 뜻 깊은 눈초리 그 무슨 의미를 감춘 듯한 입 가장자리가 들리고 보이는 듯할 때마다 웬일인지 눈물이 날 듯이 그리운 생각이 자꾸 났다. 그의 가슴은 무엇이 치밀어오는 것 같이 뭉클하고 그의 전신을 붉게 물들인 뜨거운 피는 영철의 그 말소리와 눈초리와 입 가장자리로 보이지 않게 되는 그 무슨 그림자가 애끓는 불길을 붙여주는 듯하고 혼몽한 꿈속으로 집어던지는 듯하였다.

다감한 설화는 울고 싶어 못 견디었다. 그러나 치밀리는 감정을 억지

로 참고서 다시 일어났다. 머리털은 한 가닥 두 가닥 이마 위로 떨어져 나부끼고 분칠한 두 뺨은 불그레하게 탄다. 그리고 풀어지려는 옷고름 사이로는 우윳빛 젖가슴이 살며시 바깥을 엿본다. 영철은, "왜 이러나?" 하였다.

"누워 있기가 싫어요."

"조금도 어떻게 생각 말고 누워 있어."

"아녜요. 그래서 그러는 것이 아니라 누워 있으면 머리가 더 아픈 것 같고 어째 싫어요" 하며 두 손으로 머리카락을 쓰다듬어 뒤로 젖혔다. 영철과 설화 두 사람은 다만 이러한 시간 이러한 자리에서 이렇게 만났다가 새벽 세 시나 되었을 때 각각 자기 집을 향하여 돌아갔을 뿐이다.

영철은 인력거를 타고 동대문을 향하여 간다. 새벽 기운이 차디차게 도는 고요한 공기를 울리며 멀리서 닭 우는 소리가 가늘게 들린다. 반 취한 술은 영철의 얼굴을 타게 하며, 있지 아니한 설화의 환영幻影은 때 없이 영철의 가슴을 태운다. 강한 술 기운이 영철의 모든 관능을 취하게 하고 반쯤 탕蕩하게 할 때에 설화의 모양과 말소리의 남아 있는 기력은 요염하게도 영철의 정신을 취하게 할 뿐이다. 그리고 아까 설화가 자기의 무릎 위에 손을 얹고 있었던 것이며 의미있게 쳐다보는 것이며 또 다른 말소리와 행동이 모두 자기 가슴에 그 무슨 달콤한 의식을 일으킬 때마다 영철의 마음은 기꺼운 중에도 그 기꺼움을 깨닫는 자기를 어리석은 놈이라고 조소하였다.

그는 설화를 불쌍한 여자라 하였다. 많고 많은 불쌍한 사람을 모두 다 동정하는 영철은 설화를 그중에 더욱 불쌍하다 하였다. 그러나 어째 더 불쌍하며 무엇이 더 불쌍하냐 하면 그것의 대답을 할 조건을 갖지 못하였으나 어떻든 가련한 여성이라 하였다.

설화는 불쌍한 여자이다. 기생인 설화, 세상 사람에게 천대를 당하고 유린을 당하는 설화는 피 흘리고 제단 위에 누운 어린 양과 같이 불쌍하다. 기생도 감정이 있고 사랑이 있는 사람이다. 한없는 영화를 가진 한 나라의 황제나 길거리로 추워 떨며 방황하는 빌어먹는 거지나 품을 파는 노동자나 정조를 파는 매음녀나 철창 아래 신음하는 죄수나 꽃 같은 처녀나 생각을 갖고 감정을 갖고 육체를 갖고 혈관으로 돌아가는 뜨거운 피를 갖기는 누구든지 마찬가지다. 얼굴이 같지 않고 마음이 같지 않은 사람이란 사람이 십육억이나 이 지구상에 있으니 얼굴빛이 누르다고 사람이요 얼굴빛이 검다고 사람이 아니라 할 수 없으며, 얼굴이 어여쁘다고 사람이요 얼굴이 미웁다고 사람이 아니라 할 수 없다. 잘난 사람이나 못난 사람이나 웃는 이나 우는 이나 얼굴빛이 흰 사람이나 누른 사람이나 착한 사람이나 모진 사람이나 이 모든 것이 합하고 덩지가 되어 우리 인생이라는 것을 이룬 것이 아닌가?

사람은 물과 같다는 옛 사람의 말과 같이 물은 그 담은 그릇과 그 흐르는 곳을 따라서 다른지라, 어떤 물은 수은을 내려붓는 듯한 폭포가 되고 어떤 물은 흰구름장을 비친 잔잔한 호수가 되고 어떤 물은 산골짜기를 어여쁘게 흐르고 어떤 물은 강이 되고 어떤 물은 똥덩이를 띄워 가는 개천 물이 되고 어떤 물은 바다에 노는 파도가 되어 천 가지 만 가지 이루 셀 수 없는 형상을 이루지만은 물은 언제든지 물이다.

그와 마찬가지로 사람도 총리 대신이 되고 거지가 되고 학자가 되고 도둑놈이 되고 열녀가 되고 매춘부가 되고 이루 셀 수 없는 무엇무엇이 되지만은 생각을 갖고 감정을 가진 사람은 누구든지 마찬가지일 것이다. 물이 그릇과 흐르는 곳을 따라 다름과 같이 사람도 다만 그 인습과 환경에 따라서 달라질 뿐이다.

설화는 기생이다. 비록 기생이라 하지마는 그의 가슴에도 사랑이 있으며 끓는 피가 있으며 애타는 눈물이 있으리라 하였다. 어여쁜 처녀의 붉고 달콤한 사랑은 아닐지라도 가슴 쓰리고 마음 아픈 푸른 사랑일 것이라 하였다. 설화는 참으로 맵고 쓴 세상을 알 터이며 때 없는 눈물과 한없는 한숨으로 비운에 부르짖고 불행에 울기도 여러 번 하였으렷다 하였다. 그리고 설화 같은 여자가 참말 눈물을 알고 참 한숨을 알아줄 여자일 것이라 하였다. 이러한 생각을 하는 영철의 가슴속에서는 갑자기 불 같은 애련의 정이 타오른다. 인력거를 돌리어 설화의 집으로 쫓아가고 싶었다. 설화의 따뜻한 가슴에 엎디어 끝없이 울고 싶었다. 그러다가도 너도 평범한 기생이겠지? 돈만 아는 아귀 같은 더러운 계집이겠지? 돈 없는 나를 보지도 않으려는 허영의 꿈을 깨지 못한 계집이겠지? 너는 참 사랑을 바치려는 것을 거짓 사랑으로 알 테지? 타는 영철의 가슴은 답답하였다. 그러다가는 그만두어라, 순결하다는 처녀의 사랑을 구하기도 어려운데 더구나 기생이겠느냐? 하고 단념까지 하여 보았다.

그 이튿날 열한 시나 되어 일어난 설화는 아침도 먹지 못하고 조합에를 왔다. 조합 문을 들어서려 할 때 마침 만난 사람은 연옥이었다. "잘 잤니?" 하며 곁눈으로 연옥은 설화를 쳐다보더니, "어제 저녁 몇 시에나 집으로 갔는?" 하고 평안도 사투리를 써서 물어본다. 설화는 다만 침착하고 조용하게, "세 시에" 하였다. 이 말을 듣는 연옥은 한참이나 말이 없다가 누구를 놀려먹는 듯이, "애, 이영철이라는 손님이 너를 사랑한다드구나?" 하며 가슴츠레하게 웃는다. 설화는, "무어야? 듣기 싫소" 하기는 하였으나 웬일인지 마음이 기쁘고도 부끄러웠다. 그래서 연옥에게 '듣기 싫소' 하고 톡 쏘기는 하였으나 그것이 과연인지 거짓말인지 알고 싶어서, "누가 그럽디까?" 하고 재쳐 물었다. 연옥은 조합 사무실 위로 올라서며, "몰라, 누구한테 들었어" 하고 방 안으로 들어가 버린다.

한 달이라는 세월이 흘러갔다. 영철은 여러 친구들과 '은파정'이라는 서양 요릿집에 왔다가 마침 자기 집으로 돌아가려 할 즈음에 보이 하나가 이영철을 보자고 하는 사람이 있다고 한다.

영철은 누구인가 의심하면서도 물론 어떤 친구나 아는 사람이 부르는 것인가 보다 하고 그 방으로 들어가 본즉 거기에는 설화가 있었다. 설화는 반가운 가운데에도 부끄러움을 머금고, "이렇게 바쁘신데 청해서 대단히 미안합니다" 하며 의자를 가리키며 앉기를 권한다. 영철은 속마음으로 이상하기도 하고 호기심도 일어나므로 다만, "아니 별로이 바쁘지는 않지마는 참 오래간만이로군" 하고 자리에 앉았다. 자리에 앉는 영철의 마음속을 조금 미안하게 하는 것은 하루 저녁 놀러 가마 하고서 여태껏 가지 않은 것이었다.

그러나 만일 설화의 집이 아니고 다른 기생의 집일 것 같으면 혹시 갔을는지도 알 수 없지마는 자기의 마음을 부질없이 잡아다니는 설화의 집에는 가고 싶어도 속하게 갈 수는 없었다. 그래서 자기가 먼저 한번 가주지 못한 것을 말하려 할 때 설화는, "저는 퍽 기다렸에요" 하며 너도 보통 풍류남아로구나 하는 듯이 바라보았다.

영철의 마음은 미안한 중에도 부끄럽고 부끄러운 가운데에도 그 말 한마디가 반가웠다. "대단히 안 되었소. 자연히 바빠서 그렇게 되었어……" 하며 사죄하는 듯이 설화의 손을 잡고 환심이나 사려는 듯이 빙그레 웃으며 설화의 얼굴을 쳐다보았다.

설화의 얼굴에는 그리움이 있고 인자함이 있었다. 그리고 영철의 두 눈에는 그의 입이나 코나 눈이나 눈썹이나 그 모든 것이 자기의 마음 비친 그림자를 조각을 하는 듯이 또렷또렷하게 보인다. 그리고 천천히 발을 옮기어 그 옆 교의에 가만히 앉을 때 몸에 두른 가벼운 옷이 구름 같이 날리며 부드러운 소리를 낼 때 영철은 무슨 달콤한 것을 입에 넣

318

고 슬슬 녹이는 듯하였다.

　두 사람은 서로 바라보기만 하고 얼마간 아무 말 없이 가만히 있었다. 사면은 고요하다. 온 우주에 가득한 에텔의 분자가 쉴사이없이 운동할 때 영철과 설화 사이에 있는 에텔의 분자도 그의 동요를 받아, 영철에게서 설화에게 설화에게서 영철에게 와 부딪치고 가서 부딪치는 것이 보이고 들리는 듯하였다.

　설화는 무엇이나 깨달은 듯이 옆에 있는 종을 눌러 보이를 부르더니 무엇이 무엇이라 이르고 다시 영철의 앉아 있는 교의 가까이 와서 뜻있는 눈으로 들여다보며, "오늘 바쁘신 일 없으세요?" 하였다.

　영철은 설화가 자기 등 뒤 가까이 와 섰을 때 붉은 육체에 따뜻한 향내를 맡으면서 입김이 맡아질 듯이 가까이 온 설화의 희고도 선의 조화가 흐르는 듯한 얼굴을 바라보며, "별로이 바쁠 것은 없어……" 하였다. 설화는 이 말을 듣고 아주 성공이나 한 듯이, "그러면 오늘 여기서 저하고 조금 놀다 가세요. 네—" 하고 저쪽 교의에 가서 기대서며 이상한 눈초리로 영철을 바라본다.

　영철은 아무 대답도 아니하였다. 그리고 자기가 무엇에 홀린 것같이 자기의 주위가 모두 팔팔 팔팔하는 주정酒精 불의 푸른 불꽃같이 푸른 것으로 물들인 듯할 뿐이요, 가지, 어찌하여 여기에 들어왔으며 설화가 무슨 까닭으로 자기에게 그와 같이 뜻있고 매력있게 자기를 가까이 하려는지 알지 못하였다. 그리고 달빛같이 푸르고 맑은 눈동자를 반짝이며 자기를 유심히 들여다볼 때 그의 전신으로 돌아가는 붉은 피는 타는 듯한 정욕으로 활활 붙어 오르는 듯하였다. 그러다가 온 방이 고요함을 깨달았을 때 영철은 가슴이 조이는 듯하며 목이 타는 듯하여 설화의 희고 부드러운 손을 정신없이 바라볼 뿐이었다.

　설화는 다시 교의에 앉으며, "여보세요?" 하고 영철을 쳐다보더니 다시 눈을 내려 감으며, "왜 저의 말은 사내 양반들이 말처럼 생각하여 주지 않아요" 하고 원망스러운 기색을 띠고 가만히 앉아 있다. 이 말을 들은 영철의 마음에는 설화가 불쌍한 듯하기도 하고 한옆으로는 문을 열고 바깥으로 나가고 싶도록 부끄러웠다. '너도 사내가 돼서 나 같은 계집의 말은 말같이도 여겨주지 않는구나' 하는 듯하였다. 그러나 영철은 침착한 냉정으로 얼핏, "그럴 리가 있나" 하고 그의 연하게 흐르는 목을 보고 다시 그 밑으로 젖가슴이 있고 또 몽글몽글한 두 젖이 달려 있겠지 하는 것을 생각할 때 설화의 서 있는 것이 요염하고도 깜찍한 여신의 조각을 바라보는 듯하였다.

설화는 조금 원망스럽고도 멍청한 어조로, "여자도 사람이지요? 네? 영철 씨" 할 때 문이 열리며 보이가 접시에 담은 음식을 영철과 설화의 앞에 갖다 놓았다. 그리고 또다시 포도주 한 병을 갖다 놓았다. 이것을 본 영철의 마음은 미안하고 일종의 호기심이 나서, "이것은 왜 시켰어?" 하며 설화를 한 번 쳐다보고는 보이를 돌아다보았다. 설화는 지금까지의 냉정하고 원망하는 듯한 표정이 미소로 변하고, "변변치 못하나마 잡수어주세요. 영철 씨를 모시고 이렇게 앉아 있는 것은 저에게는 또다시 없는 행복이니까요" 하고 생그레 웃는 가운데도 얼굴빛이 연분홍빛이 되었다 사라진다. 영철은 설화의 그 말 한마디가 자기에게 무슨 뜻깊은 말을 전하여 주는구나 하는 기쁜 희망과 함께, 설화가 나이프와 포크를 들고서 접시에 있는 고기를 써는 것을 바라보고, "나는 지금 곧 무엇을 많이 먹어서 먹을 수가 없을걸" 하고 설화의 허리를 지근덕거리는 듯한 미소로 보았다.

"무얼요, 많이 잡수실 것도 없는데. 약주 한 잔 잡숫기를……" 하고 자기 앞에 놓여 있던 접시의 음식을 다 썰어서 영철의 앞에 놓여 있는 것과 바꾸어 놓으며, "잡수세요" 하고 다시 유리 술잔에 포도주를 부었다. 피같이 붉은 포도주는 콜콜콜 병을 기울임에 따라서 유리잔에 가득 찬다.

영철은 처음에는 사양하였다. 그러나 나중에는 설화의 주고 권하는 모든 것을 그대로 응종應從하였다. 그러다가는 언제든지 하는 버릇과 마찬가지로 자기의 손을 들어 설화의 앞에 놓여 있는 유리잔에 술을 부으려 하였다. 설화는 놀라는 듯이 한 손으로 술병 든 손을 잡고 한 손으로는 유리잔을 들면서, "왜 이러세요? 저는 술을 먹을 줄 몰라요" 하며 상을 찌푸리면서도 생글생글 웃는다. 영철은 자기 손에 닿은 설화의 따뜻한 손에서 일어나는 간지러운 맛을 볼 때, 극도의 정욕에서 일어나는 잔인함이 북바쳐 올라왔다.

그는 억지로라도 설화에게 술 한 잔을 먹이지 않고는 만족치 못하였다. 그래서, "공연히 그래. 내가 주는 것인데도 그러나?" 하며 일어서서 설화에게로 가까이 가며 억지로 설화가 들고 있는 술잔에 술을 부었다.

설화는 술잔을 든 채로, "이것 보세요. 엎질러져요" 하며 흔들리는 술잔을 바라보며, "그러면 저리로 가서 앉으세요. 먹을게요" 하였다. 영철은 술도 권할 겸 설화에게로 가까이 가보고 싶은 생각이 났으나 자기가 먹겠다고 하는 소리를 듣고는 하는 수 없이 자기 자리에 가서 앉았다.

설화는 술잔을 다시 테이블 위에 놓으며, "꼭 한 잔만 먹습니다" 하고 다시 영철을 쳐다본다. 영철은, "그래" 하였다. 그러나 설화는, "꼭 한 잔만 먹습니다" 하고 효력 없는 다짐을 받으려 하는 것인 줄 알기는 알면서도 영철에게 다만 한마디 말이라도 더 하는 것이 은연중 기뻤었다. "그래 한 잔만" 하고 영철은 반웃음 섞어서 대답했다. 설화는 술을 반쯤 마시고 다시 놓았다. 옆엣방에서 떠드는 소리가 나고 사람 부르는 종소리가 한 번 나고 사라지더니 방 안은 고요하다.

설화의 얼굴은 다시 침착하여졌다. 그리고는 또다시 냉정한 눈으로 영철을 바라보았다. 그리고는 애소하는 듯한 목소리로, "영철 씨" 하고 한참이나 아무 말이 없다가 다시 가는 기침으로 목을 가다듬더니, "여자들도 사람이지요?" 하고 아까 하려던 말을 거푸한다. 설화는 여자인 까닭에 모든 여자들은 다 자기와 같이 남자에게 속아 지내는 줄 안다. 만일 설화가 다른 여자가 남자의 진정한 사랑을 받고 있는 줄 알았더라면 이와 같이 대담하게 여자도 사람이지요? 할 수가 없었을 것이다. 아니, 있는 줄 알기는 안다. 그러나 나이가 열여덟이 될 때까지 사람에게 가장 크고 가장 중한 사랑을 맛보다가 잃어버리고 속임을 당하고 떠남을 당한 설화는 자기가 다정하게 생각하는 사람에게 '여자도 사람이지요' 하고 대담하게 말하지 않을 수가 없었다.

영철은 다만 빙그레 웃으면서, "그럴 리가 있나. 그런 사람이나 그렇지" 하며 담배를 집어 물었다. 설화는 성냥불을 켜서 영철의 담배에 붙여 주면서, "그러면 영철 씨는 그렇지 않으시단 말이지요?" 하며 불 붙은 성냥개비를 입에다 갖다 대고 혹 불어, 꺼뜨린 성냥개비만 손가락 사이에다 놓고서 배배 튼다.

영철은 참으로 대답하기 어려운 문제로구나 하였다. 경솔하게 대답할 수도 없는 문제요, 그렇다고 대답 아니 할 수도 없는 문제라 하였다.

"그것이야 낸들 알 수 있나. 나의 마음일지라도 내가 알지 못하니까" 하고 억지로 책임을 벗어 던지려 하였다.

"나도 알 수 없지. 나라고 그러지 말라는 법이 없으니까."

이 말을 들은 설화는 다시 술을 부으며, "자— 한 잔 더 잡숫지요" 하고 다시 술을 부어 놓았다. 설화의 얼굴에는 아까 마신 반 잔의 포도주가 취하여 불그레하게 타오른다. 영철은 붉게 타는 설화의 얼굴을 바라보고서 또다시 못견디게 설화에게 술이 권하고 싶었다. 그래서 영철은, "나만 먹어서는 안 될걸. 자— 한 잔만 더 먹어" 하고 다시 권하니까 설화는, "왜 이러세요, 아까 그래서 꼭 한 잔만 먹겠다고 여쭈었지요" 하고 사양을 하면서도 이번에는 아까보다 거절하는 빛이 그렇게 많지는 않았다.

"아까는 아까고 지금은 지금이지, 그까짓 술 한 잔쯤을 무얼 그래" 하고 조소하는 듯이 흘기어보며 영철은 술을 부었다. 설화는 이번에는 흥분된 표정으로 그 술을 마셨다. 그리고는 영철에게 다시 따라 놓았다.

시간이 지남에 따라 연한 설화의 가는 핏줄로 타는 마액魔液이 쉬지 않고 들어간다. 설화는 혈관 속에 긴장緊張되는 피가 귀밑으로 돌아가는 소리를 듣는 듯하였다. 그의 두 눈에는 회색 아지랑이가 끼인 듯하였다. 그리고 혈액이 높은 고동으로 그의 전신을 돌아갈수록 온 천지를 붉은 심장빛으로 물들여 놓은 듯하고 모든 정情의 불길이 자기의 연한 피부를 사르려고 가는 혀를 날름날름하는 듯하였다.

설화는 공연히 입을 쫑긋쫑긋 하고 시름없는 태도로 담배만 암상스럽게 재떨이에 비비었다. 그러다가는 긴 한숨을 쉬었다. 그리고는 거슴츠레한 눈으로 영철을 바라보며, "영철 씨, 이 세상에는 저를 참 사랑으로 사랑하여 줄 다정한 이가 한 사람도 없을까요?" 하였다. 이 말을 들은 영철의 가슴에는 그 무슨 무거운 것으로 때리는 것 같이 다만 띵하게 울릴 뿐이요, 아무 예리한 감각은 없었다.

설화는 또다시 극도의 흥분된 어조로, "얼굴에 분칠하고 입술에 연지 바른 더러운 계집의 가슴속에도 참 사랑이 있는 것을 알어줄 사람이 있을까요?" 하고 구슬구슬 떨어지는 눈물이 그의 옷깃을 적시었다.

영철의 가슴은 무엇을 날카롭게 내리흐르는 듯이 쓰리고 아픈 중에도 설화가 불쌍하였다. 영철의 마음에는 설화를 사랑할 만한 사람이라 함보다도 세상에 가장 불쌍한 사람이라 하였다. 그리고는 구하여 주고 싶었다. 영철은 다만 아무 말이 없이, "왜 그런 말을 해? 응?" 하며 일

어나서 설화의 등을 어루만지며, "울지 말어" 하고 자기도 울 듯 울 듯
하였다.

영철의 이 두어 마디의 말이 얼마나 설화의 감정을 돋우었는지 구슬
같이 떨어지던 눈물은 비 오듯 쏟아지며 한참이나 느껴가며 운다. 그러
다가는,

"영철 씨, 이런 말을 하는 사람이 불쌍한 사람인지요? 남에게 불쌍히
여겨주기를 바라는 사람처럼 더 불쌍한 사람은 없을 터이지요."

영철은 아무 말도 못 하였다. 다만 울고 섰는 설화의 등 뒤에 서서 설
화의 손만 단단히 쥐고 있을 뿐이었다. 그리고 설화가 수건으로 눈물을
씻을 때 영철은 다만 속마음으로 설화가 어찌하여 나를 이 방 안으로
불러들였으며 어찌하여 뜻깊은 눈으로 나를 바라보았으며 또한 눈물을
흘려 자기의 신세를 애소하는가? 그의 말소리와 눈초리와 모든 행동이
모두 다 나에게 자기의 사랑을 던져주는 것이 아닐까? 그리고 그의 두
뺨을 전하여 떨어지는 방울방울의 눈물이 참으로 자기의 사랑을 짜내
고 결정結晶시킨 사랑의 구슬이 아닐까? 그것을 나는 받아야 할 것인
가? 안 받아야 할 것인가? 하였다.

그러나 그때 설화는 눈의 눈물을 씻고 다시 미소를 띠었다. 그리고
는, "영철 씨, 오늘 실례를 많이 하였습니다. 용서하여 주세요" 하며 목
소리를 아주 많이 따뜻하게 하여, "오늘 저녁에 저의 집에 한 번 놀러
오세요" 하며 종을 눌러 보이를 부른다.

영철은 다만, "그래 가지" 하며, 금방 울었다 금방 웃는 설화의 얼굴
을 볼 때 어쩐지 얄미운 생각이 났다. 그러나 불쌍한 여자는 불쌍한 여
자로구나 하였다.

"몇 시쯤에 오실까요?"

"글쎄, 열 시가량 해서."

"열 시요?"

"그래."

"그러면 열 시에 꼭 기다릴 테야요."

설화와 영철은 일어섰다. 그리고 문을 열어 이층 층계 앞까지 왔을 때에 누구인지, "영철 군" 하고 부르는 사람이 있다. 영철은 뒤를 돌아다보았다. 그 층계 위에는 백우영이가 서 있었다. 영철은 쾌활하게 웃으며, "아― 우영인가?" 하며 고개를 끄덕하며 웃음으로 인사를 하였다. 백우영은 올라가던 다리를 멈칫하고 서서, "웬일인가?" 하며 유심히 본다. 영철은, "저녁 좀 먹으러 왔네" 하였다.

"응, 저녁? 자네도 요새 괜찮으이그려. 요릿집 저녁을 다 먹고."

"오늘 생전 처음일세, 하하하."

백우영은 그 옆에 서 있는 설화를 보았다. 그리고는 질투스러운 눈으로 뚫어질 듯이 흘겨보았다. 설화는 다만 백우영의 시선을 피하려 하면서도 얼굴에 웃음을 띠고, "오래간만이십니다" 하였다. 백우영은 아주 비웃는 듯이, "좋구나. 오늘은 두 분이" 하며 입을 찡그린다.

설화는 고개를 숙이고 아무 말 없이 바깥으로 나가려 하였다. 영철도 백우영의 짓이 미워서, "나는 먼저 가겠네, 천천히 오려나?" 하고 설화를 따라나가려 하였다. 우영은 엄연하고 힘있는 어조로, "설화, 잠깐 나를 만나보고 가" 하고 불렀다. 나가던 설화는, "왜 그러세요?" 하고 그 자리에 서서 돌아보기만 한다.

영철은 바깥으로 나갔다. 우영은 고갯짓으로 설화를 부르며, "이리 잠깐 올라와, 할 말이 있으니" 하였다. 설화는 혼자 갈 영철과 자별한 인사도 못 하고 귀찮게 부르는 백우영이가 보기 싫어서, "무슨 말씀예요, 여기서 하세요" 하고 암상궂게 쳐다본다.

"여기서는 하지 못할 말이야. 저 위로 올라가서 조용히 할 말이 있으니, 자 이리 올라와" 하며 설화를 기다리는 듯이 돌아다본다. 설화는 아니 올라갈 수가 없었다. 마음속에서 귀찮은 생각이 치밀어 올라오지마는 자기는 기생이라는 생각이 그의 발을 백우영에게로 향하지 않게 할 수는 없었다.

그러나 그대로 쫓아 올라가기는 싫어서 달아날 듯이 싹 돌아서며, "고만두세요. 저도 일이 있어요" 하고 가는 허리를 배배 틀면서 바깥으로 나가려 하였다.

우영은 나가는 설화를 보고 간교한 사냥개같이 뛰어 내려와 손목을 붙잡으며, "어데를 가?" 하고 여우같이 흘겨본다. 설화는 간특한 독부毒婦의 웃음같이 "희" 하고 우영을 깔보는 듯이 바라보더니, "왜 이러세요" 하며 잡은 손목을 벌레나 붙은 듯이 홱 뿌리친다.

우영은 독이 엉킨 선웃음을 치며,

"올라오지 않을 테야?"

"왜 안 올라가요. 돈만 주어보세요."

우영은 이 소리를 듣고서는 기가 막혔다.

"흥, 돈?" 하고 혼자 부르짖었다. 우영도 물론 설화의 청구하는 돈이라는 것을 으레 줄 것인 줄은 알면서도 사랑을 돈으로 살 수는 없는 것인 것을 알았던지 잠깐 이야기하자는데 돈이라는 소리를 하는 설화의 말이 어떻게 더럽게 들렸는지 알지 못하였다.

설화는 우영이가 기가 막혀 다만 '돈?' 하고 한참이나 서 있는 것이 우습기도 하고, 또한 우영이가 그 무슨 추악한 세계를 비웃는 듯한 것이 부끄럽기도 하여, "네" 하고 억지로 웃음을 지었다. 그리고는 자기의 고운 옷과 매끄러운 단장丹粧이 다 낡은 걸레같이 보일 때, 또다시, '그래서는 무엇하니. 올라오라는 대로 올라가 보리라' 하였다. 설화는, "그러면 올라가지요" 하고 이층으로 올라갔다. 우영은 원망스럽게 설화를 바라보며, "흥, 고만두어라. 영철의 사랑만 사랑이고 나의 사랑은 아니라더냐" 하였다. 그 말소리 속에는 영철을 비웃는 동시에 설화에게 자기 사랑을 받아주지 않느냐 하는 애원이 섞여 있었다.

설화는 기가 막혀서, "어떤 정신 없는 양반이 그런 말씀을 해요? 조금 잘못 알았다고 그래 주십시오" 하였으나 그의 가슴에는 그 무슨 희미한 기쁨이 있었다.

연옥에게 조합 문간에서 영철 씨가 너를 사랑하신단다 말을 들었을 때보다 더욱 농후濃厚한 기꺼움이 그를 즐거웁게 하더니, 오늘 이 소리를 들을 때에 웬일인지 부끄러운 중에도 백우영의 그 말하는 것이 질투 끝에서 나오는 말인 것을 알기는 알면서도 그의 입을 틀어막고 싶도록 듣기가 싫었으며 남이 알까 하는 두려운 생각이 났다.

그래서 설화는 백우영을 달래는 듯이 그의 손을 잡았다. 우영은 설화의 손이 자기의 손에 닿을 때 요악한 계집의 날카로운 입김을 맛보는 것과 같이 마음이 저린 중에도 모든 관능이 취함을 깨달았다. 우영은, "놓아" 하고 그 손을 뿌리치려 하면서도 술에 취한 듯한 눈으로 설화를 바라보며, 또다시 그의 손을 단단히 쥐고 빙그레 웃었다. 설화는 우영을 영롱한 눈으로 쳐다보며, "놓아요? 놓으라시면 놓지요. 그렇지만……" 하고 우영의 손을 더욱 꼭 눌러 쥐었다.

우영은 무슨 해결이나 얻은 듯이 아무 말이 없었다.

두 사람은 방 안으로 들어갔다. 백우영은 담배를 피워 물고 한옆에 우두머니 서 있는 설화를 안경 너머로 흘겨보며, "거기 앉아" 하고 의자를 가리켰다.

설화는 웬일인지 조용한 방에 으스스한 공기가 좋지 못하여 무슨 더러운 행위를 장차 실행하려는 준비의 시간에 서 있는 듯하였다. 그리고 우영의 안경 너머로 자기를 바라보는 것이 더러운 음욕을 채우려고 덤비려는 것 같아 진저리가 처지도록 싫었다. 그래서 설화도 우영을 곁눈으로 흘겨보며 입을 쫑긋하고, "걱정 마세요. 저는 남에게 매여 지내는 사람인 줄 아십니까?" 하고 창 옆에 가 서서 바깥으로 지나가는 사람을 바라보았다. 그리고 저쪽까지 끝없이 연한 큰길에 혹시 영철이나 가지 않나 하였다.

우영은 사교가의 웃음같이 입을 크게 벌리고 하늘을 쳐다보며, "허허" 하고 웃었다. 그리고는 다시 설화에게로 가까이 가서, "이리 앉으십시오" 하고 설화의 손을 잡아 억지로 앉히면서, "설화" 하고 귀밑에서 나지막하게 차디찬 어조로 또다시 부르며, "영철에게는 훌륭한 애인이 있다나?" 하였다. 설화는 어린아이의 수작이나 듣는 듯이 한참이나 우영의 얼굴을 돌아다보더니, "있거나 없거나 그 말을 나에게다 하실 것이 무엇예요? 영철 씨 애인이거나 나지미馴染みのひと이거나 제가 알 것이 무엇예요. 그는 그고 나는 나지요" 하고 고개를 돌이켜 다른 곳을 쳐다보았다.

"정말 말은 잘한다."

"무슨 말이 좋아요. 저는 백우영 씨란 훌륭한 애인이 있는데요. 그렇지만 백우영 씨가 저의 그 무엇을 꼭 한 가지 알아주지 않으시는 것이 걱정예요."

"무엇을?"

"무엇이 무엇예요. 그것은 사람이면 누구든지 아는 것이지요."

"사람이면 다 아는 것이 무엇일까?"

"당신을 나는 똑똑한 줄 알았더니 꽤 미련하시구려."

"무엇이 미련해? 사람이면 다 아는 것이 무엇이야? 말을 해야 알지."

"고만두세요. 저는 말하지 않을 터예요. 설화라는 계집년의 사랑은 언제든지 하나밖에 없지요. 그러나 백우영 씨는 설화 이상 가는 여자를 얼마든지 사랑할 수가 있으니까요."

"설화가 그런 말을 하는 것은 나를 알아주지 못하는 말이지."

"모르기는 무엇을 몰라요? 제가 만일 백우영 씨 한 분만 믿었다가 우영 씨가 당신의 마음이 한 번만 돌아서시는 때에는 저는 속절없는 불행한 사람이 되겠지요. 그러니까 다 고만두세요. 저 같은 년이 참 사랑이 무엇입니까? 그대로 엄벙덤벙 지내지요. 그러다가 죽지요."

그러다가는,

"돈만 있으면 저 같은 년의 사랑은 얼마든지 살 수가 있으니까요. 그렇지요, 지금이라도……"

하고 말을 채 못 마친다. 백우영은,

"그게 무슨 소리야. 오늘은 왜 전에 하지 않던 말을 해?"

하고 먼 산만 수심 있는 눈으로 바라보는 설화를 유심히 바라보았다. 설화는 자기가 슬픈 곡조를 노래한 듯이 마음이 처량하였다. 그리고 이 세상을 한없이 저주하는 어쩔 줄을 모르는 감정이 북바쳐 올라왔다.

"저는 가요. 언제든지 돈만 가지고 우리 집으로 오셔요. 그러면 무슨 짓이든 당신이 하시라는 대로 할 터이니까요. 자, 안녕히 계십시오."

하고 허리를 휘청휘청하며 바깥으로 나간다.

그날 저녁이었다. 설화하고 만나자 하던 시간보다 한 시간이나 늦어서 영철은 종로 네거리로 걸어온다. 그가 종로 정류장에서 동대문 가는 전차를 기다릴 때에 아까부터 그의 머릿속을 어지럽게 하는 모든 의심이 여태까지 그를 불안케 한다.

그는 아까 그 서양요릿집에서 설화와 만난 것이 꿈속같이 희미할 뿐이요, 누구에게 거짓말을 들은 듯이 미덥지 못한 것과 같을 뿐이다. 설화라는 기생이 자기에게 반하였다 하는 것은 도리어 자기의 자긍自矜같이밖에 생각되지 않는다. 그러나 설화가 자기를 부른 것과 또는 하고많은 사람 중에 자기에게 '이 세상에 나를 사랑하여 줄 사람은 하나도 없을까요?' 하던 것과 눈물을 흘려 말을 하다가 또다시 그 눈물을 고치어 냉정한 눈으로 웃는 것이 어떻게 영철의 마음을 의혹 속에 헤매게 하는지 알 수가 없었다.

어찌하여 설화는 나에게 그와 같은 말을 하였을까? 이 세상에는 한 사람도 자기를 참 사랑으로 사랑하여 줄 사람이 없을까? 하는 것은 나에게 이 세상에 참으로 자기를 사랑하여 주는 그 한 사람이 되어달라는 애원이 아니될까? 그 뜨거운 눈물은 방울방울이 나에게 사랑의 정화精華를 던져주는 것이 아닐까? 냉랭하고 쓸쓸한 이 세상에 다만 나 한 사람이 자기의 애소와 눈물을 받아줄 한 사람인 것을 찾아낸 까닭이 아닐까? 그리고 오늘 저녁에 자기 집으로 오라고 한 것은 나를 참으로 만나고 싶은 간절한 욕망에서 나오는 소리가 아닐까?

그러나 영철은 또다시 생각하였다. 그러면 어찌하여 설화가 그 당장에서 나의 가슴에 안기어 '나는 당신을 사랑합니다' 하고 사랑을 간절히 구해 보지를 못하였을까? 어찌하여 흘리던 눈물을 갑자기 씻고서 냉정한 웃음으로 다시 웃었을까? 설화가 그 자리에서 참으로 나에게 사랑을 구하고 싶은 간절한 요망이 있었다 하면, 어찌하여 말을 못 하였을까?

그렇다 만일 그 자리에서 설화가 나에게 사랑을 구하였던들 나도 그것을 주었을걸— 그가 만일 나의 가슴에 울었더라면 나도 따라서 울었을걸— 그러나 약한 여자인 그는 나에게 사랑을 구하였다가 배척을 당하면 어찌 하나 하는 생각이 있었던 게지! 그러면 그때에 나를 못 믿었던 것이지— 이 세상의 모든 남자를 못 믿는다 하는 설화는 또 나까지 믿어주지를 못하였던 게지……

이것을 생각한 영철은 아까 그 설화의 눈물을 씻고 냉정한 눈초리로 자기를 바라보던 것이 똑똑하고 분명하게 보여 그 눈이 박혀 있는 그 머리 속에는 자기까지 다른 남자 모양으로 못 믿어하고 주저하는 화살을 재어 가지고 쏘려고 노리는 듯하였다. 그리고는 그 설화가 모든 남자를 못 믿는 것은 여자가 모든 남자를 그의 아귀같이 간특한 짓으로 모든 남자를 속인 까닭이라는 생각이 떠돌면서 아! 과연 누가 여자의 눈물을 믿는 자냐? 누가 여자의 한숨 속에서 진실을 찾아내는 자냐? 하였다.

그러다가는 영철은 또다시 '설화가 정말 나를 기다리고 있을까?' 하는 생각이 날 때에는 그으윽한 음악이 설화의 집에서 가늘게 새어나와 골목을 지내고 행길을 돌아 보이지 않는 가는 은줄이 명주실이 되어 자기의 가슴을 얽어 청진동 편으로 잡아끄는 듯하였다. 그리고, '가볼까?' 하는 것이 처음으로 영철의 입에서 새어나온 주저의 말소리였다. 그러나 그의 발은 떨어지지 않았다.

'나를 설화가 맞아주기나 할까? 보면은 반가워하여 줄까? 아까 나더러 오라고 하는 말이 지나가는 말소리가 아니었을까? 비록 내가 간다고 하여보자. 그러나 나보다 돈 많은 사람이 설화를 차지하고 앉았을 터이지. 그러면 나는 따돌세임을 당할 터이지. 아까 그 눈물을 뚝뚝 떨어뜨리는 눈으로 시침을 딱 떼고 교사한 말로써 나를 문간에서 돌려 보내지 아니할까? 그러나 기생의 말을 믿는다는 것은 어리석은 말이다' 할 즈음에 동대문 가는 전차가 와서 섰다. 그 전차가 오는 것을 기다리고 섰던 영철의 마음은 웬일인지 그 전차가 와 선 것이 보기 싫도록 미웠다. '빌어먹을 전차, 기다릴 때는 오지 않더니 이런 때는 정치게 속히 오네' 하며, '고만두어라. 집으로나 가지' 하고 전차를 타려다가, '그렇지만……' 하고, 타려던 전차에 올려 놓았던 다리를 내려 놓으면서,

'제가 기다리거나 핀잔을 주거나 냉대를 하거나 내가 갈 것은 내가 갈 것이다' 하고 다시 발길을 돌이켜 청진동으로 향했다. 시계는 벌써 열한 시 반이나 되었다. 종로 네거리에는 전차 차장이 두어 사람 서 있고, 빨간 불을 켜놓은 순사 주재소 앞에는 검은 복장을 입은 순사가 뚜벅뚜벅 왔다갔다 할 뿐이요 아주 조용하였다.

영철은 재판소 앞 대서소 많이 있는 골목을 꿰뚫어 청진동으로 들어섰다. 설화네 집에 다다라서 문패를 조사한 영철의 마음은 잠갔던 열쇠를 열어놓은 듯이 덜컥하고 부러지는 듯하더니 자기도 모르게, '여기로구나!' 하였다.

대문은 눈 감은 듯이 닫히어 있었다. 영철은 가만히 문을 밀어보았다. 문은 영철이 생각하던 바와는 같지 않게 밀치는 대로 스르륵 열리었다. 영철은 마음을 대담하게 먹고, 속마음으로, '어떻든 불러나 보리라' 하다가, 그래도 얼른 목소리가 나오지 않아서 귀를 기웃하고 안방에 무슨 소리 나는 것을 엿들어 보았다. 아무 인기척이 없는 것을 안 영철은 그때야 목소리를 가다듬어, "설화" 하였다. 그러나 대답이 없었다. 두 번 부르고 세 번을 불러도 대답은 없다. 영철은 속으로, '그러면 그렇지, 기다리기는 무엇을 기다려! 내가 못난 짓을 하였지!' 하고, 어째 마음이 부끄럽고 설화의 거짓말한 것이 얄밉기도 하여, '에 그대로 가리라' 하다가 그렇지만 한 번만 더 불러보지 하고 또다시, "설화" 하고 크게 불렀다. 영철은 웬일인지 자기 목소리가 조금 떨리는 듯한데 자기도 모르는 의심이 나서, '목소리는 왜 떨리노?' 하고, 혼자 자기를 비웃는 듯이 웃었다. "누구요?" 하는 소리가 이제야 미닫이 여는 소리와 함께 들리었다. 영철은 그 '누구요?' 하는 소리가 자기의 다시 돌아가려던 것을, '네가 잘못이지!' 하고 경성警醒시키는 부르짖음같이 그의 마음을 때리었다.

영철은 한참이나 아무 말 없이 그 대답한 사람이 나오기를 기다렸다. 아무 소리도 없는 것을 들은 그 대답한 사람은 신짝을 찍찍 끌며 마당으로 나오려고 한다. 영철은 설화가 나오나 보다 하고 일부러, "설화 있소?" 하였다. "있소, 누구요?" 하는 사람은 설화 어머니였다.

영철은 문간을 들어서서 마루 위로 올라갔다. 창 안에 전깃불은 향내 나는 몰약沒藥이 녹는 듯이 켜 있었다. 영철은 저 불 밑에는 설화가 앉아 있으려니 하였다. 그리고 나를 기다리다 못해서 비스듬히 기대앉아 조으려니 하였다. 그러면 나는 그의 가는 허리를 바싹 껴안고, "나 왔소" 하며 놀래리라 하였다. 그리고 또다시 그러면 그는 놀란 중에도 원망스러워하는 눈으로 나를 흘겨보며 연지 입술을 반쯤 벌리고 앵둣빛 같은 웃음을 띠렸다 하였다.

영철은 문을 열고 들어갔다. 영철은 지금까지 생각하던 것과는 아주 다른 정경이 영철의 마음을 쪼개는 듯했다. 열 시에 오마 한 자기를 자정이 넘도록 기다리다 못해서 영철을 원망도 하여보고 모든 세상을 저주도 하여보고 그 끝에는 자기 신세를 한탄도 하여보고 모든 것을 단념도 하여보다가 그대로 팔을 벤 채로 방바닥에 엎드려 있는 설화가 영철의 눈앞에 놓여 있다. 설화의 아래 눈썹에 고여 있는 작은 눈물방울이 전깃불에 비치어 비애悲哀의 정화 같이 푸르게 빤짝인다. 그러다가는 떨리는 한숨이 온 방 안에 가득한 정조情調를 무너뜨려 버리는 듯하다.

영철은, "설화!" 하고 어깨를 가볍게 흔들었다. 그러나 설화는 대답이 없이 누워 있을 뿐이다.

"설화, 나요" 하고 성화 같이 흔드는 영철의 말 끝에 설화는 겨우 잠꼬대같이, "무어요? 영철 씨가 오셨어요? 그이는 우리 집에 오시지 않으세요. 벌써 날이 밝았는데요" 하고는 모든 것을 단념한 듯이 고개를 돌이켜 돌아누우려고 하였다. 영철이가 이 말을 들을 때에 자기가 무슨 죄나 지은 듯이 아까 자기가 종로 정류장에서 서서 생각하던 것과 설화의 집 문간에서 다시 돌아가려던 것이 뉘우쳐지고 부끄러울 뿐이다. 영철은 설화를 껴안으며, "설화, 내요. 영철이요" 하며 또다시 흔들어 깨우면서, "용서하시오. 그렇게 꿈속에서까지 나를 원망하지 마시오" 하였다. 설화는 꿈에 어린 눈으로 수수께끼를 듣는 듯이 영철의 얼굴을 한참이나 내려보더니, "아— 영철 씨" 하고 그대로 영철의 가슴에 고개를 대이고 느껴 운다.

"영철 씨, 저는 영철 씨까지 그러하실 줄은 몰랐세요. 저는 영철 씨를 원망하였어요. 그러다가는 단념까지 하였어요. 그 단념은 참으로 어려워요."

영철은,

"용서하시오. 모다 나의 잘못이지요! 고만 눈물을 씻으시오."

하고 수건으로 설화의 눈물을 씻기었다. 설화는 애원하는 듯이 떨리는 목소리로, "영철 씨" 하고 영철의 대답을 기다림인지 무슨 말을 하려던 것이 부끄러웠던지 말소리를 그치고 가만히 있었다. 영철은 진정이 뭉치인 어조로, "응" 하고 대답하였다.

"영철 씨는 나를 불쌍한 사람으로 알아주세요?" 하며 고개를 더욱 영철의 가슴에 대이고 또다시 북받치는 울음을 운다. 영철은 참으로 불쌍한 여자라 하면서도, "불쌍하게 여기오"라고 얼른 대답을 하지 못했다. 대답을 얼른 하면 입에 붙은 말로써 설화의 환심을 사려고 하는 줄 알 것도 같고 그렇다고 그렇지 않소, 할 수가 없어서 다만 아무 말 없이 설화의 머리털만 쓰다듬으며, "왜 설화가 불쌍한 사람인가?" 할 뿐이었다. 설화는,

"네. 저는 불쌍한 사람이에요. 아주 가련한 인생이에요. 저는 믿을 곳도 없고 바랄 곳도 없는 사람이에요. 영철 씨! 영철 씨께서는 저를 영원

히 불쌍히 여겨주시지요?"

"설화, 나는 참으로 알지 못하였소. 자― 일어나시오. 나도 이제부터 설화의 가슴에 안기고 싶소. 끝없는 꿈나라로 함께 흘러갑시다. 견디기 어려움을 맛볼 때마다 흘러서 서로 합하는 따뜻한 눈물의 위로를 받읍시다."

이 말을 한 영철의 눈에서는 알지 못하는 눈물이 보석반지 반짝반짝하는 설화의 흰 손등 위에 떨어졌다. 설화는 겨우 마음을 진정한 듯이 몸을 영철에게 실으며 가늘게 바르르 떨더니,

"영철 씨, 어떻게 하면 이 괴로운 세상을 벗어날까요. 저는 끝도 없고 한도 없는 세상으로 달아나고 싶어요. 모든 것을 활활 내던지고 한없이 흘러가고 싶어요. 공중으로 흘러가는 구름같이 둥둥 떠나가고 싶어요. 그러다가는 그러다가 영철 씨의 가슴에서 죽고 싶어요. 영철 씨, 영철 씨의 가슴은 저의 마지막 무덤이 되어주셔요."

영철은 설화의 홀리는 듯하게 가슴츠레한 눈을 바라보았다. 그리고 자기의 팔을 붙잡은 미끈한 손과 자기의 심장 위로 스치고 지나가는 그의 울음소리가 차디차고 근질근질하게 설화를 불쌍히 여기는 마음이 나게 하였다. 그 불쌍한 생각이 날 때마다 영철은 어머니가 자신의 어린 자식을 끼어안듯이 설화의 등에 깍지 낀 손을 힘있게 잡아당기어 자기의 가슴에 힘있게 끼어안았다. 그럴 때마다 그윽한 정욕을 일으키는 설화의 젖가슴이 뭉크러지는 듯이 영철의 가슴을 누를 때 영철은 조금 지지리 탄 듯한 설화의 붉은 입술을 빨아보았다. 그리고는 떨리는 목소리로, "설화!" 하였다. 설화는, "네" 하고 영철의 얼굴을 쳐다볼 때 영철의 두 눈에 으리으리한 이상한 정채精彩가 설화의 마음을 매혹적으로 근질일 때 그는 고개를 다시 수그렸다. 영철은 손으로 설화의 뜨거웁게 타는 두 뺨을 곱게 문질렀다. 그러다가는 그 뺨을 쳐들어 자기 얼굴과 마주

향하게 하였다. 그리고는 그의 두 눈을 들여다보고는 자기도 모르게 본능적으로 싱긋 웃었다. 설화도 영철의 웃음에서 그 무슨 요구要求를 알아채인 듯이 생긋 웃고서는 부끄러움을 짓고 고개를 돌이키려 하였다. 영철은 그러나 돌리려는 얼굴을 돌리지 못하게 하더니 그의 입술을 바라보았다. 그리고는 또다시 가늘게 떨리는 소리로, "설화!" 하였다.

이번에는 설화도 응종하는 듯이 다만 싱그레 웃으면서 가만히 있다. 영철은 설화의 쪽진 머리 뒤로 한 손을 보내고 또 한 손으로 설화의 등을 감아 설화를 얼싸안았다.

그러고는 한참 동안이나 두 사람은 아무 소리가 없었다. 다만 입김과 입김이 코를 지내 나와서 강하게 떨리는 소리가 고요한 방 공기를 짜릿한 정욕의 그윽한 맛으로 물들일 뿐이었다.

영철이 두 팔의 힘을 늦추고 설화가 부끄러운 듯이 고개를 갸우뚱하고 머리쪽을 고칠 때에는 두 사람의 입술에는 꿀물 같은 사랑의 이슬이 번지르하게 윤이 흘렀다. 영철은 속마음으로, 아아 과연 나는 행복의 경계선을 넘어 들어온 자인가 할 뿐이었다.

영철과 설화가 설화의 집에서 만난 지 사흘 동안이 지나갔다.

어린 혜숙은 교실에 들어앉아 한문을 배우고 있었다. 수염 많이 난 털보 선생이 무엇이라 힘 없는 목소리로 설명을 할 때마다 여러 학생의 얼굴들은 점점 누래지도록 염증이 나는 모양이다. 혜숙은 처음에는 책을 펴놓고 선생의 설명을 들으리라 하였다. 그러다가는 십 분이 지나지 못해서 공책 위에 그림을 그리기 시작하였다. 또 그러다가는 또다시 선용의 생각이 났다.

선용 씨도 나처럼 공부를 하렷다. 그러나 그는 이런 배우기 싫은 한문을 배우지 않고 영어를 배우렷다 하였다. 그러다가는 또다시 선용의 그리운 생각이 났다. 그리고 편지나 한 장 쓰리라 하였다. 그리고 선생의 눈을 한 번 쳐다보고는 아무 말 없이 공책 하나를 뜯었다. 그리고 모든 묘한 문자와 정다운 문자를 될 수 있는 데까지 자기 힘을 다해서 써 보리라 하였다. 그는 편지를 써서 필통 속에 있는 봉투를 꺼내서 피봉을 썼다. 그래서 책 틈에다 넣었다. 그리고 선생에게 들키지나 아니하였나 하고 다시 선생의 얼굴을 쳐다보고 책을 보는 체하였다.

어린 혜숙은 다만 마음 가운데 이러한 것만 그리고 있을 뿐이었다. 선용 씨가 일본서 공부를 하여 가지고 돌아오거든 앞에는 수정 같은 냇물이 굽실굽실 여울 지어 돌아가고 뒷동산에는 성茂된 종려나무 그늘 같은 무르녹은 녹음 가운데 어여쁘고 얌전하게 양옥집을 짓고 살자!

그리고 선용 씨는 서재에서 글을 쓰고 자기는 전깃불이 고요히 비치고 나부끼는 창장窓帳을 가는 바람이 고달프게 할 때 그 옆 교의에 앉아 책을 보다가 선용 씨가 머리가 고달프다고 붓대를 놓거든 나는 피아노의 맑고 가는 멜로디로 그의 머리를 가라앉혀 주리라. 그러다가 달이나 훤하게 밝거든 뒷동산 이슬 내린 사이로 두 사람이 팔을 마주 겨누고 이리저리 소요하면서 나무 사이로 흐르는 푸른 달빛에서 한없고 달콤한 정화에 취하여 보리라 하였다.

그러나 그것이 참으로 그렇게 되겠다는 확실한 희망을 혜숙의 가슴에 부어준다는 것보다도 그렇게 되었으면 좋겠다는 욕망이 그의 머리속에 쉬지 않고 나타나는 공상의 활동사진을 비치게 하였다.

하학을 한 혜숙은 학교 정문을 나섰다. 그의 책보를 긴 손에는 선용에게 갈 편지를 책보하고 겹쳐 쥐었다. 그가 마침 우체통 앞으로 가까이 가려 할 때에, "오래간만이십니다" 하고 은근히 인사를 하는 백우영을 만났다. 혜숙은 깜짝 놀래어 고개를 들었다. 그리고 얼결에 나오는 목소리로, "네, 오래간만이십니다" 하였다. 그랬으면 그만인 걸 무슨 죄나 짓다가 들킨 듯이, "어데를 가세요?" 하고 서투른 말로써 그에게 무

슨 애원이나 하는 듯이 공연한 말을 물어보았다. 그리고는 자기 손에
든 편지를 백우영에게 들키지나 아니하였을까? 하고 얼른 보이지 않게
책보와 자기의 팔 사이에다 넣어버리었다.

"네에, 어데 좀 갑니다. 벌써 하학을 하셨어요?" 하고 백우영은 나란
히 서서 가기를 청하는 듯이 혜숙의 옆으로 가까이 오더니 아무 말 없
이 걸어간다. 혜숙도 하는 수 없이 편지도 부치지 못하고 그대로 우영
과 조금 떨어져서 천천히 걸어간다.

우영의 얼굴은 영도사에서 볼 적보다 더욱 어여뻤다. 그리고 양복 입
은 맵시가 날씬하고 녹신하도록 태도가 있어 보이었다. 그리고 어여쁜
입이 한 번 맞추었으면 좋을 듯이 사람의 마음을 끈다.

그리고 양복에서 일어나는 구수한 털냄새와 속옷에 뿌린 향수내가
혜숙의 허리를 홰홰칭칭 감아 잡아다니는 듯이 그윽하다. 그리고 그의
가슴은 수놓은 비단방석 같이 편안해 보였다.

우영은 말을 좀 붙여보려고,

"혜숙 씨, 오라버니 안녕하세요?"

하고는 곁눈으로 혜숙을 보았다. 혜숙은 땅만 보고 걸어가면서,

"네, 안녕하세요."

하였다.

"지금 바로 댁으로 가십니까?"

"네, 바로 가요."

"저의 집에 가서서 잠깐 놀다 가시지요?"

이 소리를 들은 혜숙은 깜짝 놀라며,

"네?"

하고 우영을 쳐다보았다. 평생 남자에게 놀러 가자는 말을 들어보지
못한 혜숙은 백우영이 자기 집까지 놀러 가자는 것이 그 무슨 놀랄 만

한 죄악의 굴로 유인하는 듯하였다. 그리고 죄악 중에도 망측한 냄새가 흐르는 방 안으로 자기를 데리고 가려 하는 듯하였다. 우영은 다만 혜숙이 어린 것을 조소하는 듯이,

"네, 저의 집까지 가셔서 잠깐 앉아 노시다 가시지요."

하였다. 혜숙은,

"늦게 가면 집에서 기다리시니까 실례지만 하는 수 없는걸요."

하며, 공연히 마음이 불안하였다.

"무얼요. 잠깐 앉았다 가실걸요. 저의 집은 여기서 가까우니까……
바로 저집니다"

하며 저쪽에 있는 기와집을 가리킨다. 혜숙도 그 집을 바라보며,

"네, 그러세요. 그렇지만……."

하고 주저주저한다.

"그러면 언제든지 한 번 놀러 오실 수 없을까요?"

"글쎄요. 언제든지 오라버니하고 한 번 놀러 가지요."

"에!"

하는 백우영의 마음에는 오라버니하고 같이 가겠다는 알이 아주 만족하지는 못하였으나 그렇다고 혼자 오라고 할 수가 없어서,

"그러면 그렇게 하시지요."

하였다.

백우영과 서로 헤어져 자기 집에 돌아온 혜숙은 책상 앞에 앉아서 복습을 하기는 하나 그의 머리에는 글자라고는 한 자도 들어가지 않고 백우영과 김선용의 그림자가 왔다 갔다 한다.

혜숙은 백우영을 오늘 만나기 전까지는 김선용에게 모든 촉망을 두었으며 모든 공상에 현실을 기대하였으나 백우영을 만나보고 나니까 거미줄 얽듯 공중에 얽어 놓은 공상이 한낱 꿈같이밖에 생각되지 않는

다. 백우영에게 모든 환희歡喜와 열락悅樂을 얻을 수 있을 것 같을지라도 김선용의 보이지 않는 장래에서는 그것을 찾아볼 것 같지는 않았다. 백우영은 모든 미美의 소유자라 할 수 있을지라도 김선용은 그렇지 못하였다.

혜숙은 어찌하여 영도사에서 김선용에게 나는 언제든지 당신을 잊지 못하겠어요 하였노? 하였다. 그때 백우영에게 그런 말을 하였던 것이 도리어 나을 것이 아니었던가, 그리고 오라버니의 편지와 함께 김선용에게 편지는 무엇하러 하였노? 하였다. 그리고는 오늘 낮에 학교 교실에서 써서 부치려 하던 편지를 다시 뜯어 읽어보다가는, '이 편지를 부칠까? 말까?' 하였다. 그러다가는, '그래도 부쳐야지, 내가 만일 이 편지를 부치지 않으면 내가 죄를 짓는 사람이 될 터이지! 선용 씨는 나로 인하여 불행한 사람이 될 터이지!' 하다가는, '오라버니가 만일 나의 이와 같이 주저하는 마음을 알면은 책망을 하렷다' 하였다.

그의 마음은 자기가 하고 싶고, 옳다고 인정하는 것을 고집할 수 없을 만큼 경험이 없는 어린애다. 자기의 마음이 비록 백우영의 그의 묘한 힘에 끄을려 갈지라도 자기의 오라버니를 절대로 신임하는 혜숙은 영철의 말을 일종의 경전經典같이 믿을 뿐이다.

그래서 지금 자기의 마음 한 모퉁이에는 웬일인지 김선용에게 대한 불만이 있을지라도 그 불만이 있는 김선용을 당장에 배척할 만큼 용기는 없었다. 그는 편지를 다시 들여다보다가, '그래도 부쳐주어야지' 하였다. 그리고 마음 한옆으로 언제든지 틈만 있거든 백우영의 집에를 한번 가보리라 하였다.

지구가 돌매 온 우주까지 바뀐 듯하고 가을과 겨울이 지내어 따뜻한 봄이 오니 죽었던 모든 만물이 생기를 띠어 눈을 비비며 부시시 일어난다. 티끌에 잠겨 있고 허위에 얽매여 서로 싸우고 다투는 도회 사람이나, 한적하고 적막한 시골에서 순후하고 단조로운 생활을 하여 가는 향토 사람이나, 나무에 깃들이는 어여쁜 새들이나 산 위에 뛰어가는 사나운 짐승이나, 우뚝 솟은 산이나 잔잔한 바다나 함께 춤추고 같이 노래하는 것은 봄 신神의 두터운 은총뿐이었다.

나릿한 바람이 사람의 젖가슴을 간질이고, 멀고 가까운 산과 들에는 새로 나는 푸른 풀이 금자리를 깐 듯하고 버들가지 펄펄 춤추는 어떤 일요일 아침이었다. 구릿빛 햇빛이 따뜻하게 쏘아오는 마루 끝에서 세수를 한 영철이 혼잣말처럼, '오늘은 은행의 일로 인천을 갈 일이 있는데……' 하고서는 귓바퀴에 묻은 비누를 씻으려 할 즈음에 대문간에서,

"편지요."

우편 배달부가 편지 한 장을 내던지고 달아난다. 영철은 문간에 나아가 물묻은 손으로 편지를 집어 피봉을 살피었다. 거기에는 이혜숙 양이라고 한문으로 쓰고 그 뒤에는 사직동 '백우영'이라 씌어 있다. 영철은 아주 유쾌치 못한 생각이 나서 상을 찌푸렸다. 그는 편지를 들고 마루 앞으로 가까이 오려 할 즈음에 방문을 열고 혜숙이가 고개를 내밀어,

"누구에게 온 편지예요?"

한다. 영철은 시원치 못한 어조로,

"네게 온 것이다."

하고 여전히 편지를 내려다보고 섰다. 이 소리를 들은 혜숙은 깜짝 놀라는 듯이 반가와하며,

"네? 제게요. 어디 이리 주세요."

하고 마루로 뛰어나오며 영철의 손에 든 편지를 빼앗는다. 그러다가는 편지를 손에 들고 주춤하면서,

"응! 그이에게서 왔군."

하고 안방으로 뛰어들어가 책상 앞에 돌아앉아 입 속으로 소곤소곤 읽는다.

영철은 수건질을 하고 안방으로 들어가며 혜숙에게,

"무엇이라고 했니?"

하고 그 편지의 사연이 알고 싶은 듯이 물어보았다.

혜숙은 안심한 듯이 편지를 내놓으며,

"오라버니 하고 저 하고 이따가 네 시에 자기 집으로 놀러 오라구요."

하였다. 영철은 그 편지를 들여다보며,

"놀러 오라구? 나는 갈 수가 없는 걸. 인천을 좀 갈 일이 있어 밤에나 올 터이니까."

하며 안된 듯이 입맛을 다시며 말을 한다. 혜숙은 큰 걱정이나 난 듯이,

"그러면 어떻게 해요?"

하며 영철을 쳐다본다.

"무엇을 어떻게 해?"

"그럼 저 혼자 가요?"

"혼자?"

하고 영철은 힘있게 말을 하고는,

"혼자 가면 무엇하나, 고만두면 고만두지."

하고는, 들었던 수건을 역정이나 난 듯이 탁탁 털어서 횟대에다 탁 걸친다.

"그러면 기다리면 어떻게 해요?"

"기다리면?"

하고 영철은 조금 주저주저하다가,

"기다리다가 고만두겠지. 안 가도 관계치 않다."

혜숙의 마음에는 비로소 자기 오라버니인 영철의 말이 밉고 원망스

러웠다. 그리고 자기의 행복의 줄을 끊으려 하는 듯한 의심까지 나기를
시작하였다. 그리고 속마음으로 김선용에게 자기의 편지를 보이게 한
것도 자기의 오라버니의 까닭이요, 또한 김선용에게 사랑을 주게 한 것
도 자기 오라버니라 하였다. 세월의 흐름에 따라 엷어져가는 것은 만나
지 않는 김선용의 사랑이요, 날이 가고 달이 갈수록 두터워가는 것은 백
우영을 사모하는 마음이다. 그리고 영철이한테는 원망스러울 때가 있
고, 원망의 도수가 더하여 가면 갈수록 영철을 믿지 못할 때도 있었다.

지금도 혜숙의 마음속은 귀찮은 듯이 조마조마하다. 그리고 자기의
모든 것을 의뢰하던 영철이가 지금 이 당장에는 있지 않았으면 좋겠다
하였다. 그리고 백우영의 집에는 어떻든 가보아야 하겠다 하였다.

'그렇지만……' 하고 망설이듯이 방바닥에 놓여 있는 편지를 정성스
럽게 접으면서 고개를 갸우뚱하고 무엇을 생각하는 듯이 다른 곳만 본
다. 영철은 웬일인지 오늘 혜숙이 백우영의 집에 가고 싶어 하는 것이
말할 수 없이 유쾌하지 못하여, "고만두어라. 요 다음에 나하고 같이 가
자. 오라는데 안 가 줄 수는 없으니까. 그렇지만, 혼자 갈 것은 없다" 할
즈음에 혜숙의 어머니가 밥상을 가지고 들어오다가 이 소리를 듣고 고
개를 숙이고 불만족해 앉아 있는 혜숙을 흘겨보며, "커다란 계집애가
다니기도 퍽 좋아하지, 무엇하러 남의 집 사내 있는 데를 혼자 가니! 오
라버니하고 같이나 가면 모르지만" 하고 가뜩이나 속으로 분이 나는 혜
숙을 책망을 한다. 혜숙은 오라버니에게는 차마 분풀이를 못 하다가 만
만한 어머니에게 팩 쏘는 소리로, "어머니는 알지도 못하고 그러셔. 남
의 집 사내에게 신용을 잃으면 더 부끄럽지" 하니까 어머니는 핀잔을
주는 듯이, "애 고만두어라. 너무 잘 알아서 나는 걱정이드라" 하고 밥
상을 놓는다.

영철의 귀에는 신용이라는 말이 의심쩍게 들리었다. '그러면 언제 만

나기로 약조하였던가?' 하면서도 성이 나서 앉은 혜숙에게 또다시 물어볼 것도 없어서 빙그레 웃으면서, "그래 고만두어라, 요다음 나하고 가지. 어서 밥이나 먹어라" 한다. 혜숙도 하는 수 없는 듯 상으로 가까이 와서 밥그릇을 열었다.

사직동 백우영의 집 따로 떨어진 뒷사랑에는 열한 시가 넘어서 일어나 앉은 백우영이가 그 옆에 앉은 자기 친구와 이야기를 하고 앉아 있다. "오늘이 일요일이지?" 하며 백우영은 그 친구를 건너다보며 무슨 기대期待를 가진 표정으로 물었다. 그 청년은 백우영을 정신 없는 놈이라는 듯이 웃으면서,

"이건 날 가는 줄도 모르고 지내나?"

"그렇다네."

하였다.

"오늘 영철이가 인천을 가는 날이라지?"

"가겠지."

"흥, 그런데 지배인인지 무엇인지는 이영철의 손속에서 그대로 논다지?"

"그럴 리가 있나. 어떻게 영악한 사람이라고."

"말 말게, 지난 번에도 이영철이가 지배인에게 돈 오백 원을 돌려쓰려다가 연말이 되어서 못 되었다는걸, 요새 어째 마음이 덜렁덜렁하는 모양이야."

"덜렁덜렁만 하겠나, 죽자 사자 하는 아가씨가 있는데."

"옳지 옳지 알았네, 알았어. 너무 그러다가는, 안 될걸."

"그러면 무엇하나. 잘못 덤비다가는 큰코 다치지."

"그렇고말고, 제가 무엇으로 그러나. 저의 아버지는 돈도 주지 않고, 제가 무엇이 있어서 그래."

백우영은 다시 말을 고치어,

"그렇지만 누이동생은 관계치 않던걸, 자네도 보았겠네그려"

하였다.

"음, 보다뿐인가. 요새는 웬일인지 바짝 차리고 다니데. 어째 좀 다른 게야."

백우영은 속마음으로 '내다' 하는 자랑과 '너는 아직 모른다' 하는 우스운 생각이 나지만은 태연한 기색으로,

"그럴 것이 아닌가, 요사이 날도 따뜻하여지고, 또 차차 마음이 따뜻 하여질 테니까."

하고는 조금 있다가 다시 백우영은 말을 고치어,

"그런데 오늘은 가지 못하겠네."

하고는 팔짱을 끼고 어깨를 한 번 좌우로 부라질을 하더니,

"집에 일이 있는걸."

하고는 핑계를 댄다.

"무슨 볼 일이야. 자네가 없으면 어떻게 하나?"

하고는 그 찾아온 친구가 간원하는 듯이 말을 한다.

"정말야, 어제 저녁 늦도록 잠을 자지 못하고 놀았더니 몸도 좀 아프 고 이따 누가 온다고 하여서 꼭 기다리마고 대답을 하여 놓았는걸."

"안 되네, 가야 하네. 꼭 만나야 할 사람인가?"

"정말 못 가, 갈 수만 있으면 가지."

그 청년은 농을 쳐서 웃으며,

"설화도 부른다네, 가세그려."

하며 유인을 하려 한다. 백우영은 한 번 싱긋 웃으면서,

"설화가 내게 무슨 상관이 있나, 영철이가 있어야지."

하고 가지 않겠다고 뻗대는 듯이 담벼락에 기대앉는다.

그 청년은 낙망하는 듯이 '시―' 하고 입김을 들이마시면서,

"안되었는걸."

하고 천장만 쳐다본다.

백우영은,

"대단히 미안하이, 그렇지만 사정이 그런 걸 어찌 하나."

하고 고개를 돌이켜 석경을 들여다본다.

그 청년은 시계를 보더니,

"벌써 열한 시 사십 분일세, 어서 가보아야 하겠네."

하고 모자를 집어들고 바깥으로 나아갔다.

백우영은 옷고름을 아무렇게나 고쳐 매고, "어멈, 어멈" 하고 하인을 부르더니, "세숫물 놓게" 하고 안으로 들어가 세수를 하고 나와서 석경 앞에서 머리에 기름을 발라 반즈르하고 야들하게 얄미웁게 착 갈라 붙이더니, 옷을 갈아입고 향수를 뿌리고 넥타이를 골라 매었다. 그리고 그 옆에 있는 교의에 걸터앉아 향기 도는 담배를 푸― 하고 피운다.

그리고 혼자 빙글빙글 웃는 그의 머리 속으로는 오늘은 혜숙이가 올 터이지, 그리고 영철이가 인천을 갔으니까 제가 혼자 올까? 그렇지만 영철이가 없어서 오지 않으면 어찌하노? 그렇다고 아니 올 리는 없으렷다. 어떻든 오기만 하여라. 오기만 하면 되었다, 하였다.

그날 하루 종일 방 안에 앉아 혜숙이가 오기만 고대하였다.

그러나 거의거의 해가 넘어가려 할 때 백우영은 시계를 쳐다보고, 저물어 가는 저녁 공기가 자기의 고대하는 마음을 거의거의 낙망으로 끄으는 듯이 그의 심사를 회색으로 물들이는 듯할 때 그는 갑갑한 듯이, 창문을 홱 열어젖뜨리고는 바깥만 내다보고 서서,

"오는 모양인가, 아니 오는 모양인가."

하다가는 또다시,

"십 분, 이십 분……."

하면서 뒷짐을 지고 방 가운데로 왔다 갔다 한다.

그리할 때 혜숙은 백우영의 집 문 앞에 와 섰다. 오기는 온 혜숙은,

"들어갈까?"

하고 주저하다가 어째 마음이 떨리어,

"고만두어라. 집으로 돌아갔다가 요다음에 오라버니하고 오지, 만일 오라버니가 혼자 온 것을 아시면 얼마나 책망을 하시게."

하고는 대문간에 가 한참이나 섰다가 또다시 대여섯 발자국 돌아서 오다가,

"그렇지만 이왕 여기까지 왔으니 들어가 앉지는 말고서 왔다는 말이나 하고 갈까?"

하고 한참이나 주저주저하고 서 있었다. 그러다가는 다시 거듭 문간 으로 가까이 들어섰다.

그때 마침 하인 하나가 혜숙의 주저하는 모양을 보더니,

"누구를 찾으세요?"

하며 이상히 여기는 듯이 바라본다. 자기가 자기 마음을 마음대로 하지 못하였다가 하인의 '누구를 찾으세요?' 하는 소리가 어떻게 반가웠던지 알 수 없었다. 혜숙은,

"여기가 백우영 씨 댁이요?"

하며 하인의 대답이 떨어지기를 기다리고 서 있었다.

"네, 그렇습니다. 이리로 들어오시지요."

하는 하인을 쫓아 들어가는 혜숙은 한옆으로는 주저하던 마음이 풀리어 적이 마음이 편한 동시에 백우영을 만나볼까 하는 반가움도 있고, 또 한옆으로는 집에를 언뜻 가야 할 텐데 하는 불안도 없지 않았었다.

혜숙은 한참이나 좁은 꼬부라진 골목을 지내고 사랑문을 들어설 때

속마음으로, '집이 크기도 하다' 하였다. 그리고는 곁눈으로 집 전체를 돌아보았다. 그리고는, '백우영 씨의 거처하는 곳은 어떻게 꾸며 놓았나?' 하였다.

백우영이가 기다리다 못하여 화가 나는 듯이, "에…… 고만두어라" 하고 교의에 덜컥 걸터앉아서 애꿎은 담배만 필 때, "서방님, 손님 오셨어요" 하는 하인의 소리를 듣고 벌떡 일어나며, "응? 누구시라구?" 하고 바깥을 내다보았다.

거기에는 혜숙이가 마당 가운데 들어서서 사랑 마루를 쳐다보고 서 있다. 우영은 반가움이 극도로 달하여 달음박질하듯이 문밖으로 뛰어나오며, "어서 이리 들어오십시오. 오시느라고 매우 수고하셨지요" 하고 댓돌 위에 올라서는 혜숙의 땀에 젖은 머리카락이 하얀 이마에 달라붙은 것을 보았다.

혜숙은 숨이 찬 듯이,

"아뇨, 괜찮아요. 너무 늦게 와서 매우 기다리셨지요?"

"별로 기다리지는 않았으나 영철 군은 웬일인가요?"

"저 오라버니는 오늘 아침에 인천을 가시면서 못 오신다고 말씀이나 해달라고 하셔요."

하는 혜숙은 처음으로 거짓말을 하였다. 그리고 그의 마음은 떨리었다. 우영은 시침을 떼고,

"인천요? 어떻게 그렇게 공교하게 오늘 꼭 인천을 가게 되었을까요. 대단히 안 되었는걸요."

혜숙은 우영의 방으로 들어가서 다만 주춤하고 서 있을 뿐이었다. 그리고 화려하고 아담하고 정하고 깨끗하게 꾸며 놓은 방에 쉴새없이 코를 찌르는 향내는 웬일인지 그윽한 염정艶情의 붉게 타는 냄새를 맡는 듯하였다.

우영은 방석을 내놓으며,

"앉으시지요."

그리고 잡지와 두어 가지 그림책을 내놓으며, "잠깐만 앉아 기다려 주십시오. 큰 사랑에 나아가서 전화를 좀 하고 올 터이니요" 하고는 바깥으로 나갔다.

혜숙은 고요한 방 안에서 책장을 뒤적뒤적하다가 다시 한 번 사면을 둘러보았다. 반 양식으로 꾸민 이 방 안에 놓여 있는 책장이나 화장대나 벽에 걸어놓은 그림이나 그 위에 놓은 화병이나 의자나 방바닥에 깔아놓은 수놓은 방석까지 아름답지 않은 것이 없으며 귀하고 반가워 보이지 않는 것이 없었다.

백우영이가 나간 지 삼십 분이 지나도 들어오지 않는다. 혜숙은 갑자기 놀라는 듯이 책장을 덮으면서, "가야 할 터인데" 하고는 귀를 기울여 우영이가 들어오나 아니 들어오나 하고 한참 듣다가 갑갑한 듯이 문을 열어 바깥을 내다보았다. 문 여는 소리에 아무도 없는 마당에 내려앉았던 저녁 참새가 푸르륵 날아갈 뿐이다.

조금 있다가 신발 소리가 나더니 우영이가 다시 사랑으로 나오며,

"매우 안되었습니다. 너무 기다리게 하여서"

하고 우영은 방 안으로 들어왔다.

"아뇨, 괜찮아요. 그런데 저 고만 가겠어요."

"네? 가셔요?"

"집에서 기다리실 터이니까요."

"무얼요. 조금 노시다 가시지…… 가시기가 어려워서 그러세요? 이왕 오셨으니 저녁이나 잡숫고 가시지요."

"저녁요? 가서 먹지요."

하고는 혜숙은 다시 일어섰다.

"앉으세요."

하고 우영은 치맛자락을 잡아당겨 앉힌다.

혜숙은 얼굴이 빨개지며,

"놓으세요, 앉을게요."

하고는 속으로 '무례하기도 하다' 하였으나 그 무례한 것을 책망할
만한 용기는 없었다.

그때 하인이,

"상 내왔습니다."

하고 상을 들여다 놓았다.

전깃불이 켜지며 방 안에 놓여 있는 세간의 장식의 금속을 비친다.

혜숙은 한옆으로 비켜 앉으며,

"저녁은 가서 먹지요."

하고 머뭇머뭇한다.

"무엇을 그러세요. 여기서 잡수셔도 마찬가지지요. 자— 가까이 오십
시오."

"집에서 기다리세요."

저녁상을 대한 두 사람은 거진 이십 분 동안이나 아무 소리 없이 앉
아 있었다. 혜숙과 우영은 바로 보지도 못하는 가운데 오고 가는 정사情
事를 말하는 가운데에도 나련한 침묵이 또 한옆으로는 두렵고 불안한
생각이 나게 하였다.

혜숙은 자기의 가슴이 높은 고동으로 뛰고 또한 자기의 연하고 부드
러운 숨소리가 조용한 방 안에서 분명히 들릴 때 일부러 기침을 하고
무슨 말이든지 하리라 하였으나 할 말이 없었다. 그리고 백우영이가 아
무 말도 없이 이상한 눈으로 자기를 바라보며 거북한 침을 삼킬 때에
혜숙의 뜨거운 피가 차디차게 식어버리는 듯하고 가슴이 두근두근하였

다. 그래서, "저는 가겠에요" 하고 벌떡 일어나려고 하니까 백우영은 아무 대답도 없이 혜숙의 가려던 손을 잡으며, "네?" 하고 아무 소리가 없다. 손을 잡힌 혜숙은 온몸이 금시에 차디찬 냉수를 끼얹는 것 같이 떨리며 무서운 생각이 나서, "왜 이러세요?" 하고 손을 잡아 빼려고 애를 썼으나 우영은 무엇을 결심한 듯이 떨리는 중에도 흥분된 목소리로, "혜숙 씨" 하고 그의 입을 귀 밑까지 가까이 대며 쥔 혜숙의 손을 무엇을 재촉하는 듯이 가늘게 흔들었다.

혜숙의 얼굴은 해쓱해졌다.

그리고 아까 우영을 만났으면 하던 때와는 아주 반대로 지금은 다만 얼른 이 방을 벗어나고 싶을 뿐이다.

백우영은 무슨 말인지 하려다가 다시 얼굴에 미소를 띠고, "앉아 노시다가 천천히 가시지요" 하였다. 혜숙은 한숨을 휘 쉬더니, "가야 할 걸요. 집에 너무 늦게 들어가면 걱정을 들어요" 하고 다시 얼굴이 타오르는 저녁놀 같아지며 옷고름만 만지작거리면서 고개를 숙이고 아무 소리 없이 서 있었다. 백우영은 먼저 자리 위에 앉아 혜숙의 팔을 잡아다니면서 떨리는 목소리로, "혜숙 씨" 하였다.

혜숙은 잡아다니는 팔을 끌며, "왜 이러세요" 하고 도망이나 갈 듯이 고개를 돌이킨다.

"저는 꼭 한 가지 원할 것이 있어요."

혜숙의 손은 떨리었다. 몇 분 사이는 아슬아슬하고 간질간질한 침묵이 계속되었다. 우영은 다시 일어났다.

혜숙은 화병에 꽂혀 있는 꽃송이 잎사귀만 하나씩 둘씩 따면서 돌아서 있다. 백우영은 다시 혜숙의 등 뒤로 두 손을 쥐고 나지막한 목소리로, "혜숙 씨" 하였다. 혜숙은 다만 씩씩하는 콧소리만 내고 서 있더니, "왜 이러세요" 하고 고개를 푹 수그리고 우는 듯이 서 있다. 우영은 혜숙의 머리 뒤로 으스스하게 일어선 머리카락을 하나 둘 셀 듯이 들여다 보면서, "자……" 하고 혜숙의 몸을 투정하듯이 흔들었다.

황망히 백우영의 집을 뛰어나오는 혜숙은 자기가 무슨 보배를 잃어 버린 듯하였다. 그리고 힘없던 자기 몸에 는질는질한 오점汚點이 박힌 듯하고 한없이 꽃다운 장래를 한꺼번에 끊어 놓은 듯하였다.

그리고 백우영과 교제를 시작한 때와 아까 서로 만나 이야기를 할 때에는 부끄러운 중에도 불그레한 즐거움이 그의 애를 태우더니 지금 이 으스스한 길거리를 비틀거리며 달아날 때에는 그 모든 지나간 일과 또는 백우영에게 안기었던 그 순간이 더럽고 진저리쳐지는 죄의 기록 같이 생각될 뿐이었다. 혜숙은 웅숭그리고 길거리로 걸어오며 몸을 자지러뜨려 오스스 떨면서, "내가 여기를 무엇 하러 왔나? 오라버니가 가지 말라고 그렇게까지 말씀한 것을 굳이 듣지 않고 와서 이런 꼴을 당하고 가니 오라버니를 무슨 낯으로 대할까. 아아 이제부터는 처녀가 아니지" 하고 그의 몸을 둘러보았다.

"나는 이제부터 정말 처녀가 아닌가?" 그는 자기의 몸이 과연 처녀가 아닌가? 의심하였다. 혜숙은 종로 네거리까지 왔다. 그리고 '어찌하면 좋을까' 하였다. "어떻게 집에를 들어가나? 집에 들어가서 무엇이라고 하나?" 하였다.

집으로 들어가자니 부끄러운 중에도 가슴이 떨릴 뿐이요, 집에를 들어가지 않자니 어린 여자가 갈 곳이 없었다. 그러다가는, "춥거나 굶주리거나 집에 들어가지 말고 넓은 천지로 방황이라도 하여볼까?" 하다가도, "그렇지만 우리 어머니와 오라버니는 나를 사랑하니까 그것까지 용서하여 줄 터이지?" 하여보기도 하였으나, 그의 다리는 집으로 향하지 않고 다만 한 시간일지라도 책망을 받을 시간이 늦어가기만 바라고 길거리에서 헤맬 뿐이었다.

혜숙은 하늘을 우러러 울고도 싶고 그대로 죽어버리고도 싶고 가슴이 바짝바짝 조이고 목이 마르고 입술이 타들어왔다. 그러다가는 발을 동동 구르면서, "어떻게 하면 좋을까" 하였다. 그는 길 모퉁이에 한참 서 있어보기도 하고 남의 집 담벼락에 기대서서 울어보기도 하였다. 그러다가는 "에라, 어떻든 집으로 가보리라" 하고 넓은 길로 나왔다가는 '그렇지만, 하고 다시 주춤 하고 서서, "밤새도록 싸대다가 내일 집으로 들어가리라" 하였다.

그러할 즈음에 누구인지 자기 뒤에 와서 기웃이 들여다보다가, "혜숙이 아니냐?" 하는 사람이 있었다. 혜숙은 맥 풀리도록 깜짝 놀래어 돌아보았다. 거기에는 영철이가 꾸짖는 듯이 자기를 바라보고 있었다. 혜숙은 아무 말도 못하고 다만, "오라버니—" 하고 영철의 팔에 힘없이 매달려서 느끼어 가며 울었다. 그리고 들리지 않는 목소리로, "오라버니— 용서해 주세요" 하였다. 영철은, 용서하여 주세요, 하는 혜숙의 말을 들을 때 아까 아침에 자기가 우영의 집을 가지 말라 한 것을 듣지 않고 자기 마음대로 갔다가 길에서 만나 책망이나 듣지 않을까 하고 그것을 용서하여 달라고 우나 보다 하였다. 그리고는 그 우는 것을 보고서는 속마음으로 벌써 용서하였다 하는 듯이, "이게 무슨 짓이냐. 행길에서 울기는 왜 우니? 어서 가자. 전차를 기다리니?" 하고는 혜숙을 재촉하는 듯이 흔들어댄다.

"아녀요, 아녀요" 하는 혜숙은 재촉하는 영철의 말을 들었는지 못 들었는지 그대로 극도의 애소에서 일어나는 어리광을 부리듯이, "아녀요, 저는 죽은 사람이에요" 하고는 온몸의 버티어 있는 힘을 다한 듯이 그대로 영철의 팔에 매달려 울 뿐이었다.

이 소리를 듣는 영철의 가슴에는 번개같이 나타나 보이는 것이 있었다. 그리고는 혜숙의 얼굴을 물끄러미 들여다보았다. 영철의 눈에는 오늘 아침까지 연지같이 붉던 입술이 시푸르둥둥하게 보이며 기쁘게 반짝이던 맑던 눈동자가 송장의 눈같이 으스스하게 보이는 듯하였다. 그리고 따뜻한 살냄새가 그윽하던 그 육체는 시들시들하고도 차디차게 보인다.

그리고 영철은 뜨거운 눈물 방울도 차디차게 자기 옷깃을 적실 때, 불쌍한 마음까지 나면서 그의 피 속으로 스미어드는 떨리는 울음소리가 추악한 냄새처럼 그의 신경을 으쓱하게 하여, 얼른 그의 몸을 떠밀치려 하려다 또다시 그의 피부 끝에 닿은 신경은 끝과 끝이 재릿재릿한 우애의 바늘로 찌르는 듯할 때 또다시 혜숙의 몸을 끼어안고, "어서 가자, 응?" 하며 혜숙을 흔들었다. 혜숙은 떨리는 긴 한숨과 함께, "저는 처녀가 아닙니다" 하고 참으려 하던 울음이 또다시 흐른다.

"처녀가 아닌 저를 오라버니는 용서하여 주세요? 부정한 저를 오라버니는 예전과 같이 사랑하여 주시겠어요?"

영철은, "혜숙아!" 하고 그의 손을 힘있게 쥐며, "혜숙은 언제든지 나의 누이다" 하고는 소리를 지를 듯이 목소리를 높이고는 그의 손이 떨리면서 뜨거운 눈물이 그의 두 뺨으로 구을러 떨어졌다. 혜숙은 영철의 손에 매어달리며, "그러면 오라버니는 저를 용서하여 주신다는 말씀이지요?" 하며 고마운 눈물이 이제는 또다시 뜨겁게 영철의 손을 씻어준다. 영철은, "인생이란 그런 것이란다" 하고는 눈물을 씻고, "어서 가자, 어서 가" 하며 혜숙을 끌고 차를 태우려고 정류장 가까이 왔다.

영철은 혜숙이가 불쌍하여 그리하였는지 인생의 무상을 느낌인지 어쩐지 모를 눈물이 자꾸자꾸 쏟아진다. 그리고는, "정신의 행복의 결과는 육肉의 만족이다. 그리고 육의 만족은 정신의 고통일까?" 하였다. 그러다가는 내가 오늘 인천을 가지 말걸 하는 후회가 일어나며 또다시 이등차실에서 설화를 만났던 일이며, 설화가 자기를 따라 일부러 인천까지 간다는 말이며, 또는 일곱 시 차에 올라오기를 약조하였다가 소학교 다닐 때에 특별히 사모하던 선생님을 찾아뵈오러 갔던 일이 생각난다.

영철이가 선생을 찾아뵈올 때에는 그 선생이 반가이 맞아주시면서,

"어! 영철인가, 잘 왔다. 잘 왔어. 이렇게까지 찾아주니 참으로 고맙다."

하고 주름살이 잠깐 잡힌 흰 얼굴에 반가운 웃음을 띠며,

"이리 들어오너라."

하고 근지러운 손으로 자기의 손을 붙잡아다리면서,

"그래 요사이는 무엇을 하노? 오— 은행에 다닌다지. 그렇지 그래. 놀아서는 안 되지."

하며 영철에게는 인사 한마디 할 새 없이 반가워하던 것을 생각한다.

"선용이는 일본서 신문을 돌려 공부를 한다지? 그 아이는 꼭 성공하느니라, 성공해. 내가 가르치는 아이들 중에서 아직까지도 너하고 선용이가 나를 생각하여 주는고나."

하며 집안 사람들에게,

"저녁을 지어라. 반찬을 장만해라."

하던 생각을 하고 또 자기가

"오늘은 잠깐 뵈옵고만 가야겠습니다."

하니까

"어— 안 될 말, 안 될 말이지. 이렇게 오래간만에 와서 그대로 가다니, 저녁차로 못가면 밤차에 가지."

하고 굳이 붙잡으시므로 설화가 기다릴 생각을 하고 마음이 조이던 생각과 또 그 선생님이 자기를 붙잡고 눈물까지 흘리시면서,

"영철아! 영철아! 나는 참으로 네가 참으로 그럴 줄 몰랐다. 너의 늙은 아버지까지 돌아보지 않고 한낱 경박한 여자에게 그렇게까지 할 줄

은……" 하던 선생님의 얼굴이 역력히 보인다.

그리고 정거장으로 나오는 자기를 행길까지 쫓아나오시며,

"부디부디 잘 올라가거라. 그리고 나의 말을 잊지 말아주기를 바란다."

고 신신당부하던 것이 생각된다. 그리고는,

"설화가 나를 못 믿을 놈이라 하겠지? 만나자고 약조까지 하여 놓고 오지 않는 것을 볼 때 얼마나 무정스러운 생각이 났을까?"

그러다가는, "그 감정질感情質인 설화가 자기 집에서 나를 원망하고 눈물을 흘렸을 터이지?" 하였다.

그리고 경성 정거장에 내려, 바로 설화의 집으로 가서 그런 말이나 하리라 하다가, 뜻밖에 혜숙을 만나 뜻하지 않은 두려운 말을 듣고서 자기 누이를 데리고 지금 자기의 집으로 향하게 되는 것을 생각하고는 혜숙을 데려다 두고는 다시 설화의 집으로 가리라 하였다. 그리고는, "에, 어째 우리 사람에게는 환경環境의, 모순의, 성격의 당착撞着이 이같이도 많을꼬?" 하였다.

그 이튿날 아침이었다. 걸음을 바쁘게 하여 사직골 백우영의 집으로 가는 영철의 마음에는 백우영이가 밉고 얄미웁고 괴악하고 더러운 중에도 분한 마음과 그윽한 인생의 비애가 엉클어져 그대로 때려눞히고 싶은 생각이 났다. 그는 주먹을 부르쥐고, 종침다리 예배당 앞을 당도하였을 때, 인력거 종소리가 따르르 하고 나며 자기의 앞으로 인력거 한 채가 닥쳐오더니 그 위에 점잖은 목소리로, "어데를 이렇게 급히 가나?" 한다. 영철은 얼핏 고개를 들어 쳐다보고, "네, 댁까지 갑니다" 하는 목소리는 떨리는 중에도 분노가 섞이어 있었다.

영철은 그대로 달려들고 싶었다. 우영의 아버지를 만난 영철은 우영을 만난 것같이 분함이 났다. 그러나 사장의 은근하고 부드러운 표정과

목소리는 영철에게 그만 분노를 대담하게 내놓지 못하게 하였다.

백 사장은 얼굴에 미소를 띠며, "그러면 우영을 보러 가나?" 한다. 영철은 다만, "네" 하였을 뿐이다. 그리고 사장의 얼굴을 쳐다볼 때 웬일인지 그의 얼굴에는, "네가 나의 아들에게 분풀이를 하러 가지?" 하고 위엄 있게 내려다보는 빛이 보이며 또는, "그러면 너는 나에게까지 반항하는 자이지?" 하는 듯한 무서운 빛이 보이는 듯하였다.

그러나 그가 가는 웃음을 다시 띠며, "일어났는지도 모르겠네. 어서 가보게" 하고 인력거를 재촉하여 광화문 넓은 길을 향하여 가는 것을 한참이나 서서 바라보던 영철의 마음에는 그 백 사장의 웃음 속에는 무슨 깊은 의미가 박히어 있는 듯하고 또 자기와 인연을 더 가까이 맺어지게 하는 듯하였다.

영철이 백우영의 집 큰 대문을 들어서랴 할 때에 마침 하인 하나가 나오는 것과 마주쳤다. 영철은 힘 있게 우뚝 서서 위엄있게 하인을 바라보며, "서방님 계신가?" 하였다. 그 하인은 심술스럽게 무례한 태도로 눈을 딱 부릅뜨고 아래위를 훑어보더니, "무어요?" 하고 다시 쳐다본다. 영철은 화가 벌컥 나고 고이한 생각이 나건만 그대로 꾹 참고 서서, "서방님 계셔?" 하였다. 그 하인은 다시 심통스러운 소리로, "잠깐만 기다리세요. 들어가 보고 나올게요" 하고는 그대로 안으로 들어간다.

영철은 우습고도 기가 막히었다. 그러나 억지로 참고 바깥에서 왔다갔다 하며 나오기만 기다렸다.

조금 있다가 계집 하인 하나가 나오더니 영철을 보고 여성스러운 목소리로, "서방님 뵈오러 오셨어요?" 한다. 영철은 아무 소리도 없이 고개만 끄떡끄떡하였다. 계집 하인은 말하기가 부끄러운 듯이 싱긋 웃더니, "여태 주무세요. 좀 기다리셔야 할걸요" 하고 영철에게 거기 서서 일어날 때까지 기다리라는 듯이 바라본다. 영철은 속마음으로, '흥, 빌어먹을 소리를 다 하는군' 하며 열이 벌컥 나서, "그러면 언제까지 기다리라는 말인가?" 하고 엄연한 목소리로 말을 하였다.

계집 하인은 조금 얼떨떨하여, "글쎄요. 일어나실 때까지……" 하고 채 말을 못 마치므로, 영철은 소리를 빽 질러, "무엇야, 들어가 일어나시라고 못해?" 하더니, "가만 있거라. 내가 들어가 잡아 일으킬 터이니" 하고 앞사랑 중문을 지나 뒷사랑으로 통하는 꼬부라진 골목을 돌아 우영의 누워 있는 사랑 마당에 들어섰다.

우영은 어제 저녁에 혜숙을 보낸 뒤에 여태까지 그의 마음을 채우고 있는 그윽하던 기꺼움이 눈 녹듯이 다 풀어어버리고 부끄러움과 더러움이 그의 가슴 속을 용트림하여 지나가는 듯하고 또는 공연한 짓이로다 하는 후회가 그를 밤새도록 귀찮게 하더니 그대로 잠이 들었다.

지금도 일어나 앉아 어제 저녁의 혜숙을 더럽힌 것이 참말일까 하다가 참말이 아니고 거짓말이었으면 좋겠다 하였다. 그러다가는 그렇지만 참말이지 할 때 그러면 혜숙을 일평생 데리고 살까? 하였다. 그렇지, 함께 살면 혜숙도 부정한 여자가 아니요, 나도 잘못한 것은 없을 터이지. 그렇다, 같이 데리고 살겠다! 하였으나 어쩐지 그의 마음에 꽃다웁게 빛나고 미치게 춤추는 많은 환영이 돌돌 뭉치어져서 그의 가슴 한복판에 착 달라붙는 듯이 거북하고 귀찮은 듯하였다.

그러다가는 장래에 어떠한 여자든지 자기와 결혼을 하려니 하던 그 이상의 한꺼번에 푹 꺼져버리고 다만 눈 앞에는 나무로 깎아 세워 놓은 듯이 혜숙의 그림자가 나타나 보일 뿐이다.

우영은 속으로 그러면 나는 또다시 다른 여성을 사랑하지 못할 터이지! 많고 많은 여성 중에서는 혜숙이보다 더 어여쁘고 더 잘생긴 여자가 얼마든지 있을 터인데, 혜숙이란 여자 하나를 위하여 그 모든 여성의 사랑을 단념해 버려야 할 터이지!

358

우영은 혜숙을 베스트의 애인으로 보기에는 얼마간 부족이 있었으며 또한 결함이 있어 보이었다. 뿐만 아니라 그의 피는 너무 많았다. 그의 끓는 피는 너무 그의 이상을 고원高遠하게 하였다. 우영이 이 모든 생각을 하고 자리 속에 누워 담배 연기를 호…… 뿜을 때에 그 담배 연기는 요염한 자색을 가진 미인이 되어 미칠듯이 춤을 추는 듯하였다.

이때 영철은 마루 위에 올라서 문을 홱 열어젖뜨렸다. 그리고, "우영 군" 하고 부르는 목소리는 무쇠소리 같이 무거웁고 강하였다. 우영의 마음은 그 무쇠 뭉치로 맞은 듯이 실신을 하도록 아무 감각이 없어졌다. 그러나 겨우 거짓 웃음을 지으며, "아! 이게 웬일인가?" 하고 겨우 팔꿈치를 대고 일어나려 할 때 영철은 우영의 괴로운 웃음을 바라보면서, "내가 여기 온 것은 내가 말하기 전에 벌써 자네는 알 터이지?" 하고 한 걸음 가까이 나선다. 그리고 떨리는 주먹을 억지로 참으면서 한 걸음 가까이 나선다. 우영은 두려움을 참지 못하여 얼굴빛이 푸르락누르락하여 앉았다.

영철은 다시 명상瞑想하듯이 가만히 서 있더니 부드럽고 연하고 불그러하고 따뜻한 중에도 힘있는 목소리로,

"우영 군!"

하더니 또다시 비장한 중에도 녹는 듯한 어조로,

"내가 온 것은 결코 자네를 징계하려는 것이 아닐세."

하고 애연한 눈으로 우영을 바라보다가,

"청춘의 역사는 모다 그러한 것일까? 응? 우영군! 자네나 내나 그것은 마음대로 하지 못하는 것이 아닌가. 두려운 것은 청춘의 타오르는 연한 불길이니까. 응?"

하고 검은 눈동자에 감추지 못하는 두어 방울 눈물이 모였다.

이 소리를 듣는 백우영은 그 부드럽고도 강하고 연하고도 단단하고

뜨겁고도 차고 붉고도 푸르고 엄연하고도 애연한 영철 말에 모든 감정이 풀어지는 듯하고 한곳으로 엉키는 듯하여 무엇이 어떻다는 것을 알지 못하게 되었다. 그는 다만 애원하는 듯이 영철의 손을 붙잡고,

"영철군, 용서하여 주게. 모든 것이 다 나의 잘못일세."

하고 무의식중에 눈물이 나왔다. 영철은 우영의 부드러운 손을 힘있게 쥐며 눈물이 고여 흐릿한 눈으로 다만 윤곽만 보이는 우영의 구부린 머리를 내려다보며,

"우영 군…… 벌써 짓지 못할 시간은 그 순간을 휩쓸어 가지고 영원히 과거로 자꾸자꾸 갈 뿐일세."

하다가,

"청춘인 나는 청춘인 자네를 용서할 자격이 없을 터이지. 나는 다만 자네에게 한 가지 청할 것을 가졌을 따름일세."

하였다.

우영은 가슴이 괴로운 듯이 얼굴을 영철의 손등에 비비면서,

"나 같은 놈에게 자네의 원할 것이 무엇인가? 될 수 있으면 무슨 짓이든 할 터일세. 자네의 청이라면."

영철은 주저하는 중에도 무엇을 깊이 생각하는 듯이 한참 먼 산을 바라보고 섰더니. "나는 나의 누이를 일평생 잊어주지 말기를 바랄 뿐일세" 하고 힘 있게 쥐었던 우영의 손을 힘없이 놓으며, "나의 원하는 것은 그것 하나밖에 없네" 하고 눈물 방울을 뚝뚝 떨어뜨린다. 우영의 마음에는 또다시 아까 생각하던 불안한 생각이 났다. 그리고 무한 장래에 헤아리기 어려운 여성의 사랑을 다 잊어버리고 다만 한 알밖에 안 되는 어린 혜숙의 사랑을 생각하니 어쩐지 안타까웁게도 부족하였다.

그러나 하는 수 없는 듯이. "자네가 그것은 말할 것도 없는 일이지……" 하고 수건으로 눈물을 씻었다.

놀음에 다녀온 설화가 옷을 벗고 자리에 눕기는 세 시 이십 분이었다. 그의 피곤한 몸이 이리 뒤척 저리 뒤척 편안한 잠을 이루지 못할 때마다 영철의 그림자가 자기 가슴을 얼싸안고 함께 뒹구는 듯하였다. 그는 잠을 이루려고 전깃불을 껐다. 전깃불을 끄고서 눈을 감으니까 아까보다도 더욱 분명하게 영철의 모양이 저—쪽 미닫이 앞에 서 있는 듯이 보인다. 그는 속으로 혼자, "영철 씨" 하여보았다. 그러다가는 그 모양에 안길 듯이, "영철 씨는 참으로 나를 사랑하여 주세요?" 하여보았으나 아무 소리도 없고 다만 옆엣집 닭이 목늘여 울 뿐이다. 그는, "나를 사랑하여 주시겠어요?" 하던 말에서 무슨 안타까움을 찾아낸 듯하여 간원하는 어조로 다시 건넌방에서 들리지 않을 만큼 소곤거리는 소리로, "영철 씨! 나를 영원히 잊지 말아주세요" 하였으나 그 말을 들어주는 사람은 없었다.

참으로 영철 씨가 영원히 나를 사랑하시는지? 하는 의심이 그를 못 견딜 만큼 처량하게 한다. 나는 기생이다. 더러운 계집이다. 저주 받은 여자이다.

영철 씨는 참으로 나의 사랑을 알아주지는 못하였다. 그는 또한 범상한 남자겠지? 아니, 그도 젊은 사람이지. 그도 정에 약한 사람이겠지. 그가 아무리 나를 사랑하려 하더라도 나보다 더— 나은 여자가 있으면 그의 사랑은 그리로 기울어지겠지. 이 세상의 어떠한 여자가 남자의 참말을 듣는 자냐? 아마 한 사람일지라도 남자의 참말을 듣는 사람은 없을 것이야.

대문간에서 문소리가 찍걱하고 고요하다. 설화는 눈을 번쩍 뜨고 얼핏 귀를 기울였다. 그리고 가슴은 웬일인지 놀란 사람처럼 울렁거린다. 그리고, "영철 씨가 오시나보다" 하였다. 그러나 또다시 문소리 찍걱하고 가는 바람이 마당 구석을 스치고 지나갈 뿐이다. "아니지. 밤이 이

렇게 늦었는데 오실 리가 있나" 하고 다시 마음을 진정하고 긴 한숨을
쉴 때에는 두 눈에서 눈물이 핑 돌았다.

사흘이 지나갔다.

영철은 설화 오기를 기다리고 청요릿집 한칸방을 왔다갔다 하고 있
었다. 보이가 무엇을 가져오려는 듯이 방 안으로 들어와 선다. 영철은,
"이따 부르거든 들어와" 하고 귀찮은 듯이 소리를 빽 질렀다. 보이는 불
만한 듯이 허리를 굽신하고 나가버렸다.

영철은 속마음으로, '웬일이야, 오늘 만나기로 하고' 하고서는 답답
한 듯이 교의 위에 가 펄썩 주저앉았다. 그리고는 또다시, "손님이 왔
나? 놀이에를 갔나? 놀이에를 갔으면 전화로 기별이라도 할 터인데"
하고 힘없이 먼 산을 바라보고 있다가 문 밖에서 인력거 소리가 나는
것을 듣고서 창문을 열어보았다. 그러나 인력거는 지나가고 깜깜한 공
중에는 별들만 깜박거린다. 흥분된 얼굴의 더운 피가 올라 서늘한 바람
이 시원하기는 하지마는 처녀의 붉은 저고리와 창녀의 남치맛자락이
혼동이 되고 섞이어 눈앞에 조화 없는 정채精彩를 그리어 놓을 때 영철
의 마음은 사랑의 따뜻함을 깨달으면서도 한 귀퉁이 마음이 괴로웠다.

내가 처녀를 사랑하였으면 이런 괴로움이 없었을 터이지. 이렇게 못
믿는 마음이 없었을 터이지. 기생인 설화를 내가 믿으나 기생이란 그것
이 나의 마음을 얼마나 괴롭게 하나? 만일 처녀의 순결한 사랑을 내
가 받았으면 나는 참으로 흠없는 사랑을 맛보았을걸!

기생인 설화는 자기의 먹을 것을 위하여 즉 자기의 육체의 생활을 위
하여 그의 정조를 팔 것이지! 다만 한 찰나 사이라도 남에게 자기의 육
체를 허락할 때에 그는 얼마간일지라도 정신으로 그 사람을 사랑하는
생각이 나지는 아니할까? 뿐만 아니라 설화의 그때 그 고통이 얼마큼
그를 못견디게 할까? 그는 정조를 파는 여자이다. 그가 정조를 팔 때마

다 나를 생각할 것이다. 그가 나를 생각할 때마다 뼈가 아프고 피가 식을 것이다.

그러니 이 시대에 살아가는 내가 설화의 정조를 강제할 권리가 있을까? 내가 그에게 생활의 보장을 하여주지 못하면서 그의 정조를 강제할 권리가 있을까? 나는 그를 위하여 나의 정조를 지킨다 하더라도 이 불완전하고 결함 많은 사회에 있는 나로서는 설화에게 정조를 강제할 수 없다.

그러나 영철의 마음속에는 시기와 불안이 떠날 수 없었다. 설화가 참으로 나를 사랑한다 하면 모든 물질의 구애를 던지고 다만 나를 위하여 자기의 정조를 주어야 할 터이지? 거기에 참으로 지상至上의 사랑이 있을 것이다. 할 즈음에 문이 열리었다. 영철의 마음은 전기를 통하는 것과 같이 자릿하였다. 그리고 두 손을 내밀고 들어온 설화를 자기 가슴에 안았다.

"아. 설화!" 하고는 영철은 다만 설화의 분 향내 나는 뺨에 입을 맞추었다.

"고맙소. 이렇게까지 와주어서."

그러나 설화는 영철의 가슴에 고개를 대고, 아무 소리가 없다. 반갑다는 말도 없고 안녕하시냐는 인사도 없다. 그리고는 쳐들려는 영철의 팔을 저리 밀치면서 고개를 더욱더욱 영철의 가슴에 파묻을 뿐이다.

영철은 허리를 흔들어 바로 세우려고 하였으나 듣지 않는다. 그리고, "바로 앉아요" 하는 소리에도 대답이 없다.

그때 영철은 느끼는 소리를 듣고 설화가 우는 것을 알았다. 영철의 마음은 당장에 얼음으로 주사를 하듯이 저리저리하고 또다시 가련한 생각이 났다. "왜 이래?" 하고 나지막하게 묻는 영철의 말 소리는 측은과 애정이 섞이어 있었다.

"울기는 왜 울어? 말을 해. 응. 말을 해요."

하는 영철도 울 듯이 설화를 끼어안았다.

"왜 울어, 무슨 좋지 못한 일을 당했어? 어머니께 꾸지람을 들었어?"

설화는 느끼는 목소리로,

"아녜요."

하고 더욱 느껴 운다.

"그럼 내가 무엇을 설화에게 불만족하게 한 일이 있던가?"

"아뇨."

"그럼 말을 해야지."

설화는 아무 대답도 없었다. 영철의 마음은 갑갑하였다. 설화의 마음을 들여다보는 창 구멍이 있으면 그대로 깨뜨려 부수고 들여다보고 싶기까지 하였다. 그리고 여자의 약점을 이용하여 그 뜻을 알아보리라 하는 생각이 열나는 생각과 함께 났다.

"설화! 그러면 설화가 나를 진정으로 사랑하는 것이 아니란 말이지? 만일 설화가 나를 참으로 사랑한다 하면 모든 것을 나에게 말하지 않을 것이 무엇이지? 응, 만일 나에게 말하지 못할 것이 있다 하면, 나는 그것을 억지로 들으려 하지 않을 터이요. 그러나 내가 설화를 믿었던 것이 잘못이지" 하고 안았던 팔을 힘없이 놓으려 하니까 설화는 방 안 공기 위로 구슬을 조화 없이 굴리는 듯이 울음소리를 높이었다.

"영철 씨! 저는 저의 말을 영철 씨가 안 들어주시는 것이 좋을 듯해요" 하였다. 영철은, "왜?" 하고 의심스럽게 설화를 내려보았다.

"그것은 영철 씨의 가슴을 쓰릴 말이에요"

"무슨 말인데. 가슴 쓰려도 괜찮아. 나는 설화를 위하여 나의 몸과 마음을 바쳤으니까 나의 가슴이 조금 쓰릴지라도……."

설화는 애원하는 듯이 영철의 가슴을 끼어안으며,

"영철 씨!"

하고 말을 하려다가,

"고만두어요. 저는 이런 말을 하려 할 때마다 저의 가슴을 에는 듯이 쓰리고 아파요."

하고 또다시,

"영철 씨! 영철 씨는 참으로 길이길이 이 같이 더러운 사람을 사랑하여 주시겠어요? 저는 아무리 생각하여도 영철 씨가 나를 영원히 사랑하여 주실 것 같지가 않아요. 저는 영철 씨를 의심하는 것보다도 제가 영철 씨의 사랑을 받기가 너무 부끄러워요."

하고는 고개를 다시 영철의 가슴에 대이며 진저리 나는 듯이 비비며 운다. 영철은 설화의 허리를 끼어안으며,

"설화는 우리의 사랑이 참으로 완전한 결합을 하였을 때까지 천 번이나 만 번이나 입이 닳도록 그런 말을 할 것이지? 그러나 어째 운다는 이유를 말해 주어, 응? 어서어서."

하며 설화의 얼굴을 쳐들게 할 때 설화는 한참 있다가,

"그러면 저를 영원히 사랑하여 주시겠어요?"

하고 수정알 같은 눈물이 고인 눈으로 영철의 얼굴을 쳐다보다가 다시 고개를 숙이고,

"영철 씨! 저는 돈으로 말미암아 피를 팔고 고기를 팔았에요."

하고는 그대로 영철의 팔에 힘없이 매달려 운다.

"저는 그것을 압니다. 정조를 압니다. 그러나 저는 정조 없는 더러운 계집입니다. 제가 영철 씨를 사랑하기 전에는 그것이 그렇게 마음 쓰린 줄 몰랐더니 영철 씨의 사랑을 받은 후 오늘에는 목숨을 잃어버리는 것보다도 참으로 쓰리고 아파요."

하다가,

"영철 씨는 이렇게 더러운 여자라도 참으로 사랑하십니까? 저 같은 사람이 영철 씨의 사랑을 바랄 수가 있을까요? 저는 영철 씨! 다만 한 가지 원할 것이 있에요. 그것은 언제든지 영철 씨가 저를 잊어주지 않으신다면 그 외에 더 행복이 없어요."

영철의 전신의 맥이 풀리었다. 그리고 떨리는 목소리로,

"설화! 설화는 다시 살았다. 설화는 다시 처녀가 되었다! 아아, 나는 영원히 잊지 않을 터이야."

"고맙습니다. 잊지 말아주세요. 영원히 잊지 말아주세요. 네?"

하는 설화의 얼굴에는 갱생의 빛이 보이었다.

"고만 눈물을 씻어."

하는 영철의 말과 함께 설화는 교의에 앉으며 눈물을 씻었다.

설화와 영철 사이에는 몇십 번 몇백 번의 다짐이 있었다.

영철은 다시 설화의 손을 쥐었다. 향내 나는 꽃잎 같은 설화의 손을 쥘 때 화분花粉이 묻어 있는 듯이 부드러웁고 바삭거리는 듯하였다. 그리고 또 다시 그의 눈을 들여다보고 그의 코를 보고 그의 눈썹과 두 뺨을 볼 때 쌍꺼풀 지은 두 눈이 광채 있게 빛나는 것과 오뚝 선 콧날과 초승달 같은 두 눈썹과 도화분 바른 두 뺨이 정화淨化하지 못한 성욕性慾을 일으키지 않는 것이 아닌 게 아니지만 그의 섬세한 앞머리와 보일락 말락한 줄깨와 크지 못한 두 귀와 검푸른 눈 가장자리와 어디인지 차디차게 도는 슬픈 빛이 그의 마음 한 귀퉁이를 만족지 못하게 하는 동시에 맵시없는 두 발까지도 그의 마음을 웬일인지 섭섭하게 하였다. 그러나 그를 끼어안고 입을 맞출 때 근질근질 자리자리한 맛과 함께 자지러져 떠는 몸을 두 팔에 안았다가 손을 늦추고 그의 얼굴을 다시 쳐다볼 때 부끄러워 방긋 웃는 그의 반웃음과 살짝 나타났다 사라지는 백옥 같은 이가 그의 모든 불만과 섭섭함을 휩싸는 듯하였다.

그러나 영철이 또다시 설화를 놓고 저편 쪽에 서서 바라볼 때에는 다시,

'너는 기생이겠지. 더러운 계집이지. 여러 남자의 더러운 정욕의 제물이 되어 씹다 남은 찌꺼기지.'

하는 생각이 나다가도,

'그렇지 않다. 그는 오늘부터 다시 처녀가 되었다.'

하고는 또다시 그의 윤곽이 선명한 가는 허리를 힘있게 끼어안으며,

"설화, 나는 참으로 설화를 믿어."

하였다. 설화도,

"저도요."

하며 영철의 목을 끼어안으며 힘 있게 두 팔을 쭉 뻗고 생긋 웃었다.

영철은 속마음으로 내가 왜, '나는 참으로 설화를 믿는다'는 말을 하였노 하였다. 설화에게 그 말을 하는 것은 설화에게 나를 믿어달라는 말이 아닌가? 그러면 나는 설화를 못 믿는단 말이지? 못 믿는 사람을 설화는 믿어줄 리가 있을까? 아니 내가 참으로 설화를 믿는 만큼이라도 믿지 못하는 마음이 있느냐? 없느냐? 내가 남을 믿지 못하고 남더러 나를 믿어 달랄 수는 없는 것이지? 그러나 나는 그저 믿으련다. 설화가 나를 믿거나 말거나 나는 설화를 믿으련다. 그러면 설화도 나는 믿어줄 때가 있을 터이지.

영철은 설화의 두 팔을 잡고, "이제 고만 무엇을 좀 먹을까?" 하였다. 영철과 설화가 음식을 먹은 뒤에 차를 마실 때 열두 시를 쳤다. 창밖을 내다보니 북두칠성이 잉두러져간다.

설화는 벌떡 일어섰다. 그리고 영철을 걱정 있는 듯이 바라보며,

"여보세요, 벌써 열두 시예요. 너무 늦게 들어가면 집에 가 걱정 들어요. 집에는 동무 집에 잠깐 다녀온다 하고 왔는데요. 요릿집에서 놀음

이 왔으면 큰일났지요."

영철의 마음은 묵철을 녹여 붓는 듯이 괴로웠다. 그리고는 다만 멍멍히 앉았었다.

"영철 씨는 안 가세요?"

"글쎄."

하는 영철은 담배 연기만 푸— 내분다.

설화는 영철의 좋지 못한 기색을 보더니,

"저는 죄 있는 사람예요. 이렇게 보는 것이 자유롭지 못할까요? 영철씨! 지금 저의 마음이 이렇게도 섭섭하고 괴로울 때 영철 씨의 가슴은……" 하고는 반근심 반괴로움과 또 반웃음을 지어서 영철을 쳐다보았다.

그러나 설화는 가겠다고는 못 하였다. 그는 다만 영철의 두 손을 붙잡고,

"영철 씨! 고만 가라고 하여주세요."

하였다. 영철은,

"설화! 그러면 내가 가라고 해야 갈 터인가?"

하고 그의 등을 어루만지었다. 설화는,

"저의 입으로는 가겠다는 말이 차마 나오지를 않아요."

백우영과 이혜숙의 화려를 다하고 성대를 극한 결혼식이 거행된 지며칠이 못 되어 일본에 있는 선용에게서 영철은 이와 같은 편지를 받아보았다.

친애하는 영철 군이여! 찰나刹那와 찰나가 합하고 합하여 지나가고또 지나가는 다시 못 볼 과거가 나에게는 모든 슬픔과 모든 고통과 모든 번민과 오뇌의 원망이 되어 다시 있기 어려운 청춘은 그 가운데서

그대로 놓아버리지 않으면 안 되게 되었다.

내가 오늘 그대에게 보내는 이 편지를 쓸 때 몇 번이나 메어지는 가슴을 움켜쥐었으며 얼마나 샘 솟듯 하는 눈물을 붉은 주먹으로 씻었는지 그대는 아마 알지를 못할 것이지! 나는 다만 죽음을 받았을 뿐이었다. 청춘의 타오르는 열정의 불길 위에 차디찬 낙망의 푸른자를 뿌림을 당한 나는 그 정의 불길이 사라지려 할 때 그 불길을 담고 있는 등잔인 그 육체까지라도 한꺼번에 깨뜨려버리지 않으면 안 될 것이라 하였다. 아니다, 깨뜨리지 않으려 하여도 깨어지지 않을 수가 없었다.

사랑하는 영철 군이여!

인생의 역사는 사랑과 밥의 역사이다. 이 생生이란 이름을 등에 메인 자가 누가 사랑에 웃고 사랑에 울고 사랑에 노래하고 사랑에 춤추고 사랑에 울고 눈물지고 한숨지고 부르짖지 않는 자가 누구냐? 영원에서 영원으로 흐르는 우리 인생의 역사는 사랑의 역사이다.

그러나 어찌하여 나의 일생은 모든 비애와 타는 오뇌와 부르짖는 원망과 아픈 고통으로 맛보지 않으면 안 될 몸이 되었던가?

푸른 반달이 깜찍하게 웃을 때 넓고 또 넓은 벌판 위에서 하얀 눈으로 걸어갈 때 달빛은 야차夜叉의 홑옷 같이 흐르고……

나의 눈에서 떨어지는 눈물방울도 푸른데 혼자 소리쳐 원망의 부르짖음을 기껏 질렀으나 하늘 위에 깜박거리는 작은 별들만 비웃는 듯이 깜박깜박할 뿐이었다.

나는 그대의 누이가 화촉동방華燭洞房에 몽롱한 꿈이 찾아지던 날 외로이 다다미 방에서 혼자 누워 견디기 어렵고 참기 어려운 비분낙담으로 나의 이 가는 생生을 영원히 없애버리려 하였다.

영철 군! 나의 적적함을 위로하는 것이 무엇이 있겠느냐? 나의 어두운 앞길을 밝히는 것이 무엇이 있겠느뇨? 텅 비인 나의 가슴을 언제든지 채워주던 것은 무엇이겠느뇨?

모든 몽상夢想과 이상의 실현을 바라던 내가 어리석은 자이다.

오늘에는 나의 모든 것은 없어졌다. 다만 남았다는 것은 나의 가슴속에서 팔딱팔딱 뛰면 뛸수록 나를 못 견디게 하는 심장의 고동이 있을 뿐이다.

아아, 나는 그 심장의 고동까지 끊어 영원한 침묵의 위안을 받고자 나의 이 손으로 푸른빛 나는 칼날을 들어 이 심장을 찔렀었다.

그날 저녁 생각건대 그대의 누이는 영원한 행복의 꽃다운 노래를 불렀겠지마는 이 불쌍한 녀석은, 나의 육체의 가장자리에서는 고요한 침묵이 으스스한 만가挽歌를 불러주었겠지?

영철 군! 아직까지 푸르뎅뎅한 운명은 다하지 않았다고 오늘에는 살아서 지옥인 병원 한귀퉁이에 나를 갖다가 두어 놓았다. 나는 유리창을 통해서 상 찌푸린 하늘을 쳐다볼 뿐이다. 의사는 일 개월의 선고를 하였다. 아아, 일 개월!

일 개월의 치료가 더욱 더욱 나의 괴로움의 역사를 이어 놓는 실오라기가 될 뿐이었다.

그러나 영철 군! 그대는 언제까지든지 나의 친우이다. 형제이다. 다만 서로 사랑하고 서로 위로하는 자는 그대 하나가 있을 뿐이지.

그 편지의 글자글자와 마디마디마다 피가 엉키고 눈물이 맺힌 듯하다. 실연자의 애곡을 듣는 듯하고 정 있는 사람의 울음을 받는 듯하다. 읽기를 다한 영철은 두 손을 마주치며, '어떻게 해야 좋을까?' 하였다. 선용의 죽으랴 함은 나의 누이 까닭이다. 참되고 진실하고 끝없는 애정을 가진 나의 친구 선용을 그대로 두는 것은 나로서는 차마 할 수가 없는 일이다.

아! 만일 선용이가 그날 그 칼로 자기의 가슴을 찔렀을 때, 다시 일어나지 못하는 사람이 되었으면 오늘에 내가 이 편지를 보지 못하였을 터이지, 또다시 그의 얼굴이나마 보지를 못하였을 터이지, 아! 그 고생 많고 설움 많은 선용이가, 그러나 그렇게까지 참고 견디던 선용이가 오죽 괴롭고 오죽 암담하여 자기 모든 것을 휩싸고 뭉쳐놓은 목숨까지 끊으랴 덤비었을까? 하는 영철의 몸은 한참이나 차디찼었다. 그러다가는 다시 이 요 시간에 또다시 선용이가 가슴을 부비고 피를 흘리며 괴로워 신음이나 하지 않을까? 하는 생각이 나서 그대로 날아갈 수만 있으면 선용을 끼어안아 일으키고 싶었다.

영철이 은행문을 들어서 철필을 들고 몇백 원 몇천 원의 많은 금전의 숫자를 기록할 때, '오! 여기에는 선용의 고통을 다—라 할 수 없을지라도 얼마간 덜어줄 금전이 있기는 있고나!' 하였다. 그리고 '선용의 죽으려 한 것은 사랑으로 인함이었다. 그러나 그의 죽으려는 얼마간의 동기는 이 돈에 있는 것이다. 그는 사랑의 실패자인 동시에 돈에 주린 자이다. 사랑의 배척을 당한 선용은 또한 돈까지 차지할 수 없었다. 아니다, 자기의 하려는 것도 하고 자기의 성공을 이루게 하는 그 무슨 세력을 그는 가지지 못하였다. 그는 혜숙을 무정하고 야속하다고 원망하는 가운데에도 돈 없는 것으로 인하여 모든 것을 단념한 사람이다. 그의 생生까지 단념한 자이다. 그렇다 돈이다!' 하고 영철은 고개를 돌이켜 현금 출납계에 태산같이 쌓여 있는 몇백 원 몇천 원의 뭉치뭉치 묶어놓은, 보기에도 끔찍한 돈을 보고, '저기에는 저렇게 돈이 있지마는! 저것의 몇백 분의 일만 있어도 선용을 얼마간 도와줄 수가 있을 터이지' 하고 멀거니 창밖을 내다보았다.

그의 눈 앞에는 해는 지고 저문 날에 신문 뭉치를 옆에다 끼고 헐떡이며 뛰어가다가, '에, 내가 무엇을 하랴 이것을 하노? 죽는 것이 차라리 낫지' 하다가, '그렇지만……' 하고 다시 힘을 내어 뛰어가는 선용의 그림자도 보이고 또다시 병원 한 귀퉁이 병상 위에서, '내가 무엇하랴 또 살았누?' 하고 한숨을 쉬고 있는 선용도 보인다. 그가 다시 철필을 잡고 장부에 틀림없는 계산을 할 때에는, '돈이 있기는 있지만 내 것은 아니로구나' 하였다.

점심 시간이 되었다. 식당에서 점심을 먹고 바깥으로 나아가려 할 때 영철은 우영이가 자기 아버지를 찾아보고 돌아나가는 것을 만났다. "야! 영철 군!" 하고 우영은 손을 내밀었다. "요새는 어떠한가?" 하고 힘없고 시들스럽게 묻는 영철의 대답에, "그저 그렇지" 하고 우영은 부잣집 자식의 만족하고 복스러운 웃음을 웃는다.

영철은 무엇을 생각하였는지 한참 있다가 얼굴빛에 화기를 억지로 꾸미며, "오늘 저녁에 집에 있으려나?" 하며 우영의 기색을 살피려는 듯이 쳐다보았다.

"있지! 있어! 기다릴까?"

"글쎄, 좀 기다렸으면 좋겠는데."

하고 할까말까하는 듯이 말을 한다.

"그럼 기다리지, 무슨 말할 것이 있나?"

하는 우영은 영철의 기다리라는 의사를 얼핏 알고 싶은 모양이다.

"아냐, 조용히 만나서 이야기할 것이 있어!"

"응, 그러면 이따 오게그려."

"그럼 꼭 기다리게."

"그럼세, 기다리지."

하고 우영은 인력거를 불러 타고 바깥으로 나아간다.

우영을 보낸 영철은 지배인실 문 앞까지 가서 문틈으로 들여다보았다. 지배인은 점심을 갓 먹고 굵다란 여송연을 후—후— 피고 있다.

그는 문을 열려 하다가 다시 자기 자리에 앉아 철필로 무엇을 히적히적 써보기도 하고 주판으로 덜그럭덜그럭하여 보았다. 그러다가는 '에! 고만두어라' 하고 맥없이 앉아 있다가, '그렇지만 제가 내 말이라면 아니 듣지는 못할 테지' 하고 쓸쓸한 웃음을 웃었다. 그러다가는 또다시, '말이나 한 번 해볼까' 하고 다시 일어서서 지배인실로 들어가며, "진지 잡수셨습니까?" 하고 수작을 붙였다. 무엇을 생각하고 앉았던 지배인은 안경을 벗어 들고 눈곱을 씻다가, "네, 벌써 먹었세요" 하고 허리를 뒤로 꼿꼿하게 펴며 대답을 한다. 영철은 잠깐 사이에 아무 말도 없이 서 있었다.

지배인은 옆에 교의를 가리키며, "이리 앉으시구려" 하였다. 자리에 앉은 영철은 조금 주저하는 목소리로, "한 가지 여쭈어볼 말씀이 있어서……" 하고 얼굴을 두 손으로 비비고, "조용히 만나보이려고요" 하였다. 지배인은, "무슨 말씀인데요?" 하고 주저주저하는 영철을 바라보았다. 영철은 공연히 말 시작을 하였다 하고 그만둘까 하다가, 그렇지만 이왕 말을 꺼내었으니 아주 해버리리라 하고 대용단을 내어, "돈 천 원만 어떻게 써야 할 터인데요" 하고 얼굴빛이 조금 불그레하여지다가 다시 침착하여졌다.

"천 원요?" 하고 지배인은 깜짝 놀라는 듯이 영철을 바라보며 의심스럽게 묻는다.

"네" 하고 영철은 대답하였다.

"그것은 무엇하시려구?" 하고 지배인은 무슨 동정이나 하는 듯이 물었다.

본래 지배인은 이영철이라면 조금 알랑알랑하는 체하고 동정도 하는 체한다. 그것은 이영철 그 사람을 두려워하거나 친해서 그러하는 것이 아니라, 이영철의 등 뒤에 있는 백 사장을 두려워하고 무서워하는 까닭이다.

　지배인은 조금 있다가, "그러면 사장께 여쭈어보시지요" 하였다.

　"아녜요. 그렇게까지는 할 수가 없으니까 말예요."

　"네, 그러면 혼자만 아시고 쓰시게 말예요?"

　"네."

　"그렇지만 내가 한 일일지라도 사장께서는 자연히 아시게 될 것이 아닌가요?"

　"그렇게 아시기 전에 얼른 도로 갖다 드릴 터이니까요."

　지배인은 다시 안경을 쓰며,

　"어려운 일인 걸요……그리고 참 진정으로 말씀인지요? 영철 씨 한 분을 보고는 은행에서 그대로 돈을 돌려줄 수 없지 않아요."

　하고 비웃는 듯이 빙그레 웃으며 영철을 바라본다.

　"그것은 염려마세요"

　하고는 영철은 할까 말까 하다가,

　"우영에게 그 말을 하여 놓았으니까요."

　하고 하지 않던 거짓말을 하였다.

　지배인은 '그 점은 튼튼하다' 는 듯이 껄껄 웃더니,

　"그러면 고만이지요. 어떻든 영철 씨 남매분의 일이니까 저도 될 수 있는 데까지 보아 드리지요. 즉 말하자면 쌈지엣돈 주머니에 넣는 것이니까요."

　하고 너는 행복스러운 놈이라는 듯이 바라보았다.

　"그렇지만 얼핏 갖다 갚으셔야 합니다. 그동안에는 모다 제가 비밀히 해 드릴 터이니까……."

　할 때 부지배인이 무슨 문서를 들고 지배인실로 들어왔다. 두 사람의 말은 중둥이 갔다. 영철은 한참이나 앉아 있다가 벌떡 일어서며,

"그러면 이따라도 다시 말씀하겠습니다."

하고 바깥으로 나갔다.

그는 지배인실 문 앞까지 나와서는 무의감한 중에서,

'이제는 김선용이가 살았다' 하였다.

삼 년 만에 다시 고향 나라로 돌아오는 선용의 눈에 보이는 모든 것은 그리웁고 반가울 뿐이다. 시신詩神의 은총을 이야기하는 듯한 흐르는 산골짝 위나 처녀의 목욕하는 듯한 굽이굽이 돌아가는 물줄기가 다른 곳의 그것과는 아주 다르게 무슨 애소를 하는 듯하고도 장래에 닥쳐올 희망을 기다리는 듯하였다.

가볍게 박자를 맞춰 살같이 닫는 기차는 산을 돌고 물을 건너 서울로 향하여 올 때, 기차가 경성 정거장에 닿기만 하면 무슨 즐겁고 반가움을 줄 무엇이 자기를 기다리고 있는 듯하였다.

본래 고요함을 좋아하고 번잡함을 싫어하는 선용은 삼등실 한 귀퉁이에 담요를 깔고 고개를 뒤로 기대앉아 새파랗게 갠 오월 하늘에 양떼 같은 구름이 고물고물 기어가는 듯이 떠나가는 것을 창밖으로 내다보며 혼자 속마음으로, '저 구름은 어데로 가노?' 하였다. 그리고 다시, '내가 탄 기차도 저와 같이 끝없는 나라로 나를 끌어다 줄 수 있을까?' 하였다. 그리다가 기차 바퀴가 처참스럽게 바람을 깔리며 덜컹하고 정거장에 설 때, '기차는 구름같이 한없이 가지는 못하는구나' 하였다. 그리고 다시 그 구름을 바라볼 때 아까는 그 구름이 기차를 끌고 달아나는 듯하더니 기차는 서고 구름 혼자만 아까보다 더 속하게 달아나는 것을 보고, '너는 언제든지 혼자만 흐르는고나' 하였다. 그러다가는 나도 저 구름과 함께 조금도 거침없이 한없는 나라로 영원히 흘러갔으면 좋겠다 하였다.

그러할 즈음에 어떤 트레머리를 한 여학생 하나가 커다란 보퉁이를 들고 자기 앞을 스치고 지나 저쪽 한 귀퉁이를 차지하고 앉았다. 선용은 흘끗 지나가는 바람에 얼굴은 자세히 보지 못하고 뒷태도만 유심히 바라보았다. 그리하여 그 여학생이 창밖을 내다볼 때 코 그림자가 보일 듯 말 듯하고 얼굴이 다 보이지 않을 때, '이쪽을 좀 돌아다보았으면 좋겠다' 하였다. 그러나 그 여자는 선용의 요구대로 그리 쉽게 돌아다보지는 않았다.

선용은 그 뒷태도를 보고서 속마음으로 또다시, '어쩌면 저렇게도 같은고?' 하다가, '저 여자가 그 여자이었으면……' 하였다. 그럴 때 선용의 눈 앞에는 자기가 동경 있을 때 보던 여자 그림자가 나타나 보인다. 그러고 지내던 역사가 역력히 생각된다.

하루는 아침 일찍이 일어나 이층 창문 밖에 앉아 밥을 짓느라 눈물을 흘려가며 숯불을 호 불고 있을 때 심심도 하고 울적도 하여 휘파람도 불고 콧소리도 하며 고독의 적적함을 혼자 위로하고 있을 때 건너편 집 이층 미닫이가 열리며 어떤 여학생 같은 여자가 유심히 자기를 바라보며 있다가 자기가 문을 닫고 안으로 들어가니까 그때야 그 여자도 문을 닫고 들어간 일이 있었다.

그때 선용은 그것을 그리 유심히 보아두지 않았다. 그러나 방에 들어와 밥을 퍼놓고 혼자 앉아 김치 대쪽에 간장 한 접시를 가지고 밥을 먹을 때 아래층에서 주인 노파가 올라오며, "건넌집에 있는 여자를 아세요?" 하고 호물호물하면서 거짓 같은 친절함으로 말을 묻는다. 선용은 먹던 젓가락을 그치고, "몰라요" 하며 주름살 잡힌 노파를 바라보았다. 그 노파는 이상한 일이나 당한 듯이, "모르세요?" 하고 왜 알 터인데 모르느냐는 듯이 이상하게 선용을 바라본다. 선용은 다만, "네" 하고 먹던 밥만 떠먹었다.

"이이도 조선 사람이래요" 하고 그래도 모르느냐는 듯이 바라보았다.

"네, 그래요?" 하고 선용은 고개를 끄덕끄덕하며 반가운 중에도 아까 문을 열고 자기를 바라보던 생각이 나서 멀거니 그쪽 창을 바라보았다.

그 후부터 선용은 아침 저녁으로 밥을 지을 때에는 반드시 콧소리를 하고 휘파람을 불었다. 그러할 때마다 그 여자는 조금도 거르지 않고 문을 열고 꾸물꾸물 밥 짓는 선용을 바라보았다.

선용은 그 여자가 문을 열고 내다볼 때마다 수수께끼 속에 자기가 들어간 듯이 즐거웁고 그윽한 기꺼움이 생기었다.

그러다가는, '왜 저 여자가 꼭 내가 밥을 지을 때면 내다보나?' 하였다. '내가 밥짓는 것이 불쌍하고도 가련한 생각이 나서 동정하는 마음으로 그렇게 바라보는 것인가?' 하였다. 그러다가는 그 불쌍하고 가련히 여기는 동정의 마음이 은연중에 알 수 없이 변하여 날마다 내다보지 않을 수 없는 무슨 깊은 정情의 인상印象을 그의 마음속에 박아주지나 아니하였나? 하여 보았다.

그렇게 끌다가 두 주일이 지난 후 선용은 우연히 그 집앞 길거리로 지나가며 또 휘파람을 불어보았다. 그리고 또다시 그 이층 쪽 미닫이를 쳐다보았다.

그러다가는 얼핏 저쪽 길모퉁이까지 가서 그 미닫이를 다시 돌아보았을 때 거기에는 여전히 그 여자가 창틀에 기대서서 자기가 걸어가는 뒷 그림자를 바라보고 있었다. 선용은 춤출 듯이 기뻐하였다. 그러다가는 대담하게, '저 여자가 나를 사랑하는고나' 하였다. 그러다가는 '나를 사랑하는 여자가 이 세상에 있고나' 하였다.

그리고는 날마다 날마다 홀로 방 안에 앉아 외로움과 쓸쓸한 가운데서 눈 아픈 일본글이나 영자글을 읽다가 머리가 고달프고 몸이 찌뿌드듯하면 반드시 콧소리를 하고 휘파람을 불었다. 그러할 때마다 그 여자는 미닫이 문을 반쯤 열고 이쪽을 바라보았다.

그러다가 어떤 날 저녁 때이었다. 선용은 낙망과 비분의 구름에 싸여 집으로 돌아왔다. 그전 같으면 주인 노파에게 '다다이마只今' 하고 기꺼운 낯으로 인사를 하였을 터이지만 아무 말도 없이 이층으로 올라가 고개를 두 팔로 얼싸안고 엎드려 몸부림을 할 듯이 한숨을 쉬고 눈물을 흘려 울었다. 노파는 선용을 쫓아 올라오며, "웬일이요, 네?" 하고 연민이 엉킨 눈초리로 선용을 들여다보니까 선용은 긴 한숨을 내쉬며, "네, 아무것도 아녜요. 나는 공부도 고만두고 멀리멀리 달아나거나 그대로 죽어 버려야 할 사람이에요" 하고 부끄러움도 모르고 엉엉 울었다.

"에?" 하고 노파는 눈을 동그랗게 뜨고, "농담도 분수가 있지, 당신이!" 하고 네가 고생을 참지 못하여 그러는고나 하는 듯이 바라본다.

그날이었다. 오천 리 밖 서울서는 백우영과 이혜숙의 혼례식이 거행되었다는 기별을 선용은 비로소 들었다. 그는 이 세상 모든 것을 내던지리라 하였다. 그래서 먹지 못하는 술을 기껏먹었다. 그러나 그에게는 분함과 원통과 슬픔을 풀 만큼 먹을 술을 살 돈을 갖지 못하였다. 다만 몇몇 친구에게 억지로 빼앗아 먹은 술이, 그를 얼마간 먹은 것이 더욱 선용의 감정을 불길같이 타게 할 뿐이었다. 그는, '나는 죽는 것이 마땅하다' 하고 주먹을 단단히 쥐었다. 그리고는, '왜 편지가 없나 하였더니 그래서 그랬구나' 하고 비웃는 듯이 웃음을 웃어보았다. 그의 가슴속에서는 고통과 비애와 원망이 한꺼번에 엉크러져 다만 가슴을 찌를 듯이 치밀 뿐이요, 눈물이 되어 흐를 뿐이다.

노파는 내려가고 창 밖에 달빛이 환하게 비치었다. 붉은 정서를 이야기하는 듯한 강호江戶성의 찬란히 켜 있는 전깃불만 아무 소리 없이 창백한 달빛 아래 오뇌懊惱 댄스를 하고 있는 듯할 뿐이다.

선용은 벌떡 일어나 미닫이를 열어 젖히었다. 서북으로 통하여 있는 창공 위에는 금싸라기 같은 별들이 오락가락 하는 구름 속에 감추었다 눈 떴다 할 뿐이다.

선용은 또 그 건넛집에 달빛이 환하게 비친 창만 바라보았다. 고개를 창틀에 기대고 서 있는 선용의 가슴에는 차디찬 낙망과 원통의 차디찬 물결을 퍼붓는 듯할 뿐이다. 건넛집 창에 비친 전깃불은 조용히 켜 있다. 아무 흔들림이 없다. 진했다 엷었다 하는 것이 없이 나렷하게 켜 있을 뿐이다. 거기에는 평화가 있는 듯하다. 그리고 흐르는 꿈의 냄새 같은 정취가 피곤하게 조으는 듯하였다.

선용은 저 방 안에 그 여자는 저 창 앞에서 검은 머리를 대리석 같은 어깨 위에 흐트리고 하얀 요 위에 부드러운 입김을 쉬면서 평화롭게 자겠지 하였다. 그러다가는 곤한 잠을 못 이겨 가늘고 연한 다리로 귀찮게 이불을 차내던지는 소리가 들리는 듯하였다. 그리고 얇은 자리옷의 반쯤 비치는 곱고 부드러운 붉은 육체의 윤곽이 내어 비치는 것이 보이는 듯하고 그 위로는 볼록볼록 뛰노는 붉은 심장의 고동이 들리는 듯하였다.

선용은, '아, 나를 위로하여 주시나요. 나는 사랑을 잃은 자요. 심장이 깨어진 자요' 하고 그대로 훨쩍 날아 그 창 안으로 뛰어들어가 몽실몽실한 젖가슴 위에 그대로 엎드려 한껏 울고 싶었다.

선용은 다시 그 여자가 자는가 안 자는가 하였다. 그러다가는 몇 간 되지 않는 저곳에 있는 그 여자가 나의 괴로움을 아는가 모르는가? 하였다. 그리고 그는 휘파람을 한 번 불었다. 그리고 으레 내다보려니 하였다. 그러다가는 내다보지 않으면 곤히 자는 것이겠지 하였다. 그러나 달은 밝고 별은 깜박거리는데 그쪽에서 문을 열고 자기의 눈물 고인 눈을 내다보는 사람은 없었다. 선용은 원망스럽고 야속한 마음이 나서, '에 고만두어라. 벌써 자는구나' 하였다. 그리고서 창문을 닫고 돌아서려 할 때 그 집 창에는 그 여자의 머리 그림자가 휙 비치며 저리로 사라져버리었다.

선용은, '에?' 하고 한참이나 의심하는 듯이 멍멍히 서 있다가, '그러면 너도 나를 속이었구나' 하고 그는 방바닥에 그대로 쓰러지며, '아, 이 세상 모든 여자가 나를 속이는구나' 하고 한참 울었다.

그 후 선용이가 병원에 누워, '내가 무엇하려고 또 살았누' 한 지 두어 주일이 된 뒤 간호부 하나가 들어오더니 상냥한 목소리로 끼어안을 듯이 가까이 와서 두 눈을 반짝반짝하며, "여보세요" 하고 눈감고 누워 있는 선용을 불렀다. 선용은, "네" 하고 눈을 뜨고 그 간호부를 바라보았다.

"저요."

"네."

간호부는 의미 있게 생긋 웃으며, "당신은 참 행복스런 어른이에요" 하는 하얀 얼굴에 두 뺨이 불그레하게 타오르는 것이 드러누운 선용을 몹시 도취하게 한다.

"네? 행복요?" 하고는 선용은 당초에 있지 못할 말을 듣는 듯이 눈을 뚱그렇게 뜨고 물었다.

그 간호부는 목소리를 가라앉히며, "네, 행복요" 하고 부드러운 한숨을 쉬고 가슴을 내려앉힌다. 선용은 비웃는 듯이 빙긋 웃으며, "행복스러운 사람이 죽으려고 하였을까요?" 하고 고개를 돌이켜 처참한 기색으로 덮은 이불만 보고 있었다. 간호부는 한참 가만히 있더니, "당신을 위하여 근심하는 이가 이 세상에 몇 사람이나 있는지 알 수 없으나 나는 그중에 한 사람을 날마다 날마다 만나봐요" 하고 농담 비슷하게, "그 까닭에 나는 당신을 행복스러운 이라고 생각해요" 한다. 선용은 장난의 말인 줄 알고 침착하고도 냉담하게, "나를 위하여 근심하는 이는 이 세상에 한 사람도 없어요" 하고 다시 간호부의 부러워하는 듯이 바라보는 두 눈을 쳐다보았다.

"그렇지만 내가 날마다 그 사람을 만나는걸요."

"거짓말, 나를 위하여 근심하는 이가 있다면" 하고 한참 있다가, "지금 내 앞에 서 있는 당신이지요" 하고 하하하 웃었다.

"무엇요? 자 이것을 보세요" 하고 손에 쥐었던 편지를 내놓는다.

선용은, "그것은 무엇예요?" 하고 편지를 받으려 하니까 간호부는 놀려먹는 듯이 생긋 웃으며, "편지요. 당신을 위하여 근심하는 이에게서 온 것이에요" 하고, "자— 이래도 거짓말인가요?" 하며 그 편지를 준다. 선용은 의심스럽게 그것을 받아 들고 피봉을 보았다.

거기에는 다만 '김선용 씨' 하고 씌어 있을 뿐이요, 보내는 이의 이름은 없었다. 선용은 다시 간호부를 보고,

"이것이 누가 가져왔어요?"

"그 사람이 가지고 왔어요."

"그 사람이 누구예요. 남자예요, 여자예요?"

"물론 여자이지요. 아시면서도 공연히 그러셔."

"정말 몰라요. 그런데 그 사람이 어데 있나요?"

"벌써 갔어요."

"에헤, 누군지?"

"누구인지 모르세요? 그 사람이 날마다 날마다 와서 나에게 당신의 동정을 물어보고는 그대로 가버리고 그대로 가버리고 하였는데요."

"날마다 왔어요? 이상하다, 누구일까?"

선용의 가슴은 의심이 나는 중에도 여자라는 말이 부질없게 가슴을 두근거리게 하였다. 누가 날마다 나의 동정을 묻고 갔을까? 더구나 남자도 아니고 여자가? 그는 얼른 편지를 뜯어보고 싶었다. 그 편지를 뜯

었을 때 그 속에는 다만 두어 줄기 연필로, '저는 선용 씨의 병환이 언뜻 나으시기만 바랍니다. 그리고 기회가 용서하면 또다시 한 번 만나 뵈옵기를 바랄 뿐이외다' 하고 끝에는 '날마다 뵈옵는 사람'이라 썼다.

선용은 입 속으로, '날마다 뵈옵는 사람! 날마다 뵈옵는 사람!' 하고 한참 생각하더니, "오, 알았다" 하고 벌떡 일어나려 하니까 간호부는 선용을 붙잡으며, "왜 이러세요, 그러시면 안 됩니다. 이렇게 누우세요" 하고 베개를 바로 놓고 고개를 그 위에 놓아주었다.

"인제야 알았다. 인제야 알았다" 하고 한참이나 먼 산을 바라보던 선용은 다시 창연한 낯빛으로, "날마다 왔어요?" 하고 다시 간호부에게 무슨 감사함을 말하는 듯이 말을 물었다.

"네, 날마다 문간에서 물어보고 갔어요."

선용의 눈 앞에는 문 앞에 와서 자기의 동정을 물어보고 복도를 돌아 충계를 내려 파릇파릇한 풀이 난 길거리를 걸어가는 그 여자의 형상의 역력히 보인다.

그리고는 다시 원망스럽게 그 간호부를 바라보며, "그러면 왜 여태까지 그런 말을 하지 않았어요?" 하니까 그 간호부는 자기의 애매함을 변명하려는 듯이, "그이가 그런 말을 하지 말라 하니까 그랬지요" 하며 반쯤 웃는 가운데에도 원망을 품었다.

날마다 창으로 건너다보던 그 여자가 두 주일이 넘도록 나를 찾아주었다. 나는 참으로 간호부의 말과 같이 행복이 있는 자라 할 수가 있을까? 나는 어찌하여 그를 만나보지 못하였노? 두 주일이나 오래도록 날마다 나를 찾아준 그를 무엇이 지척에 두고 보지를 못하게 하였을까? 그리고 내일도 또 올 터인가? 오늘은 어찌하여 편지를 하였을까?

그는 벌떡 일어나 그 여자를 쫓아가고 싶었다. 그리고 간호부더러, "여보세요, 내일 오거든 꼭 나에게 가르쳐주세요" 하였다. 그러나 그 이튿날 또 그 이튿날 오늘까지 그의 소식을 선용은 듣지 못하였다.

선용은 차 안에 앉아 그것을 생각하여 보고, '저 여자가 그 여자가 아닌가?' 하고 저쪽 앞에 앉은 여자를 바라보았다. 그는 그 여자를 한 번 자세히 보리라 하였다. 그는 일어섰다. 그리고 그 여자에게로 가까이 가며, '반가이 나를 보고 인사를 하였으면……' 하고 무슨 운명의 판단을 기다리는 듯하여 그의 얼굴을 자세히 보고도 싶은 중에 또 한옆으로는 '만일 그 여자가 아니면 어찌하나' 하는 불안도 있어 얼핏 가지를 못하고 주저하였다.

그가 그 여자에게 가까이 갔을 때에는 그 여자가 자기를 바라보았다. 선용의 가슴은 선뜻하였다. 그러나 그 여자가 아니었다.

그는 다시 자기 자리에 돌아와 앉아 실망한 듯이, '아니로구나' 하고 다시 쓸쓸하고 외로움을 깨달았다. 장차 나타나려는 필름이 당장에 탁 끊어지는 듯하였다. 그러고는 '나를 위하여 근심하는 이는 없고나!' 하였다. 그리고 기차가 다시 자꾸자꾸 가기만 할 때 그는 또다시 이러한 생각을 하였다. 내가 이 기차를 타고 한없는 나라로 간다고 하면 차창에 매달려, '안녕히 가세요. 안녕히 가세요' 하고 뜨거운 눈물을 흘려 줄 사람이 누구일까? 하였다.

그리고 다시 자기가 동경역을 떠날 때 어떤 청년 하나가 차창을 의지하여 바깥을 내다보고 떠나는 정이 그의 얼굴을 새파랗게 물들일 때 이십이 될락말락 여자가, '가지 마시오. 가지 마시오' 하는 듯이 느끼어 우는 것을 본 것이 생각된다. 그러다가 기차가 '나는 간다'는 듯이 기적 소리를 날카롭게 지르고 움즉움즉 떠나기를 시작할 때 그 청년은, '잘 있거라, 나는 간다' 하는 듯이 모자를 들으면서 울 듯한 눈으로 그 여자를 바라볼 때 그 여자는 가슴이 쓰리고 몸부림을 할 듯이 가기만 하는 기차를 따라가며, "여보세요, 안녕히 가세요" 하던 것을 보았다. 그리고는 기차는 더욱더욱 속하게 가고 걸음은 점점 쫓아올 수 없이 되었을 때에 아무렇게나 쪽진 그 여자의 검은 머리채가 시커먼 구름이 그의 등을 덮는 듯이 툭 떨어지는 것을 보았다.

선용은 그것을 볼 때 그 청년은 행복스러운 사람이라 하였다. 그리고 세상의 가장 슬픈 것은 애인과 떠나가는 일이요, 또 가장 행복스러운 것도 그것이라 하였다. 말할 수 없이 쓰리게 아픈 설움 가운데에도 무한히 기쁨이 숨겨 있는 것이라 하였다.

그리고는 나는 그와 같은 행복을 차지하지 못한 자로다. 누가 내가 기차 차장에 앉아 끝없이 떠나려 할 때, '여보세요, 여보세요' 떠나기를 아끼는 정이 맺히고 어린 목소리로 불러줄 자냐? 하였다.

나는 참으로 불행한 자다, 외로운 자로다, 하다가 만일 나를 두어 주일 동안이나 병원까지 찾아준 그 여자가 있었다면 그렇게 하여주었을는지 알 수 없으나 그 여자도 어디로 가버리었는지 이제는 없다.

그의 말과 같이 만일 기회가 허락하면 그 여자를 만날 때가 있으련마는 이 불행한 자에게 그렇게 복스런 기회가 돌아올까? 그 여자는 지금 이 지구 위 어디든지 있으련마는!

그러할 즈음에 기차는 정거장을 거치고 거쳐 어느덧 해는 저물고 날이 어두워 기차는 한강 철교를 지나고 용산역을 거쳤다. 힘들고 숨찬 언덕을 기차는 헐떡이며 남대문을 향하여 들어온다.

"부산 방면 마중갈 이 없소" 하고 역부의 길게 부르는 소리가 갓 뿌린 물이 증발하는 공기를 울리고 여러 마중나온 사람의 졸리며 기다리는 마음을 부질없이 놀랍게 하였다.

부르짖는 소리, 인사하는 소리, 웃는 소리, 발자국 소리, 이 모든 소리가 뒤섞이고 범벅이 되어 다만 응얼응얼 하는 소리가 나는 사이로 땀을 흘리고 한숨을 후— 쉬며 기차는 플랫폼에 닿았다. 마중 나온 사람들은 제각기 만날 사람을 찾으려고 다투어 앞만 보고 달아난다. 선용은 담요 가방을 한옆에다 들고 차에서 내렸다. 그때 누구인지, "오라버니" 하고 비단옷을 찢는 듯한 여자의 목소리가 여러 사람 틈에서 나더니 어떤 여자 하나가 선용에게로 달려간다.

혹시 누구나 나왔나 하고 사면을 둘러보던 선용은 이 소리를 듣더니, "오! 경희瓊姬냐" 하고 반갑게 그 여자의 손을 잡으며, "잘 있었니? 그동안에 퍽 자랐구나, 어머니도 안녕하시냐?" 하였다.

"네" 하고 반가워서 어쩔 줄을 알지 못하며, "어머니께서 자꾸 나오시겠다는 것을 나오시지 못한다고 여쭈어서 가까스로 못 나오시게 하였어요" 하고 선용의 웃는 낯을 바라본다.

"그렇지, 어떻게 오시겠니, 연로하신 터에" 하고, "어서 나가자" 하며 경희를 재촉한다.

경희라는 여자는 눈에 도수 안경을 쓰고 강창강창 걸어갈 때 몸에 입은 비단옷이 전깃불에 비치어 번쩍번쩍 한다.

선용이 두어 걸음 나가는 곳을 향하여 갔을 때다, 영철이가 고개를 번쩍 쳐들고 휘휘 사면을 둘러보더니 선용을 찾아내어, "야! 선용 군" 하고 선용의 손을 단단히 쥐고 한참 아무 소리 없다가, "어떻든 반가우이" 하고 한참 선용을 바라본다. 선용은, "나는 무어라 말을 해야 좋을지 알 수 없네, 다만 자네에게 감사할 따름일세" 할 즈음에 경희가 영철을 바라보며, "언제 오셨에요?" 하며 생그레하고 쳐다본다.

"네, 지금 막 오는 길입니다. 그러나 어서 나가세, 참 반가우이."

세 사람은 전차를 타고 재동 경희집으로 향하여 갔다.

선용이 일본서 온 지 사흘되는 날이 마침 일요일이었다. 선용은 아침에 일찍이 일어나 세수를 하고 오늘은 어디를 가볼까 하며 여러가지로 갈 곳을 생각하였으나 갈 곳이 없었다.

그때 마침 경희가 들어오며, "오라버니, 오늘 예배당에 안 가세요?" 하였다. 이 소리를 드는 선용의 마음은 무엇을 깨달은 듯이, "참 거기나 오래간만에 가볼까?" 하였다.

"가세요, 저도 예배당 가는 길예요."

"어느 예배당에?"

"저 종교宗橋 예배당예요."

이 소리를 듣는 선용은 깜짝 놀라는 듯이,

"종교?" 하고 눈을 크게 뜨고 묻는다.

"네. 왜 그렇게 눈을 크게 뜨세요?"

"여기서 종교가 어데라고 왜 그렇게 먼 곳으로 다니니?"

"그전부터 그곳으로 다니게 되었어요" 하며 무슨 부끄러운 생각이나 있는 듯이 고개를 뒤로 돌리며 생긋 웃는다.

두 사람은 종교 예배당에 왔다. 선용은 예배당 문간으로 들어갈 때마다 깨닫는 우스운 웃음을 또다시 깨달았다. 그리고 빙긋 웃었다.

그는 그 전에 조선 있었을 때에도 자주자주 예배당에를 다니었다. 그가 무슨 신앙信仰이 깊어서 예배당에를 간 것이 아니라, 무미하고 적적한 일주일 동안에 공연한 번민으로 그날을 보내다가 하루 아침 다만 한 시간일지라도 고요하고 정숙하게 모여 있는 그 예배당에 들어가면 자연히 마음에 성聖되고 순결한 맛을 깨닫는 듯하여 가고 싶어 간 것이었다.

그리하여 여학생 많은 종교 예배당에 청년 신사가 많은 것을 생각하고, 또 자기도 어쩐지 그 여학생 없는 예배당에 다니기 싫은 생각이 나는 것을 생각하고 속으로 웃었다.

선용은 예배당으로 들어가 문을 열었다. 여러 사람들은 일제히 자기를 돌아다보았다. 그리하여 저편에 늘어앉은 여학생들이 자기를 보는 듯하여 마음속으로 기꺼운 듯도 하고 부끄러운 듯도 하여 고개를 들지 못하고 자리를 찾아 앉으려 하였으나 벌써 양복 입은 젊은 신사와 머리를 길게 기른 예술가 비슷한 청년들이 자리를 다 치지하고 앉아 저희들끼리 앞에 앉은 사람의 머리 틈으로 저쪽 어떤 여학생을 건너다보며 무엇이라 소곤소곤 히히히히 하고 앉아 있을 뿐이다.

선용은 자리가 없어 한참 주저주저하였다. 그리고 한가운데 서서 쭈뼛쭈뼛거리는 것이 공연히 불쾌하고 부끄러운 듯하여 그대로 다시 나가 버리고 싶었다. 그러다가 고개를 돌이켜 저쪽 앞을 흘낏 보니까 저기 자기의 오랜 친구 하나가 앉아 있다가 자기를 보고 눈짓을 하여 자기 옆에 빈 자리를 한 손으로 두드린다.

선용은 얼른 그리로 달려갔다. 그리고 반갑게 악수를 하고 오래 못 본 인사를 마치었다. 그리할 즈음에 회색 두루마기의 상고머리를 깎은 시골 사람 같은 목사가 강도상 앞으로 가까이 가더니 꼬부라진 목소리로 그의 고유한 사투리를 써서, "인제는 예배 시작하겠습니다" 하였다.

선용은 그 소리를 듣고 처음에는 퍽 서툴렀다. 그리고 그 사람이 누구냐고 그 청년더러 물으니까 그 청년은 빙그레 웃으면서 그는 목사인데 이번 연회年會에 개성에서 갈려 왔다 한다. 개성 있을 때도 여러 청년들과 뜻이 맞지 않아서 싸움만 하더니 여기 와서도 젊은 사람들과 마음이 맞지 않아 큰 걱정이라 한다.

그러나 선용은 사투리를 섞어서라도 예배 시작을 하겠다는 말이 듣기에는 퍽 기뻤으며 반가웠다. 왜 그런고 하니 이편에는 남자 저쪽에는 여자, 더군다나 서로 눈여겨 추켜보는 청년 남녀들이 목소리를 합하여, 아침에 붉은 햇빛이 성자聖者가 밟고 가는 하늘길과 같이 유리창으로 통하여 들어올 때 아름다운 찬송가를 오래하는 것이 구릿빛같이 불그레한 말할 수 없는 성聖된 감정을 자기의 끓는 하트에 전해 주는 것을 들을 수 있음이었다.

찬송가는 시작되었다. 서로 엉키고 뭉텡이가 된 여러 사람의 찬송가 소리 가운데로 때때로 들리는 순결한 처녀들의 조금도 상치 않은 고운 목소리에서 우러나는 멜로디가 선용의 가슴을 몹시 기껍게 하였다.

그리하여 형식 같은 기도나 듣기 싫은 목사의 지나가는 허튼 주정 같은 요령을 알 수 없는 강도보다도 언제까지든지 이렇게 찬송가만 부르고 있으면 그 신사들 가운데 무슨 보이지 않는 감화를 줄 수 있으리라 하였다. 그러나 아까운 찬송가는 그치었다. 선용은 어서어서 또 한 번 찬송가를 하였으면 좋겠다 하였다.

성경을 보아라. 수전收錢을 하였다. 그리고 기도를 하였다. 선용은 이러할 동안 여러번 젊은 청년과 젊은 여자들이 서로 보고 서로 사랑의 동정하는 시선을 주고받는 것을 많이 찾아내었다.

이때 목사는 또다시 찬양대의 노래가 있겠다고 하였다. 안경 쓴 여자가 두서넛 바로 활개를 치고 나오더니 풍금 옆에 가서 여러 사람을 거만스럽게 둘러보더니 저희들끼리 그 애교를 누구에게 보이려는 듯이 싱긋싱긋 웃는다. 그리고 또 그 뒤를 이어 남자들이 또 이쪽 풍금 곁에 가서 서더니 두루마기를 쓰다듬고 주먹으로 입을 가리우고 목소리를 가다듬는 듯이 기침을 하였다.

선용은 기꺼운 기대期待를 가지었었다. 그 찬양대의 코러스가 아까 그 아무렇게나 하는 찬송가 합창보다 더 좋은 감상을 주리라 하였다. 그러나 그 찬양대의 코러스가 시작될 때에는 기대하던 것보다 그렇게 만족함을 주지 못하였다. 모든 선율旋律은 어그러지고 조화가 되지 않았다.

찬양대가 끝나고 목사의 강도가 끝나려 하려는 때이었다. 선용은 문득 부인석 저쪽 귀퉁이를 바라보았다. 아아, 거기에는 삼 년 전 옛날에 영도사 흐르는 물 위에서 자기에게 뜻깊은 말을 주더니 몇 달이 못 지내고 몇 날이 못 지내어 실연의 불꽃을 자기의 가슴에 던져주어 여기 앉은 자기의 생生을 무참히 끊어버리게까지 하던 혜숙이가 거기 앉아 있었다.

선용의 온몸으로 돌아가던 성盛되고 정하던 피가 당장에 식어버리는 듯하고 분하고 얄밉고 간악하게 보이는 생각이 그의 가슴으로 치밀어 올라온다. 그리하여 그 아까 자기도 듣고 아주 성盛되고 즐거운 감정을 주는 여러 청년 남녀들이 목소리를 합하여 아침에 붉은 햇빛이 성자가 밟고 가는 하늘길과 같이 유리창으로 통하여 들어올 때 아름다운 찬송가를 노래하는 것이 구릿빛같이 불그레한 말할 수 없이 성된 감정을 자기의 끓는 심장 위에 부어주는 듯하더니, 지금 그 이브를 속이던 뱀과 같이 간악하게 생각되는 혜숙의 주정의 타는 빛과 같은 파란 목소리가 섞이었던 것을 생각하여 아주 마음이 좋지 못하였으며 그 혜숙을 당장에 몰아 내쫓고 싶었다.

그러나 선용의 마음 한 귀퉁이에서는 옛날의 그윽한 사랑의 기억이 아직 차디차게 식지는 않았었다. 그러하고 다만 한때라도 자기가 사랑하였고 또 자기를 사랑한다고까지 말을 한 그 여자를 지금 다시 지척에 놓고 바라보니 자기가 그 여자로 인하여 또다시 얻기 어려운 생명까지 끊으려 하였으나 그것을 단념하고 또 그 일본 있는 여학생에게 향하는 희미하고 몽롱한 사랑의 정을 가진 그는 다만 그 혜숙이 불쌍하였을 뿐이다.

선용은 한참이나 혜숙을 바라보다가 다시는 보지를 않으리라 결심하고 고개를 목사의 강도하는 편으로 향하였다. 그러나 자꾸자꾸 그 혜숙이가 자기를 바라보는 것 같이 얼굴이 간질간질하고 또 아까부터 자기를 바라보는 것 같아서 그대로 거기 앉아 있지 말고 얼핏 바깥으로 나가 버리고 싶었다.

그러하나 그 혜숙이가 자기를 보았다 하면 그의 마음속은 어떠하였으며 또 그동안에 그 여자의 성격은 얼마나 변하여 나를 어떻게 생각하였으리요 하였다. 그리고 보지 않으리라 보지 않으리라 하면서도 자꾸 자꾸 곁눈으로 그쪽을 흘려보았다. 그러다가 그 혜숙이가 힘없이 앉아 있다가 고개를 잠깐 들며 자기 편을 향하여 보는 듯할 때 선용은 눈을 얼핏 내려 감기도 하고 다른 곳도 보았다.

선용은 거기 그대로 앉아 있을 수가 없었다. 그리하고 오늘 예배당에 공연히 왔다고까지 생각을 하였다. 그는 벌떡 일어나 문밖으로 나왔다. 쌀쌀한 바람이 그의 이마를 스치고 지내어 갈 때 그의 상기上氣되었던 얼굴은 아주 시원함을 깨달았다. 그리고 예배당 큰 문으로 나가며 여자석 입구를 돌아다보았다. 그리고 그 혜숙이가 자기의 나오는 것을 쫓아 나오지나 아니할까? 하였다.

그가 예배당에서 나와 행길로 걸어갈 때에는 웬일인지 울고 싶도록 슬픈 생각이 났다. 그래서 인왕산 꼭대기라도 올라가서 실컷 울고 싶었다. 그래 그는 하루 종일토록 정처없이 돌아다니며 혜숙과 자기의 지나간 사랑의 기억에 마음을 괴롭히다가 밤 열 시가 넘어서 자기 집으로 들어갔다.

그 이튿날 선용은 건넌방 책상 앞에 홀로 앉아 자기 친구에게 가는 편지를 쓰고 있었다.

그러한 즈음에 경희가 뛰어들어오며, "오라버니"를 부른다. 선용은 쓰던 붓을 든 채로, "왜 그래" 하며 돌아다보지도 않고 나머지 글자를 마저 채웠다.

"저요, 오늘 우리 동무들이 놀러 와요" 하며 생그레 웃으며 여자 오는 것을 남자에게 가르쳐주는 것이 무슨 이상한 일이나 되는 듯이 선용을 바라본다. 선용은 여성과 만날 기회가 있을 때마다 그의 머리 속으로 사랑 정情, 눈물, 한숨, 고민, 오뇌 이 모든 것이 한 뭉치가 되어 번개와 같이 나타났다가 번개와 같이 사라진다. 그리고 그이 가슴으로는 본능적으로 말할 수 없는 불안을 깨달았다.

"누구누구" 하고 선용은 물었다.

"여럿이에요. 모다 오라버니는 다 모르는 아이들예요."

"무엇하러 와?"

"놀러 오지요."

"놀러?"

"네."

"어떻게 노누."

"그저 이야기하고 놀지요."

"그러면 나도 한몫 끼게 되나."

경희는 웃으면서, "그럼요, 오라버니도……"

하더니 무엇을 깨달은 듯하더니 갑자기 은근한 듯하고 자별한 듯이 목소리를 바꾸어, "저요, 오늘 정월晶月이라는 아이도 오는데요, 어떻게 피아노를 잘하는지 알 수가 없에요. 학교에 다닐 때에도 음악에 재주가 있다고 하였더니 지금은 아주 훌륭한 피아니스트가 되었어요" 하고 서투른 영어에 피아니스트 한 말을 한 것이 신기한지 부끄러운지 한 번 호기好奇의 웃음을 웃더니 다시 말을 계속하여서,

"그러나 시집을 가더니 아조 사람이 변하였어요."

할 즈음 선용은 껄껄 웃으며,

"그거 어떻게 변하여졌어? 물론 변하였을 터이지."

하니까 경희는 또 부끄러운 듯이 웃으며,

"아뇨, 그렇게 변하였다는 것이 아니라요."

하며 '그렇게'라는 데 힘을 주어 말을 한다. 즉 그렇게란 뜻은 보통 처녀가 시집을 가면 마음이 변하는 것을 의미함이다.

"그러면?" 하고 선용이 또다시 물었다.

"그애는 아주 이상해요, 때때로 울기만 하고 말을 해도 아주 애처로웁고 슬픈 말만 하고요, 언제인가 나에게 시詩를 하나 베끼어 보내었는데요, 이런 시詩를 베끼어 보냈어요. 저는 그것을 잊어버리지 않고 꼭 외워두었지요."

"무슨 시인데 어디 외워보아라."

"자! 외울게요" 하더니 얼굴이 조금 불그레하여지며 부끄러운 듯이 목소리가 조금 떨린다.

"……어느 곳에 고달픈 나그네의 가야 할 곳이 있을는지?
남쪽 나라 종려나무 그늘인가?
라인 언덕의 보리수菩提樹 아래인가?

알지도 못하는 이의 손을 빌어 사막에 묻히일 이몸일까?
그렇지 않으면 물결치는 바닷가에서 물결에 씻기일 이몸일까?

어디를 가든지 변치 않고
푸른 공중은 나를 에워싼다.
밤이 되면 죽음의 촉대燭臺 별들은 내 위에 비추인다.

라고 써보냈어요."

선용은 이 소리를 듣고 그 어떤 여자인지 나와 같이 눈물 많은 여자인가보다 하였다. 그리고 자기가 언제든지 원하는 방랑放浪의 노래를 듣고는 그 여자가 얼른 보고 싶었다. 그리고 그 여자와 사귀고 싶었다. 선용은, "집은 어데이고 성姓은 무엇인데?" 하였다. 경희는 다만 생그레 웃으면서, "왜 그러세요?" 가르쳐주지를 않는다. "글쎄 말야" 하고 선용은 경희가 자기 마음속에 있는 비밀을 알아차린 듯하여 고개를 돌리었다.

"이따 오거든 소개하여 드리지요, 네? 오라버니."

경희는 바깥으로 나갔다. 다시 책상에 놓여 있는 시계의 돌아가는 소리가 가늘게 들린다. 노곤한 침묵이 온 방 안에서 시들어지는 듯하였다.

선용은 멀거니 앞만 보고 앉아 있다. 그리고 그 경희에게 들은 여자를 자기 눈앞에 마음대로 그리어보았다.

그러다가는 약하고 연한 여자의 몸으로 북쪽 나라 눈 구덩이에 검은 머리를 흩트리고 뒹구는 것과 남쪽 지방 야자椰子 그늘 밑으로 흰 치맛자락을 휘날리며 헤매는 것이 보인다. 그리고 이 세상 모든 곳으로 정처없이 떠다니는 그 여자가 얼마나 자기의 마음을 끄는지 알 수 없는 듯하다.

그리하다가는 다시 어저께 혜숙을 만나보던 것이 생각나며 그 여자는 어찌하여 그러한 성격을 가졌으며 혜숙은 어찌하여 그러한 성격을 가진 여자로 태어났나 하였다. 그리하고 그 혜숙을 그 여자와 같은 성격을 가진 여자로 만들고 싶었다.

그는 앞창 바깥을 멀거니 바라보았다. 그 아침 해는 벌써 공중에 높이 떠 불그레한 빛은 여위어지고 다만 아지랑이 낀 남산이 멀리 그 윤곽만 보이고 있다. 선용은 그동안에 아주 전신의 노곤함을 깨달았다.

그리고는 또다시 옛날의 기억이 자꾸자꾸 떠오른다. 영도사의 놀이, 동경 객창의 고민, 자살, 병원의 치료, 일본 있는 그 여학생, 그리고 또 오늘에 이 자리의 모든 것이 순서없이 왔다 갔다 하며 또다시 자기의 오촌이 돌아가고 자기가 그 집의 양자가 되어 경희의 집에 와 있게 된 것, 또 얼마의 재산을 자기 오촌에게 물려가진 것이 생각나며 그 전에는 자기 오촌도 자기가 문학 공부를 한다는 것을 반대하여 학자學資를 주지 않던 것, 그러나 오늘은 그전보다 다르게 안일한 생활을 하게 되는 것, 또는 신체 허약으로 공부를 채 마치지 못하고 돌아오게 된 것이 생각된다.

그러다가 일본이 생각날 때마다 그 여학생은 어디를 갔을까? 어디 있을까? 어떻든 이 땅 위에는 있을 터이지. 그러다가 이 쓸쓸하고 의미없는 폐허廢墟 같은 세상에서 다만 그 여자 하나가 나를 기다리고 있으렷다 하는 생각이 나며 거친 가시덤불 사이나 시들어진 풀 위로 이러저리 헤매며 눈물을 흘리고 자기를 기다리는 그 여자를 찾아가고 싶었다.

그러다가도 어디 있는지도 알 수 없고 어떻게 되었는지도 알 수 없는 그 일본 여학생을 쫓아가는 것보다도 오늘 그 정월이라는 여자를 만나 또다시 알 수 없는 사랑의 쾌락을 나와 그 사이에 얽히게 하여 그와 나와 끝없는 방랑의 길을 떠나는 것도 좋으렷다 하여보기도 하였으나 그것은 그렇게 쉽게 되지 않을 일이었다 하고 곧 단념하여 버리었다.

선용은 창문을 닫고 자리 위에 벌떡 나동그라지며 누구를 기다리는 듯이 천장만 바라보고 가만히 누워 있었다. 그리고 공연히 마음이 조마조마하고 바깥에서 무슨 소리가 조금만 나도 가슴이 덜컥 내려앉는 듯하다. 그는 뛰는 가슴을 진정하려고 눈을 감고 한숨을 길게 쉬었다.

이때에 마루 끝에서 경회 "언니, 어서 오오. 이리 올라와요" 하며 기껍고 반갑게 누구인지를 맞아들이는 소리가 들린다. 선용은 속마음으로, '에구, 왔고나' 하였다. 그리고 자기도 모르게 벌떡 일어났으나 어떻게 할 수가 없어서 공연히 물끄러미 멍멍히 앉아 있었다.

마루에서는 선용의 마음을 간질간질하게 하는 여자의 치맛자락이 서로 갈리는 부드러운 듯하고 미끄러운 듯한 소리가 들리며 꿈속으로 잡아당기는 듯한 피어가는 백합꽃의 이슬 맞는 향내와 같은 웃음소리가 한 겹밖에 안 되는 미닫이를 통하여 들려 들어온다.

조금 있다가 누가 또 온 듯하다. 그리고는 이번에는 웃음소리가 뒤섞이고 범벅이 되어 일어난다. 그때 경희의 무슨 경고警告나 하는 듯이 조심스럽게 선용의 방을 향하여 손가락을 하는 듯한 소리가 들리더니 웃음소리는 뚝 그치고 미안하고 부끄러워하는 듯한 잠잠한 침묵이 고요히 그 여성들의 까만 머리 위로 떠돌아가는지 아무 소리도 들리지 않고 다만 때때로 소곤소곤하는 소리가 선용의 가슴 위로 살금살금 기어가는 듯이 선용을 간질간질하게 할 뿐이다.

삼십 분밖에 안 지났다. 그러나 선용에게는 몇 시간이 지나간 듯하다. 경희가 문을 가만히 열면서 선용을 쳐다보고 눈짓을 한 번 하더니, "저리로 나오세요" 하였다. 선용은 다만, "그래" 하고 경희의 뒤를 쫓아 나갔다. 걸음이 어깨 더 점잖아진 듯하고 두 다리가 뻣뻣한 듯하다.

선용이 안방으로 들어가려 할 때다. 뒤 창문을 열어젖힌 그 앞에는 혜숙이가 앉아 있었다. 분명한 혜숙이가 자기를 쳐다보았다. 선용은 다만 아무 소리도 없이 그곳에 붙은 것처럼 서 있을 뿐이었다. 경희는 뒤쫓아 들어오다가 선용이 가만히 서 있는 것을 보고, "어서 들어가세요" 하고 등을 가만히 밀었다.

선용은 어찌할지 몰랐다. 다만 아무 소리 없이 방 안으로 들어와 혜숙을 돌아보지도 않고 앉아 있었다. 선용은 그 자리에 와 앉는 것이 가시 위에 앉은 듯이 괴로웠다. 그리고 얼른 자기 방으로 뛰어나가고 싶었다.

혜숙은 다만 얼굴이 발갛다 푸르다 하며 선용을 바라보기도 하고 다른 곳을 보기도 하였다. 그의 얼굴은 그전 선용이가 영도사에서 볼 때와 같이 피어오르는 것같이 불그레하지도 않고 조금도 거리낌없이 해롱해롱하지도 않았다. 그의 얼굴은 몹시 창백하여졌다. 화색 있고 불그레하던 두 뺨은 어느덧 여위어 버리고 대리석大理石의 그 빛같이 희고 누르고 푸르렀다. 그의 둥그스름하고 매끈하던 목은 그전과 같지 않고 각이 지고 해쓱하여졌다. 그리고 아무렇게나 빗어 넘긴 머리털이 이마 위에서 성기게 휘날리는 것과 가늘고 긴 손가락이 흠없이 무릎 위에 놓여 있는 것을 볼 때 선용의 가슴은 웬일인지 불쌍하고 애처로울 뿐이었다.

그리고 바닷가에서 발가벗은 정精이 검은 머리를 흐트리고서 돌베개를 베고 누워 있는 듯이 반쯤 오만하고 숭고崇高한 듯한 애교愛嬌가 그의 온몸을 흐르는 듯하면서 소복素服한 천녀天女가 하늘에서 죄를 짓고 땅 위에 내려와 넓고 넓은 광야로 헤매며 부르짖는 듯한 비애와 통한痛恨의 그늘이 그를 쫓아다니는 듯한 것이 선용을 몹시 가슴 타게 하였다.

그러나 혜숙은 선용의 가슴에 영원히 사라지지 못할 실연의 못을 박아준 사람이다. 선용의 모든 희망과 행복을 불살라준 사람이다. 그러나 그가 그를 보는 때에는 다만 자기의 마음속에 뭉치고 또 뭉친 원망을 시원하게 분풀이라도 하고 싶었으나 그 불쌍하고 애처롭게 된 그의 육체를 볼 때에는 그 모든 것이 홱 풀어져버리었다.

경희는 자기 오라버니를 자기 동무에게 소개하고 또 자기 동무를 자기 오라버니에게 소개를 하였다.

"이이는 이정월晶月이란 이에요" 하고 혜숙을 가리키며 소개를 한다. 선용은 눈을 갑자기 크게 뜨며 그 정월을 바라보았다. 그리고 속마음으로, '혜숙이가 이정월이라니?' 하는 의심이 일어나며 여태껏 자기가 보기 원하고 기대하고 그로 인하여 부질없이 가슴을 울렁거리던 그 사람이 삼 년 만에 나의 앞에 앉은 혜숙이란 소리를 듣고는 무슨 수수께끼를 듣는 듯하고 자기가 꿈속에 있지나 아니한가? 하는 생각이 났다. 그리고 그 이정월이가 써 보내었다는 자기 누이동생이 읽던 그 게르만 시인詩人 하이네의 시를 생각하고, '참으로 그전 혜숙의 성격이 그렇게까지 변하였을까' 하였다. '그리고 만일 그의 성격이 그렇게 변하였다 하면 무엇이 그를 그렇게 만들었을까' 하였다.

별로 담화가 없었다. 다만 멀거니 앉아 있는 두 사람 사이에 경희와 또 다른 여자들의 조그많게 이야기하는 소리가 들릴 뿐이었다.

정월의 관골觀骨 위의 피부는 꽤 불그레하다. 다른 곳은 다— 창백하나 그곳뿐이 불그레할 뿐이다.

이렇게 서로 바라보고만 있을 수 없는 선용은 바깥으로 '나가야 나가야' 하고 일어날까 일어날까 할 때 갑자기 정월은 기침을 시작하였다. 그리고 가슴을 문지르며 못 견뎌하였다. 다른 사람들은 다만 바라만 보고 있었다. 이정월은 두 다리를 모으고 쪼그리고 앉아 얼굴이 새파랗게 질려 자꾸자꾸 기침을 재쳐 한다. 그러다가는 입을 가린 흰 비단 수건에 빨간 핏덩이가 묻어 나왔다.

이것을 보는 선용의 마음은 무엇으로 찌르는 듯하였다. 그리고 그 순결하고 곱던 혜숙이가 오늘 저렇게 괴로워 하는 꼴을 보고 또는 그 빨간 피를 토하는 것을 보매 어린 양이 제단 앞에서 피를 흘리며 바르르 떠는 것보다도 더 불쌍한 듯하여 그는 금치 못하게 나오는 눈물을 참지 못하여 얼른 얼굴을 가리고 아무 소리 없이 안방에서 뛰어나와 자기 방으로 들어갔다. 그리고는 책상에 고개를 대고 한참이나 울었다.

그날 저녁이었다. 선용은 열두 시가 되도록 자기 방에 혼자 드러누워 있었다. 그리고 말할 수 없이 외로움을 깨달아 알았다. 사면은 아주 조용하다. 늦은 봄에 아직 어린 벌레들의 으스스하게 우는 소리가 선용의 핏속으로 스미어드는 듯하였다. 시계는 영원으로부터 영원까지 흐르는 세월의 아주 짧은 구절을 세고 있다. 선용의 가슴은 공연히 긴장하였다가 다시 가라앉았다 한다.

선용은 일어서서 이리 가고 저리 가고 하였다. 그리고 자기나 정월이나 이 세상에서 났다가 사라지는 짧은 생生을 생각할 때 더구나 아주 짧은 청춘青春을 생각하여 볼 때 구차하고 기구하게 울며 불며 한숨 쉬며 눈물 지며 지내가는 인생이란 아주 적고 우습게 생각이 된다.

그는 다시 앞 미닫이를 열어젖히고 바깥을 배다보았다. 은빛 같은 달빛은 온 지구를 덮고 있었다. 멀리 보이는 남산南山은 회색 세계灰色 世界의 산악과 같이 그의 윤곽만 보이고 있다. 멀리 저쪽 공중에는 작은 별들이 졸음 오는 듯이 껌벅거리고 있다. 마당에 깔린 모래는 반짝반짝하였다. 이슬에 젖은 안마당에 놓여 있는 나뭇잎이 번지르하게 빛이 난다.

선용은 무엇이라 말하기 어려운 감상感傷과 비애悲哀 속에서 이것을 바라보았다. 선용은 과거와 현재와 장래의 자기의 운명을 생각할 때에는 눈을 딱 감고 그대로 영원히 사라지고 싶었다. 그리고 그 불쌍하게 된 정월과 어디로 갔는지 모르는 그 여학생을 생각할 때에는 공연한 눈물이 알지 못하게 난다.

그리고 그 혜숙이가, 자기를 배척하던 혜숙이가 삼 년 만에 오늘 다시 만나본 이때에는 그 혜숙이가 아니고 육체도 변하고 그의 성격까지 변한 정월이라는 시적詩的 이름 아래의 참 인생이란 것을 느끼고 참으로 참 생生 가운데서 살아보려 한다는 말을 들을 때에 그의 마음은 한없는 기꺼움과 동정의 마음이 생겨나며 지나간 과거가 한때 지나간 농담같이 생각되기도 한다.

그러다가는 정월의 육체는 왜 저리 되었는가? 제단 앞에 눈물을 지는 음침하고 두려운 촛불과 같은 죽음의 촛불의 그림자가 그의 몸을 점점 가리지 않는가? 하는 생각을 할 때에는 선용은 아주 미칠 듯한 생각이 났다.

그러다가는 그 정월을 아무 말도 못하고 그대로 돌려보낸 것을 생각

398

하고 왜 내가 정월을 그대로 돌려보내었는가? 그의 손목이라도 마주 잡고 눈물을 흘려 가면서라도 지나간 일을 꾸지람이라도 하고 원망이라도 하고 타이르기라도 하며 또다시 그전과 같은 사랑을 다시나 이어 볼걸!

그러다가도 그러나 그것도 꿈이로다, 지나가는 꿈이로다, 지나가는 꿈이로다, 하다가는, '에, 고만두어라. 내가 또 미친 놈이고 어리석은 놈이지. 그로 인하여 생명까지 끊으려 하던 내가 또 이런 생각을 하다니' 하기도 하였다.

그러나 혜숙은 연전 혜숙이가 아니요, 나를 죽게 한 혜숙이가 아니다 하는 생각이 그에게 무슨 몽롱한 호기好奇를 주며, 왜 나는 정월을 차지하여 볼 운명 아래 나지 않았나? 하였다.

그는 한참 동안이나 멀거니 있었다. 어느덧 별 하나가 서쪽으로 넘어간다. 선용은 그것을 한참이나 바라보았다. 선용은, '달과 별은 영원히 우리 인생을 내리비치겠고나' 하였다. 그리고,

'나나 정월이나, 웃는 사람이나 우는 사람이나 누구든지 비치어주겠구나.'

그리고 누르고 붉은 아침빛이 새로운 그름을 물들이는 새벽 아침이나 갈가마귀 어미 찾아가는 쓸쓸한 황혼이나 권위 있는 햇빛과 여름이나 겨울이나 우리가 본 곳이나 우리가 보지 못한 곳이나 이 모든 것 위에 쉴새없이 움직이는 무슨 세력은 영원한 우주 사이에 잠깐 있다 사라져 없어지는 나와 정월 사이를 눈물과 원망으로 매어놓고 그대로 쓸어가 버렷다 하였다.

그리고 허황되고 우스운 세상이라 하였다. 그러다가는 타는 듯한 마주魔酒를 마시어 답답한 가슴을 고치어나 볼까? 요염妖艶한 창녀의 젖가슴에 안기어 끝없는 울음이나 울어볼까 하였다.

선용은 자리도 펴지 않고 그대로 누워 잠이 들었다. 그러다가 얼마나 되었는지 선선한 기운을 못 이기어 눈을 떴다. 불그레한 아침 해가 안마당을 반가하고 미닫이 창을 물들이고 있었다.

정월은 처녀 시대에 몽상하던 모든 환락을 반드시 실현하여 맛볼 수 있으리라는 공허空虛하고 광막廣漠한 희망을 가슴에 품고 또 한옆으로는 붉은 피가 타오르는 듯한 견디기 어렵고 참기 어려운 열정에 타는 불길로 자랑스러운 처녀의 달콤한 세월을 보내었으나 하루 저녁 백우영에게 애석하고도 할 수 없이 다시 얻기 어려운 처녀의 자랑을 잃어버린 후부터 비로소 가슴 쓰린 눈물을 알게 되고 헤아리기 어려운 초민焦悶을 맛보게 되었다.

백우영과 결혼하던 그날까지 모든 열락悅樂과 행복을 한없이 누리고 노래할 줄 알았더니 그 후 얼마가 되지 않아 정월은 알지 못하는 가운데 자기 생활의 어딘지 한구석이 비어 있는 것을 찾아내게 되었다.

그는 그때부터 비로소 처녀 시대에 몽상하고 동경하던 모든 것이 한낱 붙잡을 하나 붙잡을 수 없는 춘몽과 같이 사라짐을 깨닫고 바위에 부딪치는 물결같이 깨어져 사라짐을 깨달았다.

그러나 그는 자기의 남편을 사랑하였다. 처녀 시대의 그 열렬한 사랑을 영구히 계속하려 하였다. 그리하나 날이 가고 달이 갈수록 찾아내는 것은 그 백우영의 결점뿐이요, 자꾸자꾸 자기의 마음을 괴롭게 하는 것은 어쩐 일인지 자기와 자기 남편 사이에 모든 것이 잘 융화되지 않고 잘 이해되지 않는 것이었다. 반죽이 잘 되지 않은 밀가루 떡같이 언제든지 두 사람 사이에는 우수수 부서져 떨어지는 무엇이 있었다.

그러나 정월은 사랑에는 이해理解만 있으면 그만이라 하였다. 그래서 자기 남편과 자기 사이에 사랑의 줄을 단단히 잇게 하여주는 것은 다만 그 이해가 있을 뿐이라 하고 백우영을 이해하고 또 이해하여 영구한 사랑을 그에게 주려 하였으나 백우영은 그것을 마지 못하여 또는 정월을 이해해 줄 능력을 가지지 못하였다.

정월이 그것을 찾아내면 찾아낼수록 마음이 공연히 괴롭고 모든 것이 사라지는 듯이 괴로웠다. 그리하여 공연히 눈물을 흘리고 한숨을 쉬었으나 눈물과 한숨을 흘리고 쉴 때마다 그는 말할 수 없는 괴로움을 맛보면서 자꾸자꾸 울었으며 눈물을 지었다.

그는 한 귀퉁이 가슴이 빈 것을 채우기 위하여 시詩를 외고 소설을 읽었다. 그리고 음악을 배우게 되었다. 그러나 정월이가 시를 읽고 소설을 보며 피아노를 탈 때마다 그 전보다 더— 감상을 맛보고 그 전보다 더— 울게 되었다. 그러나 그는 그 감상과 비애를 맛보는 것이 달콤한 애인의 따가운 피가 스며나오는 붉은 입술을 빠는 것과 같이 전신을 살라뜨리는 듯한 유열愉悅을 깨달았다.

그리하다가도 무슨 알지 못하는 힘이 더욱더욱 자기의 몸을 칭칭 동여맨 것을 깨닫게 되며 그것이 무엇인지를 알려고 애쓰나 몽롱하게 그것을 알아내일수 없을 때에는 그는 마음이 아주 괴로웠다.

그는 그리하면서 무미한 생활을 하여 올 동안에 때때로 선용을 생각하여 보지 않은 것도 아니다. 그리고 백우영에게서 모든 행복을 얻지 못하고 무슨 만족함을 찾아내지 못한 그는 선용을 생각하여 보지 않지도 못하였다. 그리고 선용이가 참으로 자기를 이해하여 주고 자기의 사랑을 완전하게 받아줄 사람이 아닐까? 하여보기도 하였으나 그러나 그것은 벌써 지나가버린 일이라 어찌 하리오. 다만 단념하고 단념하려 하고 만일 선용의 환영이 그의 눈앞에 보이기만 하면 눈을 딱 감고 보지 않으려 하였으나 그가 눈을 감을 때에는 반짝반짝하는 암흑暗黑 속에 더— 분명히 자리고 인하여 생명을 끊으려던 선용이가 나타나 보이었다. 그러나 그것은 얼마 아니하여 사라져버리었다.

　정월은 작년 겨울에 감기를 앓은 후 알지 못하게 폐병이 발생되어 피를 토하고 기침을 하며 몸이 점점 허약하여짐을 깨달으면 깨달을수록 더욱더욱 감상感傷과 비애悲哀가 그를 못살게 굴었으며 죽음이라는 장래가 괴롭게 하였다. 그러나 그는 울면 울수록 더욱 울고 싶었고 죽음이 두려운 것을 깨달으면 깨달을수록 더운 그 죽음을 속히 맛보고 싶었다. 그래 그는 그날과 그날을 이곳저곳으로 꽃도 따고 달도 찾아 의미 없고 쓸쓸스러운 날을 보낼 뿐이었다.

　그는 어제 선용을 만나볼 때 죽었던 사람을 다시 만난 것 같이 반갑고 그리운 마음은 그대로 달려들어 선용의 가슴에 고개를 비비면서 소리쳐 울어가며 삼 년 전 그때 그날로 자기를 도로 끌어다 주어지라고 하소연까지 하여가며 선용에게 자기의 잘못을 용서하라고까지 하고 싶었으나 알지 못하는 힘이 언제든지 자기 몸을 붙잡아매어 놓음으로 그리하지도 못하고 다만 가슴을 부질없이 태우면서, '단념하여야 할 것이다. 단념하여야 할 것이다' 하면서 자기의 뛰는 가슴을 진정하려 하였으나 자기가 피를 토하고 괴로워할 때 선용의 눈에서 구슬 같은 눈물이 뚝뚝 떨어지며 얼굴을 가리우고 자기 방으로 뛰어가는 것을 보고 정월은 미칠듯이 선용이가 다정스럽고 눈물이 날 듯 한 애련愛戀의 정을 깨닫게 되었다. 그리하고 일평생 처음으로 자기를 위하여 눈물을 흘리는 사람을 본 그는 이 세상을 다— 돌아다닐지라도 선용 한 사람뿐이 참 자기를 불쌍히 여기어주는 사람이고나 하였다.

　그리고 그는, '아! 어찌하면 좋을까?' 하고 당장에 죽어 없어져버려 자기를 매어놓은 보이지 않는 무슨 세력도 잊어버리고 선용에게 향하는 가슴 쓰린 애정도 잊어버렸으면 할 만큼 초민을 깨달았다.

　그는 지나간 과거를 생각하면 말할 수 없이 부끄러웠다. 그리고 그는 선용에게 지나간 과거의 책망을 들으며 원망을 들으며 애탄하는 말을 듣는 듯하여 가슴이 자꾸자꾸 조이는 듯하고 피가 마르는 듯하였다. 정월은 그날 저녁에 조금도 잠을 이루지 못하였다.

그는 삼 년 전 옛날의 동대문 밖 영도사에서 선용을 만났던 일과 또 그 후 선용이 일본으로 떠나가서 말할 수 없이 섭섭하여 미칠듯이 날을 보내던 것과 또 선용에게 자기가 날마다 날마다 울음으로 그날을 지내간다는 것을 써보낸 것과 그 후부터 자기가 날마다 동경하던 모든 허영의 만족을 주는 백우영에게 정조를 빼앗기어 그와 결혼을 하게 된 것과 그 후 선용이 죽으려다가 다시 살아났다는 말을 듣고도 별로 불안하고 미안함을 깨닫지 못하던 것과 또는 고치기 어려운 병을 얻어 한 가정을 불행하게 하는 것과, 오늘 선용을 다시 만나 지나간 과거의 견디기 어려운 기억과 또는 다정스러운 선용의 따뜻한 눈물을 본 것이 생각되며 또 한옆으로 자기를 얽어매어 점점 더— 괴롭고 답답한 곳으로 집어던지는 것이 무엇인가? 하는 생각을 할 때마다 그는 조이는 가슴을 움켜잡았다.

그러다가는 이제야 비로소 그 선용이가 죽으려던 것이 눈앞에 보이며 가슴이 떨리며 몸의 맥이 풀리는 듯하였다. 그리고 자기 눈앞에서 선용이가 가슴의 피를 흘리고 쩔쩔 매며 두 손을 폈다 쥐었다 하고 어쩔 줄을 모르면서 얼굴빛이 파랗게 질려 올라오며 숨소리를 자주자주 하여 괴로운 듯이 신음하는 소리가 들리고 보이는 듯하였다.

그리고는 갑자기 눈물이 쏟아지며, '내가 무정한 사람이었지. 내가 무정한 사람이었지' 하며 이불을 뒤집어쓰고, '선용 씨 용서하여 주셔요, 용서하여 주셔요' 하고 자꾸자꾸 울었다.

그리고 다시 방종放縱한 생활을 하여가는 자기 남편과 자기 사이에 보이지 않고 들리지도 않고 만질 수도 없는 무슨 간격이 자기와 남편 사이를 자꾸 멀리하게 하는 생각을 하고 두 사람 사이에 그 보이지도 않고 들리지도 않고 만질 수도 없는 무슨 힘을 더— 강하게 하여 백우영과 자기 사이를 더욱더욱 멀리하여 영원히 백우영과 떨어져버리고 선용과 자기 사이를 못견디게 잡아당기는 그 보이지 않고 들리지도 않고 만질 수도 없는 힘에 끌려가는 것이 도리어 운명을 복종하는 것이요, 합리合理의 일이 아닌가 하였다.

그러나 그는 그와 같은 생각을 시작만 하다가도 눈을 감고 몸을 떨며, '안 될 말이다, 안 될 말이다' 하였다. 아무리 선용은 다정한 사람이요, 백우영은 자기를 이해하지 못한다 하더라도 벌써 자기는 일생을 백우영에게 맡긴 것이 아닌가?

선용과 자기 사이를 매어놓을 기회機會는 벌써 시간을 타고 멀리멀리 가버린 것이다. 이것도 한 운명이 아닐까? 그리하고 어떻게 백우영을 무정히 떼어버리고 부정不貞한 여자라는 더러운 이름 아래 조소와 모욕 사이에서 일평생을 지내간다 하더라도 거기에 무슨 행복이 있으리오.

그리고는 또다시 자기가 날마다 읽는 그 유명한 소설 가운데 불행과 불운에서 헤매는 청춘남녀의 애끓는 사랑의 역사를 읽어보면 읽어볼수록 자기도 그와 같이 불행과 불운 사이를 헤매고 헤매다가 무참히 이 세상을 떠나지 아니할까 하는 피상적 암시가 그를 몹시 가슴 저리게 하였다. 그리고 피 있고 정 있는 아까운 청춘을 눈물과 한숨 속에서 지내갈 것을 생각하매 살아가는 인생이 말할 수 없이 애닯았다. 그러다가는 자기 혼자 의견으로, '청춘의 타오르는 힘 있는 정염은 만 가지 불행의 원인은 아닐 텐데' 하고 자기와 같이 마음 괴로운 생애를 하지 않는 젊은 청춘남녀가 이 세상에 과연 있을는지 의심하였다.

그 이튿날 저녁이었다. 문밖을 나선 선용은 어디를 가는지 교동 병문 넓은 길을 향하여 내려온다. 저녁 안개는 아직 사라지지 않고 동쪽 하늘에 새로이 올라온 둥근 달이 회색 안개 속에 빙그레 웃는 듯이 달리었다. 바람은 살살 살살 사람의 뺨을 스치고 지나간다. 단장을 두르며 걸어가던 선용은 무엇을 생각하였는지 양복 주머니에서 편지 한 장을 꺼내어 누가 볼까 겁내는 듯이 편지 한 번 보고 지나가는 사람 한 번 본다. 그러다가는 그의 얼굴은 무슨 결단하기 어려운 일을 당한 듯이 멀거니 앞만 바라보기도 하였다. 그러다가는 또다시 그 편지를 주머니에 넣었다. 그 편지에는,

　　선용 씨
　　지나간 과거는 어떻든 갔습니다. 지나간 과거가 우리를 웃든지 울리든지 그 과거의 이야기는 말아주세요. 지나간 과거는 과거 그대로 덮어두어 주세요. 저는 선용 씨의 따뜻한 눈물을 보았습니다. 저는 또다시 선용 씨를 잊지 못하게 되었습니다.
　　그러나 잊지 못하는 선용 씨를 저는 잊어야 할까요. 저는 다만 운명에게 모든 것을 맡길 뿐이외다.
　　저는 한 가지 말씀하려 하는 것이 있습니다. 만일 선용 씨가 저를 잊지 않으신다 하시거든 내일 저녁 금화원으로 월계꽃 구경 나갈까 하오니 선용 씨도 와주시기 바랄 뿐이외다. 저의 오라버니도 오실 터이니…….
　　　　　　　　　　　　　　　　　　　　　　　　　　　　정월.

　선용은 이 편지를 읽으면 읽을수록 몽롱한 의심이 자꾸자꾸 치밀어 올라온다. 길거리의 짐이나, 사람이나, 지나가는 인력거나 마차, 자전거가 조금도 선용에게는 보이지도 않고 들리지도 않는다.
　그리고 자기가 지금 무엇하러 금화원으로 가는지 알지 못하였다.

그가 교동 병문을 나서려 할 때 달려가는 전차가 덜컥 하는 소리를 내며 선용의 몽롱한 의식을 무엇으로 때리는 듯이 분명하게 하여 놓는다.

선용은 멈칫하고 서서, '내가 무엇하러 가나?' 하였다. 그러다가는 관성으로 그리 하였던지 종로로 향하여 걸어간다.

내가 무엇하러 정월을 만나러 금화원으로 가나? 정월이가 정말 나를 기다릴 것인가? 내가 가서 과연 반기어 맞으며, "어서 오십시오. 왜 이렇게 늦었에요?" 하고 두 손을 잡아줄 것인가? 정말 나를 잊지 못하는가? 잊지는 못하면서 운명으로 인하여 나와 서로 떨어져 있게 되는 것을 참으로 한탄하는가? 정말 나를 위하여 뜨거운 눈물을 흘리며 애끊는 한숨을 쉬는가? 만일 나를 정말 생각하고 나를 위하여 울고 나를 위하여 한숨진다 하면 어찌하여 모든 것을 한꺼번에 내던져 버리고 나에게 오지를 못하는가? 하고 가다가 선용은 다시, '그렇다 내가 지금 금화원으로 정월을 만나러 가는 것은 어리석고 또 어리석은 짓이다' 하다가 또다시, '그 과거는 과거대로 덮어주세요' 한 말을 나의 입에서 자기를 원망하고 꾸짖는 말이 나올까 겁하여 그것을 미리 틀어막으려 하는 것이요, 나를 잊지 못하지만 모든 것을 운명에 맡긴다는 것은 나의 마음을 끌어 잡아당겨다가 자기 손 속에 집어넣고 운명이라 말하기 좋은 핑계로 나의 입에 재갈을 물리려는 것이 아닐까? 하는 생각이 난다.

'그렇다 그래 그동안에 늘었다는 것은 간특한 수단뿐이로구나! 운명이란 다 무엇이냐, 운명은 자기가 자기 손으로 만드는 것이다. 만일 자기가 참으로 나를 잊지 못하면 백우영과 자기 사이에 얽어놓은 인습과 형식의 줄을 끊어버리고 나와 자기 사이에 참으로 끊으려 하나 끊을 수 없는 참사랑의 가락을 얽어 놓으면 고만이 아니냐? 고만두어라, 가는 내가 어리석은 놈이다. 도리어 친구에게 가서 하룻밤 사이 농담이나 하고 노는 것이 도리어 나을 것이다' 할 때 그는 어느덧 종로 네거리에 와

섰다. 그때 누구인지 선용의 손을 턱 잡으며, "야! 오래간만일세그려. 언제 나왔나?" 하는 쾌활한 청년 하나가 있었다. 선용은 깜짝 놀라면서 혹시 그 사람이 자기 마음속으로 생각하는 것을 알지나 아니하였나 하는 두려운 의심이 엉킨 눈으로 그 청년을 바라보고 서투른 소리로, "오래간만일세, 참 여기서 만나기는 뜻밖인걸" 하였으나 그의 말소리는 서툴렀다.

그 청년은 선용과 전부터 아는 화가 원치상元致詳이었다. 그는 선용의 손을 단단히 쥐고 아주 반가워 못 견디는 듯이, "아! 참 오래간만야. 그런데 어디 가는 길인가?" 하였다. 선용의 마음은 불안하였다. 아까까지 어떤 친구를 찾아 밤새도록 농담이나 하고 놀고 싶던 생각은 어느덧 사라지고 어서어서 이 사람과 작별하고 금화원으로 가고 싶은 생각이 불현듯이 나며 반가와서 못 견뎌하는 그의 손을 얼핏 좀 놓아주었으면 좋겠다 하였다.

그래 그는 친구의 정을 받아 주지 않을 수도 없고 또다시 줄 수도 없어 주저주저하면서,

"저 남대문까지 좀 가네……."

하고 그 다음 말은 무엇이라 하여야 좋을지 알지 못하였다.

"거기는 왜? 누구에게?"

"누구 좀 볼 사람이 있어서."

"과히 바쁘지 않으면 우리 저리로 가세. 오래간만에 만났으니."

이 말이 떨어지기도 전에 선용은 아주 대경실색을 하는 듯이,

"아니, 그렇게 못해. 꼭 일곱 시에 만나자고 하여서."

하면서 잡은 손을 빼려 하니까 그 청년은,

"에! 고만두게, 나는 그래 친구가 아니란 말인가? 그러지 말고 가세 그려."

하고 두 손을 잡아끈다. 선용은 애원하는 듯이,

"정말야. 못해 못해. 그 사람이 꼭 기다린댔으니까."

하고 어떻든 그 청년의 손에서 벗어나려는 듯이 모자를 벗고 인사를 하려 한다. 그러니까 그 청년은 손을 홱 뿌리치며,

"에, 고만두게."

하고 원망하는 중에도 섭섭한 듯이 선용을 바라본다. 선용은 그 원망하는 듯하고도 섭섭해하는 그 청년의 표정이 미안하고도 또 자기가 여자를 찾아 가느라고 그렇게 자별한 친구를 속인 것이 부끄럽기도 하여 "그러면 내일이라도 또 만나게" 하고 그를 향하여 용서하라는 듯한 웃음을 띠고 한참이나 바라보고 있었다.

두 사람은 헤어졌다. 선용은 웬일인지 그 친구를 작별한 것이 시원하였다. 그리고는 다시 자기를 기다리고 있는 정월이가 자기 눈앞에 보였다. 그는 다시 정월의 창백하고 해쑥한 환영이 자기 눈앞에 나타날 때마다 불쌍한 가운데 말하기 어려운 애련의 정을 깨달았다. 그리고는 또 다시 자기 누이동생 경희에게 정월이가 하이네 시를 써 보냈다는 말을 들은 것이 생각나며 그의 성격은 얼마나 변하였을까 하였다. 그리고는 그가 얼마나 자기와 공통된 생각을 가졌을까 하였다. 그러다가는 다시 그 피 토하던 것을 생각할 때는 자기의 가슴을 쪼개는 듯한 아픈 듯할 때 그는 앞뒤에 연속되는 의식이 딱 끊어지는 듯이 다만, '폐병을 앓거나 자기를 당장에 옥 속으로 집어던지거나 사랑은 영원히 사랑이요, 사랑 앞에는 죽음도 없고 아무것도 없고 다만 벌거벗은 사랑이 있을 뿐이지!' 하였다. 선용이 황금정 네거리까지 왔을 때에는 날이 캄캄하여졌다. 그리고 전차 감독의 호각 소리가 자기의 신경을 바늘로 찌르는 듯이 짜리짜리하는 듯 하였다. 그는 선뜻 그의 머리로 무슨 생각 하나가 전깃불 켜지듯이 갑자기 지나갔다 다시 왔다.

'그런지도 모르지' 하고 혼자 남이 들을 만큼 중얼거린 선용은 다시 고개를 숙이고 전찻길을 건너섰다.

정월도 정조의 관념을 가졌겠지? 한 번 육체를 허락한 사람 외에는 다른 사람에게 또다시 허락지 않는 것이 정조로 인정하는 여자인지 모르지! 자기가 그 남자를 사랑하든지 사랑치 않든지 처녀의 사랑을 허락한 그 사람에게는 일평생 육체를 허락지 않는 것이 정조 있는 여자로 생각하는 것인 게지? 자기의 정조가 자기의 일평생의 모든 것인 줄 아는 여자인 게지?

그러면 자기가 참으로 나를 잊지 못한다 하더라도 만일 정월이 모든 인습과 형식에 구애되어 자기의 사랑을 완전히 나에게 줄 수 없다 하면 나나 또는 정월 두 사람의 고통은 영원토록 사라지지 못하렷다.

그러나 선용은 정월에게 아니 갈 수가 없었다. 만일 정월이가 지금 내가 생각한 것 같지 않은 여성이라 하면? 그렇다. 어떻든 보기나 할 것이다. 그렇지만 만일 내가 생각하는 것과 같은 여성이라 하면 내가 가서 무엇하나? 만나면 만나볼수록 도수를 더해 가는 사랑의 불길은 도리어 나를 파멸의 구렁에 집어던질 것인데 나는 단념해야지. 가지를 말아야지! 하다가도 그 창백한 정월의 입으로 선지피를 토하는 것이 보일 때에는 자기가 가지 않으면 정월이가 기다리다 못하여 자기를 원망하고 원망 끝에 세상을 비관하고 비관 끝에 자포자기하는 마음이 생겨, 아아 그러다가는 죽음밖에는 없는 것밖에 생각이 나지 않고 자기가 정월의 운명을 잡고 있는 듯할 뿐이었다. 옛날에 자기를 죽음에 빠지게 하던 한 가늘고 작은 여성의 알지 못하는 매력에 끌려 정월의 운명을 자기 손에 잡은 듯이 생각하는 선용은 또다시 자기의 운명의 무슨 큰 산모퉁이를 이 시간에 돌아가는 듯하였다.

선용은 금화원에 왔다. 큰 문을 들어서 입장권을 내이고 본관本館—요릿집— 뒤를 돌아 층계를 내려섰다.

월계의 그윽한 향내가 연한 바람과 함께 선용의 뺨을 명주 수건으로 문질러주는 듯이 지나간다. 그는 이곳저곳 희고 붉은 월계꽃이 저녁 이슬을 머금고 해롱대는 사이로 정월과 영철을 찾아 헤매었다. 등나무 덩굴로 덮은 곳을 지나고 포플라 나무 그늘을 꿰뚫어 그늘진 담모퉁이까지 찾아보았으나 영철과 정월은 있지 않았다.

푸른 나무 잎사귀 사이로든 여자들의 비단 치맛자락이 달빛에 번쩍이고 산뜻하게 몸을 꾸민 얼굴 붉은 젊은 청년들은 흥취 있게 떠들어댄다. 저쪽 테이블을 둘러앉은 중년 신사들은 음침한 웃음 속에 오만한 어조로 무엇인지 서로 이야기들을 하고 앉아 차들을 마신다. 저쪽 어두컴컴한 나무 그늘 밑에서는 나이 젊은 남녀 두 사람이 소곤거려 정화를 바꾸는 소리가 가늘게 들려온다.

선용은 또 다시 여러 사람들이 떨어져 서서 농담하는 틈을 지나 차르륵찰싹 하는 분수가 물을 뿜는 연못 앞에 와 섰다.

그는 저쪽 한 귀퉁이에 누구를 기다리는 듯이 혼자 앉은 여자를 보았다. 그의 뒷 몸맵시가 정월과 아주 다르지만 선용은, '그래도' 하는 마음이 나서 그 앞으로 가서 그 여자의 얼굴을 자세히 들여다보았다. 그 여자는 속으로 욕하는 듯이 선용을 흘려 쳐다보았다.

선용은 마음이 공연히 울분하였다. 그리고 자기가 모두 어리석은 짓만 하는 듯하고 오늘 저녁 이곳에 온 것은 참으로 무의미함을 깨달았다. 그래서 분수 앞에 앉아, '고만두어라, 오거나 말거나' 하다가, '영철이까지 어째 오지 않았누' 하였다. 달빛의 은실같이 보이는 물결은 여러 겹의 동그라미를 어룽어룽 사면으로 펴놓고 싸라기 같은 물방울을 여기저기 휘두르며 무도를 한다. 오케스트라가 시작되었다. 그렇게 떠들던 여러 사람들의 말소리는 기름을 흘리는 듯한 침묵 속에 사라졌다.

선용은 음악에 취한 듯이 나릿한 감정 속에 멀거니 앉았다가 어떤 여자의 치맛자락의 스치는 소리를 듣고서는 다시 의식이 회복되었다. 그 여자는 선용에게 인사를 하였다. 그 여자는 뚱뚱하게 생긴 어저께 자기 집에 놀러왔던 차숙자이었다.

"언제 오셨습니까?" 하고 빙글빙글 웃으며 선용에게 인사를 한다. 선용은 정신없이 앉았다가 벌떡 일어나며,

"예! 온 지 얼마 되지 않습니다 …… 혼자 오셨에요?"

하니까 차숙자는 고개를 조금 흔들며,

"아뇨, 저기 누구하고 같이 왔에요."

반쯤 부끄러움을 억지로 감추려 한다. 선용은 속마음으로 아마 자기 정든이하고 왔나 보다 하였다. 차숙자는 다리를 떼어 놓으며 고개를 아무 소리 없이 굽혀 예를 하고 저리로 가려 하였다. 선용은 이 차숙자에게 정월의 오고 안 온 것을 물으면 알는지도 모르겠다 하고 가려는 숙자를 붙잡을 듯이 몸을 그에게 가까이 꾸부리다가 다시 물러서며,

"저一" 하고 조금 주저하다가 정월을 보았느냐 하면 혹시 의심을 살는지도 몰라서, "혹시 영철 씨 못 만나셨에요?" 하였다. 차숙자는 조금 고개를 기웃하고 생각을 하여 보더니, "이영철 씨 말씀이지요?" 하며 한참 있다가,

"네" 하고 선용은 얼른 대답을 하였다. 숙자는, "네, 영철 씨는 몰라도 아까 정월이는 보았는데요, 어디를 갔는지 알 수 없습니다" 하였다.

"네, 정월 씨가 오셨에요?" 하는 선용의 가슴은 이상하게 물결쳤다.

"네, 왔에요. 그런데 아마 저기 올라갔는지도 알 수 없습니다" 하고 본관을 가리킨다. 선용은, "네, 매우 고맙습니다" 하고 숙자에게 감사를 하였다.

본관에는 유리창마다 전깃불이 화려하게 켜 있다. 바람이 불 때마다

창장이 휘날려 나부낀다. 이층 첫째 유리창을 반쯤 연 곳에는 어떤 모양 낸 청년 하나가 이곳을 내려다보고 있다.

선용은 반갑기도 하고 무엇이 가슴을 치미는 듯도 하였다. 그는 한달음에 그 요릿집으로 뛰어올라갔다. 문간에는 흰옷 입은 보이가 점잖게 서 있다가 선용을 보고 허리를 굽혀 예를 하였다. 뛰어오기는 뛰어온 선용은 여기까지 와서 생각하니 어떻게 정월을 찾아야 좋을는지 알 수가 없었다. 어떻든 그는 문간에 가까이 방 한 칸을 빌어 차 한 잔을 갖다 놓고 바깥만 내다보고서 앉아 있었다. 그리고 보이를 불러 정월과 같은 손님이 혹시 있느냐고 물어 보았다. 보이는 한참 생각하더니, "알 수 없어요. 손님이 한두 분이 아니니까요" 하였다.

언제든지 요릿집에 발을 들여놓으면 일어나는 것과 같이 불그레한 중에도 사람의 마음을 취하게 하는 반쯤 탕漾한 기분이 선용의 가슴에서 또 일어났다. 선용은 조마조마하여 못견디었다. 그래서 정월이가 뒷마당으로 내려가지나 아니하였나 하고 다시 뒤뜰로 내려갔다. 그러나 역시 정월을 찾아내지는 못하였다. 선용은 화가 난 듯이, '에— 가버리리라' 하고 문을 향하여 나오려다가 주춤하고 서서 포플라 녹색 그늘 사이로 새어 흐르는 달을 쳐다보고 한참 섰다가, '왔다는데 어디로 갔노?' 하였다. 이때였다. 그 요릿집 정문 층계 위로 정월이가 어떤 남자와 나란히 서서 내려왔다. 창백한 달빛이 창백한 정월을 싸고 돌매 으스스한 유령이 암흑 속에 선 듯하였으나 선용의 마음은 그를 볼 때 무슨 경경함을 일으키지 않을 수가 없었다. 걸음걸음이 달빛을 끌며 머리카락 카락마다 달빛을 흩날리는 듯할 때 선용은 옛날의 사람이던 혜숙이 아니요, 죽어서 처녀가 되었거나 요녀가 되어 다시 자기 눈앞에 나타난 듯하였다.

선용은 내뛰는 걸음을 억지로 걸어서 천천히 정월에게로 갔다. 그리고

412

모자를 벗고 환심을 얻으려는 듯이 빙긋 웃었다. 그러나 정월은 다만 푸른 눈동자를 잠깐 굴려 고개를 숙이는 듯 만 듯하고, "언제 오셨에요?" 할 뿐이었다. 그러다가는 다시 고개를 돌이켜 자기와 나란히 서서 걸어가는 그 청년에게, "그러면 저의 오라버니하고 꼭 한 번 놀러 가지요" 하고는 다시 선용을 냉정한 눈으로 흘겨보며, "벌써 가세요?" 하였다.

선용은 아무 말도 없이 그대로 서 있었다. 그리고 자기가 꿈속에 서 있는 듯이 다만 애매하고 몽롱한 의식과 감정 속에서 멀거니 정월을 바라보다가 다시 그의 의식과 감정이 무엇으로 자기의 머리를 때리는 듯이 회복될 때, '에! 간악한 년!' 하고 이를 악물고 그대로 덤벼들어 발길로라도 차내던지고 싶은 생각이 났다. 그러나 그는 긴 한숨과 함께 모든 것을 어리석음에 돌려 보내듯이, "네" 하였다. 정월은, "안녕히 가십시오" 하고 거만한 걸음을 걸을 때에 휘청거리는 가는 허리가 흐르는 달빛을 휘휘 감아 나꾸는 듯하였다.

선용은 이 소리를 듣고서는 눈물이 날 만큼 원통하고 분하였다. 그의 뜨거운 피가 올라온 두 뺨은 불같이 탔다. 그리고 어디로 자기가 밟고 갈 때마다 바지작바지작 하는 모래 위에 자기의 가슴을 비비며 통곡도 하고 싶었다. 그는 전신을 부르르 떨었다. 그의 두 손에는 차디찬 땀이 물같이 흘렀다.

그는 또다시 정월을 돌아보았다. 정월은 다시 저쪽 층계로 내려가다가 역시 선용을 바라보았다. 그 정월의 한 번 돌아보는 것이 더욱 자기 가슴 위에 모욕과 수치의 화살을 박아주는 듯하였다.

'아! 이 어리석은 놈아! 너는 속는 줄 알면서도 또 속는구나!' 하고 선용은 자기가 자기를 어리석은 놈으로 자기 인격을 모욕하였다. 그는 몸을 소스라뜨리면서 정문을 나섰다. 그는 물에 빠져죽거나 독약을 먹고 죽어버리고 싶었다. 그래서 그 물에 팅팅 불은 몸뚱이와, 독약에 질리고 썩은 육체를 정월의 눈앞에 갖다 놓아 정월이 바르르 떨면서 이를 악물고, '내가 잘못하였습니다. 내가 잘못하였습니다' 하면서 자기 몸을 얼싸안고 우는 것이 보고 싶었다.

정월은 그날 어찌하여 선용에게 그리도 냉정하게 하였는지?

그 전날 하룻밤을 정월은 조금도 자지 못하였다. 아침 열 시나 되어 백우영은 정월의 방으로 들어와 막 일어나서 머리를 고치는 정월을 침착한 중에도 친친치 못한 얼굴로, "어제 저녁에는 좀 어떻게 지내었소" 하였다.

"별로이 다른 일은 없어요" 하며 정월은 안경 쓰고 수염을 어여쁘게 깎고 눈썹이 까무스름하며 동그란 선線이 빙빙 돌아가는 듯한 그의 얼굴을 바라보며 대답을 하였다. 백우영은 아무 말 없이 세수 수건을 들고 안경을 벗어 놓고 바깥으로 나갔다. 이것이 이 부부의 아침 인사였다. 백우영을 쳐다볼 때 정월은 저이가 나의 남편이지? 하였다. 그러나 자기 남편을 바라볼 때마다 제 마음 한 귀퉁이에는 괴롭게 빈 곳이 있었다. 그리고 오늘 선용 씨를 만나러 가는 것이 무슨 큰 죄를 짓는 것 같아서 왜 내가 편지를 하였노 하고 후회까지 하였다.

그러다가 어떻든지 백우영과 자기 사이를 끈기있게 달라붙일 방법이 없을까 하였다. 그는 그날 하루 종일 금화원에를 갈까 말까? 하는 마음으로 속을 태웠으가 그래도 왔다. 그는 처음 금화원에 들어서면서부터 선용이가 왔나 아니 왔나 사면을 둘러보았다. 그리고 만나보았으면 하면서도 만나지 않았으면 하였다. 그리고 만나는 두려움 가운데 만나지 못하면 어찌하나 하는 조이는 마음이 있었다.

그리고는 만일 그를 만나면 무엇이라 하나 하였다. 저기서 먼저 말을 하거든 내가 대답을 할까 하였다. 그러다가는 또다시 내가 왜 이렇게 마음을 조이나? 그와 만나는 것이 무엇이 그리 크게 기쁜 일이며 그와 못 만나는 것이 무슨 그리 두려운 일인가, 다만 친구를 만난 것같이 친척을 만난 것 같이 즐겁게 하루 저녁을 놀다 오면 그만이 아닐까. 그러나 그의 마음은 언제든지 가라앉지 않고 진정되지 않았다.

그가 돌층계를 내려서려 할 때 차숙자와 만났었다. 그리고 자기 오라버니를 찾아보았으나 만나지를 못하였다. 그리할 때 그는 어떤 양복 입은 청년 하나를 만났다. 정월은 반가운 듯이, "언제 오셨어요?" 하며 반가와 인사를 하였다. 그 청년은 검은 얼굴에 사람 좋은 웃음을 띠며, "네, 어제 왔습니다" 하고 대답을 하였다.

"그런데 시골 재미가 어떠세요. 일전에 하신 편지도 보았습니다. 그 편지 보고 어떻게 한 번 가보고 싶은지 알 수가 없었어요. 그러나 몸이 자유롭지가 못해서……" 하며 정월은 호기심을 일으키는 듯 웃었다. 그 청년은 굽혔던 머리를 다시 들면서, "네네, 그러시겠지요. 참 어떻든지 한 번 다녀 가셨으면 좋겠다고 생각하였으나 영철 군도 몸이 자유롭지 못하고, 그러나 정월 씨 같은 어른에게는 아주 적당한 곳으로 생각해요. 공기는 물론이요, 저의 농장農場에는 조금 있으면 과실도 익을 터이요, 참 좋습니다. 꼭 한 번 오셨으면 좋겠에요" 하였다.

"네, 그때쯤은 어떻든지 한 번 가게 되겠지요."

"그런데 영철 군은 아니 왔습니까?"

"글쎄올시다. 오신다고 하였는데 아마 아직 아니 오셨나 봐요. 조금 있으면 오시겠지요."

하고 정월은,

"그러면 저리로 가서서 차라도 한 잔씩 잡숫지요."

하였다.

정월은 요릿집으로 들어가려다가 힐끗 곁눈으로 큰 문을 바라보았다. 거기에는 선용이 단장을 끌며 들어왔다. 정월은 반가운 중에도 무서운 마음이 그의 피를 당장에 식히는 듯이 그의 다리를 떨리게 하는 중에도 버티었던 것을 퉁겨놓은 듯이 얼른 깡충 뛰어 본관으로 피해 들어갔다.

정월은 방에 들어앉아 창밖을 쉴새없이 내다보았다. 그는 자기를 찾아다니는 선용의 그림자를 보면서 다만 바라는 것은 얼핏 오라버니가 오셨으면 하는 마음뿐이었다.

정월은 자기 몸을 선용에게 나타내보이는 것이 나에게 다행할는지 알 수 없다. 그는 그것을 보고는 도리어 모든 것을 단념할 터이지. 아니다, 그이는 벌써 나를 단념한 사람이다. 그가 비록 한때에 호기심으로 지금 나를 따라왔다 할지라도 그는 벌써 나를 잊은 사람이다.

선용이 다시 본관 앞을 지나 바깥으로 창연한 빛을 띠고 낙망한 듯이 나갈 때 이것을 본 정월은 손에 잡은 미꾸라지를 놓친 듯이 벌떡 일어나 선용을 가지 못하게 붙잡고 싶은 생각이 북받쳐 올랐다.

선용과 자기 사이에 무슨 즐겁고 반가운 다시 얻기 어려운 기회를 마지막으로 얻었다가 잃어버린 것 같아서 만나지 않고 기다리는 마음으로 오히려 그만 기회를 연장시키고 싶을 뿐이었다.

선용이 자기 앉은 방 옆으로 들어올 때 그의 숨을 막는 것 같이 괴로웠다. 그리고 가슴이 떨리었다. 만일 자기가 어떤 다른 청년과 앉은 것을 보고 선용 씨는 나를 의심하지 않을까? 하여 얼른 그 옆에 앉은 청년을 밀쳐 던지도록 멀리하고 싶었다. 그러나 정월은 뛰는 가슴에도 억지로 침착한 어조로 그 청년에게, "인제 저리로 가세요" 하며 바깥으로 나오면서 꼭 선용과 만나도록 발걸음을 떼어놓아 돌층계를 내려섰다 그리고 선용과 꼭 마주칠 때에는 그는 그대로 달려들어 울고도 싶고 그대로 엎드려 애소도 하고 싶었으나 다만, "언제 오셨에요?" 하는 서투른 목소리로 그를 대할 수밖에 없었다.

그러다가도 그의 옆에서 누가 선용과 만나는 것은 죄악이다 하고 부르짖는 것같이 가슴이 선뜻하고 마음이 떨릴 때, 그는 진저리쳐지는 무엇이 그의 손등을 기어갈 때 그것을 털어버리려는 것 같이 몸을 으쓱하고 선용에게서 달아나고 싶었다.

그래 그는 태연하게 자기와 같이 걸어가는 청년에게, "그러면 저의 오라버니하고 꼭 한 번 놀러 가지요" 하고 곁눈으로 선용의 동정만 살펴보았다. 그리고 그 순간에는 선용을 떼어버리지 않고는 마음이 편치 못하였다.

그러나 선용이가 멀거니 자기를 원망스럽게 바라보고 무엇을 잃은 사람처럼 빈 손만 내려다보고 물끄러미 서 있다가 주먹을 결심하는 듯이 내려다보고 나갈 때 정월은 또다시 자기의 행동에 회한을 깨달았다. 그리고 선용이가 불쌍해 보일 뿐이었다. 그는 선용 씨가 어디로 가시나? 하고 또다시 나는 참말을 하리라 참말을 하리라 하였다.

선용은 금화원에서 나왔다. 하늘에서 둥근 달이 떨어질 듯이 달려 있다. 그는 그 달을 쳐다보고 저도 모르게,

'아아, 달도 밝기도 하다.'

한참 서서 쳐다보았다. 그리고는 또다시 걸음을 옮기어 대한문 넓은 길 가운데를 지나 광화문을 향한 페이브먼트鋪石 위로 걸어간다.

그는 가면서 생각하기를 정월에게 대한 모든 것을 단념하리라 하였다. 그는 자기가 정월에게 끌리는 정으로 인하여 자기의 속타는 것을 잊어버리기 위하여 단념한다는 것보다도 자기의 인격을 욕 보인 그 간특한 여자를 저주하기 위하여 그를 단념하리라 하였다. 그는 이후에는 아무리 정월을 만날 기회가 있을지라도 그를 피하리라 하였다.

그리고는 또다시 일본서 두 주일이나 자기를 찾아주던 그 여학생을 생각하였다. 그리고 자기가 그와 같이 고마운 그 여학생을 잊어버리고

그 귀신 같은 정월을 또 찾아온 것을 생각하며 어쩐지 마음속으로 부끄러운 생각이 났다. 그리고 자기의 꿋꿋이 서 있는 인격에 불을 지른 듯이 모욕을 당한 듯하였다.

그는 그전 이왕직 미술관 앞을 걸어온다. 단단한 길바닥이 고무신 바닥 밑에서 자기 전신을 공기나 놀리듯이 경쾌함을 깨달았다. 그리고 지금까지의 원망 불평이 다 사라지고 다만 환한 희망이 그의 앞길에 비친 듯할 뿐이었다. 그러다가 가끔가끔 정월의 환영이 보일 때마다 사랑을 잃은 부끄러움보다도 자기를 모욕한 분함이 그의 주먹을 때때로 떨리게 하였다.

그가 아카시아 밑 전등불 환하게 비친 곳을 지나갈 때이었다. 누구인지 애련한 목소리로 "선용 씨!" 하는 이가 있었다. 그 목소리는 선용의 정신을 옛날의 나렷하던 꿈속으로 다시 들게 하는 듯하였다. 선용은 그 목소리를 드는 찰나에 그 목소리의 누구의 것인지 알았다. 그리고는 누구에게 붙잡힌 듯이 발을 딱 멈추고 서서 또다시 부르기를 기다렸다.

"선용 씨, 저 잠깐 보세요" 하는 소리가 또 나자 그는 고개를 돌이켰다. 거기에는 자동차 차창으로 자기를 바라보는 정월이 앉아 있다.

"왜 그러세요" 하는 선용의 목소리는 떨리는 듯한 중에도 무슨 강한 힘이 있었다. 정월은 애원하는 듯이, "이리로 올라오세요" 하였다. 선용은 눈을 부릅떠서 정월을 바라보며, "네, 저는 두 다리가 있어요. 그리고 나는 옛날 선용이가 아니오" 하며,

"정월 씨는 나를 만나실 필요도 없을 터이지요. 또한 저도 정월 씨를 영영 만나지 않드라도 이 세상에서 살아갈 수 있는 사람이 되었습니다. 아무리 사랑으로 뭉치지 못한 이 불구인 선용일지라도 이제는 옛날같이 어리석은 자는 아닙니다."

정월은, "여보세요, 선용 씨. 저의 말씀을 꼭 한 번만 들어주세요" 하

며, 자동차에서 내려온다. 선용은 자동차 속을 들여다보았다. 축전기의 희미한 전깃불이 푸르게 켜 있는데 한옆에 수놓은 비단방석이 꾸기꾸기 음독을 일으키는 듯이 놓여 있었다. 정월의 음탕한 부분이 그 위에서 슬근거리던 것을 생각하며 그의 얼른 그곳을 피하며 달아나고 싶었다.

"말씀을요? 저와 정월 씨 사이에는 영원히 말이 끊어졌습니다. 음파를 일으키는 보이지 않는 목소리라도 정월 씨와 저 사이에는 아무 의미 없는 파동을 남겨 놓는 것보다 도리어 저의 몸뚱이를 으스스하게 할 뿐입니다."

정월은 자동차를 먼저 보내고 선용에게로 가까이 왔다. 그리고 무의식중에 두 사람은 나란히 서서 걸어간다. 정월은 무엇을 생각하는지 무슨 말할 것을 주저하는지 땅만 보고 걸어가다가 겨우 가슴을 진정하고, "여보세요" 하였다. 선용은, "네" 하고 심통스럽게 대답을 하였다.

정월은 선용의 그러하는 것이 야속한 생각이 난다. 그래서 다 고만두어라, 누가 이 세상에서 나의 마음을 알아주는 사람이 있느냐? 하다가도 그렇지만 선용 씨의 그러하는 것도 무리는 아니렷다 하였다. 그래서 하려던 말을 고만두리라 하다가 모든 부끄러움, 야속한 감정을 억제하고 선용의 어깨에 매어달리는 듯이 몸을 가까이하며, "여보세요, 지나간 모든 것은 다 용서하여 주세요" 하였다. 선용은, "네?" 하고 깜짝 놀라는 듯이 정월을 바라보았다. 그럴 때 정월은 눈물을 참으려고 하얀 이로 붉은 입술을 악물고 까만 속눈썹을 감았다 떴다 하고 있었다.

선용은 그 말을 듣고서 또 눈물을 참으려 하는 것을 보고서 여태까지 보기도 싫던 정월이 또다시 불쌍한 생각이 나서, 그만두어라 내가 그렇게까지 하는 것은 너무 심하였다. 그리고는 속마음으로 정월이 무엇하러 나를 쫓아왔으며 날더러 무엇을 용서하여 달라나? 하였다. 정월은 또다시, "용서하세요, 저는 선용 씨에게 사죄하러 여기까지 쫓아왔에요" 하고 눈을 한 번 깜박 감았다 뜰 때, 진주 같은 눈물이 옷깃 위에 떨어져 구른다. 그리고 수건으로 눈물을 씻으면서 바로 앞길을 보지 못하였다.

선용은 속마음으로 무엇을 정월이 용서하여 달라는가 오늘 자기가 금화원에서 그렇게 천연스럽게 한 것을 용서하란 말인가? 선용은 또다시 엄연한 목소리로, "저는 아무것도 정월 씨를 용서해 드릴 것이 없에요" 하였다. 그러나 정월은, "여보세요, 왜 사람이 남에게 용서하여 주길 바랄까요? 선용 씨! 저는 어저께 선용 씨를 속이었어요" 하고는 느끼어 운다. 선용은, "네?" 하고 정월을 바라보았다. 그리고는 선용의 마음 가운데에서 상긋한 향내가 떠도는 듯이 정월이 또다시 나를 사랑하려니 하던 희미한 희망이 당장에 끊어지는 듯하였다.

"지나간 과거는 가버리었습니다. 엎었던 기름을 다시 쓸어담지 못하는 것과 같이 선용 씨와 저 두 사람은 또다시 엉기지는 못할까요?" 하는 정월의 말을 들은 선용은, "이와 같이 모순과 당착이 엉킨 이 세상에서는 또다시 그것을 바랄 수는 없겠지요" 하는 대답으로 받았다. 그러나 선용은 이 말을 들을 때에 비로소 정월을 알게 되었다. 그리고 정월이 또다시 옛날을 추회追悔하는 것을 알았다. 그러나 선용은 정월을 또다시 자기 애인이 되어달라는 요구로써 그를 책망하고 그를 원망하는 마음이 나지는 아니하고 다만 인습에 얽히고 환경을 벗어나지 못하여 옆에 있는 행복을 알지 못하는 것을 생각하며 또다시 정월이 불쌍하였다. 그리고는 속마음으로 나는 정월을 애인으로 불쌍히 여기는 것보다 이 세상의 살아 있는 불쌍한 인생의 하나로 동정하리라 하였다.

정월은 무엇을 깨달았는지,

"저는 죽은 사람이외다. 붉은 피는 푸르고 차디차게 식었습니다. 저에게는 아무 환락과 아무 희망도 없이 저의 육체가 시들어질 때 저의 목숨까지 사라져 버리기를 바랄 뿐예요."

하고서 또다시,

"선용 씨! 선용 씨는 나를 책망하시겠지요. 저를 저주하시겠지요. 그러나 저는 선용 씨 외에 또다시 이 세상에 참 사람이 있을는지 의심합니다. 그러나 저는 그 참 사람을 영영히 잃은 사람예요."

하다가는,

"선용 씨. 저는 다만 영영히 선용 씨가 저의 살아 있다 사라진 것을 잊어주지 마시기만 바랄 뿐입니다."

선용의 눈에도 눈물이 고였다. 그리고 무의식중에,

"정월 씨, 우리는 어찌하여 시간을 깨뜨려 부수지 못할까요. 왜 또다시 옛날로 돌아가지를 못할까요. 저는 다만 그것을 한탄할 뿐입니다."

하는 사이에 어느덧 정월의 집 문간에 왔다.

정월은 집으로 들어가려 하며,

"선용 씨, 영영 선용 씨를 못 뵈옵지는 않겠지요. 비록 제가 선용 씨를 뵈옵지 못한다 할지라도 선용 씨의 그림자는 저를 언제든지 싸고 돌아다닐 것이올시다."

그리고 또다시 선용에게 안길 듯이 바라보며, "언제나 만나뵈일까요?" 하였다. 선용은, "이 세상의 모든 모순과 당착이 사라질 때이겠지요" 하였다.

정월은 문을 열었다. 불그레한 전등불이 희미하게 비칠 때 흰 치맛자락을 흩날리며 문간으로 들어서는 그는 마치 수도원修道院에 금욕의 생활을 하고 있는 신녀信女같이 보이었다. 그러다가는 정월의 그림자가 없어질 때 선용은 다만 망연히 그쪽을 바라보고 서 있었다.

오늘 저녁에 영철은 금화원에 오지를 못하였다.

영철은 저녁을 먹고 교동 누구를 잠깐 보고 금화원으로 약조한 자기 누이를 만나려고 교동 병문을 막 돌아나설 때이다. 누구인지, "야, 어디가나?" 하고 뒤에서 부르는 사람이 있었다. 그는 이용준李容俊이라는 새롱거리기 좋아하는 은행원 중의 하나이었다. 그는 여전히 새롱대는 어조로,

"어데를 가?"

하고 어깨를 툭 친다. 영철은,

"요것이 누구에게다 손짓을 해!"

하고 주먹을 쥐고 달려들려니까,

"히히, 어디 어디."

하고 어린애 장난하듯 한다.

영철은 다시 얼굴을 고치고,

"어디 갔다오나?"

하니까, 용준은,

"남의 말은 대답도 아니하고."

하며 눈을 흘기어 쳐다보더니,

"자네 내일부터 은행에 다 다녔네."

하고 침착한 중에도 생그레하며 쳐다본다. 영철은 그 말을 농담으로 듣고서,

"자네 오늘 금화원에 아니 가랴나?"

하고 다른 말을 꺼내었다.

"금화원?"

하고 용준은 영철을 쳐다보더니,

"금화원이고 무엇이고 자네 은행에서 돈 천 원 쓴 일이 있나?"

하였다. 영철은 다른 사람이 알지 못하는 것을 용준이가 아는 것이 괴이하여 깜짝 놀라면서,

"그것은 어떻게 아나?"

하였다.

"글쎄 말이야."

"있어. 왜 누가 무엇이라 하든가?"

용준은 한참이나 있다가,

"지배인인지 무엇인지가 오늘 사장 하고 이야기 하는 것을 들었는데."

하며 입맛을 다신다.

"그래?"

"자네가, 자네가 품행이 나쁘다고."

"무슨 품행이?"

"화류계에 빠져서 은행의 돈을 천 원이나 쓰고 여태껏 기일이 지나도 갚지를 않는다고, 다른 사람과 달라서 자네이기 때문에 얼마간 비밀을 지켜주었더니 이렇다 저렇다 말이 없다고 대단히 분개한 모양이네."

영철은 껄껄 웃었다. 그리고는,

"그러니까 사장은 무엇이라고 하시든가?"

"무얼, 사장야 언제든지 말이 적으니까 그렇소 그렇소 하실 뿐이지."

"응, 그래."

하고 영철은 주먹을 쥐었다.

용준은 다시,

"여보게, 설화가 누군인가? 설화 때문에 자네가 돈 천 원을 은행에서 썼다하니 그것이 참말인가? 나는 자네가 그럴 리가 있나 하고 반신반의를 하였지만."

영철은 빙긋 웃으며,

"어느 미친 놈이…… 그렇다든가?"

하고 소리를 높였다.

"그런데 지배인은 어떻게 해서든지 자네를 사장에게 가 내보내도록 말을 하데. 그러시니까 사장께서도 만일 과연 그런 일이 있다 하면 자네를 그대로 둘 수는 없다고 하시거든."

하니까 영철의 얼굴에는 분노에서 밀리는 피가 올라오며,

"어디 보자. 지배인이 이기나 내가 이기나."

하고 주먹을 마주친다.

용준은 다시,

"그런데 이것을 좀 보아."

하였다.

"무엇을?"

"왜 지배인의 조카가 있지 않은가?"

"그래., 그 얼굴이 빨아논 것 같이 허옇게 생긴 것 말이지?"

"응, 옳지 바로 맞았네. 아마 그것을 자네가 나간 뒤에는 자네 대신 둘 모양이데."

이 소리를 듣는 영철은 속으로 재미있기도 하고 호기심이 났다.

그리고 네가 아무렇게 해도 쓸데없다 하였다.

영철은 이용준과 작별하고 파고다 공원을 지나 종로 네거리에 왔다. 그는 시계를 꺼내들고, "청진동을 잠깐 다녀갈까 고만둘까" 하고 주저하였다. 시계는 여섯 시 반밖에 되지 않았다. 영철은 아직 시간이 되지 않았으니 설화를 잠깐 보고 가리라 하였다.

영철이 설화의 집에 들어설 때에는 설화가 안방 미닫이를 열어 놓고 저녁 화장을 할 때이었다.

영철은 마루 가까이 가며, "설화!" 하니까 설화는 석경을 들여다보며 정성스럽게 얼굴에 분을 바르다가 깜짝 놀라며, "나는 누구라고. 이리 들어오세요" 하며 자리를 비켜 앉는다. 영철은 그대로 선 채, "아냐, 들

어갈 수 없어. 그런데 오늘은 웬 모양을 저렇게 내노. 누구를 만나러 가?" 하며 설화의 화장하는 것만 바라보았다. 설화는 두 눈 가장자리를 문지르다가, "왜요" 하고 생긋 웃으며 쳐다본다.

영철은 "글쎄 말야" 하고 설화 앞에 놓여 있는 담배를 보더니, "언제부터 담배를 배웠노?" 하며, "그 담배 하나만 주어" 하니까, "아녜요. 손님 대접 하려고 사왔에요" 하며 담뱃갑을 집어준다. 그리고는, "이리로 좀 들어오서요. 들어와 잠깐만 앉았다 가시구려" 하며 간절히 청한다. 영철은 새로 세수한 설화의 얼굴과 손 속에서 나는 비누 향내를 맡으면서 연하고 부드러운 중에도 불그레한 얼굴이 매혹적으로 사람의 마음을 끄는 듯하여, "글쎄, 너무 늦어서는 안 될걸" 하고 못 이기는 체 방으로 들어갔다.

그래 보료 위에 앉으면서 담배 연기를 뿜어 보내면서 천장을 쳐다보고 싱그레 웃었다. 설화는, "무엇이 그리 우스우세요?" 하고 영철이 쳐다보는 천장을 보았다. 영철은 아까 이용준에게 들은 말이 우스워서 웃는 줄은 모르고 설화가 천장을 따라 쳐다보는 것이 우스워서, "하하하" 하고 설화를 돌아다보며 놀려먹듯이 웃었다. 설화는 알지도 못하고 따라 웃으며, "왜 웃으세요?" 하며 자기 몸에 이상한 곳이 있는 듯하여 이리저리 돌려보더니, "네, 글쎄 무엇이 우스우세요?" 하고 영철의 무릎 위에 어리광부리듯이 달려들며 귀찮게 흔들어댄다.

영철은,

"왜 이래?"

하고 달려드는 설화를 피하며,

"무슨 우스운 일이 있어?"

여전히 웃으면서 담뱃재를 털었다.

"글쎄 무엇예요?"

"설화가 알 것은 아냐."

"무엇인데요. 저는 알 것이 아닐까요?"

"그것을 알려주면 말하나 마찬가지게."

하고 얼굴을 조금 침착하게 하더니,

"이리 와."

하고 설화의 팔을 잡아당기며,

"그것은 그리 알아서 무엇해."

하고 허리를 끼어안으려 하니까 설화는 부끄러워 웃으며,

"왜 이러세요" 하고 앙탈하듯이 팔을 잡아당기었다. 영철은 설화의
입이나 맞출 듯이 잡아당기며, "우리가 사귄 지도 꽤 오래지?" 하고 의
미있는 눈초리로 설화를 바라본다. 설화는, "왜 그런 말씀을 하세요. 얼
마나 된다구요. 일 년도 못 되는데" 하고 영철을 수상하게 여기는 듯이
바라보았다. 영철은 무슨 한되는 일이나 있는 듯이, "우리가 아무리 생
각해도 영원할 것 같지는 않어" 하며 무슨 낙망이나 하는 듯이 한숨을
가볍게 내리쉬매 얼굴빛이 좋지 못하여 진다. 설화는, "왜 그런 말씀을
하세요. 다만 두 사람 사이에 끊이지 않는 사랑만 있으면……" 하고 눈
물이 날 듯한 눈을 아래로 깔고 가는 손가락만 꼼지락꼼지락한다. 영철
은, "그것야 그렇지만" 하다가, "설화는 영원히 나를 잊어버려 주지는
않지?" 하고 갑갑한 듯이 자리에 누웠다.

설화는 영철의 손을 꼭 쥐면서,

"저는 모든 것을 결심했어요. 저는 다만 참으로 사람 노릇을 한 번 하
여 보고 죽고 싶어요. 세상에 모든 부귀와 영화를 다 내던지고라도 다
만 그 사랑 하나만 위하여 저의 목숨까지 바치기를 결심하였습니다. 이
세상 사람을 다 믿지 못하는 저일지라도 영철 씨를 저는 믿어왔으며 그
대로 믿으려 합니다. 그러나 영철 씨, 이후에 비록 영철 씨가 나를 잊으

시는 날이 있다 할지라도 저는 영철 씨의 사랑을 위하여 죽기까지 맹세합니다."

하고는 또다시,

"그러나 영철 씨는 나를 잊어주지 않으실 터이지요?"

하고 영철의 가슴에 엎드린다. 영철은 다만 설화의 등을 어루만지면서, "나도 모든 것을 설화에게 바쳤소" 할 뿐이었다.

엎드린 설화의 마음은 천이면 천, 만이면 만 갈래로 흐트러졌다. 그가 영철에게 향하는 사랑이 그의 마음의 전부를 차지하였다는 것을 십구 년 동안이라는 세월을 살아온 설화로는 단정해 말할 수 없는 것이다. 그에게는 짓밟힘을 당한 아프고 쓰린 경험의 기억이 그의 마음 한 귀퉁이에 영원히 사라지지 않게 남아 있다. 그는 영철을 처음에는 사랑하였다. 그러다가는 그것을 돌이 지나간 후에는 사랑하리라 하였다. 그리고 또 그것이 지나간 뒤에는 사랑하여야 하겠다 하였다. 그리고 영철은 나를 사랑한다 하였다. 그러다가는 사랑할 터이지 하였다. 또 그러다가는 사랑하지 않지는 못하렷다 하였다.

지금 와서는 다만 저의 남아 있는 반생의 모든 것은 당신에게 맡기었소 하리라 하였다. 그리고 맡기었다 하였다. 그러나 기생 노릇을 한 설화로서는 십분의 구로 영철을 사랑할는지는 몰라도 십분의 일은 결함으로 남아 있었다.

영철도 언제든지 생각하는 것과 같이 현대의 사람으로는 설화가 전적全的으로 영철을 사랑하지는 못하였다. 그러나 그 십분의 일로 남아 있는 결함이 가느다란 불안不安이 되어 설화를 귀찮게 굴 때 십분의 구인 그 정열이 그것을 정화시키고 순화시킬 큰 힘을 가지고 있었다.

설화의 가슴속에 의지意志가 없었다면 과연 영철과의 사랑도 무너질 날이 있겠지만은 설화의 마음속에는 무너지려는 그것을 버티어 나갈 만한 열정을 창조하는 굳세인 의지가 넉넉히 있었다.

그때 누구인지 바깥에서 기침을 하는 사람이 있었다. 영철과 설화는 서로 바라보다가 바깥을 내다볼 때는 백우영이가 거기 서 있었다. 우영은 설화를 술취한 눈으로 바라보더니,

"평안한가?" 하고 인사를 붙였다. 그리고, "들어가도 관계치 않소?" 하고 마루 끝에서 구두끈을 풀기 시작하였다. 설화는, "어서 오십시오. 왜 그렇게 뵈옵기가 어려워요" 하고 방 아랫목에 누워 있는 영철에게 손짓을 하며, "백, 백" 하고 작은 목소리로 가르쳐주었다.

백우영은 벌써 방 안에 누가 있는 것을 알아차리고 일부러 방 안을 들여다보았다. 영철도 벌떡 일어나 바깥을 내다보려다가 우영의 얼굴과 마주쳤을 때, "나는 누구라구" 하였다. 우영은 영철을 설화의 집에서 만난 것이 질투스럽기도 하고 또 분하기도 하여, "응, 자넨가?" 하고 방 안으로 들어와 자리를 정하고 앉아서, "이리로 내려앉게" 하는 영철의 말에, "응, 염려 말게" 하고 되지 않는 녀석이라는 듯이 비웃는 눈으로 바라보았다. 그러다가는 붉게 한 얼굴을 밉상스럽게 찡그리며, "자네는 기생집만 다니나?" 하였다. 그 훈계하는 듯한 우영의 어조를 듣고 기가 막히고 아니꼬우나, "내가 무슨 기생집에를 다녀, 오늘은 지나가다 좀 들렀네" 하고 억지로 웃는 낯을 꾸미고 우영을 바라보았다. 그리고 앞에 놓인 담배를 집어주며, "자 담배나 태우게" 하였다. 우영은 심술 사납게 그것을 바라보며, "염려 말게, 나도 담배 가졌네" 하고 입을 삐죽 내밀고 사면을 훑어보더니 자기 주머니에서 담배를 꺼내었다. 설화는 싫지만 하는 수 없이 성냥을 그어주었다.

영철의 마음은 불안하였다. 그래서 얼핏 일어나 금화원에 나가 보리라 하였다. 그는 벌떡 일어나며, "나는 가겠네" 하였다. 설화는 영철을 보고 옷깃을 잡을 듯이, "왜 그렇게 가세요?" 하고 섭섭한 어조로 말하

였다. 이 말을 들은 우영은 고개를 돌려서 가려는 영철을 흘겨보며, "왜 그러나? 내가 왔다구 그러나? 가만 있게, 내가 말할 것이 있으니 잠깐만 거기 앉게" 하더니 손가락으로 명령하듯이 방바닥을 가리켰다. 영철은 귀찮은 듯, "무슨 말인가?" 하고 그대로 서 있다. "글쎄 거기 앉아, 앉으라는데 왜 그러나, 내가 말을 한다 한다 하고 자연히 말을 못하였네" 하고는, "자네, 그것을 어찌할 셈인가?" 하였다. 영철은 눈을 둥그렇게 뜨며, "무엇을 어떻게 해?" 하였다. 우영은 입맛을 한 번 다시더니, "잊어버렸나? 그 천 원 말일세" 하였다.

이 말을 듣는 영철은 설화 앞에서 그 말을 듣는 것이 불쾌하고 부끄러워 그대로 그 말을 덮어버리려고,

"응, 그것 말인가? 그것야 염려 말게. 나도 생각하는 것이 있으니까."

하였다.

"무슨 생각인가? 자네도 정신을 좀 차리게, 자네 때문에 내가 구찮으이."

"그것이야 낸들 생각 못 하겠나? 나도 자네인 까닭에 믿고 그러는 것이지."

"여보게, 믿는 것도 분수가 있지, 만일 이 일을 아버지가 알아보게."

"글쎄, 그것야 걱정을 들을 터이지…… 그 이야기는 고만두세. 요다음에 조용히 만나서 의논하세그려"

하고 그 말을 그만두려 하니까,

"여보게, 또 언제 만난단 말인가?"

하며 백우영은 굳이 말을 그치지 않으니까 영철은 분이 갑자기 나서,

"그럼 어떻게 하겠단 말인가? 지금 당장에 그것을 내란 말인가?"

하니까 우영은 조소하는 듯이,

"하하……"

웃더니,

"자네쯤이야 웬 그 돈을 낼 수가 있겠나?"

하고 주머니에서 영철이가 은행에서 써 준 수형手形을 꺼내 보이며,

"자네는 염려 말게, 응? 내가 모두 이렇게 갚았으니까. 히……웬걸, 자네야 생전 간들 그 돈을 갚을 수가 있겠나?"

하고 껄껄 웃는다.

영철은 눈을 크게 뜨고 그것을 바라보았다. 그리고 자기의 모든 자부심을 한 칼에 베이듯이 그 모욕을 당함을 깨달을 때 입을 악물고 온몸을 떨었다. 그리고, "나는 자네에게 그 돈을 갚아 받기를 원치는 않네" 하고 몸에 불이 나며 목쉰 소리로 백우영에게 때릴 듯이 가까이 나섰다. 우영은 픽 웃으면서, "갚아준 것이 잘못이란 말인가? 자네가 갚지 못하면 내가 갚는 의무가 있는 것이니까" 하며 수형을 척척 접어넣으며, "만일 내가 그것을 갚은 것이 재미없거든 언제든지 관계치 않으니 갖다 갚게그려" 하고 두 사람의 수작을 듣고서 속으로 영철의 분함을 무조건으로 동정하던 설화를 바라보며 영철의 일은 치지도외하듯이 빙그레 웃으면서, "요사이는 재미가 어떤구?" 하였다. 설화는 백우영이가 자기를 바라보며 웃는 것이 온몸에 소름이 끼치듯이 오스스하고 싫어서 몸을 움츠러뜨리며, "언제든지 마찬가지지요" 하였다.

비분한 얼굴로 가만히 있던 영철은 바깥으로 홱 나가면서, "아무 염려 말게. 내일 이맘때 안으로 어떻게 해서든지 그 돈을 갚아줄 터이니까……" 하고 마루 끝에 내려섰다. 우영은 몸을 비스듬히 틀면서 다만 '힝' 하고 코웃음을 쳤다. 설화는 영철을 따라나왔다. 그리고 옷깃을 잡으며, "여보세요" 하고 옷깃을 잡아당긴다. "왜 그래?" 하고 영철은 고개를 돌리며 설화를 바라보았다. 설화의 손은 가려는 영철의 옷깃을 단단히 쥐며, "어떻게 하시려구 그러세요?" 하였다.

두 사람은 문간으로 나왔다. 영철은 비창한 목소리로, "설화! 설화는 나의 마음을 알아주지?" 하며 까만 눈을 깜박깜박하는 설화의 얼굴을 내려다보았다. "네, 네. 그런 말씀은 하실 것도 없지만은 지금 어데 가서 돈 천 원을 만드십니까?" 영철은 한참이나 아무 말도 못하였다. 남아의 의기로 그런 말을 하기는 하였으나 다시 생각하니 딴은 문제이었다. 그러나 설화를 위하여 얼른, "도리가 있어, 도리가 있어" 하고 묵묵히 서 있었다.

설화는, "여보세요" 하고 한참 가만히 있다가, "그것은 저에게 맡겨주세요. 제가 어떻게든지 맨들어드릴 터이니요" 하니 영철은 눈을 크게 뜨고, "무엇? 설화가? 그러나 안 될 말" 하며 고개를 내저었다.

"나는 나의 설화의 피 판 돈을 한 푼이라도 쓸 수는 없다. 나의 몸을 팔더라도 설화의 피 묻은 돈을 쓸 수가 없다. 나의 얼굴에 침을 배앝고 똥을 바름을 당할지라도 그것 한 가지는 할 수 없다."

"어서 들어가요, 내일 또 올 것이니 어서 들어가요" 하고 영철이가 골목 모퉁이를 돌아서다가 다시 한 번 뒤를 돌아볼 때 거기에는 여태껏 설화가 문 앞에 서 있었다.

영철은 한 개 독립한 인격을 가진 사람으로 모욕을 당하였다. 그는,
'내 이 모욕을 언제든지 갚고야 말 터이다. 나는 사람이 아니다. 남의 애인이 못 된다.'
그리고 백우영에게 그 말을 들은 것보다 설화의 자기에게 맡겨달라는 말을 들은 것이 더욱 자기 자부심을 상하였다.

종로 네거리로 가는 그는 혼자 하늘도 쳐다보고 부르짖어 보았으며, 발로 땅을 굴러보기도 하였다. 그러나 그에게는 당장에 천 원을 만들 묘책은 없었다. 다만 울분하고 답답함이 무더운 장마날 일기같이 그의

숨을 틀어 막을 뿐이었다. 그는 조금 감정을 진정하여 무슨 도리를 생각하여 보았다. 그러다가 얼른 자기의 예금 사백 원을 생각하였다. 그러나 그것은 천 원이라는 돈의 사할밖에 되지 못하였다. 그는, '육백 원을 어데 가 구처區處하나?' 하였다. 그러다가 속마음으로 선용은 그만한 돈을 변통할 수 있으련마는 하여보았으나 그것을 달라기에는 영철이가 너무 용기가 적었다.

그의 맨 나중 결정은 이것이었다.

'아버지에게로 가리라. 나에게 그만한 돈을 판상辦償할 이는 다만 우리 아버지밖에 없을 터이다.'

영철은 자기 아버지 앞에 엎드려 울어가며 모든 사정을 말하리라 하였다. 나의 심술을 용서하고 몸부림을 받아줄 이는 우리 아버지밖에는 없을 것이다. '그렇다, 아버지에게로 가리라' 하였다. 그리고는 본능적으로 북바치는 애정의 감격한 눈물이 그의 눈에 고였다.

영철은 자기 아버지의 집 사랑문에 들어섰다. 그의 몸은 술 취한 사람같이 반쯤 비틀거려지고 푸념하러 온 사람 같았다.

저녁상을 막 물린 이상국은 자기 아들이 오래간만에 들어온 것을 보고 반가운 마음이 나기는 하였으나 엄연한 기색으로 아무 말 없이 영철을 바라보았다. 영철은 인사를 하였다. 그러나 자기 아버지의 얼굴을 딱 당해 보니까 지금까지 그의 무릎에 엎드려 몸부림이라도 하고 싶던 마음은 어느덧 사라지고 말할 용기까지 줄어졌다. 그래서 '고만두어라. 이왕 왔으니 잠깐 다녀가기나 하리라' 하고 방으로 들어왔다.

이상국은 들어오는 자기 아들을 보더니, "어서 오너라, 어데서 오니?" 하였다. 영철은 그의 말소리가 뜻하던 바보다는 부드러운 것을 보고 적이 마음이 풀려, "네, 집에서 들어옵니다" 하고 방 한구석에 가서 한 다리를 세우고 앉았다. 얼마 동안은 아무 말 없었다. 영철은 가슴이 울렁울렁하며 기침도 나고 손을 비비었다. 그러다가는 말을 할까말까 하다가 그만두어라 하였다.

이상국은, "요사이 너의 누이애 만나보니?" 하였다. "네, 며칠 새 보지는 못하였습니다." 하고서는 말이 나온 끝에 눈 딱 감고 말을 해버리리라 하고, "아버지" 하였다. 그의 말소리는 떨리는 중에 조금 컸다. "왜 그러니?" 하는 아버지는 영철을 바라보았다. 영철은 주저주저 몸을 쓰다듬으며, "돈 육백 원만 주세요" 하고서는 이제는 말을 해놓았으니 되거나 안 되거나 모두 말을 하리라 하였다.

아버지는 눈을 둥그렇게 뜨며 영철을 흘겨보더니, "무엇? 돈?" 하고, "그것은 무엇 하런?" 하였다. 영철은, "누구에게 꾸어 쓴 것이 있는데 그것을 갚아야 하겠어요" 하였다. "누구의 돈을 육백 원이나 꾸었어? 그 돈을 무엇에 썼니?" 영철은 아무 말 없이 앉았다. 아버지는 한참이나 말 나오기를 기다리다가 영철의 말 못 하는 것을 보고 무엇을 알아챈 듯이, "에, 망할, 자식" 하고 화가 나서 옆으로 기대앉는다. 그러하더니 다시 손가락을 내저으며, "글쎄, 이 자식아, 너도 나이가 그만큼 먹었으면 철이 좀 나야지, 늙은 아비는 내버리고 너 혼자 뛰어나가서 계집에게 미쳐서 날뛰다가는 할 수 없이 되면 날더러 돈을 달라구? 그게 염치 있는 사람의 짓이냐? 내가 믿을 사람이라고는 너 하나밖에 또 어데 있느냐? 내가 살면은 며칠이나 살 듯하냐? 응." 한참 아무 소리 없이 앉았다가, "모른다, 몰라! 나는 그런 돈을 갖지 못했다" 하고 멀거니 앉았다. 영철은, "그러면 어떻게 해요? 아버지가 아니 주시면" 하고 얼굴빛이 누른 중에도 붉게 타올랐다. "무얼을 어떻게 해? 누가 아니, 네가 생각해 하럼" 하고 아랫목에 벌떡 드러눕는다.

영철은 세상에는 부모도 자기 마음을 모르는고나 하였다. 그래 그는 그대로 엎드려 저의 마음을 몰라주십니까? 왜 몰라주십니까 하고 울고 싶었다. 그는 울분한 중에도 북속한 생각이 나서 알지 못하는 눈물이 그의 눈에 고였다. 그는 눈물을 참으리라 하였으나 참으리라 하면 참으리라 할수록 더욱 북받쳐 올라왔다. 그는 눈을 꿈벅하였다. 구슬 같은 눈물이 똑똑 두어 방울 떨어졌다. 영철은 고개를 돌려 다른 곳을 보다가 가만히 있다가 벌떡 일어나 바깥으로 나가며, "저는 갑니다" 하였다. 아버지는 들었는지 말았는지 아무 소리 없었다. 영철은 문간을 나섰다.

자기 아들을 내보낸 이상국은 근 십 분 동안이나 멀거니 있다가 미닫이를 열고 하인을 불렀다.

"애, 거기 누구 있니?"

"네."

하고 안중 문간을 돌아나오는 사람은 계집 하인이었다.

"너 요 문밖에 얼른 나가서 서방님 여쭈어 오너라."

"네, 시방 막 나갔습니까?"

"그래, 얼른 가보아."

얼마 있다가 하인이 돌아 들어오더니,

"아무리 찾아보아도 안 계셔요."

하고는 안으로 들어가 버렸다.

영철의 아버지는 방 안을 왔다 갔다 하다가 창연한 얼굴로 천장만 바라보더니 무엇을 결심하였는지 금고를 열었다. 그는 돈을 든 채 안으로 들어갔다. 그리고 영철의 어머니를 보고서, "여보, 동대문 밖에 좀 다녀오" 하였다. 얼굴에 주름살이 잡히고 덕스러워 보이는 영철의 어머니는, "갑자기 동대문 밖은 무엇 하러 가라우" 하며 눈을 크게 뜬다. 이상국은 아랫목에 앉으며, "지금 영철이가 다녀갔어" 하고 목소리는 불쌍히 여기는 정이 엉키었다.

"영철이가요? 그애가 왜 왔을고? 그런데 안에도 들어오지 않고 그대로 갔에요?"

"온 것을 내가 좀 책망을 했드니 눈물을 쭉쭉 흘리면서 그대로 가는구려. 그것을 보니까 얼마나 불쌍한지."

하며 영철의 아버지는 울듯울듯하고 코가 벌룽벌룽한다. 그 마누라는, "또 무엇이랍디까?" 하고 태연한 기색으로 영감을 본다.

"돈인지 무엇인지 육백 원만 달랍디다. 자아, 이것 갖다 그애 주고 오시오" 하고 돈뭉치를 툭 내어던졌다.

그 이튿날 아침이었다. 영철은 전차를 타고 은행으로 향하여 간다. 그는 동대문 정류장으로부터 종로까지 오면서 혼자 웃고 혼자 분하였다. 그는 오늘 은행에를 가면 물론 백 사장이 나를 부르렷다, 그리고 지배인에게 들은 말을 들은 채로 나에게 책망을 하렷다, 그러면 지배인이 퍽 고소해하렷다, 그리고 내가 꼭 내어쫓길 줄만 알렷다, 그러면 자기 조카를 내 대신 은행에다 둘 줄 믿으렷다 하였다. 그리고는 네 아무리 그래도 쓸데없다 하였다. 그리고 지배인을 생각할 때마다 그 얄밉고 간사한 것이 나타나 보인다.

영철은 오늘 지배인을 도리어 창피한 꼴을 보이리라 하였다. 그리고 사장이 나를 불러들이거든 사장에게 전후말을 숨김없이 하리라 하였다. 그리고 주머니 속에서 선용에게 돈 부칠 때 받은 우편국 영수증을 꺼내 보이며 사장에게 이러한 증거 서류를 가지고 나의 억울한 것을 변명하면 나를 책망하기커녕 나를 칭찬하리라 하였다. 그리고 나를 내어쫓기는커녕 경솔히 나를 훼방한 지배인을 책망하렷다. 그러면 그 얼굴이 뻘개서 멍하고 아무 소리를 못 하고 서 있는 꼴을 어찌 보나, 그리고 어떻게 은행의 한 자리를 얻어 월급이나 얼마간 먹으려다가 뒤통수를 툭툭 치고 돌아나가는 지배인의 조카라는 그 사람의 꼴을 어찌나 보나 하였다. 그때의 유쾌할 것을 미리 상상하고 아주 좋았다.

그가 은행에 들어서기는 다른 사람보다 그리 이르지도 않고 그리 늦지도 않았다. 그가 출근부에 도장을 찍고 자기 책상으로 가려다가는 어찌 그 책상에가 앉는 것이 수치와 같이 생각되어 싫었다. 그래 그는 그냥 다른 사람들이 둘러서서 이야기하는 뒤로 왔다 갔다 서성서성하였다. 그때 어떤 시렁거리기 좋아하는 행원 한 사람이 영철을 보더니, "요새도 설화 집 잘 가나?" 하고 의미있게 방그레 웃으면서 다른 사람들을 쳐다본다. 다른 사람들은 별로 전과 같이 영철을 대하여 농담도 하지 않고 아주 침착하게 서로 눈치들만 바라본다. 영철은 속마음으로, '너가 나를 놀려대는구나' 하면서도, '그렇지만 너희들도 잘못 알았다' 하는 생각이 나며 다른 사람들이 자기에게 대하여 오늘 아침에 설면하게 하는 것이 분하기도 하고 갑갑하기도 하였으나 억지로 얼굴에 웃음을 띠며, "암, 잘 가지. 거기를 안 가서야 될 수 있나" 하고 그 말에 대답을 하였으나 그 말 소리와 웃음은 어찌 싱거운 맛이 있었다. 다른 사람들은 영철의 거동만 곁눈으로 살피고 영철은 아무 소리 없이 저쪽으로 왔다갔다하였다.

이때 지배인이 들어오다가 영철이 서 있는 것을 보고 거짓 웃음을 나타내며 아주 상업가의 말씨로 간사스럽게, "오늘은 어찌 다른 날보다 퍽 일찍 출근을 하셨구려" 하며 영철을 곁눈으로 잠깐 바라보고 다시 눈을 내려깔더니 무슨 말이나 간절히 할 듯이 아주 정다운 체하고 손을 영철의 등에 대었다. 영철은 마음대로 하였으면 그까짓 지배인쯤 당장에 메어붙이고 싶은 생각이 났으나 억지로 참고 엄연한 얼굴로, "오늘이 일러요? 내가 아마 매일 늦게 왔나 보외다" 하였다. 지배인이 다시, "이따가 사장 오시거든 좀 들어가 보시오, 좀 보겠다고 말씀합데다" 하였다. 영철은, "저를요? 왜요?" 하며 지배인의 얼굴을 돌아다보았다. 지배인은 영철이 그 일을 알지 못하는 줄 알고서, "모르겠어요, 어떻든"

하며 주저주저한다. 영철은, "모르세요?" 하고 무엇을 벼르는 것같이 지배인의 눈을 뚫어지도록 바라보았다. 지배인은 영철이 뚫어질 듯이 바라보는 시선을 피하면서, "네" 하였다. 그리고 지배인실로 영철을 피하며 들어가 버렸다.

영철은 새삼스럽게 울분한 생각이 나며 지배인의 하는 것이 가증스럽고도 불쌍한 생각이 난다. 그리고 몇백 원의 월급과 얼마간의 사회의 신용을 얻어보려고 별별 간교한 수단을 부리는 그의 심정은 어찌 그러할까 하였다.

영철은 자기 책상 앞에 왔을 때에 그의 눈에는 자기가 이 자리에서 쫓겨난 뒤에 지배인의 조카가 거기에 허리를 꾸부리고 애를 써가며 주판과 붓대를 들고 일을 할 것이 보이는 듯하고 그의 하루 종일 일을 하여 겨우 자기의 생의 압박을 면하려고 발버둥질하는 듯한 것이 어떻게 불쌍하게도 생각되는지도 몰랐다. 그리고 자기가 그 자리를 꼭 차지할 줄 믿다가 나에게 다시 빼앗기고 멀쑥하여 돌아나가는 지배인의 조카의 낙망하여 하는 가슴을 어떠할까? 하여보았다.

그리고는 어저께까지 자기 손으로 만지고 다루었던 붓이나 책이나 모든 것이 어찌 만지기도 싫은 듯한 생각이 나며, 또다시 그 지배인 아래에서 일을 하여가지 않으면 안 되겠구나 하는 것을 생각할 때에는 모든 것이 비루한 듯하고 한 달에 몇십 원 받는 월급을 내어던지기 싫어서 남에게 부끄러움을 주는 것 같고 남을 낙망시키는 것같이 생각된다. 그는 사무실 다른 방 저쪽 귀퉁이 문을 나서서 응접실 앞 복도 좁은 길로 천천히 걸어나오며 주머니에서 다시 그 우편국에서 받은 천 원 위체爲替 영수증을 꺼내어 들고 한참 들여다보았다. 그리고는 아까 차 속에서 생각하던 것과 같이 사장에게 모든 일을 아뢰리라 하다가, '만일 그렇게 하면' 하고 그는 혼자 멀거니 서서 입맛을 다시며 생각을 하였다.

'지배인이 얼굴이 붉어지는 것이나 지배인의 조카가 낙망을 하고 돌아가거나 하는 그것은 둘째 문제이다. 그것은 안 돼, 나의 울분한 것을 푸는 데 불과하지마는' 하고 한참 생각을 하다가 그의 가슴에는 또다시 알 수 없는 의기의 감정이 치밀어올라오며, '그렇지만 그렇게 하면' 하고 한참 동안 침묵을 계속하더니, '그렇다' 하고 주먹을 단단히 쥐고 멀거니 먼 산만 바라보고 서 있었다.

영철의 가슴속은 갑자기 격렬한 변동이 일어났다. 아까 전차를 타고 은행까지 돌아올 때까지는 지배인과 지배인의 조카를 창피하고 부끄러운 꼴을 뵈며 자기의 마음을 기껍게 하리라. 그리고 자기의 위신을 높이리라 하였으나 지금 와서 또다시 생각을 하니까 그것은 한 어린 아해의 한때 감정을 참지 못하여 쓰는 한 얕은 수단이 아닌가? 하였다. 그리고 일본서 고생하던 선용을 도와주기 위하여 그 천 원의 돈을 쓴 것이라고 변명을 하면 아무 일 없이 나의 억울한 것은 벗어지겠지만 자기의 한때의 울분한 감정을 참지 못하고 자기는 이와 같이 좋은 일을 하였소 하고 그것을 여러 사람에게 자랑처럼 내세우는 것은 어찌 영철의 마음에도 한낱 거짓 착한 체하는 것 같아 도리어 양심이 부끄러웠다. 그리고 몇십 원의 월급을 얻기 위하여 아무리 친척이 된다 하더라도 백 사장 앞에 나서서, 나는 이러한 좋은 일을 하였으니 이 은행에 그대로 있겠소 하는 것도 어찌 구차스러운 듯하기도 하고 아첨하는 듯도 하였다.

그러고는 이 은행에를 다니지 않더라도 나에게 경제의 불편을 깨닫지는 않을 터이니까 하였다. 그리고는 여기에 내가 오래 계속해 있는 것도 그리 좋은 일이 아니다, 언제든지 지배인과 나 사이에는 좋지 못한 감정을 가슴속에 품고 지내게 될 터이니 도리어 내가 이 자리를 떠나 지배인과 멀찍이 하는 것이 점잖은 것이고 옳은 일이 아닌가 하였다.

그러다가도 분하고 가증스러운 생각이 날 때마다 이왕 이 자리에서 나가게 되면 지배인을 창피한 꼴이나 보이고 나의 억울한 것을 풀고 가는 것이 떳떳한 일이 아닌가? 하여보기도 하였다.

그러나 영철은 다시 생각하였다. '나의 잘하고 잘못한 것은 하나님일지라도 그것을 죄없이 하지는 못할 것이다. 남이 알거나 모르거나 나의 한 일은 한 일대로 영원히 사라지지 않을 것이다' 하였다. 그리고, '나의 잘한 것이라고 모든 사람 앞에 애를 써서 발명을 하면 무엇을 하며 나의 잘한 일을 다른 사람이 알면은 무엇 하리요. 나의 잘한 일은 언제든지 어느 곳에서든지 잘한 일이 아닌가?' 하였다. 그리고, '그렇다. 내가 참지, 내가 참지' 하고 손에 쥐었던 그 우편국 영수증을 가슴에서 북바쳐오르는 불길 같은 의기심과 울렁울렁하는 심장과 떨리는 손으로 쭉쭉 찢어 그 옆에 있는 수지 뭉텅이 그릇에 홱 집어던지고 무엇에 쫓기어 가는 것 같이 다시 여러 사람 있는 사무실로 들어갔다. 다른 사람들은 다 일들을 시작하였다. 그러나 영철은 혼자 담배만 피우면서 왔다 갔다 하였다. 주인을 기다리는 책상이 혼자 창연히 그 옆에 놓여 있을 뿐이었다.

영철의 눈에는 눈곱이 낄 만큼 더운 피가 돌아서 모든 것이 희미하게 보인다. 그리고 때없이 가슴은 울렁울렁하기도 한다. 어떠한 때에는, '내가 그것을 왜 찢었노' 하여보기도 하였으나 얼마 아니하여 그 감정은 사라져 없어졌다.

다른 사람들도 영철이 사무를 시작하지 않는 것을 그리 이상하게 여기는 듯하지 않고 또 자기도 이제부터 영원히 그 자리와 인연이 멀어진 것같이 생각되었다.

바깥에서 자동차 머무는 소리가 났다. 영철의 가슴은 새삼스럽게 울렁울렁 하여지며 가슴을 진정키 위하여 부질없는 기지개와 하품을 하였다. 그리고는 괴로운 미소를 띠며, '이제는 되었구나' 하였다. 그러나 그의 가슴은 그리 편치는 못하였다.

영철은 다시 사장실 앞 복도로 올라갔다. 층계를 올라서려 할 때 사장은 누구와 그 층계 마루 위에서 이야기를 하고 서 있다가 영철을 보고 엄연한 눈을 번쩍하며 유심히 보았다. 영철은 사장과 또 사장 앞에 서서 이야기하는 사람의 얼굴을 돌아보고 사장에게 아무 소리 없이 묵례를 하였다. 사장도 거기 따라서 아무 말 없이 고개만 끄덕하였으나 그 아무 소리 없이 구부리고 끄덕이는 사이에 두 사람의 무슨 공통되는 의식을 깨달았다. 그 사람은 가고 사장과 영철은 누가 시키는 것 같이 사장실을 전후하여 들어갔다.

사장실에는 방 한가운데 테이블이 하나 놓여 있는데 그 위에 전화와 잉크병과 철필과 약간의 종이와 담배 재떨이가 놓여 있고 이쪽 한 귀퉁이에 따로 떨어진 책상이 놓여 있으며 문에 들어서자면 오른손 쪽에 옷과 모자를 거는 못이 몇 개 있고 방 안은 아무것도 없고 다만 전등과 교의가 서너 개 있을 뿐이다. 그리고 네 벽은 포르스름한 양회洋灰로 바르고 그림이나 사진은 하나도 없었다.

사장은 책상 옆으로 가며 뒤따라오는 영철을 조금 돌아보는 듯하더니 안경을 벗어 수건으로 씻으면서, "지배인이 무엇이라고 하든가?" 하고 말을 꺼낸다. 영철은 성이 난 듯하기도 하고 사장을 존경하는 듯하기도 한 일종의 초연한 기색을 띠며, "네, 저를 잠깐 보시겠다고 말씀을 하셨다고 하셨어요" 하며 조금 가까이 책상 옆으로 간다.

사장은 무슨 낙망이나 한 듯이 책상을 한 손으로 탁 치며 긴 한숨을 후우 쉬고 교의에 가 앉더니, "자네 작년에 은행에서 돈 얻어 쓴 일 있나?" 하고 영철의 거동을 한 번 흘겨보았다. 그러나 사장이 생각한 것과 같이 영철은 조금도 주저함과 두려워함을 나타내지 않았다. 영철은, "네" 하고 대담히 대답을 하였다.

"얼마나?"

"천 원요."

"천 원!"

하고 사장은 조금 아무 소리 없이 있더니,

"그러면 그것을 무엇에 쓰랴고 하였든가?" 하고 아랫수염을 쓰다듬는다. 영철은 아무 소리 없이 가만히 서 있었다. 사장은 다만 영철의 대답만 기다리느라고 아무 소리 없이 바깥 유리창만 내다보고 있었다.

영철은 어떻게 하면 좋을까? 하였다. 그리고 그 이야기를 하여버릴까? 하였다. 그러나 그 이야기할 입은 떨어지지 않았다. 그리고는 사장이 다른 말을 할 때까지 아무 소리 하지 않으리라 하였다.

사장은 영철의 아무 소리 없는 것을 무슨 의미로 알아챈 듯이 영철을 한 번 쳐다보더니 아주 영철의 속마음을 다 알고 다시는 알아보려고 하지 않는 듯이, "사람이라는 것이 젊어서는……" 하고 동정과 사랑과 너그러움이 엉킨 훈계를 시작하였다.

그리고 종말에 가서는, "그 천 원 돈은 내가 맡을 것이니 아무 염려말고요, 다음부터는 조금 조심하게. 그리고 젊은 사람들이란 으레 남의 말하기 좋아하니까, 그런 사람들에게 일지라도 좋지 못한 말을 듣지 않도록 해야지" 하고 영철의 성격과 경우를 알려주는 듯이 말을 하였다. 그리고 영철이가 생각하던 것과 같이 엄하고 단호한 처분을 내리지는 않았다. 영철은 속마음으로 눈물이 날 듯이 사장의 너그러움에 감복을 하는 동시에 지배인의 경망이 자기를 은행에서 내보낼 줄 믿고 있는 것이 우습기도 하고 가증하였다. 그러나 영철은 자기의 결심한 것을 꺾으려고 하지는 않았다.

"그렇지만 벌써 우영이가 그 돈을 갚었는걸요."

"우영이가, 응, 그러면 더욱 좋지. 그애가 어느 틈에 그랬나?" 하고 혼잣말을 한다.

영철은 사장 앞에서 우영의 결점을 말하지 않았다. 그리고 그 우영이가 갚아 준 천 원을 도로 갚기 위하여 지금 당장 주머니 속에 넣고 온 어제 저녁에 자기 아버지가 보낸 돈을 가지고 있으면서도 그 말을 하지 않았다. 영철은 다시 무슨 결심이나 한 듯이 힘있는 어조로, "저는 오늘부터 은행에서 나가겠습니다" 하였다. 사장은 눈을 크게 뜨고, "왜? 무슨 일로?" 하고 영철을 쳐다본다.

"저는 더 오래 여기 있을 수가 없어요" 사장은 허리를 뒤로 기대고 하얗게 센 머리를 두어 번 쓰다듬으며 한참 있더니, "그거야 낸들 막을 수 있겠나만……" 하고 그 이유를 모른다는 듯이 그 말소리를 높였다.

그날 저녁 해가 아직 기울기 전이었다. 처녀 시대에 백우영과 밀회를 하려고 자기 어머니를 속여보았을는지 알 수 없으나, 한 번도 남을 속여보지 못한 정월은 아무 소리 없이 남몰래 자기 집에 벗어나왔다. 그리고 누가 볼까 하는 두려움으로 인력거를 한 채 몰아타고 종로를 지나 광화문 넓은 길로 달려왔다.

그의 가슴속에는 '기생'이라는 그림자가 때없이 나타나 보인다. 행길에서 조바위 쓰고 남치맛자락에 활개를 치며 지나가는 '기생'을 보기는 보았으나 가까이서 보지도 못하고 말도 해보지 못한 정월은, 남치맛자락이 홀홀 날리며 보라회색 단속곳이 보일 때마다, "애, 더러워!" 하고 코를 옆으로 돌릴 만큼 음탕하고 더러운 인상을 받았을지는 모르나 저 것도 '사람'이겠지! 하는 의심까지도 품어보지를 못하였었다.

그리고 기생이라 하면 무슨 아주 특별한 분위기에서 생활하는 자기와 같이 정조 깊다는 사람들과는 아주 다른 동물인 것같이밖에 생각되지 않았다. 그리고 기생이라면 음탕하고 간사한 일종의 피의 계통을 받아온 줄만 알았다. 그리고 빤지르하게 가꾼 머리에서 나는 고약한 밀기름 냄새와 얼굴에 허옇게 바른 분가루와 불그레한 뺨과 가늘게 감은 간사한 눈초리를 볼 때 때문은 여자의 속옷을 보는 것같이 더럽고 음란한 감정이 치받쳐오르는 듯하였다. 정월은 속으로, "설화, 설화" 하여 보았다. 그리고 눈 앞에 기생 하나를 그리어보았다. 그의 눈 앞에는 요염한 계집으로밖에 보이지 않는다. 그리고는 자기 오라버니를 휘어잡고 파멸의 구렁이로 잡아끄는 것같이밖에 보이지 않는다.

그가 청진동서 인력거를 내리면서, "설화 집이 어데인고? 그의 집을 어떻게 찾노?" 하였다. 그리고 별로히 다녀보지도 못한 동리가 되어서 골목이 어떻게 되었는지도 알지 못하는 데다가 누구에게 물어나 보자니 다른 사람과 달라서 기생집을 남에게 물어보기도 무엇하여 그저 발길이 내키는 대로 골목 안으로 들어갔다. 그러면서 하루 종일 돌아다녀서라도 한 집씩 한 집씩 찾기만 하면 요까짓 청진동 안에 있는 설화 집 하나쯤 못 찾으랴 하고 차례차례 문패를 조사하였다.

그렇게 얼마 찾아 골목 하나를 돌아설 때 인력거 방울 소리가 다르르 나며 자기 옆으로 기생 태운 인력거 하나가 지나갔다. 정월은 그 기생을 쳐다보고 저것이 설화가 아닌가 하였다. 그리고 큰길로 나가는 뒷그림자를 바라보며 저것이 만일 설화라 하면 내가 아무리 집을 찾는다 하더라도 오늘 설화를 만나보지 못하렸다. 그러면 한 번 나오기 어려운 길을 허행을 하게 될 터이지, 어데 인력거를 불러서 물어나 볼까?

그러나 그까지 용기를 갖기 못한 정월은 큰길로 나가는 기생만 바라보고 서 있었다. 그러나 얼마 아니하여 인력거 그림자는 사라졌다.

정월은 문패를 찾았으나 기생 문패는 하나 보지 못하였다. 그러자 꼭 하나 기생 문패를 찾았다. 그러나 그것은 설화는 아니었다. 정월은 그 집 앞에 딱 서서 한참이나 무엇을 생각하였다. 정월은 속으로 기생은 서로서로 집들을 알려니 하였다. 그래서 이 집이 기생집이니 들어가서 물어볼까? 하다가도 기생집 하나를 들어가야 할 것도, 무슨 음실陰室에 나 들어가는 듯한 생각이 나는데 또 다른 기생집을 들어가기는 참으로 싫어서 다리가 아프더라도 자기 혼자 돌아다니며 찾아야겠다 할 때, 그 집에서 열대여섯밖에 안 되는 때가 벗지 못한 미인 하나가 나오더니 정월을 유심히 보더니 공손한 어조로, "누구를 찾으세요?" 하였다.

정월은 반갑기도 하였으나 한옆으로 달아날 듯이 싫었다. 그러나 대용단大勇斷으로, "여기 설화" 하고 말이 막혔다. 그 뒤에 붙일 말을 정월은 알지 못하였다. 이 말을 들은 그 미인은 아주 영리하게, "네, 설화 언니 집요?" 하더니, "바로 요 모퉁이 돌아서면 마루에 창살한 집예요" 하고 고개를 기웃하고 저쪽 골목 모퉁이를 가리킨다.

정월이는 사례를 하고 그 골목 모퉁이를 돌아서니까 참으로 마루에 창살한 기와집 한 채가 눈에 보인다. 정월의 가슴은 부질없이 울렁하였다.

정월은 문에 들어가기를 주저주저하다가 누가 기생집 문간에서 서성거리는 것을 보고 수상하게 여기지 아니할까 하고 누가 뒤에서 떼밀치는 것 같이 얼른 문으로 들어갔다. 중문을 들어가 마당을 기웃이 들여다보며, 안방, 건넌방, 마루, 부엌, 장독대 모든 것을 둘러볼 때 그가 여태까지 생각하던 것 같이 음탕한 빛이 음탕한 기운이 흐를 줄 알았더니 그렇기는 고사하고 아주 해정하고 모든 세간의 배치해 놓은 것이 얌전하며 정갈해 보이며 다른 집과 별로히 틀려 보이지 않았다.

정월은 마당 한가운데 들어서서 가벼웁고 연하게, "에헴" 하고 기침을 한 번 하였다. 그리고 안방을 바라보았다. 건넌방 미닫이가 열리더니 설화 어머니가 정월을 이상하게 아래위로 훑어보더니, "누구를 찾으세요?" 하며 나온다. 정월은, "설화 씨가 누구신가요?" 하기는 하였으나 씨자가 서툴렀다. 설화 어머니는 빙그레 웃으면서, "지금 동무집에 갔는데요. 곧 오겠지요. 왜 그러세요" 하였으나 아무리 보아도 정월이가 설화 동무는 아니요, 어느 집 귀부인 같은데 알 수 없어 하였으나 결국은, 자기 딸이 학교에 다닐 때 같이 다니던 이가 오래간만에 만나보러 온 것인가 보다 하는 것이 가장 힘 있는 추측이었다.

정월은 설화가 없다는 소리에 낙망하였다. 그러나, "네, 꼭 볼 일이 있어서요" 하고 꼭 자에 힘을 주어 말을 하였다. 그것은 설화 어머니가 '꼭'이란 소리를 듣고 일부러라도 불러다 줄까 하고 그러한 것이었다. 설화 어머니는, "그러면 잠깐 올라와 기다리시죠—" 하고 올라오기를 청하였다. 정월은 온몸에 무슨 더러운 때나 묻는 듯이 올라 가기가 싫었다. 그래 그대로 서서, "괜찮아요" 하고 주춤주춤 하였다. 설화 어미는 언제 그리 친절하였던지,

"이리 좀 올라오세요. 설화도 곧 올 터이니까요."

안방 문을 열고 들어가 방석을 바로잡아 깔아놓았다. 하는 수 없이 정월도 들어갔다.

그 어미는 담배를 피워 물더니 아무 말도 없이 한 귀퉁이에 구부리고 앉아 있는 정월을 보더니, "설화를 전부터 아시든가요?" 하였다. 정월은, "아니요. 한 번도 보지 못하였에요" 하고 대답하기 성가신 것을 억지로 대답하였다. 어미는 매운 연기를 뻑뻑 빨아 후후 내불며, "그러면 어떻게 설화를 아셨나요?" 하였다.

정월은 귀찮게 물어대는 설화 어미의 말보다도 생전 처음으로 맡는 그 담배 연기가 더욱 싫었다. 그래서 폐병을 앓는 그가 갑자기 불 같은 화가 치밀어올라오며 또 기침이 시작되어 어쩔 줄을 모르고 기침을 하였다. 이 꼴을 보고 설화 어미는 미안한 듯이 담뱃불을 끄며 공중에 있는 담배 연기를 한 손으로 활활 부쳐 허트리며, "에, 가엾어라. 담배가 원수야" 하고 민망한 듯이 정월을 보았다.

조금 있다가 설화가 마당으로 들어서더니, "어머니" 하고 마루 끝에

여자 구두가 놓여 있는 것을 보고 이상스럽게 안방을 향하여, "누가 오셨에요?" 하였다. 설화 어미는 정월의 기침이 진정되기를 기다려, "그래 어디 갔다 이제 오니? 이 어른이 벌써 오셔서 너를 기다리고 계셨는데" 하였다. 설화는 방에 들어오며 창백하게 되어 앉아 있는 정월을 물끄러미 바라보더니 아랫목 보료 위에 무릎을 모으고 앉으며, "누구신가요?" 하였다. 정월은 설화를 보았다.

그 설화는 자기가 생각하던 바와 같이 그 때 흐르는 옷을 입고 더럽게 분을 바르고 기름내가 지르르 흐르도록 번지르하게 머리를 빗어 넘긴 기생이 아니었다. 그리고 단조하고 초조하고 두 눈에 그윽한 무엇을 바라보는 듯하고 사람의 마음을 잡아끄는 수연한 빛이 떠도는 여자이었다.

그리고 정월은 자기와 설화를 대조해 볼 수가 있었다. 자기는 자기를 알지 못하나 자기와 무엇이 다른 것을 알았다. 설화의 전신에 나타나는 것은 조화가 맞고 법열에 들어가는 신비극에 나타나는 여배우와 같이 자연과 비슷하면서 자연이 아니요, 인공적이면서도 인공이 아닌, 즉 자연과 인공이 섞여 얼크러진 것이었다.

정월은 처음으로 이와 같은 여자를 보았다. 정월은, "당신이 설화 씨인가요?" 하였다. "네, 제가 설화입니다" 하는 설화는 정월이가 교육 있고 분별 있는 여자인 것을 알았다. 정월은 무엇이라고 말을 꺼낼지 알 수 없어서 주저주저하였다. 설화는, "어째서…… 저를 찾아오셨나요?" 하였다.

"네" 하고 대답을 한 정월은 적지 않게 헤매었다. 사랑의 전상이 얼마나 아프고 쓰라린 것을 맛본 정월로는 그렇게 쉽게 말이 떨어지지 않았다. 그는 지금 자기 앞에 있는 사람을 눌릴 듯한 표정을 가지고 앉아 있는 설화를 볼 때 한없는 애정의 애끓는 슬픔을 생각하고 또 비단 저고리 남치맛자락에 방울방울 떨어질 원망의 눈물을 생각할 때 그의 신경은 극도로 흥분되었다. 그리고 안타깝고 애처로워질 미래를 생각하고 말할 수 없는 비애를 깨달았다.

그러나 자기 오라버니의 외적 행복만 관찰하고 내적 행복을 헤아릴 줄 모르는 정월로는 영철과 설화를 천평 위에 아니 올려 놓을 수가 없었다. 그리고 영철을 위하여 불쌍하고 애처로우나 설화의 붉은 사랑을 희생하지 아니치 못하였다.

정월은 한참 있다가, "이영철 씨를 아시지요?" 하고 한 번 눈을 거듭 떠 설화 가슴 설렁하여하는 얼굴을 쳐다보았다. 설화는 의아해하는 듯이, "네, 알지요" 하고 눈 크게 정월을 보았다. 그리고,

'저이가 영철 씨의 이름을 묻고, 또 오늘 알지도 못하는데 자기를 찾아오고 또 그의 얼굴에 수심의 그림자가 있으니 저이가 좋은 말을 전하여 주려는가, 나쁜 소식을 전하여 주려는가.'

그는 얼핏 그의 말을 듣고 싶으면서도 가슴이 거북한 듯하고 울렁하였다. 설화는, "이영철 씨를 어떻게 아시는가요?" 하고 네가 어찌하여 왔으니 무슨 말을 하려는지 얼핏 가르쳐 달라는 듯이 물었다. 정월은 한참이나 먼 산을 바라보다가 그의 말에도 대답도 않고, "여보세요" 하였다.

"네."

"어떤 사람 하나를 두 사람이 사랑한다면 그 결과가 어떻게 될까요?" 하고 정월의 까만 눈썹이 덮인 눈은 아래로 깔려졌다.

설화의 가슴은 이 말 한마디에 선뜻하고 내려앉았다. 그리고, '어째 이이가 그런 말을 할까? 그러면 이영철 씨가 또 다른 여자를 사랑한단 말인가? 그 여자라는 것이 지금 이 여자가 아닐까?' 하였다. 그러나 그렇게 쉽게 의심을 단정할 만큼 설화는 영철을 박약하게 믿지 않았다.

"그게 무슨 말씀예요. 왜 그런 말씀을 저에게 물어보십니까?"

"글쎄 그 말에 대답하여 주세요. 그러면 또 말씀을 할 터이니요."

"그러면 그 사랑은 병신 사랑이겠지요. 그 사랑을 완전케 하려면 두 사람 중 누구든지 희생이 되어야지요."

"네, 그렇지요. 그러면 두 사람 중에 누가 희생이 될까요?"

"그것은 단정해 말할 수가 없어요."

"그러면 그 희생이란 무엇을 의미할까요?"

"……."

설화는 아무 말도 없었다. 정월은,

"사랑에 희생이 되는 사람은 이 세상 모든 것을 잃어버린 사람이지요. 그러면 모든 것을 잃어버린 자에게는 파멸이 있을 따름이지요.'

"네, 그렇지요, 죽음이 있을 따름이지요."

정월은 갑자기 그의 핏속으로 차디찬 무엇이 스치고 지나가는 것 같았다. 그리고 쌓아두었던 슬픔과 감정이 다만 그 죽음이라는 말 한마디가 바늘로 찌르는 듯이 탁 타져 올라오며 설화의 무릎에 고개를 대고, "설화 씨! 우리 두 사람 중에 누구든지 파멸을 당하지 않으면 안 되겠지요?" 자꾸자꾸 울었다.

설화는, 자기를 속여 거짓 우는 것보다도 자기의 과거와 현재와 미래에 엉켰다 풀어지며, 풀어졌다 엉키는 쓰린 사랑의 마음 아픈 정사情事를 생각하며 느껴 우는 줄은 알지 못하고, 이와 같은 여자와 말하여 본 기회도 적었거니와 자기 무릎에 엎디어 보배스러운 눈물을 줌을 받을 줄 몽상도 못하였다가, 지금 그 경우를 당하고 보니 순결한 감응과 함께 의외의 사랑이 깨어짐을 깨닫고 자기의 원수인 그 여자를 앞에 놓고도 그 여자를 원수로 알지 못하였으며 원수로 대접하지 못하였다.

도리어 자기와 똑같은 경우, 똑같은 자리에서 불타는 사랑의 가슴 쓰림을 하소연하는 것을 볼 때, 그는 정월을 불쌍히 여겼으며 서로 화하여 한몸이 되어 영철 씨의 사랑을 똑같이 받고 싶었다. 그래서 설화는 아무 말 없이 정월을 끼어안고 한참이나 눈물 지어 울었다.

설화는 조금 눈물을 진정하고, '그러면 내가 희생이 될 것인가? 이 여자가 희생이 될 것인가?' 하고 한참 주저하였다. 정월도 일어나 앉았다. 그리고 눈물을 씻었다. 설화 어미는 한 귀퉁이에서 이 괴상스러운 꼴을 보고 다만 입맛만 다시고 있을 뿐이었다.

"여보세요."

정월은 떨리는 한숨을 섞어 설화를 불렀다.

"네."

하는 설화의 눈에는 아직 눈물이 괴어 있다.

"사랑하는 사람을 참으로 사랑하는 것은…… 그의 참 행복을 위하여 자기의 몸일지라도 내버리는 것이지요?"

하며 정월은 곁눈으로 설화를 보았다.

"네, 그렇겠지요."

하는 설화의 말이 끊어지자마자,

"그러면 설화 씨는 그것을 좀 생각하여 주세요."

하고 아무 말이 없었다. 설화는 다만 아무 말이 없었다.

설화는 정월을 보내고 그대로 방에 엎디어 몸부림하여 울었다. 그리고 머리를 쥐어뜯고 미칠듯이 날뛰었다. 그 옆에서 이 꼴을 보던 설화 어미는 다만 차디찬 웃음을 웃으면서, "글쎄, 내가 무엇이라 하드냐, 네가 너무도 내 말을 안 듣더라" 하며 책망하는 듯이 비웃는다. 이 소리를 드는 설화는 갑자기 악을 쓰며,

"무엇을 무엇이라고 해요. 어머니는 입이 있어도 말할 권리가 없어요. 내가 이렇게 된 것도 다 어머니의 까닭예요. 내가 이렇게 울게 된

것도 부모 덕택예요. 내가 기생 노릇만 하지 않았더라면 이런 괴로움을 맛보지 않았을 것예요. 어머니는 자식의 피를 빨아먹는 흡혈귀예요. 듣기 싫어요. 어머니 말은 아무리 옳다고 해도 나에게는 살점을 에이는 칼날같이밖에 안 들려요. 나는 우리 부모가 이렇게 만들어 놓았어요. 나를 이렇게 울리는 이는 우리 부모예요."

하고 방바닥에 엎디어 울다가,

"아아, 세상에 모든 남자는 다 귀신이야. 아무리 착하든 선량하든 사랑 있다 하는 사람들일지라도 남자는 다 악마야! 그래 나는 사람의 껍질을 쓴 악마에게 속았다! 악마의 조롱거리가 되었었다."

이 소리를 듣는 어미는,

"힝, 글쎄, 내가 무엇이라더냐, 너는 나를 무엇이라 무엇이라 내 탓만 하지만 그것도 다 팔자를 어떻게 하니, 내가 너를 기생 노릇시키고 싶어 한다더냐? 나도 모르는 것이 아니란다. 그러나 어떻게 하니?"

하며 욕먹은 것이 분하기는 하지만 꿀꺽 참았다.

"듣기 싫어요. 팔자가 무슨 팔자야!"

하고 소리를 버럭 질렀다.

"나는 죽는 수밖에 없어. 그래 죽어야 해. 어머니가 다 무엇이야. 이 세상이 다 무엇이야."

설화 어머니는 담뱃대를 든 채로 건넌방으로 건너가서 옷을 찾아 입고 문밖으로 나갔다. 이것이 설화가 야단을 치려 할 때 진정시키는 유일한 방법이었다. 그 어머니가 나가매 몸부림 하소연할 곳도 없었다. 그가 울음을 조금 그쳤을 때에 또다시 어떻게 하여야 좋을지 알지 못하였다. 그대로 사라지고도 싶고 죽고도 싶었다.

"이것이 꿈인가?" 하여보았다. 정신의 모든 정력을 정력의 눈에다 모아 모든 것을 힘 있게 살펴보았다. 그리고 꿈이 아닌 것을 깨달음보다 으레 꿈이 아니라고 인식하였을 때, "그렇지, 나 같은 년에게 이것이 꿈이나 될 리가 있나" 하고 비관하는 끝에 자기自棄하는 생각이 났다.

설화는 그와 같이 울면서 한숨을 지을 때마다 이영철의 환영이 자기 앞에 보이며 일 년이나 넘어 두고 꿈속 같고 달콤한 사랑의 생활을 하여 보던 기억이 조각조각 이것저것 순서 없이 생각되며 꿈 같고 달콤하던 지나간 역사를 송장의 관을 덮는 검은 보자기로 덮어버리는 듯하였다. 그리고 이영철을 한없이 원망하며 한없이 저주하는 생각이 나면서도 원혼의 요귀가 침침한 밤중에 원망스러운 사람을 따라다니며 눈물을 흘리는 것같이 차마 떨어지기 어려운 애끓는 정을 보았다. 설화는 이영철을 만나보기만 하면 당장에 달려들어 가슴에 날카로운 칼날이라도 박으려 덤빌 것이 아니라 두 눈에 흘리는 뜨거운 눈물로써 애소하며 그의 목을 얼싸안고 고개를 그의 가슴에 괴롭고 견디기 어려운 듯이 비비면서, "영철 씨, 영철 씨, 나를 죽여주시오. 이 타는 듯하고 쓰린 듯한 가슴 위에 영철 씨의 손으로 죽음의 화살을 박아주시오" 하며 영철의 손으로 자기의 뛰는 붉은 심장을 얼크러뜨려 주기를 원할 것이다.

설화는 눈물을 그치고 이불을 내려 덮고 자리에 누워 눈을 감고 있을 때에는 그의 흥분되었던 감정이 조금 가라앉았다. 그의 눈 앞에는 아까 그 정월의 자기 치마 앞에 눈물을 흘리는 것이 보이며 또 맨 나중에, "사랑하는 사람을 참으로 생각하여 사랑한다는 것은…… 그의 참 행복을 위하여 자기 몸을 희생하는 데 있는 것이지요" 하는 것과, "그러면 설화 씨, 그것을 좀 생각하여 주세요" 하던 것이 생각되며 그러면 날더러 희생되라는 말이 아닌가? 그러면 어찌 날더러 희생이 되라는가. 자기와 나와 똑같은 지위에 있으면서 왜 자기는 희생이 되지 못하고 날더러 희생이 되라는가. 그러면 자기도 이영철을 떠나기 어려운 고통을 맛보면서 왜 날더러는 이 쓰라리고 아픈 고통을 맛보라는가? 나와 자기

두 사람 사이에 누가 더 이영철 씨를 행복스럽게 할 수가 있을까?

설화는 행복이라는 말 아래는 조금 주저하였다. 자기는 이영철에게 이 세상 사람이 말하는 바 행복을 줄 수 있을까 하였다. 그리고 기생인 자기가 기생 아닌 그 여자와 같이 이영철의 사랑을 완전하고 영구하게 받을 수가 있으며 줄 수가 있는가? 하였다.

설화는 어제 저녁 때 이영철이 자기의 손을 잡아당기며, '우리가 사귄 지도 퍽 오래지?' 하던 것과, '설화, 우리가 암만해도 오래도록 사랑을 계속할 것 같지 않아' 하던 말이 생각되며 그러면 영철 씨가 설화 자기는 기생의 몸이니까 너와 같은 여자와는 오래도록 교제할 수 없다는 의미를 나에게 비쳐준 것이 아닌가? 자기는 그와 같은 순결하고 얌전한 애인을 가졌으므로 나와 같은 더럽고 천한 계집년과는 영원한 사랑을 주고받고 할 수가 없다는 말이었던가?

그렇지 않으면 왔던 그 여자가 영철 씨의 사랑을 갈망하고 갈구하나 영철 씨가 그의 사랑을 받아주지 않으므로 오늘 나에게 그와 같은 거짓 눈물을 보이며 나를 단념시키려는 간교한 수단에서 나온 한 개 계책이나 아닌가 하였다.

설화는 영철을 의심하며 원망하는 정이 새로이 나오면서 그전보다 더 그립고 사랑하고프고 가슴이 조이고 애끓는 눈물을 흘리면서도 그 여자의 말을 믿지도 못하고 아니 믿지도 못하였다. 그리고 다만 그의 머리 속으로 떠돌아다니는 생각과 그의 핏줄로 흐르는 감정은 아무것도 없고 다만 슬픔뿐이었다.

그가 쓸쓸스러운 황혼이 온 집안을 싸돌며 붉은 전깃불이 온 방 안을 새로이 비칠 때 하얀 손을 신경적으로 꼼질꼼질하며 떨리는 한숨을 쉬고 몸을 뒤집어 귀찮게 돌아누울 때 온몸이 녹는 듯한 피로를 깨달았다.

그의 마음은 새로이 영철이가 원망스러웠다. 그리고 여태껏 자기를 속이고 또 속이던 보통 풍류 남아들과 같이 더럽고 무정한 남자가 아닌가 하고 의심이 났다. 그리고 눈 감고 누워 있는 그의 눈 앞에는 얇은 면사面紗를 통하여 보는 것과 같이 영철의 환영이 보였다. 그 환영은 자기를 보고 차디찬 웃음을 웃으며 서 있었다. 설화는 그 영철의 환영에 손을 잡고 하소연을 하려고 덤벼들었으나 그의 눈 앞에는 다만 전깃불에 파동이 움직일 뿐이었다.

"에, 일평생 만나지 않을 터이다." 그는 이를 악물고 주먹을 쥐고 온몸을 바르르 떨었다. 그리고 겨우 고개를 들어, "어머니, 어머니, 물 좀 주세요. 냉수 좀" 하고 자기의 몸을 만져볼 때에는 진액 같은 땀이 척척하게 흘렀다. 그러나 어머니는 없고 행랑어멈이 물을 떠왔다. 물을 마신 설화는 어멈에게, "어멈, 오늘은 아무도 들어오지 못하게 하고, 그리고 영철 씨도" 하였다. 어멈은 귀찮은데 잘 되었다는 듯이 문을 닫고 행랑으로 들어갔다.

은행에서 나온 영철은 아무리 백우영을 찾아다녀도 만날 수가 없었다. 그래서 나중에는 설화 집에나 있나 하고 저녁도 먹지 않은 몸으로 여덟 시나 되어서 설화의 집에 찾아왔다. 영철이가 어두컴컴한 청진동 골목으로 걸어올 때에는 다만 어제 저녁에 당한 모욕을 시원하게 씻어버리리라는 생각뿐이었다. 그리고 자기 아버지가 보내준 돈을 만져보았다. 그리고 만족한 듯이 웃으며 설화 집 대문을 아무 의심없이 안으로 밀었다. 문은 눈을 부릅뜬 것같이 힘 있게 반항하였다. 영철은 문을 흔들었다.

어멈이 그것이 이영철인 것을 알았다. 그래서, "누구요?" 하고 행랑에서 나왔다. 방 안에 누워 있는 설화의 가슴은 두근거렸다. 영철은 또 문을 흔들어 대었다. 어멈은, "누구요?" 하고 심술궂게 소리를 지르며 문간까지 나와서 가만히 문틈으로 바깥을 내다보며 속으로, '정말 왔구나' 하였다.

어멈이 문을 열 때에는 영철이가 조금 문을 비켜섰다. 어멈은 고개를 내밀고 두 손으로 대문을 가로막고 서서 영철을 보았다. 영철은 웃음을 띠고 그대로 들어가려 하였다. 그러나 어멈은, "아가씨 안 기세요" 하고 수상스럽게 영철을 바라보았다. 영철은, "어데 가셨나?" 하고 들어오려던 발길을 멈칫하고 서 있었다. "모르겠어요. 아까 웬 양복한 어른하고 걸어나가셨어요" 하고 어멈은 그것이 죄악인 줄은 깨닫지 못하고 거짓말을 하였다. 죄악을 깨닫기는 고사하고 자기의 솜씨 있는 말에 얼마간 만족하였다. "양복 입은 사람!" 하는 영철의 가슴에는 의심이 생겼다 사라졌다.

"아모 말씀도 없이?"

"별로이 다른 말씀 없어서."

"날더러 무엇이라고 하지도 않어?"

"아뇨."

"어디 가신지도 모르지?"

"몰라요, 그런데 여러 날 되시기 쉬웁댔어요. 아, 절에나 가셨나 봐요."

"절에?"

"네."

사귄 후에 한 번일지라도 자기와 만나자고 한 시간에 자기를 기다리지 않은 일이 없던 설화가 오늘에 한하여 자기의 약속을 어기고 다른 사람과 함께 말 한마디도 없이 어디로 간다는 것은?

영철은 울 듯이 마음이 괴로웠다. 그리고 또다시 의심하였다. 어제 저녁에 대문까지 쫓아나오며 나의 손을 잡고 놓지 못하던 설화가 오늘에 나를 기다리지 않고 다른 사람과 어디를 갔으며 무엇하러 갔으며 무슨 동기로 갔을까? 그 양복 입었다는 사람은 누구일까?

사랑을 더욱 굳게 하는 것도 의심이요, 사랑을 더욱 엷게 하는 것도 의심이다. 또한 사랑의 도수가 높을수록 가슴에 불붙는 것은 질투이니 영철이가 오늘에 의심이 일어나는 동시에 또한 질투의 마음도 없지도 않았다.

영철이 설화를 의심하는 생각이 날 때에는 어제 저녁에 백우영에게 모욕당하던 생각이 났다. 그리고 돈 없는 사람을 내버리고 돈 있는 사람을 따라가지나 아니하였나 하여보기도 하고 또 그 양복 입은 사람이란 백우영이나 아닌가 하기도 하였다. 그리고 오늘부터는 자기를 배반하고 백우영의 가슴에 안겨 더러운 쾌락을 탐하지나 않나 하였다. 그러다가도,

"아니다, 그렇지 않다. 나를 영원히 사랑한다고 몇백 번 다짐을 한 그 마음 약하고 다정하고 부드러운 설화가 그리 하였을 리가 있나" 하고 마음을 돌려먹었다. 그의 의심은 아직까지는 설화를 믿는 마음을 이기기에 약하였으며 아무 근거가 없었다. 그러나 그의 마음은 편하지 못하고 불안하였다.

영철을 문간에서 따돌려 보낸 설화는 갑자기 벌떡 일어나며, "아니다. 놓쳐서는 안 된다. 만나보아야 한다. 만나서 물어보아야 한다. 그리고 또 그의 손으로 죽여라도 달래야 한다" 하고, "그리고 그 여자가 희생이 될지라도 나는 영철 씨를 놓을 수는 없어!" 하고 대문을 열어젖뜨리고 미친 것처럼 동리 골목까지 쫓아나왔으나 영철의 그림자는 보이지 않았다. 설화는 차디찬 바람이 가슴으로 기어드는 것도 관계치 않고 그대로 그 옆담에 기대어 서서 넋을 잃고 울었다.

집에 돌아온 설화는 옷을 꺼내어 입었다. 그리고 동무 집에 간다 하

고 문밖으로 나서 명월관으로 인력거를 타고 가려 하였다.

"그렇다. 나는 그대로는 잘 수가 없어. 나는 이 세상에 아무데도 쓸데 없는 사람이야. 나는 죽은 사람이냐. 에 화나! 나는 어디가든 죽든지 살든지 마음대로 놀아나 볼 테야! 세상은 나를 몰라준다. 더욱 남자들은 나를 모른다. 나를 조롱한다. 나를 장난감으로 안다. 옳지, 어디 보자. 나도 다른 남자를 농락할 터이다. 마음이 녹아주게 할 터이다. 그대로 말려죽일 터이다!" 하고 전화를 빌려서 백우영의 집으로 명월관으로 놀러 오라고 기별을 하였다.

영철은 술이 반쯤 취하여 종로 네거리를 지나 청년회 앞까지 왔을 때였다 청년회에서 이용준이가 툭 뛰어나오면서,

"여보게, 보았나?"

하였다.

"보기는 무엇을 봐?"

"백우영이 말일세."

"못 보았어."

"나는 지금 보았는데."

"어데서."

"지금 이 길로 웬 아씨 하고 자동차 타고 가든걸."

"아씨?"

"그래."

술에 흥분된 영철의 두 눈에는 백우영과 설화가 서로 끼어안고 자동차를 몰아가는 것이 보였다. 그러다가는 또다시 그렇지 않다 하여보았다.

그러나 한참 있던 영철은 만일 그 아씨라는 사람이 설화 같으면 어찌 하나! 그러다가는 그럴지 모르지, 그럴는지도 몰라 하는 마음이 또다시 변하여, 그렇다 설화다 하였다.

456

그러다가는 날더러 다홍치마 붉은 저고리에 귀밑머리를 풀지 못한 것이 한이 된다 하더니 그 말을 한 지 몇 달이 못 되어 벌써 나를 떠나갔을까? 설화가 정말 나를 영영히 잊어버렸나? 그러다가는 만일 그것이 거짓말이 아니고 정말이거든 나는 설화의 손을 잡고 원망도 하여보고 타일러도 보고 간원도 하여보리라 하였다.

영철은 이용준에게 다른 말 없이,

"자네 돈 있나?"

하고 손을 내밀었다.

"돈은 무엇 하나?"

"글쎄, 있느냐 말야. 없거든 고만두고."

"있기는 있으나 무엇에 쓸 것을 말해야지."

"있어? 있기만 하면 가세."

"어디로 가."

"어디로든지 가서 한잔 먹세."

영철은 누가 끄는 것같이 이용준을 데리고 명월관에 갔다.

문간에 들어 서니 영철은 보이에게 "여기 설화 왔나?" 하였다. 보이는 빙긋 웃으며,

"네, 왔어요."

이 말을 들은 영철은 낙망하였다. 자기가 서로를 의심하는 것이 죄악으로 알기는 알았지만 지금에 그 의심이 똑바로 들어맞을 때 영철은 몸에서 찬땀이 흐르는 듯하였다.

"어느 방에 있누?"

"저쪽 구석방에 있어요."

백우영은 설화와 함께 상을 대하여 앉아 있다. 설화는,

"저 술 한잔 주세요. 자, 백우영 씨의 손으로 부어주세요."

"술? 이게 웬일야?"

"무엇이 웬일예요? 나도 이제는 깨달았어요, 모든 것을 알았어요, 이 세상이란 그저 그런 것예요."

"무엇이 그저 그런 것이야."

"먹고 놀고 엄벙덤벙이지요. 나는 사랑을 위하여 눈물 짓는 사람은 어리석은 사람으로 알아요. 사랑은 한 곳에 있으나 그것이 잘라지는 때, 밑둥에서 부러진 나무 토막같이 어디로든지 굴러갈 수가 있으니까요. 그 나무는 무슨 짓을 하든지 관계치 않으니까요. 자 부으세요. 듬뿍 부으세요. 하하, 술이 나는 무엇인 것을 몰랐드니 이제야 그 술을 알았어요."

설화는 한 잔 마셨다. 그리고 또,

"자, 나의 손으로 부어드리는 술은 넉넉히 백우영 씨를 한 방울에 취하게 할 수가 있읍니다. 백우영 씨는 그 술 한 방울 마시고도 영원히 아니라 저를 사랑하실 수 있읍니다."

우영도 그 술을 마셨다. 설화는 또 잔을 들며,

"나는 술에 취하여 영원히 깨지 않기를 바라는 것과 같이 또 한 가지 취하고 싶은 것이 있어요."

"그게 무엇이야?"

"나는 모든 남자들의 찝찝한 피를 빨아먹어 그것에 취하고 싶어요."

하며 잔을 상 위에 내던진다. 잔은 두 갈래가 났다.

"나의 가슴은 저렇게 깨어졌읍니다. 자, 그 아픈 상처를 고치기 위하여 부어주세요. 철철 넘치도록 잔에 술을 부어주세요."

백우영은, "그래라, 부어라!" 하고 잔에 술을 부었다. 얼굴이 진홍빛같이 붉어진 설화는,

"자, 우영 씨도 마시세요. 우리는 이렇게 지내는 것이 팔자지요."

우영은 웬일인지 알지 못하나 설화의 성격이 반쯤 미친 듯이 날뛸 때 마음이 유쾌치 못하였다.

"여보세요, 우영 씨. 나의 머리를 우영 씨의 무릎에 좀 베게 하여주세요!"

하고는 우영의 무릎에 누웠다. 그리고 우영을 독살스럽게 쳐다보며,

"우영 씨! 우영 씨가 나를 사랑하신다지요? 흥, 별 미친 망할 소리를 다 듣겠네! 사랑이란 무엇이요? 사랑하고 싶거든 나를 술만 많이 먹여놓아요. 그러면 당신이 사랑하고 싶다는 대로 사랑을 받아줄게."

우영은 다만 설화의 허리를 끼어안고 앉았다가 이 소리를 듣고 설화가 무슨 이유가 있구나? 하였다. 나를 부른 것도 곡절이 있고 또는 술을 먹는 것도 무슨 까닭이 있구나? 하였다. 그리고 자기의 무릎 위에 술 취한 설화가 누워 있는 것을 술 취한 눈으로 내려다볼 때 그 설화가 요염하게도 어여뻤다. 그리고 그 진홍빛 입술이 술에 젖어 번지르르하게 흐를 때 우영은 치밀어오르는 정욕을 참을 수 없었다. 우영은 더욱 단단히 설화의 살이 만져지는 허리를 끼어안고 설화의 고개를 자기 입 가까이 대었다.

설화는 흐트러진 머리를 쓰다듬지도 않고 싱그레 웃으며,

"흥, 나의 입을 맞추려고?"

하고 손을 들어 우영의 입을 밀치며,

"천 원야! 알겠어! 천 원."

하였다.

"천 원 내야지 내 입을 맞추어."

이럴 때 방문을 열어젖뜨리며 영철이가,

"자, 천 원은 내가 줄 테다. 받아라!"

하고 천 원을 설화의 입을 향하여 내던졌다.

"아! 영철 씨!"

하고 설화는 영철에게 달려들며,

"영철 씨, 나를 잊으셨어요? 나를 저버리셨어요?"

"옛날에 영철 씨는 그렇지 않으셨지요. 저를 잊으시려거든 저를 그대로 죽여주세요" 하고 매달려 운다. 영철은 한참이나 부르르 떨더니 설화의 팔을 단단히 쥐고, "듣기 싫어, 설화! 이 세상에 불쌍한 사람은 나하나밖에 없다. 나는 마음도 약하고 몸도 약하고 또 금전의 세력도 약한 사람이다" 하고 한참이나 설화의 우는 것을 내려다보더니,

"누가 여자의 말을 참으로 믿는 자가 있느냐는 옛말과 같이 내가 너를 믿은 것이 잘못이지?"

"자, 저리 가, 저리 가!"

하고 설화를 떼밀치려 하니까,

"영철 씨, 참으로 영철 씨는 나를 떼밀쳐요? 참으로 나를 내버리세요?"

"듣기 싫어, 네가 나를 버렸지, 내가 너를 버린 것은 아니다!"

"아아, 참으로 무정하세요, 참으로 박정하세요."

"너의 입으로 그와 같은 말이 무슨 염치로 나오느냐? 내가 무정하다지 말고 너의 마음에 다시 한 번 물어보아라."

"나는 영원히 병신이 된 사람이다. 나의 가슴에는 언제든지 뺄 수 없는 굵다란 못을 네가 박아준 자이다."

"영철 씨! 영철 씨는 왜 저의 마음을 몰라주세요? 네? 영철 씨,"

영철은 반쯤 조소와 분노가 엉키인 얼굴로 설화를 한참 내려다보더니,

"설화? 나는 참으로 알지 못하였다. 네가 그렇게까지 간교한 줄은 참으로 알지 못하였다. 나는 어제 저녁까지 어리석은 사람이었으나 오늘부터는 그렇게 정신 없게도 어리석은 사람은 아니다."

"영철 씨! 저는 영철 씨를 원망하지 않아요. 저를 스스로 나쁜 사람으로 만들려 하지도 않아요. 다만, 다만 끝까지 어제까지 믿고 바라던 것을 계속 하려 할 뿐이에요."

"흥, 사람의 입은 무슨 말이든지 할 수 있게 만들어진 것이란다! 자기의 마음에 있는 것이나 없는 것이나, 다 고만두어라. 나는 사람을 못 믿는 것보다는 이 세상을 못 믿는 사람이다. 자, 우리는 이 자리에서 영원히 떠날 것이다."

"아. 영철 씨 잠깐만……"

하고 설화는 영철의 가슴을 붙잡고 매달리며,

"여보세요, 저는 아무말도 하지 않으렵니다. 가시려거든 저를 죽여 없이 하여주셔요. 저는 이 세상에서 내버림을 당한 사람인데 또 영철 씨에게까지 내버림을 당하기는 참으로 저를 죽여주시는 것이나 마찬가지예요. 저는 아무것도 믿을 것이 없이 다만 영철 씨 한 분만 믿으려 하였고 그 믿음으로 저는 살아갈 줄 알았드니 영철 씨가 가시면 저는 누구를 믿고 지내요?"

"듣기 싫다. 너는 믿을 사람이 많으리라! 너의 믿을 것은 많으니라. 그러나 설화? 나는 아무 말도 할 것이 없다. 나는 다만 이 세상에 나서 사랑을 하지 않는 사람으로 죽었드면 좋을걸, 일평생 반병신으로 지내갈 것을 생각하매 아무것보다도 이 세상이 무정할 뿐이다. 나뭇가지에 달린 열매가 병이 들었다 하면 그 열매가 익기 전에, 그 열매의 사명을 다 하기 전에 땅 위에 떨어져야 마땅한 것이다. 자, 네가 나무일는지 내가 열매일는지는 알 수 없으나 이제는 떨어지지 않을 수 없다."

하고 설화를 다시 한 번 힘껏 안았다 다시 들여다보며,

"옛날에 설화는 그렇지 않았나니라. 옛날에 설화는 피가 있드니 그것이 다 식었으며, 옛날에 설화는 눈물이 있드니 그것이 다 말랐느냐?"

"설화! 나를 조금도 원망하지 말아라! 어느 때 어느 날까지도 설화가 옛날로 돌아갈 때가 있다 하면 그때에는 다시 나를 찾아오너라!"

하며 눈물을 흘릴 제 설화는 가슴이 조이는지,

"영철 씨!" 하고 말을 하려 입을 열 제 새빨간 입술이 피를 빨아먹다 멈춘 것처럼 영철의 마음을 으쓱하게 하였다. 그래서 "듣기 싫어, 놓아!" 하고 붙잡은 설화의 손을 뿌리쳤다. 설화는 놓친 옷깃을 다시 잡으려 하였으나 벌써 문을 닫고, 뛰어나간 영철은 앞에 있지 않았다.

영철은 아무 소리 없이 자기 방으로 돌아와 연옥을 붙잡고 소리쳐 울었다. 연옥은 영철을 위로하면서, "왜 이렇게 우세요? 울지 마서요" 하며 영철의 까만 머리털만 가는 손가락으로 문질러주었다. 그때 연옥은 자기 비단옷에 영철의 눈물이 떨어져 얼룩이 지는 것도 생각지 못할 만큼 불쌍해하고 동정하는 마음이 났다.

설화는 영철에게 뿌리침을 당하고 백우영의 일으켜주는 것도 암상스럽게 거절을 하고 억지로 무릎이 아픈 것을 참고서 일어나 마루 난간에 한참 서서 울다가 옆에서 귀찮은 얼굴로 울지 말라는 우영의 말이 더욱 듣기 싫어서 얼핏 집으로 가서 실컷 울다가 그 자리에 그대로 거꾸러져 죽어버리기나 하겠다 하고 겨우 눈물을 씻고 고개를 숙이고 문 앞으로 나왔다. 그의 눈알은 붉고 분바른 두 뺨에는 눈물방울이 굴러 떨어진 자국이 보인다. 그는 사람 앞으로 지나가는 것이 부끄러워 고개를 돌려 다른 곳을 보면서 겨우 대문까지 나왔다.

영철은 연옥의 몸에 고개를 대이고 울면서 가슴이 쪼개지고 에이는 듯한 감정을 맛보면서도 자기 방 앞으로 설화가 지나가지나 않나 하는 마음이 그의 가슴에 북받쳐 오르고, 말할 수 없는 괴로움을 당하는 끝에 자기의 잘못을 용서하여 달라고 그의 영롱한 두 눈과 어여쁜 입 가장자리에 이슬 같은 눈물과 애소하는 표정으로 나에게 달려들어 나의 가슴에 얼굴을 비비고 몸부림을 하면서라도 느껴 가며 울어주지를 아니하나? 하였다. 그리고 자기 방 앞으로 슬리퍼 소리가 나며 누가 지나갈 때마다 설화인 듯 설화인 듯하면서도 부질없이 가슴이 뛰었다.

그러나 그 사람의 지나가는 소리가 사라질 때마다, 어, 설화를 원망하는 생각이 나며 더욱 애끊는 생각이 났다. 연옥은 갑자기 방문 밖을 내다보다가 "설화야" 하였다. 이 소리를 들은 영철은 번개같이 가슴이 무엇으로 콱 찌르는 듯하였다. 그러나 고개도 들지 아니하고 그대로 엎드려 있었다. 어린아이가 어머니에게 어리광 부리듯이 영철은 설화의 한없는 동정을 속마음으로 빌었다.

설화는 방문 앞으로 지나가다 연옥의 부르는 소리를 듣고 깜짝 놀래어 방 안을 들여다보았다. 그리고 영철이 연옥의 무릎 위에 고개를 대이고 있는 것을 보았다. 그때 설화의 마음은 영철이 기대하는 것과 반대로 영철과 연옥을 원망하는 생각이 갑자기 북받쳐 올라오며 충동적으로 질투의 생각이 났다. 다만 한순간에 그는 전신을 사르는 듯하고 뱀에게 물리는 듯한 질투의 생각이 났다.

그는 연옥이 부르는데 대답도 하지 않고 그대로 지나쳐 가버렸다. 그러나 영철과 연옥이 자기 눈앞에서 사라져 보이지 않을 때에 그는 다시 연옥이가 불러주었으면 하였다. 그리고 아까 그 연옥이가 불러주던 순간으로부터 지금까지의 시간이 다시 뒤로 올라가 버렸으면 하였다.

그러나 그는 한 걸음이나 두 걸음만 다시 돌아서면 그만일 것을 또다시 돌아서 연옥이가 불러줄 수 있는 곳까지 가기에는 자기 다리를 무엇으로 굳혀 놓은 것 같이 움직거리어지지가 않았다. 그는 낙망과 함께 단념을 하였다. '아, 고만두어라, 나 같은 팔자 사나운 년이' 하면서 대문을 향하여 나아갔다. 영철은 설화를 부르던 연옥이가 무안하고 노한 듯이, "망할 계집애, 사람이 부르는데 왜 대답도 없어" 하는 소리를 들을 때 또한, '에, 그만두어라, 나 같은 놈이' 하고 자기自棄하는 생각이 났다. 그러나 그는 그대로 앉아 있지는 못하였다. 배척을 당하고 모욕을 당하면서도 무지개 같은, 만질 수도 없고 잡아당길 수도 없는 무슨 이상한 힘이 자기를 자꾸자꾸 설화에게 끌어가는 듯하였다. 그는 벌떡 일어났다. 그리고 어디인지 가버린 설화의 뒤를 쫓아가고 싶었다.

영철과 용준과 연옥이가 명월관을 나서기는 열한 시 반이나 지내인 때였다. 용준은 먼저 인사를 하고 자기 집으로 가버리고 영철과 연옥이가 종로 편으로 향하여 올라올 때 영철의 마음에는 지나간 과거가 다시 생각된다. 자기가 처음 설화의 집에를 갈 때 동구 안 정류장에서 갈까 말까 하고 주저하던 생각으로부터 그날 저녁 자기가 설화 집에를 열두 시나 넘어서 갔을 때 눈물을 흘리며 방바닥에 그대로 누워서 떨리는 긴 한숨을 쉬며 누웠던 것과 그 후부터 영원히 영원히 다만 사랑을 위해서만 살아가자는 것과 만나자는 날짜에 그 집을 찾아가도 만나지 못하던 것과 오늘 백우영과 명월관에서 만나던 것과 그리고 또 한 가지 그의 머리에 굵다란 줄을 부욱 긋는 것과 같이 큰 인상을 주는 것을 백우영이가 설화 앞에서 자기를 모욕하려고 돈 이야기를 하던 것이다.

그는 그날 저녁에 설화 앞에서 그것이 다만 자기의 인격을 모욕하는 것으로 생각하는 동시에 백우영이 대담하게도 그러한 것을 하는 것이 도리어 얼굴이 부끄러웠으나 설화와 자기를 격리시키는 동기가 될 줄은 꿈에도 생각도 못하였다. 그리고 설화가 문간까지 쫓아나오며 자기의 손을 잡고, "그 일은 저에게 맡겨주세요" 하던 그때 그는 더욱더욱 설화와 자기 사이에 친밀의 도수가 농후하여 가는 것을 깨달았다.

그러나 지금 어떠한가. 돈으로 인하여 자기는 실연자가 되어버렸다. 돈이다. 설화는 돈을 따라갔다. 돈 없는 자기를 내버리었다. 돈, 태산

같은 돈뭉치가 과연 사랑이 없이 텅 비인 작은 가슴을 채워줄 수가 있을까? 그는 설화를 원망하는 동시에 만일 설화의 육체나 정신이 인형과 같이 사람의 손으로 만들 수가 있다면 자기의 손으로라도 가슴을 쪼개고 머리를 깨뜨려 부셔 다시 새롭게 좋은 염통과 뇌수를 만들어 넣어주고 싶었다.

영철은 오늘 저녁과 같이 캄캄하고 답답하고 비애로운 밤은 또다시 없었다. 그는 그전과 같이 신분도 없고 염치도 없고 아무것도 없었다. 다만 손을 잡고 걸어가는 연옥의 손의 따뜻한 것이 자기의 타는 감정을 부드럽게 할 뿐이었다.

영철은 나지막한 목소리로 연옥의 손을 꼭 쥐면서, "설화는 무정한 사람이지?" 하였다. 연옥은 한옆으로 영철이가 자꾸자꾸 설화를 생각하는 것이 샘이 나면서도 그 비애스러운 영철의 어조에 스러지는 듯한 것을 들을 때에 그는 정신이 몽롱하여지는 듯하며 말할 수 없는 동정을 깨닫는다. 그리고 다만, "네? 왜요" 하고 영철의 얼굴을 쳐다보았다. 그러나 그 괴로워하는 영철의 얼굴을 그렇게 오래 쳐다보지는 못하였다. 영철은 하늘의 별만 바라보며 혼잣말같이, "무정해, 무정한 사람이야" 하였다. 연옥은, "그럴 리가 있나요. 그렇지 않을 애인데요" 하였다. 영철은 모든 것을 단념이나 한 듯이, "고만둡세다. 설화 이야기는 고만둡세다" 하였다.

밤은 깊은 암흑이라 이불을 덮고 숨소리 없이 잔다. 창밖 습기 있는 회색 땅바닥에서 이슬 괴는 소리가 게밥 짓는 그 소리처럼 들리는 듯하다. 전깃불은 고요히 켜 있다. 설화는 붉은 등잔 아래 푸른 원한을 품고 붉은 피눈물을 흘리며 외로이 울고 있다.

'오늘 저녁은 내가 잘못했지. 그이를 붙들고 물어나 볼걸!'

누워 있는 설화의 눈에는 눈물이 샘솟듯 한다.

'내가 일을 경솔히 했지? 정말 영철 씨가 그 여자를 사랑하는지 알아나 볼걸! 아냐, 그이는 나를 잊은 사람이야, 벌써 잊어버린 지는 오래.'

하다가,

'그러나 한 번 만나서 물어나 볼 터이야. 내가 눈물을 섞어 간절히 청하면 그는 마음이 착한 사람이니까 마음을 돌려주겠지! 나를 그전과 같이 생각하여 줄 터이지?'

하다가 또다시,

'아니다! 그는 벌써 나를 생각지 않은 지가 오래다. 그는 벌써 나를 내버린 사람이다. 내가 그를 다시 볼 것도 없거니와 내가 청을 하는 것이 도리어 어리석은 짓이지! 도리어 비웃음을 받을걸! 나를 어리석다 할걸! 나를 무안을 주려 할걸! 그렇다, 이제는 보지도 않고 보려고 하지도 않는다. 남자 하고는 또다시 정이란 주지 않을 터이야. 일평생 그대로 혼자 지낼 터이야.'

그는 이렇게 혼자 누워서 여러 가지 생각을 하고 있을 때 시계가 세 시를 쳤다. 이 세 시라는 시계 종소리를 들을 때 설화의 마음은 다시 옛날로 돌아가는 듯하여 마음이 괴로워 못견디었다.

"옛날에 나는 저 시계가 세 시를 칠 때 그를 그리워 잠 못 들었더니! 오늘에는 그를 떠나서 운다. 옛날 시계가 셋을 치는 것이나 오늘의 시계가 셋을 때리는 것은 다름이 없지만 옛날에는 나의 가슴에 그리운 영철 씨의 모양을 끼어안고 무한한 장래에 행복을 꿈꾸더니 오늘에는 실연에서 헤매이면서 운다! 아! 아! 어쩌면 나의 팔자는 이러할고? 나의 부모가 나를 죄악의 구렁에 빠지게 하더니 오늘에는 영철 씨, 영철 씨가 죽음 속으로 나를 떼밀쳤다. 나는 부모를 원망할 것도 없고 영철 씨를 원망할 것도 없지만 나는 죽은 사람이다."

하다가 설움이 북바치고 모든 것이 원망스러울 때 그는 자기의 머리

466

를 뜨으며,

"설화야! 불쌍한 설화야, 너는 죽어야 마땅하니라! 죽어라 죽어! 죽어가는 설화를 불쌍하다고 눈물이라도 한 방울 흘려줄 사람이 없는 설화니라! 아아, 세상이 정 없어, 그러나 영철 씨! 저의 마음을 모르실 터이지요? 저는 모든 것을 다 버리고 죽으려 합니다. 모든 것을 다 잊으려 합니다. 그러나 영철 씨가 저의 가슴에 박아주신 사랑의 진주는 저의 살이 썩고 또 썩을지라도 영원히 남아 있을 터이지요!"

그는 머리를 베개에 대이고 몸부림하였다.

그 이튿날 아침이었다. 새벽, 잠이 겨우 든 설화는 전과 달리 아침에 일찍 일어나 앉아서 멀거니 먼 산을 바라보고 앉아 있었다. 이 꼴을 본 설화 어머니는, "애! 눈이 왜 저 모양이냐, 울기는, 미친애! 무엇하러 울어! 젊어서는 저런 것 이런 것 다 당해 보아야 하느니라!" 하며 부엌으로 들어가려 하니까, 설화는, "흥" 하고 한 번 웃더니 또다시 먼 산만 바라보고 있더니, "그렇지, 그렇지. 그러나 이영철 씨가 오늘 날더러 오랬는데" 하며 소리 높여서 오스스하게, "하, 하, 하" 하고 웃더니 손뼉을 두어 번 툭툭 친다.

"어머니, 나는 지금 이영철 씨가 오라고 해서 그 집으로 갈 터이니 장에 있는 새 옷 좀 끄내 놓아주." 부엌에서 이 소리를 듣는 어미는, "무엇야? 이애가 미쳤나?" 하며 아무 소리 없이 불만 땐다. "무엇요? 미쳐요? 히히하하. 내가 미쳐요? 이 세상 사람들이 미쳤어. 세상 사람들은 다 미친 사람이야. 우리 어머니는 돈에 미쳤어!" "무엇이 어쩌고 어째?" 하며 설화 어미는 부지깽이를 그대로 든 채 창 앞으로 와서 보니까 설화의 두 눈이 흰죽 풀어진 듯하고 열이 올라 대가 미쳤다.

"너 눈이 왜 그러냐? 네가 미쳤니?"

"내가 미쳐! 히히하하. 어머니가 미쳤어?"

"애, 이애 웃음소리가 어째 저럴구?"

그러나 설화는 다만 두 손만 비비고 앉아서, "어서 새 옷 주어요, 이영철 씨가 오늘 나하고 만나자 했어요" 하니까 설화 어미는 마음이 덜렁 내려앉으며, "이애가 왜 이러냐?" 하며 가까이 들여다본다.

"어서 옷 내어놓아요. 새 옷을 입어야지 영철 씨가 나를 더 귀애하지? 하하, 허허."

설화 어머니는 갑자기 눈물이 쏟아지며,

"설화야! 왜 이러니, 네가 미쳤니?"

하고 설화를 부여잡고 운다. 설화는 자기 어머니의 등을 어루만지며,

"이제 우리 어머니도 실성하지 않았군! 그러나 울지 말어! 어머니가 울면 나도 울어야 해! 나도 눈물이나! 그러지 말고 어서 새 옷 꺼내요?"

하며 물끄러니 자기 어머니를 들여다보더니,

"새 옷 꺼내주시오. 영철 씨에게는 내가 새 옷을 입고 가야 해."

"울기는 왜 울어! 못난이! 하하, 못난이야! 이 세상 사람들이 모다 못난이야! 잘난이 노릇을 하기가 그렇게 쉬운 걸 못해! 자자, 이렇게 해야 잘난 이야, 어머니, 보시오."

하고 주머니 속에 뭉쳐두었던 아편 덩이를 꺼내어 들고서,

"이것만 이렇게……"

하고 집어삼키려 하니까 설화 어미는 앗 소리를 치며 달려들어 그것을 뺏으면서,

"글쎄, 이게 웬일이야? 응, 정신을 좀 차려라!"

하니깐,

"이게 왜 이 모양이야? 어머니는 날더러 이래라 저래라 할 권리가 없이! 나를 이 모양 만든 것도 다 어머니지? 아냐? 아냐? 어디 말해 봐!

공연히. 어서 가서 새 옷이나 가져와! 왜 울어! 어머니가 울면은 나도 울 터이야!"

설화 어미는 울면서 새 옷을 꺼내러 장 앞으로 갔다.

설화는 거울을 벌리어 놓더니,

"진작 그럴 것이지! 누구든지 날더러 무엇이라고 그래만 보아라."

하더니 기름병을 기울여 머리에다 한 병을 부어 질편하게 흘리게 하더니,

"이렇게 기름도 많이 발라 뻔지르하게 해야지, 영철 씨가 귀애하지, 그래야 나를 사랑해? 무엇을 아나?"

하더니 이번에는 분을 허옇게 처덕처덕 바르면서,

"이렇게 분을 많이 발라야 얼굴이 어여쁘다고 해요, 흥흥, 어디" 하고 거울을 들여다보더니,

"그렇지, 가만 있거라, 레드 크림을 바르고 또 크럽 포더를 바르자."

이 꼴을 보는 설화 어미는,

"이거, 참 야단났구나, 어떻게 하면 좋단 말이냐."

하고 발을 구르고 섰더니,

"어멈, 어멈."

어멈을 부르더니,

"여보게, 어서 가서 연옥 아씨 좀 오시라게!"

하고 어멈을 내보내고,

"글쎄, 세수나 하고 분을 발라라!"

하니까,

"듣기 싫여!"

하고서는 또다시 금비녀를 방바닥에 내던지며,

"이것 다 일이 없어! 트레머리를 해야지 영철 씨는 사랑을 하다나. 서

양머리 사람만 사랑한대. 자, 그전에 사다 둔 빗 하고 핀 하고 이리 가
져와요."

하더니,

"어서, 시간 늦어요. 안 가져올 터야!"

하더니 벌떡 일어나 서랍을 열고 제가 꺼내다가 머리를 칠삼으로 갈
라 붙이고 맵시있게 틀어앉았다. 그리고는,

"가만히 있거라! 옳지, 옳지, 광대뼈가 불그스름해야 영철 씨는 사랑
해."

하더니 정월의 얼굴에서 본 것같이 얼굴에 볼그레한 도화분을 발랐
다. 그리고는 깜장 통치마에 기름한 저고기를 입고서는 벌떡 일어나
더니,

"구두! 구두."

하고 안방 마루로 왔다 갔다 하며 구두를 찾는다.

"내 구두 어데 갔나? 구두를 신어야 영철 씨에게 가지."

하고 찬장 밑에 넣어둔 구두를 꺼내어 보다가,

"에그, 어떻게 하나, 이 구두는 그 여학생 신은 것 같이 검정 구두가
아니고 노란 구둘세! 이것을 어찌하나. 응응."

하고 그대로 털썩 주저앉아 운다.

이때 연옥이가 어멈을 쫓아 들어오다가 이것을 보고,

"얘가 웬일야! 저게 무슨 분이야, 웬 분을 저렇게 발랐니?"

하며 물끄러미 들여다보며 웬 영문을 몰라 하니까,

"무엇야? 이년! 네가 영철 씨를 뺏어갔지? 어데 네가 죽나 내가 죽나
해보자! 네가 나를 죽이거나 내가 너를 죽여야 마음이 시원해."

하더니,

"이년."

하고 머리채를 꺼들어 잡아당기면서,

"나를 죽여라, 죽여?"

하고 몸부림을 하며 매달린다. 이 꼴을 보던 설화 어미는,

"글쎄, 설화야, 설화야, 이게 웬일이냐, 네가 정말 미쳤구나? 이것을
좀 놓아라!"

하고 머리채 붙잡은 손을 펴려 하니까,

"이것들이 왜 이 모양야?"

하고 한 번 뿌리치는 바람에 연옥은 그대로 마루에 가 나둥그러졌다.

"글쎄! 내가 어쨌니!"

하며 연옥은 머리를 다시 쪽찌며 혼자 앉아 한탄만 한다.

"애, 남 부끄럽다 안으로 들어가자."

하는 자기 어머니 말은 듣지도 않고,

"에그! 영철 씨에게 가야 할 터인데 구두가 검정 구두가 아니고 노랑
이야?"

하며 그대로 몸부림하여 가며 운다.

일주일이 지나간 어떤 날 저녁 때이었다. 선용은 탑동 공원을 이리저
리 왔다 갔다 하고 있었다.

훗훗한 첫여름 공기가 무거웁게 불어오고 시뻘건 저녁해는 서편으로
기울어 기상만천의 꽃다운 저녁 구름을 서편 하늘에 가득히 그리어 놓
는다. 그 붉고 누른 저녁 구름이 반사되는 광선이 온 땅의 모든 것을 붉
고 누르게 물들이고 선용의 검은 얼굴까지도 술 먹은 것 같이 불그레하
게 하여 놓았다.

그때의 선용의 머리 속에는 사회도 없고, 가정도 없고, 옆에 나무도
없고, 옆에 사람도 없고, 정월도 없고, 죽는 것도 없고, 사는 것도 없고,

다만 단순한 서편 하늘이 붉고 누르게 피어 있는 구름장같이 가보지도 못하고 듣지도 못한 하늘 위에서 땅 아래나 어디든지 끝없이 흘러가 보았으면 하는 방랑욕放浪欲에서 일어나는 법설法說에 뜬 정취情趣뿐이었다.

화원에 뿌리는 척척한 수분이 지나가는 바람을 타고 선용의 훗훗한 뺨을 스치고 지나간다. 선용은 잠깐 사이에 다시 복잡한 의식을 회복하였다. 그의 머리에는 또다시 정월의 날씬한 그림자가 나타나 보였다. 그러나 그 정월의 그림자가 보일 때마다 선용은 보지 않으리라 보지 않으리라 하고 자꾸자꾸 다른 생각을 하여 그 다른 생각의 그림자가 정월의 그림자를 덮어버리도록 애를 쓰고 또 썼으나 그것은 무엇보다도 어려운 일이었다. 도리어 다른 생각의 그림자로써 정월의 그림자를 덮으리라 할 때에는 더욱 분명히 정월의 그림자가 보일 뿐이었다.

그러나 정월의 그림자가 보이면 보일수록 선용은 타오르는 정열 위에 냉담한 이지理智의 푸른 재灰를 뿌려 그 정열을 식혀버려 정월을 또다시 생각하지 않으리라 하였다. 아니 또 다시 생각하지 않으리라 함보다도 생각할 수 없는 것이라 하였다. 그러나 선용은 피를 가진 사람이었다. 청춘에 노곤한 단잠을 다 깨지 못한 사람이었다. 만일 이지의 차디찬 힘으로 과연 열정의 타는 불길을 꺼버릴 수가 있다 하면 선용은 말할 수 없는 공허空虛를 깨달았을 것이다. 만일 선용이 가슴의 공허를 깨닫는다 하면 또 다시 그 낙망落望으로 인하여 공허를 맛볼 때와 같이 이 세상 모든 것을 슬픈 것으로 화하여 버리었을 것이며 나중에는 죽음의 벌을 받을는지도 알 수 없으며 비록 죽음을 바라지 않는다 하더라도 결국은 살아 있는 송장이 되고 말았을 것이다.

그러나 정월의 날씬한 그림자를 대신 채우는 것은 일본 있는 그 여학생의 그림자였다. 그 여학생은 지금 어디에 있는지 알지 못한다. 또는 무엇을 하는지도 알지 못한다. 그러나 선용 자기를 사랑하며 선용 자신을 기다리고 있는 것은 조금도 틀림없다고 선용은 믿었다. 분명치도 못하고 보이지도 않고 들리도 않는 알지 못하는 희망이 도리어 냉담한 이지 그것보다는 몇천 배 몇만 배 낮게 선용의 그 낙망적 열정을 대신하여 줄 수 있으며 선용을 다시 희망과 열정의 권내圈內로 접어 넣을 만한 큰 세력을 가지고 있었다. 선용은 정월이를 생각할 때마다 그 일본 있는 여학생을 생각하였다. 그리고 어느 것을 더 자기를 즐거웁게 하며 자기를 행복스럽게 하여줄까 하여보았다.

몸에 병이 있는, 불쌍하고 가련한 동정의 뜨거운 눈물을 흘려주어야 할 만큼 죽음과 생의 경계선 위에서 헤매이는 정월은 다만 불쌍한 인생을 위해서 동정을 주고받고 할 사람이다. 정월과 자기 사이에는 다만 눈물이며 한숨인 비애의 애정이 있을 뿐이며 다만 남아 있는 것은 저녁날에 묘지를 향하여 가는 상여꾼의 소리와 같이 쓸쓸하게 가슴쓰린 사랑의 만가輓歌뿐이다.

그러나 일본 있는 그 여학생은 어떠한가? 극劇의 막幕을 아직 열지 않은 것과 같이 무한한 기대期待가 저편에 숨어 있으며 말할 수 없는 정취情趣가 저편에서 자기를 부르고 있다.

그러나 선용은 그 극이 비극일는지 희극일는지 알지 못하지만 사람인 선용은 또한 다른 사람과 같은 마음이 약하였다. 그는 알지도 못하고, 듣지도 못하고, 보이지도 않는 미래의 꿈 같은 희망에 속지 아니치 못하였다. 선용은 그 여학생을 생각할수록 그 전보다 더욱더욱 똑똑하고 분명하게 그의 눈앞에 장차 올 행복과 열락이 보이고 들리는 듯하였다. 그는 어떠한 때에는 기껍고 반갑게 어린아이가 오래 기다리던 어머니를 맞으려 두 팔을 벌리고 뛰어나가는 것과 같이 무한한 희망을 동정하는 끝에 아무것도 없는 공중에 두 팔을 훨씬 내밀어 그 장차 오려는 행복과 열락을 당장에 끼어안을 듯이 그리움을 깨달았다.

그리고 감상과 비애를 맛보고 또 맛보다 아주 거기에 싫증이 난 선용은 장래에 또 무슨 불행이 있을는지 알지 못하겠다는 불안과 함께 그 여학생 사이에 새로운 행복을 간절히 원하기도 하였다. 너무나 차고 쓸쓸하고, 푸르스름하고 가슴이 쓰린 것만 맛본 선용은 달콤하고 꿈속 같고 붉고 즐거운 몽환적夢幻的 새 생명을 간망懇望하였다.

선용은 생각하였다.

'얼른 얼른 일본으로 가리라. 몸이 허약하여 고향에 돌아와 정양靜養을 한다는 것이 도리어 나의 정신에는 말할 수 없는 고통을 준다. 얼른 얼른 일본으로 그 여학생을 찾아가리라. 그리고 찾지 못하거든 어디로든지 헤매리라. 찾다가 찾으면 나에게 또다시 없는 다행이라 하겠지만 찾다가 못 찾으면 넓은 지구 위에 어디든지 헤매이며 끝없는 희망을 품고 그 여학생을 찾아다니리라. 만일 이 세상에서 찾을 수가 없거든 일평생 그 여학생은 나를 사랑하고 나를 기다린다는 희망을 가지고 지내다가 죽은 후, 저 알 수 없는 세상까지 그를 쫓아보리라. 나와 같이 나를 찾아다니다가 한 있는 일평생을 나와 같은 희망 가운데 살아가 나를 이 세상의 차디찬 껍질을 내버리고 거기서 나를 기다리겠지—.'

하다가도 선용은 자기의 생각이 너무 공상적인 것을 혼자 웃으면서,

'어떻든 일본으로 가리라' 하였다. 그리고 당장에 무슨 뜻하지 않은 기꺼운 일이나 들은 것같이 흥분됨을 깨달았다. 그리고 설新年을 기다리는 어린아이 같이 당장에 일본으로 가고 싶었다. 그는 한 주일쯤 있다가 서울을 떠나 일본으로 가기로 정하여 버렸다. 그 후 사흘이 지나고 선용은 자기 방에서 일본으로 갈 행장을 차리고 있었다. 경희는 그 짐 꾸리는 것이 눈물이 날 만큼 섭섭하고 쓸쓸스러움을 주는 듯하였다. 그리고 다른 때에는 웃기도 하고 우스운 소리도 잘하던 선용이가 짐 꾸리느라고 골몰을 하여 침착한 얼굴에 상기가 되어 아무 소리 없이 이것저

것 저 할 것만 하는 것이 아주 야속한 생각이 난다. 그뿐 아니라 자기가 무슨 말을 할지라도, "응, 응" 하고 지나가는 소리로 대답만 하고 어떠한 때에는, "가만히 있어. 이것 잊어버렸군" 하는 것이 어째 자기를 싫어하고 미워하는 것 같아 그는 서투르고 원망스러움을 맛보았다. 그는 거기 오래 서 있지 못하고 안방으로 뛰어가서 멀거니 앉아 있었다.

선용은 한없이 유쾌함을 깨달았다. 한없는 기대가 자기 앞에 있는 듯하였다. 그리고 일본으로 가면 이번에는 그전과 같이 몸을 수고로이 하지 않고 잘 안락하고 부드럽게 지내겠다는 생각이 한없이 즐겁게 하였다. 그때 그의 머리에는 정월이가 조금도 있지 아니하였다. 그가 막 고리짝을 얽어매고 있을 때이다. 영철이가 찾아와서 이 꼴을 보더니 아주 깜짝 놀라며, "이것이 웬일인가. 짐을 왜 묶나?" 하며 이것저것을 둥그런 눈으로 번갈아가며 바라본다.

선용은 묶던 짐을 여전히 묶으면서 아주 심상하게,

"모레 일본으로 갈 터이야."

하였다.

"일본으로? 왜? 벌써 가을도 안 되었는데."

"여기 있을 수 없어, 얼핏 가버리는 것이 수야."

"그렇지만 너무 속速하지 않은가?"

"속하지 않어, 나는 여기 있으면 있을수록 고통이니까."

"그렇지만 이것은 참 의외인걸."

"의외?"

"그래."

"의외될 것 무엇 있나. 가면 가고 오면 오는 것이지."

영철은 한참이나 가만히 있었다. 선용은 또다시 말을 이어, "자네 은행에서 나왔다는 말을 들었는데 정말인가?" 하였다. 영철은 입맛을 다시며, "그것은 또 누구에게 들었나?" 하니까 선용은 허리가 아픈지 허리를 펴고 일어서 두 손으로 허리를 잡고 영철을 쳐다보더니 다시 허리를 꾸부리며, "글쎄 왜 나왔나? 누구에게 들었어…… 누구한테 들었던가?" 하고 한참만이나 고개를 기웃하고 생각을 하여보더니, "잊어버렸는걸, 누구인지" 하였다. 영철은 웃으면서, "그것야 말해 무엇하나?" 하고 또 담배를 꺼내 문다.

선용은 마침 무엇을 잊어버린 것이 있어서 영철의 말을 귀담아듣지를 않고 "앗차, 잊어버렸다. 괴테의 《파우스트》를 넣지 않았구나" 하고 입맛을 쩍쩍 다시고 한참이나 애써 묶던 고리짝을 들여다보더니 다시 책장으로 가까이 가서 이책 저책을 뒤적뒤적하더니 영자英子로 거죽을 쓴 책 한 권을 꺼내어 가지고 왔다. 영철은, "그렇게 젊은 사람이 정신이 없어 무엇을 하나" 하더니, "저리 가게, 내 묶어줄 터이니" 하고 달려들어 묶던 고리를 활활 풀어 헤뜨리고 빨랫줄을 두 줄에 합하여 두어 번 끝을 맞춰 죽죽 훑더니 매듭을 지어 놓고 이리저리 고리짝을 굴려 발을 대고 힘을 다해 졸라맨다.

선용은 이것을 시원스러워하는 듯이 보고 서서,

"그럼, 자네 이제부터는 무엇을 하려나?"

"글쎄, 할 것 무엇 있나."

"그럼, 우리 둘이 일본으로 가세그려."

"그랬으면 좋겠지만 모든 것이 허락을 해야지."

"허락? 가면 가는 것이지."

"그렇지만."

"가세, 가. 가서 우리 둘이 있세, 돈야 걱정할 것 무엇 있나?"

"그러나……" 하고 영철은 주저주저하였다. 그리고 가고 싶은 욕망이 나지도 않았다.

"가세, 가. 이번에 나하고 같이 가세" 하며 선용은 재촉하듯이 영철을 본다. 영철은,

"그런데 내 누이동생이 요새 단단히 앓고 나서 이번에 시골로 데불고 갈까 하는데 나도 어떻게든지 일본으로 갈 요량이 있었으나 내년 봄쯤이나 가볼까 하는걸" 하였다.

"글쎄" 하고 선용은 정월의 말을 듣고는 말에 풀이 없어지며 아무 소리가 없다. 영철은, "그러면 언제쯤 떠나나?" 하였다.

"모레쯤 가려 하네."

"모레?"

"그래."

"오, 참, 아까 모레라고 그러하였지, 그럼 우리 같이 떠나세그려, 우리는 대전서 차를 바꾸어 탈 터이니까……."

"어딘데, 대전서 차를 갈아 타?"

"응, 부여까지 가려네."

"부여, 백제 옛 도읍 말일세그려."

"그렇지."

"어째 그리로 가나?"

"거기 아는 사람 하나가 있어서 자꾸자꾸 한 번 놀러 오라고 하니까, 또 마침 정월이가 시골 바람이 쏘이고 싶다 하고 그래서 그리로 가기로 하였네."

"참, 부여가 아주 좋다네."

"그렇다는걸, 나는 가보지 못하였지만 그 사람이 이야기를 하는데 꽤 좋은 모양이야."

"그럼 몇 시에 가려나?"

"아침 아홉 시 차로 가세그려."

"그러세, 그럼 우리 정거장에서 만나세."

"그러세."

영철은 한참 있다가, "지금 우리 누이가 제중원에 있는데 병은 다 나았지만 집으로 가면 다 구찮다고 거기서 바로 시골로 가겠다고 해서 병원에 있는데 마지막으로 한 번 찾아보게그려. 물론 옛일은 옛일이지마는 정월을 보아서가 아니고 나를 보아서 한 번만 찾아보게그려" 하고 농담도 같고 간원도 같고 자기 누이를 불쌍히 여기는 애정에서 솟아나오는 것 같이 말을 하였다.

선용은 영철에게 정월이의 말을 듣는 것이 그전과 같이 열렬한 무슨 감동을 주지 못하고 다만 냉소와 함께 희미한 옛 기억이 생각되었다가 사라질 뿐이었다.

영철은 선용의 집에서 나와 안동을 넘어 전동 넓은 길로 내려올 때 누구인지 앞에 탁 막아서며, "이 주사 나리, 어디를 가세요?" 하는 아주 영철의 마음을 유쾌치 못하게 하는 사람이 있다. 영철이는 땅만 내려다보며 무엇을 생각하다가 깜짝 놀래어 고개를 들어 쳐다볼 때 자기 앞에는 우산을 아무렇게나 묶어 들은 설화 어미가 반가운 듯이 웃으면서 서 있다. 영철도 반가웠다. 설화 어미 그 사람이 반가운 것이 아니라 설화를 생각하는 마음이 영철을 반갑게 하였다.

"오래간만이구려" 하며 영철은 그래도 웃음을 띠지 않고 냉담한 눈으로 설화 어미를 쳐다보았다. "요새 자미가 어떻소?" 하고 영철은 지나가는 발길을 멈추고 섰다. 설화 어미는 무엇이 걱정이 되는지 긴 한숨을 한 번 휘 쉬더니, "제 자미야 그저 그렇지요마는 설화가 앓아서 큰일 났습니다. 아마 죽을까 보아요" 하고 눈에 눈물이 그렁그렁하다. 영철도 그 소리를 듣고 뼈가 녹는 듯한 감정을 맛보고 바로 설화 어미의 얼굴을 쳐다보지 못하였다. 그리고 다만, "앓아요?" 하고 깜짝 놀랄 뿐이었다.

"네, 바로 이 주사께서 다녀가시든 그날 저녁에 어데인지 다녀오더니 밤새도록 울기만 하고 왜 우느냐 해도 대답도 잊고 그저 죽는다는 소리만 하더니 그 이튿날부터 자리에 누워 일어나지 못합니다그려" 하다가 인력거가 지나가니까 한옆길로 들어서며 또다시, "그래 일주일이나 되도록 몸이 펄펄 끓고 정신을 잃고 저렇게 헛소리만 하고 있습니다그려. 그리고 언제든지 영철 씨만 만났으면 좋겠다고 날마다 날마다 부르짖으니 이 주사께서는 그 후에 한 번도 오시지를 않고 댁으로 갈 수도 없고 또 댁 통 호수도 알 수 없고 회사에서는 나오셨다는 말을 들어 거기를 갈 수도 없고 어떻게 만나뵈올 수가 있어야죠. 옆에서 보기에도 답답만 하고 내 자식도 아닌 남의 자식을 호강도 못 시키나마 저렇게 기르다가 그것이 죽고 보면……" 하더니 입이 떨리고 눈물방울이 똑똑 떨어지며, "불쌍해 못 견디겠어요" 하고 수건으로 눈을 씻으며 목이 메어 말을 채 못 마친다.

영철은 본래 설화 어미를 그렇게 무인정한 사람으로 알지는 않았으나 지금 그 우는 꼴을 보니까 한층 더, '너도 사람이로구나' 하는 생각이 나며 지나간 즐거운 사랑의 기억이 새삼스럽게 눈앞에 보이며 마음이 아주 좋지 못하다. "그것 안되었구려" 하고 입맛을 다시며 땅만 들여다보고 섰으려니까 설화 어미는 누가 볼까 하여 눈물을 씻으며, "어떻게 오늘 한 번만 꼭 다녀가세요. 철을 모르는 어린것이 조금 잘못한 것이 있더라도 그것을 허물로 생각지 마시고 꼭 한 번만 와주세요" 하며 어린애 타이르듯 듯 말을 한다.

영철은 한참이나 가만히 있다가, "그러구려, 그거야 못 하겠소?" 하고 구두로 땅을 긁다가, "지금은 어데를 가는 길이요?" 하며 다시 설화 어미를 쳐다보니까, "네, 저 의원에게로 약 가지러 가요. 벌써 약값이 얼마인지를 모르겠습니다" 하고 눈살을 찌푸리고 우산을 두 손에다 모아 들고 들었다 힘없이 놓으며 고개를 내두른다.

영철은 지금처럼 설화가 불쌍하고 가련한 생각이 난 적이 없었다. 그는 무엇이라 말할 수 없이 인생의 무상과 비애를 느꼈다. 그는 주머니에다 손을 넣더니 십 원짜리 한 장을 꺼내며, "자, 이것이 얼마 되지는 않지마는 약값에나 보태 쓰시우" 하고 설화 어미를 내어 주니 설화 어미는 눈이 둥그래지며 손을 얼핏 내어밀지도 못하고 "아, 무엇, 이렇게" 하고 아무 소리 없이 입을 벌리고 싱그레 웃는다. "자, 받아요" 하고 영철은 설화 어미 손에다 그 돈을 쥐어주며, "있으면 얼마든지 주었으면 좋겠지만……" 하였다. 설화 어미는, "천만의 말씀을 다 하십니다" 하고 그 돈을 받아 들고, "그러면 있다가 저녁에 오시렵니까?" 하였다.

"그렇죠, 있다가 저녁에 틈이 있을 터이니까. 지금이라도 갔으면 좋겠지만……."

설화 어미는, "그러면 꼭 기다리겠습니다." 하고 당부를 하고 또 당부를 하고 저쪽으로 엉덩이를 만족한 듯이 내저으며 가다가는 고개를 숙이고 무엇인지 생각하며 종로를 향하여 걸어가는 영철을 두어 번 돌아다본다.

영철은 설화 어미에게 그 소리를 듣고는 참으로 가슴이 괴로웠고 설화가 불쌍하였다. 그리고는 자기를 만나자는 소리가 무엇보다도 가슴을 아프게 하였다. 그리고 어제까지 설화를 원망한 것이 나의 잘못이나 아닌가 하는 후회의 마음이 반의심과 함께 자꾸자꾸 난다. 그리고 설화가 자기에게 그렇게까지 한 것이 설화 자신의 본마음에서 나온 것이 아니라 바깥의 모든 경우가 설화를 그렇게 만들어 놓은 것이 아닌가 하고 설화를 동정하는 호의로써 생각을 할 때 어린 계집아이가 험한 세상을 부대껴가며 헤매고 고생하는 가슴 쓰린 처지를 생각하면 영철 자신의 가슴이 쓰린 듯하였다. 그리고 병에 쪼들려 신음하는 자기의 사랑하는 누이동생에게 향하는 애정과 같이 설화에게도 따뜻한 애정이 향하여 갔다. 그리고는 설화 자신이 나에게 그렇게 하였다 하더라도 어찌할 수 없는 환경의 모든 죄악이 설화를 그렇게 만들어 놓았다 하는 생각이 나며 세상 모든 것이 저주하고 싶도록 원망스러웠다.

설화 어미는 약을 지어가지고 설화가 당장에 살아나는 듯이 춤출 듯이 좋아서 자기 집으로 뛰어들어왔다. 마루 위에 섰던 설화를 보러 온 연옥이가 설화 어미를 보더니, "아주머니, 어데 갔다 오세요?" 하며 반가워한다.

"의원한테 갔다 온단다, 아이그" 하고 수건으로 흐르는 땀을 씻으며 마루 끝에 가 벌떡 주저앉아 이제는 할 일을 다 하였다는 듯이 가슴을 내려 앉히며, "언제 왔니?" 하고 신을 벗고 방으로 들어가며, "설화야, 설화야, 영철 씨가 오신단다. 인제 정신을 좀 차려라, 정신을 좀 차려" 하고 하얗게 여읜 설화가 힘없이 눈을 감고 누워 있는 곁으로 가까이 가서 설화의 가는 손을 붙잡고 가볍게 흔들며, "설화야, 설화야, 정신을 좀 차려" 하면서 설화 어미가 설화를 깨우려 하니까, 곁에 있던 연옥이가 이 말을 듣더니, "어데서 만나 보셨어요?" 하니까 설화 어미가 설화를 들여다보고 있더니, 연옥을 돌아보며, "오늘 마침 이 주사를 만났어" 하며 신통한 일이나 한 듯이 신이 나서 말을 한다. 연옥이도 신기한 듯이, "어데서요?" 하였다.

"마침 전동 길을 올라가려니까 무슨 생각을 하는지 고개를 숙이고 내려오겠지. 그래 앞에 가서 이 주사 어데 가서요? 하였더니 깜짝 놀래어 나를 보자 자미가 어떠하냐고, 그래 내가 설화가 앓는다고 말을 하였더니 아주 미안해하는 듯하더니 주머니에서 돈 오백 냥을 끄내주며 약값에나 보태어 쓰라고 나를 주기에, 어떻게 하나, 웬 떡요 하고, 받아 들고 오늘 한 번 다녀 가라 하였더니 있다가 꼭 오마고 하였어."

"정말 올까요? 그이가."

"꼭 오맸어, 아주 단단히 다짐을 받았으니까 오기야 올 터이지."

연옥은 의아해하는 듯이 가만히 앉아 있다.

설화는 고개를 부스스 돌리더니 이야기하는 두 사람을 힘없이 바라보며, "언제 오셨어요?" 하고 자기 어머니에게 향하여 괴로운 중에도 반가이 말을 한다.

"오, 지금 막 온 길이다. 자, 정신을 좀 차려라, 오늘 이 주사가 오신단다."

"네? 이 주사라뇨?" 하고 설화는 단념한 가운데에도 얼마간의 기대하는 의심을 가지고, "거짓말, 그이가 무엇하러 와요. 그이는 아니 와요" 하며 다시 얼굴빛이 그윽한 죽음의 나라를 바라보듯이 처량하고도 일종의 비애의 빛을 띤다.

"정말야, 있다가 꼭 오시마고 하였어."

"아녜요" 하고 곧이듣지 않는 듯이 고개를 담벼락 쪽으로 향한다.

"그애, 남의 말은 턱도 듣지 않네."

하며 설화 어미는 답답해 하니까, 옆에 있던 연옥이가,

"참말이란다. 아까 어머니께서 만나보셨단다. 그리고 그이가 약값까지 십 원을 주고 있다가는 꼭 오마고 하였단다, 정말야" 하고 설화를 믿도록 타이른다.

"정말?" 하고 그래도 시원치 못하게 설화는 힘없이 말을 한다.

"그래, 정말예요. 이따가 보려무나."

설화의 마음은 아주 낙망으로 단념하였었다. 그래도 속으로 이영철을 만나보았으면 하는 기대의 마음이 없지 않았었다. 그러나 지금 이영철이가 자기를 위하여 돈까지 주고 또 있다가 자기를 찾아온다는 말을

들을 때에 여러 날 병으로 인하여 기운이 다하여 모든 것이 모기장을 친 것 같이 분명치 못하고 희미하게 보이는 가운데 그 말소리가 연옥이나 자기 어머니의 말과 같지 않고 꿈속에서 무슨 알지 못하는 나라에서 온 사람이 자기에게 그것을 알려주는 듯하여 설화는 하늘의 도와주심이나 무슨 신神의 예감豫感같이 생각하였으나 그것을 단단히 믿지 못하면서도 그것을 진정이라고 믿고 싶었다.

그러나 그는 자기의 믿고 바라고 또는 기꺼움을 바깥으로 표현시키기를 원치 않았다. 그는 다만, "그이는 오지 않아요, 오지 않아요" 할 뿐이었다. 그러나 그날이 점점 어두워 갑갑한 어둠이 온 방 안으로 가득찰 때 그는 아주 견디기 어렵도록 가슴이 조이었다. 그리고 희미하게 들리는 모든 소리가 다 이영철이의 발자취 소리같이 들리고, 자기 어머니가 문을 열고 들어올 때마다 눈을 뜨고 쳐다보았으나 반가운 소식은 들리지 않았다. 그래 기대하는 대로 모든 것은 자기에게 낙망과 비애를 줄 뿐이요, 아무것도 없었다.

일곱 시 반이 넘었다. 그때 설화는 한 시간 동안은 기다려도 쓸데없다 하고 조금 마음을 진정하였다. 그때에는 영철이가 자기 집에서 저녁을 먹고 있을 것이다. 그래 밥을 먹고 전차를 타고 나를 보러 오려면 한 시간은 걸리리라 하였다. 그러나 한 시간이 지나가 여덟 시 반이 되어도 아무 소리가 없었다. 다만 설화 어미가, "웬일일까, 여덟 시가 넘었는데, 꼭 온댔는데" 하는 소리가 자기의 말은 거짓말이 아니라고 변호하는 듯이 때때로 마루 끝과 마당에서 들릴 뿐이었다. 아홉 시, 열 시, 열 한 시, 열두 시가 지났다. 영철은 오지 않았다. 설화는 기다리고 기다리던 졸이는 마음이 홱 풀어지며 다른 사람 보지 못하게 눈에서 눈물이 났다. 그리고 그는 당장에 죽고 싶었다.

흘러가는 세월은 하루 저녁을 바꾸어 하루 낮으로 만들어 놓았다. 병원 대문으로 아침 열 시가 넘어 선용은 여러 가지 생각을 하면서 천천히 발을 옮겨 놓았다. 선용이 병원 정문으로 들어가, 병실 문간을 들어가, 층계를 올라갈 때에 어떤 젊은 간호부가 혈색 좋은 얼굴에 미소를 띠고 상냥스럽게 자기를 바라보고 서 있다가 선용이가 모자를 벗고, "말씀 좀 여쭈어보겠습니다" 하니까, "예, 무슨 말씀예요?" 하고 대답을 한다. 선용은 병원에 오기만 하면 자기가 동경서 병원에서 치료를 받던 생각이 나며 또 간호부를 볼 때마다 자기에게 친절히 하여주던 그 일본 간호부 생각이 난다.

오늘 이 상냥한 간호부를 처음 볼 때에는 일본 있는 간호부보다 아주 어여쁘고 부드럽게 생겼구나 하다가 처음으로 그의 말소리를 들을 때에는 보통 다른 여자보다 사람과 많이 만나고 익힐 기회를 가졌으므로 그렇게 되었는지 알수 없으나 어떻든 다른 여자보다 더 상냥한 점이 있기는 있으나 일본 있는 그 간호부보다는 아주 못하고나 하였다.

"저 이정월 씨가 어느 방에 계신가요?"

"네, 이정월 씨요? …… 잠깐만 기다려 주서요."

하더니 저쪽 귀퉁이 일등 병실로 들어갔다 나오며,

"이리로 오세요, 지금 머리가 좀 아프시다고 드러누워 계신데 그대로 들어오시라고요."

"예, 그러면 이것을 좀 일어나시거든 드려주서요."

하고 명함을 꺼내어 간호부를 주며,

"무어 누워 계신데 들어갈 것은 없지요."

"그러면 잠깐만 더 기다려 주서요."

하고 간호부는 다시 들어갔다 나오더니,

"들어오시라고 하십니다."

선용은 그대로 가려 하다가 다시 자기의 명함을 보고 들어오라는 말을 들을 때에 그의 마음은 이상한 호기심이 일어났다. 그리고 으레 자기를 들어오라고 하렷다 하는 추측이 맞은 것을 유쾌하게 생각하였다.

선용은 정월의 병실로 들어갔다. 공중색空中色, 양회를 바른 고요하고 정결한 병실이 너무 가볍게 쓸쓸하다. 방 안에는 약 냄새가 가득 찼다. 선용은 웬일인지 두근거리는 감정을 진정키는 어려웠다. 방 안에 놓여 있는 모든 것이 다 자기를 원망하고 애소하는 듯하고 모두 죽음으로 향하여 가는 듯하였다. 하얀 침상 위에 누워 있는 정월은 무엇을 명상하듯 눈을 감고 가만히 죽은 듯하게 누워 있었다. 선용이가 천천히 걸어 조심스러운 듯이 방 한가운데까지 들어오도록 정월은 알았는지 몰랐는지 그대로 누워 있었다. 그의 수척한 가슴을 덮은 흰 홑이불 위로 그의 심장이 팔딱팔딱 속하고 높게 뛰는 것이 분명히 보였다. 또는 목이 마른 듯이 때때로 침을 삼켰다.

견디기 어려운 반가움과 원망과 비애와 또는 한옆에서 타오르는 피로疲勞한 정욕이 그의 가슴속에 있는 염통을 고조高調로 뛰게 하고 또는 초민焦悶을 일으키게 하였다. 그리하여 선뜻 선용을 맞이하지 못하게 하였다. 같이 들어온 간호부가 가만히 선용의 들어옴을 말함에, 그는 그때야 겨우 눈을 뜨고 고개를 돌이키며 가까이 선용을 바라보았다. 그의 가만히 뜨고 바라보는 힘없는 두 눈이 그윽하고 그리운 빛을 나타내는 것이 선용의 마음을 푸른 헝겊으로 싸는 듯이 불쌍하고 눈물이 날 듯하였다.

선용은 가만히 고개를 숙이고 의미 있는 듯이 예를 하였다. 정월은 아무 소리 없이 눈으로 답례를 하였다. 그리고 몸을 일어나려 할 때 그의 풀어진 옷고름 가로는 파리한 가슴과 조그마한 유방이 어여쁘게 내다보이었다. 그리고 풀어진 머리를 아무렇게나 쪽진 나리채는 그의 왼쪽 어깨 위로 아무렇게나 떨어졌다.

선용은 떨어지지 않는 입을 가까스로 열어,

"좀 어떠하십니까? 오랫동안 뵈옵지 못하여서…… 그래도 누워 계시지요."

"예, 매우 고맙습니다. 이렇게까지 무정한 저를 찾아주시니."

"왜 말씀을 그렇게 하세요. 네? 정월 씨는 저에게 무정히 하신 것이 하나도 없어요. 도리어 제가 오랫동안 찾아뵙지를 않았습니다. 생각지를 않았어요. 제가 도리어 정월 씨에게 무정히 하였습니다."

"천만에 말씀을 다하십니다. 저와 같은 사람에게 그렇게까지 하시는 것은……."

하고 정월은 아무 소리가 없다.

선용은 그 옆에 놓여 있는 테이블 위를 보았다. 거기에는 '비너스' 여인의 조각彫刻의 사진이 하나 높여 있었다. 선용이 이것을 볼 때 어찌함인지 그 여신이 정월과 자기와의 사이를 다시 이어주는 듯하였다.

간호부는 나갔다. 조용한 방 한가운데에는 말하기 어려운 사랑의 향내와 애끓는 비애, 원망의 냄새가 엉켜 가득 찼다. 방 안의 모든 것이 숨소리도 내지 않고 이 두 사람의 이야기를 들으려고 귀를 기울이고 있는 듯하였다. 정월은 다시, "선용 씨, 우리 두 사람은 정말 영원히 떠나지 않으면 안 될까요?" 하였다. 정월의 가슴은 생시를 꿈이라고 인정하려는 듯이 모든 것을 부인否認하려면 부인할수록 더 똑똑하게 모든 것이 부인되지 않는 것을 생각할수록 가슴이 답답하였다.

선용이가 이 말을 들으며, 그의 여신의 머리털 같은 부드러운 머리털과 한없는 정욕을 일으키는 그의 흰 젖가슴이 반쯤 풀어진 옷 사이로 내다보이는 것과, 얇은 홑옷을 통하여 따뜻한 살이 하얗게 내비치는 그의 전 육체의 윤곽을 볼 때 그의 가슴에서 타오르는 사랑의 정은 한때에 눈물 날 듯한 정욕으로 화하였다.

그는 자기도 모르게 정월의 손을 잡았다. 그 손을 잡을 때에 선용의 머리 속으로 지나가는 것은 삼 년 전 옛날에 영도사 시냇가에서 처녀인 혜숙의 손을 잡던 기억이었다. 그때에는 눈물 날 듯한 환희歡喜와 희망을 깨달았으나 지금 이정월의 손을 잡을 때에는 눈물이 철철 흐를 듯한 비애와 낙망 속에서 헤맨다.

"정월 씨, 왜 그런 말씀을 하세요. 네? 아무것일지라도 우리 두 사람의 사랑을 정복할 수는 없지 않습니까?"

선용은 점점 그의 손을 단단히 쥐었다. 그리고 정월의 매끄럽고 가벼운 몸을 자기 가슴으로 가까이 하였다. 선용은 두려운 가슴과 함께 정월의 육체에 따뜻하고 녹는 듯한 아름다움을 놓을 수가 없었다. 그는 다만 영원히 정월의 몸을 좋지 말았으면 할 뿐이었다. 정월도 얼마간은 아무 소리 없이 가만히 있었다.

"놓으세요, 놓으세요."

정월은 양심의 가책苛責을 받는 죄수와 같이 선용의 손에서 자기가 손을 빼려 하며 눈에서는 쉴 새 없는 눈물이 흐르면서, "놓으세요, 네? 놓으세요. 저는 선용 씨를 사랑할 자격이 없어요. 어서 돌아가세요. 저는 다만 선용 씨에게 대한 죄인으로 일평생을 지내갈 따름입니다. 자, 어서 가세요" 하고 그대로 침상 위에 엎드려 자꾸 운다.

선용은 아무 소리 없이 정월의 우는 것을 한참 내려다보다가,

"우지 마세요. 자, 저는 가려 합니다. 그러면 내일 정거장에서 만나시지요."

선용은 방문을 나섰다. 선용의 몸은 떨리며 한옆으로는 피가 와짝 식어버리는 듯이 소름이 끼쳤다. 그리고 간호부가 자기를 유심히 보는 것이 아주 얼굴이 홧홧하여지는 듯하였다. 그가 층계를 내려와 다시 정월의 병실 유리창을 쳐다볼 때에는 창장窓帳에 매달려 눈물을 씻으며 돌아

가는 자기를 바라보는 정월이가 힘없이 서 있었다. 선용은 모자를 벗어 인사를 하고 정문을 나섰을 때에 비로소 다시 일본 있는 그 여학생을 생각하였다.

영철이가 설화 집에 가기는 다음날 오정이 거의 다 되어서였다. 설화 어미는, "왜 어저께 오지 않았느냐?"는 듯이 영철을 바라보며, "왜 오늘야 오세요?" 하며 무슨 낙망이나 한 듯이 시름없이 말을 한다. 그의 두 뺨에는 눈물방울이 묻어 있었다. 영철은 무엇이라 말할 수가 없었다. 다만, "네, 마침 시골서 친구 하나가 찾아왔어요……" 하고 서투르게 말을 하였다.

영철은 설화의 집까지 오면서 다만 생각한 것은 진정으로 내가 설화의 누워 있는 자리 옆 가까이 가게 되면 설화는 벌떡 일어나 나의 목을 끌어안고 한껏 울어주었으면! 그러면 나도 울 터이다. 그러면 두 사람이 흘리는 눈물은 한 곳에 한꺼번에 섞여 흐르게 될 것이다. 그리하면 또다시 헤어졌던 사랑이 다시 만나게 될 것이 아닌가 하였다. 그리고는 으레 그렇게 되리라 하였다. 설화는 나를 잊어버리지 않았다고 자기의 어머니는 나에게 말을 하였다. 그러면 또다시 그 사랑을 잇기가 무엇이 어려우리오 하였다.

영철이 오래간만에 설화의 집에 들어와 보니까 모든 것이 반가운 듯하고 모든 것이 그리운 듯하였다. 그리고 그전 같으면 자기를 보고 문을 열어젖뜨리고 웃음을 띠고 반갑게 맞아줄 설화가 다만 고요하고 조용한 미닫이 한 겹 가린 저 방에 누워 있다는 것을 생각할 때 영철의 가슴은 말할 수 없이 섭섭하였다. 그리고 설화는 박명한 미인이로구나 하는 동정하는 마음이 온 전신의 뜨거운 피를 식히는 듯이 쏴 흘렀다.

그러나 영철이가 설화의 누워 있는 방으로 들어갔을 때에는 설화가 영철의 고개를 끌어안고 못 견디어 울음을 울어주지 않았다. 다만 힘없고 고요하게 죽은 듯이 누워 있을 뿐이었다. 영철은 설화의 손을 잡고, "설화, 나요, 설화, 설화" 하며 그의 여위고 날씬한 손을 가볍게 흔들었으나 설화는 아무 소리가 없었다.

영철은 갑갑하고 속이 타는 듯이,

"설화, 나요, 설화, 나요."

설화의 몸을 흔들었으나 설화는 아무 소리 없이 누워 있을 뿐이었다.

"설화, 왜 대답이 없소? 네? 왜 대답이 없어요."

설화 어미는 눈물을 흘리며 설화의 근심에 싸인 듯이 푸르게 찡그린 얼굴을 두 손으로 쓰다듬으며,

"설화야, 영철 씨 오셨다. 네가 날마다 부르던 영철 씨가 오셨다. 왜 말이 없니, 응, 영철 씨가 오셨어."

그러나 설화는 대답이 없었다. 다만 머리맡에 놓여 있는 시계가 고요한 침묵의 흐르는 세월을 한가하게 세고 있을 뿐이었다.

설화 어미는 미친 사람 모양으로, "설화야, 설화야, 왜 대답이 없느냐, 죽었느냐 살았느냐" 하고 우는 얼굴로 설화를 깨운다. 그러나 설화는 다만 때때로 고개를 돌아누우며 혼몽한 가운데 정신을 잃고 누워 있었다.

영철의 가슴은 공연히 답답하였다. 그리고 웬일인지 모든 것이 귀찮은 듯한 생각이 났다. 그리고 자기를 보면 반가이 맞아줄 줄 알았던 설화가 불러도 대답이 없이 누워 있는 것이 아주 원망스러웠다. 또 설화 어미가 눈물을 흘리고 우는 것이 아주 보기 싫었다. 그는 갑자기 가슴을 무엇이 콱 찌르는 듯하더니 갑자기 원망과 싫은 생각이 일어나며 그 자리에서 벌떡 일어나서, "어, 나는 가겠소" 하고 방문 밖으로 나왔다. 설화 어미는 다만, "왜 그렇게 가세요?" 하고 설화의 파리한 얼굴만 정

신없이 바라볼 뿐이었다. 그리고 영철의 돌아간다는 것이 그리 섭섭하거나 그리 큰일이 아닌 듯이 문밖으로 나오지도 않고 그대로 지나가는 인사처럼 인사를 할 뿐이었다.

"저, 설화가 혹시 정신을 차리거든 내가 다녀갔다는 말이나 하시오. 그리고 내일은 시골에 갈 터이니까 또 만나보기는 어렵고 시골 다녀와서나 만나보자고 하더라고 그러시오. 그리고 오늘 왔다가 말 한마디도 못한 것을 매우 섭섭하다고 그래 주시오" 하고 뒤도 돌아보지 않고 설화의 집을 나왔다.

영철은 오늘 설화의 집에 온 것이 아주 유쾌치 못한 인상을 받았다 하였다. 도리어 쓰리고, 아프고, 아찔한 슬픔을 맛보고 가는 것보다도 못하게 영철은 오늘 설화의 집에 온 것이 더럽고 원망스럽고 힘없이 누워 있는 푸른 설화의 얼굴이 아주 얄밉게 보였다. 그리고 죽거나 살거나 당초에 만나보지 않으리라 하였다. 또 어저께 설화 어미가 행길에서 자기를 보고 설화가 자기를 만나보겠다고 헛소리를 하였다는 것이 얼굴이 간질간질한 거짓말 같이 생각된다. 그리고 오늘 설화가 찾아온 것이 자기가 무슨 희망을 품고 요행을 바라고 온 듯하며 다시 생각하니 말할 수 없이 부끄럽다. 영철은, "영원히 만나지 않을 터이다" 하고 주먹을 힘 있게 쥐고 고개를 진저리치듯 내흔들었다.

영철이 설화의 집에서 나온 지 삼십 분이 못 되어 설화는 겨우 잠깐 눈을 뜨고 사면을 둘러보았다. 그 옆에는 다만 설화 어미가 눈물을 흘리고 정신없이 앉았을 뿐이었다.

"어머니."

하고 설화는 시름없는 목소리로 말을 꺼내었다.

"영철 씨가 안 오셨지요?"

"오, 설화야, 이제 정신을 차렸니? 지금 영철 씨가 다녀가셨단다."

"네! 정말예요?"

하고 드러누웠다가 벌떡 일어나려 하며 반가운 듯이 눈망울을 굴리다가 다시 힘없이 자리에 누우며,

"거짓말이지요. 그이가 왔을 리가 없어요. 왜 왔으면 나를 깨우지 않았어요? 네? 어머니, 거짓말이지요? 네, 거짓말이지요?"

하고 설화는 자기 어머니에게,

"거짓말이지요?"

소리를 무슨 요행이나 바라는 것 같이 자꾸자꾸 한다. 설화는 영철이가 왔다 갔다는 말을 믿을 수 없어 그것을 부인하면서도 자기 어머니의 입에서 정말 왔다 갔다는 말을 듣고 싶었다.

"정말이다. 그이가 왔다간 지도 반 점가량도 되지 못하였단다."

"그러면 왜 나를 깨우지 않으셨어요? 네? 정말이에요?"

"정말이란다. 그런데 암만 흔들어도 네가 깨지를 않는 것을 어떻게 하니?"

설화는 힘없는 손을 벌벌 떨면서 자기 어머니의 팔을 매달리며,

"정말예요? 정말 그이가 다녀갔어요? 네? 네?"

하며 괴로운 듯이 간절히 물어본다.

"그래! 정말야. 정말 다녀갔어."

설화는 아무리 하여도 그 어머니의 말을 믿을 수가 없었다.

"정말이면 왜 제가 보지를 못했을까요?"

하며 혼잣소리처럼 말을 하며 다시 베개를 베고 드러누우며,

"그이가 왜 그렇게 속히 갔을까요?" 하였다.

설화 어미는 말소리를 조금 답답스러운 듯이, "글쎄 네가 깨지 않는 것을 어찌하니?"하며 기막힌 듯이 말을 한다. 설화는 아무 소리 없이 천장만 바라보고 힘없이 누워 가슴이 쓰린 듯한 감상感傷과 비애悲哀를

맛보았다. 설화 어미는 다시, "그이가 내일 시골로 떠난다나, 그래 다녀와서 만나보자고 그러더라" 하고 눈물을 씻으며 한옆으로 물러앉는다. 이 소리를 듣는 설화는 미쳐 날뛰고 싶었다.

여윈 월계꽃의 사라져 가는 향내와 같은 고요하고 그윽한 침묵沈默이 온 방 안을 물들이고 있다. 설화는 덮은 이불을 귀찮고 갑갑한 듯이 다리를 툭 차서 허리에 반쯤 걸리게 하고 노곤하게 두 팔을 가슴 위에 올려 놓으며, 고개를 돌이켜 담벼락을 한참이나 바라보고 있다가 참지 못하여 나오는 뜨거운 눈물이 그의 해쓱한 두 뺨으로 대르륵 굴러 흰 요 위에 한 방울 두 방울 똑똑 떨어져 차디차게 흰 요만 적신다. 그리고 까만 두 눈을 깜작할 때마다 방울방울 굵다란 눈물이 거꾸러질 듯이 쏟아져 나온다. 그리고 때때로 온몸을 사그라뜨리는 듯한 한숨에 떨리는 가벼운 소리가 고요한 침묵 속에 가늘게 떤다.

설화는 지금과 같이 모든 것이 공허空虛함을 깨달은 일이 없었다. 비록 눈물을 흘리고 한숨을 쉴 때라도 그는 언제든지 만일의 요행한 줄기를 믿었으므로 오늘날까지의 가늘고 우습고 불쌍한 생명을 이어왔었다. 다만 보이지도 않고 들리지도 않는 미래未來라 하는 컴컴한 시간의 짧은 마디節를 꾸밀 일, 자기의 생生의 장래에게 속임을 당하며 살아야 하겠다 하였다. 즉 다시 말하면 보지도 못하고 들을 수도 없고 또는 아무것도 없는 미래에게 속고 또 속아 오늘까지의 생을 계속하여 왔으나 지금 이영철 씨가 자기를 위하여 참으로 자기 집까지 왔다 갔는지, 왔다 가지를 아니하였는지 그것을 의심하는 동시에 또 자기 어머니의, 영철이가 시골로 떠나갔다는 소리를 들을 때에 모든 것은 텅 비어버리고 보이지도 않고 들리지도 않고 아무것도 없는 미래未來에게 속았던 어리석음을 비로소 깨닫게 되었다.

모든 것이 공허空虛이다. 누워 있는 그에게는 온 우주가 적막히 빈 듯하였다. 우연히 태어난 설화 한 개의 생의 경로經路는 아주 행복스럽지 못하였으며 아주 처량하였다. 다 같은 생을 향수享受하여 똑같은 인생의 한 마디를 채우는 설화의 생生에는 꽃도 없고 웃음도 없고 향내도 없고 무르녹는 그늘도 없고 아무것도 없었다. 다만 눈물과 한숨과 비애와 유린蹂躪의 발자국이 사라지지 않고 박혀 있을 뿐이다. 그러하나 다만 그 짧고도 짧은 일 년 동안이 넘을락말락한 영철의 사이의 꿀 같은 사랑 속에 살던 그 시간뿐이 설화의 생生의 또다시 없는 다만 한 마디 또 짧고 짧은 유열愉悅과 참 생生의 짧은 마디였다.

그러나 그것은 한낱 잠꼬대와 함께 사라져 없어지는 꿈과 같이 어디로 갔는가? 없어지고 말았다. 조물造物의 코웃음치는 한때의 희롱인지는 모르겠으나 설화에게는 자기 생의 모든 것이 다 비었다 한 것보다도 더 큰 무엇을 잃어버리게 되었다.

영철은 살아 있다. 이 땅 위에 살아 있다. 영철의 생은 그 육체로 세차게 돌아가는 혈액의 순환과 함께 뚜렷하게 살아 있다. 그러나 설화의 생은 영철이 설화에게서 보이지 않고 들리지 않는 모든 것을 주었다가 도로 찾아가는 듯이 설화의 가슴속을 텅 비게 하는 동시에 설화의 싱싱하고 기뻐 뛰는 뜨거운 생은 풀이 죽으려 하고 힘없이 쓰러지려 하여 미적지근하게 식으려 한다.

설화는 모든 것을 공허로 생각하고 미래를 캄캄한 어두운 밤보다 더 까맣게 보고 어둡게 생각하는 동시에 고요한 침묵 속에 쉬지 않고 뛰는 심장의 고동鼓動을 들을 때에 푸른 입술을 해쓱한 이로 악무는 가운데에도 괴로운 웃음을 웃지 아니치 못하였다.

설화는 다만 이 순간을 두고 지나가고 닥쳐오는 과거와 미래가 비참하고 캄캄함을 깨달았을 때 우연히 태어났다 우연히 사라지는 자기의 생을 우연에게 맡기지 못할 만큼 마음이 괴롭고 답답하였다. 절로 나고 절로 살고 절로 죽는 인생의 지나가는 길을 자기의 가는 손으로 애닯게 끊어버리는 것이 도리어 그에게 무슨 만족을 주는 듯하고 그렇게 아니 할 수 없을 만큼 생生의 의미 없음을 알게 되었다.

그러나 그의 가슴은 답답하였다. 그리고 목은 자꾸자꾸 타는 듯하였다. 그리고 미칠듯이 가슴이 저리고 쓰리며 쉴새없는 눈물을 쏟아져 흐르며, 박명하고 비참한 자기의 지나간 반생半生의 역사를 돌아다볼 때마다, 모든 것이 그립고 무량한 감개가 자꾸자꾸 쏟아져 올라오며 비록 쓰린 감정을 맛보던 그때라도 도로 한 번 그때가 되었으면 하였다.

그러다가 영철과 자기 사이에 꽃다운 사랑의 역사를 생각할 때면 더욱더욱 영철이가 그립고 어디로인지 간지를 모르는 영철의 뒷그림자를 그대로 쫓아가 옷깃을 붙잡고 다시 옛적과 같이 되어달라고 간원을 하고 싶었다.

그리고 비애를 극極하고 감상이 뭉친, 때없이 부르던 각종 노래의 간장을 녹이는 듯한 구절구절이 생각될 때마다 말할 수 없이 처량하고 슬펐다. 그리고 자기의 사랑을 그대로 말하여 놓은 듯하여 더욱 비애로웠다.

설화가 한참이나 울다가 고개를 돌이켜 자기 어머니가 멀거니 앉아서 눈물을 흘리는 것을 볼 때 그 눈물 흘리는 것이 어째 자기가 또다시 오지 못할 곳으로 떠나려는 것을 아까워하여 우는 것 같아서 그의 가슴은 미칠듯이 섭섭하고 온 세상이 좁아드는 듯하였다. 그래 그는 목메인 소리로, "어머니, 왜 우세요?" 하며 북받쳐 올라오는 눈물을 숨기지 못하여 흘리면서 자기 어머니를 쳐다보았다.

"아니다. 어째 눈물이 나오는구나" 하고 설화 어미는 눈물을 씻어 설화의 마음을 위로하려 하였으나 참으려 하면 참으려 할수록 더욱더욱 눈물이 북받쳐 쏟아졌다. 설화 어머니와 설화 두 사람은 다만 아무 소리 없이 서로 바라보기만 하며 참으려고 하지도 않고 눈물을 흘렸다.

494

두 사람이 아무 소리 없이 바라보는 그 침묵 속에는 보이지 않고 들리지 않는 무슨 영靈이 꼼지락꼼지락하는 것이 있었다.

몇십 분은 지나갔다. 설화의 눈 앞에는 또다시 비참한 얼굴로 쓸쓸히 자기를 돌아다보는 영철이가 보인다.

설화는 전신을 병마病魔에게 쪼달림을 당하여 가는 사지를 버틸 수 없이 피폐疲弊함을 깨달으면서 영철의 있는 곳으로 당장에 달려가고 싶었다. 그는 아주 갑갑함을 깨달았다. 그리고 벌떡 일어나려 하였으나 전신을 무엇이 잡아다니는 듯이 조금도 일어나 앉을 수는 없었다. 그는 다시 낙망하듯이 자리에 털컥 드러누우며, "어머니, 어머니" 하고 어머니를 다시 부르며 괴로움을 못 견뎌 하는 목소리로, "영철 씨를 또 한 번만 오시게 하여주서요 네? 지금요, 얼핏요, 네! 어서요, 시골 가시기 전에 꼭 한 번만 만나 뵈옵게요. 꼭 한 번만요" 하며 간절히 자기 어머니에게 애소하고 어리광부리듯 말을 한다.

설화 어미는 갑갑하여하는 듯이, "어데 가서 오시라고 하니? 집을 알아야지" 하며 주저주저한다.

"왜 몰라요. 동대문 밖이라는데요. 그리고 계동도 그이 집이 있다는데요. 그리고 그이 집이 있다는데요. 네? 어머니, 꼭 한 번만 더 청해 오서요."

설화는 영철을 만나 모든 지나간 일을 조금도 숨김없이 다 말을 하고 전과 같은 사랑을 또다시 이을 수가 있을까? 하는 만일의 요행과 영철을 그리워하는 견디기 어려운 정情으로 영철을 또다시 만나고 싶었다. 그리고 영철을 만나지 못하면 당장에 죽을 듯이 마음이 괴로웠다.

이때 누구인지 사내 목소리로 바깥에서, "이리 오너라" 하는 소리가 났다. 설화 어미는 치맛자락으로 눈물을 씻으면서 설화의 얼굴을 한 번 물끄러미 쳐다보고 귀를 기울여 바깥에서 또 한 번 부르는 소리가 나기를 기다렸다. 부르는 소리는 또 났다. 설화 어미는 무엇을 알아챈 듯이 벌떡 일어나 바깥으로 나가더니, "이리도 들어오세요" 하며 그 손님을 안방으로 데리고 들어온다. 들어오는 사람은 도수 안경을 쓰고 양복을 입은, 그 사십이나 된 의사였다. 날마다 오후면은 한 번씩 오는 의사는 오늘도 여전히 설화의 병을 보러 왔다. 의사는 설화의 체온體溫을 검사하고 맥박을 보았다. 그리고 어제서부터 오늘까지의 경험을 물어보았다.

설화는 드러누워서 의사가 하라는 대로 몸을 움직이면서 의사의 얼굴을 그전보다 더 유심히 바라보았다. 설화는 오늘 어찌함인지 다른 날과 같지 않은 의사의 얼굴 기색을 찾아내게 되었다. 의사의 얼굴은 어제나 그저께보다 너무 냉연한 듯한 빛이 보이는 듯하고 너무 침착한 빛이 보이는 듯하였다. 그리고 그 전보다 아주 잠깐 사이 설화를 진찰하고 바깥마루로 설화 어미를 따라나갔다. 그리고 돌아나가다가 다시 한 번 돌아다볼 때 그 의사의 얼굴에는 무슨 낙망하는 빛이 보이는 듯하였다.

어제까지는 설화가 그래도 자기의 생을 위하여 그 의사를 믿고 그 의사가 오기만 하면 자기의 피곤한 생生이 다시 기뻐 뛰는 듯이 반갑더니 오늘 그 의사의 일동일정을 볼 때에는 웬일인지 시덥지 않은 듯한 생각이 난다.

그때의 설화의 머리 속으로 살같이 지나가는 것은, "그러면 나는 더 살지를 못하는가?" 하는 생각이었다. 그 의사가 비록 입으로는 그러한 말을 하지는 않지마는 너무 냉연하고 너무 침착하고 낙망하는 듯한 빛이 그의 얼굴에 있는 듯한 것을 볼 때 설화는 모든 것이 절망이라고 선고宣告를 그 의사에게서 들은 듯하였다. 그리고 의사와 설화 어미가 마루 끝에 내려서며 무엇이라 수군수군하는 소리가 자기의 죽음을 설화 어미에게 미리 가르쳐주는 소리와 같이 들리며 온 전신의 피가 해쓱하게 마른 듯하고 전신에 소름이 쭉 끼치었다. 그리고는 속마음으로는,

"나는 죽는 사람인가?" 하였다

두서너 시간은 지나갔다. 그날은 어두워 저녁이 되었다.

설화가 또다시 혼몽한 가운데서 눈을 떴을 때에는 방 안이 어두컴컴한 저녁의 쓸쓸스럽고 침침한 저녁의 회색 어둠이 온 방 안에 가득 차 있었다. 설화는 온 방 안을 둘러보았다. 그리고 혹시나 영철이가 앉았지나 아니한가 하였다. 그러나 설화가 다만 한낱 요행을 한 줄기의 희망으로 알고 오다가 영철이가 또다시 자기 방에 들어와 앉지 않은 것을 깨달을 때에 이 세상 모든 것을 다 모아다가 자기 가슴 위에 질러 놓은 듯한 갑갑하고 갑갑함을 비로소 알았으며 그립고 만나고 싶은 영철을 원망하는 생각이 점점 더하여졌다.

설화는 다만 한순간에 무엇을 깨달은 것이 있었다. 그리고 온 정신을 무슨 불길이 확 사르는 듯하였다 또다시 눈물이 펑펑 쏟아졌다. 그리고 무엇을 생각한 듯이 눈만 깜박깜박하며 천장만 바라보고 누워 있었다.

시계가 열한 시를 칠 때이었다. 설화는 온몸을 진저리치듯이 벌벌 떨며 사면을 둘러보았다. 그 옆에는 자기 어머니가 하루 종일 병구완을 하다가 이불도 덮지 않고 그대로 콧소리를 씩씩 하며 고단히 자고 있다. 설화는 이것을 볼 때 어째 속마음으로부터 불쌍하고 자기를 위하여 수고하는 것이 고마운 듯하고 어려서부터 자기를 길러주던 것과 또는 다른 기생의 어미와 다르게 자기를 친자식같이 사랑하여 주고 위하여 준 것을 생각하며 한옆으로 그 주름살이 잡혀가는 얼굴에 근심스러운 빛을 띠고 눈물방울이 두 눈에 그렁그렁하여 자고 있는 것을 볼 때 그의 히끗히끗한 이마털이 난 머리털을 쓰다듬어 가며 그의 부드러운 두 뺨에 자기의 뺨을 비비어주고라도 싶었으나, 그가 깰까 두려워하는 설화는 다만 물끄러미 그의 얼굴만 한참 들여다보다가 베개 위에 머리를 대고 한참이나 느껴 가며 울었다.

그는 무엇을 결심한 듯이 힘없는 팔로 머리맡에 놓여 있는 벼룻집을 가까이 집어다놓고 종이를 펴며 또다시 자기 어머니를 돌아다보았다. 그는 붓과 종이를 들고 무엇을 쓰려 하다가 기가 막히는 듯이 그대로 고개를 푹 수그리고 또다시 느껴 울었다. 그러다가 다시 고개를 들고 붓대를 움직거리었다.

사랑하는 영철 씨, 저는 가나이다. 아무것도 원망하지 않고 그대로 갈 곳으로 가나이다. 마음과 같이 되지 않는 세상에 이것도 또한 팔자로 돌려 보내고 청산에 뜬구름 같은 이 세상을 하직하고 보이지 않는 저 나라로 돌아가나이다.

영철 씨, 모든 것은 꿈이었지요. 한없는 장래를 꽃다웁게 꿈인 줄 알았던 우리 두 사람은 그 가운데 약수 삼천 리, 깊고 또 깊고 길고 또 긴 강물이나 막힌 듯이 서로 만나보지 못하게 된 것도 모두 다 한 세상 났다가 사라지는 우리 사람의 한때 운명이지요.

영철 씨, 영철 씨, 영철 씨, 저는 또다시 영철 씨의 가슴에 고개를 대고 영철 씨 하고 부끄러운 듯이 불러보고 싶지마는 그것도 또한 한 개의 공상이 되어버렸나이다. 영철 씨, 저는 무엇이라 하지 않으려 하나이다. 다만 시골서 올라오시어 제가 이 세상에 있지 않는 줄을 아시거든 적막하고 쓸쓸한 묘지에 새로이 생긴 붉은 흙이 덮인 무덤 위에 영철 씨의 따뜻한 눈물일지라도 한 방울 떨어뜨려 주서요.

여기까지 쓰다가 설화는 종이로 얼굴을 가리고 고개를 틀어박으며 미칠듯이 울었다. 그러다가는 또다시 썼다.

영철 씨, 그리하여 그 무덤 속에 소리 없이 누워 있는 설화는 세상에

났던 불쌍한 사람 중의 한 사람이었다는 것을 알아주서요. 그리고 영철 씨를 사랑하는 한 사람으로 알아주서요. 저의 몸은 비록 지금 사라져 없어지지마는 저의 가슴에 맺힌 사랑의 씨는 영원토록 영철 씨를 위하여 무궁한 세월과 함께 언제든지 사라지지 않을 것을 알아주서요.

영철 씨, 저는 가나이다. 그러면 이후 언제든지 저 세상에서 반갑게 만나뵈올 것만 한 자락의 즐거움으로 저는 영원히 가나이다.

아, 영철 씨, 저는 가나이다.

이영철 씨

김설화 재배

라 썼다. 그리고 그것을 정성스럽게 착착 접어서 자리 밑에다가 놓고 한참이나 멀거니 담벼락만 바라보고 있었다.

이 세상 모든 것이 공허함을 깨닫고 무의미함을 깨달은 설화는 영철과 자기 사이에 또다시 옛적과 같은 아름다운 사랑의 꽃다운 생활을 아무리 하여도 갖지 못할 것은 깨달은 그는, 자기 마음속에 감추고 감춰 있는 사랑을 죽음으로써 영철에게 호소하는 수밖에 없음을 깨달았다. 그리고 죽어 묻힌 자의 쓸쓸한 무덤이 비록 아무 말을 하지 않을지라도 영원한 침묵 속에 자기가 품고 있던 귀하고 또 귀한 사랑의 애끓던 정을 영철에게 애소할 수 있음을 깨달았다.

그는 한참이나 멀거니 앉아 있었다. 그러다가 갑자기 무슨 생각이 홱 그의 머리 속으로 스쳐 지나가는 것을 깨달았다. 그리고 떨리는 손으로 자리 밑에 집어 넣은 유서를 다시 꺼내어 고인 눈으로 한참 들여다보다가 힘없이 그 옆에 놓여 있는 성냥을 들어 그 종이 한 귀퉁이에 불을 붙였다. 얇다란 종이는 조금도 주저함이 없이 올라붙는 불꽃 속에 춤추는 까만 재가 되어 설화의 흘린 눈물 흔적과 함께 사라져 없어져버렸다.

아, 설화는 이 세상 모든 것을 잊어버리고 죽음으로 돌아가면서 오히려 공연한 이 세상에 미련을 남겨두는 것이 참으로 어리석음을 그 순간에 깨달았다. 설화는 죽는다. 영원한 우주의 아무 소리 없는 침묵 속에 차디차게 안긴다. 죽음에는 다만 죽음이 있을 뿐이다. 그리하고 아무 희망이나 요행이 그 죽음을 더 아름답게 하지 못하며 꽃다웁게 할 수 없었다. 아니, 아니, 아름다움이나 꽃다움이라는 것이 조금도 그 죽음이라는 것을 간섭할 수 없었다.

시계가 차디찬 새벽 공기를 울리고 두 시를 쳤을 때에 목메인 설화의 죽음을 아랫목 요 위에 하얀 이불을 덮어 놓았는데 그 옆에서는 그의 어머니가 넋을 잃고 울고 동리집 홰에서는 세월이 또 있음을 길게 부르짖는 닭의 소리만 가늘게 들리더라.

날이 밝은 그 이튿날 남대문 정거장 부산으로 향하여 가는 급행열차 이등 차에는 영철과 정월과 선용 세 사람이 나란히 앉아 있을 뿐이었다. 배웅 나온 사람으로는 선용의 육촌 누이 경희 한 사람이 수건으로 참으려 하여도 참을 수 없는 눈물을 씻고 섰을 뿐이요, 아무도 있지 않았다.

정월은 기차가 떠나갈 시간이 되어 가면 되어갈수록 가슴속이 불안함을 깨달았다. 그는 때때로 차창 밖을 내다보며 누구인지 오기를 기대하였다. 기차가 움직거리기를 시작할 때 경희는 수건을 둘러 편안히 가기를 축수하고 선용은 모자를 둘러 잘 있기를 빌었다.

정월은 그때 섭섭한 기색을 얼굴에 띠고 자기 오라버니를 쳐다보며, "그이는 어째 안 왔을까요?" 하며 좋지 못한 얼굴을 한다. 정월은 자기 남편인 백우영을 만나 보지 못하고 떠나가는 것이 섭섭하였다.

기차가 대정 정거장에 이르기까지 정월과 영철과 선용 사이에 별로이 담화가 교환되지 않았다.

이제는 영철과 정월이 선용을 떠날 때가 되었다. 기차가 점점 가만히 정지하기를 시작할 때 선용과 정월과 영철 세 사람은 분주히 일어서면서도 서로서로 얼굴을 유심히 들여다보았다. 정월의 얼굴에는 거의 울듯 울듯한 기색이 보이며 다만 그 기차가 완전히 정지하는 시간이 너무 속한 것을 애닯게 생각하듯이 머뭇머뭇 주저주저한다.

그러나 기차는 섰다. 영철은 끓는 피가 돌아가는 손을 단단히 마주잡았다. 그리고 엄연하고 비창하고 우정이 스며나오는 듯한 얼굴로 서로 바라보았다. "그러면 자주자주 편지나 하게" 하고 영철은 선용의 손을 놓고 바깥으로 나아간다. 선용은 고개를 숙이고 무엇을 생각하는 듯이 영철을 쫓아나가며, "또 언제나 만나볼는지 알 수 없겠네그려" 하고 또다시 정월을 바라보았다. 정월의 두 눈에 어느덧 반짝반짝하는 눈물이 고여 있었다. 세 사람이 싸고 있는 공기는 다만 고요한 침묵 속에 바르르 떨 뿐이었다. 기차는 또 떠나간다. 다만 선용 한 사람이 남아 있는 듯이 쓸쓸한 기차는 또 떠나간다. 창밖에 서 있는 영철과 정월은, "잘 가게" "안녕히 가세요" 하고 애끓는 떠남의 인사를 할 때 선용은 다만 모자를 내어흔들며, "잘 있게" "안녕히 계세요" 하고 아무 소리 없이 두 사람을 바라보았다.

영철은 선용의 탄 기차가 점점 멀리 가면 갈수록 뜨거운 눈물을 더욱더욱 흘리며 쫓아갈 듯이 선용만 바라보고 섰다.

선용의 눈에는 눈물이 나지 아니치 못하였다. 그는 인생의 모든 비애를 혼자 차지한 듯이 한없이 울고 싶었다. 죽기보다는 어려운 것은 애인을 이별하는 것이다. 그러나 선용과 정월은 사랑의 희망을 다른 막막하고 보이지 않는 곳에 두고 언제 만날지도 모르고 영원히 떠나간다. 다른 애인 같으면 장래에 닥쳐올 꽃다운 생활을 한 줄기의 희망으로 오히려 쓰린 가슴을 위로하겠지만 선용과 정월은 아무것 하나 희망이 없는 이별을 하는 것이다. 병에 구박驅迫을 당하여 산간수변山間水邊 정처없이 헤돌아다니는 정월이며 만날지 못 만날지 알지도 못하는 그 여학생을 쫓아가는 선용이다.

"안녕히 가세요."

"안녕히 계서요."

하며 목메인 소리로 떨어지지 않는 입을 열어 애 끓는 인사를 할 때 선용은 또다시 그 일본 동경 정거장에서 자기를 따라오던 여자를 생각하고 그 여자에게 보내임을 당한 청년을 한없이 부러워하였으나 지금 자기가 똑같은 정거장에서 같은 애인에게 보내임을 당할 때에 그 떠내임을 당하는 것이 한없이 쓰리고 미칠듯이 비애로운 것을 비로소 알게 되었다.

점점점점 작아가는 기차 그림자는 사라졌다. 이것을 바라보고 섰던 정월은 힘없이 영철의 팔목에 고개를 대이며, "오라버니, 어떻게 하면 좋을까요?" 하고 괴로운 가슴을 쥐어짤 듯이 눈물을 흘리며 가까스로 영철에게 끌리어 정거장에 나섰다. 그리고는 다시 푸른 하늘에 한 줄기 연기가 떠도는 저쪽을 다시 돌아다보았다. 저쪽 산모퉁이를 돌아가는 기차 소리만 가늘게 뛰―할 뿐이다.

영철과 정월을 실은 목포木浦 가는 기차는 줄기차고 세차게 서남西南으로 향하여 간다. 기차가 산골짜기를 돌아나가는 컴컴한 굴 속을 지나갈 때 정월은 지금 자기가 어디로 가며 무엇하러 가는지를 알지 못하였다. 다만 몇 시간 동안 자기의 몸을 기차에게 맡겼으니까 그 기차가 실어다 주는 곳까지 가나 보다 하는 몽롱한 의식이 그의 머리를 채우고 있을 뿐이다.

그는 어제까지 일천 년 전 백제의 옛 도읍이던 부여를 구경할 것이 무슨 무한하고 기꺼운 희망을 자기 눈 앞에 갖다 놓은 듯하여 부질없이 기꺼운 마음을 진정치 못하면서 백마강白馬江 낙화암落花岩의 아름답고 꽃다운 이름만 입으로 외며 가보지 못한 그곳만 머리 속에 마음대로 그리어보았더니 남대문 정거장에서 자기 남편인 백우영이가 불쌍하고 가련한 자기가 다만 며칠 몇 달일지라도 몇백 리 바깥으로 떠돌아가는 것을 와서 잘 다녀오너라 말 한마디 하여주지 않던 것을 생각하고 대전 정거장에서 언제 만날지 생전 만나보지도 못할는지도 알 수 없이 떠나가는 선용을 보낼 때 자기 마음이 미칠듯이 섭섭함을 깨달은 그때부터 그는 모든 것이 공연한 것 같고 모든 것이 무미無味함을 알게 되었다. 그는 자기가 지금 왜 이 기차에 몸을 실리어 어디로 무엇하러 가며 가서는 무엇하며 가야 할 필요가 어디 있는가 하였다.

그는 백우영이가 자기를 정거장까지 나와주지 아니한 것이 자기를 냉대冷待하는 것 같이 생각되며 자기가 시골로 떠나가는 것을 시원해하는 것 같이 생각되며 백우영을 야속하게 하는 동시에 자기의 파경破鏡의 원망을 생각하여 보기까지 하였다. 그러나 정월은 자기 마음에서 일어나는 모든 의심을 힘 있고 굳세게 부인否認하려 하였으며 내리누르려 하였다. 그리고 온 정신에까지 힘을 주어 진저리치듯 온몸을 떨었다. 그러나 그 타 일어나는 의심과 누르려 하는 도덕적 양심道德的 良心이 싸우는 그의 머리 속과 가슴속은 그리 편치는 못하였다. 그리하고 또 한편으로 가슴속에서 타오르는 선용을 생각하는 눈물이 날 듯하고 가슴이 쓰린 듯이 애모哀慕의 정이 그의 모든 희망과 호기好奇를 불살라버렸다.

그리고 그는 비로소 오늘날에 자기가 한낱 박행薄幸한 여자로구나 하였다. 처녀 때에는 자기가 미인美人이라고 스스로 자랑하던 그는 오늘와서는 자기의 박행을 생각할 때 그 미인이란 말을 생각해 보기만 하여도 눈물이 날 듯이 마음이 섭섭한 듯하고 애달픈 듯하였다. 그리고 또다시 처녀 시대로 돌아가보았으면 하는 생각이 났다.

그는 자기 옆에서 자는지 무엇을 생각하는지 눈을 감고 고개를 뒤에 기대고 고요히 앉아 있는 자기 오라버니의 얼굴을 한참이나 들여다보았다. 정월은 그 자기 오라버니의 얼굴을 들여다볼 때마다 회색灰色의 근심스러운 듯한 빛이 가만가만 살금살금 돌아가는 것을 볼 때 그는 언제든지 흐릿한 의심을 품고 있었으나 오늘 지금 이 기차 안에서 그 얼굴을 들여다볼 때 그는 또 무엇인지 분명히 깨달은 것이 있는 듯 그의 머리가 갑자기 환하게 밝아졌다 다시 컴컴하여지는 듯하였다.

그는 몇십 일 전에 기생 설화를 속이던 것이 생각되며 또는 자기의 마음과 비추어서 설화와 자기 오라버니의 마음을 알게 되었다. 그리고 그 근심스러운 얼굴을 억지로 펴려고 애쓰는 자기 오라버니의 가슴속의 괴로움을 혼자 마음속으로 가만히 동정하였다.

그러나 어질고 착하다는 정월은 자기 오라버니를 위하여 사람 중의 하나인 설화를 속인 것이 자기의 양심을 기꺼웁게 함을 깨닫기는 하면서 그것이 또한 죄악인 것을 깨닫지는 못하였다.

기차는 어느덧 두계豆溪 정거장에 닿았다. 역부의 '뚜계 뚜계' 하는 소리가 고요한 시골의 가만한 공기를 살살하게 울릴 때 영철은 어느덧 감았던 눈을 뜨고 기차 창밖을 내다보며, "벌써 두계인가?" 하였다

기차는 또 떠나간다. 오른편 저쪽에 있는 시꺼먼 산이 슬슬슬슬 떠나가는 듯하다. 영철은 정월을 돌아다보며, "저 산이 계룡산이란다" 하며 그 검은 산을 가리키었다. 정월은 무슨 수지격이나 듣는듯이 빙그레 웃으며, "네. 그래요?" 하며 다시 그 산을 쳐다보았다. 그러나 그 거무스름하고 울퉁울퉁한 산이 서울서 보던 회색빛의 삼각산이나 송음이 울울창창한 남산같이 다정스러운 듯하고 품 안에 안길 듯이 그리웁지는 못하고 다만 옛날 장사壯士의 시꺼먼 털이 거치럽게 난 팔뚝과 같이 위엄 있고 굳세이고 보기 싫게만 보일 뿐이다. 그러나 계룡산이란 조선의

명산이라는 것은 학교 다닐 때에 지리 시간에 선생에게 배워 들은 정월은 저 산 속에는 절寺도 많고 물도 좋으려니 하였다.

그리고는 송낙 쓰고 지팡이 짚고 한가한 걸음으로 산모퉁이를 돌아가는 여승女僧의 그림자가 보이는 듯하였다. 그래 자기도 이 세상 모든 부질없는 데 얽매인 것을 한꺼번에 끊어버리고 구름 같은 검은 머리털을 썩뚝썩뚝 깎아버리고 죽장망혜竹杖芒鞋로 산 속에나 들어가 애달픈 일생을 한가히 지내보는 것도 좋으려니 하여보았다.

그러다가는 또다시 부질없는 공상이 그의 머리에 떠올랐다. 그렇게 자기가 여승이 되어 어떤 암자庵子에서 한적한 생활을 보낸다 하자. 그러다가 몇 해가 지났더니 세월이 지나간 때의 일본 간 선용이가 유명한 문학자가 되어 조선의 유명한 명산대찰을 구경하려고 자기가 있는 그 암자를 지난다 하면 그때에 나는 무엇을 하고 있다고 할까? 맑게 흐르는 샘 옆에서 물을 뜨고 있다고 하자. 그래 선용 씨가 나인 줄은 알지 못하고 목이 말라 물을 조금 청한다 하면? 나도 오래간만에 그를 보고 그이도 나를 그렇게 되어 있을 줄은 알지 못하므로 그대가 지나가는 한낱 나그네 모양으로 그대로 지나가 버릴 테지! 그러면 만나고도 서로 알지를 못할 것이지 하고 다시 말할 수 없는 안타까운 생각이 났다.

그러다가 정월이 조금 정신을 차렸을 때에 자기의 이때껏 생각한 것이 한낱 공상에 지나지 못한 것을 생각하고 혼자 생긋 웃었다. 영철은, "무엇이 그리 우스우냐?" 하고 따라서 웃음지으며 물어보았다. 정월은 다만, "아녜요" 할 뿐이었다.

정월은 그동안 잠깐 잠이 들었다 깨었다. 얼마 아니 되어 기차가 넓고 넓은 벌판으로 달아난다. 영철은 흥분興奮이 되어서, "여기다 여기다" 하였다.

"여기가 황산黃山 벌판이란다. 옛날에 백제가 망할 때에 당唐나라 장수 소정방蘇定方이 신라新羅의 김유신金庾信과 힘을 합하여 부여扶餘 성을 쳐 들어 옴에 백제 장수 계백階伯이 다만 군사 오천 인을 거느리고 이 황산 벌판에서 싸울 때에 계백이 말하기를 한 나라 사람으로 당나라와 신라 의 대병을 당하게 되니 나라의 존망存亡은 알 수 없으나 나의 처자가 원 수의 종이 되거나 또는 그 욕을 당하는 것은 죽는 것만 같지 못하다 하 고 마침내 처자를 제 손으로 찔러 죽이고, 이 땅에 진을 치고 당나라와 신라의 군사를 맞아 사합四合이나 싸우다가 힘이 다하여 죽었다는 곳이 란다” 하고 감구感舊의 회포가 그의 얼굴에 가득하여 거치러운 벌판들 만 내다본다.

“네— 그래요” 하고 정월은 다만 고개를 끄덕거리며 또한 바깥을 내 다보았다.

정월이 이 소리를 들은 후에는 참으로 의기義氣의 마음이 가슴을 버티 는 듯하더니 누엇누엇 넘어가는 저녁 해가 붉게 비친 이 옛 전장戰場에 시석矢石의 나는飛 소리와 달리는 말굽 소리가 천여 년의 세월을 지난 지금에도 오히려 들리는 듯하고 보이는 듯하다. 그러다가는 다시 그 쓸 쓸하고 거치러운 벌판을 또 자세히 내다볼 때에는 부러진 칼을 옆에다 끌고 처자의 혼백魂魄을 찾아 정처없이 헤매는 옛 장수 계백의 원망을 품은 혼이 푸른 공중에서 힘없이 돌아다니는 것이 보이는 듯하였다.

그리고는 또다시 몇인지 그 수를 알 수 없는 뜻 있는 나그네가 이 거 칠고 보잘것없는 벌판을 지날 때마다 애끊는 옛 생각과 안타까운 눈물 로써 그 외로운 혼백을 조상하여 주었으렷다 하였다. 그리고 또 이후 몇백 몇천의 길고 긴 세월을 두고 그와 같은 아름다운 조상을 받으렷다 하였다.

그리고 또 만일 그때에 그 계백이 그대로 죽기만 하였더라도 지금 그 와 같은 애끊고 안타까운 눈물의 조상을 받지는 못하려니 하였다. 그리고 자기의 사랑하는 처자를 자기의 손으로 찔러 죽여 그 뜨겁고 붉은 피가 흐르는 칼을 그대로 들고 싸우다가 죽었으므로 오늘날 그의 죽음이 아름다운 죽음이라는 것이겠지 하였다.

정월은 비로소 죽음에도 아름다운 죽음이 있음을 알았으며 또는 역사歷史라는 것은 죽음의 기록이 아닐까? 하였다.

기차는 논산에 닿았다. 그날은 그곳에서 지냈다.

이튿날 아침 풀끝에 맺힌 이슬이 사라지기도 전에 영철과 정월은 자동차로서 부여를 향하여 떠나갔다. 그전 같으면 심신心身의 피로함을 많이 깨달았을 터인데 정월도 오늘에 한적한 시골의 회색 안개를 헤치고 떠오르는 붉은 햇발이 즐거웁게 모든 것을 내리비치는 것을 볼 때 그의 마음은 부질없이 흥분이 되어 그리 고단하거나 피곤함을 깨닫지를 못하였다.

자동차는 달려간다. 다만 정월과 영철을 실은 자동차가 물이 고인 논도랑을 지나고 깎아지른 산비탈을 돌아가고 나무가 옆으로 늘어진 곧은 길을 달려가고 회색 연기가 자욱하게 오르는 초가집 동리를 돌아보고 서늘한 바람을 헤치며 힘 있게 달려간다.

정월은 붉은 흙이 덮인 먼 산을 바라보며 아무 소리도 들리지 않는 벌판을 내다보고 깨어진 질그릇 조각을 덮은 조그마한 촌가를 볼 때 마치 자기가 몇천 년 전 옛날에 살아 있는 듯한 생각이 난다. 그리고는 무엇이라 말하기 어려운 가슴이 뭉클하고 푸르스름한 감구感舊와 감상感傷의 몽롱한 감정感情이 그의 가슴에 가득 차 있을 뿐이다.

그리할 즈음에 어느덧 성평城平 광평光平 원봉圓峰 석두石頭의 여러 다리橋를 지나 증산교甑山橋를 지나 골짜기 하나를 나서니 행로가 잠깐 구부러져서 원형圓形을 그린 듯하다. 능산교陵山橋를 지나가니 능산리陵山理라. 길 옆 산 모퉁이에 석곽石槨이 많이 노출露出되어 있다. 이것은 백제

공후장상公侯將相의 무덤이라 한다.

당시 부귀와 화사華奢가 쓸쓸한 산모퉁이의 우둘투둘한 흙덩이 속에 바람에 씻기고 눈비雪雨에 갈리어 다만 헐벗은 비렁뱅이 옷과 같이 여기 저기 아무렇게나 비죽비죽 내밀려 있고 귀하고 위엄 있던 육체가 누워 있던 그 관 속은 앙상한 촉루髑髏나마 어디로 갔는지 한 귀퉁이가 깨어 지고 부서져 으스스하고 보기 싫게 콩 뚫려 있을 뿐이다.

정월은 이것을 볼 때 짧고 짧은 인간에 태어났다 사라지는 그 사이에 때없이 변하고 덧없이 바뀌는 인생의 무상無常을 아니 느낄 수가 없었다.

그리하고 또다시 그 부귀와 영화를 혼자 누리던 공후장상公侯將相도 죽어지며 산 한 모퉁이 귀떨어진 바위 옆의 흙덩어리가 되어 이리 굴고 저리 굴러 비에 씻기고 바람에 불려 어디로 갔는지 간 곳도 모르게 사 라져 없어진 것을 생각하고 보지도 못하고 듣지도 못한 그 옛날을 생각 해 보매 인생이란 그러하구나 하는 생각이 났다. 그러하고 또다시 지나 가는 나그네의 애끊는 회포를 자아내는 그 옛 무덤을 돌아보고 또다시 역사란 죽음의 기록이 아닌가? 하였다.

또다시 월경月境 오산烏山 금성錦城의 여러 다리를 건너 백제의 왕릉王陵 을 지나 사자성泗泚城 동문東門 터로 들어갔다.

그 이튿날 아침 영철과 정월은 그의 친구 이봉하李鳳夏의 집에서 아침 밥을 먹고 부여 옛성의 고적과 경치를 구경하러 나갔다.

먼저 평제탑平濟塔에 왔다. 석조夕照가 아니라 오정이 채 못된 뜨거운 아침이었다.

거치러운 여름 풀이 터攄도 없는 왕흥사王興寺 넓은 터를 채우고 있는 데 아침 저녁 들려오는 땡땡 하는 절종寺鐘 소리는 구름 밖에 영원히 사 라졌는지 한없는 우주에 가득 찬 에텔을 가늘게 울리면서 자꾸자꾸 멀 리멀리 가는지 다만 물 끝으로 지나가고 지나오는 가는 바람에 연하게 떨리는 소리가 정월의 서 있는 구두 끝에서 바슬바슬할 뿐이다.

정방定方이 백제의 옛 천지天地를 한칼에 쑥밭을 만들어버리고 백강白江의 푸른 물을 붉은 피로 물들이더니 정방이 한 번 그의 육각肉殼을 땅속에 장사하매 지금 남은 것은 다만 쓸쓸하고 거치러운 부여 옛터의 서너 조각 돌덩이가 오고 가는 바람에 씻기어 떨어지는 석양夕陽의 술 취한 햇빛만 쉬지 않고 비칠 뿐이다.

세 사람은 다시 발을 돌이켜 부소산扶蘇山을 향하여 갔다. 영월대迎月臺와 군창軍倉의 옛터를 지나 푸른 소나무 사잇길로 사자루泗泚樓를 향하여 걸어갔다. 정월은 가만히 시골의 가는 바람과 연하고 부드러운 고도古都의 공기와 일종一種 감상 추억感傷追憶의 그윽한 회포를 자아내는 동시에 모든 피곤함을 잊어버릴 만한 흥분을 그의 식어가는 핏속에 다시 불질러주는 듯하였다.

그는 그저께 대전 정거장에서 선용을 떠나보낼 때에 그의 가슴에 받은 애끓고 섭섭한 비애가 그날 종일 또 그 이튿날 종일 그의 마음을 못살게 굴더니 오늘은 웬일인지 처녀가 장래를 공상하는 듯이 즐거운 희열喜悅을 깨닫는 듯하였다. 그리하고 따뜻한 볕이 좁은 산길을 내리비치어 반짝반짝하는 모래 위에 비쳐 있는 자기의 틀어얹은 머리 그림자와 자기 전신의 검은 윤곽이 웬일인지 자기의 마음을 만족시키는 무엇이 있었다.

그는 달음질하고 싶었다. 멀리 쳐다보이는 사자泗泚의 높은 누각樓閣이 자기를 부르는 듯하고 그 아래 꽃 같은 궁녀가 귀여운 몸을 그 왕을 위하고 나라를 위하여 깊은 사자수泗泚水에 덤벙 던졌다는 그 낙화암洛花岩이 얼른 보고 싶었다. 정월은 만일 자기 옆에 자기 오라버니와 자기 오라버니의 친구가 있지만 않으면 하나 둘 셋을 부르고 줄달음질하여 달려가고 싶었다.

정월과 영철과 봉하 세 사람은 상긋한 소나무 냄새와 누르스름한 흙 냄새를 맡으며 사자루로 향하여 갔다.

조금 있다가 땅에 비친 정월의 그림자가 희미하여지더니 뜨겁게 따뜻하던 햇빛이 금세 거무스름하여진다. 정월은 아주 유쾌치 못하였다. 그리고 눈살을 찌푸리고 하늘을 쳐다보았다. 시꺼먼 구름 한 덩어리가 눈부신 해를 심술궂게 가리어버린다. 여태까지 푸른 수정水晶 빛 같은 하늘빛이 온 공중을 물들이던 것이 아주 답답한 검은 빛으로 변하여 버리었다.

정월의 그 즐겁고 경쾌하던 마음은 그 햇빛을 가리는 그 시간에 아주 답답하고 캄캄하게 만들어 놓았다. 그는 다시 모든 것이 싫은 듯하고 공연히 성가신 듯한 생각이 났다. 그리고 또다시 마음껏 울고 싶을 만큼 비애로운 생각이 났다.

그는 그 답답하고 컴컴하고 성가신 듯하고 비애로운 생각이 가슴속에 뭉쳐 있는 동안에 또다시 자기가 지금 어디를 가며 무엇을 하러 가나? 하는 생각이 났다.

그리고 일천 년 전 옛날에 아홉 겹九重 궁궐 속에서 임금님의 사랑을 받아가며 꿀맛 같고 취몽醉夢 같은 생활을 하여가던 어여쁜 궁녀들이 캄캄한 어두운 밤에 연한 발에 신도 신지 못하고 얇은 홑옷 하나만 몸에다 두르고 원수들의 욕을 면하기 위하여 불 붙는 궁궐을 빠져나와 지금 바로 자기가 걸어가는 이 길 위로 발에 피를 흘리면서 거꾸러질 듯이 도망하여 가던 것이 보이는 듯하고 그 모래가 깔린 길바닥에 연한 발끝이 터지고 을크러져 뚝뚝 떨어진 핏발울이 여태껏 남아 있는 듯하였다.

정월은 다시 오던 길을 돌아보았다. 그리고 자기가 왜 가고 무엇 하러 가는지 알지 못하는 앞길을 바라보았다.

그리고 그 불붙는 궁궐에서 애처로운 우는 소리를 내며 원수에게 쫓기어 임금은 어디로나 가신지도 모르고 쫓겨가는 그 궁녀들과 같이 자기도 지금 그 무엇에 쫓기어 지금 이 눈물 깊은 이 길로 쫓겨가는 것이나 아닐까? 하였다.

그는 어느덧 사자루에 왔다. 영철은 모자를 벗어 들며 다만,

"아— 시원하다" 할 뿐이다.

여태껏 봉하 하고 영철하고 여기까지 걸어오며 역사에 대한 이야기와 이 시골 고유한 풍습과 경치를 말한 것이 많지만은 정월의 귀에는 하나도 들리지 않았다.

정월은 사자루 꼭대기 누각으로 올라갔다. 다시 내려왔다. 그리고 다시 동쪽 하늘을 바라보았다. 망망한 넓은 들에는 수채화水彩畵 그린 듯한 갓익은 보리밭에 누르스름하고 푸르스름한 밭고랑의 그은 듯한 줄기가 이리 가고 저리 갔을 뿐인데 지평선地平線이 보일 만큼 넓지는 못하나 멀리멀리 허리 굽은 산등성 머리 위에는 뭉게뭉게 눈같이 흰 구름이 눈이 부시게 피어올라올 뿐이다.

정월은 동쪽 하늘을 쳐다볼 때마다 선용을 생각하였다. 보이지 않는 선용이 저 구름 밑에는 있으려니 하였다. 그리고 너무 고요하고 한적한 그곳에서 생각을 하니 고함을 질러 "선용 씨" 하고 부르짖으면 그 목소리가 그 넓은 벌판을 울리어 가서 그 흰구름 밑에 있는 듯한 선용 씨의 귀에 들릴 듯하였다.

그리고 선용이가, "네, 나는 여기 있습니다" 하고 대답을 하여줄 듯하다. 그리고 또 아무도 없으면 기껏 울어라도 보고 싶었다. 그러나 그것도 또한 되지 않을 일이라는 인식認識이 그의 마음 한 귀퉁이에서 밉살스러운 듯이 조소嘲笑를 할 때 공연히 그는 그 옆에 있는 사람들에게 트집을 하고 싶었다.

백마강 푸른 물은 사자루 낙화암을 돌아 미끄러지는 듯이 수북정水北

亭을 거쳐 부여성을 에워싸고 흘러간다. 사면을 돌아보니 칠백 년 창업이 초동 목수의 피리 소리에 부처 있고 구리 기둥 구슬발은 재灰나마 남겨 놓지 않고 사라져 없어졌다.

정월은 고란사皐蘭寺로 향하여 내려가려 하였다. 길은 꼿꼿하고 미끄러질 듯이 내리질리었다. 그리고 바위는 험상스럽게 내밀려 있다. 정월은 발을 구르며 두 팔을 벌리고 나서, "에그, 여기를 어떻게 내려가요. 저는 못 가겠어요. 저는 도로 올라가요" 하며 도로 올라가려 한다.

영철과 봉하는 그대로 웃고 서서 내려오다가 도로 가려는 정월만 쳐다보고 섰다. "내려와, 그래도 가다니? 낙화암은 보지 않고 갈 테야?" 정월은 낙화암이 보고 싶었다. 그러나 그 험한 길을 내려가기는 어려웠다. 정월은 다시 올라가던 발을 멈추고 자기 오라버니만 바라보다가 어리광부리고 원망하듯이 미소를 띠며, "그렇지만 내려갈 수가 있어야지요. 험한 데를……" 하다가는, "그러면 저를 좀 붙잡아주세요. 자요, 자요" 하며 영철에게 안길 듯이 두 팔을 벌리고 서 있다. 백마강의 푸른 물은 눈앞에서 얼룽얼룽한다. 영철은 다시 올라와 정월의 손을 잡고 가만가만 끌어내린다.

바윗길은 깎아지른 듯하다. 정월은 냉수나 퍼붓는 듯이 느끼는 것처럼 '에그머니 에그머니'를 부를 뿐이다. 낙화암 위로 가는 길을 내어 놓고 고란사로 통한 좁은 언덕길을 내려간다. 정월은 겨우 발이 붙을 만한 곳에 와서는 시원도 하고 그 옆에 있는 봉화가 부끄럽기도 한 듯이 한숨을 내쉬고 고개를 내려 깔며 얼굴이 불그레하여 생긋 웃었다.

고란사에 내려왔다. 조룡대釣龍臺가 보인다. 옛날 고란사에는 고란皐蘭이 전과 같이 맑은 샘물 위에 푸르게 나 있고 조룡대 옛 바위는 주인을 볼 수 없다. 절에서 잠깐 쉬고 맞추어 놓은 배를 기다려 백마강 푸른 물에 둥실둥실 떴다. 낙화암이 눈앞에 보인다. 거치러운 풀이 군데군데

나 있는 바위 아래에는 검푸른 물결이 여울져 흘러간다.

정월은 낙화암을 쳐다보았다. 거치러운 바위에는 아지랑이 같은 궁녀의 치맛자락이 여태껏 걸리어 있어 가는 바람에 가볍게 흩날리는 듯하고 검은 머리채에서 뚝 떨어지는 옥차玉釵 소리가 아직까지도 낭랑 정정히 들리는 듯하다.

그리하여 옥 같고 대리석같이 고운 살이 얼크러지고 터지어 빨간 피가 지금도 흐르는 듯하다. 그리하여 그 푸른 물속에는 아직까지도 그 머리털이 어른어른하고 고운 육체의 부드러운 윤곽이 선명히 보이는 궁녀들의 죽음이 떠나가지 않고 그대로 떠 있는 듯하다.

아, 말없는 낙화암에 두견杜鵑의 피가 얼마나 흘러 있고 넘어가는 석양은 몇 번이나 붉었는가? 고란 옛 절의 녹슨 풍경 소리만 오고 가는 바람에 한가히 울 뿐이다. 정월은 옛날에 죽은 궁녀는 여태껏 살았구나 하였다. 그 몸과 그 혼은 사라져 없어졌으나 몇만 사람 몇천의 뜻이 있는 손이 이곳을 지날 때마다 일천여 년 전 옛날에 이곳에서 죽은 그 궁녀를 각각 그 머리 속에 그려볼 것이며 그를 위하여 가는 창자를 끊었으리라 하였다.

그리고 자기도 오늘날에 그 궁녀를 위하여 애끊는 생각을 하며 뭉클한 감상感傷을 맛보는구나 하였다. 그리고 이후 몇 해 후에 일본 간 선용 씨도 이곳을 구경타가 나와 똑같은 감상을 맛보려니 하였다. 그러다가 선용을 생각하니 어째 다시금 마음이 좋지 못하며 그립고 원망스러운 생각이 났다.

그러면 이후 몇 해 후에 선용 씨가 이곳을 지날 때는 몇천 년 옛날에 죽어 간 궁녀는 생각할지라도 오늘 이 자리에 이 자리를 거쳐간 이 정월은 생각하지를 못하렷다 하였다.

배는 천천히 떠나간다. 갑자기 찬바람이 홱 치고 지나간다. 정월은 갑자기 그 바람을 마시어 기침이 시작된다. 자꾸자꾸 북받친다. 그는 가슴을 쥐어짜는 듯하였다. 뱃전에 쭈그리고 앉아 가래침을 토하였다. 각혈喀血이 자꾸자꾸 된다. 새빨간 피는 물 위에 떨어졌다. 그리고 가만히 퍼져 간다.

정월은 가슴이 괴롭고 아프면서도 그 피가 물 위에 떨어지는 것을 보고 선용을 생각하였다. 그리고 그 붉은 피는 사라지지도 말고 흐르지도 말았으면 하였다. 언제든지 언제든지 이 아름다운 이름을 가진 낙화암 아래 떠돌다가 몇 해 후에든지 이곳으로 선용을 실은 배가 떠나갈 때 이 붉은 피를 보고 내가 여기 다녀갔던 것을 알리어주었으면 하였다.

그러다가는 그 피가 실오라기처럼 되어 점점 가라앉아 버리는 것을 보고 그대로 그 피를 붙잡으러 물속으로 들어가고 싶었다.

영철은 파랗게 질린 정월의 얼굴과 사라져 없어지는 그 붉은 피를 번갈아 보며, "인제는 좀 괜찮으냐?" 하고 고개를 기웃하고 물어본다. "네, 괜찮아요" 하고 정월은 가까스로 대답을 하였다. 그러나 그의 머리에는 아직까지도 그 선용을 생각하는 마음과 사라져 없어져 가는 붉은 피의 생각이 없어지지 않았다.

그는 고개를 바로잡고 찡그린 얼굴로 사면을 둘러보았다. 그리고 아무 소리가 없었다. 돌아다보니 옛것이 아니건마는 부소산 꼭대기에 외로이 서 있는 사자루의 외로운 그림자가 구름 밖에 떠돌아 공연히 섭섭한 회포를 던져준다.

이때 측은한 얼굴을 가지고 있는 봉하가, "오늘은 음력 며칠인가?" 하였다. 영철은, "열흘이지" 하였다.

"그렇지 열흘이지? 그러면 우리 며칠 있다가 달 떨어지는 것 구경을 가세."

"그것 참 좋은걸."

"좋고말고, 푸른 달이 은싸라기를 홱 뿌린 듯이 번득거리는 물속으로 가라앉는 것은 참 좋아."

"그러렷다, 참 좋으렷다."

하는 소리를 정월은 그 옆에서 들었다. 그리하고 그 얼마나 델리킷함을 상상할 수가 있었다. 흡사한 푸른 스피릿精의 시체屍가 가라앉는 것 같으리라 하였다. 그리고 그것이 얼른 보고 싶었다. 그리고 그때 그 달 떨어질 때에 그것을 보는 듯이 자기 머리 속에 추상推想을 하여보았다.

온 강물 위는 아주 고요하렷다. 작은 별들은 눈이 부실 듯이 깜박깜박하렷다. 은하銀河는 더욱 맑게 보이렷다. 하고 푸른 달빛은 온 세상을 천사의 홑옷 같은 빛으로 물들이렷다. 먼 산과 가까운 수풀은 회색빛에 싸여 희미하게 보이렷다. 저편 마을 집 뚫어진 창으로 새어나오는 불빛만이 붉게 보이렷다. 그리고 잔잔한 물결이 가볍고 가늘게 춤을 출 때 그 속으로 그 푸르고 찬 달이 스스로 들어가렷다. 아, 얼마나 아름다운 경치일까? 무엇이라 말할 수가 없으렷다 하였다. 배도 자꾸자꾸 슬렁슬렁 떠나간다. 자온대自溫臺 수북정水北亭을 구경하였다.

그날 저녁이었다. 세 사람은 열 시가 넘도록 서로 앉아서 이 이야기 저 이야기 시간 가는 줄도 모르고 이야기를 한다.

정월은 그 전보다 그리 졸음을 깨닫지는 못하였으나 몸이 조금 피로함을 깨달았는지 두 사람의 얼굴만 번갈아 쳐다보다가 한 손을 입에다가 대고 가만히 하품을 하였다. 봉하는 하던 이야기를 뚝 그치며, "졸리신가 봅니다그려!" 하며 여자라 하는 수 없다 하는 듯이 쳐다보다가 무엇을 결심이나 한 듯이 영철을 보고, "그러면 나는 안방으로 건너가겠네. 일찍이 쉬게" 하고 벌떡 일어나 안방으로 건너가려 하니까 정월은 그래도 내가 꽤 튼튼하다는 것을 자랑하고 싶은 듯이, "무얼요, 괜찮아요. 더 앉아서 노시다가 건너가시지요" 하기는 하였으나 얼핏 드러누워 자고 싶은 생각이 나서 참말로 건너가거라 하는 듯이 봉하를 쳐다본다. 영철도 따라서 일어선 봉하를 쳐다보며, "천천히 건너가게그려" 한다. 그러나 봉하는 다시 앉지 않고 두 사람에게 인사를 하고 안방으로 들어갔다.

영철도 졸음이 오는 모양이다. 두 팔을 펴고 기지개를 하더니 하품을 크게 하였다. 그리고 폈던 두 손을 턱 무릎 위에 내려놓으며 눈을 한 번 감았다 뜨는데 불그레한 눈에 눈물방울이 핑 돌았다. 그리고 다시 눈을 끔적끔적하며 눈물을 들여보내 버리었다.

정월은 꽤 졸린 모양이다. 윗목에 자리를 펴 자기 오라버니를 누우라 하고 아랫목에는 자기가 자리를 깔았다. 그리고 베개를 바로 놓고 침 뱉을 타구를 베갯머리에 갖다 놓았다. 그리고, "어서 주무서요" 하고 자기는 옷을 벗고 누워 이불을 덮었다. 영철은 무슨 궁리나 하는 듯이 고개를 숙이고 자리 옆에 놓여 있던 책을 뒤적뒤적하고 앉아 있으면서, "어서 자거라. 나는 천천히 잘 터이니" 하다가 다시 무슨 생각을 했는지 이불 편 위에다 두 다리를 뻗고 드러누워 두 손에 깍지를 끼어 머리를 베고 천장만 바라보며 눈을 껌벅껌벅한다.

방 안은 고요하다. 환하게 켜 있는 램프불만이 때때로 발발 떤다. 영철은 조금 있다가 자기 누이동생을 둘러보았다. 정월은 어느 때에 쉬는지 알지 못하는 가는 숨소리를 고달프게 내며 힘없이 고개를 저쪽 담벼락으로 향하고 잔다. 그의 힘줄이 뻐드름한 파리한 목과 때때로 신경적으로 꼼질꼼질하는 뼈만 남은 손이 영철에게 몹시 측은하고 불쌍한 생각이 나게 하며 그 낙화암 아래서 피 토하던 생각을 다시 하게 된다. 영철은 한참이나 자고 있는 정월을 바라보고 있다가 갑갑한 듯이 고개를 홱 돌리며 상을 잠깐 찌푸리고 입맛을 다신다.

어느 때나 되었는지 정월이 한잠을 자고 나서 눈을 떴다. 아직까지도 램프 불이 꺼지지 않았다. 정월은 희미하게 보이는 눈을 채 똑똑히 뜨지도 못하고 자기 오라버니를 바라보며, "여태껏 안 주무셨어요?" 하고 몸을 뒤쳐 돌아누웠다. 그러나 오라버니의 대답은 있지 않았다.

정월은 다시 눈을 부비고 자세히 자기 오라버니를 돌아보며, "오라버니, 주무세요?" 하였다. 오라버니는 아무 소리도 없이 이불도 덮지 않고 가만히 고개를 저쪽으로 향하고 누워 있을 뿐이다. 정월은 자기 오라버니가 자는 줄 알았다. 그래 가까이 가서 흔들어 깨워 이불을 덮고 자게 하려 하였다. 그래 자기 자리에서 일어나 자기 오라버니에게 가까이 갔을 때에 자기 오라버니는 자는 것이 아니었다.

영철의 눈에서는 눈물이 그의 뺨을 씻어 흘러 떨어지고 있었다. 영철은 우느라고 자기 누이가 친절하게 부르는데도 대답을 하지 못한 것이었다. 정월은 가슴이 무엇이라고 말할 수 없이 쓰린 듯하였다. 그리고 감히 자기 오라버니의 몸에 손도 대지 못하고, "왜 우세요?" 하였다. 이 소리를 듣는 영철의 눈에서는 더욱 뜨거운 눈물이 뚝뚝뚝 떨어졌다. 그리고 여전히 아무 대답도 아니 하였다.

정월도 웬일인지 자기 오라버니의 눈물 떨어뜨리는 것을 보고 갑자기 가슴이 무엇을 떠버티는 듯하더니 또한 뜨겁고 잔 구슬 같은 눈물이 떨어진다.

영철은 겨우 고개를 돌려 자기 누이를 바라보더니, "우지 마라 응, 자― 어서 자거라" 하며 소맷자락으로 자기 눈의 눈물을 씻는다. 정월도 이 소리를 듣더니 더욱 눈물이 나며, "오라버니, 왜 그렇게 우세요? 네? 저 때문에 그러세요?" 하고 그의 가슴 앞에 엎드러져 운다.

"아니다. 아냐, 어째 그런지 이곳에 와서 세상 일을 생각하니 자연히 슬픈 생각이 나서 울음이 나오는구나. 자, 울지 말고 어서 자거라."

그러나 영철의 울음은 그렇게 그윽한 감구의 회포나 세상의 무상無常

을 탄식하는 뭉클한 심사에서 나오는 울음이 아니었다. 그 무슨 심장을 꿰어뚫는 듯한 참기 어려운 슬픔이 있는 것 같다. 그는 그전 같으면 얼른 눈물을 그치고 자기 누이를 위로하였으련마는 오늘은 눈물방울을 펑펑 흘리면서 못 견디는 듯이 몸을 떤다.

"오라버니, 정말을 하세요. 왜 오늘은 그 전에 볼 수 없던 눈물을 그렇게 흘리세요? 네? 저 때문에 그러세요?"

"아냐."

"그럼은요?"

영철은 또 요 잠깐 사이 가만히 있었다. 그리고 말을 할까 말까 하는 듯이 망설이는 듯하였다. 영철은 또다시, "어서 자거라, 응? 어서 자, 내가 공연히 그랬구나?" 하며 자기의 고민과 번뇌를 정월에게 보이지 않으려 하다가도 마음이 홱 풀어져 모든 것을 다 자백하고 타파하고 싶은 듯이 힘없는 한숨을 후— 내쉰다.

정월은 암만 해도 무슨 곡절이 있는 것밖에는 보이지 않는다. 그리고 자기 오라버니가 자기의 불쌍한 것을 생각하고 그리하는 듯하여 자기는 얼핏 죽어서라도 자기 오라버니의 걱정을 없이 하여주고 싶은 만큼 따뜻한 애정이 그의 가슴에서 스며나와 온 전신을 한 찰나 사이에 아찔하게 녹여버리는 듯하기도 하였다.

"말씀을 하세요. 잘 테예요. 네? 말씀을 하세요. 오라버니가 그렇게 말을 아니 하시면 나는 언제든지 가슴이 답답만 해요."

영철의 전신을 이루고 있는 붉은 근육은 부르르 떨리었다. 그리고 이마를 베개에다 대고 이불 밑에 놓여 있던 신문지를 꺼내어 정월을 집어주며, "이것을 좀 보아라" 하고 못 견뎌 하며 어쩔 줄을 모른다.

신문지 삼면이었다. 제목은 미인의 자살이었다. 정월이 이것을 읽다가는 자기도 모르게 '에!' 소리를 내다가 갑자기 뚝 그치었다. 그 기사에는 영철이가 검은 먹줄을 그리어 놓았다. "그것이란다. 그것이란다" 하며 영철은 무슨 회개를 하는 죄수가 지나간 일을 안타깝게 생각하는 듯이 거푸 말을 한다.

정월은 아무 말도 없이 가만히 앉아 있었다. 그의 눈 앞에는 자기의 설화의 집에 갔을 때 눈물을 흘리던 그 설화가 나타나 보이다가 또 차디찬 주검이 되어 홑이불을 덮고 누워 있는 그 설화가 보이고 나중에는 그의 혼이 푸른 원망을 품고 둥실둥실 떠나가는 것이 보이는 듯하다.

영철의 마음은 아주 단순하였다. '설화는 죽어갔구나. 설화는 죽어갔구나' 하는 생각밖에 아무 생각도 있지 않았다. 영철은 조금 있다가 눈물을 씻고 한숨을 휘— 쉬더니,

"정월아, 인제야 말이지만 나는 그 설화를 무한히 사랑하였단다. 그러나 그 여자는 돈 있는 사람을 따라가 버리었단다."

그 돈 있는 사람은 자기 누이의 남편, 즉 백우영이다.

"아— 그러나 한 번 죽어간 그에게 얽힌 지나간 역사는 꾸다가 깨인 꿈과 같이 희미하고 몽롱한 기억을 남겨버릴 뿐이다" 하고 단념이나 한 듯이 고개를 돌리고 아무 소리가 없다. 정월은 이 소리를 듣고 어찌하면 좋을까 하였다.

영철은 설화를 그렇게 생각하나 정월은 설화를 생각하지 못하였다. 자기와 함께 처음 만나보던 그 자리에서 눈물을 흘리던 설화를 정월은 영철이가 생각하는 것과 같이 경박한 여자와 같이는 암만하여도 생각지를 못하였다. 그리고 그렇게 그 여자가 무정한 여자가 아니라고 생각하는 동시에 자기가 자기 오라버니를 위하여 설화를 속인 것이 그 설화를 죽게 한 동기가 되지나 아니하였나 하였다.

그리고 영철이가 눈물을 흘리는 것을 보고 자기를 떠나간 줄 알면서도 그와 같이 마음이 괴로워하는 것을 여태까지 그 설화를 사랑하고 그

리워하는 마음이 사라진 것은 아니며 또 자살까지 한 설화도 영철을 여태까지 사랑은 하나 정월 자기가 그 설화를 속임으로 인하여 영철을 원망하고 죽은 것이 아닐까? 하였다.

그리고 그렇게 생각을 하면 생각할수록 그때 그 설화를 속인 것이 죄악이나 아닌가? 하는 생각이 자꾸자꾸 난다. 정월은 그러면 그 이야기를 오라버니에게 하여버릴까 하였다. 그러나 그 이야기를 할 수가 없었다.

그리고 자기가 자기 남편에게 멀리함을 당하는 듯하고 선용이와 영원히 떠나버리고 또는 몸에 고치지 못할, 또는 다른 사람들이 꺼리어할 병을 가지고 내일 죽을지 모레 죽을지, 모든 낙망과 비애 속에서 지나가는 것을 생각하며 자기가 또한 자기 오라버니와 그 설화 사이의 사랑을 부질없는 걱정으로 끊어버리게 하고 또는 설화라 하는 그 아름다운 여자를 죽게까지 한 것을 생각하니 자기도 그 설화의 뒤를 쫓아가 설화에게 자기 잘못을 사과하고 또는 자기를 위하여 여기저기 자기를 도와주고 쫓아다니고 애쓰던 오라버니의 마음을 놓게 하고 또 한 가지는 그 이름 곱고 아름다운 역사를 영원히 전하는 그 백마강 아래에서 언제든지 끊어져버리고야 말 자기의 생명을 끊어버리면 이후에 이곳을 지나는 선용 씨의 애 끊이는 가슴에서 새어나오는 눈물을 받는 것이 무슨 아름다운 명예를 자기 몸에 부어줄 것 같았다.

몇 시나 되었는가? 닭은 자꾸자꾸 운다. 영철은 깜박 잠이 들었다 깨었다. 정월의 누워 있던 자리 위에는 이불이 아무렇게나 꾸기꾸기 놓여 있고 정월은 어디에 갔는지 있지 않았다.

영철은 깜짝 놀랐다. 그러나 변소에 갔나 보다 하고 얼마 동안 기다려 보았다. 그러나 오지 않았다. 그때 영철은 벌떡 일어났다. 그리고 정월이가 누웠던 자리를 보았다. 거기서는 연필로 아무렇게나 쓴 정월의 글이 놓여 있었다. 영철은 그 종이를 들고 한참이나 기가 막힌 듯이 멀거니 있다가 벌떡 일어나 문밖으로 나갔다.

그는 동리 길거리로 줄달음질하여 걸어갔다. 그러나 정월의 그림자는 보이지 않았다. 동리집 개는 자꾸자꾸 짖는다. 멀리 저쪽 하늘에 별들만 깜박하였다. 영철은, "정월아. 정월아"를 부르며 정처없이 정월을 찾아 쓸쓸한 옛 도읍 거친 벌판과 험한 산모퉁이로 이리저리 헤매었으나 어디로 갔는지 정월은 보이지 않았다.

정월은 백마강에 몸을 던졌다. 반짝반짝 춤추는 물결 속으로 죽은 스피릿精이 가라앉는 것 같이 정월 몸은 백마강 물결 속에 들어가 버리었다.

아— 과연 죽어간 정월이 설화의 원혼을 죽음으로 위로할 수가 있고, 이 후에 선용이가 이 자리를 거칠 때에 정월의 죽어간 자리를 찾아낼 수가 있을는지?

이 모두 우리 인생이 한낱 환희幻戱인 까닭이로다.

찾아보기

덩지: 좀 작게 쌓여서 뭉친 물건의 부피. (p316)

드팀전: 피륙가게. (p203)

ㅁ

모지랑비: 끝이 닳아 무뎌진 비. (p74)

묵철: 무쇠를 녹여 만든 탄환. (p368)

ㅂ

방치: 다듬잇방망이. (p141)

배때가 벗다: 말씨나 행동이 밉거나 아니꼽게 거만하다. (p159)

범연하다: 범연泛然하다. 차근차근한 맛이 없어 데면데면하다. (p313)

부라질: 젖먹이의 양쪽 겨드랑이를 껴서 붙들거나 두 손을 잡고 좌우로 흔들며 두 다리를 번갈아 오르내리게 하는 짓. 몸을 좌우로 흔드는 짓. (p345)

불밤송이: 채 익기 전에 말라 떨어진 밤송이. (p155)

ㅅ

세교: 세교世交. 대대로 사귀어 온 교분. (p186)

손속: 노름할 때에, 손대는 대로 잘 맞아 나오는 운수. (p344)

수전: 수전收錢. 여러 사람에게서 돈을 거둬들임. (p388)

수지: 휴지의 오기. (p439)

수형: 수형手形. 어음. (p430)

시체: 시체時體. 그 시대의 풍습·유행을 따르거나 지식 따위를 받음. 또는 그런 풍습이나 유행. (p271)

심뇌하다: 심뇌心惱하다. 마음속으로 조심하다. (p209)

ㅇ

앍기다: 조금씩 갉아 내거나 빼내 가지다.(p220)

암연하다: 암연暗然하다. 마음이 어둡다.(p157)

애급: 애급埃及. 이집트의 음역어.(p39)

에텔: 에테르. 빛을 파동으로 생각했을 때 이 파동을 전파하는 매질媒質로 생각되었던 가상적인 물질.(p319)

염량: 염량炎凉. 더위와 서늘함. 사리를 분별하는 슬기.(p155)

오라비동생: 손아래 남자형제.(p28)

왜밀: 향료를 섞어 만든 밀기름.(p191)

왜반물: 남빛에 검은빛이 섞인 물감.(p181)

왜수건: 예전에 개량된 수건을 재래식 수건에 상대하여 이르던 말(p155)

위체: 위체爲替. 환·현금·어음·수표 따위를 보내 결제하는 방식.(p437)

이태리: 이태리伊太利. 이탈리아의 음역어.(39)

ㅈ

자별하다: 자별自別하다. 본디부터 서로 다르다. 친분이 남보다 특별하다.(p218)

전황: 전황錢荒. 돈이 융통되지 않아 귀한 상태.(p211)

정채: 정채精彩. 정묘하고 아름다운 빛깔.(p335)

주순: 주순朱脣. 붉은 입술.(p300)

주짜를 빼다: 난잡하게 굴지 않고 점잖은 체하다.(p117)

지근덕거리다: 조금 끈덕지고 짓궂게 들러붙다.(p320)

지까다비: 지카타비地下足袋. 바닥이 고무로 되어 있으면서 왜버선처럼 생긴 신발.(p186)

질뚱바리: 행동이 느리고 소견이 꼭 막힌 사람.(p75)

질빵: 짐을 지는 데 쓰는 줄.(p179)

ㅊ

찰찰하다: 꼼꼼하고 자세하다.(p162)

ㅋ

키이다: 마음에 들거나 내키다.(p210)

ㅌ

태사신: 남자의 마른 신. 비단이나 가죽으로 울을 하고, 코와 뒤축 부분에는 흰 줄무늬를 새김.(p257)

태질: 세게 메어치거나 던지는 일.(p102)

튀하다: 새나 잡은 짐승을 물에 잠깐 넣었다가 털을 뽑다.(p74)

트레머리: 가르마를 타지 않고 뒤통수에 틀어 붙인 여자의 머리.(p264)

ㅍ

판상: 판상辨償. 빚을 갚음. 변제.(p432)

포달: (주로 여자가) 샘이 나거나 심술이 나서 악을 쓰거나 마구 대들며 야단스럽게 구는 것.(p120)

푼거리: 땔나무나 물건 따위를 몇 푼어치씩 팔고 사는 일.(p80)

ㅎ

허구리: 허리 좌우의 갈비뼈 아래 잘쏙한 부분.(p98)

험: 흠欠.(p297)

흠절: 흠절欠節. 부족하거나 잘못된 점.(p101)

1902년	3월 30일 서울에서 나경손과 김성녀 사이의 장남으로 출생. 본명은 경손慶孫, 호는 도향稻香, 필명은 빈彬.
1909년	공옥보통학교 입학.
1914년	배재학당 입학.
1919년	배재고등보통학교 졸업. 경성의전 입학. 조부의 반대에도 불구하고 문학에 뜻을 품고 와세다대학 영문과에 입학하기 위해 일본으로 건너가나 본국에서의 송금이 끊겨 그해 귀국함.
1920년	경북 안동보통학교 교사로 근무. 중편 〈청춘〉 탈고.
1921년	《백조》 동인으로 참여.《배제학보》에 〈출학〉 발표.
1922년	《백조》에 〈젊은이의 시절〉〈별을 안거든 울지나 말걸〉을, 《개벽》에 〈옛날 꿈은 창백하더이다〉를 발표. 11월 21일부터 이듬해 3월 21일까지《동아일보》에 장편 〈환희〉를 연재.
1923년	조선도서에 근무.《신민공론》에 〈추억〉을,《동명》에 〈은화 백동화〉를,《개벽》에 〈17원 50전〉〈춘성〉〈행랑자식〉을, 《배제》에 〈당착〉〈속 모르는 만년필 장사〉를,《백조》에 〈여이발사〉를 발표.
1924년	《시대일보》에 근무.《백조》의 중단으로 일정한 거취 없이 여관과 친구집을 전전함.《개벽》에 〈자기를 찾기 전〉〈전차 차장의 일기 몇절〉을 발표.
1925년	《시대일보》에 〈어머니〉를,《조선문단》에 〈J의사의 고백〉

〈계집하인〉〈물레방아〉〈꿈〉을, 《여명》에 〈벙어리 삼룡이〉를, 《개벽》에 〈뽕〉을 연재. 연말경 문학수업을 위해 재차 일본으로 건너감.

1926년　《신민》에 〈피 묻은 편지 몇 쪽〉을, 《조선문단》에 〈지형근〉을, 발표. 일본에서 가난·폐병·짝사랑의 삼중고에 시달리다 6월 초순 귀국. 《신민》에 〈화염에 싸인 원한〉을 연재하던 중 8월 26일 사망.

한국문학대표작선집 23

벙어리 삼룡이

초판 인쇄 | 2005년 10월 25일
초판 발행 | 2005년 10월 30일

지은이 | 나도향
펴낸이 | 전성은
펴낸곳 | (주)문학사상
주소 | 서울특별시 송파구 오금동 91번지(138-858)
등록 | 1973년 3월 21일 제1-137호

편집부 | 3401-8543~4
영업부 | 3401-8540~2
팩시밀리 | 3401-8741~2
한글도메인 | 문학사상
홈페이지 | www.munsa.co.kr
이메일 | munsa@munsa.co.kr
지로계좌 | 3006111

＊잘못 만들어진 책은 구입하신 서점이나 본사에서 바꾸어 드립니다.
＊값은 표지 뒷면에 표시되어 있습니다.

ISBN 89-7012-718-6 03810